02
€10,-
2,04

John Updike

Das Gottesprogramm

Rogers Version

Roman

Deutsch von
Thomas Piltz

Rowohlt

Die Originalausgabe erschien 1986 unter dem Titel
«Roger's Version»
im Verlag Alfred A. Knopf, New York

1. Auflage März 1988

ISBN 3 498 06866 0

Das Gottesprogramm

Wozu diese Vergeudung?

Matthäus 26, 8

O unendliche Majestät, selbst wenn du nicht die Liebe wärest, selbst wenn du kalt wärest in deiner unendlichen Majestät, ich könnte nicht aufhören, dich zu lieben, denn ich brauche etwas Majestätisches, um es zu lieben.

Kierkegaard, Tagebücher XI^2 A 154

Wie, wenn das Ende des Liedes von der Majestät Gottes eine neue Bestätigung der Hoffnungslosigkeit alles menschlichen Tuns sein sollte?

Karl Barth, «Die Menschlichkeit Gottes»

Gott der Lufthauch, so luftlos wie die Welt hinter einem Computermonitor

Jane Miller, «High Holy Days»

Eins

I

Ich bin immer glücklich gewesen an der theologischen Fakultät. Der Stundenplan ist erträglich, die Umgebung angenehm, meine Kollegen sind harmlos und witzig, geübte Kostgänger in der Welt der Schatten. Ein paar tote Sprachen zu beherrschen, eine Parade von Augenblicken aus der störrisch rätselhaften Frühgeschichte der Christenheit vor Hörsälen voller Hoffender, Irregeleiteter und Fügsamer vorbeiziehen zu lassen – es gibt gewiß unehrlichere Wege, sich seinen Lebensunterhalt zu verdienen. Die Jahre, die ich der praktischen Seelsorge widmete, ehe ich vor vierzehn Jahren Esther kennenlernte und heiratete, erscheinen mir, wenn nicht vergeudet, so doch als eine Vorform meiner Existenz, an die zurückzudenken mich deprimiert.

Dennoch war meine Neugierde stärker als der Impuls aufzulegen, als mich dieser junge Mann in der Universität anrief, um einen Gesprächstermin bat und erzählte, daß er mit Verna, der Tochter meiner Halbschwester Edna, befreundet sei und wie ich aus der Gegend von Cleveland stamme. Ich nannte einen Nachmittag und eine Uhrzeit, und er kam. Es war Ende Oktober, in Neuengland eine Zeit des goldenen Laubs und wildbewegter, leuchtender Himmel.

Er war, so sah ich, als er durch die Tür kam, genau der Typ von jungem Mann, den ich am wenigsten ausstehen kann: großgewachsen, sehr viel größer als ich, von der Blässe des leidenschaftlichen Stubenhockers. Sein wächserner

Teint war unter dem Kinn von Aknepickeln verfärbt wie von zwei Quetschwunden, und die Augen in den tiefen, knochigen Höhlen waren von einem unheimlichen, stumpfen, unsäglich kalten und bleichen Blau, bleich fast bis zur Farblosigkeit. Er hatte eine marineblaue Strickmütze aufgehabt, die er nun in die Tasche seines tarnfarbenen Armeeparkas stopfte, während er unbehaglich dastand, viel zuviel Raum einnahm und in seiner Verlegenheit blinzelte und herumschaute, über meine Bücherregale hin und durch das Spitzbogenfenster hinter meinem Kopf. Sein schmuddeliges, leicht gelocktes braunes Haar begann, wie ich an den Schläfen sehen konnte, bereits dünn zu werden.

«Hübsche Gebäude hier», sagte er. «Ich bin noch nie auf diesen Teil des Campus gekommen.»

«Es ist ein wenig abgelegen», erwiderte ich und wünschte, es wäre noch weit abgelegener. «Wo sind Sie denn normalerweise, hm, zugange?»

«In den Computer-Laboratorien. Ich bin Forschungsassistent bei einem Graphik-Projekt, das der Würfel mit öffentlichen und privaten Geldern durchführt. Was die höheren Tiere dort wirklich interessiert, ist künstliche Intelligenz – Sie verstehen schon: Hunderte von Minis zusammenschalten, um das Problem zu modulisieren; Regeln finden, nach denen sich der Suchbaum nicht exponentiell verzweigt; Evolutionsstrategien mit eigener Heuristik entwickeln, all dieses Zeug. Aber währenddessen sind es Datenverarbeitung, Bionik und neuerdings die Graphik, die die Räder zum Rollen bringen oder die Butter aufs Brot oder wie man sagt.»

Ich bin ein depressiver Mensch. Für mein seelisches Wohlbefinden ist es von großer Bedeutung, daß ich meine Gedanken von Feldern der Kontemplation fernhalte, auf denen sie sich verirren und zu Fall kommen könnten. Mit seinem Computergerede hatte der junge Mann genau ein solches Feld beschworen. «Würfel» ist der hiesige Spitzname für das Computer-Forschungszentrum der Universität, das in einem Neubau untergebracht ist, dessen Kanten alle gleich lang sind. Ich habe ihn nie betreten und hoffe, daß es dabei bleibt. Ich lächelte und sagte: «Wir haben uns noch nicht bekannt gemacht. Ich bin, wie Sie sich denken können, Roger Lambert.»

«Dale Kohler, Sir. Ich bin Ihnen wirklich dankbar, daß Sie Zeit für mich haben.» Sein Händedruck war genau wie erwartet: knochig, kühl wie Wachs, zu absichtsvoll fest. Er schien überhaupt nicht mehr loslassen zu wollen.

«Setzen wir uns doch. Sie sagten, daß Sie Verna kennen, die Tochter meiner Schwester. Ich bin gespannt, wie es ihr geht. Sehr gespannt sogar. Das war ja eine Reihe von schockierenden Ereignissen.»

Als er mir gegenüber auf dem offiziellen hölzernen Lehnstuhl Platz nahm, mit dem die Universität Hunderte ihrer Büros und Zimmer ausgestattet hat (jedes Teil, prahlt eine mitgelieferte Broschüre, aus anderem Holz geschnitzt – die Sitzfläche aus unnachgiebiger Eiche, die Rippen der Lehne aus feinnarbigem Ahorn, die geschwungenen Arme aus rötlichem Kirschholz und so fort), verhedderte sich der Junge mit einer Tasche seines Parkas, und es gab ein gewisses Maß an entschuldigendem Drehen und Wenden, bis er zur Ruhe kam. Seine Knöchel und Gelenke wirkten überdimensional, krankhaft vergrößert. Ich schätzte sein Alter auf Ende Zwanzig; er war kein junges Semester mehr. Man sieht sie häufig in Universitätsstädten, diese Gestalten, die sich in der saloppen Uniform und der gewitzten Unbefangenheit des jugendlichen Studenten eingerichtet haben, als ob dies eine gutbezahlte Dauerstellung wäre. Manche bekommen graues Haar und einen ganzen Stall von schlechternährten Nachkommen, während sie noch immer unschuldig ihrem Wissensdurst frönen.

«Was fanden Sie denn schockierend?» fragte der junge Mann, der, so linkisch er wirkte, etwas Provozierendes an sich hatte, etwas Anzüglich-Unverschämtes. Er bot eine Auswahl: «Die Hautfarbe des Vaters, die Tatsache, daß er sie sitzengelassen hat, oder die schäbige Art, wie ihre Eltern sie behandelt haben?»

Ich war gekränkt. An der Universität sind wir alle liberal in Rassenfragen. «Natürlich ist die Hautfarbe kein Faktor, wenn alles andere übereinstimmt. Nachdem dies aber offensichtlich nicht der Fall war, *hat* es mich überrascht, daß das Mädchen sich entschloß, das Kind zur Welt zu bringen.»

Mein Besucher verlagerte sein Gewicht, wie ein Mann mit einer zu prallen Börse in der Gesäßtasche, und ich wurde daran erinnert, nach meiner Pfeife zu greifen. «Nun ja...» begann er.

Die Wonnen der Pfeife. Das Ausklopfen, das Herumstochern, das Bohren und Kratzen. Dann das Stopfen, das Entzünden: die ersten, wangenhöhlenden Züge und die Dramatik, mit der die Flamme des Feuerzeugs tief in den Tabak hineingesogen wird, erlöst emporschnellt, und wieder hinabtaucht. Und dann das Aroma, das sich in der Mundhöhle verbreitet, die majestätischen Wolken aus Rauch. Eigentümlicherweise finde ich die Mienen und Manierismen anderer Pfeifenraucher theatralisch, affektiert, arrogant und widerwärtig. Dennoch ist die Pfeife, seit ich vor einigen Jahren als mißachtete Warnung an Esther die Zigaretten aufgab, mein Trost und meine Zuflucht gewesen, ein Rettungsanker vor den steilen Abstürzen des Lebens.

«Als sie erst einmal schwanger war», vertraute er mir aus seiner hingelümmelten Schräglage an, «war es eine religiöse Entscheidung.» In seinem Gesicht – seinem unheimlichen, langen Gesicht mit den Akne-Striemen und einem merkwürdigen, unrasierten Flaum hoch auf demselben Kiefer, einem Pelz im Anfangsstadium, der im Licht des hohen Fensters hinter mir aufleuchtete – war Mißvergnügen über meinen Rauch zu lesen. Diese Generation, der so ziemlich jeder Instinkt für das jüdisch-christliche Sakrale fehlt, hat einen Großteil ihrer Religiosität in den Umweltschutz verlagert, von der Forderung nach Nichtraucherzonen in Restaurants bis hin zu gewalttätigen Demonstrationen vor Kernkraftwerken.

«Religiös?» Ich rahmte das Wort in aggressive, feuchte Rauchwölkchen aus meiner Pfeife.

«Sicher. Die Entscheidung, es nicht zu töten.»

«Sie vertreten also die Richtung unseres Präsidenten?»

«Das habe ich nicht gesagt, ich sage nur, daß hinter Vernas Entscheidung, nicht abzutreiben, bestimmte Gedanken und Gefühle steckten. Inzwischen freilich...»

«Inzwischen?» Der Tabak brannte noch immer nur auf einer Seite des Pfeifenkopfes. Ich begann, nach innen zu schielen – noch so ein unvermeidlicher Gesichtsausdruck, der mich an meinen pfeifenrauchenden Genossen irritiert.

«Inzwischen sieht es nicht so gut aus, Sir. Die Kleine ist jetzt ungefähr anderthalb, und das scheint ein schwieriges Alter zu sein, jedenfalls sagt Verna, das Kind macht sie verrückt mit seinem ständigen Gebabbel und Gebuhle. Sie sagt, es *klammert*, und ich sage: Was erwartest du von ihm, soll es rauslaufen und sich einen Job suchen? Ich versuche, mindestens ein- oder zweimal die Woche vorbeizuschauen, aber diese Sozialsiedlung, in der sie wohnt... Ich möchte nicht, daß es rassistisch klingt –»

«Aber?»

«Es ist nicht gut dort. Sie hat keine wirklichen Freunde.»

«Seltsam», offerierte ich (die Pfeife zog endlich einwandfrei), «daß sie sich entschlossen hat, *hier*her zu ziehen.»

«Tja... ich weiß nicht, wieviel Sie wissen?»

«Sehr wenig. Mein Vater ließ sich scheiden und heiratete eine andere Frau, als ich noch sehr klein war – die ganze überstürzte Affäre hat sich anscheinend abgespielt, während meine Mutter mit mir schwanger ging –, und mit der neuen Frau bekam er dann das andere Kind, das Mädchen, kaum ein Jahr nach meiner Geburt. Ich sah meine Schwester, meine Halbschwester, um genau zu sein, immer nur, wenn ich *ihn* besuchte – manchmal, während der Sommerferien, allerdings auch einen ganzen Monat lang. Jedenfalls sind

Edna und ich nicht im normalen Sinn des Wortes ‹zusammen aufgewachsen›; und als *sie* später heiratete, lernte ich auch ihre Familie kaum kennen, zumal sie alle in Cleveland Heights lebten. Ihr Ehemann und Vernas Vater, das werden Sie so ähnlich schon von ihr gehört haben, ist ein ganz erstaunlich engstirniges, eiskaltes Scheusal norwegischer Abstammung namens Paul Ekelof, von Beruf Ingenieur und jetzt irgendein leitender Angestellter bei einem der Republic-Stahlwerke in den Flats, unten am Fluß – warum erzähle ich Ihnen das eigentlich?»

«Weil es mich interessiert», sagte Dale Kohler. Sein frommes Lächeln war unerträglich.

«Ich bin fast fertig. Edna bekam Verna relativ spät – sie war weit in den Dreißigern –, und ich war schon längst weggegangen, erst als Geistlicher, später als Hochschullehrer. Und daher – nun, ich sah das Kind höchst selten, und daher wußte ich nicht, was von mir erwartet wurde, als meine Schwester, meine Halbschwester, mir vor mehr als einem Jahr schrieb, welchen Ärger sie mit Verna gehabt hatten und daß Verna nun ausgerechnet *hierher* gezogen sei.»

«Tja», sagte Dale, schon wieder, «es ist die Ostküste – sie wird sich gesagt haben, daß man hier wegen des Mischlingskindes toleranter ist, dazu noch in einer Universitätsstadt, und außerdem dachte Verna sicher, daß sie hier eine Menge unternehmen kann – Programmkinos, öffentliche Vorlesungen und so. Kennengelernt haben wir uns zum Beispiel bei einem Nicaragua-Symposium in einer Kongregationalistenkirche. Wir tranken zusammen Kool-Aid und kamen ins Gespräch und stellten fest, daß wir beide aus Ohio stammten! Außerdem glaube ich, daß sie einfach Abstand zwischen sich und den Eltern haben wollte, wütend wie sie war. Allzu weit ist es nach Cleveland aber auch nicht mehr; es gibt jetzt Nonstopflüge, keine Zwischenlandung mehr in Pittsburgh, wie früher, und wenn man im Standby fliegt, ist es kaum teurer als mit dem Bus.»

Die Zeit ist ein schwer zu bewertendes Ding: offensichtlich

und unvermeidlich wird ein Großteil davon ohne sichtbaren Nutzen vertan, wofür ich mir als eine der christlichen Tröstungen zurechtlege, daß des Herrn immerwache Zeugenschaft und unbestechliche Buchführung jeden Augenblick aus der Sinnlosigkeit erlöst, ebenso wie Seines Sohnes Opfertod alle Zeit in einem höheren Sinn erlöst hat. Was nun aber *meine* Zeit hier anging, so war sie gewiß verschwendet, wenn ich nur herumsaß und mir Lobpreisungen des Linienflugverkehrs nach Cleveland anhörte, jener trostlosesten und gottverlassensten aller Industriemetropolen des Rostgürtels, in die mich seit drei Jahrzehnten nur Beerdigungen zurückzulocken vermochten. Warum schien dieser junge Mann anzudeuten, daß ich dorthin fliegen sollte, zurück in dieses muffige, Atemnot erzeugende Herz Ohios? Warum war er überhaupt hier? Wie waren wir in diese plötzliche, steife Vertraulichkeit hineingeschliddert?

«Wie ist sie», fragte ich ihn, «als Mutter? Ich meine Verna, nicht Edna.» Von Ednas Mütterlichkeit hatte ich, mit großen Unterbrechungen, einiges zu Gesicht bekommen: Bei fast allem, was sie tat, vom Tennisspielen bis zum Chauffieren des Studebaker-Cabrios, das ihr mein jämmerlicher Vater zum achtzehnten Geburtstag gekauft hatte, war sie impulsiv und schlampig, geprägt von einer geistesabwesenden, heiter selbstsüchtigen Sorglosigkeit, von der sie erwartete, daß die Welt sie ihr um ihrer «Wärme», ihres fleischlichen Charmes willen nachsah und vergab. Von früher Kindheit an hatte sie eine eigentümlich animalische Ausstrahlung besessen, eine duftende Nachgiebigkeit des Fleisches. Als Edna – sie eine hochnäsige Dreizehnjährige und ich schüchterne vierzehn und verdammt, den ganzen August in Chagrin Falls bei meinem Vater und meiner langweiligen Stiefmutter Veronica zuzubringen (ein Name, der mir so welk und gouvernantenhaft erschien wie sie selbst, die circenhaft mein Leben schon vor meiner Geburt ruiniert hatte und nun zu ödester, kleinbürgerlicher Ehrbarkeit herabgesunken war) –, als Edna, sage ich, zu menstruieren begann, hatte ich den heftigen Eindruck, daß die Tage ihrer «Periode» das ganze Haus mit ihrem stickigen, triumphal verwundeten Tier-Aroma überströmten, bis hinein in die Winkel meines Zimmers mit seinem Jungengestank nach durchgeschwitzten Socken und nach Bastelleim. Edna hatte einen natürlichen Lockenschopf besessen und ein eigensinniges, pausbäckiges Gesicht, in dem Grübchen sprossen, wenn sie zu lächeln beliebte.

«Tja», räumte der Junge ein, «ich weiß nicht, wie gut man sein kann, mit neunzehn Jahren und dem Gefühl, daß das Leben an einem vorbeigeht, und nur das Baby und der Scheck vom Sozialamt zur Gesellschaft. Was sie wirklich bedauert, sagt sie, ist nur, daß sie den High-School-Abschluß nicht gemacht hat, aber wenn ich ihr erzähle, daß es diese Nachholkurse gibt und externe Prüfungen, dann hört sie plötzlich weg.»

«Wenn Zuhören ihre Stärke wäre, hätte sie sich vielleicht auch mit dem Schwarzen nicht so weit eingelassen und kein Kind von ihm bekommen.»

«Sie werden mir verzeihen, Sir, aber wenn Sie so was sagen, dann klingen Sie wie Vernas Mutter.»

Ein kaum verhüllter Tadel, und es lag Aggression darin, daß er mich stur mit «Sir» anredete. Ich haßte es. *Haß:* bei Nietzsche eine Wurzel der christlichen Moral. Ich weiß, daß mein Charakter eine dunkle Seite hat, einen mürrischen Grundton, mit Galle getränkt, der mein Gesichtsfeld eng und meine Zunge schwer und mißtönend werden läßt; es ist die äußere Erscheinungsform meiner Neigung zur Depression. In der Rolle des Hochschullehrers habe ich sie (vielleicht, weil sie seltener gereizt wird) leichter zu kontrollieren gefunden als in der des Geistlichen. Ich stieß einige weitere Rauchwolken als Pestizid gegen meinen Besucher aus, ignorierte die Verbindung, die er zwischen mir und der hirnlosen Edna gestiftet hatte, und fragte, verschanzt hinter meiner Rüstung aus verbindlichem Tweed: «Gibt es Ihrer Meinung nach irgend etwas, das ich für Verna tun könnte?»

«Tun Sie, was auch ich tue, Sir. Schließen Sie sie in Ihre Gebete ein.»

Die Wolke in meinem Inneren verdüsterte sich. Die gegenwärtige Generation von Jesus-Süchtigen, auch wenn sie nicht, wie ihre Vorgänger in den Sechzigern, von so hirnverwirrenden Mixturen wie der aus LSD und Che benebelt ist, hat eine rückgratlose, freischwebende Gutheit und eine unerschütterliche historische Unschuld, die mich rasend machen können. Ich lächelte. «Das ist wohl das mindeste, was ich tun kann», beschied ich ihn. «Und grüßen Sie Verna ganz herzlich von mir, wenn Sie sie wiedersehen.»

«Und außerdem könnten Sie sie ja selbst einmal besuchen, wenn ich das sagen darf. Sie wohnt praktisch einen Katzensprung von hier, schon über ein Jahr, und –»

«Und sie hat keinerlei Kontakt mit mir gesucht, was doch wohl Bände spricht. Gut. Gibt es sonst noch etwas, das Sie mit mir besprechen wollten?»

«Ja.» Er beugte sich melodramatisch nach vorn. Die Hornhaut seiner Augen hatte einen fischigen Glanz, der senkrecht von dem Spiegelbild des schmalen Spitzbogenfensters hinter mir durchstochen wurde. «Gott.»

«Ach ja?»

«Sir, haben Sie die jüngsten Entwicklungen in Physik und Astronomie verfolgt?»

«Nur ganz im groben. Die Mondflüge und die wirklich eindrucksvollen Aufnahmen von Jupiter und Saturn.»

«Verzeihen Sie, aber diese Dinge sind vollkommen trivial. Selbst unser Milchstraßensystem ist, relativ gesprochen, ein trivialer Fall, wenn auch in gewissem Sinne symptomatisch. Nein, Professor Lambert...»

Eine lange Pause, während seine fahlen Augen mich liebreich anglitzerten. «Ja?» fühlte ich mich zu antworten genötigt, wie ein frisch erweckter Lazarus.

«Es geschieht etwas ganz und gar Wunderbares», verkündete mein Besucher mit einer peinigenden Lauterkeit, die er wahrscheinlich zu lange geübt hatte. «Die Physiker kommen zum Kern der Dinge, sie haben alles auf den wirklich kleinsten Nenner gebracht, und nun passiert, was sie zuallerletzt erwartet hätten: Gott wird dahinter sichtbar. Die Physiker mögen das nicht, aber sie können nichts dagegen machen. Tatsachen bleiben Tatsachen. Und ich glaube, daß die Leute im Religionsbetrieb, wenn ich mal so sagen darf, das nicht richtig mitbekommen haben – nicht mitbekommen haben, daß ihre Sache, die immer so ungreifbar schien, nun endlich *bewiesen* wird.»

«Das hört sich ganz bezaubernd an, Mr. –»

«Kohler. Wie die Sanitärfirma.»

«Kohler. Und welcher Gott ist es nun genau, der sichtbar wird?»

Der Junge schien schockiert. Seine buschigen, leicht beknabbert wirkenden Augenbrauen hoben sich. «*Sie* wissen es, Sir», antwortete er. «Es gibt nur einen Gott, den Schöpfergott, der Himmel und Erde erschaffen hat. Und er hat sie, das erkennen wir jetzt, in jenem ersten Augenblick mit einer so unglaublichen Präzision erschaffen, daß eine Schweizer Uhr daneben wie ein Haufen Kieselsteine aussieht.»

Ich klopfte meine Pfeife auf dem viereckigen gläsernen Aschenbecher mit den angeschlagenen Ecken aus und nützte die Gelegenheit, einen Blick aus dem Fenster hinter mir zu werfen. Das neogotische Tableau aus bleigefaßtem Glas enthielt, von unten nach oben, das schüttere Gras und die sich rötenden Eichen des Innenhofes; dann eine Baustelle, die hinter einem Maschendrahtzaun Staubwolken in die Luft stieß (unser Nachbar, das Chemische Institut, erweiterte den Labortrakt); und schließlich einen herbstlichen Himmel voller strahlender, barocker Wolken. Wolken sind seltsam: manchmal scheinen sie gigantische Skulpturen zu sein, gebläht von dreidimensionaler Form wie jene muskelstarr gestikulierenden Berninis auf halber Pfeilerhöhe in Sankt Peter; und dann wieder sind die genauen Ebenbilder dieser Wolken nicht mehr als hingeschmierter Dampf, kaum existent. Sie sind bei uns und doch nicht bei uns.

Mein Besucher wartete, bis mein Blick zu ihm zurückgekehrt war, dann fragte er: «Was wissen Sie von der Urknalltheorie?»

«Sehr wenig», antwortete ich, wohl mit einem gewissen Anflug von agnostischer Glätte, «außer, daß sie offensichtlich allgemein akzeptiert wird.»

Er demonstrierte Zufriedenheit mit meiner Antwort, getreu dem langbärtigsten aller Pädagogentricks: positive Verstärkung für den begriffsstutzigen Schüler. «Genau! Und glauben Sie mir, Sir, das ist den Wissenschaftlern alles andere als leicht gefallen: Sie haben seit Lukrez darauf gewettet, daß die Grundbausteine der Materie unveränderlich und ewig sind. Aber sie mußten die Pille schlucken, und nun stellt sich heraus, daß sie noch bitterer schmeckt, als sie erwartet hatten.»

Wie war ich eigentlich, so fragte ich mich wieder, zum Gefangenen der weichwattierten Unverschämtheit, der aggressiven verbalen Ernsthaftigkeit dieses jungen Burschen geworden? Verna, fiel mir ein, und hinter ihr eine Wolke duftender Erinnerung, meine Halbschwester Edna, der Schatten meines Blutes.

«Es gibt bei der Urknalltheorie drei Hauptprobleme», dozierte mein Besucher, wobei er mit seinen übergroßen Händen in die Luft skizzierte wie auf eine Tafel. «Das Horizontproblem, das Homogenitätsproblem und das Gleichgewichtsproblem. Da wäre die Konstanz: Man hat beobachtet, daß die kosmische Hintergrundstrahlung von etwa drei Grad Kelvin, die 1964 entdeckt wurde, mit einer Abweichung von höchstens einem zehntel Promille aus allen Richtungen konstant ist – aber dabei haben wir es mit Regionen des Firmaments zu tun, die mehr als das Neunzigfache des Lichthorizonts voneinander entfernt sind, das ist die Strecke, die das Licht zur Zeit der Entstehung dieser Strahlung zurückgelegt haben konnte. Wie also konnten diese Regionen miteinander in Verbindung stehen, um die Gleichförmigkeit herbeiführen? Es scheint unmöglich. Die Homogenität: Damit sich Galaxien herausbilden konnten, mußte es Verwirbelungen im ursprünglichen Feuerball geben – aber nur die allerwinzigsten, nur eine Haaresbreite von vollkommener Glätte entfernt: Bei absoluter Homogenität hätte es keine Verdichtung von Materie gegeben, bei einer Spur zuviel Inhomogenität wären nichts als schwarze Löcher bei dem Experiment herausgekommen. Es gibt auch Zahlen dafür, aber ich will Sie nicht langweilen. Tatsache ist jedenfalls, daß die Existenz von Galaxien, die Milliarden von Jahren überdauern, statistisch extrem unwahrscheinlich ist. Gleichgewicht: Die Gesamtenergie, äquivalent der gesamten Masse im Universum, und die Ausdehnungsgeschwindigkeit beim Urknall mußten anfangs fast exakt ausbalanciert sein, um das Verhältnis zu erzeugen, das man heute berechnet, zwischen zehn zu eins und eins zu zwei. Das scheint eine ziemlich breite Spanne, zwischen einem zehntel und zwei, aber tatsächlich bedeutet das – wenn das Verhältnis heute so nahe um eins liegt –, daß Energiedichte und Expansionsgeschwindigkeit zur Zeit des Urknalls mit einer Abweichung von höchstens eins zu zehn hoch fünfundfünfzig im Gleichgewicht sein mußten: das ist eine Eins mit fünfundfünfzig Nullen. Wenn das kein Wunder ist, was dann? Ein kleines, *wirklich* kleines bißchen weniger Explosivkraft, und das Universum wäre nach ein paar Millionen Jahren sang- und klanglos in sich zusammengefallen – und in kosmischen Maßstäben sind ein paar Millionen Jahre gar nichts, selbst wir Menschen sind schon so lange da. Ein kleines bißchen *mehr*, und es hätte niemals Sterne oder Galaxien gegeben, die Materie wäre zu schnell auseinandergeflogen, sozusagen zum Fenster hinaus. Die Chancen, daß es so kam, wie's gekommen ist, sind ungefähr so, als wenn Sie eine Art Superkanone nähmen und damit ein Ziel von zwei Zentimetern Größe auf der anderen Seite des Universums anvisierten, zwanzig Milliarden Lichtjahre entfernt.» Der junge Mann streckte zwei Finger in die Luft, um die Winzigkeit des Ziels anzudeuten; sie wurden zur Kimme zwischen unseren Augenpaaren.

«Ist das nicht dieselbe Sache wie der Streit, ob das Universum offen oder geschlossen ist?» fragte ich unbestimmt. «Habe ich nicht vor einer Weile gelesen, daß man sich auf ein offenes Universum geeinigt hat?»

«Die Tendenz geht dahin, aber noch weiß keiner, wieviel dunkle Materie es in den Galaxien gibt oder ob das Neutrino eine Ruhemasse hat. Der entscheidende Punkt ist, daß man darüber streiten kann, daß es derart auf der Kippe steht. Und damit es heute noch auf der Kippe steht, mußte es am Anfang ganz ungeheuerlich auf der Kippe stehen. Und warum? Warum das alles? Die Zahlenwerte sind beliebig, sie hätten *jede* Größe annehmen können. Und es gibt Dutzende von solchen Zahlenwerten, die ganz genau die Größe haben müssen, die sie haben, damit das Leben Zeit fand, sich zu entwickeln. Nehmen Sie die starke Wechselwirkung, die die Atomkerne zusammenhält. Machen wir sie fünf Prozent schwächer, kann sich das Deuteron nicht bilden, und es gäbe kein Deuterium, was bedeutet, daß die wichtigste nukleare Reaktionskette in der Sonne flachfällt. Und wäre sie nur zwei Prozent *stärker*, so könnten zwei Protonen zusammenbacken, und die Existenz von Di-Protonen würde Wasserstoff so explosiv machen, daß das jetzige Universum nur noch aus Helium bestünde. In beiden Fällen wären wir nicht hier, oder? Es *gäbe* nicht einmal ein Hier, in dem wir sein könnten...»

«Aber wenn dieser Gott, von dem Sie reden –»

«Oder nehmen Sie die schwache Wechselwirkung. Sie wissen doch, was die schwache Wechselwirkung ist, Sir?» In seinem Bekennereifer hatte er das «Sir» eine ganze Weile vergessen.

«Sie verursacht den Zerfall der Atome?» versuchte ich.

«Gut genug für den Augenblick. Sie ist etwa zehn hoch zehn mal schwächer als die starke Kraft, und das ist mächtig schwach. Aber wenn sie noch *etwas* schwächer wäre, dann könnten die Neutrinos nicht genügend Druck auf die äußere Hülle eines sterbenden Sterns ausüben, um eine Supernova zu bewirken, und ohne Supernovae gäbe es keine schweren Elemente im Kosmos, und Planeten wie die Erde würden nicht existieren, und biologische Gebilde wie Sie oder mich mit all dem Kohlenstoff und Kalzium und Eisen, aus denen unser Körper aufgebaut ist, gäbe es auch nicht. Oder nehmen Sie die Masse des Neutrons: Wenn sie nur null Komma neun neun acht mal so groß wäre, wie sie ist, das heißt um nur zwei tausendstel, um weniger als *so* viel kleiner» – seine Finger markierten nun eine Strecke, die so kurz war, daß nur noch eine Haaresbreite vom unheimlichen Blau seiner Augen übrig blieb –, «dann würden sich freie Protonen durch Abgabe von Positronen in Neutronen umwandeln, und es existierten überhaupt keine Atome!»

Seine knochigen, hellen Hände flatterten mit solcher Hektik durch diese letzte Offenbarung, daß es im bleigrau leuchtenden, gefilterten Nachmittagslicht meines Zimmers so aussah, als habe er tatsächlich das göttliche Kaninchen aus seinem kosmischen Zylinderhut gezogen. Ich holte Luft, um einige naheliegende Einwände zu formulieren.

Er beugte sich nach vorn, so nahe, daß ich Photonen von den Speichelbläschen in seinen Mundwinkeln abprallen sah. Er beharrte: «Die Sonne. Hauptreihensterne wie die Sonne, die für einen Zeitraum von zehn Milliarden Jahren einen stetigen Strom von Energie abstrahlen, balancieren wie auf Messers Schneide zwischen dem Innensog der Schwerkraft und dem Gegendruck ihrer thermonuklearen Reaktion. Wenn die Gravitationskonstante um ein geringes kleiner wäre, würden sie sich aufblähen und zu blauen Riesen werden; wäre die Konstante größer, würden sie zusammenschrumpfen zu roten Zwergen. Ein blauer Riese existiert nicht so lange, daß Leben entstehen kann, und ein roter Zwerg strahlt nicht genug Wärme dafür ab. Überall, wohin man schaut, findet man diese unglaublich genau eingestellten Naturkonstanten, die den Wert haben müssen, den sie haben, oder es gäbe keine Welt, die wir als Welt wiedererkennen würden – und es gibt keine innere Notwendigkeit für diese Zahlenwerte, es sei denn, *Gott hat sie so eingerichtet.* Gott hat Himmel und Erde geschaffen. Das ist der Punkt, an den die Wissenschaft gelangt ist. Glauben Sie mir.»

«Es steht mir nicht zu, an Ihren Worten zu zweifeln, Mr. Kohler», sagte ich, sobald ich sicher war, daß er für den Augenblick abgeschlossen hatte. Als er sich in den Stuhl zurücksinken ließ, schienen mir, trotz des Pegels seiner Rede, die die Aknepusteln aufglühen ließ und die ungesunden Wangen rötete (sein Gesicht war zugleich knochig und verquollen, ein Gesicht auf Junk-Food-Diät), die Augen auf eine unbestimmte Weise über der Leidenschaft für die Fakten zu schweben. In ihrem fahlen Glanz lag Begeisterung, aber auch Kälte, ein Sich-Abschotten. Es würde einer fundierteren Attacke bedürfen, als ich sie führen konnte, um ihn zu erschüttern. Ich legte meine Pfeife zur Seite, nahm von der Schreibtischplatte einen Bleistift – sechseckig, grün, beschriftet mit dem Namen der Privatschule: PILGRIM DAY, die mein Sohn besuchte; augenscheinlich hatte ich ihm den Stift gestohlen –, faßte seine Spitze ins Auge und sprach: «Was mich ein wenig stört, ist die Argumentation mit der Wahrscheinlichkeit. In gewissem Sinn ist jedes Zusammentreffen von Umständen äußerst unwahrscheinlich. Zum Beispiel war es äußerst unwahrscheinlich, daß ein bestimmtes unter den Millionen Spermien, die mein Vater an einem bestimmten Tag ausstieß» (mein Vater, der meine Mutter und mich im Stich ließ; der im Mittelbau des mittelwestlichen Versicherungsgewerbes von Job zu Job flüchtete; der kultivierte Konversation zu treiben glaubte, wenn er einen morgens beim Friseur gehörten schleimigen Witz zum besten gab; der bis zum Tage seines Todes an Gehirnschlag Kölnisch Wasser und Manschettenknöpfe trug und die brüchige, falsche Herzhaftigkeit eines Ex-Athleten – wo kam er hergespurtet, um seinen Saft in diese gewaltige Materie zu mischen?), «den Weg zur Eizelle meiner Mutter fand und meine ganz bestimmte Kombination von Genen hervorbrachte. Aber *irgend*eine solche Kombination war, wenn man die Jugend der Beteiligten, ihre Einstellung zur Empfängnisverhütung und dergleichen in Betracht zieht, wiederum äußerst wahrscheinlich, darunter die meine nicht mehr und nicht weniger als andere. Oder?»

«Das ist vorzüglich», erdreistete sich mein Besucher, «wenn man davon absieht, daß Kinder, wie Sie selber sagen, in großer Zahl geboren werden, während wir nur von einem einzigen Universum wissen. Das ist der Punkt, um den sich die Wissenschaftler herummogeln wollen, um ihren alten atheistischen Materialismus zu retten. Anstatt das Offensichtliche zuzugeben, daß nämlich eine absichtsvolle Intelligenz die physikalischen Konstanten und die Startbedingungen präzise festgelegt hat, stellen sie die wahnwitzige Hypothese auf, daß eine Vielzahl von Universen gleichzeitig existiert, darunter auch das unsere, das zufällig allein die richtigen Bedingungen für die allmähliche Entwicklung des Lebens bietet. Manche *sagen* nicht rundheraus, daß irgendwo draußen oder hinten oder sonstwo andere Universen existieren, zusammenstürzen, sich ausdehnen oder sonstwie unbemerkt herumfuhrwerken. Sie sagen statt dessen, daß das Universum so und so beschaffen sein muß, *weil* wir hier sind und es beobachten können, was dem Problem die Spitze nehmen soll, etwa als ob man sagt: ‹Natürlich hat der Planet Erde Wasser und Sauerstoff, sonst wären wir nicht hier.› Es nennt sich das ‹anthropische Prinzip› und ist, jedenfalls in seiner schwachen Form, nichts weiter als ein Versuch, sich um den heißen Brei herumzudrücken. Eine andere Theorie behauptet, daß die Unschärfe in der Quantentheorie zu einer Art unendlicher Verzweigung führt. Etwa so: wenn ein Elektron ein Proton trifft, teilt sich die Welle nach rechts und nach links; sobald unsere Messung nun ergibt, daß das Teilchen nach rechts gewandert ist, verschwindet der linke Ast der Welle. Aber wohin? Nach dieser Theorie verschwindet er in ein anderes Universum, und ebenso der Beobachter, ein Duplikat von ihm, mit diesem kleinen Unterschied im Meßergebnis, und ebenso seine Instrumente und sein Labor und das Gebäude und so fort. Obendrein – ich sage ja, daß es Irrsinn ist – braucht man gar keinen Beobachter für die Verzweigung, sie vollzieht sich bei jedem Quantenereignis, überall, auf jedem Stern: Das Universum teilt sich in zwei, immer wieder, ohne Pause. Es gibt keine Möglichkeit, es jemals nachzuprüfen, aber sie sind alle da, alle diese anderen Universen, eine Million Millionen in jeder Mikrosekunde. Was soll man dazu noch sagen. Ein anderer hat kürzlich alle diese peinlichen Verlegenheiten – peinlich, solange man nicht einfach sagt: Gott ist der Schöpfer – zu umgehen versucht, indem er eine ultrakurze Superaufblähung des Universums vorgeschlagen hat, hervorgerufen durch eine theoretische, aber noch nie beobachtete Antigravitation, die in einem lachhaft kurzen Zeitabschnitt der ersten Sekunde des Urknalls zu einer exponentiellen Vergrößerung des Raums geführt hat, zu einer Verdoppelung in jeder Zehn-hoch-minus-vierunddreißigstel-Sekunde oder so. Dabei wurde der Durchmesser des Universums, das anfangs kleiner war als die Spitze Ihres Bleistifts, um einen Faktor von zehn hoch fünfzig vergrößert, ehe sich die Ausdehnung schlagartig zur normalen Expansionsgeschwindigkeit abkühlte. Als Folge hätten wir statt der vielen Universen nur ein einziges, großes *fettes* Universum, von dem der Kosmos, den wir sehen, bis hinaus zu den Quasaren in zehn und mehr Milliarden Lichtjahren Entfernung, nur ein winziges Bruchstück ist, ein wirklich winziges, so klein wie ein Pingpongball im Shea-Stadion. Und da sagt man den religiösen Leuten nach, daß sie sich die Fakten zurechtbiegen. Die Physiker sind *ver-zweifelt*, jedenfalls diejenigen, die sich des Problems bewußt sind. Sie *winden* sich vor Verzweiflung!»

Er schien sich allzusehr darüber zu freuen – unchristlich geradezu. «Mir scheint», riskierte ich zu sagen, «ein fundamentales Problem bei all den modernen Versuchen, den beobachteten Kosmos mit den tradierten Religionen zu versöhnen, besteht in seiner schieren, deprimierenden Grandiosität. Wenn Gott, so wie die Genesis und nun auch Sie es mir erzählen, die Welt als eine Bühne für den Menschen schaffen wollte, warum hat er sie dann so sinnlos gigantisch gemacht, so grausam turbulent und, ja, so zermalmend für das Bewußtsein, das sie verstehen will? Das Sonnensystem vor einem angenehm gesprenkelten Hintergrund aus Sternen, das hätte doch genügt? Aber darauf noch eine Galaxie zu setzen und darüber all die anderen Galaxien...» Die Spitze meines Bleistifts glühte winzig, um Unendlichkeiten größer als das ursprüngliche Universum. Sah man genau genug hin, so konnte man die vom Spitzen abgeschilferten Facetten des Graphits im grauen Licht erkennen, darin die Tupfen des granulierten Kohlenstoffs. Seit meinem achten Lebensjahr, als mich der Augenoptiker der Familie dafür lobte, daß ich noch die letzte Zeile seiner Testtafel entziffern konnte, erfüllt mich unschuldiger Stolz auf die Schärfe meines Sehvermögens, das von einer vor sieben Jahren, mit fünfundvierzig, angeschafften Lesebrille leicht verstärkt, aber sonst nicht korrigiert wird.

«Ich weiß. Es ist ein Knaller», stimmte der Junge mit einem seiner ermüdenden Glissandi aus unerwarteter Leutseligkeit und gönnerhaftem Langmut zu. «Vielleicht soll es so etwas wie eine Demonstration sein. Was die Unendlichkeit ist. Damit wir nicht vorlaut sagen: ‹Gott ist unendlich.› Aber schließlich sind ja alles nur Zahlen, nur Meßwerte. Und es gibt Dinge, die wir nicht messen können. Wir können unsere Seelen nicht messen, zum Beispiel –»

«Oder die Liebe, wollen Sie sagen.»

«Will ich?»

«Ich glaube, Sie wollten es. Ich habe ständig mit Ihrer Altersgruppe zu tun gehabt, Mr. Kohler, seit ich aus dem Kirchendienst ausgeschieden bin, am theologischen Seminar in New York meinen Doktor gebaut und hier oben eine Assistentenstelle bekommen habe. Für euch dreht sich alles um die Liebe, um das Wort, wenn schon nicht um die Sache selbst. Mit der Sache selbst, so scheint mir, sieht's eher dornig aus.»

«Sir, ich glaube, ich bin durchaus älter als die Gruppe, mit der Sie normalerweise zu tun haben. Ich bin achtundzwanzig, aus Akron, ursprünglich. An der Case Western Reserve habe ich meinen Bachelor-Grad in Computerwissenschaften erworben, anschließend habe ich mir ein Jahr lang als Brandwache in den Wäldern der Salmon River Mountains in Idaho den Kopf ausgelüftet. Dann bin ich an die Ostküste gekommen, wo ich seitdem mein Graduiertenstudium mache und an verschiedenen Computer-Forschungsprojekten mitarbeite.»

«Also sind Sie gar kein Physiker?»

«Aber nein: Ich bin sozusagen durch die Hintertür meiner persönlichen Philosophie zur Kosmologie gekommen. Die Physiker wollen sich mit nichts anderem befassen als mit Zahlen. Sie würden das, was dahintersteckt, am liebsten geheimhalten – man muß es ihnen geradezu aus der Nase ziehen. Die besten Köpfe, die sich mit der wirklichen Bedeutung dieser Dinge beschäftigen – Carter und Hawking und wahrscheinlich zählt auch Hoyle dazu –, leben drüben in England. Die Amerikaner basteln statt dessen an ihrer Weltformel, der Großen Vereinheitlichten Theorie, und die besteht aus nichts als Zahlen. Zahlen über heiße Luft, genaugenommen. Ich meine *wirklich* heiße Luft, ab zehn hoch sechsundzwanzig Grad Kelvin aufwärts, dann lassen sich die starke und die elektroschwache Kraft theoretisch vereinigen, und die Supersymmetrie schaut aus der Kühlschranktür, und wir haben magnetische Monopole, die eine Million Tonnen wiegen würden, wenn sie so groß wären wie ein Atomkern, und was weiß ich noch für anderes Zeug, von dem bisher nicht die Bohne bewiesen worden ist. Nach der Vereinheitlichten Theorie müssen Protonen zerfallen, nur hat bis jetzt noch niemand einen Protonenzerfall gesehen, und wenn die Lebensdauer eines Protons auch nur ein wenig kürzer wäre als das Millionenfache des Alters des Universums, dann wären Sie und ich in diesem Augenblick so radioaktiv wie der Kern eines Reaktors. Es ist, wie ich sage:

heiße Luft. Glauben Sie nicht, daß ich mich hinreißen lasse. Ich versuche, nicht gehässig zu werden. Aber diese Atheisten sind so ar-ro-gant; es fällt ihnen nicht einmal im Traum ein, daß es hier etwas zu diskutieren gäbe.» Er entspannte sich, seine Beine wurden so lang, daß die Füße in den schiefgetretenen Hush Puppies unter meinem Schreibtisch verschwanden.

«Achtundzwanzig ist eigentlich ein ganz normales Alter», sagte ich, «um sich zur Religion zurückzuwenden.»

«Ich habe mich nie von ihr abgewandt», entgegnete dieser junge Mann. Die Frommen, so habe ich festgestellt, äußern sich oft mit einer Entschiedenheit, die sie bei anderen brüsk fänden. «Ich bin so geblieben, wie ich erzogen worden bin. Meine Mutter und mein Dad hatten mir intellektuell so wenig mitzugeben, daß ich es mir gar nicht leisten konnte, auf irgend etwas zu verzichten. Die Wände in unserem Haus waren so dünn, daß ich meine Eltern manchmal zusammen beten hörte.» *Warum erzähle ich ihm das alles?* konnte ich es in ihm arbeiten sehen. Seine Hände begannen sich zu bewegen, in Vorwärtsverteidigung. «Was Sie hier Religion nennen, ist allenfalls das, was anderswo Soziologie heißt. Genauso lehren Sie's doch, oder? Alles von den Evangelien bis zu Frazers *Goldenem Zweig*, von Martin Luther bis zu Martin Luther King, es ist alles geschehen, es ist historisches Faktum, es ist Anthropologie, es ist Textwissenschaft, es ist von *menschlichem Interesse*, stimmt's? Aber das ist so risikolos. Wie können Sie denn fehlgehen? Selbst der hartgesottenste Atheist auf diesem Erdball würde nicht leugnen, daß Menschen an Religionen geglaubt haben. Daß sie all diese Tempel gebaut, all diese Tabus befolgt, all diese Traditionen begründet haben und so weiter und so fort. Aber was sagt das schon? Für den durchschnittlichen, normalen, fröhlichen Heiden ist das alles poetische, pathetische Narrheit, genau wie so viele andere Aspekte der menschlichen Geschichte, wie *alle* ihre Aspekte, genaugenommen, wenn man bedenkt, daß jeder einzelne von uns sterben wird und bis dahin den Großteil seiner Energien verbraucht, um den Hunger zu stillen und sein warmes, trockenes Plätzchen zu verteidigen und, wie ist gleich das Wort –?»

«Fruchtbar zu sein?» schlug ich vor.

«Nichts anderes», erwiderte er und ließ sich noch weiter zusammensinken. «Ich habe mir das Vorlesungsverzeichnis angesehen, ehe ich herkam. All dieses Zeug zu studieren *sagt* überhaupt nichts, es ver*pflichtet* Sie zu nichts, außer zu einer absolut schmerzlosen, menschlichen Übung in Kulturgeschichte. Worüber ich mit Ihnen reden will, ist Gott als *Tatsache*, als eine Tatsache, die jeden Augenblick über uns hereinbrechen kann, mitten aus dem Herzen der Natur.»

«Sie haben es bereits erwähnt», sagte ich, legte den Bleistift meines Sohns zur Seite und warf einen diskreten Blick auf die Armbanduhr. Das zweistündige Seminar über vornizäanische Häresie sollte um fünfzehn Uhr beginnen. Wir wollten uns heute Marcion vornehmen, den ersten der großen altkirchlichen Ketzer. Er legte plausibel dar, daß der Gott des Alten Testaments und der Gott des Neuen zwei verschiedene Götter sein mußten – ein Ditheismus, der mit den Lehren der Gnostiker verschmolz und den Manichäismus vorwegnahm. Marcion hatte nur Verachtung für den Schöpfergott der Hebräer übrig, der das Böse schuf, der zucht- und ehrlose Schurken wie König David zu seinen Lieblingen erkor und der, ein ahnungsloser, unschlüssiger Gott, auch für die demütigenden und peinvollen Prozeduren von Paarung, Schwangerschaft und Geburt verantwortlich war, worüber auch nur nachzudenken Marcion mit Ekel erfüllte. Er hatte gute Gründe. «Sei dem, wie ihm wolle», sagte ich bedächtig; «was kann ich denn nun eigentlich für Sie tun, Mr. Kohler?»

Ein rosiger Hauch von Erregung zog abermals über den ungesunden Teint meines Besuchers, und seine Stimme wurde so leise, daß ich ihn nur mit Mühe verstehen konnte. «Sir, ich habe mich gefragt, ob ich nicht ein Stipendium erhalten könnte. Ob nicht die theologische Fakultät daran interessiert sein müßte, daß ich weiterverfolge, worüber wir gesprochen haben. Diese Beweise für die Existenz Gottes.»

«Tja. Nehmen wir an, daß es einen Versuch wert ist. Aber angesichts der Lehrpläne, die Sie so scharfsinnig beschrieben haben, möchte ich bezweifeln, daß wir auch nur einen Cent dafür erübrigen können. Wir sind, laut Ihrer Analyse, vollauf zufrieden damit, die historische Existenz sogenannter Religionen zu belegen und den fanatisch Interessierten Aramäisch und Altäthiopisch beizubringen.»

«Bitte, Sir, seien Sie nicht eingeschnappt! Ich habe keine Ahnung, was Sie persönlich glauben.»

«Ich meine, daß ich eigentlich genug glaube. Es ist zwar vierzehn Jahre her, daß ich meine letzte Gemeinde abgab, aber ich bin immer noch ordinierter methodistischer Geistlicher, von einiger Reputation, wie man das wohl nennt. Und außerdem möchte ich Ihnen mitteilen, daß ich in siebzehn Minuten ein Seminar zu halten habe.»

«Dr. Lambert, finden Sie es denn nicht aufregend, was ich zu erklären versucht habe? Gott *bricht durch.* Jahrhundertelang haben wir an der physikalischen Realität gekratzt, und nun ist die Schicht des wenigen, das wir noch nicht verstehen, so dünn geworden, daß uns Gott durch sie hindurch ins Auge blickt.»

«Das klingt ziemlich abschreckend, ehrlich gesagt. Wie ein Gesicht hinter einer Badezimmertür aus Milchglas. Oder wie» – ich pflückte ein Bild aus meinem Unterbewußtsein, das mich seit Monaten verfolgt hatte – «der arme junge Seemann von der Franklin-Expedition, der diesen Sommer in Kanada gefunden wurde, perfekt konserviert im Eis. Auch er hat uns durch die dünne Schicht ins Auge geblickt.»

Kohler beugte sich bedrohlich nach vorn, sein geflecktes Kinn verzerrte sich unter dem Druck der Überzeugung. «Wenn Gott», sagte er, «tatsächlich das Universum erschaffen hat, dann *muß* sich diese Tatsache schließlich auch offenbaren. Andersherum gesagt: Gott kann sich nicht länger verstecken.»

«Wenn Er allmächtig ist, so scheint es mir durchaus in Seiner Macht, sich auch weiterhin zu verstecken. Ich bin mir auch nicht so sicher, ob es nicht ein wenig ketzerisch von Ihnen ist, die Tatsache Gottes mit einer Menge anderer Tatsachen in einen Topf zu werfen. Selbst Thomas von Aquin hat wohl keinen Gott postuliert, den man kreischend und um sich schlagend aus einer Versuchsanordnung neben der Hörsaaltafel herauszerren kann.»

«Sie sind satirisch», sagte der junge Mann. «Aber wissen Sie auch, warum?»

«A: tatsächlich? Und B: nein.»

«Weil Sie Angst haben. Sie *wollen nicht*, daß Gott sichtbar wird. Die meisten Leute wollen das nicht. Was sie wollen, ist weiterwursteln auf ihre menschliche, schmuddelige, verschlagene und vergnügliche Art, sie wollen ihre Wochenendausflüge machen und ihr Bier trinken und Gott hübsch brav in der Kirche lassen, falls sie unterwegs mal reinschauen, und bestenfalls darf Er sie am Ende aus dem Schlamassel herausziehen, durch diesen Tunnel aus Licht, von dem all die klinisch Toten erzählen. Das ist noch so eine Stelle, wo Gott sichtbar wird, die Berichte all der Beinahe-Toten, die sich euphorisch zurückmelden. Das gibt es auch erst, seit sie diese medizinischen Geräte haben, eine Rückkehr aus dem Grab. Aber ich will meine siebzehn Minuten nicht vergeuden.»

«Zwölf. Oder sagen wir zehn. Ich muß mir noch meine Notizen ansehen.» Sie lagen auf dem Schreibtisch bereit. Ich zog sie näher und warf einen Blick darauf. *Marcion exkomm. Rom 144*, las ich stumm. *Tertullian schr. Adversus Marcionem ca. 207*. Mein Gast machte mich unhöflich.

Was ihn nicht zu erschüttern schien. «Habe ich denn nicht recht, Sir? Ihnen graut vor der Vorstellung, Gott könnte bewiesen werden.»

«Mir graut, wenn überhaupt, vor all der Blasphemie, die Ihnen so selbstverständlich über die Lippen geht.»

«Warum soll das Blasphemie sein? Warum gilt es heutzutage als gotteslästerlich, die Möglichkeit in Betracht zu ziehen, daß Gott ein Faktum ist?»

«Ein Faktum in unserem Leben, das ja, ein spirituelles Faktum –»

«Das ist dasselbe wie ein virtuelles Teilchen. Ein Stück heiße Luft.»

Ich seufzte und wünschte inständig, der Bursche wäre nie geboren worden. Dieses Dickicht von Vermutungen über das Absolute und Unwißbare, das er so bewegt skizziert hatte, erinnerte mich an meine Toten, die Toten, von denen ich lebe, jene dunklen, frühen Jahrhunderte voller leidenschaftlicher Eremiten und widerspruchsbereiter Kirchenmänner, die Stürme feiner Unterscheidungen zwischen Athen und Spanien, zwischen Hippo und Edessa hin und her wogen ließen. *Homousios* oder *homoiusios*, Logoschristologen gegen Aloger, Montanismus oder Modalismus oder Monarchianismus, die Jünger der hypostatischen Union und die Patripassianer. Blutgetränkte Grenzziehungen, zu Staub geworden wie die Knochen ihrer Propheten, all diese grandiosen und gebetserfüllten Versuche, die göttliche Substanz zu enthäuten, zu zerteilen und zu obduzieren. «Die christliche Kirche», begann ich, hielt aber inne, um den Jungen zu fragen: «Halten Sie sich selbst für einen Christen?»

«Absolut. Der Herr ist mein Heiland.»

Mich ekelte vor der kaltäugigen, inbrünstigen Art, mit der er es aussprach. Daheim wurden solche Platitüden auf Scheunentore gepinselt oder auf Zierkissen gestickt. Ich sagte: «Die Kirche lehrt, so glaube ich, und das Alte Testament beschreibt einen Gott, der handelt, der *zu uns kommt* in Offenbarung und Erlösung, und nicht einen Gott, der das Universum in Betrieb gesetzt hat und sich seither versteckt. Der Gott, mit dem wir es an dieser theologischen Fakultät zu tun haben, ist der lebendige Gott, der aus eigenem Willen und aus Liebe zu uns Menschen kommt und über all die babylonischen Türme lacht, die wir Ihm zu Ehren errichten.» Ich hörte ein Echo von Karl Barth in meinen Worten, und der genaue Wortlaut des Zitats flimmerte am Rand meines Bewußtseins. Wo stand es? Ich trug einen Kaschmir-Pullover mit V-Ausschnitt unter meinem Jackett («Kamel» hieß die Farbe laut Etikett, was Esther, die mein akademisches Spezialgebiet nur «die Wüstenväter» nennt, beim Kauf bei Trimingham's auf den Bermudas vorige Weihnachten sehr amüsiert hatte), und plötzlich fühlte ich Hitze in mir aufsteigen und begann zu schwitzen. Ich hatte mich zu sehr engagiert. Ich zerrte Überzeugungen ans Tageslicht, die ich vor langer Zeit gewonnen und dann vergraben hatte, um sie nicht zu gefährden.

«Ich weiß, ich weiß, das klingt großartig», sagte mein Inquisitor, der aufmerksam und interessiert, aber von meiner Verlautbarung nicht erschüttert war. «Aber auch, wenn Er, wie Sie sagen, eine dynamische Kraft ist, muß Er auf eine Weise existieren, die von einer physikalisch vollständigen Beschreibung der Grundlagen des Universums, von der die Wissenschaft höchstens noch ein Jahrzehnt entfernt ist, unweigerlich erfaßt wird. Mehr als das sage ich gar nicht. Wir sind fast am Ziel, Professor Lambert, und weil die Wissenschaft so lange atheistisch war, will sie es nicht wahrhaben. Sie brauchen jemanden wie mich, der willens ist, die Neuigkeit zu verkünden – der alle Beweise sammelt und sie durch den Computer schickt. Ein Computer, wissen Sie, ist im Prinzip eine ganz simple Maschine, aber er macht seine simplen Sachen so schnell, daß man große Gebäude damit bauen kann –»

Ich fiel ihm ins Wort: «Es ist ganz sicher auch zu einfach, alle Wissenschaftler zu Atheisten zu stempeln. Eddington war keiner, und Newton, soweit ich mich erinnere, war sogar ein religiöser Eiferer. Pascal und Leibniz. Einstein meinte, daß Gott nicht würfelt.»

«Ja, ein paar hat's gegeben, sicher. Aber im großen und ganzen – Sie haben mit diesen Burschen ja nicht so viel zu tun wie ich, tagtäglich. Für die große Mehrheit ist die Vorstellung, daß etwas weder Zufall noch Materie ist, einfach undenkbar. Sie hassen es. Haben Sie noch eine Minute, für einen einzigen Punkt? Ich sehe, daß Sie schon nervös werden. Vor etwa fünfzig Jahren hat sich ein Physiker namens Paul Dirac gefragt, warum die Größe zehn hoch vierzig immer wieder auftaucht. Das Quadrat davon, zehn hoch achtzig, ist die Masse des sichtbaren Universums, ausgedrückt in Protonenmassen. Die Zahl selbst, zehn hoch vierzig, ist das gegenwärtige Alter des Universums, ausgedrückt in der Zeiteinheit, in der das Licht einen klassischen Elektronenradius zurücklegt. Und nun passen Sie auf: Wenn man die Gravitationskraft zur elektrischen Kraft zwischen Elektron und Proton in Beziehung setzt, stellt sich heraus, daß sie zehn hoch vierzig mal schwächer ist! Außerdem entspricht zehn hoch vierzig hoch ein viertel, oder zehn hoch zehn, ungefähr der Anzahl der Sterne in einer Galaxie und der Anzahl der Galaxien im gesamten Universum *und* dem Kehrwert der schwachen Feinstrukturkonstante! Wenn Sie – »

«Vielleicht sollten Sie das alles für Ihren Computer aufheben.»

«Dann geben Sie mir also grünes Licht für mein Projekt?»

«Nicht im geringsten. Es ist nicht meine Aufgabe, Ihnen irgendein Licht zu geben. Wenn Sie sich um ein Forschungsstipendium der Fakultät bewerben wollen – wobei ich erwähnen sollte, daß wir nur über sehr bescheidene Mittel verfügen, da unsere Absolventen bei der Kirche keine Reichtümer anhäufen und von vielen Seiten an ihre Mildtätigkeit appelliert wird –, wenn Sie sich also, wiederhole ich, bewerben wollen, dann finden Sie die nötigen Formulare im Studentensekretariat im Erdgeschoß. Der Vorsitzende der Stipendienkommission ist ein äußerst netter und zuvorkommender Mann namens Jesse Closson. Was *mich* betrifft, so finde ich Ihre ganze Idee ästhetisch und ethisch abstoßend. Ästhetisch, weil sie einen Gott beschreibt, der sich in eine intellektuelle Falle locken läßt, und ethisch, weil sie den Glauben für die Religion entbehrlich macht, weil sie uns die

Freiheit nimmt, zu glauben oder zu zweifeln. Ein Gott, den man beweisen kann, macht die ganze Angelegenheit ungeheuer, ja: *un*interessant. Billig. Was immer Gott sonst noch sein mag, Er sollte nicht billig sein.»

«Aber denken Sie doch an den Trost, Sir, den es für alle bedeuten würde, die glauben wollen, es aber nicht wagen, weil sie intellektuell eingeschüchtert worden sind. Denken Sie an die beruhigende Gewißheit für alle, die Not oder Schmerzen leiden und beten wollen.»

«Ich bezweifle, daß in einer solchen Lage jemals irgend jemand durch seinen Verstand von etwas abgehalten worden ist, wenn er nur verzweifelt genug war.»

Das überraschte ihn. Seine Augenbrauen und Lider hoben sich, und die Augen wurden hell wie kleine Zimmer, deren Jalousien gerade ratternd hochgezogen worden sind. «Ich bitte um Verzeihung, aber ich glaube nicht, daß das stimmt. Mir scheint, die Menschen sind sehr bewußt darum bemüht, auf dem laufenden zu sein – sehen Sie sich nur die ganzen Wissenschaftsseiten in der Presse an oder die Filme über Insektenmimikry im nichtkommerziellen Fernsehen. Sie sprechen vom Glauben und davon, daß er entbehrlich würde und so weiter, aber Sie vergessen, daß wir von der Menschwerdung und von der Dreifaltigkeit gar nichts beweisen wollen – ein Hindu könnte mit der Neuigkeit genauso glücklich werden wie ein Christ. Übrigens ist die rechte Hand von Fred Hoyle sogar ein Hindu, Chandra Wickramasinghe. Es bliebe immer noch genügend Raum für den Glauben und für verschiedene Formen der Anbetung. Das, worum's hier geht, ist schließlich nur das absolut Elementare, die Grundlinie sozusagen. Der einzelne muß das immer noch mit den speziellen Zutaten auffüllen. Die ganzen Glaubensfragen bleiben immer noch unentbehrlich. Sie dürfen auch nicht vergessen, daß der Glaube gar nicht als ewigwährende Tugend gedacht war, er sollte nur das Schlimmste verhüten, bis Christus wiederkehrte und Sein Reich errichtete und alles in Ordnung kam. Paulus und die Seinen erwarteten, daß die Welt noch zu ihren Lebzeiten untergehen würde.»

«Darüber hat es natürlich schon viele Debatten gegeben, was die Jünger nun wirklich erwarteten. Übrigens auch darüber, was sie wirklich gesehen hatten. Aber ich muß jetzt in mein Seminar, Mr. Kohler. Ich werde der Kommission sagen...»

Er straffte sich, elektrisiert von dem Türspalt, dem Lichtstreif: «Ja, Sir?»

«Am besten sollte ich wohl gar nichts sagen», nahm ich zurück und überlegte, warum ich mich zum Mittäter machen wollte, warum ich diesem bleichen und anmaßenden Jüngling in einem speichelleckerischen und verführenden Tonfall kam, «aber es *wäre* schon erfrischend, jedenfalls für mich, hier einmal ein Projekt zu unterschreiben, das nichts mit Farbigen oder mit Feminismus zu tun hat. Oder mit einem dieser armseligen Papers über die ‹Religion der Straße›, was auf wahrsagende Zigeuner und Zahlenmystik bei Autokennzeichen und U-Bahn-Linien hinausläuft. Wenn Sie also tatsächlich eine Bewerbung einreichen, so können Sie schreiben, daß Sie mit mir gesprochen haben und daß ich Ihre Ideen und Argumente... wie sollen wir sagen –?»

«Zwingend fand?»

«Amüsant.»

Ich zog meine Notizen heran, stand auf und schielte auf sie hinunter. *Marcion ein radikalerer Paulus. Galatherbrief. Beschneidung. Legalismus u. Abgrenzung d. Judenchristen. Marcions Christologie doketisch: dokein, scheinen. Erscheinung.* Was bedeutete das alles? Ich hatte ein benommenes, traumähnliches Gefühl völliger Fremdheit, wie ein Reisender, der die Sprache seines Gastlandes verlernt hat.

«Ich würde nicht mehr erwarten als eine Entschädigung für meine Arbeitszeit.» Der junge Mann erhob sich und haspelte die Worte heraus. «Ich arbeite mit den Computern bei den Naturwissenschaftlern, inoffiziell. Wie soll ich das in der Bewerbung ausdrücken?»

«Schreiben Sie einfach, daß Sie die Mächtigen berauben und die Machtlosen beschenken. Und grüßen Sie Verna. Fragen Sie, ob es irgend etwas gibt, das ihr Onkel für sie tun kann.»

«Oh, sie erwartet nicht, daß Sie irgend etwas für sie tun. Nach Vernas Beschreibung hatte ich Sie mir viel schwieriger vorgestellt.»

«Schwierig? So sieht sie mich also? Dann sollte ich sie wirklich einmal in ihrem Versteck besuchen. Wir können nicht zulassen, daß sie glaubt, einen bösen Onkel zu haben.»

Wir trennten uns ohne Händedruck. Der Junge hielt seinen Oberkörper in einer linkischen, verkrampften Schräge, aus der seine Hand auf kürzestem Weg am Ziel gewesen wäre, hätte die meine eine entsprechende Bewegung gemacht. Da diese ausblieb (allzuviel Händeschütteln hat sich im amerikanischen Alltag ausgebreitet – ebenso wie die hirnlosen guten Wünsche, die praktisch Fremden für den Tag, die Nacht, das Wochenende oder den Urlaub aufgenötigt werden), ließ er seine Blicke über meine Bücherwände wandern: Universitätspublikationen mit nüchternen Rücken aus entlegenen Winkeln der Kirchengeschichte, pastellfarben vergilbende Journale aus Mediävistik und Theologie, solide gebundene deutsche Wälzer und elegante gallische Broschuren, uniforme Gesamtausgaben wie Reihen stämmiger Orgelpfeifen, alles übersprenkelt mit Streifen von Papier, meinen Lesezeichen, die den massiven, dichtgestellten Reihen schaumige Kronen verliehen, ähnlich den japanischen Büschen vor Schintoschreinen, die dick mit Gebetszetteln besät sind, oder jenen kleineren papiernen Petitionen, die in den Fugen der Klagemauer stecken. Zwischen diesen Büchern mit ihren andächtigen, mürben Markierungen, in diesem hohen Raum mit seinem rätselvollen grauen Herbstlicht, vor dem aufgewühlten Himmelsausschnitt hinter den Spitzbogenfenstern waren Dale und ich zwei Seelen, wie sie die Gnostiker verstanden, Scherben der zersprungenen Gottheit, gefangen in dem Dunkel der Materie, verwirrt inmitten dieser Bücherregale, als wären wir zurückversetzt zwischen die Leitern der Engel, jene ungreifbaren Hierarchien, mit denen der volkstümliche Gnostizismus sein barsches Entweder-Oder vor zwei Jahrtausenden so rätselhaft verwirrte. (Was gibt es Seltsameres im religiösen Drang als dessen Leidenschaft für die Verkomplizierung, als die Liebe zum Verwirrenden, die die meisten Kirchen zu Schreckenskammern und alle existierenden Bekenntnisse grotesk macht?) Wir schienen zu schweben, Dale und ich, in zart geätzten Unendlichkeiten des Raums.

«Viel Glück», sagte ich.

«Wir bleiben in Verbindung.»

Das schien weder wahrscheinlich noch wünschenswert. Meine Gedanken eilten voraus zu meinem Referat, zu seinen unweigerlichen Schlüssen. In der frühen Kirchengeschichte ist Marcion ein Riese mit negativem Vorzeichen. Unser Bild von ihm muß aus den Schriften anderer erschlossen werden: Tertullian, Irenäus und Epiphanius mit ihren antimarcionischen Traktaten. Marcionitische Kirchen erlebten eine alarmierende Blüte, einige existierten noch im siebten Jahrhundert in Syrien. Marcions Anziehungskraft nicht leicht zu ergründen. Verbot Eheschließung. Verwarf Auferstehung des Fleisches. Interessanterweise offerierte er seinen Anhängern die ersten schriftlich fixierten Texte der Altkirche, bestehend aus zehn straff redigierten Paulusbriefen und einem weitgehend mit Lukas identischen *Evangelion.* Es war diese Zusammenstellung, die Justin den Märtyrer, Valentinus und Tatian veranlaßte, den orthodoxen Kanon des Neuen Testaments mit all seinem unbekümmerten Wirrwarr von inneren Widersprüchen aufzustellen. *Hauptpunkt:* Im Kampf gegen Marcion verschanzte Rom sich immer starrer hinter Autorität und Dogma. Obwohl kein einziges Wort von seiner Hand überliefert ist, hat er nie aufgehört zu faszinieren: vgl. die beiden leidenschaftlichen Bände von Harnack. Und Paul Tillich entdeckt Marcionismus sogar in der revelationistischen Strenge von Karl Barth, meinem, ich muß es gestehen, schandbaren Liebling.

Das Seminar würde kichern. In diesem liberalen Institut, in dem gnädig verkommene Unitarier und Quäker den Ton angaben, hatte Barth den gleichen Effekt wie Sex in der Unterstufe: jede Erwähnung kitzelte. Im Herbst sind die Studenten noch offen und eifrig genug, um für einen Flirt von oben dankbar zu sein: grimmiger grauer Prof. lüpft härene Kutte und entblößt Patschbäuchlein.

Während ich so in meine Zukunft blickte, bestürzte mich eine seltsame und unerbetene Vision: Ich blickte auch in die von Dale. In einem jener kleinen, ungewollten Wunder, die das Leben vergällen, ähnlich dem dumpfen Gefühl der Riesenhaftigkeit beim Aufstehen nach langem Sitzen oder den unsinnigen Technicolorkurzfilmen, die das Bewußtsein als Vorbereitung auf den Schlaf abspult, folgte mein körperloser Geist fühlsam Dale Kohlers Schritten durch die Korridore, die langen Korridore des theologischen Instituts mit den Mattglastüren der Hörsäle und dem schokoladenbraunen Streifen Linoleum am Boden. Jetzt erreicht er das Treppenhaus mit den breiten Stufen aus geschnitzter Eiche, wendet sich auf dem Treppenabsatz unter dem hohen, spitzbogigen, fast schlitzförmigen Fenster aus diagonal gebrochenem Granit und graugläsernen Rauten um und geht in seinem knisternden Parka durch die Haupthalle im Erdgeschoß. Durch die Türen der Seminarräume dringt in binärer Zwiefalt Gelächter oder Schweigen. Die Wände sind gefleckt von klebrigen Resten alter Plakate, von Tesastreifen und farbigem Fotokopierpapier. Neu in den Wettbewerb getretene Plakate überfüllen die offiziellen Anschlagbretter, werben für Demonstrationen gegen Umweltsünden in Maine und die Einmischung in Mittelamerika, für Arbeitsgruppen zum Thema «Welthunger und wir» oder «Thealogie der Muttergottheit». Wie auf Wolken, weil für den Augenblick erleichtert, daß das Gespräch mit mir – dem Monstrum – überstanden ist, strebt Dale zum Studentensekretariat am Eingang, einem Labyrinth aus Schreibtischen und halbhohen Zwischenwänden, wo er sich schon nach dem Weg zu meiner

Höhle erkundigt hat. Wieder wendet er sich an das Mädchen vom Empfang; sie ist zierlich und schwarz und trägt die Haare zu kleinen Zöpfen aufgedreht, die so gleichförmig und kompakt schimmern wie magnetische Spulen. Sie heißt Noreen Davis, aber nicht er, sondern ich weiß das. Ihre breitlächelnden Lippen sind in einem elektrisierenden Rot bemalt, das vor dem matten, nach Purpur spielenden Braun ihrer Haut überraschend und unheimlich wirkt. Als weiteres Make-up trägt sie Eye Shadow und Rouge in einem violetten Ton namens Libelle. Er merkt auf. (Ich stelle ihn mir nicht als schwul vor.) Bedauernd stellt er fest, daß ihr Lächeln nicht ihm, sondern irgendeinem Witz gilt, der noch in der Luft dieses großen Raumes hängt, wo alle – ein kahlköpfiger Mann an der Wand, eine Frau mit krausem Haar, die Akten in einem Korb sortiert – lächeln und darauf warten, daß er wieder geht, damit sie ihre namenlosen Scherze fortsetzen können. Eines Tages, denkt Dale, wird sich dieses schwarze Mädchen beglückt an diesen Augenblick erinnern, an ihn und seine Schüchternheit und Schäbigkeit und Akne und Verwirrung. Denn für alle Zukunft wird sie in einer Welt leben, die er entdeckt und proklamiert hat, der Welt des bewiesenen Gottes, dessen schemenhafte Konturen in ihre rechtmäßige, rechtwinklige Offensichtlichkeit entbunden sind. Hoch vor ihr stehend, die Formulare empfangend, die sie ihm mit einem so spöttischen wie einladenden, sterblichen und scheuen Lächeln darbietet, sieht er sie beide in dieser Zukunftsaussicht eingeschlossen, im Glanz der Offenbarung, die er bringen wird, wie zwei kleine Gipsfiguren in einer Kugel aus Glas.

Meine Gedanken schwenkten in die Gegenrichtung: In schnellem Rücklauf sah ich ihn durch die Eingangshalle und das Treppenhaus nach oben bis zu meinem Zimmer gehen, und als er die Tür öffnet, sehe ich mich selbst, so wie er mich gesehen haben muß, meine grauen Haare und mein graues Jackett, die Halbmonde meiner Lesebrille als doppelten Lichtreflex und den Himmel hinter mir vollgestopft mit blendendem Gewölk, Silber aufgelöst in Silber, mit mir als dem obskuren Tor zu Geld und, wenn seine Theorien sich bestätigen, Unsterblichkeit.

2

Und auf dem Heimweg, in der Abenddämmerung, nachdem das Seminar und eine Unterredung mit einer problematischen Studentin überstanden waren, hatte ich die Empfindung, in seinen Fußstapfen zu gehen. Nachdem er Hooker Hall verlassen hatte (so der oft bespöttelte Name unseres Fakultätsgebäudes – der sich natürlich keineswegs von Hurerei, sondern von Thomas Hooker herleitet, einem verdienstvollen puritanischen Kirchenmann, dessen relativ freisinnige Ansichten über die Heilsbedeutung der Taufe und die innere Vorbereitung auf das göttliche Gnadenwerk zu seiner Ausweisung aus Massachusetts und einem Exil in der Wildnis Connecticuts geführt hatten), mußte Dale durch die gleichen Straßen gegangen sein wie ich, die Straßen meines eigenen Viertels. Ich wohne drei schattige Häuserblocks von meinem Arbeitsplatz entfernt, in einer verhältnismäßig ruhigen und immer teurer werdenden kleinen Wohnstraße namens Malvin Lane. Die Bürgersteige sind mit Ziegeln, hier und da auch mit Schieferplatten gepflastert und angenehm gewölbt vom schwellenden Wurzelwerk der Bäume, deren fiederige Höhlen sich zu dieser frühen Abendstunde abwechselnd leuchtend hell und schattig schwarz über mir erstreckten – von Straßenlaternen herausgeschälte Inseln aus Licht in einem zerfetzten Ozean von Laub und Geäst. Das Viertel besteht aus geräumigen Villen in Holzbauweise, viele hinter übermannshohen hölzernen Zäunen, von denen keine mehr als einen Bruchteil der Grundstücksfläche beansprucht, die ihrem Stil und ihrer Größe, ihren Dachgauben und Kaminen, ihren säulenbewehrten Portalen und rundbogigen Fenstern und überladenen Gesimsen in einem Vorort zugestanden würde. Mächtige alte Stadtbäume – Rotbuchen und Ahorn, Robinien und Eichen – drängen sich in den engen Höfen, greifen mit ihren Zweigen nach Telefondrähten und Verandageländern. Zu dieser Jahreszeit, Ende Oktober, bedeckten feuchte, flachgetretene Blätter das Trottoir mit einem Reichtum von Brokat. Die Studentin, die mich, auf ihr Drängen hin außerhalb meiner Sprechstunde, nach dem Seminar aufgesucht hatte, war eine außergewöhnlich ernste, außergewöhnlich unattraktive Magisterkandidatin, die ihre Arbeit («Helena und Monika: Zwei Frauengestalten der Frühkirche») mit einer jener komplizierten und provozierenden sexualpolitischen Thesen gewürzt hatte, durch die mir taktvoll meinen Weg zu bahnen mich ermüdet. Diese Möchtegernmuse der Gottesgelehrtheit – quadratschädelig, stur, mit einer irritierend farblosen Warze neben einem Nasenflügel und ebenso farblosen Lippen, auf denen ständig schüchterne, doch unbeirrte Worte des Widerspruchs bebten – lag mir deprimierend auf der Seele, während ich unter dem Gold der Buchen, dem Rostrot der Eichen meines Weges schlurfte. Zu meinen Füßen, in einem hellen Lichtstreifen zwischen den Schatten zweier Bäume, bemerkte ich ein rosiges Zuckerahornblatt, das wie eine winzige, gespreizte Hand nach der verstreuten Pracht der Buchenblätter griff; und ich wußte, daß er, der hochaufgeschossene, wachsbleiche Eindringling, dieses seltsam emblematische Blatt drei Stunden vor mir ebenfalls bemerkt hatte, auf seinem Weg durch mein Wohnviertel zu seinem eigenen, entfernten, schäbigen.

Die Häuser hier werden größtenteils von Universitätsdozenten bewohnt, oder von altjüngferlichen Töchtern verblichener Gräzisten oder der kränklichen Nachkommenschaft von Familien, die ihren Wohlstand vor so langer Zeit erworben haben, daß Geld ein Abstraktum, nur noch eine Frage von Ziffern und Papier, geworden ist. Eine schattenhafte, narkotisierende Gediegenheit umgibt diese Gebäude und befriedet das Leben in ihnen, vermittelt das Gefühl, daß es nicht lohnt, anderswohin zu gehen, und mein junger Mann muß sich von dieser Stimmung angezogen fühlen, wird versuchen, während er immer weiter geht, aus den kurzen Blikken auf Bücher und Lampen und Schnickschnack, die die Vorhänge hinter den Fenstern gewähren, die Formen und Vorlieben unseres Lebens zu erschließen, wird lüstern geworden sein auf unsere Besitztümer, ehe er dieses Stadtviertel verläßt. Vielleicht ist Dale nicht auf dem Weg nach Hause, sondern geht zu Verna, meiner despektierlichen Nichte, in der gefängnisähnlichen Sozialwohnung, in der sie und ihre achtzehn Monate alte Tochter leben. Gitter an den Erdgeschoßfenstern, Graffiti in den Hauseingängen und hinauf durch den ganzen, metallischen, vibrierenden Treppenschacht. Verna öffnet die Tür, begrüßt Dale ohne Begeisterung. Sie kennt ihn und weiß, was er für sie tun kann und was nicht (vielleicht ist er *doch* schwul?). Aber sie tut so, als freue sie sich, ihn zu sehen. Sie reden, über mich und meine Reaktion auf seinen Plan, Gott mit dem Computer zu beweisen. Ich höre sie etwas sagen wie: «Onkel Roger war schon immer ein Arsch. Du solltest meine Mutter über ihn reden hören.» Sie hat eine aufgekratzte, altkluge Stimme, fast noch die eines Kindes. Und sie hat Ednas weiches, halbverflüssigtes, dumpfes Fleisch, das Fleisch mit der durchdringenden, trägen Fähigkeit, die Atmosphäre eines ganzen Hauses zu verwandeln. Vernas kleine Kröte von hellbrauner Farbe kommt auf niedlichen Knubbelknien angewackelt, deutet auf Dale und sagt immer wieder die Silbe «Da», bis Verna schreit: «Das ist nicht Daddy, verdammt noch mal» und sich hinunterbeugt und dem Kind mit beiläufiger Brutalität eine knallt. Dale steht ungelenk daneben, sieht zu, plant seine Flucht, in einen anderen Teil der Stadt, in sein Forschungsprojekt.

Wahrhaftig, wie grotesk, wie oberflächlich ist diese Hoffnung, der er sich verschrieben hat: Gott aus den Statistiken der Urknall-Kosmologie, der Hochenergiephysik herauszufiltern. Wenn sich die Theologie an der Naturwissenschaft vergreift, verbrennt sie sich stets die Finger – im sechzehnten Jahrhundert an der Astronomie, im siebzehnten an der Mikrobiologie, im achtzehnten an Geologie und Paläontologie, im neunzehnten an Darwins Evolutionsbiologie. Immer wurde das Weltbild schier unfaßlich erweitert, während die Kirchenmänner sich duckten, in immer kleineren und schattigeren Nischen Zuflucht suchten, sich zuletzt in den düsteren, vieldeutigen Tiefen der Seele verkrochen, wo ihnen nun die Neurologie grausam zusetzt, sie aus den Falten des Gehirns hinausspült wie der Wasserstrahl die Holzläuse aus dem Bretterstapel. Barth hatte recht gehabt: *totaliter aliter.* Nur wenn man Gott einen Platz weit jenseits des menschlich Verstehbaren zuwies, hatte man Seine Unangreifbarkeit gesichert. Der Positivismus der Offenbarung, den Bonhoeffer beschrieb. Alles andere ist bloße Philosophie: ein Rühren im Leeren mit der Hoffnung, Butter zu machen, wie es der jüngere Oliver Wendell Holmes ausdrückte, der Richter am Obersten Bundesgericht, der seinen ganzen weltlichen Besitz der Regierung der Vereinigten Staaten vermachte: eines der trübseligsten Testamente, die je bei klaren Sinnen verfügt wurden.

Meine Nachbarin, Mrs. Ellicott, kam mir in der Düsternis entgegengestolpert, ihren kleinen Tibetaner an einer langen roten Leine. Mit seinen flachsgelben Haaren, die über die Augen und zu beiden Seiten bis auf den Boden herunterhingen und die Beine verbargen, wirkte der Hund wie ein Spielzeug auf flinken Rädern, das hektisch an Baumstämmen und Zaunpfählen herumschnüffelte, um einen Fleck zu finden, der seines Urins würdig wäre. «Guten Abend, Herr Professor», krächzte die alte Dame. In ihrer Blütezeit hatte sie ein besonderes Talent dafür besessen, ihre Ehemänner in den Selbstmord zu treiben: Mindestens zwei hatten sich eigenhändig aus dem Weg geschafft und ihr die Immobilien und die Möbel hinterlassen, so daß ihre gegenwärtigen Besitztümer Schichten von Sedimentgestein glichen, verdichtet vom Druck der Jahre, und alle wirtschaftlichen Entwicklungen der vergangenen Jahrzehnte aus der Zusammensetzung ihres Portefeuilles abzulesen waren. «Sieht nicht allzu gut aus für unsere Seite, nicht wahr?» fügte sie hinzu.

Ich deduzierte langsam, daß sie von den bevorstehenden Wahlen sprach. Eigentlich hatte ich eine Frage nach dem Wetter erwartet. «Nicht sehr sonnig», erwiderte ich, immer noch wetterfixiert. Wie die meisten in unserem Viertel war sie eine überzeugte Liberale, überzeugt davon, daß man ihr ihr Geld wegnehmen sollte. Trotz all ihrer Bemühungen geschah es nie.

«Ist das nicht schrecklich?» rief sie mir nach, an ihren Standort auf dem brüchigen Trottoir gebannt von ihres Lieblings plötzlicher Entscheidung, einen ganz bestimmten, schon gründlich gebräunten Liguster mit seinem goldenen Schauer zu beehren.

Ich hoffte, sie würde sich meine Unfähigkeit zu einer Antwort mit ihrer Schwerhörigkeit erklären. Aber wozu – diese neuenglischen Ureinwohner sind so dick mit eigener Unhöflichkeit gepanzert, daß sie die von anderen kaum bemerken.

Mein hohes Haus und seine warmen Lichter ragten vor mir. Ich bog bei meiner Eibenhecke ein und bückte mich mit dem zufriedenen Grunzen des Haushaltsvorstands, um mehrere Postwurfsendungen aufzusammeln, die auf meinem ziegelgepflasterten Weg und dem Boden des halbkreisförmigen Vorbaus verstreut lagen, über dem sich vier ionische Säulen und ein geschwungenes, mit anmutiger Schnitzerei verziertes Gesims dicht unterm Kupferdach erhoben. Ich liebte dieses Haus, das früh in unserem ältlichen Jahrhundert erbaut worden war, als die arbeitende Klasse und die Arbeitsmoral noch im gleichen Tritt marschierten und gutes Handwerk billig war, wie an dem leisen Überfluß von verfeinertem Detail zu sehen ist – an den graziös gegliederten, vielscheibigen Sprossenfenstern neben der Tür zum

Beispiel, durch die ich, zur Seite gebeugt, um in ihrem Licht den Haustürschlüssel aus dem Pfund Metall auszusondern, das man in diesen unehrlichen Zeiten mit sich tragen muß, einen Blick auf meine Frau erhaschen konnte, auf ihre schlanke, zierliche Figur mit locker hochgekämmtem, ingwerrotem Haar, die achtlos schlendernd, ein schräggeneigtes Glas voll Blut oder Burgunder in der Hand, aus dem Wohnzimmer über den Flur ins Eßzimmer wechselte.

Heimliche Blicke, selbst so unschuldige wie dieser, auf fremdes Leben, das von meiner Zeugenschaft nichts ahnt, haben mich stets erregt. Aus der Zeit meines Pastorenamts erinnere ich mich mit Vergnügen der erleuchteten Fenster meiner nichtsahnenden Schäfchen, denen ich mich verstohlen, vom schwarzen, tarnenden Talar gedeckt, zu unangekündigten Besuchen näherte, um ihr feierabendliches Durcheinander mit den Forderungen des Absoluten zu überfallen. Wie Augen erschienen die Fenster – wehrlos, weich und leuchtend –, und wie geblähte Windungen des Körperinneren die rundbogigen Sofa- oder Lehnstuhlrükken und die Wandlampen dahinter. Esther, die so ahnungslos Belauerte, wirkte wie Beute – ein Opfer, das man beschleichen und bespringen, eines anderen Mannes kostbare Frau, die man besudeln konnte als eine Art Botschaft an ihn, geschrieben in Sperma. Ihre Lippen bewegten sich ungeduldig, bildeten Wörter, die ich nicht hören konnte, von denen ich aber annahm, daß sie an unseren Sohn gerichtet waren, der sich wahrscheinlich in der Küche, jenseits des Eßzimmers, aufhielt und seine Hausaufgaben an dem Tisch machte, an dem wir nachher essen würden. Warum Richie, der das Wohnzimmer, die Bibliothek und sein eigenes, geräumiges Zimmer zur Verfügung hatte, für seine Hausaufgaben ausgerechnet die Tischplatte wählte, auf der seine Mutter die Untersetzer und Teller für das Abendessen zu decken versuchte, und warum dabei ein Fünfundzwanzig-Zentimeter-Sony ebenso dicht vor seiner Nase knattern und plappern mußte, blieb mir ein Rätsel. Sagte ich jedenfalls immer wieder, als Erziehungsversuch. Obwohl ich es im geheimen verstand: der primitive Reiz des Herdfeuers. Der Fernseher ist – sein unwiderstehlicher Zauber – ein Feuer. Wenn wir einen leeren Raum betreten, schalten wir ihn ein, und ein redendes Gesicht flammt auf: besser als der brennende Dornbusch. Verglichen mit der Wärme und Geschäftigkeit der Küche, mußte der Rest des Hauses dem Zwölfjährigen als eine Wildnis erscheinen, die wahrscheinlich heimgesucht war, wenn nicht von den halbgläubig akzeptierten Gespenstern meiner eigenen, unbedarften Kinderzeit, so von den ungleich realeren Einsteigdieben, Räubern und bekifften Geiselnehmern, vor denen sich alle Bewohner dieses respektablen und einladenden Viertels mit ledernen Etuis voller Schlüssel zu schützen suchen, die unabdingbar sind wie das Brevier des Priesters. Denn kein Teil der Stadt liegt mehr als eine Stunde mit dem Bus oder der U-Bahn von irgendeinem anderen entfernt, und die Ideale der Demokratie sowie eine tatsächliche, pragmatische Demokratie der Kleidung machen es unmöglich, den Zutritt zu beschränken. In unserer Zeit kleiden sich der Zögling der Privatschule und der Kriminelle äußerst ähnlich, und auf unseren baumbeschatteten Straßen sind ein vielsprachiger, idealistischer afrikanischer Gaststudent und ein wahnwitziger Rächer aus dem Getto Katzen von gleichem Grau. Tatsächlich war die dreißigjährige Tochter von Mrs. Ellicott vor zehn Jahren vom Bürgersteig in einen kleinen, hübschen Park mit verschwenderisch blühenden Rhododendren zwei Straßenecken weiter gezerrt und dort vergewaltigt und erwürgt worden, während die Nachbarn ihre Hilferufe für Verkehrslärm oder Schreie aus einem Fernsehprogramm gehalten hatten. Der kleine Park wurde später nach ihr benannt, aber der Täter ist bis heute nicht gefaßt.

Ich ließ mich ein in den Vorraum zum Flur. Die eingebauten Ablagebänke für Pakete oder Mäntel waren von Zeitschriften- und Bücherstapeln bedeckt. Seit dem kommerziellen Erfolg, den unlängst irgendein Rabbi mit der Erörterung der Frage erzielt hat, warum Gutes auch schlechten Menschen zustößt (oder war's umgekehrt?), wirft der Klerus Bücher in einem ähnlichen Tempo auf den Markt wie die Autoren aus den Südstaaten, und viele davon werden mir zugesandt, ebenso wie die neueste stipendiensubventionierte Abhandlung in Goldschnitt über Athanasios und die Kappadokier. Ich hängte meinen Schal und den Schlapphut (wirkt bombastisch, zugegeben, aber hat mir manchen Nebenhöhlenkummer erspart, seit ich ihn spontan auf dem Flughafen von Shannon einen Tag nach einem enttäuschenden Schrägblick auf das Book of Kells gekauft hatte) an einen schwarzeichenen Kleiderhaken und transportierte meine Pfeife (im Mund) und meine Aktentasche (in der Hand) in meine Bibliothek zur Linken. Ich bin immer glücklich gewesen in meiner Bibliothek.

Wie erwartet, hatte Esther das Zufallen der Tür gehört und kam durch den Flur, um nach mir zu sehen. Warum klingen Frauenschritte immer aggressiver als die Schritte von Männern? Es kann nicht nur an den hohen Absätzen liegen; es muß eine Energie, etwas Zupackendes im ganzen Geschlecht sein. Sie drang auf mich ein, hundert Pfund wohlbekanntes Weib, und jeder Gedanke, sie wäre die kostbare Frau eines anderen, löste sich in nichts auf. Langeweile umwehte sie wie der Geruch stickigen Schweißes, eine Langeweile, die so heftig war, daß sie Langeweile auch in anderen erzeugen konnte; die Gelenke meines Unterkiefers schmerzten, als ich ein mitfühlendes Gähnen zu unterdrükken suchte.

Esther, achtunddreißig, ist vierzehn Jahre jünger als ich – ein Altersunterschied, der sich vergrößert, nicht verringert hat, seit wir uns vor vierzehn Jahren trafen, ein Paar wurden und, nach meiner Scheidung, heirateten. Ich betreute damals eine Pfarrei, aber Esther gehörte nicht zu meinen Gemeindegliedern; tatsächlich bestand einer ihrer Reize auf mich in der gelassenen Gleichgültigkeit, einer Gleichgültigkeit ohne Zorn, die sie gegenüber religiösen Fragen an den

Tag legte. Mit ihr und ihrem klaren Unglauben zusammenzusein war wie ein Schluck reines Tonic Water nach zuviel saurem Wein. Ein Freund ihrer Tante hatte sie mitgebracht, um unseren Weihnachtschor zu verstärken. Esther, damals erst vierundzwanzig und Sekretärin bei einem Steuerberater, liebte den Gesang, dieses Sich-Öffnen für den Wind, die naturwidrige Verwandlung des Körpers in ein hohles Pfeifenrohr, einen Mechanismus mit Ventilen aus Muskelfleisch. Ihre Stimmlage war ein verblüffend kräftiger Mezzosopran, eine Stimme, die viel größer war als ihr zierlicher Körper und viel wärmer als der Ausdruck auf ihrem Gesicht. In Ruhe wirkte ihr Mund zugeschnürt, schnutig, doch wenn sie sang, öffnete er sich zu einem weiten, freudigen Loch. Sie hatte das Haus während meiner Abwesenheit mit Luciano Pavarotti gefüllt, der sich muhend und schluchzend durch irgendeine unverständliche Kamelle von Opernarie wand. Ich stellte mir seinen Smoking vor, das schlaffe weiße Tüchlein, den ekligen dünnen Bart, der auf der endlosen Weite vibrierender Backen dahinfristete. Früher in South Euclid hatten meine Eltern jeden Samstagnachmittag über Radio WHK die Live-Übertragung aus der Met gehört, und ich hatte es gräßlich gefunden. Die Stimmen überschwemmten das große Haus mit ihrem Flehen und Flennen und verfolgten mich bis unters Dach in meinen Detektivroman oder in den Keller, wo mein Modellflugzeug darauf wartete, mit Feingefühl zusammengebaut zu werden. Der Höhepunkt im dritten Akt ließ die Decke und die Heizungsrohre über mir erbeben, bis feiner Staub auf den feuchten Bastelleim mit dem unvergeßlichen ätherischen Aroma niederregnete, der in der Fuge zwischen Balsaholm und Balsarippe auszuhärten versuchte. Mein eigener musikalischer Geschmack tendiert mehr zu gedämpften Streichquartetten, zierlichen Renaissance-Ensembles, fast unhörbaren Oboenkonzerten und kleinen Mozartorchestern mit den alten, spröden Instrumenten. *«A te, o cara»,* bellte Pavarotti und ließ die Glasscheiben meiner Bücherschränke erzittern.

«Liebling», sagte Esther trocken und hielt mir das Gesicht zu einem Kuß hin. Obwohl ich alles andere als großgewachsen bin, ist sie noch ein Stück kleiner. Bei meiner ersten Frau war das anders, obwohl Lillian immer flache Schuhe trug und mir zuliebe sogar eine leicht gebückte Haltung entwickelte. Mein Gefühl, Esther zu überragen, wurde damals, in den benebelnden Tagen unserer illegitimen jungen Liebe, noch vom Schnitt ihres Gesichts verstärkt: Die breite, klare Stirn und die großen, grünen Augen verengen sich zu einer sommersprossigen Stupsnase, dem schnutigen, geschürzten Mund und einem zierlich daruntergesetzten Unterkiefer, so daß sie, selbst aus Augenhöhe betrachtet, perspektivisch verkürzt wirkt. Sie ist intelligent; ein Druck angespannter Wachheit läßt ihre Augen hervortreten, den Blick fast alarmiert wirken, während der sardonische Mund zu dementieren versucht. Ihre Oberlippe ist füllig, die Unterlippe weicht zurück. Der Mund verweigert sich jeder Beschreibung; manchmal zieht eine Trübung darüber hin, ein Reflex von Freude oder Trauer wie Niederschlag auf einem Spiegel, und ich habe selbst jetzt noch, in diesem späten Stadium unserer Ehe, das Gefühl, sie werde gleich etwas Wunderbares sagen. «Du bist spät dran», sagte sie. Der Burgunder hinterließ eine säuerliche Spur auf ihrem Atem, vermischt mit Zigarettenrauch. Ich fragte mich, wie viele Gläser sie getrunken hatte, zusammen mit Pavarotti und dessen *cara*.

«Eine Besprechung», erklärte ich. «Diese ver*dammte* Corliss Henderson und ihre heroinischen Heiligen! Heute wollte sie mir erzählen, daß Monika genauso berühmt sein müßte, wenn sie nicht die Mutter des heiligen Augustinus wäre. Erst jetzt, wo sie zu tief in ihrer Arbeit drinsteckt, um wieder rauszufinden, geht ihr allmählich auf, daß diese beiden Frauen nur bekannt sind, weil sie diese Söhne hatten, und sonst weiß man fast nichts von ihnen.»

«So ist der Lauf der Welt», sagte die Mutter meines Sohnes.

«Was macht Richies Erkältung?»

«Er meint, sie setzt sich in seiner Brust fest. Wundert mich gar nicht, so wie sie nach dem Unterricht auf dem Fußballplatz herumgehetzt werden.»

«Konnte er sich nicht befreien lassen?»

«Er will sich nicht befreien lassen. Er will lieber krank werden. Ich glaube», sie sprach in einem spöttischen, singenden Tonfall, «er hält sich für einen ziemlich guten Fußballer.»

«Und du willst sagen, er täuscht sich?» Ihr Mißtrauen gegenüber Männern erweiterte sich auf ihren Sohn, je erwachsener er wurde.

Sie blickte zu mir auf, meine süße verhinderte Feministin, wie durch Eis: Ein großäugiger weißer Fisch war bis dicht an das grüne Glas des Aquariums geschwommen und ließ aufblitzen, wie leid sie es war, sich tagtäglich in diesem Tank im Kreis zu drehen. «Nein, mein lieber Roger, das will ich nicht sagen», sprach ihre reiche, reizvolle Frauenstimme, nur wenig aufgerauht von Zeit und Zigaretten. «Ich hoffe, daß er sich *nicht* täuscht. Aber ich frage mich, warum er gut im Fußball sein sollte. Ich war in allen Sportarten schlecht, und von dir, mein Liebling, hab ich auch nicht gehört, daß du viel Lorbeer geerntet hättest.»

«Es gab diesen europäischen Fußball noch gar nicht, als ich zur Schule ging», sagte ich. «Sie hatten nur die amerikanische Variante, für die Bestien. Mein Vater verachtete mich, weil ich nicht mitmachte, dabei hätten sie mich ganz gewiß umgebracht. Hätte ich europäischen Fußball spielen können, wäre ich vielleicht gut gewesen. Wer weiß?»

«Wer weiß schon irgendwas», sagte Esther.

«Du wirkst bedrückt.»

«Der Herbst», gab sie zu. «Als ich heute draußen war, fiel mir ein, daß wir Fichtenzweige brauchen, um die Eichenblätter auf den Beeten am Zaun für den Winter abzudecken. Wo kann man in dieser Stadt Fichtenzweige kaufen? Es ist jedes Jahr das gleiche Theater.»

«Wenn du bis nach den Feiertagen warten kannst, nehmen wir die Zweige vom Weihnachtsbaum.»

«Das sagst du auch jedes Jahr. Und was antworte ich dann?»

Ich überlegte, blickte über meine Bücherschränke und erinnerte mich, daß ich etwas bei Karl Barth nachschlagen wollte. «Du antwortest, das sei zu spät. Die Blätter wären längst im ganzen Garten verweht.»

«Stimmt genau. Das war sehr gut, Rog.»

«Und wo kriegen wir nun jedes Jahr die Fichtenzweige her? *Das* hab ich nämlich vergessen.»

«Wir fahren aus der Stadt raus und klauen sie im Wald bei irgendeiner Raststätte. Nur daß die niedrigen Äste von Jahr zu Jahr weniger werden. Wir sollten die langstielige Baumsäge mitnehmen, die unter dem Garagendach liegt und vor sich hin rostet.»

«Ich dachte, die hätte Richie auf dem Gewissen; als er das Baumhaus bauen wollte.»

«Immer gibst du Richie die Schuld.»

Aber in Wahrheit gab ich Richie an gar nichts die Schuld. Ich wußte, daß Esther und ich ohne den Jungen fast nichts mehr gehabt hätten, worüber wir reden konnten, und daß die Kälte zwischen uns zunähme. Ich suchte nach irgendeinem Gesprächsstoff, nach einem Köder, den ich ihr hinwerfen konnte, während sie aus ihrem tierischen Gelangweiltsein zu mir hochsah. «Ich hatte noch eine zweite Besprechung», sagte ich. «Vor dem Seminar. Ein wirklich verrückter Bursche, irgendwie ziemlich abstoßend, obwohl er äußerlich ganz normal aussieht, einer von diesen Computertypen aus dem naturwissenschaftlichen Teil der Universität. Gott mag wissen, was ihn in die theologische Fakultät verschlagen hat. Genaugenommen weiß ich's auch. Offensichtlich ist er gut befreundet mit der gräßlichen Edna gräßlicher Tochter, Verna, du erinnerst dich doch, die dieses außereheliche schwarze Kind bekam und hier in irgendeiner Sozialwohnung in den Slums lebt –»

«Erzähl weiter», sagte Esther. «Ich muß schnell schauen, ob die Brokkoli überkochen.»

Sie eilte durch den Flur, bog durch die Bogentür des Eßzimmers und lief weiter in die Küche, und ich sah ihr nach und genoß die Perspektive, die ich am liebsten an ihr mochte, die Hinteransicht: ein aufrechter kleiner Kopf, strammer runder Po, huschende Fesseln. Keine Veränderung seit der Zeit, da ich ihr sehnsüchtig durch das Seitenschiff nachgeblickt hatte, wenn sie nach den Chorproben davonschwirrte, den Staub meiner Kirche von den Füßen schüttelnd. Damals, in den Tagen der Miniröcke und der Blumenkinder, trug sie ihr lebhaftes, hellrotes Haar lang und offen über dem Rücken; seine Masse schien ihren ganzen Körper aufzuwiegen. In den Jahren, die seither verflossen sind, haben sich einige weiße Strähnen eingestellt, am deutlichsten an den Schläfen, und sie dreht, klammert und nadelt die krause Zier ihres Schädels zu einer grenzenlosen Vielfalt von Knoten, hochgesteckten Zöpfen und mehr oder minder gleichmäßigen, strengen, frauprofessorhaften Röllchen. Bei Nacht ist ihr offenes Haar ein noch aufregenderer Anblick als ihre nach wie vor wirkungsvolle Nacktheit. Esther hält ihre Figur mit einer sehr simplen Methode: Sie stellt sich jeden Morgen auf die Waage, und wenn der Zeiger mehr als hundert Pfund anzeigt, nimmt sie nur noch Karotten, Sellerie und Wasser zu sich, bis Zeigerstand und Ideal wieder deckungsgleich sind. Sie ist gut in Mathematik. Hat diesem Steuerberater immer geholfen, seine Zahlen auf Vordermann zu bringen.

Statt ihr zu folgen, nutzte ich den Augenblick, um das Barth-Zitat nachzuschlagen. In ihm war, so erinnerte ich mich, von einer Reihe von *viae* die Rede, die alle als Wege zu Gott verworfen wurden. Es stammte fast mit Sicherheit aus *Das Wort Gottes und die Theologie;* ich griff nach meinem alten Exemplar, einem völlig zerlesenen Harper-Torchbook, der Leim der Bindung vertrocknet, die Ränder der Seiten wieder und wieder vollgekritzelt vom Bleistift eines jungen Mannes, der geglaubt hatte, hier, mit Gewißheit und für immer, den Weg, die Stimme, den Stil und die Methode gefunden zu haben, die den christlichen Glauben in ihm bestärken und ihm die Verkündigung ermöglichen würden. Beim Überfliegen der Seiten spürte ich die stählerne Härte von Barths Sätzen, seine großartige, fugenlose Ehrlichkeit und Energie in diesem Reich der Prosa – dem eigentlich christlichen –, das normalerweise der intellektuellen Lauheit und der Heuchelei verdächtig ist. «Der Mensch und sein Universum, sein noch so lebendig angeschautes und gefühltes Universum, ein Rätsel, eine Frage, nichts sonst... Die Auflösung des Rätsels aber, die Antwort auf die Frage, das Ende der Existenznot ist das schlechthin neue Geschehen, daß das Unmögliche *selbst* das Mögliche wird... Ein *neues* Geschehen, zu dem *kein* Weg führt»: hier glaubte ich, es vor mir zu haben, in «Das Wort Gottes als Aufgabe der Theologie», aber nein, der Abschnitt, so widerhallend er war, erzeugte nicht die Resonanz, die sich vor drei Jahrzehnten meinem erregten inneren Ohr eingeprägt hatte. Ein paar Seiten weiter im Text stieß ich auf einen Satz, am Rand mit einem Stern markiert, der Dale Kohlers Argumentation eine gewisse Rechtfertigung zu verleihen schien: «Im Verhältnis zum Reiche Gottes kann alle Pädagogik gut und alle schlecht sein, – ein Schemel hoch genug und die längste Leiter zu kurz, um das Himmelreich zu stürmen.» *Zu stürmen*, natürlich: das war es, was ich bei ihm Blasphemie genannt hatte. Der Junge wollte Gott als Objekt behandeln, das keine Mitsprache bei Seiner eigenen Offenbarung haben sollte. Ich suchte voller Ungeduld weiter, aufs Geratewohl. Ich spürte Esthers Langeweile, die an mir zog, an mir saugte, mich bei ihr in der Küche haben wollte, damit wir uns gemeinsam langweilen konnten. Und endlich, gerade als ich die Hoffnung aufgegeben hatte, öffneten sich die losen, vollgekritzelten Blätter auf eine Seite, an deren Rand mein jugendliches Ich drei Bleistiftzeilen geschrieben hatte, tief ins Papier geprägt vom Druck spiritueller Gier, im Kapitel «Das Problem der Ethik in der Gegenwart», wo man es am wenigsten erwartet hätte:

> Es gibt keinen Weg von uns zu Gott – nicht einmal eine *via negativa* – nicht einmal eine *via dialectica* oder *paradoxa*. Der Gott, der am Ende irgendeines menschlichen Weges stünde – selbst dieses Weges – wäre nicht Gott.

Ja. Ich klappte das Buch zu und stellte es zurück. *Der Gott, der am Ende irgendeines menschlichen Weges stünde, wäre nicht Gott.* Ich habe eine heimliche Blöße: Ich fühle mich stets besser – gereinigt und gestärkt – nach der Lektüre von Theologie, selbst schlechter Theologie, denn sie sondiert und streichelt alle Spalten des Unwißbaren. Damit mich niemand für einen Musterknaben hält: Ich finde stammverwandte Tröstung und Inspiration auch in Pornographie, der vielgeschmähten, detaillierten Beschreibung von unmöglich langen und tiefen, steifen und dehnbaren menschlichen Teilen in Verklammerung, pumpend, triefend. Selbst des verewigten Henry *Opus Pistorum*, so grob, daß es postum erschien, war mir nicht zuviel, hatte für mich seine erlösenden Qualitäten im Lobpreis – wie bei allen solchen Werken – unserer Nachtseite, der feuchten Nachtseite unserer gottgewollten Schlaflosigkeit, wimmelnd von vielbeinigen Dämonen. Siehe! Der Stein wird gelüftet. Und was erwächst aus diesen stöhnenden Jauchegruben unserer Seele, unserer nicht bewußtseinsfähigen wahren Wünsche? Kathedralen und Kinder.

Richie kauerte verschwommenen Blicks über seinen Hausaufgaben und versuchte gleichzeitig, eine Wiederholung von «Gilligans Insel» im Auge zu behalten. Ich fuhr ihm durch die Haare am Hinterkopf, die dunkelbraun sind wie einst meine waren, ehe sich das Grau überall einschlich und nur die Augenbrauen verschonte, die dicht, dunkel, lang und düster geblieben sind. «Wie war's in der Schule?»

«Okay.»

«Wie geht's der Erkältung?»

«Okay.»

«Deine Mutter meint, es sei schlimmer geworden?»

«Dad, ich mache Hausaufgaben. Was ist siebenundzwanzig im Sechsersystem?»

«Keine Ahnung. Wir hatten diese Zahlensysteme nicht, als ich zur Schule ging.»

Tatsächlich hatte ich sogar versucht, sie mit ihm zusammen zu verstehen, und das schrittweise Studium seines Mathematikbuches hätte fast zum Erfolg geführt. Doch die Lawinenhaftigkeit der Exponentialität stieß mich ab, und die Erkenntnis, daß die Grundzahl Zehn durch nichts geheiligt war, eröffnete ein Loch in meinem Universum, das ich entbehrlich fand. Wenn ich an Mathematik denke, so sehe ich Kurven, die sich nach entrückten und unausweichlichen Gesetzen durch den Raum verbreiten und die Schönheit von Flugbahnen erzeugen, ausgreifend, Wahrheit auf ihren Scheiteln tragend wie die Delphine Cherubim, immer weiter und weiter hinaus, fallend und steigend. Die Hierarchien der Engel oder die Grade menschlicher Empfänglichkeit für das Pleroma bei den Gnostikern und die «Messung des Leibes Gottes», die in der Merkaba-Mystik mit so mühseliger Buchstabenarithmetik betrieben wurde, waren gewiß Vorformen, bewußte Bilder für diese schweifenden, körperlosen Formeln, die zwischen uns und dem Absoluten von Materie und Energie vermitteln. «Und er brachte es tatsächlich fertig», wandte ich mich wieder an Esther, «dieser Wissenschaftsfreak, von dem ich dir in der Bibliothek erzählt habe, mich mehr oder weniger unverblümt zu fragen, ob ich ihm ein Stipendium verschaffen könnte, damit er die Existenz Gottes mit dem Computer beweisen kann.»

«Warum bist du so total dagegen? Du glaubst doch an Gott. Du hast es jedenfalls getan.»

Ich spürte ihre Gereiztheit und war nicht sicher, ob Richie hören sollte, was noch aus ihrem Mund kommen würde; aber schließlich waren wir in der Küche, wo sie, mehr als wir anderen, ein Hausrecht besaß. Wessen Brot man ißt, dessen

Lied hört man zumindest an. «Ich habe keinen Zweifel, daß ich immer noch an Ihn glaube. Aber nicht, weil es mir ein Computer vorschreibt. Das macht die ganze Idee trivial.»

«Vielleicht denkt dieser junge Mann, daß Gott mehr ist als nur eine Idee.»

«Du klingst ganz wie er.»

«Wie groß ist er eigentlich?»

Eine merkwürdige Frage, doch ich antwortete. «Eins achtzig mindestens. Viel zu groß.»

«Und? Ziehste ihm das Stipendium an Land?» Klein Esther ließ sich in Slang gleiten, verschliff die Wörter, während sie übermütig eine Zigarette an der glühend roten Heizschlange des Elektroherds entzündete. Sie neigte ihr Gesicht auf Zentimeterdistanz zu einer gräßlichen Verstümmelung: Ein Stolpern, ein kleiner Stoß, und sie wäre für immer gebrandmarkt.

«Ich wünschte, du würdest mit dem Rauchen aufhören», sagte ich zu ihr.

«Wem tut's weh?»

«Dir, meine Liebe.»

«Uns allen im Haus», dozierte Richie. «Wir haben in der Schule gehört, daß Leute, die mit Rauchern zusammenwohnen, fast so schlimme Lungen haben wie die Raucher selber.» Auf «Gilligans Insel» versuchte ein quäkender kleiner Mann im Sarong einem breitschultrigen Blonden auszuweichen, der eine schreiend gemusterte Badehose trug und ihn von einem Hubschrauber aus mit wassergefüllten Ballons bombardierte.

«Wahrscheinlich kann ich ihm überhaupt kein Stipendium besorgen», sagte ich. «Weil ich gar nicht zuständig bin.»

«Er klingt wie ein sehr anrührender junger Mann», sagte Esther, unbegründbar.

Richie unterbrach uns wieder. «Mom, was ist siebenundzwanzig im Sechsersystem? Daddy will's mir nicht sagen.»

«Dreiundvierzig», antwortete sie. «Ganz einfach: in siebenundzwanzig geht sechs viermal, mit Rest drei für die Einerspalte. Schau in dein Buch, Richie, um Himmels willen. Ich bin sicher, da steht alles drin. Deswegen geben sie dir das Buch nämlich.»

Ich war gereizt; ich spürte, daß sie die Partei dieses wildfremden jungen Burschen nur ergriff, um mich zu ärgern. Ich ging mit mir zu Rate, ob ein Bourbon vor dem Essen angebracht sei. Esther hatte sich wieder einen Schluck Rotwein aus der grünen Gallo-Karaffe eingegossen. Die Art, wie ihre Frisur sich auflöste, Haarsträhnen sich seitlich lockerten, bezeugte ihre Bereitschaft zu einem Streit. Wenn ich mich betrank, würde ich gestärkt in den Streit gehen, aber geschwächt in die Lektüre, die ich mir für heute abend vorgenommen hatte – zum Beispiel dieses Buch über Athanasios und die Kappadokier, das von einem meiner ehemaligen Studenten stammte, der nun begierig auf meinen Segen und den entsprechenden Schub für seinen Aufstieg auf der Jakobsleiter akademischer Würden wartete. Ich entschloß mich zu einem Kompromiß, versagte mir den Bourbon und schenkte mir statt dessen ebenfalls ein Glas Gallo ein. Er schmeckte muffig, dumpf. Weißwein ist mir lieber. Champagner am liebsten. «Seit wann», fragte ich meine Frau verbindlich, «bist du denn so eine leidenschaftliche Theologin?»

«Das bin ich nicht», sagte sie. «Du weißt, was ich darüber denke. Ich denke mir *nichts*, will sagen, ich denke mir, daß nichts dahintersteckt. Ich halte es für Unsinn. Aber es amüsiert mich, wie heftig du deine Spielart von Unsinn gegen die Spielart von jemand anderem verteidigst. Ihr seid alle Kaiser ohne Kleider, aber ihr müßt eure Reviere verteidigen. Dieser Junge kommt reinmarschiert und bietet dir an, die Existenz Gottes zu beweisen, und du ziehst die Oberlippe hoch und die Augenbrauen runter und wünschst ihn ins Grab, zur Hölle, raus aus der Kirche. Für dich ist er ein Ketzer.»

«Zuviel der Würde für einen Unwürdigen», sagte ich mit

würdevoller Stimme. «Er ist noch sehr jung; ich wage zu behaupten, daß er in einem Monat schon den nächsten Geistesblitz hat. Er benutzt Gott als Köder für ein Stipendium. Seine ganze Generation hat nichts anderes im Kopf als Stipendien. Eine akademische Wohlfahrtsgesellschaft.» Der Wein schmeckte sauer; es war nicht nur Esthers Atem gewesen. Natürlich ist die Gärung eine Form von Fäulnis, so wie das Leben, unter dem Aspekt der Energie gesehen, ein Verfall ist. Aber es lag eine Schönheit, ein seifenblasenschimmernder Hauch von Wohlwollen in der Empfindung, wie die ersten Schlucke in mein Blut übergingen, die Zirkulation durch meine Adern beschleunigten, während mein Blick auf Esthers geschürzte, schmollend kleine Lippen gerichtet blieb, die sich spitzten, um den nächsten Diskussionsbeitrag loszulassen. Sie hatte von meiner Oberlippe gesprochen, aber ihre war die ausdrucksvolle; über ihren Mund zog eine sehnsuchtsvolle Wolke, eine traurig-süße Trübung, ein kaum wahrnehmbar «verletzter» Ausdruck, die Andeutung von irgendeinem plötzlichen, melancholisch-zarten Lied, das gleich ein rundes O formen würde. Sie blies mir hin und wieder einen; früher, als wir neu füreinander waren und die Leidenschaft des Werbens sie beseelte, die weibliche Leidenschaft, eine Konkurrentin aus dem Feld zu schlagen und sich einen Beschützer zu sichern, konnte ich ihre Lippen kaum von meiner Hosentür fernhalten. Im Auto, während der Fahrt: stieß ihr dauniger Kopf gegen das Lenkrad und machte mir das Steuern schwer. In meinem Pfarrbüro, ich zurückgelehnt im kunstledernen Sessel, auf dem mir sonst die Trostbedürftigen ihre spirituellen Nöte darbrachten: verdrehte ich die Augen himmelwärts wie die heilige Theresia von Jesu (die, nebenbei, die Kommunion mit flehentlichen Bitten um eine größere Hostie zu würzen pflegte – *más, más, Dios!*). Im Bett, wenn wir erschöpft beisammenlagen: ruhte Esther den süßen kleinen Zuckerbeutel ihres Schädels auf meinem Bauch aus und behielt mich sanft zwischen den Lippen, als wolle sie mich beschützen, und im Schlaf wurde ich wieder steif. Inzwischen war es selten geworden, und sie versäumte nie, mir ihren Widerwillen zu zeigen. Guten Gewissens tadeln konnte ich sie nicht: Unser Fühlen wandelt sich, und die Chemie unserer Impulse mit ihm.

«Warum lädst du ihn nicht einfach mal ein?» fragte sie, wie von ungefähr, und mir fiel auf, daß auch ihre Augen, wie die meines heutigen Besuchers, von Lichtreflexen überflutet waren, auch wenn ihr Blau nach Grün tendierte und das meines Besuchers nach Grau. Meine Augen, um die Farbtafel zu komplettieren, sind von einem schmelzenden Schokoladenton, einem dunklen, feuchten, bärenhaften Braun, das mich, je nach der Empfänglichkeit des Betrachters, wütend aussehen läßt oder im Begriff, in Tränen auszubrechen. Sarkastisch fügte sie hinzu: «Ich hab seit Jahren keinen Geistesblitz mehr leuchten sehen.»

Unter unserem säuerlichen Wortwechsel machte Richie seinem Unmut Luft. «Dieses blöde Buch», stöhnte er, «redet nur von Mengen, die so aussehen wie große Pfützen aus lauter X-en, als hätten sie gar nichts mit Zahlen zu tun!»

Mit plötzlicher, anmutiger Ergebung neigte sich Esther zu ihm, wie sie sich vor Minuten zur glühenden Heizschlange geneigt hatte, und blickte über seine Schulter in das Mathematikbuch. «Wenn wir ‹siebenundzwanzig› schreiben», erklärte sie, «ist das nur eine verkürzte Form von ‹zwei Mengen von zehn plus sieben Mengen von eins›. Um dasselbe mit der Grundzahl Sechs zu machen, mußt du dir überlegen, wie viele Sechser in siebenundzwanzig gehen. Denk nach. Soviel, wie's Jahreszeiten gibt.»

«Fünf?» fragte das arme Kind, sein Hirn zermürbt.

«Vier.» Esthers Stimme konnte ihren Unwillen kaum verbergen. Mit einem häßlichen Kratzen ihres Fingernagels deutete sie in das Buch. «Vier mal sechs ist vierundzwanzig. Bleiben drei übrig, also dreiundvierzig. Sieh doch!»

Sieh doch: «Gilligans Insel» hatte den Bildschirm vorübergehend einer Werbeeinblendung geräumt. Für Katzenfutter. Eine gutaussehende karamelfarbige Katze, eine Schauspielerkatze mit Krawattenschleife, schnupperte an einem Stück Rindsfilet, an einem frischen Fisch, um den Kopf dann gierig bis zur Halskrause in einen Napf mit gräulich-braunen Kügelchen zu stecken. Im Hintergrund griff Pavarotti in eins der obersten Regale seiner Emotionskonserven. Die Decke über unseren Köpfen, in unserer altmodischen, für dienstbare Geister gedachten Küche, zeigte Risse und eine beunruhigende Gelbfärbung, als schwitzten die Rohrleitungen im ersten Stock Ektoplasma aus. Durch das breite «Panorama»-Fenster – eine in den Fünfzigern verbrochene Verbesserung – konnte ich über unseren Garten und Zaun in das Eßzimmer der Kriegmans blicken, unserer Nachbarn. Myron ist Bakteriologe an der medizinischen Fakultät, seine Frau Sue schreibt Kinderbücher, ihre drei Teenager-Töchter sind entzückend in dreifacher Ausfertigung. Die fünf Köpfe waren im Lichtkegel einer Tiffany-Lampe um den Eßtisch aufgereiht, und ich konnte sogar Myrons Lippenbewegungen erkennen – sein breites Gesicht, die kräftigen, hochgezogenen Schultern, das fahrige Gestikulieren mit der freien Hand –, wozu die Heiligenscheinfrisuren seiner Frauen wie in mühsam unterdrückten Wallungen von Zustimmung und Anbetung rhythmisch nickten. Myron und ich begegnen einander oft auf Parties. Er ist ein begieriger Small-talker, der bei allem «mitreden» kann und sich bei gar nichts langweilt, ausgenommen allenfalls sein Fachgebiet. Obwohl wir Tausende von Wörtern gewechselt und ganze Stunden miteinander zugebracht haben, zusammengepfercht, mit wäßrigen Whiskies in der einen Hand und schlüpfrigen Hors d'œuvres in der anderen, hat er mir nie ein Sterbenswort über den einen Gegenstand – Bakterien – verraten, über den er wirklich etwas zu sagen haben könnte; genausowenig, wie er mir je eine Information über christliche Häresien zu entlocken versucht hat.

Verglichen mit der mürrischen, streitsüchtigen Stimmung und der bröckelnden Decke in unserer Küche – wie glücklich wirkten die Kriegmans unter der vielfarbigen Lampe in ihrem Eßalkoven am Fenster: Die dämmerdunklen Wände haben sie, wie die meisten Akademikerfamilien, mit einem Sammelsurium eklektischer Trophäen übersät: mit afrikanischen Masken und Trommeln, Hirtenhörnern aus den Karpaten, äthiopischen Kreuzen, sowjetischen Balalaikas, zur Schau gestellt als Belege für Auslandsreisen, so wie einst die ausgestopften Kudu- und Leopardenköpfe bei einer anderen Gesellschaftsschicht in einer anderen Welt und Zeit. Ich beneidete die Kriegmans um ihr sichtbares Glück, um die unzweideutige Behaglichkeit, mit der sie ihre ökologische Nische besetzten, komplett ausgestattet mit einem Einlieger-Ehepaar unter dem Dach zur Grundsteuerreduzierung und als Einbruchsicherung, mit einem Ferienhaus auf einer angemessen rückständigen kleinen Insel in Maine und mit absurd unpassenden Freiern für die Töchter – aber vermutlich haben solche nichtsnutzigen Aussteigertypen als Boyfriends (von denen manche sich tatsächlich zu ehelichen Gatten mausern) heute den gleichen Prestige-Effekt wie Jachten und Sommer-«Häuschen» für Veblens feine Leute. Esther und ich, mit unserer zweiten Ehe, einem Einzelkind und meinem vergleichsweise schäbigen Job im toten Winkel der theologischen Fakultät füllten unsere Nische nicht annähernd so behaglich aus wie die Kriegmans die ihre, und wir ersparten uns, der Mode trotzend, sogar die Mühe, den zweiten Stock zu einer Wohnung auszubauen: Statt dessen nutzten wir die alten Dienstbotenräume als Speicher und als Esthers Atelier, wenn einer der immer seltener werdenden Anfälle von Malwut sie überkam. Während unseres Jahrzehnts in diesem Haus hat sie ziemlich fahlfarbige, abstrahierte Ansichten der Dachlandschaften ringsherum, aus allen Fenstern des zweiten Stocks, gemalt und ihre Welt auf diese Weise aufgebraucht. Ihr Malstil ist im Lauf der Jahre immer gewalttätiger geworden – breit hingeschlämmte Pinsel- oder Spachtelstriche mit Tropfspuren von Terpentin und unglücklichen Stubenfliegen, die ihren Platz in der Textur gefunden haben. Sue Kriegmans Kinderbücher schilderten, seltsam genug, Familien in Auflösung: zerrissen durch Ehescheidung, unter dem Druck finanzieller Not oder komisch überwältigt von hektischer Unordnung, hervorgerufen von zu vielen Katzen und Füllhaare lassenden Polstermöbeln, wie sie keiner von uns bei Besuchen in ihrem makellos gepflegten Heim jemals gesehen hat. Es liegt eine Straße weiter, obwohl die Fenster genau auf unsere blicken.

«Also, warum tust du's nicht?» fragte Esther, immer noch auf der Suche nach einem Streit, der ihre Spannung lösen, die Schmach ihres leeren Tages vollenden könnte. Seit ein paar Jahren, zunächst ehrenamtlich und dann als unterbezahlte Helferin, arbeitet sie in einer Kindertagesstätte in einem anderen Stadtteil, für vier Tage die Woche; doch diese Tätigkeit scheint ihr Gefühl von ungenutzter Lebenskraft, von vergeudeter Zeit nur zu verschärfen.

«Warum tu ich was nicht? Ich habe gerade die Kriegmans beobachtet und um ihr Glück beneidet.»

«Mach dir nichts draus. Wir sehen genauso aus für sie. Von außen durchs Fenster wirken alle Familien traut.»

«Cora Kriegman ist ein Luder», sprang Richie in die Bresche.

«Was soll das heißen, ‹Luder›?» fragte ich ihn.

«Mensch, Daddy, das weißt du doch am besten!» Er zog sich wieder auf «Gilligans Insel» zurück, wo allgemeine Versöhnung Platz zu greifen schien, eine Massenumarmung unter Kunstpalmen. Die Südseesonne, erzeugt von Studioscheinwerfern, warf keine Schatten.

«Lädst ihn zum Tee ein», ergänzte Esther. «Zusammen mit deiner Nichte.»

«Warum sollte ich diesen gruseligen Computernarren in mein gesegnetes Heim einlassen? Mit ihm werde ich im Institut fertig, genau wie mit der anderen Schmutzarbeit.»

«Sieht mir aber gar nicht danach aus, als ob du *fertig* würdest mit ihm. Du bist sehr verärgert und sehr aufgeregt.»

«Bin ich nicht.»

«Seine Ideen klingen amüsanter, als du aus irgendeinem Grund zugeben willst.»

«Ich mag das nicht, wie du mich mit ihm stichelst. Ich mag auch nicht, wie *er* mich mit Verna gestichelt hat. Er schien zu glauben, daß ich mehr als bisher für sie tun sollte.»

«Das solltest du wohl auch. Findest du es nicht unnatürlich, daß sie schon mehr als ein Jahr in dieser Stadt lebt, und du hast sie noch nicht mal angerufen?»

«Edna hat mir geraten, es nicht zu tun. Am Telefon. Sie meinte, das Mädchen hätte Schande über sich und die Familie gebracht, was mich einschließt. Was übrigens auch dich und Richie einschließt. Was sogar die Kriegmans und Mrs. Ellicot einschließt, könnte man fast sagen.»

«Bleib auf dem Boden, Rog. Es ist dir völlig egal, was Edna dir geraten hat. Du hast nie viel auf Edna gegeben.»

«Ich kann sie nicht ausstehen, um genau zu sein. Sie war eine Schlampe und ein Hohlkopf und ein Tyrann. Und ich bin sicher, ihre Tochter schlägt ihr nach.»

«Mit was für einem kleinen Geist bin ich verheiratet», sagte Esther. Ihre grünen, hyperthyreotischen Augen waren vom letzten Schluck Wein in Glasigkeit getaucht. Ihre Frisur war auf einer Seite abgestürzt und floß schwingend zur Schulter hinab. «Mit was für einem kalten, stur auf Nummer Sicher gehenden Bastard.»

Ich fiel ihr ins Wort wie einem bluffenden Studenten, der zu einer Suada ansetzt: «Meine Liebe, du suchst nach einem Grund für einen Streit, seit ich heimgekommen bin, aber du hast ihn leider noch immer nicht gefunden. Ich bin nicht der Hüter meiner Nichte. Wann, um alles in der Welt, gibt's Abendessen?»

Richie, längst ungehalten über das Gezänk – Kinder nehmen den freundlichen Gedankenaustausch der Erwachsenen oft gar zu ernst –, landete eine rechte Gerade auf dem Aus-Knopf des Fernsehers und sagte von unten: «Ja, Mom, wann gibt's Abendessen? Ich *ster-be* vor Hunger!»

Im gleichen Augenblick hatte Pavarotti, weit hinten im

Wohnzimmer, seine letzte Tränendrüse ausgedrückt und schaltete sich automatisch ab.

Seit vierzehn Jahren benutzten wir den gleichen billigen weißen Küchenwecker, ein Hochzeitsgeschenk von einer alten Dame aus meiner früheren Pfarrgemeinde, der nicht klar gewesen zu sein schien, daß ich mich aus solcher anheimelnden Häuslichkeit in ein fernes Dunkel selbst verstoßen hatte. Sein Gesicht war ein fügsames Zifferblatt mit einer langen Nase, an der man es auf die benötigte Minutenzahl einstellte, und wenn die Zeit verronnen war, ließ er ein gepreßtes, wütendes Geklingel hören. Wie zu einem Schauspielerkollegen beugte sich Esther, einer von Shakespeares ranken Transvestiten, ein brustloser Jüngling mit einer ausfasernden, ingwerroten Perücke, zu dem Küchenwecker nieder. Mit dramatischer Geste, die Handfläche offen ausgestreckt, verkündete sie ihrem Publikum von zweien: *«Voilà. Le 'ackbratänn.»*

«O mia cara», sagte ich und dachte: *Más, más.* Ich liebe Hackbraten. Er ist leicht zu kauen.

Ihr Handgelenk, das aus dem weiten Ärmel des Sweaters ragte, sah dünn aus wie die Vorderpfote eines Hundes. Die sanfte Verzweiflung in der Dreistigkeit, mit der sie ihre Karikatur der Hausfrauenrolle spielte, brachte mir die alte Verzauberung zurück, die Empfindung, daß der Raum um sie geheiligt war, geladen mit Elektronen, die an die meinen rührten. Besetzungsenergie, wie Freud immer wieder sagt (wo?), geht nie verloren, wird allenfalls verlegt, wie eine einarmige Puppe, die zwischen abgewetzten, aufgerollten Läufern und leeren Bilderrahmen haust, oben auf dem Speicher.

3

Dann, ein paar Tage später, war ich auf Dale Kohlers Spuren unterwegs, folgte seinen Schritten, wie ich sie mir an jenem Nachmittag nach seinem Besuch im Institut ausgemalt hatte. Die Bäume trugen ein paar Blätter weniger, aber das Wetter war gleichgeblieben, wechselhaft, mit blaubäuchigen Wolken, die sich auf ihrer Reise durch den Himmelsozean verformten und zerteilten, und mit sonnigen Intervallen, die die amerikanischen Flaggen leuchten ließen. Mein Weg führte vorbei an Feuerwachen, Schulen und anderen beflaggten Bauten, in denen die Dienstleistungen des Bundesstaates und der Union an den Mann gebracht werden. Ich hatte Verna Ekelof im Telefonbuch nachgeschlagen und war einigermaßen überrascht gewesen, sie dort zu finden – überrascht, daß man einem Mädchen mit so geringen Mitteln und so schlechten Gründen, überhaupt in unserer Stadt zu sein, ein Telefon zugebilligt hatte.

Unsere Stadt, so muß erklärt werden, besteht eigentlich aus zwei Städten, wenn nicht aus mehr – eine urbane Ballung, ein Häuserbrei, der von dem Fluß geteilt wird, dessen schmutzige Wasser sich in die Hafenbucht ergießen, die der Daseinsgrund der ersten, kolonialen Siedlung war. Aus der Zeit, als rings im Land, das die Indianer schon teilweise gerodet hatten, Dörfer entstanden, stammten die selbstverwalteten Kommunen, jede mit eigenem Rathaus und eifersüchtig machtbewußten Räten; doch die Autos und ihre Schnellstraßen haben in diesem Jahrhundert die ganze Region zu einem Großraum verschweißt. Wir gleiten zu schnell an Ortstafeln vorbei, um sie noch wahrzunehmen. Brücken, einige aus farbigem Stahl, andere aus gewölbtem Stein, verbinden die beiden Ufer des Flusses. Plötzlich aus einem U-Bahn-Tunnel auf eine der Brücken gehoben – eine alte Brücke, sagen wir aus Sandstein, der zu großen, rauhen Blöcken geschnitten und in den Fluß getürmt ist wie von

Titanen, mit Strebepfeilern und wundersamen konischen Türmchen und floralen Lampenträgern –, zucken die großstädtischen Transitreisenden zusammen vor der Pracht des jähen Panoramas; der eloxierten, funkelnden Metallfassaden von Hotels und Kaufpalästen im Geschäftszentrum der Stadt; der rosigen und taubenblauen Wolkenkratzer des Bankenviertels, die über der Backsteinsilhouette hundert Jahre alter Wohngebiete auf den mit Aushub trockengelegten ehemaligen Marschen schweben; der kürzlich zu Eigentumswohnungen sanierten früheren Lagerhäuser und verlassenen Kirchen; des grünen Bands des Olmstedt-Parks am Flußufer mit dem Musikpavillon, dem Planetarium und den gemieteten Segelbooten, die sich auf der glitzernden Wasserfläche in die Brise neigen; vor all diesen menschengeschaffenen Wundern, die strahlend hell ausgeleuchtet sind von einem gleichgültigen Seitenblick unseres lokalen Sterns, der Sonne.

Die Universität liegt auf der weniger reizvollen, schäbigeren Seite des Flusses. Nachdem ich vom Fakultätsgebäude aus ein paar Querstraßen weit durch die schattige Enklave großer, um die Jahrhundertwende errichteter Häuser gegangen war, deren jedes, meins eingeschlossen, in den vergangenen zehn Jahren seinen Wert mehrfach verdoppelt hat, kam ich zu einer breiten Straße namens Sumner Boulevard, benannt nach jenem fanatischen Yankee und Gegner der Sklaverei, an den man sich heute hauptsächlich erinnert, weil ihm ein ebenso selbstgerechter, wenn auch von der entgegengesetzten Politik überzeugter Abgeordneter einmal ein paar Schläge über seinen kahlen Schädel gab; diese ungemütliche breite Schneise markiert die Grenze des Universitätsviertels. Ein hünenhafter junger Mann in einem schmuddeligen Lodenmantel, mit einem Wildwuchs von krausem, sägemehlfarbigem Haar und einem Mormonenbart, der die Oberlippe freiließ, stand stocksteif, als wäre er der Grenzposten; er konnte ein in die Jahre gekommener Theologiestudent sein oder ein Mann vom TV-Kundendienst, dessen Kollege gerade irgendwo den Wagen parkte, oder ein Wahnsinniger, der mich gleich erwürgen würde, um die Stimmen in seinem Kopf zum Schweigen zu bringen. Allein die Art, wie diese vieldeutige, mächtige Gestalt regungslos mitten auf dem Bürgersteig stand, verlieh der ganzen Gegend etwas Bedrohliches.

Der Sumner Boulevard erstreckte sich eine gute Meile weit schnurgerade, diagonal zum Fluß hinunter. Ein Supermarkt hatte den unteren Teil seiner Schaufenster mit Brettern vernagelt, um Einbrüche zu erschweren. Ein Drugstore wies mit einer kaputten Neonreklame auf sich hin. Die Fassaden waren mit Kunststoffplatten verkleidet, nicht mehr mit ehrlichem Holz, was die Häuser wie sturmzerzauste Billigfrachter aussehen ließ. Die üppigen Buchen und Eichen aus den Hausgärten der Malvin Lane hatten zäheren Stadtbäumen Platz gemacht, Platanen mit schorfiger Rinde und urtümlichen Ginkgos, die stur wie Telefonleitungsmasten auf dem Bürgersteig aufgereiht waren. Statt der kissenprall mit zusammengerechtem Laub gefüllten Säcke, die wir vor den Lattenzäunen säuberlich für die Müllabfuhr bereitstellten, sah man von Hunden zerfetzte Abfalltüten und Stapel von flachgedrückten Kartons im Rinnstein aufgehäuft. Es gab keine Volvos und Hondas mehr, nur noch rostige und verbeulte Chevies, Plymouths, Mercurys, Detroits große Kreuzer, über Wasser gehalten von den Armen. Trans Am. Gran Turino. Sunoco. Amoco. Mayflower-Reinigung. Boulevard-Quelle. Pediküre-Profis. Eine dreieckige Kreuzung trug den italienischen Namen eines in Vietnam gefallenen Soldaten. Kunststein, seltsam malerisch in seiner Mischung aus synthetischen Farbtönen, schlang sich um die kleinen Fenster eines Lebensmittelladens an einer Ecke. Auf dem Asphalt einer Tankstelle zeigte eine Pfütze aus staunenswert reinem Grün an, daß hier ein Wagen seinen Frostschutz ausgeblutet hatte; aber ich spürte, daß solche absolute Grünheit für Dale ein Wunder, ein besonderer Bedeutungsträger, ein Zeichen von oben gewesen sein mußte. Für einen Gläubigen von seiner elementaren Art mußte die Glorie hier mit Händen zu greifen sein: Die schiere Weite dieses kraß kommerziellen Boulevards, verstärkt durch Baulücken, wo Häuser abgerissen worden waren, überflutete die Augen mit Licht. Über einer Barriere aus flachen Dächern und verwitterten Schornsteinen, vor einem Hintergrund zerfetzter Wolken, glitzerten die smaragd- und silberfarbenen Bordüren, mit denen die Spitzen der Wolkenkratzer bestickt waren, drüben am anderen Ufer des Flusses, im stählernen Herzen der Stadt.

Ein Klempnerladen, der nicht Kohler-, sondern Crane-Armaturen feilbot, hatte in seiner staubigen Auslage einen Baum aus Klobrillen errichtet, gepolsterten und nackten, weißen und pastelligen, die untersten dekoriert mit einem Muster aus nackten Japanerinnen, die enttäuschenderweise ohne Brustwarzen und Schamhaar dargestellt waren. Wie die Straße sich allmählich zum Fluß zu senken begann, wurde ihr Ton härter, nahm ihre Lebendigkeit zu. Kung Fu. Schlösser und Schlüssel: SICHERHEITSLADEN. Santo Christo Center. Todo Para Casa. Die Iren und Italiener dieses Abschnitts hatte Portugiesen und Spaniern Platz gemacht, und nun drängten Vietnamesen nach, übernahmen die kleinen Lebensmittelmärkte und eröffneten Restaurants für ihre pikante, sich einschmeichelnde Küche. Die vietnamesischen Frauen waren kaum größer als Kinder, die Männer hatten ungefällige, viereckige Köpfe auf schlanken Hälsen und schlangenhafte Schnurrbarthaare, die oberhalb der Mundwinkel herausstanden, und schwarzes Haar von einer Stumpfheit, die weder ganz chinesisch noch japanisch noch indisch war. Leichtsinn hatte uns nach Übersee gelockt, und als wir uns herauswanden, zogen wir diese Emigranten mit uns wie der Rührstock Farbe aus dem Eimer. Sie hatten etwas Schamloses und Erotisches an sich, diese Überreste eines alten Abenteuers, aber es lag auch etwas Großartiges in der globalen Mischung, der lebendigen Anthropologie so vieler Hautschattierungen, die sich auf dieser rauhen Durchgangsstraße drängten, der Völker der Welt, die Nutznießer waren und Nahrung der Energien unserer amerikanischen Ladenstraßen und Mietskasernen, unserer Rangierbahnhöfe und Karosseriewerkstätten. Hier kamen ein großer, hellhäutiger Schwarzer und ein Latino-Mädchen, ohne Zweifel unverheiratet, doch zweifellos ein Paar, beide von der gleichen Größe und fast gleicher, kaffeebrauner Farbe, beide in engen Jeans mit ausgestellten Hosenbeinen und knappen Lederjacken, die Haare zu glänzenden Rastazöpfchen gedrillt und die Ohren mit kleinen Ringen geschmückt, untergehakt im gleichen Schrittrhythmus, zwei, drei, ein packender Anblick. Der Wahltag stand bevor, und überall waren rotweißblaue Aufkleber zu sehen, auf Briefkästen und Autostoßstangen und den Sperrholzplatten, mit denen eingeschlagene Fenster und die Türen verlassener Häuser vernagelt waren. Eine alte Frau schob einen Einkaufswagen vor sich her, der ihre ganzen Besitztümer zu enthalten schien, darunter ein elfenbeinfarbenes Plastikradio. Mit ihrem geröteten Gesicht, der blauen, gehäkelten Kopfbedekkung und den nagelneuen weißen Turnschuhen sah sie wie ein großes Baby aus, das vor sich hin wackelte. Ich war auf den Spuren eines anderen unterwegs und spürte, wie sein Geist sich meiner bemächtigte – jenes gierige, blinde Glück der Jugend, dem die Welt nach unseren Regungen geordnet und voll von vielversprechenden Bedeutungen zu sein scheint, voll von ermutigenden Zeichen. Ein abgemagerter Trunkenbold in einer russischen Mütze mit gefütterten Ohrenschützern murmelte eine Verwünschung, als ich an ihm vorbeiging: eine Verwünschung der fremden Unschuld auf meinem Gesicht, der unverhohlenen Freude, die jünger war als ich.

Auf diesem Abschnitt waren die Häuserblocks in schmale, altmodische kleine Läden unterteilt. Ein Blumengeschäft, ein Schönheits- und ein Waschsalon, ein Laden unter dem Zeichen von KÖDER & RUTE mit einer Auslage voller Haken und künstlicher Fliegen, für die es meilenweit ringsum kein Fischwasser gab. Mit wackligen roten Lettern verkündete ein Herrenausstatter seinen RÄUMUNGSVERKAUF. Ein kleines Damenmodegeschäft an einer Ecke bot *Halloween-Kostüme für junggebliebene Erwachsene* an: Tiergesichter –

Schweine, ein hauerbewehrter Eber, ein fletschender Wolf – lagen zwischen Dessous und Spitzen wie rohe Fleischstücke auf schimmerndem Eis. GROSSE EIER – *das Dutzend 49 Cents! Bei jedem 10-Dollar-Einkauf 1 Dutzend gratis.* Der Ärmlichkeit rund um mich her trug ein beruhigender Vorbehalt Rechnung: *Solange Vorrat reicht.* MEGADOLLARS – *Sie können unser nächster Millionär sein!* Doch jene, die tatsächlich gewannen, schienen mir in ihren Zeitungsinterviews verwirrt zu sein von der plötzlichen Last des Geldes, und einige zögerten tagelang, bis sie die Beute abholten, die ihr bisheriges Leben kümmerlich erscheinen lassen und verspotten mußte.

Die Läden hörten auf, und es folgte eine Lücke, in der der Boulevard von den rostfleckigen, nicht mehr befahrenen Gleisen einer Stichlinie gekreuzt wurde, die zwischen den großen, fensterlosen Gebäuden einer gipsgrauen Enklave altmodischer Fabriken verschwand, die noch nicht in Loft-Ateliers oder High-Tech-Labors verwandelt worden waren. Die neueren Institutsgebäude der naturwissenschaftlichen Fakultät lagen hinter diesem Industriegebiet. Die Universität und ihr Geld durchdringen die ganze Stadt; die Bauten und Quartiere des Zentrums sind eingebettet in universitätseigene Wohnsiedlungen, und es gibt sogar, viele Meilen außerhalb, ein Legat aus dem vergangenen Jahrhundert, ein Hügelreservat, wo Studenten der Forstwissenschaft in Schutzhelmen und ledernen Hosen Bäume fällen und studieren und nachdenklich auf Zweigen herumkauen, um sich ihre akademischen Ehren zu verdienen.

Ich sah mit Dales noch immer religiösen Augen. Jenseits der Gleise, wo sich der Bürgersteig fortsetzte, entdeckte ich einen Haufen Hundedreck von außerordentlicher Schwärze, eine geringelte Wurst, so schwarz wie Teer. Eine besondere Hunderasse, ein ungewohntes Futter? Oder ein ungeschminktes Wunder, ein *Auspizium*, wie die heftig grüne Pfütze? Und dann kam ich an einer Grabsteinhandlung vorbei, einem vollverglasten Büro neben einer kieseligen Ausstellungsfläche, die mit behauenem und poliertem Marmor gefüllt war. Ein rosiges Grabmonument hielt mir in der Vertiefung zwischen zwei reliefierten Pfeilern ein aufgeschlagenes Buch entgegen, auf dessen beiden Seiten zweimal fünf Wörter eingemeißelt waren:

JESUS CHRISTUS HERR DER GNADE	BITTE FÜR UNS ARME SÜNDER

Das war von typographischer Eleganz, zwei Pyramiden, die linke auf der Spitze der Gnade, die rechte auf der Basis der Sünde ruhend. Dale Kohler mußte, nach seinem Besuch bei mir, an dieser Stelle innegehalten und sich seinen Gedanken überlassen haben, tief schürfend nach einer möglichen Verbindung zwischen der versteinerten Bitte, die routiniert in diesen Brocken Metamorphit gehauen war, und dem kosmischen Schmelzofen des Urknalls, in dessen grotesken und unermeßlichen Zahlenpyramiden unwiderlegliche Beweise für Gottes zielsichere Überwachung beschlossen lagen. Die spontanen Unregelmäßigkeiten der gesprenkelten Textur des Marmors waren nicht unähnlich den winzigen, doch unentbehrlichen Abweichungen von völliger Gleichförmigkeit im uranfänglichen Kosmos, als alle Materie, die sich heute zwischen hier und den entferntesten Quasaren findet, in den Raum von der Größe noch nicht mal eines Basketballs gepreßt und so heiß war, daß selbst die Quarks noch nicht gebunden und Monopole mehr als hypothetisch und Materie und Antimaterie von Nanosekunde zu Nanosekunde in einen gegenseitigen Vernichtungskampf verstrickt waren, bei dem durch ein geheimnisvolles, hauchdünnes Übergewicht genug Materie übrigblieb, um unser ausgezehrtes, altes Universum entstehen zu lassen.

Die unwiderstehlichen Verschränkungen des Wirklichen! Ein sehr großer, gertenschlanker junger Schwarzer mit einem kahlrasierten, von einer vielfarbigen Kappe bedeckten Schädel balancierte auf diesem spektakulären Kopf wie einen phantastischen Turban einen jener amputierten Stühle – bestehend aus Rücken- und Armlehnen, doch ohne Sitzfläche und Beine – mit denen man sich im Bett zu sitzender Haltung stützt. Das Ding war von heller Pfirsichfarbe und in eine durchsichtige Plastikfolie gehüllt, die laut knisterte, während wir auf den versenkten, mit Asphalt ausgegossenen Schienen aneinander vorbeigingen. War dieser exotische Schwarze, den demographischen Erhebungen zum Trotz, ein zwanghafter nächtlicher Leser? Oder brachte er die Rückenstütze pflichtbewußt ans Bett einer gebrechlichen Großmutter oder eines Großonkels? Die schwarze Familie, obwohl statistisch längst in Scherben, hat immer noch ihre sehnigen Verbindungen; die Summe der Tatsachen gleicht nie genau der Tatsache im Einzelfall; jede neue Generation gibt Amerika die Chance, sein Versprechen zu erneuern. Solche hoffnungsfrohen, patriotischen Gedanken sikkerten in mein Gehirn, geradewegs aus Dales naiver Seele.

Eine Feuerwache mit Ziegelmauern, in einem Winkel zur Straße errichtet, stellte hoch auf einer Seite ein Wandbild von George Washington zur Schau, der ohne sichtbare Regung von einer Gruppe gleichermaßen unbewegter Bürger in Bundhosen etwas entgegennahm, das eine Kreditverlängerung sein mochte. Neben der Wache erhob sich ein großes, altes Amtsgebäude, aus Sandstein in zwei Farben nach dem Muster venezianischer Palazzi errichtet; seine unergründlichen, byzantinischen Portale waren mit Wahlplakaten bepflastert, die weichen Stufen von den Füßen eines Jahrhunderts von Bittstellern zu Mulden ausgetreten. In der Nachbarschaft dieser beiden öffentlichen Bauten raffte sich die Straße zu einer vagen Geste von Gediegenheit auf: Eine Zeile von Mietskasernen, die in Bohèmefarben wie Lavendel und Zitronengelb gestrichen waren, beherbergte eine Boutique, ein Geschäft für ökologisch angebaute Lebensmittel und, am verwegensten, einen Laden mit der Aufschrift EROTISCHER BÄCKER, der laut Aushang im Fenster *Neckisches*

Gebäck und Süßigkeiten für Erwachsene feilbot. Mit dem Gedanken an die Gestalt, die dieses neckende Backwerk annehmen mochte, fühlte ich Dales Geist in meinem nur spielen. Augenscheinlich berührten ihn die schleimig-schnörkeligen Formen und Strukturen unserer faltenreichen menschlichen Geschlechtsorgane – im Gegensatz zu vielem anderen – nicht als Argument für Gottes Existenz. Ich stellte mir sein wächsernes Gesicht vor, gezeichnet von den Pickeln des Onanisten. Ich fühlte mich ihm überlegen, da ich mich, seit Esther die spröde und unfruchtbare Lillian abgelöst hat, eines gesunden Sexuallebens erfreue. Meine zweite Frau war, noch ehe wir die Ehe schlossen, eine flexible Offenbarung in meinem Bett gewesen, ihr Unterleib im Sonnenlicht unserer illegitimen Nachmittage ein Schlemmerfest für meine Augen, wie Leckereien aus rosa Marzipan.

Nach seinem schelmischen Liebäugeln mit dem Wohlstand sackte der Sumner Boulevard hügelab, und seine Passanten nahmen das verzweifelte Aussehen von Flüchtlingen an. Auf einer Bordsteinkante hockte geistesabwesend ein Mann, der so fett war, daß er vom Wind geschwellten Kleidern auf einer Wäscheleine glich. Als ich dicht an ihm vorbeiging, sah ich, daß die Haut seines massigen, stumpf blikkenden Gesichts von schwärenden Flechten bedeckt war, die sich ablösten wie Tapetenfetzen. An der gleichen Straßenecke hatte ein Haus, dessen untere Hälfte mit Platten in raffiniert ungleichen Farben verkleidet war, einen Brand der oberen Stockwerke überlebt, der schwarz verkohlte, rahmenlose Fensterhöhlen zurückgelassen hatte. Aber das Lokal im Erdgeschoß war weiterhin geöffnet, und die Geräusche, die herausdrangen – synthetisches Gewummer von einem Videospiel, Lachen von Männer- und von Frauenstimmen –, ließen blühende Geschäfte vermuten, obwohl die Happy Hour der Preisnachlässe noch nicht begonnen hatte. Im Blick nach vorn, die Straße hinunter, wurden Stahlträger sichtbar, mennigrot gesprenkelt vom Rostschutzanstrich: eine Auffahrtsrampe zu einer der Brücken über den Fluß, in dessen verseuchten Strömungen, wie ich nun fürchten mußte, Fische auf Angler aus diesem Viertel warteten.

Die Prospect Street. Benannt nach einer längst verbauten Aussicht. Hier bog ich ein, denn Vernas Adresse, wie sie im Telefonbuch angegeben war, lag in dieser aussichtslosen Straße, nur noch ein paar Querstraßen weiter. Einige der Häuser hier hielten den Anspruch auf Wohnlichkeit aufrecht, mit frisch gemähtem Rasen im Vorgarten, mit bunt bemalten religiösen Statuetten (das Kleid der Jungfrau himmlisch blau, des Kindes Antlitz irdisch braun) und Blumenbeeten, aus denen noch die runden, glühenden Blütenkerne von roten und gelben Chrysanthemen leuchteten. Doch die meisten Häuser hatten jeden Anspruch aufgegeben: In den Gärten stand kniehoch das Unkraut, Büchsen und Flaschen lagen dazwischen wie auf einer Müllkippe. Von den Fassaden blätterte die Farbe, selbst dort, wo Vorhänge oder ein gepflegter Blumenkasten an einem Fenster im Oberstock verrieten, daß das Gebäude bewohnt war. Die Eigentümer, auf der Flucht vor schlichtem Pech oder den skrupellosen Machenschaften anderer, hatten sich verdrückt und die Häuser sich selbst überlassen, wie auf der Straße ausgesetzte mümmelnde Psychiatrie-Patienten. Einige waren schon tiefer in den Verfall geglitten, waren offensichtlich verlassen und innen ohne Zweifel kurz und klein geschlagen. Zwar waren die Fenster und Türen mit Brettern vernagelt, doch mußte es Hintertüren und Kellerfenster geben, durch die sich Drogensüchtige und Obdachlose Zutritt verschaffen konnten. Selbst die Bäume, verwilderte Bittereschen zwischen den Häusern und ein paar dürre Robinien, die am Bordstein aufgereiht waren, wirkten verschüchtert, ihre unteren Äste waren abgebrochen, die Stämme von ziellosen Hieben verwundet.

Ich ging weiter und kam nach fünf Minuten zu der Sozialsiedlung, in der Verna wohnte. Ein dutzendmal vielleicht war ich in den zehn Jahren, die wir schon in der Stadt lebten, hier vorbeigefahren. Vier Blöcke eines heruntergekommenen Arbeiterviertels waren in der Kennedy-Ära abgerissen worden, um einem Märchenschloß wohlfeilen Wohnens Platz zu machen. Der architektonische Gestaltungswille in den stark gegliederten Baukörpern – U-förmige Grundrisse, Rücken an Rücken verzahnt, die jeweils einen Parkplatz oder Spielplatz oder eine grüne Insel für die Alten umschlossen – war noch immer spürbar, doch in den Details hatte sich die Vision der Planer vom gesunden Wohnen der menschlichen Erosion ergeben. Saumpfade waren als Abkürzungen durch die Grünflächen getrampelt, Hecken und Sitzbänke zu Kleinholz gemacht worden; die Pfosten der Basketballkörbe waren teilweise bis auf den Boden heruntergebogen, als hätten Riesen ihren Unmut daran ausgelassen. Man hatte den Eindruck von Übervölkerung, von ungezügelter menschlicher Energie, deren Wildheit sich jeder Einfriedung widersetzte. Die Spielplätze, ursprünglich mit relativ verwundbaren Wippschaukeln und Karussells ausgestattet, hatten sich im Lauf der Zeit in Karstlandschaften aus Unzerstörbarem verwandelt, deren Angebot sich in einer Art verwildertem Klettergarten aus alten Autoreifen und Betonröhren erschöpfte. Ein glitzernder Niederschlag aus Glassplittern stand im Asphalt des Rinnsteins und in den Zementfugen der Fundamente. SE PROHIBE ESTACIONAR warnte ein Schild, ein anderes: *Die Eigentümer von* VERLASSENEN ODER NICHT ANGEMELDETEN FAHRZEUGEN *werden zur Anzeige gebracht.* Zu dieser mittleren Nachmittagsstunde war das Gelände menschenleer. Wie unter einer Tarnkappe ging ich ungesehen zu dem Eingang, dessen Nummer, 606, Vernas Adresse im Telefonbuch entsprach. Im Inneren des Gebäudes waren Türschlösser aufgebrochen oder abmontiert und durch Ketten mit Vorhängeschlössern ersetzt, die durch die Löcher geführt waren. Im Treppenschacht stand ein schwer definierbarer Höhlengeruch nach Urin, nach feuchtem Zement, nach Ölfarbe, die immer wieder aufgetragen und neu beschmiert worden war. TEX IST DER BESTE FICKER lautete ein hingesprühter Spruch, signiert mit MARJORIE und Blümchen. Auf dem nächsten Treppenabsatz prahlte eine ähnliche Schrift in gleicher Farbe MARJORIE SCHLUCKT'S RUNTER, signiert TEX, mit einem kunstvoll verzierten X, das auf vage Weise von den tapferen Zukunftshoffnungen des Unterzeichners kündete.

Ich hatte den Namen Ekelof auf den Schlitz 211 der rostfleckigen Briefkästen an der Innenwand des Hauseingangs gekritzelt gesehen. Im zweiten Stock ging ich durch einen langen Korridor. Er war nackt, obwohl sich Löcher und Schatten an den Wänden der Stellen erinnerten, an denen Bilder oder Feuerlöscher befestigt gewesen waren. Zuerst ging ich in der falschen Richtung, die Nummern stiegen geradzahlig an. Ich kehrte um und gelangte schließlich zu einer Tür, auf der die Nummer 211 als durchscheinendes Gespenst existierte, in Form von Nagellöchern im selleriegrünen Anstrich. Meine Hand war bereits zum Klopfen erhoben, als auf der anderen Seite der Tür ein kleines Kind zu plappern begann, ein Plappern auf dem fröhlichen, feuchten Saum der Sprache. Meine Hand erstarrte, dann setzte sie die Bewegung fort, eher zaghaft. Auch Musik konnte ich von drinnen hören, eine kieksende, metallische Frauenstimme. Sie sang hastig, aufbegehrend. Ich klopfte abermals.

Ein kratzendes Geräusch, ein Klatschen, das Plappern verstummte, und ich spürte einen Blick, der mich durch das winzige Guckloch musterte. Es war etliche Jahre her, seit ich die kleine Verna zuletzt gesehen hatte. «Wer ist da?» Ihre Stimme klang rauh und angespannt und leise rasselnd, als wäre ein Metallrohr an der Lauterzeugung beteiligt.

Ich räusperte mich und sagte: «Roger Lambert. Dein Onkel.»

Der glatte Anstrich auf der Tür schien wie geschaffen, Spuren zu bewahren, falls die Spezialisten der Mordkommission ihn eines Tages bestäuben und auf Fingerabdrücke untersuchen sollten. Verna öffnete die Tür, und der Schwall warmer Luft, der herausdrang, trug einen Geruch mit sich, einen abgestandenen Geruch wie nach Erdnüssen oder schal gewordenem Gewürz, einen dumpfen, vertrauten, mittelwestlichen Geruch. Ich stand wie vom Donner gerührt. Das war meine Schwester Edna, als wir beide noch jung waren.

Aber nein, Verna war ein paar Zentimenter kleiner als Edna und hatte eine derbe, ungeformte Nase, ein Erbstück von dem blonden Idioten, der ihr Vater war. Ednas Nase war delikat gewesen, mit fein geformten Nasenflügeln, die bebten, wenn sie bockig war, und die den ganzen Sommer lang unter Sonnenbrand litten. Ich spürte in Verna eine gefährliche Schärfe, die bei meiner Halbschwester von bürgerlicher Risikoscheu gesänftigt worden war. Edna hatte forsch und frech geredet, sich jedoch letztlich den Regeln unterworfen. Dieses Mädchen hier war über den Geltungsbereich von Regeln hinaus. Ihre Augen waren wimpernlos und standen seltsam schräg. Sie starrte mich für eine lange, glasige Sekunde an, dann begann sie zu lächeln, entwaffnend. Es war ein kindliches Lächeln, das viele kleine runde Zähne entblößte und auf einer blassen Wange ein Grübchen entstehen ließ. «Hi, Nunc», sagte sie, sehr langsam, mit ihrer heimatlich verschliffenen Version von *Uncle*, als wäre meine Ankunft lang ersehnt, die Quelle eines dunklen Genusses.

Verna war keine Schönheit, dazu war ihr Gesicht zu breit, die Haut zu blaß und zu aufgedunsen rund um die Augen, die zu schräg standen; aber sie strahlte etwas aus, etwas, das hier in einer Falle saß und zugrunde gehen mußte. Sie hatte lockiges Haar, kastanienbraun, strähnig, an den Spitzen hier und da platinblond gefärbt, und sie trug nichts als einen Frottee-Bademantel. Die Haut an ihrem Hals und an ihrer Brust war gerötet und feucht. «Ich hätte vorher anrufen sollen», sagte ich, als mir klar wurde, daß sie gerade ein Bad genommen hatte. «Aber ich bin ganz spontan vorbeigekommen», log ich weiter. «Ich war zufällig in der Gegend.»

«Klaro», sagte sie. «Komm ruhig rein. Mach dir nichts aus der Unordnung.»

Das Zimmer war erbärmlich ausgestattet, mit einem Stoffteppich in schrillem Purpur, der zur Grundausstattung gehört haben mußte, aber es bot einen weiten Ausblick, bis zum

Stadtzentrum hinüber: in gestaffelter Reihe die gegenüberliegende Ecke der Wohnanlage; einige mit Asbestplatten gedeckte Mietskasernen mit einem Urwald von Fernsehantennen; eine Reklametafel für ein Bräunungsmittel; eine Kuppel des Universitätshauptgebäudes unten am Fluß; die Spitze eines Wolkenkratzers mit verglaster Aussichtsplattform und rotierendem Panoramarestaurant; und die hetzenden Wolken des Tages mit ihren bleigrauen Bäuchen und leuchtenden, ausfasernden Rändern. Unterhalb dieser Vista lief, auf einem leeren Milchflaschenträger, ein Fernseher mit abgedrehtem Ton, der die verzweifelten Akteure einer nachmittäglichen Seifenoper zu Pantomimen reduzierte. An einer anderen Stelle standen ein paar Stühle, alle verschieden, rund um einen niedrigen Couchtisch, an dem, nach den vielfarbigen Flecken auf der dunklen, pappähnlichen Oberfläche zu schließen, jemand malte.

«Ich war in der Wanne und hab einen Joint geraucht», sagte das Mädchen mit seiner kleinen, eigentlich liebenswert vibrierenden Stimme, «und außerdem dachte ich, du wärst jemand anders.» Dies, um die Unschicklichkeit ihrer Bekleidung zu erklären, die nur auf die Mitte der Oberschenkel hinabreichte. Ihre Beine, die schon jede sommerliche Farbe verloren hatten, schienen mir besser geformt, als es Ednas in meiner Erinnerung waren, mit kleineren, rosigeren Füßen und schmaleren Fesseln. «Sei doch still, Pupsie», sagte sie träge zu ihrer kleinen Tochter, die auf mich deutete und ein Fast-Wort krähte, das wie «Ba» oder «Da» klang. Das Kind war oben ohne, unten in eine Papierwindel gepackt. Die ganze Wohnung kam mir überheizt vor, in den Radiatoren zischte der Dampf. Vielleicht stammte der leise Geruch nach verdorbenen Lebensmitteln aus dem Raum hinter dem stumpfen, maronenbraunen Vorhang, der an großen Kunststoffringen von einer pseudogoldenen Metallstange herunterhing. Heftig war ich mir meiner grauen Wildlederhandschuhe bewußt, meines Jacketts aus Harris-Tweed mit lederbesetzten Ellenbogen, meines grauen Kaschmirschals.

«Wie gesagt», sagte ich und mußte mich wieder räuspern, «mir kam plötzlich die Idee, einfach mal vorbeizuschauen und zu sehen – ziemlich spät, das gebe ich zu –, wie es meiner kleinen Nichte geht.»

Musik, laut aufgedreht, kam aus dem Nebenraum: *«She bop – he bop – a – we bop.»*

«Cyndi Lauper», sagte ich.

Das beeindruckte sie. «Woher weißt 'n du das?»

«Mein Sohn. Er ist zwölf und klinkt sich gerade in die Popkultur ein. Von dir, Verna, in deinem Alter, hätte ich eher gedacht, daß du dich gerade *aus*klinkst?»

Sie beobachtete, wie ich mich in dem elenden Zimmer umsah, und machte eine anrührende, hilflose kleine Geste, mit flach ausgestreckten, rosigen Händen, als wolle sie ihre Umgebung glattstreichen wie ein Laken. «Mag sein. Wenn ich das kleine Kerlchen hier nicht hätte, könnte ich raus und mir vielleicht 'nen Job suchen oder Kurse belegen oder irgendwas. Aber so, wie 's ist, spielt sich mein Nichtstun eben hier ab, außer daß wir uns hin und wieder unseren Strampelanzug anziehen und rausgehen und für die Marken von der Stütze diesen Müllmampf voller Krebserreger eintauschen.»

Wie die heutige Jugend generell hatte sie ein Vokabular, das jeder möglichen Disziplinierung vorauseilend entgegenwirkt. Als Esther einmal ein *Playboy*-Heft – geborgt von einem Klassenkameraden – unter Richies Bett fand, entgegnete ihr der entwaffnend: «Ach, Mom, es ist eine *Entwicklungsphase*!»

«Da. Da-da.» Das winzige Mädchen war rundlich und von hübscher Farbe, heller als Glacéleder oder sogar Milchkaffee, ein Honigteint. Dem Gesicht war bestimmt, der Schauplatz eines delikaten Kampfes zwischen negroiden und kaukasischen Zügen zu werden; zur Zeit waren die großen, tintigen Augen am verblüffendsten, nicht braun, wie man erwarten konnte, sondern von einem tiefen Marineblau – unauslotbares Leben, reine Tropfen eines dunklen Destillats. Ihr Glänzen zeigte, daß vor nicht allzu langer Zeit Tränen geflossen waren. Getrocknete Spuren verdunkelten die Haut auf den Wangen.

«Wie heißt die Kleine? Ich sollte es wissen, aber ich kann mich nicht erinnern.»

«Paula. Mein lausiger Vater heißt Paul, und als der alte Furz mich rausschmiß, nannte ich das Kind nach ihm, um es ihm heimzuzahlen.» Ihr eiskalter Vater, erinnerte ich mich, der stundenlang, als er vom Ingenieur zum Manager aufgerückt war, von seinen Bemühungen erzählen konnte, die Arbeitsabläufe im Werk zu rationalisieren und «auf die Höhe der Zeit» zu bringen, dem es aber nie in den Sinn kam, als erste Rationalisierungsmaßnahme selbst zurückzutreten und sein aufgeblasenes Einkommen in die Kassen der sterbenden Stahlindustrie zurückzuleiten...

«Ich kann es kaum glauben», sagte ich, «daß er dich tatsächlich so brutal rausgeschmissen hat, wie man hört.» Natürlich sagte ich es nur, um eine Bestätigung seiner Brutalität zu erhalten.

«Na ja», sagte Verna, «er tut nichts dagegen, daß Mom mir hin und wieder einen Scheck rüberschmuggelt, aber es ist ihm bitterernst, daß er mich und Pupsie niemals wiedersehen will, so lange wir nur leben. Meine Arbeiterin meint, sein Problem ist nicht nur der Rassismus, den haben sie dort alle, sondern auch seine Religion. Du weißt doch, als ich noch klein war, da hatte er diese Panik mit dem Krebs an der Prostata oder an irgendwas, was Männer haben, und damals hat er sich mit dieser Sekte eingelassen, die im Radio und im Fernsehen Reklame macht, und das Komische war, es hat *funktioniert*, ich meine, der Krebs ist verschwunden. Es war echt ein Wunder, muß man wohl zugeben. Und seitdem ist er einfach stur in Sachen Gut und Böse, wie's er und die Leute von der Sekte sehen; komisch war, daß sie alle falsche Zähne hatten, das fiel mir auf. Und die Männer trugen alle diese kolossalisch großen Gürtelschnallen. Wir mußten daheim sogar Dankgebete sprechen, wenn wir nur ein Glas

Milch und Kekse kriegten. Er hat mich angekotzt, der ganze Jesuskram in meiner Jugend, und Mom ging's genauso, nur konnte sie nichts sagen. Sie ist eigentlich ein Feigling, wußtest du das?» Verna legte den Kopf zurück und sah mich an, als müßte es mich besonders interessieren. «Schade für sie, weil sie so wirkt, als hätte sie 'ne Menge Mumm. Aber egal, vielleicht sollte ich es nicht auf seine Religion schieben, wo du doch selbst im Religionsgeschäft bist.»

«In einer anderen Abteilung», sagte ich und zog einen Handschuh aus. «Nicht im Vertrieb. Man könnte es Qualitätskontrolle nennen. Du sagtest ‹deine Arbeiterin›?»

«Meine Sozialarbeiterin. Sie ist groß und schwarz und neunmalklug und langweilig. Würde dir gefallen. Sie meint, ich bin künstlerisch veranlagt und ich sollte zu den Museumskursen an der Uni gehen. Du kannst dich übrigens ruhig setzen.»

«I bop – you bop – a – they bop!»

«Also ist es nicht Geld, was du in erster Linie brauchst, sondern Weiterbildung. Da könnte ich vielleicht behilflich sein.»

«Jaja, mein armer Kumpel Dale hat's mir erzählt, wie prima unbehilflich du ihm bei diesem Stipendium warst, das er wollte, um Gott mit dem Computer zu finden. Du hast ihn runtergeschickt ins Büro, wo sie ihm diese Scheißformulare zum Ausfüllen gegeben haben. Ich weiß nicht viel, Nunc, aber Formulare hab ich in den letzten anderthalb Jahren selbst 'ne Menge ausgefüllt, und darum sag ich dir: das waren Scheißformulare. Ich hab ihm geraten, sie aus dem Fenster zu schmeißen, aber ich glaub nicht, daß er's getan hat. Er ist so ein Lahmarsch, der arme Kerl. Er meint's aber wirklich gut dabei. Er will, daß wir uns keine Sorgen machen müssen, was nach dem Tod mit uns passiert. Ich mach mir Sorgen, was *vor* dem Tod mit mir passiert.»

Ich zupfte mir den zweiten Handschuh ab, Finger um Finger. Hinter dem gesäumten Leder lagen unscharf ihre weißen Beine in meinem Blickfeld. Irgend jemand, vielleicht diese Sozialarbeiterin, mußte sie ermutigt haben, von sich selbst zu sprechen. Die Neue Armut, geschwätzig. «Ich dachte», berichtigte ich, «wir hätten uns dahin geeinigt, daß ich nicht uninteressiert sei, daß der junge Mann mit seinem Projekt aber durch die üblichen Kanäle gehen müsse. Ich habe keine Befugnisse über den Haushalt der theologischen Fakultät, ich bin nur ein Angestellter. Wie dein Vater im Stahlwerk», fügte ich in der Überzeugung hinzu, daß eine Erwähnung ihres Vaters sie ärgern würde.

«Da? Bissu Da?» fragte die kleine Paula, das mollige, süße Ärmchen mit der Babyspeckfalte hinter dem Handgelenk deutend nach mir ausgestreckt. Wütend griff Verna nach dem kleinen runden Arm, zerrte das Kind vom Boden hoch und schüttelte es, wie man einen Kanister schüttelt, um zwei Chemikalien zu vermischen. «Ruhe, hab ich gesagt, du kleiner Kacker», schrie sie in das winzige, zerknitterte Gesicht. «Das ist nicht Daddy!» Und mit einem Stoß gab sie den Arm des Kindes wieder frei, so daß Paula unsanft auf ihrem bewindelten Po landete. Der Stoß nahm ihr die Luft, ließ sie um den Atem ringen, den sie zum Schreien brauchte. Die nackte Brust mit den winzigen Nippeln flog auf und ab, wie die Kiemen eines gestrandeten Fisches.

Als sie sich zu diesem mütterlichen Kraftakt vornüberbeugte, hatte sich Vernas Bademantel geöffnet, und eine volle Brust war plötzlich und leuchtend herausgeschwungen. Ohne Eile schob sie sie unter den Aufschlag des Mantels zurück und zog den Gürtel fester. «Sie geht mir auf die Nerven», erläuterte sie. «Die Nerven sind zur Zeit nicht das Beste an mir. Meine Arbeiterin sagt, anderthalb ist hart, aber wenn sie zwei werden, kann man mit ihnen reden, und dann macht's Spaß. Im Krankenhaus war ich noch ganz verliebt, als sie mir's hinhielten, noch ganz naß und wie Lavendel in der Farbe. Ich hatte keine Ahnung, was für 'ne Farbe schließlich rauskommen würde, aber irgendwie geht's bergab seitdem. Ich meine, sie sind dauernd *da*, dauernd hast du sie um dich. *Kinder.*»

«Be bop – he bop – a lu – she bop», drang es jubilierend aus dem Nebenraum. Schlaf- und Badezimmer, schloß ich, mußten hinter diesem Vorhang liegen; Verna hatte in der Wanne gelegen und ihren Joint geraucht und sich dabei diese kindische Musik in ihr dämmeriges Bewußtsein blasen lassen. Ich ertastete mir den Weg in ihre Welt und war bereit, Platz zu nehmen; die beste Sitzgelegenheit schien ein Gartenmöbel zu sein, ein Korbstuhl auf dünnen, schwarzen Metallrohrbeinen, wie er vor zehn Jahren modern gewesen war.

«Klingt das nicht tierisch?» fragte Verna, die seltsam schrägen, fast wimpernlosen Augen halb geschlossen im musikalischen Genuß. «Laß mich die Kassette umdrehen, das nächste Stück ist ziemlich schmalzig, auch wenn's die Nummer eins auf den verdammten Charts ist.»

Inzwischen hatte Paula ihren Atem wiedergefunden und begann zu brüllen. Ich faßte mir ein Herz, legte meine Handschuhe auf einen wackeligen kleinen Klapptisch, der bei der Heilsarmee zehn Dollar gekostet haben mochte, setzte mich in den Korbstuhl, griff nach dem schreienden Kind und zog es auf meinen Schoß. Es war schwerer als erwartet, besser genährt, und leistete auch Widerstand, wand sich in meinen Armen und streckte die Hände, die eingeschnürten Handgelenke, die rückwärtsgebogenen kleinen Wurstfinger nach seiner Mutter aus. Es krümmte sich und kreischte. Ich war in Versuchung, dieses ockerbraune winzige Behältnis vermischten Blutes zur Strafe zu schütteln; statt dessen versetzte ich meine Knie in eine hüpfende Auf-und-ab-Bewegung und begütigte: «Schon gut, Paula, schon gut.» Ich erinnerte mich an eine Darbietung, die schon bei Richie Wunder gewirkt hatte, als er noch klein war. «So reiten die Damen», verkündete ich: «Im Schritt, im Schritt, im Schritt.»

Verna brachte ihr Kassettenradio, einen großen, taubengrauen Hitachi mit fest eingebauten Lautsprechern, aus dem Badezimmer, stellte ihn auf meine Handschuhe auf dem Klapptisch, warf die Kassette aus und drehte sie um.

«So reiten die Herren», fuhr ich mit meiner tiefsten pädagogischen Stimme fort: «Im Trab, im Trab, im Trab.» Der Trick vor einem Studentenpublikum besteht darin, von Anfang an einen gewissen drohenden Unterton in die Stimme zu legen. «Und *so*», flüsterte ich wichtig in das winzige Ohr, das kompakt und schnörkelig ganz dicht am Schädel anlag, «so reiten die Bauern!» Die Haut von kleinen Kindern hat eine sanfte Fieberwärme, so einladend, daß ich einen Kuß auf das Ohr drückte. Seine komplexe Weichheit schockierte mich.

«Los geht's», sagte Verna und begann, sich mit schwingendem Frottee in den calypsohaften Rhythmen von «Girls Just Want to Have Fun» zu wiegen. Als Paula die Zeichen von Wärme und Lebendigkeit an ihrer Mutter sah, straffte sie sich in meinen Armen, noch vom Schluckauf des Heulens geschüttelt.

«Galopp, Galopp, Galopp!» brachte ich meine Nummer hastig zu Ende.

Die Stimme der Sängerin war jung, doch vor der Zeit hart geworden, überhöht in eine Region, die auf überschäumende Weise jenseits aller Emotion lag. *«But girls they want to have fun, oh girls just want to have –»* Die Stimme wurde von einem elektronischen Getriller abgeschnitten, der unmenschlichen, routinierten Fröhlichkeit eines Synthesizers, die aufbrauste wie ein Schwall zerplatzender Bläschen.

Verna nahm Paula in die Arme, und die beiden hüpften mit komischen, weichen Bewegungen im Rhythmus der Musik. Vernas linke Wange zeigte ihr Grübchen; die aufblickenden Augen des Kindes flossen über von dunklem Blau.

Wie ich so dasaß und beobachtete, hatte ich abermals das Gefühl, Dale Kohler zu sein, ernsthaft und linkisch und selbst bedürftig, bei einem seiner mildtätigen Besuche. Der Anblick dieses Überschwangs, des momentanen Einverständnisses zwischen Mutter und Tochter, polte etwas in mir um. Ich fühlte mich trostlos. Mein Blick schweifte ab zu einer deprimierenden Betrachtung der Wände, die Verna mit billigen Impressionisten-Drucken und laienhaften, ungeschulten Aquarellen eigener Produktion zu beleben versucht hatte: fruchtige Stilleben, arrangiert auf dem Tischchen neben meinem Ellbogen, und Blicke aus dem Fenster mit den vielen Bruchstücken von Bauten, bekrönt von den Wolkenkratzern in der Ferne, deren Glanz sich nun dem goldenen Ende des Spektrums zuzuneigen begann: der Widerschein der täglich früher untergehenden Sonne. Bald würde die Sommerzeit vom Firmament der Nation genommen werden. Der Fernseher hatte sein apathisches tägliches Drama unterbrochen und widmete sich tonlos dem kräftiger gefärbten, heftigeren Flimmern eines Werbespots. Für «Rezeptur H»: eine stirnrunzelnde Pantomime hämorrhoidalen Mißvergnügens, gefolgt von einer strahlenden Dramatisierung lindernder Wohltat, dargeboten vor einem Drogisten-Schauspieler.

Was war diese Trostlosigkeit in Dales Herz, so dachte ich, wenn nicht die Sehnsucht nach Gott – jene Sehnsucht, die, wenn alles übrige gesagt ist und getan, der einzige Beweis für Seine Existenz bleibt?

«I want to be the one to walk in the sun», sang Verna zur Begleitung der Musik, während das kleine Mischlingskind glücklich in ihren Armen vor sich hin blubberte.

Warum fühlen wir solchen Verlust, wenn nicht, weil es etwas zu verlieren gibt?

Das Lied endete, nachdem es den Refrain bis zur Neige ausgekostet hatte; Verna setzte Paula auf dem purpurnen Fetzenteppich ab und fragte mich: «Wie wär's mit irgendwas, Nunc? Eine Tasse Tee? Ein Glas Milch? Gestern abend hatte ich 'ne Bring-was-mit-Party, vielleicht ist noch ein Schluck Whisky da.»

«Nein, danke. Ich muß allmählich sehen, daß ich nach Hause komme. Wir gehen aus heut abend; eine Einladung. Aber sag mir eins, Verna: Wie oft siehst du diesen Dale?» Ich wollte wissen, ob sie miteinander schliefen. Bei den Bewegungen ihres Tanzes hatte, so elektrisierend, stilisiert und unberührbar wie der Werbespot, die weiße Innenseite ihres

Schenkels hinter dem anders strukturierten Weiß des flauschigen Bademantels hervorgeblitzt.

«Oft genug», antwortete sie. «Er schaut immer wieder mal nach, ob ich mich nicht erschossen oder das Baby umgebracht habe oder sonstwas. Er möchte, daß ich mit ihm bete.»

Ich schluckte vor Überraschung. «Tatsächlich?» Rezeptur J, für die lindernde Wohltat eines Lebens nach dem Tod.

Sie fühlte sich bemüßigt, ihn zu verteidigen; der schnutige Mundfleck zog sich zusammen, die Haut unter dem runden kleinen Kinn spannte sich aufs entzückendste, wie einst, in der Kindheit, bei Edna, wenn ich ihr vorschreiben wollte, was sie zu denken hätte. «Mag sein, daß dich was andres antörnt, Nunc», sagte sie. «Aber es ist billiger wie fixen. Dale ist ein süßer Bursche.»

«Er hat mir erzählt, daß er dich bei einer Kirchenveranstaltung kennengelernt hat.»

«Oh, ja, bei einer dieser Ist-das-nicht-furchtbar-Sachen. Aber eigentlich ist das nicht sein Trip. Dale glaubt, daß sich alles zum Besten wenden wird, am Tag des Gerichts, wenn nicht schon vorher.»

«Wie ernst ist ihm das alles?»

«Massenhaft ernst. Er erzählt mir nicht so viel vom Zahlenkram oder davon, was er drüben im Würfel macht, aber er schaut ein- oder zweimal die Woche vorbei, um zu sehen, wie's mir geht, und dann sitzt er da wie du vorhin und spielt mit Pupsie.»

«Gehst du – würdest du es eine ernsthafte Beziehung nennen?»

«Du meinst, ob wir vögeln? Das ist an dir, zu fragen, und an mir, zu wissen, Nunc. Nein, die Wahrheit ist, daß ich mich wahrscheinlich dazu überreden ließe, wie zu allem, was die Zeit totschlägt. Aber er macht sich nichts aus mir, komischerweise. Er ist wie meine Arbeiterin, er sieht mich als einen Fall. Ich glaube, die ganze beschissene Welt sieht mich als Fall.»

Wir verabscheuen es, klassifiziert zu werden. Ich habe oft überlegt, ob das Geheimnis des christlichen Siegeszugs durch das Imperium der ersten Jahrhunderte nicht im Überdruß der Bürger Roms an der Klassifizierung lag: Soldat, Sklave, Senator, *scortum*. Zum Menschsein gehört mehr, als eine Funktion zu erfüllen. Aber was? Ich fragte: «Was können wir tun, um dir einen Schulabschluß und einen Job zu verschaffen?»

«Siehst du – jetzt hörst du dich an wie Dale. Dauernd muß ich ihm sagen: dräng mich nicht, ich kann es nicht ertragen, zu irgendwas gedrängt zu werden, es nervt mich total. Mom und Dad haben mich immer gedrängt, tu dies, tu das, tu jenes. Und wozu? Damit ich auch so ein Ehepüppchen mit zweireihiger Perlenkette werde, das seinen Arsch durch die Cocktailparties von Shaker Heights schlenkert?»

«Das wollen wir ja gar nicht unbedingt, Verna. Aber –»

«Ich mag dieses ‹wir› nicht. Du bist nicht mein Boss. Und du bist auch nicht Mom und Dad.»

Sie hatte einen niedrigen Siedepunkt. Es war aufregend, wie ein übermotorisiertes Auto, das einen umbringen oder sich selbst zu Tode rütteln kann. «Stimmt», mußte ich zugeben.

Ihre seltsamen, bleichwimprigen, schrägen Augen verengten sich. «Hat meine Mutter sich mit dir in Verbindung gesetzt?»

Ich mußte lachen, ungewollt, aus Mitleid angesichts dieser übertriebenen Vorstellung, die sie sich von der Fürsorglichkeit ihrer Mutter machte. Bei aller äußerlichen Härte war sie ein Kind, das sich die Mutter wie den lieben Gott im Himmel vorstellte, immer behutsam auf der Wacht.

«Nein», antwortete ich wahrheitsgemäß und versuchte, mein Lachen zu unterdrücken. Sie mußte annehmen, daß ich log – und daß ich mir dessen bewußt war, ließ mir meine Antwort selbst als Lüge erscheinen. Ich betrachtete meinen Daumennagel; ich hatte ihn mit der gekrümmten Schere seitlich zu tief eingeschnitten, wodurch eine Furche entstanden war, in der sich Fusseln sammelten. Ein mikroskopisch kleines Gespinst von feinsten Fädchen war darin gefangen. Ich versuchte, es zu befreien.

«Ich weiß alles von dir und ihr», fuhr das Mädchen fort, in der Stimme die Entschlossenheit derer, die sich in der Falle fühlen. Sie hatte meine Gedanken gelesen: Sie spürte, daß ich sie in ihrer Naivität ertappt hatte.

«Tatsächlich?» Das winzige Knäuel neben dem Nagel schien purpurrot zu sein, obwohl mein Jackett und mein Schal grau waren.

«Sie hat mir 'ne Menge erzählt, an manchen Abenden in der Küche, wenn wir warteten, daß Daddy heimkommt. Es ist manchmal heiß hergegangen zwischen euch, Nunc.»

«Ist es das?» Ich erinnerte mich an nichts dergleichen und fragte mich, wem hier die Phantasie durchgegangen war, Edna oder Verna.

«Also brauchst du nicht bei mir aufkreuzen und die große Professorennummer abziehen. Ich pfeife drauf. Ich komm ohne dich zurecht.»

«Du mußt hier raus», sagte ich milde. Ich fühlte mich in die Jahre der praktischen Seelsorge zurückversetzt. Ich hatte keine Angst vor diesem Kind, sosehr es sich auch sträubte. Man braucht nicht viel zu sagen, es genügt, wenn man zuzuhören scheint, und schon spult sich der ganze Kummerfaden vor einem ab, die Gebetsmühle des gewohnten menschlichen Lamentos: Was uns die Natur bestimmt, ist nicht, was wir uns selbst bestimmen wollen.

«Na prima, und wie?»

«Wie machen es die anderen alleinerziehenden Mütter?»

«Die haben Freunde.»

«Du mußt dir Freunde *suchen.*»

«Na prima, das mach mir mal vor. Die Insassen in diesem Slum hier sind zur Hälfte alte Diegos und zur andern Hälfte schwarze Paradehengste, denen du bloß am Flur ‹Hallo› zu sagen brauchst, und schon glauben sie, du willst übern Rettich gezogen werden. Diese Burschen haben's in der Nase, wenn dich einer sitzengelassen hat, sie brauchen nicht mal die kleine Paula zu sehen. Und dann wollen sie dich an die Straßenecke stellen, das ist ihre Idee vom Erfolg im Leben, eine Reihe weißer Mädchen für sich laufen zu haben. Kein Scheiß, so geht das hier bei uns.» Ihre schiefen Augen wurden feucht. «Meine Alten haben schon recht. Ich hab mich mattgesetzt in dieser scheußlichen Ecke hier. Ich bin einsam und allein, die ganze Zeit. Du kannst nicht einfach hingehen und mit irgendwem quatschen wie ein Mann, es wird eine Verhandlung. Und der ‹Denver Clan› war gestern, also kann ich mich eine Woche lang nicht mal darauf freuen.» Sie versuchte, durch Tränen hindurch, zu lachen: über sich, ihren Kummer, ihr schon verpfuschtes Leben.

«Du solltest es nicht an Paula auslassen», sagte ich.

Sie wurde wütend; ihre Gefühle lagen dicht bei dicht in einem wässerigen Film, der von Nervenströmungen gekräuselt wurde. «Darum dreht sich's also bei deinem gnädigen Besuch. Um das kleine Honigmäuschen. Spar dir deine Barmherzigkeit, Nunc, sie kann für sich selber sorgen. Das einzige, was die kleine Ratte den ganzen Tag lang tut, ist mich nerven. Ich sitze stundenlang am Sandkasten, während sie Glassplitter frißt. Aber das bringt sie nicht um, das einzige, was passiert, ist, daß die Kacke glitzert.» Wieder lachte sie, über sich selbst. Ich erlaubte mir ein Lächeln. Sie wischte ihre breite, glänzende Nase. Ohne diese Nase, und wenn sie zehn Pfund abgenommen hätte, wäre sie vielleicht hübsch gewesen. «Und zu allem anderen krieg ich auch noch eine beschissene Erkältung. Manchmal fragst du dich, warum die Leute sich nicht alle dauernd selbst umbringen.»

«Das fragt man sich tatsächlich», sagte ich und seufzte und stand auf. Ich hatte mich an die Gerüche der Wohnung gewöhnt, an das vage, breiige Erdnußaroma, an das Ammoniak aus den gesättigten Windeln des Kindes. Die Atmosphäre des Zimmers umhüllte mich so leicht und lose wie Vernas Frottee-Bademantel ihren Körper. Ich begann mich heimisch zu fühlen. «Würde ein kleiner Kredit helfen?» fragte ich.

Ihre Tränen und ihre Worte waren zu einem Schniefen verschmolzen. «Nein», hörte ich sie sagen, dann schüttelte sie den Kopf, um das Wort zu verleugnen, und schluchzte: «Ja.» Sie fühlte sich zu einer Erklärung verpflichtet: «Das blöde Wohngeld reicht kaum für die Miete, und die Sozialhilfe gibt nur Lebensmittelgutscheine. Ich könnte Bargeld brauchen, um einen anständigen Stuhl oder so was zu kaufen, wenn Leute zu Besuch kommen. Ich meine, dieses Zeug hier ist doch Schrott.»

Ich nahm zwei Zwanziger aus meiner Brieftasche, dachte an die Inflation, zog noch einen weiteren heraus und gab ihr die drei Scheine. Ich konnte auf dem Heimweg bei der Bank vorbeigehen und meine Barschaft am Automaten ergänzen, dem kleinen Computer, dessen Bildschirm immer höflich VIELEN DANK und BITTE GEDULDEN SIE SICH, WÄHREND IHRE TRANSAKTION ABGEWICKELT WIRD sagt. Als sie ihre Hand ausstreckte, war die kleine, plumpe Fläche von lavendelblauen Linien durchzogen, wie die Farbe des Neugeborenen, die sie beschrieben hatte.

Unsere Transaktion hatte uns beide abgekühlt. Verna stopfte das Geld in eine Tasche ihres Bademantels, zog gleichzeitig ein Taschentuch heraus, schniefte ein letztes Mal, wischte über ihre derbe Nase und blickte mich trockenen Auges, mit der provozierenden Ruhe eines Kriminellen, an. Eine wunderbare Plastizität der Moral schien vor mir ausgebreitet, ganz im Einklang mit ihrem verformbaren, bleichen Fleisch. «Und was jetzt?» fragte sie.

«Ich kümmere mich um externe Prüfungen und Abendkurse», sagte ich.

«Ja», gab sie zurück, «wie du dich um Dales Stipendium gekümmert hast.»

Ich ignorierte das; es war an der Zeit, dem Gespräch ein wenig Würde zurückzugeben. «Und es wäre mir eine Freude, dich in meinem Haus zu begrüßen und dir Esther und unseren Sohn Richie vorzustellen. Vielleicht wäre Thanksgiving ein geeigneter Anlaß?»

«Thanksgiving, Herr im Himmel, ich danke», sagte sie spöttisch.

«Oder aber, wenn dir das lieber ist, Verna, wir unternehmen gar nichts. Ich bin gekommen, um zu sehen, wie du lebst und was du denkst, und beides weiß ich nun.»

Sie ließ den Kopf sinken. Ich konnte, in den geöffneten Ausschnitt hinein, fast die ganze Rundung ihrer jungen Brust sehen, die seidige Fülle und die durchschimmernden blauen Venen. Sie war kleiner als ich, genau wie Esther. «Thanksgiving wäre nett», sagte sie leise.

Als wir uns verabschiedeten, bemühte ich mich, sie nicht als Kind zu sehen, sondern als eine junge Frau, robust und in gewissem Maße lebenstüchtig, ein zumindest biologischer Erfolg, an dessen Existenz nichts Beunruhigenderes war als an den meisten unserer animalischen Existenzen, wie sie einem hypothetischen Beobachter von oben erscheinen mußten, chaotisch in ihrer triebhaften Geschäftigkeit und dennoch selten kollidierend. «Es war nett, daß du gekommen bist, Nunc», fügte sie hinzu und hielt mir die runde Grübchenwange für einen Kuß hin.

Ich gewährte ihn (die Haut schockierend zart, wie Mehl, wenn man hineinfaßt) und sah zugleich, daß die kleine Paula auf dem Boden schweigend in ein zupfendes Interesse an etwas Fusselndem vertieft war, das sie zwischen den Nähten des Stoffteppichs entdeckt hatte. Ihre Lippen waren mit hauchfeinen, purpurroten Fäden bedeckt. Sie blickte zu mir auf und strahlte und sabberte. Ich beugte mich hinunter, um ihren Kopf zu streicheln, und war verblüfft und auch ein wenig abgestoßen von seiner Wärme.

Als ich ging, schien die abgeschiedene Verwahrlosung dieser Wohnung ohne Türschild mich jedoch zurückzuhalten. Ihr stickiges Aroma weckte eine tief verschüttete Erinnerung an Cleveland, vielleicht an den Kellerraum, in dem meine Großmutter in Büchsen eingemachte Pfirsiche in staubigen Regalen stapelte und die wöchentliche große Wäsche mit der Handkurbel durch die Wringmaschine drehte, eingehüllt in den augenätzenden Geruch der Bleiche. Vernas Wohnung verkörperte für mich, was manche Theologen Innerlichkeit nennen. Mein eigenes Haus, in seiner «guten» Straße zwischen ebenso wohlbestallten Nachbarn, erweckte oft den Eindruck, als lebten Esther, Richie und ich hinter seinen großen Fenstern wie Zootiere für die Öffentlichkeit.

Draußen, vor der abgefingerten, nackten grünen Tür, hielt ich inne – lange genug, um zu hören, wie Verna ihre Tochter anschrie: «Hör endlich auf, diese verdammten Fusseln zu fressen!» Es folgten ein klatschendes Geräusch und ein Wimmern, das zu einem unstillbaren, atemlosen, wunden Kinderschreien anwuchs.

Heiß hergegangen... Ich konnte mir nicht vorstellen, was Edna erzählt haben mochte. Meine einzigen Erinnerungen an körperliche Kontakte mit meiner Halbschwester bestanden aus wütenden Ringkämpfen, veranlaßt von einer Ungerechtigkeit oder der Rivalität um ein Spielzeug. Ich machte keinen Hehl aus meiner Abneigung und beschwerte mich oft bei meiner Mutter wegen der paar Sommerwochen, die ich mit Edna verbringen mußte. Mir fiel wieder ein, daß ich sie «Pfannkuchengesicht» genannt hatte; meine Mutter genoß die Gehässigkeit, und der Spitzname paßte, ebenso wie für Ednas Tochter. Breite, flache Gesichter, ein wenig teigig. Als wir beide älter wurden, hörten die Raufereien auf, soweit ich mich erinnern konnte; und wenn sich meine pubertierenden Gedanken jemals an ihr vergriffen hatten, die nur eine dünne Trennwand entfernt durch die schwülen Hochsommernächte von Chagrin Falls schlief, so waren doch Gedanken keine Taten, nicht hier in unserer sterblichen Sphäre. Wie merkwürdig von Edna, so etwas behauptet zu haben – oder von Verna, es so wiederzugeben.

Zwei geschmeidige junge Schwarze kamen mir auf der eisernen Treppe entgegen, drei Stufen auf einmal nehmend, in völlig lautlosen Sprüngen. Sie schnellten in ihren abgetragenen Röhrenjeans, schimmernden Basketballjacken, großen leisen Joggingschuhen auf mich zu und beiderseits vorbei, wie ein entgegenkommendes Scheinwerferpaar, das sich in zwei Motorräder auflöst. Mein Herz jagte, und ich nickte angespannt, einen Augenblick zu spät. Mit meinem Tweedjackett und meinem jugendlich ergrauten Haarschnitt war ich hier die verdächtige Figur.

In der Prospect Street erstreckten sich die Schatten der halbverlassenen Häuser von Bordstein zu Bordstein, obwohl am Himmel oben jagende weiße Wolken und negative Flekken tiefen Blaus noch immer vom hellen Tag kündeten. Im Hintergrund eines unbebauten Grundstücks stand ein Wunder, das mir entgangen war, als ich die gleiche Stelle dreißig Minuten zuvor passiert hatte: ein wohlgeformter, schlanker Ginkgo, dessen zitternde, fächerförmige Blätter sich mit einer Gleichförmigkeit, die sie vom unkoordinierten Welken weniger urtümlicher Laubbäume unterschied, in ein monochromes, volltönendes Gelb verfärbt hatten. Auf der verlassenen Parzelle, in einen beiläufigen Streifen Sonnenlicht getaucht, war dieser Baum ein aufragender Schrei. Zusammen mit aufblitzendem Bücherwissen über Ginkgos – die schon vor den Dinosauriern existiert hatten; im alten China als heiliger Baum um die Tempelbezirke gepflanzt wurden; und wie die Menschen zweihäusig sind, d. h. geteilt in männliche und weibliche Exemplare (die weiblichen Samenkapseln stinken) – kam mir jene merkwürdigere, unbezweifelte Gewißheit, daß auch Dale, nach seinem Besuch bei mir und anschließend bei Verna vor zwei Wochen, diesen einen bestimmten Baum gesehen hatte und von ihm ergriffen worden war wie von der grünen Pfütze und dem schwarzen Haufen Hundekot. Seine religiöse Reaktion ging auf mich über. Frieden sank herab, jene wortlose Belohnung, die vom tiefsten Wesen des Kosmos zu wissen scheint. Ich blieb sogar stehen, mitten auf dem Bürgersteig in diesem unbekömmlichen Viertel, um tiefer über diesen ranken Ginkgo von gonggleicher, goldener Farbe nachzusinnen: Es gibt so wenige Dinge, die, zum Gegenstand der Kontemplation gemacht, sich nicht unter dem Gewicht unserer Aufmerksamkeit wie zerbrechliche Falltüren öffnen über der bodenlosen Grube, die darunter lauert.

Zwei

I

Bei Dales nächstem Besuch in der Fakultät, als er wieder mit der ihm eigenen scheuen Unverschämtheit durch die Tür geschlichen kam, die roten Fingerknöchel und die Aknepusteln die einzigen Unvollkommenheiten seiner sonst wachsbleichen Haut, fühlte ich mich weit weniger gegen ihn eingenommen. Vernas Versicherung, daß er nicht ihr Liebhaber sei, hatte zu meinem Meinungsumschwung beigetragen: Diese jungen Leute kommen mit dem gezückten Schwert der Jugend auf dich zu, und es erweist sich als Gummirequisit, nicht Waffe, sondern Puffer. Sie können um keinen Deut leichter aus ihrer animalischen Gesundheit Glück schöpfen, als wir es konnten. Er trug wieder seine marineblaue Strickmütze, aber, da das Wetter kühler geworden war, nicht mehr den Tarnfarbenparka, sondern eine Jeansjacke, gefüttert mit Schaffell, dessen gelblichweiße Haarbüschel die Ränder mit einem schmuddeligen Heiligenschein umgaben. Ein Cowboy-Look, zu dem ihm freilich die Marlboro fehlte.

«Ich habe meine Formulare ausgefüllt und eingereicht, und ich dachte mir, Sie möchten vielleicht eine Kopie haben.»

«Sehr gern.» Mein Blick schweifte über seine persönlichen Angaben hinunter zur Beschreibung des Projekts. *Aus verfügbaren physikalischen und biologischen Daten mit Hilfe von Simulationen in einer elektronischen Großrechenanlage die Exi-*

stenz Gottes, d. h. einer zielgerichteten und eingreifenden Intelligenz hinter allen Phänomenen, zu beweisen. «Biologisch?» fragte ich nur.

Dale ließ sich in den Stuhl der vielen Hölzer vor meinem Schreibtisch sinken und begann: «Ich hab mich ein wenig in Evolutionslehre und Darwinismus und all dem Zeug umgesehen; seit ich aus der Schule bin, hab ich mich damit kaum mehr beschäftigt. Sie wissen schon, dort kriegt man diese Bäume vorgesetzt, mit den Blaugrünalgen ganz unten und dem Ast der Primaten, der von den Spitzmäusen abzweigt, und man denkt, das sind alles Fakten, so exakt wie eine Karte vom Mississippi. Aber in Wahrheit wissen sie gar nichts, oder doch fast nichts. Es ist ein Dogma. Sie ziehen einfach Verbindungslinien zwischen Fossilien, die nichts miteinander zu schaffen haben, und nennen es Evolution. Es gibt fast keine Zwischenglieder. Es gibt keine graduelle Entwicklung, und Darwins Vorstellung davon, wie die Veränderungen zustande kamen, beruht auf nichts anderem als gradueller Entwicklung in winzigen Schritten, bei der jeder kleine Vorteil durch natürliche Auslese konsolidiert wird.»

«Dogma?» sagte ich und rutschte unbehaglich auf meinem Stuhl. Das Zulassungskomitee dieser Fakultät, einst nur mit leicht zu siebenden Bewerbungen von geistlichen Kandidaten aus den wohlsituierten, meist unitarischen Familien Neuenglands befaßt, hat es heute mit ungezähmten Kreationisten aus Nebraska und Tennessee zu tun – ein unattraktiver Haufen zumeist, mit einer merkwürdigen körperlichen Neigung zum Schielen und zu Henkelohren und, wenn weiblich, zu enormen Brüsten, die sie wie eine zur Buße um den Hals gelegte Last durch unsere Flure schleppen, Inbilder jener Unglücklichen aus Dantes viertem Kreis, die «unter Geheule Lasten wälzen mit den Brüsten» (*«con grand'urli/voltando pesi per forza di poppa»* [siebenter Gesang, Vers 26f], in der Übersetzung von Philaletes).

«Aber ja», sagte Dale. «Schon ganz am Anfang, all dieses

lockere Gerede von der ‹Ursuppe›, in der die Blitze Aminosäuren zusammenbrauen und dann Proteine und schließlich eine selbstreplizierende DNS-Kette in irgendeinem Bläschen, das die erste Zelle oder das erste Lebewesen war – es klingt großartig, aber es funktioniert nicht, es steht auf einer Ebene mit der Vorstellung, daß Fliegen und Spinnen spontan im Misthaufen oder im Heu entstehen oder was immer die Menschen im Mittelalter glaubten. Zum einen beruht die ganze Theorie darauf, daß die Atmosphäre der Urerde eine reduzierende Atmosphäre war, also reich an Stickstoff und Wasserstoff und arm an freiem Sauerstoff. Aber wenn man sich die ältesten Gesteine ansieht, dann sind sie voller Rost, also *gab* es Sauerstoff. Weiter, die Informationsmenge, die man braucht, um auch nur das einfachste virusähnliche Stück Leben zu erzeugen, ist so ungeheuer groß, daß die Chancen für eine zufällige Entstehung wirklich jenseits von Gut und Böse sind. Ein Biologe hat sie mit eins zu zehn hoch dreihundertundeins beziffert, ein anderer Bursche ging davon aus, daß zehn hoch zwanzig Planeten im Universum die Voraussetzungen für die Existenz von Leben bieten, und trotzdem kam er zu einer Wahrscheinlichkeit von zehn hoch vierhundertundfünfzehn zu eins gegen die Entstehung von Leben irgendwo außerhalb der Erde. Wickramasinghe, von dem ich schon das letzte Mal erzählt habe, gibt die Unwahrscheinlichkeit mit zehn hoch vierzigtausend an, das sind zig Seiten voller Nullen; aber das heißt wirklich, es auf die Spitze zu treiben.»

«Was wir nicht tun wollen», sagte ich und verlagerte abermals meine Sitzposition; er war die Erbse, ich die Prinzessin. Ich begann: «Sie zitieren ständig solche ellenlangen Unwahrscheinlichkeiten, als käme es darauf an, daß die Atome und Moleküle durch rein statistischen Zufall zu bestimmten Kombinationen zusammenfinden. Aber nehmen Sie einmal an, daß auf dieser mikroskopischen Ebene eine Art Organisations- oder Kohäsionsprinzip existiert, vergleichbar etwa mit dem Selbsterhaltungstrieb auf der Ebene der individuellen Organismen oder mit der Gravitation auf der kosmischen Ebene, dann würde dieses Prinzip Kombinationen und wachsende Komplexität fördern, und die Wahrscheinlichkeit würde sprunghaft zunehmen, ganz ohne übernatürlichen Eingriff.»

«Das ist nicht übel, Sir, für einen Nicht-Naturwissenschaftler; aber wenn Sie neue molekulare Gesetze fordern, lassen Sie sich auf einen größeren Handel ein, als Sie ahnen. Außerdem gibt's noch alle möglichen zusätzlichen Probleme, die die Ursuppenköche schlicht und einfach ignorieren. Das Energieproblem zum Beispiel: Damit dieser allererste, mikroskopisch kleine Adam überleben konnte, brauchte er ein System, das seinen Energiehaushalt regulierte, und das ist schon wieder eine ganz andere Konstruktionsaufgabe. Oder das Problem mit den Enzymen: Ohne DNS kann man keine Proteine erzeugen, aber es gibt auch keine DNS ohne Enzyme, und Enzyme sind Proteine. Wie soll das gehen? Seit 1954 mixen sie jetzt diese elektrifizierten Suppen im Labor zusammen, und bis heute ist nichts herausgekommen, was im entferntesten wie Leben aussieht. Warum nicht? Wenn sie's mit all ihren Kontrollmöglichkeiten nicht schaffen, wieso hat's dann die blinde Natur geschafft?»

«Die Natur», führte ich aus, «hatte Äonen von Zeit und Ozeane von Rohmaterial.»

«Das dachte ich auch immer», sagte der junge Mann mit seiner irritierenden, leutseligen Selbstsicherheit. «Aber wenn man sich die Zahlen anschaut, rechnet es sich nicht. Wir haben die zweckgerichtete Intelligenz, die wir der Natur absprechen, und wenn es zu unseren Bedingungen machbar wäre, dann sollte es inzwischen auch geklappt haben. Aber statt dessen ist es ein Reinfall, ein Aufkochen von zusammenhanglosen Polymeren. Aus Suppe wird Suppe. Müll rein, Müll raus, wie wir im Computergeschäft sagen. Drüben in Kalifornien versucht man, Nukleotide zur spontanen Synthese zu bringen, und die Nukleotide tun das auch, okay, aber so langsam, als wollten sie uns verhöhnen: Alle Viertelstunden lagert sich ein neuer Baustein an, während in der Natur der Bruchteil einer Sekunde ausreicht.»

«Gut, aber selbst das ist ein Hinweis, oder etwa nicht, daß wir es mit einem natürlichen und nicht mit einem übernatürlichen Vorgang zu tun haben?» Ich studierte meinen Fingernagel. Ich hatte ihn abgefeilt und die störende Vertiefung beseitigt, aber nun war der Nagel geringfügig, fast mikroskopisch kürzer als die anderen, hatte ein Spur zuwenig weißen Rand, als wäre ich ein Nägelkauer. Vernas Fingernägel waren kindisch kurz gewesen, wenn mich die Erinnerung nicht trog; Esthers dagegen waren zu lang. Fingernägel: sie messen die Zeit. In weniger als einer Stunde würde ich mein Ketzerseminar angehen, die erste von zwei Sitzungen, die wir den Pelagianern widmen wollten. Immer wieder (so würde ich boshaft beginnen, um die Studenten aufzulokkern) muß man konstatieren, um wie vieles angenehmer, sowohl vernünftiger als auch sympathischer, im Rückblick die Häretiker erscheinen als ihre Opponenten, die für das kämpften, was die reine Lehre des römischen Katholizismus werden sollte. Wer zöge nicht, zum Beispiel, den dicklichen Pelagius (ein «angefressener Hund», fauchte Hieronymus, «erdenschwer von schottischem Haferbrei») und seinen liebenswürdigen Emissär Caelestius und seinen silberzüngigen Apologeten Julian von Aeclanum mit ihrer harmlosen Hoffnung, der Mensch sei wenigstens *in Maßen* zum Guten fähig und in der Lage, einen *Beitrag* zum eigenen Heil zu leisten – wer zöge solche Humanisten nicht dem polternden Hieronymus oder dem romantischen Augustinus vor, der hysterisch auf der Sündhaftigkeit der Sinnenlust bestand (nachdem er seine eigene gesättigt hatte) und frisch aus dem Mutterleib geschlüpfte Babies schon für verdammt hielt? Einmal ein Manichäer, immer ein Manichäer, wie Julian apropos unseres algerischen Freundes, des Bischofs von Hippo, so scharfsinnig bemerkte...

Während mein abwesender Geist mein Referat Revue passieren ließ, sägte der junge Mann an meinem Argument.

«Sie hören sich an wie einer vom harten Kern der Neodarwinisten», sagte er. «Die reden großspurig von Trends und Entwicklungstendenzen und von den unvermeidlichen Unvollkommenheiten der fossilen Dokumentation. Unvollkommenheiten! In Wahrheit haben sie fast nichts in der Hand, nur Schicht auf Schicht von Lebewesen, die auftauchen und wieder verschwinden. Die sogenannten Lücken sind keine Lücken, es sind kolossalisch große Löcher!»

Wo hatte ich dieses Wort gehört, erst kürzlich?

«Wo sind denn die präkambrischen Fossilien?» fuhr Dale fort. «Plötzlich wimmelt es von vielzelligen Tieren, sieben Stämme existieren und etwa fünfhundert Arten – Gliederfüßer, Armkiemer, Schwämme, Ringelwürmer. Es ist so gut wie alles da, außer dem, was man erwarten würde – Protozoen. Wie haben die Zellen gelernt, gemeinsame Sache zu machen? Und wenn wir schon dabei sind: Wie konnte sich die prokaryotische Zelle, das ist das, woraus die Blaugrünalgen bestehen, wie konnte sie sich zu unserer eukaryotischen Zelle entwickeln, die nicht nur einen Kern hat, sondern Mitochondrien, den Nukleolus, den Golgi-Apparat und alles mögliche Zeug, von dem man teils noch nicht mal weiß, wozu es gut ist. Die beiden Zelltypen sind so verschieden wie eine Bauernkate und eine Kathedrale. Was ist da passiert?»

«Tja», sagte ich zu Dale, «irgend etwas ist passiert, aber ich bin nicht so sicher, daß ich die Hand Gottes darin erkennen kann. All dieses Rückwärts-Argumentieren, das von den heutigen Verhältnissen ausgeht und sie für extrem unwahrscheinlich erklärt – bringt uns das eigentlich weiter als den Höhlenbewohner, der nicht wußte, warum der Mond im Monatsrhythmus seine Gestalt verändert, und der sich daher allerlei Geschichten über die Tricks und Streiche ausdachte, die die Götter dort oben einander spielten? Sie scheinen sich einen Gott vorzustellen, der gefällig genug ist, für Sie jedes Vakuum, jede Wissenslücke auszufüllen. Der moderne Wissenschaftler behauptet nicht, alles zu wissen, er behauptet nur, daß er mehr weiß als seine Vorgänger und daß die naturwissenschaftliche Welterklärung augenscheinlich funktioniert. Sie können nicht an der modernen Wissenschaft teilhaben und gleichzeitig an der Kosmologie des Höhlenmenschen festhalten. Sie ketten Gott an die menschliche Unwissenheit, Mr. Kohler. Ich bin der Ansicht, daß Er lange genug daran gekettet war.»

Bei meinen Worten hatte er sich kerzengerade aufgerichtet, die bleichen, blauen Augen aufgerissen. «Ist es das, was ich mache?» fragte er. «Gott an die Unwissenheit ketten?»

Ich spreizte meine Hand mit dem noch immer nicht perfekten Daumennagel auf der Schreibtischplatte. «Das ist es. Und ich sage: befreit Ihn!» Also hatte auch Dale sein Ziel erreicht. Er hatte meine Leidenschaft geweckt. Ich ließ mich auf seine Sache ein. Befreit Ihn, und wenn Er daran stürbe.

Dale lehnte sich wieder zurück, ein blasiertes oder auch unsicheres schmales Lächeln auf den Lippen, das Schaffellfutter der Jacke ein Lichtsaum hinter seinem Hals. «In meiner Sicht, Professor Lambert, mache ich nicht mehr als folgendes: Der moderne Mensch ist davon überzeugt worden, daß ihn eine wasserdichte atheistische Erklärung der Naturrealität umgibt. Und ich sage: Moment mal, aufgepaßt, da spielt sich mehr ab, als man euch wissen läßt. All diese Astronomen und Biologen sind mit etwas konfrontiert, das sie unterm Deckel halten, weil sie es selbst nicht glauben wollen. Aber es ist da. Man kann es annehmen oder verneinen, das ist die Freiheit, die uns Gott gegeben hat. Aber wir brauchen uns das Denken nicht verbieten zu lassen. Unser Denken ist dem Teufel nichts schuldig.»

«Ach. Sie sehen den Teufel am Werk?»

«Allerdings. Überall und unablässig.»

«Und wer ist er, Ihrer Ansicht nach?»

«Der Zweifel. Er ist es, der uns verführt, die Geschenke Gottes zurückzuweisen, er läßt uns das Leben verschmähen, das uns Gott gegeben hat. Wußten Sie, daß unter Teenagern der Selbstmord die zweithäufigste Todesursache ist, übertroffen nur von Autounfällen, die oft auch eine Art von Selbstmord sind?»

«Komisch», sagte ich. «Wenn ich mir die jüngste Geschichte anschaue, und übrigens auch einige unserer derzeitigen Ayatollahs und Führer, so möchte ich das Gegenteil behaupten. Der Teufel ist die Abwesenheit von Zweifel. Er ist das, was die Menschen zu terroristischen Selbstmordaktionen treibt und zur Errichtung von Konzentrationslagern. Der Zweifel mag dem Abendessen einen komischen Beigeschmack verleihen, aber es ist der Glaube, der loszieht, um zu töten.»

«Warten Sie, Sir. Wir kommen hier auf ein ziemlich weites Feld, und ich weiß, daß Sie in ein paar Minuten über diese Häretiker zu lesen haben. Mein Argument in puncto Evolution ist nicht, daß wir noch Wissenslücken haben, sondern daß die Dinge um so wunderbarer erscheinen, je mehr Wissenslücken wir schließen. Man führt zum Beispiel immer wieder das menschliche Auge an, das unglaublich komplex sei. Aber nehmen wir auch nur das Auge der Trilobiten, ganz am Anfang der fossilen Überlieferung. Es bestand aus Hunderten von Stäbchen, den sogenannten Ommatidien, von denen irgendein schwedischer Forscher erst 1973 entdeckt hat, daß sie aus ganz präzise angeordneten Kalkspatkristallen und einer wellenförmigen unteren Hälfte aus Chitin bestanden, alles exakt auf die Gesetze der Lichtbrechung abgestimmt, die bis ins siebzehnte Jahrhundert unbekannt waren. Einigermaßen verblüffend, oder?»

Er blickte mich widerspruchheischend an, und ich antwortete milde: «Das heißt noch nicht, daß die Trilobiten etwas von den Gesetzen der Lichtbrechung wußten. Es bedeutet nur, daß einige Trilobiten etwas besser sehen konnten als andere und deshalb überlebten und ihre Gene weitergeben konnten.» Mein Tonfall war nicht kämpferisch; ich hatte beschlossen, ihn sich mit seinem Argumentieren erschöpfen zu lassen. Es gibt einen Begriff für diese Überlebenstechnik: Übersättigung des Angreifers. Ich entzündete meine Pfeife, saugte paffend, mit aufflammendem Zündholz, jede Inhalation keuchend hörbar wie ein kleiner Tod.

«Wo man sich auch umsieht in der Evolution», fuhr Dale fort, «überall stößt man auf das Problem der *koordinierten* Mutationen, die stattgefunden haben müssen. Es ist diese Koordination, die die Wahrscheinlichkeit ins Minus drückt. Nehmen wir *unser* Auge mit der Netzhaut, der Irisblende, den Stäbchen und Zapfen, der Glaskörperflüssigkeit, dem Tränenkanal, selbst den Augenlidern: Es ist absolut phantastisch, anzunehmen, daß das alles ungeplant entstanden ist, durch eine Reihe von zufälligen Irrtümern, immer schön einer nach dem anderen. Damit sich zum Beispiel die Linse entwickeln konnte, mußte ein Stück Körperhaut zwischen die Hirnhäute wandern. Wie kann man sich so was auf halbem Wege vorstellen? Bei all diesen Dingen sind es die Zwischenstadien, wo der Hund begraben liegt, wo die Adaptation nicht funktioniert, wo sich die Weiterentwicklung als Wettbewerbsnachteil erweist. Überall stößt man auf Unmöglichkeitspunkte, wo die Kurve des Fortschritts, wie man sie graphisch darstellen könnte, einfach nicht um die Ecke biegen will. Das Ohr der Säugetiere, aus dem Blickwinkel der Evolution betrachtet, ist sogar noch unglaublicher als das Auge. Da gingen Knochen, die bei den Reptilien zum stabilen Kiefer gehörten, auf die Wanderschaft und wurden zu Malleus und Incus, dem kleinen Hammer und Amboß tief drinnen. Aber als die Kieferknochen zum Mittelohr wurden – worauf haben diese Zwischenstufengeschöpfe damals gekaut? Oder der Schwanz des Wals: er schlägt vertikal, während sich die Schwänze sämtlicher Landlebewesen horizontal bewegen. Das ist ein größerer Unterschied, als man denkt: Das Becken muß kleiner werden, sonst würde es durch die Auf-und-ab-Bewegung zertrümmert. Aber wenn man nun die allmähliche Entwicklung zum Wal nachvollzieht, gerät man irgendwann an einen Punkt, an dem das Becken zu schmal ist, um die Hinterbeine zu tragen, aber noch zu groß für die benötigte Schwanzmuskulatur! Oder sogar der Archaeopteryx, auf den die Evolutionisten so stolz sind. Sie haben ja nichts vorzuzeigen, zwischen den Gastropoden und den Chordaten nicht, zwischen den Fischen und den Amphibien nicht, auch zwischen den Amphibien und den Fröschen nicht, nur wie die Reptilien zu Vögeln wurden, das können sie uns vorführen. Aber leider hat's da auch ein paar Probleme. Erstens existierten echte Vögel zur selben Zeit wie der Archaeopteryx, und zweitens: er konnte gar nicht fliegen! Er hatte Federn und Flügel, aber auch ein Brustbein, das zu schwach und zu flach war, um den fürs Fliegen nötigen Muskeln ein Widerlager zu bieten. Im allerbesten Fall schaffte er es, auf einen niedrigen Ast zu flattern.»

«Wie heute die Hühner», sagte ich. «Halten Sie Hühner auch für unmöglich? Und habe ich nicht irgendwo gelesen, daß die Aerodynamiker zweifelsfrei die Flugunfähigkeit der Hummel nachgewiesen haben?» Ich sah, daß der Junge sofort darauf einsteigen wollte, und räusperte mich harsch, ungewollt Rauch verschluckend. Es war an der Zeit, meinem Standpunkt Geltung zu verschaffen. Vor einer Lehrveranstaltung selbst belehrt zu werden ist Traufe vor dem Regen.

«Die Unmöglichkeit des Tatsächlichen», beschied ich mein Gegenüber, «ist kein sonderlich origineller Beweis der Existenz Gottes. Als die Christen des zweiten Jahrhunderts genötigt waren, übernatürliche Belege für ihren Glauben beizubringen, griffen sie überwiegend auf zwei Argumente zurück. Und zwar interessanterweise *nicht* auf die Wunder, die Jesus gewirkt hatte, oder auf seine von den Aposteln beschworene Auferstehung, sondern, zum ersten, auf die Erfüllung alttestamentarischer Prophezeiungen durch Jesus, und, zum zweiten, auf die Existenz der jungen Kirche selbst. Wie, so fragten sie, konnte ein kleiner Haufen von ungebildeten syrischen Fischern in einem abgelegenen Winkel des Weltreichs einen Glauben in Gang gesetzt haben, der sich innerhalb eines Jahrhunderts von Indien bis Mauretanien, vom Kaspischen Meer bis zu den barbarischen Stämmen

Britanniens verbreitet hatte? Hier war offensichtlich Gottes Hand am Werk. Die Kirche selbst, ihre rasche Ausbreitung, war der beste Beweis für die Wahrheit dessen, was sie verkündete. Und außerdem, so geht das Argument weiter, hätte es für die Apostel keinen Grund gegeben, für die Verkündigung der frohen Botschaft ihr Leben aufs Spiel zu setzen, wenn Jesus Christus ein Betrüger oder ein Verrückter und seine Auferstehung eine Fiktion gewesen wäre. Hier könnten Sie ebenfalls von einem ‹Unmöglichkeitspunkt› sprechen, in dieser Evolution von einer obskuren jüdischen Häresie mit kleinen kriminellen Einsprengseln zu Konstantins imperialer Religion. Ich halte diese Argumentation auch nicht für läppisch. Ich glaube vielmehr, daß es durchaus plausible Wege gibt, damit zu Rande zu kommen, wenn man nur ein gewisses historisches *Gefühl* für das erste Jahrhundert entwickelt. Wir brauchen keinerlei bewußte Irreführung von seiten der Apostel oder der Evangelisten anzunehmen – die Menschen damals hatten einfach nicht den gleichen Sinn für Faktizität oder für die Bedeutung des Schriftlichen wie wir. Schreiben war sympathetische Magie, das dürfen wir nicht vergessen. Etwas hinschreiben war zu einem gewissen Grad gleichbedeutend mit: es hervorrufen. Es war eher ein schöpferischer als ein abbildender Akt, und all die unverfrorenen Fälschungen, die wir in den nichtkanonisierten Dokumenten aus der Zeit der Evangelien finden – und übrigens auch die ganze fabulöse Weihnachtsgeschichte bei Lukas oder das Logos- und Täufer-Kapitel bei Johannes –, waren für die Urheber nur eine Verkleidung der Wahrheit, eine Darstellung der Wahrheit in dem Gewand und mit der Ausschmükkung, *die ihr zustanden.* Zieht man noch einen gewissen Bodensatz an Leichtgläubigkeit in Betracht, dazu die gleichzeitige Existenz zahlreicher anderer religiöser Bewegungen wie des Gnostizismus, der Essener, des Mithraskultes, ganz zu schweigen von späteren historischen Parallelen wie jener grotesken Episode im Judentum des siebzehnten Jahrhunderts, als nicht einmal die Apostasie des angeblichen Messias Sabbatai Zwi vor der Hohen Pforte alle seine Anhänger zu desillusionieren vermochte, oder, im Islam, das Phänomen, daß die Verwandlung des Mahdis oder des Aga Khans in einen fettleibigen Sybariten ihrer vermeintlichen Göttlichkeit nicht den geringsten Abbruch tat – zieht man das alles in Betracht, so beginnt man, ein Gefühl dafür zu entwickeln, wie es *tatsächlich* geschehen konnte, wie sich insbesondere der Mythos von der Auferstehung durchsetzte. Nicht, daß wir in unserem Zeitalter der UFO-Stories am Zeitschriftenstand neben der Supermarktkasse noch besonderer Lektionen in Sachen menschlicher Leichtgläubigkeit bedürften.»

«Aber ich *bitte* Sie!» rief mein junger Besucher, die Stimme schrill, als stritte er mit einem Zimmergenossen. «Die Apostel waren geschlagen. Auf der Flucht. Ihr Anführer war tot. Und irgend etwas hat alles verwandelt. Sie glauben doch nicht im Ernst, daß es die pure Einbildung war?»

«‹Ist er in dem Leibe gewesen, so weiß ich's nicht; oder ist er außer dem Leibe gewesen, so weiß ich's auch nicht›, schrieb Paulus; seine Briefe sind die ältesten Texte im Neuen Testament, am dichtesten an diesem speziellen ‹Unmöglichkeitspunkt›.»

«Er schrieb auch», entgegnete mein ahnungsloser junger Opponent, «‹ist aber Christus nicht auferstanden, so ist auch euer Glaube vergeblich›. Paulus ist völlig eindeutig in dieser Frage, er sagt, daß Christus gesehen worden ist von Kephas, danach von den Zwölfen, danach von mehr als fünfhundert Brüdern auf einmal, von denen etliche entschlafen sind, und danach von Jakobus und von allen Aposteln und zuallerletzt auch von Paulus selbst ‹als einer unzeitigen Geburt›.»

«Und ein paar Zeilen später sagt er – und ich habe das immer ziemlich traurig gefunden –, daß wir die elendesten unter allen Menschen sind, wenn wir allein in diesem Leben auf Christus hoffen. Aber hören wir auf, uns gegenseitig die Bibel vorzuhalten; das geschieht in diesen Mauern schon oft genug, und nach meiner begrenzten Erfahrung beweist es nur, daß das Buch der Bücher eine äußerst schlampig edierte Anthologie ist.»

«Sie haben damit angefangen, Sir.»

«Um mich zu verteidigen. Ich wollte sagen, daß uns bei einem Ereignis oder einem Prozeß, von dem wir weder die genauen Ausgangsbedingungen noch den genauen Ablauf kennen oder jemals kennen werden, nur ein gewisses *Gefühl* als Richtschnur für seine Plausibilität bleibt. Wenn ich mir den *National Enquirer* mit seinen Berichten über diese ganz genau beschriebenen kleinen grünen Männchen ansehe oder mit dem neuesten und unwiderleglichen Beweis, daß Elvis lebt, dann beginne ich ein vages Gefühl dafür zu entwickeln, was sich in den ersten Jahrzehnten des ersten Jahrhunderts abgespielt hat. Wenn ich mir die Vitrinen voller Fossilien drüben in der zoologischen Sammlung der Universität ansehe und an die lebenden Tiere und Vögel und Käfer und Würmer und Keime rund um uns und in uns denke, dann habe ich das *Gefühl*, daß die Evolutionstheorie, trotz all ihrer Lücken und Rätsel, eine nachvollziehbare Erklärung für den verwirrenden Stand der Dinge anbietet.» Meine Pfeife war ausgegangen. Ich saugte an einer funkenlosen Leere.

«Aber das ist so *ober*flächlich», brach es aus dem Jungen heraus. «Sie denken impressionistisch und kümmern sich nicht um den Mechanismus der Sache. Wenn Sie sagen, ‹Elvis lebt› beweist ‹Jesus lebt› ist Schwachsinn, dann ignorieren Sie die Tatsache, daß das eine eine Parodie des andern ist, und alle wissen das, sogar die Elvis-Anbeter. Wenn Sie sagen, daß die Evolutionstheorie ein *mehr oder minder* stimmiges Bild ergibt, dann ignorieren Sie die Tatsache, daß die ausgebildeten Biologen sehr beunruhigt sind über all das, was unerklärt bleibt. Da gab es einen Burschen namens Goldschmidt, einen Genphysiologen. Je von ihm gehört?»

Ich schüttelte den Kopf. «Der einzige Goldschmidt, den ich kenne, war der Herausgeber eines dänischen Satireblättchens, das Kierkegaard attackierte.»

«Mein Goldschmidt», sagte Dale, «floh aus Hitlers Deutschland und landete in Berkeley. Er sah sich die Mutationen bei Fruchtfliegen an, und je länger er das tat, desto weniger schienen sie ihm zu beweisen. Nie kam eine neue Art oder eine wirklich einschneidende Veränderung zustande. Punktmutationen – das sind isolierte, einzelne Veränderungen in der langen Kette des genetischen Codes – summieren sich nicht. Sie passieren und werden von der folgenden Generation geschluckt, und die Spezies bleibt die Spezies, die sie war. 1940 veröffentlichte Goldschmidt ein Buch, in dem er siebzehn Errungenschaften des tierischen Lebens auflistete und jedermann herausforderte, ihm zu erklären, wie sie sich Schritt für Schritt auf der Basis kleiner Mutationen entwickelt haben sollten: die Haare. Federn. Zähne. Augen. Blutzirkulation. Die Barten beim Wal. Die Giftzähne der Schlangen. Die Segmentation bei den Gliederfüßern. Die Schalen der Weichtiere. Das Innenskelett. Hämoglobin. Und so weiter, bei einigen bin ich selber nicht ganz durchgestiegen. Aber wer hat sich nun seit 1940 gemeldet und eine Erklärung vorgelegt? Niemand. Niemand ist dazu in der Lage. Selbst etwas, das man sich leichter vorstellen kann, wie der lange Hals der Giraffe, ist in Wahrheit viel komplizierter, erfordert viel mehr Koordination, als man glaubt.» Mit diesem Beispiel schien Dale am glücklichsten zu sein. Seine Hände glitten an einem imaginären Hals auf- und abwärts, wölbten sich zu Schalen und streckten sich wieder, um die Probleme der Hydraulik zu illustrieren. «Um das Blut zweieinhalb Meter hoch bis in den Kopf zu pumpen, braucht die Giraffe einen so hohen Blutdruck, daß ihr schwarz vor Augen würde, wenn sie sich zum Trinken runterbeugt. Um das zu verhindern, hat sie einen speziellen Druckverminderungsmechanismus, ein Geflecht von Blutgefäßen, das man *rete mirabile* nennt. Außerdem würde das Blut in den Beinen durch die, wie sagt man gleich, die Kapillaren nach außen gepreßt werden, weshalb der Zwischenraum zwischen den Äderchen mit einer anderen Flüssigkeit ausgefüllt ist, die ebenfalls unter Druck steht, und deshalb wieder muß die Haut der Giraffe besonders stark und undurchlässig sein. Oder die Wale – denken Sie an die Wale, Professor Lambert! Praktisch aus dem Nichts tauchen sie in der Paläontologie auf und haben in weniger als fünf Millionen Jahren Augen entwickelt, die für das Sehen unter Wasser korrigiert sind, und den Schwanz, von dem wir schon gesprochen haben, und Fett, an Stelle von Schweißdrüsen für die Temperaturregulation, und sogar einen komplizierten Mechanismus, der es den Babies erlaubt, unter Wasser ihre Milch zu saugen, ohne dabei zu ertrinken. Oder nehmen wir den Vogel Strauß. Der Strauß hat diese kallösen –»

«Ich bezweifle gar nicht, Mr. Kohler», unterbrach ich, «daß Sie stundenlang hier sitzen und mich mit den Wundern der Natur ergötzen könnten – aber die Wunder der Natur sind wahrhaftig kein neues Argument für die Existenz Gottes, wie Sie schon im Buch Hiob nachlesen können.»

«Aber es geht nicht darum, *daß* sie wunderbar sind, sondern *wie* es dazu –»

«Genau diese Frage hat auch Gott an Hiob gerichtet. ‹Welches ist der Weg dahin?› Ich weiß es nicht, und Hiob wußte es nicht und Mr. Goldschmidt offensichtlich auch nicht, aber in der Theologie geht es doch gewiß um mehr als nur um eine mechanistisch-statistische Argumentation wie die Ihre. Wenn Gott so raffiniert und zielbewußt vorgeht, was sollen wir dann von Krankheit und Behinderung halten? Was sollen wir von dem Fressen-und-gefressen-Werden halten, das dieses Königreich des Lebens auf jeder nur denkbaren Ebene beherrscht? Warum *empfinden* wir unsere Existenz, während wir sie leben, als so unendlich bedeutungsvoll und gleichzeitig als so verzweifelt sinnlos? Es ist dieser ganze Bereich subjektiver existentieller Fragen, den Sie ignorieren. Die Menschen haben schon lange vor Kopernikus an Gott gezweifelt, lange bevor der Donner oder die Mondphasen eine wissenschaftliche Erklärung fanden. Sie haben gezweifelt aus den gleichen Gründen, aus denen sie es heute tun: weil ihnen die Welt, die sie umgibt, gleichgültig und grausam erscheint. Sie *fühlen* kein göttliches Wesen in diesem Dschungel von Erfindungsreichtum und Genie, den die natürlichen Phänomene nach Ihren Worten darstellen. Die Menschen schreien ihren Schmerz heraus, aber die Himmel schweigen. Sie haben geschwiegen, als die Juden vergast wurden, und sie schweigen jetzt über der Hungersnot in Afrika. Diese unglücklichen Menschen in Äthiopien sind koptische Christen, ist Ihnen das bewußt? Gestern abend im Fernsehen haben sie gesagt, daß das einzige, was man in den Lagern der Hungernden hört, das Singen von Chorälen ist, begleitet von Trommeln und Schellen. Die Menschen wenden sich nicht zu Gott, weil Er wahrscheinlich oder unwahrscheinlich ist; sie wenden sich zu Gott aus ihrer größten Not, gegen jede Vernunft.»

«*Jede* Vernunft?» Dale sah mich an, ein unangenehmes Leuchten in den Augen, ein sichtbares Glühen, mit dem viele Studenten zu uns kommen. Es ist die Glut des Missionarischen, der Wille, zu bekehren, das Wasser in Wein zu verwandeln, das Brot zu Fleisch – aus Gegnerschaft Ergebenheit zu machen und alles, was aus dem Ich herausragt, zu einer plangeschliffenen, aalglatten Oberfläche einzuebnen. Er ermüdet mich und ekelt mich an, dieser ewige Dünkel der Studenten, Jahr um Jahr. «Sie scheinen hier tatsächlich für etwas zu kämpfen, oder?» sagte Dale. «Sie sind nicht neutral, Sie gehören zur anderen Partei.»

«Zur Partei des Teufels, meinen Sie? Nicht im geringsten. Ich habe meine Form von Glauben, die ich selbst verantworte und sicher nicht mit Ihnen oder sonst jemandem diskutieren werde, der einfach hier hereinmarschiert und wie ein Cowboy aussieht. Und dieser Glaube, sei er armselig oder nicht, läßt mich mit Schaudern auf Ihren Versuch reagieren, auf Ihren schamlosen Versuch, hätte ich fast gesagt, Gott auf eines unter vielen Fakten zu reduzieren, Ihn zu *deduzieren*! Ich bin absolut davon überzeugt, daß mein Gott oder irgend jemandes realer Gott *niemals* ein Gegenstand der

Deduktion wird, *niemals* von Statistiken oder alten Knochentrümmern oder dem Lichtschimmer in irgendeinem Teleskop abgeleitet werden wird!»

Ich mag mich selbst nicht, wenn ich mich für etwas erhitze. Argumentative Leidenschaft erweckt in mir ein Gefühl der Beklemmung und des Schwitzens, des Gefangenseins in einem Netz aus Unwahrhaftigkeit und Übertreibung. Wir schulden der Genauigkeit der Dinge zum mindesten die Höflichkeit des Schweigens, des stillen Abwägens. Ich wünschte, ich hätte mir meine Pfeife wieder anzünden können, aber es fehlte an der Zeit für die Zeremonie. Ich merkte, daß meine Hände erbärmlich zitterten. Ich verschränkte sie ineinander und ließ sie auf die Schreibtischplatte sinken. Auf der Kanzel, in den alten Zeiten, pflegten sie ebenso zu zittern, wenn ich auf der Suche nach dem Predigttext des Tages durch die Seiten des Lektionars fingerte. Verdammungswürdig dünn, das Papier dieser großen Lektionare...

Auf irgendeine Weise hatte dieser merkwürdige junge Missionar die Oberhand über mich gewonnen. Ich sah es allein an der ruhigen eiskalten Art, mit der er mich über sein schiefes Lächeln und den pickeligen langen Unterkiefer hinweg anblickte und sich nicht mit seiner Antwort beeilte. Er hatte mich dazu gebracht, daß ich ein Glaubensbekenntnis ablegte, und ich haßte ihn dafür. «Ihr Gott klingt wie ein netter, ungefährlicher und unauffindbarer Gott», bemerkte er milde.

«Wie geht's Verna?» fragte ich ihn und griff nach meinen Notizzetteln. *Pelagius kein strikter Pelagianer. Verletzt von Augustinus' Neigung zum Antinomismus, manichäischem Pessimismus. Die Erbsünde von Adam weitergegeben als Teil des Reproduktionsprozesses? Verderbtheit für P. zu unterscheiden von bloßer Schwäche.*

Der Junge registrierte meinen Rückzug aus der Debatte und ließ sich locker in den universitätseigenen Stuhl zurücksinken, schwang sogar ein Bein über die Armlehne. «Ach ja. Sie hat erzählt, daß Sie letzte Woche bei ihr waren.» Den

Blick, mit dem er mich dabei musterte, hätte man bei einem weniger ideal gesinnten Jüngling als verschlagen bezeichnen können.

«Ich wollte sehen, wie sie lebt», bekannte ich. «Nicht so übel, wie ich befürchtete.»

«Solange sie nur in ihrer Bude bleibt, ist es erträglich. Sobald sie rausgeht, wird sie belästigt.»

«Von –?»

«Von den Brüdern. Ein weißes Mädchen in ihrem Alter mit einem schwarzen Kind hat sich mitten auf den Präsentierteller gelegt.»

«Meinen Sie, sie sollte wegziehen?»

«Kann sie sich nicht leisten.» War diese barsche Antwort ein Wink mit dem Zaunpfahl, ihr das Geld für einen Umzug zu geben? Vielleicht wußte er, daß sie bereits sechzig Dollar von mir erhalten hatte. Inwieweit, so fragte ich mich, war mein frommer Besucher Teil eines Teams, bestehend aus ihm selbst und Verna, das darauf aus war, mich zu erleichtern? Diese Generation der achtziger Jahre ist neben ihrer kreditfinanzierten Weltflüchtigkeit auch fähig zu allen Arten von selbstgerechter Kriminalität. Buddha sagt: «Löst euch von den Dingen», Jesus sagt: «Wie ihr wollt, daß euch die Leute tun, also tut ihnen auch», und schon beginnen sich fremder Leute Dinge von ihren Besitzern zu lösen. Wer möchte sie dafür auch tadeln? Das Fernsehen weckt ihre Begehrlichkeit nach Schund und Schrott, kaum daß sie die Augen aufgeschlagen haben. Das Erziehungssystem hält sie in der Abhängigkeit von Säuglingen, noch bis in ihr viertes Jahrzehnt hinein. Sie leben in einer Wegwerfwelt, bestehend nur aus Dienstleistungen und Mogelpackungen. Es war das Geniale am Kalvinismus, den Besitz zu einem äußeren Zeichen und einem geheiligten Symbol zu machen; in meiner altmodischen Art versuchte ich, den Grad der Besitzansprüche zu ermessen, die dieser junge Mann auf Verna erhob. Ich neidete ihm seinen Zugang zu dieser verlotterten, überheizten Wohnung mit dem gefangenen Mädchen, das rosig war vom heißen Bad. Ich hatte Vernas Versicherung, daß es in ihrer Beziehung keinen Sex gebe, nicht ganz geglaubt. Auf meine wiederum altmodische Art konnte ich mir nicht vorstellen, daß zwei junge Menschen verschiedenen Geschlechts im selben Raum zusammengesperrt sein sollten, ohne zu kopulieren oder zumindest Hand aneinander zu legen an den empfindlichen Stellen.

Ich meditierte über meinen Besucher, der da schräg in die Schneise aus Licht gelümmelt saß, die sich aus dem neugotischen Fenster in meinem Rücken ergoß, und versuchte die Gefühle zu sortieren, die er in mir erweckte. Sie bestanden aus:

(a) physischer Abstoßung, hervorgerufen durch seine wächserne Bleichheit und das ungreifbare Glühen in seinen Augen, das so beständig war, als brenne ein fahlblaues Leuchtfeuer im Inneren seines Schädels;

(b) Abscheu vor seinen Theorien, an denen schwerlich etwas dran sein konnte, auch wenn es bei einigen eines Experten bedürfen würde, sie zu widerlegen;

(c) Neid auf seine Frömmigkeit und seine närrische Hoffnung, das graubärtige Problem des Glaubens an einem ganz neuen Schwanz zu packen;

(d) einer gewissen Zuneigung, in Erwiderung auf die klebrige Anhänglichkeit, die er mit diesem zweiten Besuch in meiner Sprechstunde zu beweisen schien, der doch offensichtlich keinen klaren Zweck verfolgte;

(e) einer dankbaren Ahnung, daß er ein neues Element in mein Leben, in meine schal gewordene Gelehrtenroutine injizieren würde;

(f) einer bizarren und unheimlichen Empathie: unablässig lud er meine Phantasie ein, ihre Gleise zu verlassen und ihm auf seinen fremden Pfaden durch die Stadt zu folgen. Zum Beispiel hatte er erwähnt, daß er an den Wochenenden in einem Sägewerk jobbte, und ich brauchte nur daran zu denken, um sofort den heiligen Geruch von frisch geschlagenem Fichtenholz in meiner Nase und den körnig-glatten

Druck gehobelter Balken mit harzigen Enden auf meinen Handflächen zu spüren, mit einer fühlbaren Furcht vor Splittern.

Ich lächelte und fragte ihn: «Bin ich meiner Halbschwesterstochter Hüter? Wie weit sollte ich mich Ihrer Ansicht nach einmischen?»

Er überraschte mich, indem er mit Entschiedenheit erklärte: «Nicht viel. Jedenfalls zunächst nicht. Es ist ihr eigenes Leben, sie hat es sich eingebrockt, man muß den Leuten die Würde ihrer freien Entscheidung lassen. Das Wichtige ist meiner Meinung nach, daß sie hin und wieder rauskommt und etwas für ihre Weiterbildung tut.»

«Ich stimme zu», sagte ich, erfreut, daß wir bei minderen als kosmischen Problemen der gleichen Anschauung sein konnten.

«Verna blockt total ab, wenn man zum erstenmal mit irgendeinem Vorschlag kommt», sagte er, «aber beim nächsten Besuch hat sie sich dann um hundertachtzig Grad gedreht.»

Wir waren im Begriff, aus Verna ein obskures Objekt der Verehrung zu machen, der argwöhnischen Spekulation. Aus dieser neunzehnjährigen Schulabbrecherin aus Cleveland, die nichts im Kopf hatte außer dem, was die Popmusik dort ablud. Ich gab mir einen Ruck. «Als verwandtschaftliche Geste», sagte ich, «habe ich sie durch meine Frau einladen lassen, Thanksgiving mit uns und unserem Sohn zu verbringen. Wir würden uns freuen, wenn Sie ebenfalls kommen könnten, falls Sie keine anderen Verpflichtungen haben.» Was ich eigentlich annahm: ein Gemeindeessen zum Beispiel, an langen Tischen in einem geräumigen Kirchenkeller, mit plappernden, buntgemischten Heerscharen von wohltätigen Wiedergeborenen und verwirrten Stadtstreichern.

Seine unheimlichen Augen weiteten sich: «Das wäre wirklich nett», sagte er. «Ich wollte zum Essen in ein Selbstbedienungsrestaurant gehen, dort haben sie diese Turkey Specials im Angebot, die wirklich ganz gut sind, und ich mag auch die Atmosphäre dort, kein Getue und so. Ehrlich gesagt, Sir, mit Feiertagen kann man mich jagen. Aber Ihre Missus und Ihren Jungen kennenzulernen, das wäre schon prima.» Sobald es nicht mehr um die Dringlichkeiten wissenschaftlicher Erkenntnis ging, verfiel er in mittelwestlich angehauchte Umgangssprache.

Und er war augenscheinlich weit weniger an organisierter Religionsausübung interessiert, als es mir für jemanden von seiner Inbrunst angemessen schien. Erntedank im Selbstbedienungsrestaurant? Heiligabend im Bordell? Gewiß, die Kirche hat stets aus unorthodoxen Quellen neue Kraft geschöpft. Augustinus war erst Heide, dann Manichäer. Tertullian war Rechtsgelehrter. Pelagius hatte keinerlei kirchliches Amt inne und kam möglicherweise als Student der Rechte nach Rom. Wenn das Salz kraftlos wird, womit dann salzen, in der Tat. Jesus selbst, Johannes der Täufer: in Lumpen gehüllte Outsider. Die Insider dagegen sind allzuoft Schurken. Wie ich, würde ich lächelnd zu meinen ungläubigen, bewundernden Studenten sagen.

2

Dale Kohlers Abneigung gegen Feiertage bildete ein weiteres, heimliches Band zwischen uns. In meiner Kindheit waren rüttelnde, abgasgeschwängerte Autofahrten in die ländliche Flachheit Ohios – auf einer Straße, die den allzu treffenden Namen «Kinsman Pike» trug – meine prägende Assoziation mit den Stammesfesten der amerikanischen Christenheit. Meine verlassene, unbemannte, bedauernswerte Mutter und ich besuchten «ihre Leute», von denen die Männer pferdegesichtig und ledern und auf friedliche Weise sexlos waren, während die Frauen – breitflankige Hügel aus Fett, das mir am Rande der Unanständigkeit zu zittern schien – mit selbstbewußten schrillen Quieksern, bei denen die Hände schützend vor Münder voller kleiner, fauliger und schiefer Zähne flogen, und dampfenden Essenstöpfen eine übelriechende Zweideutigkeit auftischten, die sie irgendwie zu erregen schien, serviert in einer schwülen Atmosphäre aus Heuboden-Anzüglichkeit und dumpfer Frömmelei.

Im Haus meiner Großtante Wilma hing ein betender Jesus von kränklicher und schlüpfriger Farbe auf der dunkel vergilbten Tapete in der Küche, gleich hinter dem Ofenrohr, an dem man sich die Finger verbrannte, und im Wohnzimmer war das einzige Buch, mit einem kleinen, knorrigen Tisch ganz für sich allein, die Familienbibel; ihr Rücken hatte Wülste wie von Knorpel unter seiner schrecklichen Lederhaut, die faltig war wie die eines geschlachteten Tieres und den gleichen, leisen Gestank nach Gerbstoffen ausdünstete, und ein blaßblaues Lesezeichen ragte wie eine lange, gespaltene Zunge aus dem Goldschnitt der Seiten hervor. In der Luft lag ein Geruch nach Petroleum und, von den Schuhen der Männer ins Haus getragen, nach dem moderigen Silofutter für die Tiere. Diese Landausflüge genügten, um mich in tageweitem Umkreis zu deprimieren, zuvor in der Erwartung und danach in der Erinnerung; während des Ereignisses selbst erreichte meine Depression ein solches Maß, daß ich unter dem Tisch zu versinken schien, weshalb meine visuellen Erinnerungen hauptsächlich aus dem gestickten Saum des Tischtuchs und aus den Knien und fetten Fußgelenken und wulstigen Schuhen in der geheimnisvollen, dämmerigen Höhle darunter bestehen. Als ich noch sehr jung war, bin ich womöglich auch hineingekrochen, mitten zwischen die Schuhe und Knie.

Am 4. Juli wiederholte sich dieses elende Feiertagstableau bei fünfzig Grad höheren Temperaturen und oft im Freien an Brettertischen, die zwischen den Tulpenbäumen im Hinterhof aufgeschlagen waren, bedeckt mit Pyramiden von butterglänzenden Maiskolben und Platten voller Schweinekoteletts, die verkohlt vom Grill kamen und mit schrillen Schreien begrüßt wurden, wie sie einer türkischen Bauchtänzerin oder dem gekreuzigten Messias hätten gelten können.

Das undurchdringliche, scheue, bedrohliche Schweigen der Tiere, die sie auf der Farm hielten, hatte auf meine ländlichen Cousins abgefärbt. Wie ihr Vieh nahmen sie die Umwelt wahr, indem sie dagegenrannten. In sonnengebleichten Drillich gekleidet, rannten sie gegen mich an, und ich schlug verschüchtert zurück oder versteckte mich oder ließ mich, bei seltenen Gelegenheiten, von einem regellosen Spiel mit Wurfringen ablenken oder von einem sinnlosen Ausflug zu einem in Kresse erstickenden Bach, ausgerüstet mit einem langen Stock und aufgebogenen Nägeln und rosigen Würmern, über deren Qualen am Haken meine bäuerlichen Spielgefährten mit Seelenruhe hinwegsahen. Die Fische bissen nie. Der Nachmittag dehnte sich endlos, während die Erwachsenen immer ausgelassener wurden, und zerfaserte schließlich in einen bleichen Sommerabend und endlich in die Dunkelheit der Heimfahrt, mit meiner zerbrechlichen, verletzten Mutter hinter dem Steuer unseres alten Buicks, die über Kopfschmerz und ihre Nachtblindheit klagte.

Edna war bei diesen Ausflügen nie dabei, sie war in Sicherheit bei meinem verstoßenen Vater und der bösen Stiefmutter im Suburbia von Chagrin Falls, wo ihre Tennis- und Golfstunden sie zu dieser Zeit an den «Club» fesselten: Dort, in einem pseudoherrschaftlichen Park mit Pseudo-Tudor-Bauten und eingezäunten Spielfeldern am Ende einer langen, gewundenen Auffahrt, war ein Swimmingpool, wo Jünglinge mit Bürstenschnitt platschende Bauchlandungen als Tribut an Ednas knospende Figur vollführten und sie und ihre Gäste, von denen ich für den Monat meines Exils einer war, wunderbarerweise ungezählte Colas und Hot dogs bekommen konnten, wenn wir nur eine Zahl aufsagten, die Mitgliedsnummer unseres Vaters. Sowenig ich Edna, die mit einsetzender Pubertät mädchenhafte Eitelkeit und einen aufwallenden Snobismus zu ihren übrigen Fehlern hinzugefügt hatte, auch leiden konnte – unter meiner ländlichen Verwandtschaft dachte ich voller Zuneigung an sie. Die klebrige Last des Blutes, der Vorfahren, einer ermüdenden Tradition und einer mumifizierten Vergangenheit, jener ländlichen Vergangenheit, in der die dumpfen und trägen, arbeitsscheuen Erdgeister durch periodischen Ringelpiez daran erinnert werden mußten, die neue Jahreszeit anzuknipsen – das war es, was Feiertage für mich bedeuteten.

Mit einer zweiten Frau, wie vor mir schon mein Vater entdeckt hatte, beginnen die gesellschaftlichen Pflichten leichter zu wiegen. Im ersten Rausch meiner Befreiung von all den Konformismen, die die Welt von einem Seelsorger erwartet, ignorierten Esther und ich das Erntedankfest gänzlich und kamen auch ohne Weihnachtsbaum zurecht, begingen die (nur bei Matthäus) sternenüberkreuzte Geburt unseres Heilands lediglich mit einem bleichen Mahl aus Seezunge und Champagner und einem beiläufigen Austausch von Geschenken beim Frühstück am folgenden Morgen. Meine erste Frau, Lillian, selbst Pastorentochter, war eine entschiedene Verfechterin der sich biegenden Tafel gewesen, des Aufstehens im Morgengrauen, um den gefüllten Truthahn in den gnadenlosen Herd zu stopfen, und einer chaotisch ausufernden Gastlichkeit. Diese gesellschaftlichen Zerreißproben schmeichelten und halfen dem in ihr, was durch ihre biologische Unfähigkeit tödlich beleidigt war – ein unsichtbares Kreuz, das wir gemeinsam getragen hatten, bis mein Sperma mikroskopisch exkulpiert wurde, nachdem es sich per Handbetrieb hinter einem schwingenden Vorhang in das klamme Plastiksubstitut einer Scheide ergossen hatte, die das Krankenhaus für diesen Zweck bereithielt (ebenso wie einige *Penthouse*-Magazine, um die Tat zu fördern, und etliche schon sehr zerlesene Paperbacks von der unverblümten Sorte: von einem kleinen Klassiker, betitelt *Die Lehrerin mit den heißen Höschen*, konnte ich mich selbst in der Erschlaffung noch kaum losreißen). Durchreisende Studenten, überfallene Gemeindeglieder, Vettern fernsten Grades – alle luden wir sie gastlich an den Tisch, in einer würgenden Travestie von Fruchtbarkeit. Der Thanksgiving-Truthahn, die Weihnachtsgans, das Osterlamm, der Rostbraten zum Tag der Arbeit – ich bekam einen Tennisarm vom ständigen Tranchieren. Arme, große, sanftmütige und unfruchtbare Lillian. Nur kurz brach ihr Herz nach meinem Abgang, dann machte sie ein Diplom als Sekretärin und verschwand in einer Konzernzentrale bei White Plains, einer jener Anlagen mit künstlichen Seen und abstrakten Aluminiumbrunnen und terrassierten Parkplätzen; und wenig später, verblüffenderweise, heiratete sie Geld, einen korpulenten Herrn mit einer halben Tonne Kinder aus vorangegangenen Paarungen. Er entführt sie schmachtend für vier Monate pro Jahr nach Florida, wie eine Persephone der Neuen Welt.

Als Richie groß genug geworden war, um seine Wahrnehmungen mit denen der Spielkameraden zu vergleichen, waren Esther und ich gezwungen, einige Feiertagsriten wiederaufzunehmen. Tatsächlich scheint das Haus mit seiner prunkvollen Täfelung, den ummauerten Kaminen und den hohen Räumen förmlich nach Parties zu schreien. Wenn wir uns jedoch aufraffen und eine geben, meist Ende Mai zum Abschluß des Studienjahres, kommt sie mir für mein hier vielleicht überempfindliches Gefühl spärlich besucht vor; ich kann mich des Eindrucks nicht erwehren, daß die Kriegmans auf ihre Art und die Ellicotts auf eine andre besser in diese Gegend passen als wir, Esther und ich, mit unserer Vorliebe für bohèmehafte Einfachheit – das mit Büchern vollgepackte Vestibül, der Geruch nach Malerfarben im Dachgeschoß. Vierzehn Jahre nachdem wir zum Skandal einer Gemeinde geworden waren, sind wir vielleicht immer noch ein wenig scheu. Heute aber hatte ich ein Feuer im Wohnzimmerkamin angelegt und entfacht, dessen knisternder Tanz rote Echos in den prismatischen Ecken unseres Glastisches und an den gewölbten Scheiben des Erkerfensters zündete. Es war kalt draußen, ein dünner Film aus Schnee lag auf dem toten Rasen und dem menschenleeren Bürgersteig, aber das Haus duftete warm nach brennendem Holz und schmorendem Essen, und Richie hatte sich von der Spannung, wer unsere Gäste seien, sogar vom Fernseher mit den Festtagsumzügen und Footballspielen fortlocken lassen.

Sie kamen getrennt, was ihre Beziehung weniger eng erscheinen ließ und mich befriedigte. Zuerst stand Dale unter der Tür, ungewohnt im grauen Anzug mit Button-down-Hemd; nur seine Krawatte, wild von Grün durchstochenes Lila, schlug die verquere Note an, die wir von Naturwissenschaftlern erwarten. Er hatte einen Kegel aus Papier bei sich, in das Zinnien eingewickelt waren, ein Bouquet von der Sorte, die Drogensüchtige neuerdings von Verkehrsinseln aus verkaufen. Er überreichte es Esther, die in der Küchenschürze durch den Flur herbeigeeilt war. «Oh, wie nett!» rief sie.

«Es ist nett von Ihnen, mich eingeladen zu haben, Mrs. Lambert», erwiderte er. Dieser Junge verfügte über eine Gewandtheit, die ich immer wieder vergaß. Auch seine schlaksige Größe, die er im schrägen Kapellenlicht meines Professorenzimmers eilig in den Besuchersessel vor dem Schreibtisch faltete, ragte hier im Vorraum meines Hauses, geschniegelt und gebügelt, wie ein Ausweis der Gnade empor, wie eine Form besonderer Macht. Er trug keine Kopfbedeckung. Sein lockiges, schon schütter werdendes braunes Haar war mit Wasser benetzt und glatt zurückgekämmt worden, so daß es dunkler wirkte und die Stirn freiließ, die verblüffend weiß wirkte, von der gleichen unnatürlichen Direktheit wie sein Blick.

«Aber ich bitte Sie», sagte Esther in leichter Verwirrung, wie sie Frauen, die Blumensträuße halten, zu befallen scheint. «Es ist ein Vergnügen für uns; Rog hat viel von Ihnen erzählt, Sie haben einen starken Eindruck bei ihm hinterlassen.» Unter der rüschenbesetzten Schürze trug sie ein hochgeschlossenes grünes Samtkleid.

«Stark, aber vermutlich überwiegend negativ», sagte Dale

mit einem Lächeln, das ich bei seinen Besuchen in der Fakultät niemals bemerkt hatte. Dort war sein Mund nervös verkrampft und hatte, in seinem Eifer, mich zu überzeugen, etwas Raubtierhaftes, das gelegentlich durch Speichelbläschen in den Winkeln noch verstärkt wurde. Das Lächeln, das er Esther schenkte, dehnte seine Lippen nicht, sondern teilte und verformte sie nur leicht, als sollten sie entspannt in Schwebe bleiben, um sofort auf ihre nächste Äußerung zu reagieren. Ich sah sie mit seinen Augen, meine kleine Frau, ihre straffe und appetitliche Figur, die aus seiner Höhe perspektivisch noch verkürzter wirkte als aus meiner. Ihr ingwerrotes Haar, vor kurzem noch untadelig frisiert, war von der Arbeit und der Hitze in der Küche gelockert und aufgelöst; ihre hervortretenden Augen schimmerten im Licht, das durch die Haustür drang, sehr grün. Esther hatte ein Glitzern hineingelegt, eine helle Wachheit, die selbstsichere und ironische Bereitschaft einer älteren Frau, auf eventuelle Spiele einzugehen.

«Nicht im geringsten», unterbrach ich. «Tatsächlich habe ich mich erst gestern mit Closson über Ihr Stipendium unterhalten. Er war der Meinung, daß es einiges an amüsanter Publicity einbringen würde, wenn sich die Fakultät für Computertheologie engagiert.»

Dale wirkte unbehaglich. «Mir ist nicht klar, inwieweit Publicity von Nutzen sein könnte.»

«Rog meint», schaltete sich Esther ein, «die Fakultät ist der Ansicht, daß es *ihr* nützen könnte. Ich stelle nur schnell Ihre wunderschönen Blumen ins Wasser.» Sie eilte auf klappernden Absätzen davon; ihre Hüften schwenkten den schillernden Samt ihres grünen Thanksgiving-Kleides nach beiden Seiten, ließen Lichtreflexe ein Zickzack auf die Falten kritzeln.

«Gehet hin und machet zu Jüngern alle Völker», sagte ich scherzhaft zu Dale, betreffend Publicity.

«Wenn du aber betest», gab er zurück, «so gehe in dein Kämmerlein.»

Er trug keinen Mantel, so konnte ich ihm keinen abnehmen. Ich führte ihn ins Wohnzimmer. «Hallo», sagte Richie und erhob sich schuldbewußt neben dem Kamin; er hatte den kleinen Sony angeschlossen, auf dem winzige rote Männchen gegen andere in Blau anrannten.

«Hallo da unten. Happy Thanksgiving! Wer führt, die Pats oder Dallas?»

«Die Pats stinken.»

«Nicht immer. Eason hat in dieser Saison schon große Tage gehabt.»

Wieder war ich überrascht von der Sicherheit, mit der der junge Mann reagierte, von der Leichtigkeit, mit der er Kontakt herstellen konnte. Ich spürte eine unerklärliche, stechende Eifersucht – so als wünschte ich, nach unserem wortreichen Ringen auf der Matte der Schöpfung, daß er mir allein gehören sollte. Er war promiskuitiv in seiner von keinem Zweifel angekränkelten Gewißheit der eigenen Rechtschaffenheit, und dies war ein weiterer Grund, warum er vernichtet werden sollte. Ich bot an, ihm einen Drink zu holen, deutete auf mein Glas mit Weißwein. «Oder eine Bloody Mary? Einen Schluck Bourbon oder Scotch?» Er verneinte, leise, ohne zu zögern, wie einer, der stets verneint, und fragte statt dessen, ob ich Moosbeerensaft hätte. Ich versprach nachzusehen und fand tatsächlich, zu meiner Überraschung, eine halbvolle Flasche mit dieser trüben Flüssigkeit im Kühlschrank. Moosbeerensaft deprimiert mich, er erinnert mich an Sümpfe, an Reformkost, an Kinder mit verfärbten Lippen und an alte Damen, die sich in staubigen Salons versammeln, um vereint dem letzten Kitzel ihrer Tage zu frönen. Er sieht aus wie gefärbt. Als ich mit einem gefüllten Glas zurückkehrte, fand ich Dale und Richie am Couchtisch in heftige Konversation vertieft. Stift und Papier waren bereitgelegt, und Dale sagte: «Ein Computer sieht das nicht so wie wir. Zeig mir, wie du eine Quadratwurzel ziehst. Nimm die Quadratwurzel aus, na, sagen wir zweiundfünfzig.»

Während sich das Kind auf die Aufgabe hinunterbeugte

und langsame Ziffern zu malen begann, sah Dale zu mir auf. «Ein hübsches Heim haben Sie hier», sagte er.

«Die Fakultätsgebäude haben Sie auch beeindruckt, soweit ich mich erinnere.»

«Vielleicht bin ich leicht zu beeindrucken.»

«Sie scheinen mich», präzisierte ich, «immer in höchst feudalen Umgebungen anzutreffen.»

«Ich bin sicher, daß Sie sie verdient haben», erwiderte er, ohne zu lächeln, und wandte sich zu dem Kind auf dem roten Seidensofa, das etwas zu weit vom gläsernen Tisch entfernt stand, um unbeschwertes Rechnen zu ermöglichen. «Hat er doch, Richie, nicht wahr? Er hat hart gearbeitet, dein Vater.»

«Er tut gar nichts, außer Bücher lesen, die sonst keiner liest.»

Ich versuchte, mich an den vollständigen Wortlaut des Zitats zu erinnern, das mir Dale an den Kopf geworfen hatte. Es steht in einem Abschnitt bei Matthäus über die Heuchler, die sich zum Beten an die Straßenecke stellen. *Wenn du aber betest, so gehe in dein Kämmerlein und schließ die Tür zu und bete zu deinem Vater, der im Verborgenen ist.* Dein Vater, der im Verborgenen ist. Sein Name werde geheiligt.

«Wie geht's der Quadratwurzel aus zweiundfünfzig?» fragte Dale meinen Sohn. Wie war er nur auf mein Alter gekommen, bei der Auswahl seiner Zahl...

«Ich hasse Wurzelziehen. Ich kriege sieben Komma zwei raus, mit einem kleinen Rest.»

«Sagen wir sieben Komma zwo eins. Okay. Und jetzt, wie ein Computer das rechnen würde. Er rät einfach eine Zahl, dann steckt er sie in eine Formel, die man ihm einprogrammiert hat, und kriegt eine neue Zahl und steckt die wieder in die gleiche Formel, und das macht er so lange, bis er die Lösung hat, auf so viele Dezimalstellen genau, wie wir ihm vorher angegeben haben. Hier ist die Formel.»

Er schrieb etwas auf das Papier, was näher zu betrachten ich mir sparte. Ich warf einen Blick aus dem Erkerfenster, um zu sehen, ob unser zweiter Gast eintrudelte. Esther hatte am Telefon mit Verna gesprochen und erzählt, daß das Mädchen unschlüssig und mürrisch gewirkt habe und nicht sicher gewesen sei, ob sich für Thanksgiving noch ein Babysitter finden würde. Aber sie wollte anrufen, falls es nicht klappte, und wir hatten nichts gehört.

«Groß *N* sei die Zahl, in unserem Fall zweiundfünfzig, von der du die Quadratwurzel ausrechnen willst, und *y* Index eins, *y* Index zwei, drei, vier und so fort seien die schrittweisen Annäherungen an die Wurzel. Du siehst nun, daß *y* niemals gleich *N* geteilt durch *y* ist, außer in einem Fall. Nämlich wann?»

Mein armes Kind dachte nach. Ich fühlte, wie sich die weichen Räder in seinem Hirn im Kreise drehten, ohne etwas zu fassen zu bekommen. «Weiß ich nicht», bekannte Richie endlich.

«Ist doch ganz klar», sagte Dale: «Sobald *y* den genauen Wert der Wurzel erreicht hat. In allen anderen Fällen gibt es eine Differenz, einen Unterschied zwischen *y* und *N* geteilt durch *y*. Wenn du aber den Durchschnitt aus den beiden Zahlen bildest – damit meine ich, wenn du sie zusammenzählst und dann durch zwei teilst –, dann wirst du ein wenig näher an die Lösung herankommen, nicht wahr? Dann *mußt* du näher rankommen. Kapierst du das?»

«J-ja. Glaub schon.» Ein Licht dämmerte oder gab zu dämmern vor. «Ich hab's!» rief er schließlich, wobei sich seine Stimme vor Begeisterung, oder deren Vorspiegelung, rührend überschlug. Manchmal erinnerte er mich an meine Mutter, Alma, die für meine kindliche Empfindung immer hinter etwas hergelaufen, immer in der Verfolgung einer Welt begriffen war, die sich zu schnell für sie verändert hatte und immer noch veränderte.

«Prima», sagte Dale. «Und dieses neue *y* nennen wir jetzt ‹y Index zwei› und setzen es für das alte *y* in die Formel ein und machen immer so weiter, bis sich das Ergebnis nicht mehr verändert – wie gesagt, innerhalb einer bestimmten

Anzahl von Dezimalstellen. Das ist dann die Lösung, und der Computer projiziert sie auf seinen Bildschirm, in Bruchteilen einer Sekunde. Aber vorher mußte er Dutzende von winzigen Rechenschritten durchführen, alle in Binärzahlen. Du kennst doch Binärzahlen, nicht wahr?»

«So ungefähr.»

«Was bringen sie dir in der Schule bei, Richie? In welche Schule gehst du?»

«Pilgrim Day», war die verlegene Antwort.

«Äußerst feudal», verkündete ich aus der Höhe. «Äußerst konservativ. Ich glaube, sie rechnen noch mit römischen Ziffern.» Der Fensterausschnitt im Erker, neben der Sitzecke, die Esther vor langer Zeit mit gemusterten Kissen ausgepolstert hatte, deren chinesisches Panorama in der Sonne zu den blässesten aller Pagodendächer über gleichermaßen gütig-weißen Gesichtern gebleicht war, enthielt mein gepflastertes Stück Bürgersteig, die zottige Rückseite unserer Hecke, ein paar Werbeflugblätter des Supermarkts, die im schneebestäubten Rasen festgefroren waren, ein zerknülltes Milky-Way-Papier, eine Robinie am Rinnstein und, auf der gegenüberliegenden Straßenseite, das verrammelte Haus der paranoischen und vollschlanken Witwe eines früheren Lehrstuhlinhabers für Aramäisch – aber noch immer keine tapfer durch die Kälte stiefelnde kleine Verna, das rundlich-eigensinnige Gesicht vermummt, die wimpernlosen Augen zwei gerötete, tränende Schlitze...

«Um die Sache abzuschließen, Richie: Du hast also sieben Komma zwo eins als Lösung erhalten. Jetzt laß uns etwas ganz Verrücktes machen und einfach mal zehn als unsere Annahme für die gesuchte Wurzel in die Formel einsetzen, obwohl man natürlich gleich sieht, daß der richtige Wert ein bißchen über sieben liegen muß, und zwar, weil –»

«Weil», sagte Richie, nach einiger Bedenkzeit. Ich schwitzte für ihn, für mein Kind in der Klemme. Zögernd offerierte er: «Weil sieben die Quadratwurzel aus neunundvierzig ist?»

«Rrrrrrichtig!» Dale spielte den großen Bruder, den kumpelhaften Gruppenleiter vom CVJM, und er verfügte über eine so täuschende, einhüllende Anteilnahme dabei, daß es mir eisig über den Rücken lief. «Wenn wir also zehn einsetzen, dann entspricht das neue *y* der Hälfte von zehn plus – was ist zweiundfünfzig geteilt durch zehn, komm schon, das ist leicht.»

«Fünf Komma zwei?»

«Seeeehr gut!» Er schmeichelte, er lockte. Der Lehrer als Hure, beim Hochkitzeln der mentalen Erektion. «Damit haben wir fünfzehn Komma zwei geteilt durch zwei, macht sieben Komma sechs, und du siehst, daß wir schon viel näher an der richtigen Lösung sind, nämlich an –?»

«Hab ich vergessen.»

«Wie kannst du das vergessen? Du hast es doch eben mühsam ausgerechnet.»

«Sieben Komma zwei?»

«Ganz genau. Gut, in der nächsten Runde wird das neue *y* gleich sieben Komma sechs plus zweiundfünfzig geteilt durch sieben Komma sechs sein, was, sagen wir mal, hm, sechs Komma acht ergibt, so daß die Summe geteilt durch zwei gleich *was* ist?»

«Mhmm... sieben Komma zwei?»

«Und das ist –?» Er konnte nicht warten, bis sein Schüler die Lücke ausfüllte: «...die Lösung, auf eine Dezimalstelle genau! Ist das nicht wunderbar?»

Mein eingeschüchterter Sohn nickte höflich.

Esther kam ins Zimmer, nun ohne Küchenschürze, der Nacktheit näher. Eine grüngekleidete, grünäugige Elfenfrau. Die Elbin des Hauses. Das Mobiliar, sogar die Täfelung der Wände, versammelte sich grüßend um sie: die Feenkönigin der Malvin Lane.

Dale beeilte sich, zum Schluß zu kommen. «Es ist nicht *exakt* die Lösung, es gibt keine abso*lut* exakte Lösung, wenn *N* keine Quadratzahl ist, aber sobald die Differenz zwischen zwei aufeinanderfolgenden Lösungen für *y* geringer wird als die Dezimale, die wir einprogrammiert haben – null Komma null null null null null fünf, wenn wir auf fünf Stellen genau sein wollen –, dann wird die Schleife geöffnet, und der Computer macht mit dem weiter, wofür er als nächstes programmiert ist. Einen Rechenprozeß, der sich derart wiederholt, nennt man einen iterativen Algorithmus oder eine *Schleife*. Verstehst du, Richie, was wir in unserem Kopf gefühlsmäßig erfassen, mit einer Art von instinktivem Schätzen und Annähern, das rechnet der Computer in diesen Schleifen Schritt für Schritt durch. Ihm machen all die Wiederholungen nichts aus, weil der Strom so schnell fließt und die Entfernungen in den Chips heutzutage praktisch keine Rolle mehr spielen. Ein Computer ist viel schneller als wir, aber er hat keinen Verstand, er hat keine Er*fah*rungen gesammelt. Bei diesen Schleifen besteht der Trick darin, sie so hinzukriegen, daß sie auf die richtige Lösung konvergieren. Es kann auch passieren, daß sie divergieren oder, wie wir sagen, hochgehen, und dann kommt etwas völlig Aberwitziges heraus.» Dale blickte auf zu Esther. «Ein kluges Kerlchen», sagte er.

«Nicht in Mathematik, fürchte ich. Darin schlägt er seinem Vater nach.»

Dale sah mich an; zum erstenmal in unserer antagonistischen Bekanntschaft lag blanke Mißbilligung in seinen Augen. «Waren Sie denn nicht okay in Mathe, als Sie zur Schule gingen?»

«Nein. Überhaupt nicht okay. Meine Psyche hat dagegen rebelliert. Mathematik» – es mußte ziemlich töricht klingen, wie großspurig ich darüber redete – «deprimiert mich.» Ich brauchte dringend mehr Wein und neidete Esther ihr volles Glas.

«Oh, das sollte sie aber nicht», sagte der junge Mann in gesammeltem Ernst. «Mathematik wirkt nie bedrohlich, so wie manches andere Wissen. Geologie zum Beispiel. Mathematik» – seine agilen, langen Finger beschrieben kleine Kreise in der Luft, eine Bewegung, frei von Drohung, wie schnelle, kinetische Musik – «ist *rein.*» Er schwieg, ließ zwischen uns im Raum, über dem gläsernen Tisch, zwischen dem knisternden Feuer und dem Bücherregal, auf dem Esther in einer schlanken, krakelierten, toastfarbenen Vase sein Zinniengeschenk abgestellt hatte, die inbegriffene Masse all dessen schweben, was unrein ist, schmutzig und träge, was uns hinabzieht.

«Ich war gut in Mathematik», prahlte Esther mit einer Unbeschwertheit, die mir bemerkenswert erschien, eine eben angezündete Zigarette mit karmesinrotem Filter wippend zwischen den Fingern. «Mein Vater sagte immer, daß er sich für eine Frau in spe nichts Nutzloseres denken könne. Aber ich mochte Mathe wahnsinnig gern, das weiß ich noch genau. Es war die Art, wie alles zusammenpaßt, wenn man nur den Regeln folgt, die in den Büchern stehen.»

Dale wandte sich ihr mit erneuertem Interesse zu. «Oder auch nicht ganz zusammenpaßt. Es gibt einen neuen Zweig der Mathematik, ein Grenzgebiet zwischen Mathe und Physik, um genau zu sein, auf dem man nur mit Computern arbeiten kann. Man setzt da so eine Art mathematischer Zellkultur an, die sich nach ihren eigenen Gesetzen entwikkelt und nur graphisch dargestellt werden kann, als Muster aus farbigen Rasterpunkten, wobei jeder Punkt eine Zahl repräsentiert und eine kleine Anzahl von Verknüpfungsregeln festlegt, welche Farbkombinationen sich aneinander anlagern können – und das Verblüffende ist, wie simpel die Regeln auch scheinen mögen, es entstehen unglaublich komplizierte Muster dabei. Einige brechen ganz abrupt ab, aus ihrer inneren Logik heraus, und andere erwecken den Anschein, als würden sie bis in alle Ewigkeit weiterwuchern, ohne sich je zu wiederholen. Mein Gefühl ist, daß man mit diesem Typ von mathematischen Simulationen ziemlich nahe an die Textur der Schöpfung herankommt. Die visuellen Analogien mit der DNS springen einem regelrecht ins Auge, und es gibt eine Menge physikalische Vorgänge, nicht nur biologische, sondern auch Sachen wie Flüssigkeitsturbulenz, die mathematisch nicht reduzierbar sind, wie wir sagen, die man also nur Schritt für Schritt beschreiben kann. Und so etwas kann man mit einem Computer imitieren, wenn man den richtigen Algorithmus findet. Dafür beginnen sie die Computer jetzt einzusetzen, für diese Untersuchungen des Chaos oder der Komplexität. Die Implikationen sind gewaltig: Wenn das physikalische Universum in einem Rechner simuliert und seine Gesetzmäßigkeit als System von Algorithmen aufgefaßt werden kann, dann könnte man, auf einer genügend leistungsfähigen Maschine mit einem ausreichend großen Speicher, die Realität selbst nachbilden und anschließend befragen!»

Er sprach in eine Leere hinein. Nur ich wußte, worauf er hinauswollte. «Wenn es eine getreue Nachbildung ist, wird sie sich auf den fünften Verfassungszusatz berufen und die Aussage verweigern, genau wie das Vorbild», scherzte ich.

«Aber Richie *liebt* Geschichte, nicht wahr, mein Liebling?» fragte Esther das Kind mit jener leicht erhobenen Stimme, mit der wir sprechen, wenn wir uns in Wirklichkeit an jemand anderen wenden. «Zumindest, solange sie nicht weiter zurückreicht als bis zu Buddy Holly.»

Dies war eine Spitze, die mir überflüssig schien; die nichts anderes bedeutete als, unterschwellig für Dale bestimmt: *Da sehen Sie, womit ich hier geschlagen bin – mit einem Paar von Nieten.*

Es ist nicht leicht für mich, mir Klarheit oder auch nur ein Bild von Esthers Einstellung zu anderen Männern zu verschaffen. Am Anfang, als natürliche Reaktion darauf, daß sie mich meiner Pfarre, meiner Frau und unseren sich biegenden Tischen und ungeborenen Kindern geraubt hatte, zog sie die Decke über *uns*, Esther und Rog, zusammen und war vier oder fünf Jahre lang nur schamgezeugte Glut und schuldgezeugte Treue. Später, als Richie in den Kindergarten kam und meine Umerziehung mir die Position an der theologischen Fakultät gesichert hatte, begann unser Privatleben, jene hart erkämpfte und einst gesetzesbrecherische Intimität, in der wir wie zwei Gladiatoren waren, deren erhitztes Ringen eine ganze Arena fasziniert, langsam und unmerklich zu einer Aufführung zu werden, zu einem Marionettenspiel, auf und nieder, mit lebensgroßen Abbildern unserer selbst, während wir wirklichen Personen zu zwergenhaften Puppenspielern, zu unsichtbaren Drahtziehern schrumpften, die am Ende der Vorstellung, zu zweit allein gelassen, keine Stimme mehr füreinander übrig hatten. Ich war alt genug, um unser schwindendes Liebesleben als Teil eines allgemeinen Sterbens, eines biologischen Rückzugs, zu akzeptieren. Aber Esther? Ihre Langeweile und Genervtheit schienen mir zu manchen Zeiten des Monats heftiger zu sein als sonst; und heute war offenbar ein solcher Tag. Ihre Hände und Lippen bewegten sich mit aufreizender Rasanz, und die Haare strebten mit ungewöhnlichem, nicht zu bändigendem «Körper» von ihrem Kopf weg. Man spürte, daß man einen Schlag bekäme, wenn man sie berührte, wie bei einem schimmernden Küchengerät, in dem der Kurzschluß lauert. Ihr Haar war so widerspenstig, daß sie eine Klammer herauszog, sie zwischen die Zähne klemmte und mit beiden Händen die Strähnen am Hinterkopf zusammenraffte, um einen Finger schlang und neu feststeckte.

«Von den Burschen aus dieser Urzeit ist mir Fats Domino am liebsten», sagte Dale nach einer Pause, mit einem Seitenblick auf meine Frau. Er wirkte, als buchstabiere er eine Fremdsprache nach dem Sprachführer, ohne hundertprozentig sicher zu sein, daß sein Output mit dem Input der Empfängerin identisch war. Ich begann Kopfschmerz zu verspüren. Ein Feiertagssymptom. Ein Glas Weißwein war in meiner Hand erschienen, ohne daß ich mich erinnert hätte, wie und woher.

«Ja, den kann man in alten Filmclips sehen», verkündete der gute Richie tapfer und ahnungslos. Wird seine Symbiose mit dem Fernseher unterbrochen, schwebt er zumeist in einem Nichts. «Zusammen mit Little Richard und Diana Ross, als sie noch nicht Diana Ross war.»

Die Türglocke schellte – unsere ordinäre, von Rostschichten strangulierte Türglocke, deren schrepperndes Geräusch dafür gemacht scheint, sämtliche Rattenfamilien aufzuscheuchen, die zwischen Gips und Lattenwerk hinter unseren getäfelten Wänden hausen.

«Das muß deine entzückende Nichte sein», sagte Esther zu mir. «Sie hat sich Zeit gelassen.»

«Ich habe bei ihr angerufen», warf Dale ein, «ob sie mit mir kommen will, aber sie ist nicht rangegangen. Gestern abend auch schon nicht.»

Beide klangen betrübt. Beide waren gut in Mathematik. Beide hatten etwas füreinander übrig. Ich marschierte zur Tür. Das Haus ist so gebaut, daß es keinen direkten Weg vom Wohnzimmer zur Haustür gibt. Man muß unter dem kunstvoll gedrechselten Bogen der Zimmertür auf den langen Flur hinaus, an dessen entferntem Ende eine weitere Tür den Vorraum abtrennt. Durch ihre große, verschmutzte Glasscheibe und das vielsprossige Seitenfenster neben der Haustür dahinter sah ich Verna, ihr blasses, breites Gesicht mit den schrägstehenden Augen, die mißtrauisch hereinspähten. Sie sah durchgefroren aus, und nervös. Als ich die diversen Türen öffnete, um sie einzulassen, gab das von der Heizung und der geringen Luftfeuchtigkeit des späten Herbstes ausgetrocknete Holz ein beängstigendes Knacken und Knarren von sich. Beängstigend nicht nur für Verna: Sie hatte Paula bei sich, ein kleines Bündel auf ihrem Arm, die Strickmütze schief ins Gesicht gezogen, so daß nur eine braune Wange und ein dunkelblaues, tränenfeuchtes Auge sichtbar waren.

«Tut mir leid, Nunc», sagte Verna mit ihrer rasselnden kleinen Stimme. «Es ist einfach alles ganz beschissen falsch gelaufen. Erst hat mich die Babysitterin sitzenlassen. Dann hat sie mir die Nummer von einem anderen Mädchen gegeben, bei dem ich es versuchen sollte, und der Bruder von dem Mädchen ist vorbeigekommen und hat mich auf die ganz dumme Tour angebaggert, bis ich einen Schreikrampf vom Stapel lassen mußte, damit ich ihn los war. Dann hat sich Pupsie eingemacht und mußte ein paar Plätzchen kriegen, damit sie stillhielt, während ich sie wieder anzog. Dann mußte ich ihr natürlich erst die ganzen Krümel aus dem Gesicht putzen. Dann standen wir endlich am Boulevard, und der Bus kam nicht und kam nicht. Und ich begann zu weinen, und die alten Penner und Tütenladies, die auch auf den Bus warteten, haben sich die Kleine gegrapscht und mit ihr rumgeschmust und hin und her, von einem zum andern, bis ich Angst kriegte, daß sie einer kidnappt oder sonst was Bescheuertes mit ihr anstellt. Sie sind alle bescheuert, weißt du, diese Leute, die in Hauseingängen unter Pappestücken schlafen und so. Ich hab keinen Schimmer, wo sie alle hinwollten am Feiertag, wahrscheinlich zu irgend so 'ner Speisung mit milden Gaben irgendwo. Dann kam der Bus doch noch, und ich bin eine Station zu spät raus und landete vor irgendeinem chemischen Forschungsinstitut, an das gerade angebaut wird, und dort hatte keiner von nichts 'ne Ahnung, lauter Trottel drin, als ich klopfte. Oh, Mann. Ich komm mir vor, als wär ich schon seit Stunden unterwegs. Am Ende der Straße war ich dann so kaputt, daß ich Paula abgesetzt habe, damit sie selber ein Stück läuft. Sie kann prima laufen, wenn's darum geht, an meine Schubladen zu kommen und drin ein Chaos anzurichten. Aber denkste – das kleine Biest hat sich auf die kalten Pflastersteine gesetzt und nicht von der Stelle gerührt und mich angebrüllt, bis diese komische alte Dame mit dem winzigen weißen Hund gekommen ist, dem die Haare über die Augen und bis zu den Pfoten hängen, und der hat sie beschnüffelt und ihr angst gemacht, so daß sie sich wohl dachte, ich bin das kleinere Übel. Und jetzt, wo ich sie wieder im Arm habe, kommt's mir vor, als würde der Strampelanzug nach Hundepisse riechen. Jedesmal, wenn ich rausgehe, passiert mir so was. Ich sollte es gar nicht mehr versuchen. Tut mir leid, wenn ihr alle warten mußtet. Es ist einfach alles schiefgegangen.»

Dies alles erzählte sie, begleitet von Geräuschen onkelhafter Anteilnahme meinerseits, während sie sich und Paula ihrer äußeren Hüllen entledigte. Esther, die in den Flur herausgekommen war, hatte das Ende des Berichts gehört und reichte Verna zur Begrüßung eine schmale Hand. Esther hat einschüchternd schlanke Hände mit Sommersprossen auf den Rücken und seit jüngster Zeit so langen Fingernägeln, daß ich ungewollt erdolcht zu werden fürchte, wenn sie sich nachts im Bett umdreht. «Sie Ärmste. Das klingt ja wie ein Alptraum.»

«So ist mehr oder weniger mein ganzes Leben», erwiderte Verna und seufzte. Dann fiel ihr noch etwas ein: «Und wie wir im Bus waren, hat irgend so ein versiffter Penner mit diesem tollen Mundgeruch nach billigem Fusel und verfaulten Zähnen versucht, mich anzugraben, indem er sich an meine kleine Freundin ranmacht. Sie hat ihn angegrinst, als spielte sich sonstwas ab. Sie ist eine richtige kleine Nutte, stimmt's, Pupsie?» Sie schüttelte das Kind ein wenig stärker, als nötig gewesen wäre, um ihren Scherz zu unterstreichen.

Paulas große, überfließende marineblaue Augen hatten ihren Blick auf mich geheftet, und ihre honigbraune runde Hand mit den kleinen, konischen, gekrümmten Fingern streckte sich wiedererkennend nach mir aus. Das Erbteil ihres Vaters war sichtbar im harten Licht der Diele, an einem Aufwärtsschwung der kleinen Nasenflügel, an einem Schimmer auf den feinen, schwarzen Fäden ihres noch dünnen Haars. Es war zu zwei Rattenschwänzchen geflochten, als wollte ihre Mutter damit sagen: *Da habt ihr mein kleines Negerlein...*

«Rog hätte Sie mit dem Wagen abholen können», sagte Esther, was sie mir vorher niemals angedeutet hatte.

Ich verteidigte mich: «Ich dachte eigentlich, daß Dale...» Der wahre Grund war, daß wir in unserem Viertel zwar eine Parkzone für Anlieger mit Plaketten haben, sich aber trotzdem viele fremde Wagen – von Theologiestudenten und dem Überlauf der Einkaufswütigen von Sumner Boulevard – in unsere Straßen verirren, weshalb man einen glücklich eroberten Parkplatz vor dem Haus höchst ungern wieder aufgibt. Ich wechselte das Thema, wandte mich an Verna: «Ich bin überrascht, daß an Thanksgiving überhaupt jemand im Chemischen Institut war.»

«Doch, da waren ein paar Burschen, aber ich weiß nicht, auf welchem Trip. Von der Malvin Lane hatten sie jedenfalls noch nie gehört, das ist mal sicher. Und dann hab ich sie doch gefunden, gleich um die Ecke.»

«Die zwei Kulturen», klagte ich, nicht ganz aufrichtig.

«Nun kommen Sie aber rein und lernen Sie unseren Sohn kennen», sagte Esther und geleitete uns einen Teil des Weges durch den Flur, ehe sie in die Küche abbog, aus der die Düfte unseres Mahls betäubend wie der Weihrauch drangen, der in vorchristlichen Zeiten Prophezeiungen begleitete.

Ich führte Verna ins Wohnzimmer.

«Hallo, Typ», sagte sie träge zu Dale, der sich zur Begrüßung erhob und auf halbem Weg in gebückter Haltung erstarrte. Sie berührten sich nicht. Wieder überlegte ich, ob sie miteinander geschlafen hatten, und entschied negativ, ohne von meiner Antwort befriedigt zu sein.

Aber sie streckte einen Arm aus und berührte Richie, schüttelte die Hand, die er ihr mit der entnervenden Schlaffheit des Halbwüchsigen hinhielt. «Du bist also der Bursche, der alles über Cindy Lauper weiß», sagte sie.

«Ist sie nicht toll?» reagierte er, angenehm überrascht. Er braucht Freunde. Esther und ich müssen ihm unglaublich alt und fern erscheinen. Früher haben die Töchter der Kriegmans mit ihm gespielt, aber Cora, die ihm im Alter am nächsten ist, hat sich mit ihren fünfzehn Jahren nun zu der erwachten Weiblichkeit ihrer älteren Schwestern gesellt – ist ein Luder geworden, wie Richie es ausdrückte.

«Sie ist okay», sagte Verna und nahm den bedachten Tonfall einer Erwachsenen an. «Wie alle diese Rockstars; es geht nicht so sehr um sie als darum, was du in sie reinlegst.»

Ich sah, daß sie charmant sein konnte: Sie hatte Ednas schmierige Nachlässigkeit in eine Zeit herübergerettet, in der sie ein Stil sein konnte und nicht nur eine Unterströmung. Sie trug ein ziegelrotes Wollkleid mit einem weiten, herzförmigen Halsausschnitt; für eine Neunzehnjährige hingen ihre Brüste tief, und auch um die Hüften war sie füllig und schwer. Dennoch war die Spannkraft und Sprunghaftigkeit eines jungen Tieres in ihrem Körper zu spüren. Ihr Teint war blaß, und die Haare, lockig mit gebleichten Streifen, fielen in feucht aussehenden, leichten Wellen auf ihre Schultern, so daß sie etwas Präraffaelitisches, Ätherisches, Schwindsüchtiges ausstrahlte. Sie trug ihren kleinen Kopf auf einem untersetzten Hals, breit und abgeflacht im Genick. Ihre Ohrläppchen waren mehrfach durchstochen und trugen zwei Paar goldene Ringe. Auch ihre Finger waren beringt, aber anders als erwartet: ein breites Kupferband am Zeigefinger und am kleinen Finger ein fetter Türkis. Die Fingernägel waren kurz geschnitten wie bei einem Kind, was meine Phantasie in Gang setzte: Ihre Zärtlichkeiten würden nicht kratzen.

«Da?» sagte Paula. Der verschmutzte Steppanzug war ihr draußen auf dem Flur ausgezogen worden. Mit winzigen nackten Füßen tastete sie nach dem Flor unseres Bucharateppichs, vorsichtig, als könnte er plötzlich nachgeben. Es war nicht auszumachen, zu wem sie es gesagt hatte, zu mir, zu Richie oder zu Dale: Eine richtige kleine Nutte, hatte Verna gemeint. Die Ellbogen zierlich und achtsam ausgestellt und angehoben, wackelte das Kind auf seinen unsicheren, schmalen, dünnhäutigen Füßen bis zum Glastisch und landete, glücklich angekommen, auf dessen Platte einen feuchten Patscher: «Da!»

Dale, der wieder Platz genommen hatte, zog Paula an sich und setzte sie auf seine Knie.

Verna drehte ihren Kopf langsam auf seinem starken Hals und sagte: «Tolle Behausung, Nunc. Ihr Professoren seht schon, wo ihr bleibt.»

«Das ist nur eine Frage des Dienstalters», erklärte ich. Hinzu kam, daß Esthers Vater großzügig gewesen war.

Das Feuer knackte laut und stürzte abrupt in einem Funkenregen zusammen. Richie stand auf, um die Scheite mit der

Zange neu zu schichten. Paula beugte sich aus Dales Schoß nach vorn, magisch angezogen von einem silbernen Zigarettenetui, das wir von Esthers Vater, Arnold Prince mit Namen, zu unserem fünften Hochzeitstag bekommen hatten. Er war ein Witwer aus Albany, der es, wie man so sagt, «geschafft hatte» und uns nach fünf Jahren fügsamer Ehe dieses Zeichen seines Segens zollte. Außerdem hatte er, in prinzlicher Manier, damals begonnen, Teile ihres zukünftigen Erbes an Esther auszuliefern, was ihr ein gewisses Gefühl der Unabhängigkeit und einen zusätzlichen Wert verlieh. Wir hatten uns in Troy im Staat New York standesamtlich trauen lassen, so nahe wie möglich bei der kleinen Stadt, die Schauplatz unseres Skandals gewesen war. Es war wahrhaftig eine Lust gewesen, der öffentlichen Meinung derart die Stirn zu bieten: so süß, wie nach dem Eingeständnis manches heimkehrenden Soldaten der Akt des Tötens ist; so süß, wie der Geschmack von fremdem Unglück und Versagen, den wir aus schadenfroher eigener Erfahrung kennen. Und nun, vierzehn Jahre später, war ich selbst in eine Konformität unter leicht veränderten Vorzeichen abgeglitten, lag der Segen meines Schwiegervaters, repräsentiert von seinem glitzernden Geschenk, in der schlüpfrigen Hand meiner mulattenbraunen Großnichte.

«Kann ich dir irgend etwas zu trinken anbieten?» fragte ich Verna.

«Herr im Himmel, und ob! Ich dachte schon, du fragst überhaupt nicht mehr, Onkel Roger. Ein Schwarzer Russe wär nach meinem Geschmack.»

«Mmh – was ist da drin? Wodka, und –?»

«Kahlúa.»

«Genau das habe ich befürchtet. Wir haben keinen Kahlúa.»

«Wie wär's dann mit einem Grasshopper?»

«Und der enthält –?»

«Na hör mal. Dann rate eben!» Spielte sie mit mir?

«Pfefferminzlikör?»

«Das mal sicher, aber was sie sonst noch alles reinhauen, das weiß ich nicht. Sahne jedenfalls, und noch irgendeinen Likör. Dann schütteln sie das Ganze mit zerstoßenem Eis im Mixbecher und gießen's in ein Cocktailglas und stellen's dir vor die Nase auf die Bar. Schmeckt lecker, Nunc. Hast du noch nie einen probiert?»

«Wann gehst du eigentlich in alle diese schicken Bars?» fragte Dale vom Sofa her. Seine großen Hände wölbten sich unter dem Zigarettenetui, um zu verhindern, daß es auf die Glasplatte fiel. Paula saugte an einer silbernen Ecke des Deckels, den zu öffnen ihr bereits gelungen war. Der Inhalt lag auf dem Tisch verstreut, farbige English Ovals, längst vertrocknet; sie waren seit unserer Fakultätsparty vom vergangenen Mai im Etui gewesen.

Verna zog ihm eine Schnute für seine Frage und warf gleichzeitig einen Seitenblick nach mir; sie spürte, daß es mich interessierte. «Sie brauchen gar nicht so schick zu sein; die eine am Ende der Prospect Street, in dem Haus mit dem ausgebrannten Oberstock, macht einen ganz tollen Grasshopper.»

«Mit wem gehst du dorthin?» fragte Dale, meiner Frage zuvorkommend.

«Ach... irgendwelche Kerle. Was kümmert's dich? Ein Mädchen muß wenigstens *etwas* Spaß haben, weißt du.»

«Wie der Song schon sagt», warf Richie ein, stolz auf seine rasche Reaktion und aufgedreht von seiner Rolle als Herr des Feuers.

«Ex-akt», sagte Verna zu Dale. «Wie der junge Mann sagt, wie's der Song sagt.»

Sie gab sich mit einer Art von angelernter Vulgarität, die sie, so vermutete ich, bei den Punk-Sängerinnen abgeschaut hatte, auch bei Cher und Bette Middler, bei einer bestimmten Tradition amerikanischer Kratzbürstigkeit, die mindestens bis zu den Andrews-Sisters zurückreichte.

«Ich könnte dir eine Bloody Mary machen», schlug ich vor.

«Das wäre groß-ar-tig», gurrte sie mich an, als würde sie mit einem Barmixer flirten, um ihren Begleiter zu ärgern.

Ein grelles Klirren erfüllte den Raum – ergriff Besitz von ihm, vom Bucharaflor bis hinauf zu den gezähnten Stuckornamenten an der Decke. Paula hatte das Zigarettenetui auf die Glasplatte fallen lassen. Dale und Richie blickten verblüfft und schuldbewußt; Verna, die sich gerade eine Zigarette anzünden wollte, seufzte so betont, daß das Zündholz verlosch; sie entflammte ein neues. «Siehst du, Nunc?» sagte sie. «Ein kleines Miststück.» Ich ging zum Tatort und beschwichtigte. «Nichts passiert», obwohl meine scharfen Augen einen insektenförmigen Kratzer auf dem Glas und eine verbogene Ecke Sterlingsilber entdeckten. Ich wischte das Etui am Tweedärmel meines Jacketts blank und füllte die gefärbten Zigaretten zurück, die so verdorrt waren, daß einige zwischen meinen Fingern zerfielen.

In der Küche kämpfte Esther mit dem Essen; ihr Haar flog offen, die Klammern lagen verstreut. Sie zog mir eine Grimasse wie Medusa und sagte: «Nie wieder!» Sie sagt es jedes Jahr an Thanksgiving.

Als ich mit Vernas Drink und einem weiteren Glas Wein für mich zurückkam, hatte sich das junge Volk dicht um den Tisch gekauert und tuschelte in einer Sprache, die mir fremd war. Jugend: der Gebirgskamm, der sie in einem weit von dem unseren entfernten Tal isoliert, wird um so steiler, so scheint mir, je skrupelloser der Kapitalismus sie als eigenständigen Markt ausbeutet, ihr immer neue Welten des Konsums vorgaukelt, von Videospielen und Skistiefeln mit Hintereingang bis zu den Millionen Bits von pseudomusikalischem Gewimmer, die der Laserstrahl in die kompakten Silberscheiben stichelt. Immer neue Techniken der Information, immer armseligere Inhalte. Ich sah, daß sie kauerten, weil Dale etwas auf den Rücken eines Briefumschlags zeichnete, kleine Kästchen, die er mit Strichen verband. Der Umschlag, registrierte ich in meiner soziologischen Laune, stammte von unserer Telefongesellschaft: Die monopolverhütenden Kartellwächter der Nation haben die American Telephone & Telegraph zersplittert, und das Ergebnis ist, daß die Telefonrechnungen so umfänglich geworden sind wie Liebesbriefe und daß es in der Leitung prasselt wie in einer Packung Reis-Krispies, sobald man nur den Hörer abhebt. Ich sah, daß in den Kästchen Wörter standen: ODER, UND, NICHT. Die Urworte des neuen Evangeliums. «Und du siehst», sagte Dale, in erster Linie an Richie gewandt, obwohl auch Verna und sogar Paula interessiert zu verfolgen schienen, wie sein Stift die Verbindungslinien nachzeichnete, «daß Strom und kein Strom, oder eins und null im binären Code, beim ODER-Gate einen heißen Output, einen Schaltimpuls, ergeben und beim UND-Gate keinen. Wenn aber dem UND-Ausgang ein NICHT nachgeschaltet wird, dann wird der Output –?»

«Heiß», sagte Verna, nachdem mein guter Richie in seiner Verwirrung stumm geblieben war. Junge, männliche Köpfe, von oben gesehen, so eiförmig und zottig, laden in ihrer Hilflosigkeit zur Liebkosung ein. Der Junge reagierte auf meine väterliche Berührung mit einem unwilligen Schütteln. Er war jetzt unter älteren Kindern, wollte dazugehören, Erfolg haben. Ich reichte Verna ihre Bloody Mary.

«Stimmt», sagte Dale. «Und wenn wir statt eines einzelnen Bits vier zusammennehmen, zu einem Halbbyte, dann sieht das so aus» – er kritzelte einige Nullen und Einsen hin; seine Handschrift war schlampig und unangenehm, wie es bei Naturwissenschaftlern aus irgendeinem dunklen Grund die Regel zu sein scheint, so als müßte Präzision im Denken einer Präzision der Darstellung entgegenstehen (was sich auch umgekehrt, an der makellos kursiven Handschrift von Kirchenmännern, zumal Episkopalen, erweist) –, «und gleich noch mal, mit diesem hier, und was wird nun hinter dem ODER-Gate herauskommen?»

Nach einer Pause, die Richie eine Chance zur Antwort geben sollte, offerierte Verna mit ihrer kratzigen Stimme: «Null eins eins eins.»

«Hey, du hast's kapiert!» rief Dale aus. «Und nach einer UND-Schaltung, beim gleichen Input?»

«Ist doch einfach», sagte sie. «Null null null eins.»

«Okay! Und wenn der ODER-Schaltung nun ein NICHT folgt, Richie?»

«Eins null null null», sprach ich aus der Höhe, als das Schweigen quälend zu werden begann.

«Ganz klar», sagte Dale, immer noch kritzelnd. «Und ihr seht, wie sich mit diesen drei simplen Schaltern, oder Gattern, alle möglichen komplizierten Muster aufbauen lassen, mit denen ihr euren Input analysieren könnt. Zum Beispiel können wir die gleichen beiden Halbbytes zusammen mit ihren Umkehrungen, wie wir sie aus dem NICHT-Gate kriegen, durch ein UND schicken und dann die beiden Outputs durch ein ODER; und das Ergebnis verrät uns, wo die ursprünglichen Inputs übereinstimmten: Wo es kalt ist, waren sie gleich, wo es heiß ist, ungleich!»

«Astrein!» sagte Verna. Die Hälfte ihrer Bloody Mary war schon getrunken. Sie rauchte eine der English Ovals, eine blaßviolette.

«Du solltest wieder auf die Schule», sagte ich zu ihr.

«Ich rede ihr auch dauernd zu», sagte Dale.

«Erzählt das Pupsie», sagte sie.

«Itti-da!» stieß Paula hervor, klammerte sich mit speichelnassen Fingern an Dales Briefumschlag und zerknäulte ihn.

Er eroberte sich das Papier zurück, strich es glatt und wappnete sich mit seiner Bleistiftspitze zu einer neuen Attacke auf unsere Ignoranz. «Ich will es nicht übertreiben», sagte er, «aber damit sind wir mitten in der Booleschen Algebra, und das ist so etwas Schönes, daß ihr wenigstens einen groben Schimmer davon haben müßt. Boole war einer, der sich um die Mitte des neunzehnten Jahrhunderts eine Algebra ausgedacht hat, mit der er die Logik formalisieren wollte. Im Prinzip dreht sich's immer um Wahr/falsch-Entscheidungen, was genau die Rechenmethode ist, die man für die Schaltkreise eines Computers braucht. Eine ODER-

Schaltung zum Beispiel tut im Endeffekt nichts anderes als addieren, wenn man die Boolesche Algebra zugrunde legt, in der eins plus eins nicht zwei oder null ist, wie man bei der binären Basis denken könnte, sondern eins – weil positiv plus positiv eben positiv bleibt. Eine UND-Schaltung tut im Endeffekt nichts anderes als multiplizieren, wenn man sich vor Augen hält, daß eine Multiplikation mit null immer null ergibt, man also zweimal positiv braucht, um positiv zu erhalten. Und das NICHT-Gate tut nichts anderes als umkehren, weshalb man es mit einem kleinen Hütchen, so, über der Zahl schreibt: Das Gegenteil von null ist eins und vice versa. Und das ist praktisch alles, was die Boolesche Algebra ausmacht. Natürlich gibt es einen Haufen Lehrsätze, die aus den Grundregeln folgen, es ist erstaunlich, was man damit alles anstellen kann. Aber das Prinzip ist leicht zu verstehen, auch wenn es manchmal vielleicht verwirrend aussieht.»

«So leicht zu verstehen wie Bahnhof», sagte Verna, schon ein wenig verschwommen. Richie hatte sich längst abgeseilt und stocherte wieder in seinem Feuer herum: Kohlenhydrate, die sich in die Kohlenstoffatome zurückverwandelten, die vor Abermillionen Jahren im Inneren eines Sterns ausgebrütet worden waren. Ich dachte an Dales Bleistiftspitze. War das Universum wirklich einmal so klein gewesen? «Mach es nicht zu locker», warnte ich meinen Sohn. «Sonst geht es noch aus.»

«Es ist sowieso Zeit zum Essen», sagte Esther unter der Bogentür. In ihrem zickzacküberströmten grünen Samt kam sie auf uns zu und wandte sich an Dale: «Ich habe ein bißchen von Ihrer Vorlesung mitbekommen. Es klang faszinierend. Ich frage mich, ob Sie womöglich Lust hätten, einmal in der Woche zu uns zu kommen und Richie Nachhilfe zu geben? Er tut sich gerade furchtbar schwer mit dem Stellenwertsystem.»

«Mom, das liegt nicht an *mir*», protestierte der Junge. «Keiner in der Klasse versteht das, die Lehrerin ist lausig.»

«Die Lehrerin ist eine Schwarze», sagte Esther zu Dale.

«Das sollte keinen Unterschied machen», sagte Verna, wie aus der Pistole geschossen.

«Ich weiß», seufzte Esther. «Eine von diesen jungen schwarzen Frauen mit einer drittklassigen Ausbildung, die einzustellen sich die teuren liberalen Schulen verpflichtet fühlen. Im Prinzip bin ich ganz und gar dafür. Aber nicht, wenn die Kinder dabei verdummen.»

«Richie ist nicht dumm», sagte Dale in das schockierte Schweigen hinein, das Esther mit ihrer illiberalen Verlautbarung erzeugt hatte. «Es würde mir Spaß machen, ihm Nachhilfe zu geben, wenn wir uns nur auf eine Zeit einigen können. Mein Stundenplan ist ziemlich seltsam, wegen dem Timesharing und so. Für mein Graphikprogramm muß ich mir einen VAX 8600 mit einem Mädchen teilen, das automatische Mustererkennung macht.»

«Ich bin ganz sicher», flötete Esther, «daß wir eine Stunde finden werden, die beiderseits genehm ist. Richie, komm mit und hilf mir, den Truthahn herauszuheben.» Bestimmt und unbeirrt, erfüllt von elektrischer Spannung, wandte sie uns übrigen den Rücken zu.

«Nunc?» Eine kleine, rasselnde Stimme stieß mich sanft in die Seite. «Meinst du, wir können uns noch eine Bloody Mary wegziehen, ehe all das Essen auf uns kommt?»

Während der Mahlzeit, der endlosen, bedrückenden Erntedankorgie, die der Brust den Atem nimmt und dem Geist den Spielraum, beschäftigten sich meine Gedanken nicht nur mit Verna, deren bleiches Fleisch mit so selbstgewisser Schwere gegen die schwellende Wolle ihres roten Kleides preßte und deren flatternde Gesten und beiläufigen Bemerkungen auf mein weinverfärbtes Bewußtsein so unbestimmt wie endlos vielversprechend wirkten, sondern auch mit Esther, wie sie den Blicken von Dale Kohler erscheinen mußte: eine ältere Frau, zierlich und auf gelangweilte Weise weltklug, aber tolerant und nährend aus einer mütterlichen

Tiefe, die sie unter ihrer kratzbürstigen und straff angespannten Oberfläche verbarg.

«Möchte jemand ein Tischgebet sprechen?» hatte sie gefragt, als das Essen aufgetragen war.

Sie wußte, daß es mir eine Qual war, obwohl ich durchaus damit fertig wurde. Die altbekannten Worte würden mir nicht fehlen, sobald ich meinen eingerosteten Mund erst aufgeklappt hatte. Die Eröffnungsformel war schon zurechtgelegt und der Kopf vorgebeugt, als mich Dales gierige Stimme unterbrach: «Es wäre mir eine Freude, wenn sonst niemand...?»

Wer wollte widersprechen? Wir waren seine hilflosen Opfer, die Kannibalen vor dem Missionar. Er veranlaßte uns, einander die Hände zu reichen. Seine Verkündigung entstammte der näselnden, volkstümlichen Tradition. Meine Ohren schlossen sich, als seine Worte leiernd aufzusteigen begannen. Es war ein Tonfall, den wir in der theologischen Fakultät zum Überdruß zu hören bekommen, der Singsang der auf heimatlicher Erde gewachsenen christlichen Frömmigkeit: Gläubige Seelen werden aus dem bäuerlichen Hinterland eingefahren wie erdige, duftende Kohlköpfe, und binnen dreier Jahre säuberlichen Haarespaltens und exegetischer Verrenkungen hacken wir sie klein zu Krautsalat, der in jedem Vorstadtsupermarkt Abnehmer findet. Wir holen Heilige herein und schicken sie hinaus als Geistliche, als Arbeiter im Weinberg der unweigerlichen Angst und Unzufriedenheit. Der Tod des Christentums wird seit langem prophezeit, doch es wird immer Kirchen geben, die ihren Dienst versehen als Lagerhäuser für die ewige Ernte menschlichen Unglücklichseins.

Einige von Dales Worten drangen bis in mein Bewußtsein, eine Art Gedenken, ehe wir uns die Backen stopften, all der Hungernden und Heimatlosen dieser Welt, vor allem in Ostafrika und Mittelamerika, und meine Gedanken glitten ab bis in die Überlegung, ob der UNICEF-Gott, der solche Gebete höflich entgegennahm, nicht eine erschreckende Antiklimax wäre zu jenen immensen Beweisen via Megastern und Mammutzahn, und glitten weiter zu der Gemeinschaft von Mahlzeit und Verrat – dem Salz, das Judas verschüttete, der chronischen Diät des Chronos, den Gelagen, die Klytämnestra und Lady Macbeth auftischten, dem Kreislauf des Verrats, der sich schließt, wo immer sich mehr als zwei oder drei versammeln oder eine Familie sich vereint zu Tisch setzt. Vernas Hand lag in meiner rechten, und ich spürte ihren schnellen Puls; Richies lag in meiner linken, und auch hier spürte ich Hitze, den ödipalen Animus, und bei mir väterliche Kühle, die tigerhafte Neigung, das Junge, sobald es erst geboren ist, als einen Konkurrenten zu betrachten, den auszulöschen nicht weniger Vergnügen bereitet als irgend jemand anderen. Ein Konkurrent dazu noch, der ins innerste Herz des eigenen Reviers hineingeboren ist, das er mit seinem elektronischen Rauschen und stinkenden Socken und einem fehlgeleiteten und unstillbaren Appetit auf all das erfüllt, was ihm unsere kretinöse Massenkultur als die erstrebenswerten Dinge des Lebens vorgaukelt. Emerson hatte recht, wir alle haben kalte Herzen. Und während Dales Stimme hauchig zu den letzten Schnörkeln ihres Segens über dieses Essen aufstieg, das so schuldbeladen verdaut werden würde, glitten meine frostigen Gedanken ganz hinaus aus unserem Haus und hinüber in das der Kriegmans, von denen ich vermutete, daß sie, als Juden und Atheisten, diesen Tag leichter nähmen, ohne all das spirituelle Cholesterol, das in der Selbstbeglückwünschung unserer puritanischen Vorväter lauert, und daß sie mehr Spaß dabei hätten. Wahrscheinlich haben die Juden recht: ein Testament ist genug. Tatsächlich gab es ganz am Anfang eine beträchtliche Zahl von jüdischen Konvertiten zum Christentum, aber als die Wiederkunft des Messias ausblieb, die der ersten Generation felsenfest versprochen worden war, und als – eine zusätzliche Enttäuschung – im Jahre 70 der Tempel zerstört wurde, verloren sie vernünftigerweise den Mut und überließen den Griechen die führende Rolle im expandierenden Unternehmen.

Als Dales Segnung endlich abgelassen war und, immer kleiner werdend, in die Stratosphäre entschwand, lösten wir unsere schweißigen Hände voneinander, und im Zentrum meines Gesichtsfeldes materialisierte sich unausweichlich der Truthahn, der darauf wartete, tranchiert zu werden. Oh, diese diabolisch ungreifbaren, sehnigen und blutigen Gelenke! Und die golden schimmernde Haut, die sich zäher zeigt als Filamentband. Im Unterschied zu Lillian macht Esther einen trockenen Truthahn, so daß man beim Schneiden der Bruststücke eine gewisse Dicke nicht unterschreiten darf, soll das Fleisch nicht in Krümel zerfallen oder zerfasern. Im Uhrzeigersinn saßen um den Tisch Verna, ich, Richie, Dale, Esther und Paula, die in Richies verstaubtem altem Kinderstuhl, den Esther aus dem zweiten Stock heruntergeholt hatte, zusammengesackt und, von Busfahrt, langem Marsch und Biß ins Zigarettenetui erschöpft, eingeschlafen war. Auch ich, obwohl ich mich aufrecht hielt, verlor zeitweise das Bewußtsein: Jedenfalls finden sich große, klebrige Löcher in meiner Erinnerung an unsere Tischgespräche.

Während sie milde Gaben von orangerotem Squashgemüse und bleichem Kartoffelbrei austeilte, wandte Esther sich an Dale und fragte ernsthaft, worin seine Forschungsarbeit in der Computergraphik denn genau bestünde. «Schwer zu erklären», sagte Dale. «Einen großen Teil macht die Suche nach Programmabkürzungen aus, die die Rasterdarstellung im Hinblick auf Speicheraufwand und Bildaufbauzeit näher an die Vektordarstellung ranbringt. Eine Vektordarstellung, verstehen Sie, projiziert zwei Punkte auf den Bildschirm und zieht dann eine Linie dazwischen, und auch wenn's eine ganze Menge Linien gibt und einige Programmschritte ziemlich knifflig sind, läuft die Sache im großen und ganzen doch so schnell ab, wie es das Auge aufnehmen kann. Ich meine, man sieht Bewegung, man kann zusehen, wie's passiert. Beim Raster ist es wie mit einem Foto in der Zeitung: Man hat ein Gitter aus Pünktchen, Pixels genannt, sagen wir fünfhundertzwölf mal fünfhundertzwölf, das macht etwas mehr als zweihundertzweiundsechzigtausend verschiedene Ausgabedaten, die Stück für Stück gerechnet werden müssen, und deshalb dauert es Minuten, bis ein Einzelbild aufgebaut ist, und nicht Mikrosekunden, wie man es für eine überzeugende Bewegungsdarstellung brauchte. Dreißig Bilder pro Sekunde ist die Frequenz, die man beim Fernsehen hat; wenn ihr die Finger ganz schnell vor dem eingeschalteten Bildschirm hin und her bewegt, dann habt ihr einen Eindruck davon, wie sich das Bild ständig erneuert. Außerdem haben wir es ja nicht nur mit Gestalt und Perspektive zu tun, da sind ja noch die Farben und die Beleuchtung und wie das Licht von verschiedenen Oberflächen unterschiedlich reflektiert wird – das alles muß programmiert werden. Sehen wir uns nur mal den Tisch hier an, dann ist da eine ganz gewaltige Menge von visuellen Informationen, eine *erschreckende* Menge, muß man sagen, allein der Schimmer auf der Haut des Truthahns und die Falten, die sie geworfen hat, oder wie das Wasser im Glas die Schüssel verzerrt, die dahinter steht, und wie die Zwiebeln einen anderen Glanz haben als die Schüssel, und dort dampft es noch ein wenig, und hier im Stiel vom Weinglas sieht man einen roten Strich von der Preiselbeersauce, die dreißig Zentimeter weiter steht. Die Japaner machen da erstaunliche Kunststücke – Glaskugeln, die vor Schachbrettmustern auf und ab schweben oder vor durchscheinenden Zylindern und so weiter. Praktisch bedeutet das, daß man durch das Pixel rechnen muß, so als ob es ein winziges Fenster in der Objektebene wäre. Man muß rechnerisch erfassen, wo der Lichtstrahl, den man durch diese kleine Blende schickt, hingeht oder wie er gebeugt wird, wenn die Oberfläche transparent ist, oder wie er reflektiert wird: Er könnte sich zum Beispiel sogar teilen.» Seine beiden überlangen Zeigefinger wiesen illustrierend in verschiedene Richtungen. Seine lila-grüne Krawatte begann psychedelisch zu wirken im düsteren, graubraunen Novemberlicht, das gefiltert wurde durch entlaubte Birken und unsere Fenster mit ihren ornamentalen, bleigefaßten Buntglasscheiben aus fahlem Gold und blassem Blau und dem gleichen giftigen Rot, das Dales Preiselbeersauce ausstrahlte. «Manche Pixels», fuhr er fort, «brauchen fünf oder sechs verschiedene Eingaben, ehe sie sich rechnen lassen. Ich meine, es ist einfach einschüchternd, wenn man auch nur ein paar ganz exakt erfaßbare Objekte nachzubilden beginnt, wie die Komplexität regelrecht explodiert. Es fängt an, einem angst zu machen, in gewisser Hinsicht.»

«In welcher Hinsicht?» fragte Esther, die die Miniaturportion, die sie sich zugestand, bereits verzehrt hatte und nun Zigarettenrauch ausatmete, eine sich bauschende Doppelfahne aus Mund und Nasenlöchern, blau im matten Widerschein der Sonne, ein Rauchball von der Größe ihres Kopfes.

«Na ja, ich meine, wenn es schon auf dieser simplen Ebene der visuellen Information einen solchen Aufwand erfordert, die Schöpfung nachzustellen ... Verstehen Sie, es ist ja nicht wie bei einem Fotografen, der einfach vor seinem Objekt die Kamera aufbaut, oder wie bei einem Maler, der Klecks um Klecks auf die Leinwand bringt, was er vor sich sieht. In der graphischen Datenverarbeitung speichert man die *mathematische* Darstellung eines Objekts, und sobald das geschehen ist, kann man das Bild auf den Schirm rufen und drehen und wenden und aus jeder Perspektive betrachten, als Drahtmodell oder massiv, ohne die verdeckten Linien, oder im Querschnitt, wenn man ein bestimmtes Teil herausholen möchte. Und das alles, wir reden von der Vektordarstellung, passiert so schnell, wie man den Knopf drückt, jedenfalls scheint es unserem Auge so, obwohl es selbst hier manchmal so knifflig wird, daß man spürt, wie der Computer zu schwitzen beginnt, daß Verzögerungen entstehen, die bis zu einer Sekunde dauern können – und das kommt einem wie eine Ewigkeit vor, wenn man an die Arbeit mit Computern gewöhnt ist.»

Eine Ewigkeit. In einem Sandkorn. Meine Augen juckten. Wolken von Essensteilchen. Die Rezeptoren in der Nasenschleimhaut können ein Teilchen unter einer Million herausfiltern. Freud sagt, unser Geruchssinn sei mit schmerzlicher Bedeutung aufgeladen worden, als wir noch auf allen vieren gingen, die Nase näher am dungbedeckten Boden. Wir sind von niederer Art. Ein breiter Hals bei einer Frau scheint den Mann aufzufordern, sie zu bespringen und sich danach erschöpft zu rekeln und dazuliegen wie ein sattgefickter Löwe. Paarung von hinten, die Standardmethode der Natur. Was hat uns je dazu gebracht, uns umzudrehen? Frontale Nacktheit, frei ab achtzehn. *Mit Adams Fall / Wir sündigten all'.* Verna aß in sich hinein, schweigend. Konnte es sein, daß sie hungrig war? Kann heutzutage irgend jemand, der kein Afrikaner ist, noch immer einfach hungrig sein?

«Ich mag es», trug Richie zum Thema bei, «wenn sie die Sachen auf den Kopf stellen und immer rumdrehen, wie bei den Logos der TV-Stationen oder in *Superman I*, wo die drei Bösen ins All gekickt werden.»

«Ja», sagte Dale. «Das Taumeln. Das kriegt man ziemlich leicht hin, diese Art von Verzerrung und übertriebener Perspektive, sobald man erst die Daten hat; dann geht's nur darum, die Koordinaten zu shiften und zu strecken, nach ein paar ziemlich simplen Formeln. Im Grunde ist es schlichte Trigonometrie.»

«Trig», sagte der Junge. «Würg!»

«Nicht doch, Richie. Trig ist was Schönes. Warte, bis du mit Trig anfängst.»

Warte, bis du mit Sex anfängst, halluzinierte ich zu hören. Und das Seltsame dabei, Richie, ist, daß es stimmt. Es ist die eine große Überraschung, die die Natur für uns in petto hat, die Liebe mit ihrer beschleunigten Pulsfrequenz und ihrer bodenlosen Überschätzung des Liebesobjekts, mit dem rhythmischen Spannungsaufbau und der Entladung; aber das war's dann auch, ein zweites solches Bonbon hat uns das Leben nicht zu bieten, es sei denn, man zählt Bridge mit, und den Tod.

«Jedenfalls in der Theorie», sagte Dale gerade. «Und dank der Computer brauchen wir heute auch nicht mehr alles in Tabellen nachzuschauen und ewig rumzumultiplizieren wie früher, das nehmen uns die Computer alles ab. Schau dir nur mal die kleinen Taschenrechner an, die du schon für zehn fünfundneunzig bekommst: 1950 hätte man einen Riesenraum mit Kühlanlage gebraucht, um alle diese Schaltkreise unterzubringen, die man sich heute in die Westentasche steckt. Das heißt, wenn man eine Weste trägt. Aber wieso rede die ganze Zeit nur ich? Professor, erzählen Sie uns doch etwas über Ketzerei oder dergleichen.»

«Ja, Sie sollten essen, ehe alles kalt wird», sagte Esther, ganz sorgenvoll, zu Dale.

«Von meinen armen Häretikern will normalerweise niemand etwas wissen», belehrte ich die Tischrunde. «Von Tertullian, zum Beispiel, mit dem ich mich gerade ein wenig beschäftigt habe, um mein Latein aufzufrischen. Was für ein Schriftsteller! Verrückt nach Sprache, wenn er in Fahrt kommt, ist er wie Shaw, bereit zu jedem Wahnwitz, nur um den Ball am Rollen zu halten. Oder wie Kierkegaard, wenn er sich zu weit vorgewagt hatte. Aber Tertullian hat auch eine menschliche, eine humanistische Seite. Er behauptete zum Beispiel, die Seele sei von Natur aus christlich: *anima naturaliter christiana*. Und nicht zuletzt, ihr Mathematiker, hat er einige der grundlegenden christlichen Rechenexempel statuiert. Er erfand die Dreieinigkeit – jedenfalls hat er das Wort *trinitas* als erster im Kirchenlateinischen benutzt. Und er propagierte die Formel *una substantia, tres personae* für Gott, und für Christus das Konzept einer zweifachen Natur, eines *duplex status*, den er recht apart mit *non confusus sed conjunctus in una persona – deus* et *homo* beschreibt. Ein UND-Gatter würde man das nennen, nicht wahr, Dale?»

«Ich glaube eher», sagte der junge Mann lächelnd und

schluckend, «daß es ein ODER ist. Man kommt leichter durch ein ODER als durch ein UND.»

«Laß den Jungen essen», sagte Esther. «Das war äußerst interessant, mein Lieber. Fällt Ihnen auf, Verna, daß uns niemand nach *unseren* Spezialitäten fragt?»

Das Kind, Gott segne es, ignorierte mein heimtückisches Weib und wandte sich an mich: «Was hat ihn denn zum Ketzer gemacht, Nunc? Was du von ihm erzählst, klingt alles ganz okay.»

«Ehe ich diese äußerst intelligente Frage beantworte: Wer möchte noch ein Stück von diesem Vogel, von unserem selbstgemachten, halbzerhackten Parakleten hier?»

Richie hielt mir seinen Teller hin. «Nur weißes Fleisch», sagte er. «Und die Scheiben dünner, als du sie vorhin geschnitten hast.»

«Gottverdammt, man kann mit diesem stumpfen Messer keine dünneren Scheiben schneiden; sie fallen auseinander.» Mein lästerlicher Fluch hatte sogar mich selbst verblüfft: Ich führte ihn auf das dritte Glas Weißwein zurück und auf die Tatsache, daß Richie eine Zahnspange trägt, in der sich orangerote und weiße Essensreste festgesetzt hatten – ein um so abstoßenderes Bild, als er sich dessen nicht bewußt war.

Die kleine, rattenschwänzige Paula, die in ihrem Kinderstuhl weggedämmert war, erwachte halbwegs und begann nicht zu schreien, sondern die gurgelnden Geräusche kindlicher Unlust auszustoßen, ein mechanisches Rasseln in der Luftröhre, das weitaus irritierender ist.

«Armes Ding», sagte Esther. «In dieser unbequemen Lage einzuschlafen. Ich wette, sie hat einen Muskelkrampf.»

«Hast du das, Pupsie? Oder findest du nur, daß es höchste Zeit ist, deine Mom zu ärgern?» Neckend und lächelnd neigte Verna ihr Gesicht bis auf Daumenbreite vor das ihres Kindes, wobei sie mir das deliziöse Grübchen in ihrer runden Wange präsentierte, das sich vertiefte.

Verdattert und herausgefordert, starrte Paula zurück, bekam einen Schluckauf und begann ernstlich zu schreien.

«Ganz kurz, Verna», antwortete ich, das Gebrüll übertönend, «er galt als Häretiker deshalb, weil er Puritaner war, ein Purist, damals nannte man sie Montanisten. Nachdem er gegen die Heiden, gegen den Marcionismus, gegen die Gnostiker und gegen den jüdischen Glauben zu Felde gezogen war, fand er schließlich auch die christliche Kirche unerträglich weltlich und korrupt. Er war zu gut für diese Welt.»

«Ganz wie du, mein Lieber», sagte Esther und drängte Verna: «Geben Sie sie mir.»

«Ab geht die Post, Pupsie», sagte Verna und hievte das Kind samt Schreikrampf mit jugendlicher Kraft und ausgestreckten, nackten Armen durch die Luft in den Schoß meiner zartknochigen Frau, die unter dem Anprall sichtbar nachgab.

«Es wird dich interessieren, Esther», rief ich ihr zu, «daß eine von Tertullians Schriften, *Ad uxorem*, an seine Frau gerichtet ist und ihr vorschreibt, nach seinem Tod eine Witwe zu bleiben. Später dachte er noch einmal drüber nach und verfaßte einen weiteren Traktat, in dem er meinte, wenn sie denn unbedingt wieder heiraten müsse, so jedenfalls nur einen Christen. Dann machte er sich noch einmal Gedanken und schrieb *De exhortatione castitatis*, worin er sie eindringlich ermahnt, keusch zu bleiben, *nicht* wieder zu heiraten, *auch nicht* einen Christen. Außerdem war er der Ansicht, daß Frauen, ob verheiratet oder ledig, verschleiert gehen sollten.»

«Muß man die Männer nicht einfach hassen?», von Esther, fragend zu Verna.

«Tausche kleines Miststück gegen einen Glimmstengel», gab Verna zurück.

«Im übrigen meinte er, daß die Christen häufiger fasten und unter keinen Umständen in den römischen Legionen dienen sollten. Sehen Sie, Dale, keiner hört zu. Meine Häretiker gehen immer in die Hose.»

«Ich hätt gern auch noch einen», erwiderte Esther. «Aber ich habe keine mehr hier. Mein Päckchen muß in der Küche liegen.»

«Ich weiß, wo welche sind.»

«Nicht bei mir», sagte Dale, zu mir gewandt, und dann zu Esther: «Ich mag die gedünsteten Silberzwiebeln. Meine Mutter hat sie auch immer gemacht, vermischt mit Zuckererbsen.»

«Ach, diese alten Dinger, die sind so trocken, sie liegen schon ewig da», rief Esther hinter Verna her, die vom Tisch aufgestanden war und durch die gedrechselte Bogentür ins Wohnzimmer zum Glastisch mit dem silbernen Zigarettenetui ging, das Esthers Vater uns vor neun Jahren geschenkt hatte.

«Und was ist mit dir los?» fragte ich Richie, dessen verstockter Gesichtsausdruck mich entnervte. «Nun iß schon diese dünnen Scheiben, um die du so ein Theater gemacht hast.»

«Du hättest nicht zu fluchen brauchen», sagte er, den Tränen nahe, den Blick auf den Teller gesenkt. Wieder dieses anrührende, wuschelige Bild eines jungen Männerkopfs von oben. Ein augenloses Tier, das blind durchs Leben stürmt.

«*Unsere* Spezialität», verkündete Esther opernhaft über Paulas dünnes Kräuselhaar hinweg, während Verna mit einer Handvoll gefärbter Zigaretten zurückkehrte, «ist es, das Chaos aufzuräumen, das die Männer anrichten. Erst richten sie es in uns an, und dann um uns herum.» Der Wein begann auch ihr zuzusetzen. Sobald eine Frau mittleren Alters angeheitert ist, spannen sich ihre Stimmbänder an, eine metallische Harfe, auf der sie spielt. Esthers Anspannung würde nachlassen, wenn sie nur ihre zwanghafte Diät aufgeben könnte. Es ist, als wolle sie mir jede Unze Weib verwehren, die die eheliche Quote übersteigt.

«Vielleicht können sie nicht anders», sagte Verna und ließ sich wieder auf ihren Stuhl gleiten, eine wellenförmig weiche Verlagerung von Körpermassen, die kein Graphikprogramm erfassen konnte; sie ließ die flüssige Trägheit ihres Leibes so gegenwärtig werden, daß mir der Mund austrocknete. Sie griff nach einer Kerze auf dem Tisch und zündete sich eine pfefferminzgrüne Zigarette an.

«Um Himmels willen, hör auf zu schmollen», flüsterte ich seitwärts zu Richie.

«Laß den Jungen in Ruhe», rief Esther, wieder mit schneidender Trompetenstimme, so als wäre das kleine Kind auf ihrem Schoß ein Schutzschild, hinter dem sie ihre Pfeile auf mich abschießen konnte. Der Farbton der Zigarette, die sie zwischen zwei Finger geklemmt hielt, war ein intensives Perlgrau. «Du hast seine Gefühle verletzt.»

«Nicht ich habe seine Gefühle verletzt, es ist Thanksgiving, das ihn deprimiert. Das jeden deprimiert.»

«Und kein Wort mehr von deinem ekelhaften alten Heuchler, das ist nun etwas, was einen wirklich deprimieren kann. Es muß reine Perversität gewesen sein, Roger, die dich getrieben hat, dich auf diese grauenhaften Burschen zu spezialisieren, auf diese antiken Fanatiker, die nicht einmal mehr Haut und Knochen sind, bestenfalls Staub, wenn's hoch kommt.» In einem etwas versöhnlicheren Tonfall fügte sie hinzu: «Wenn niemand mehr etwas möchte, könntest du abräumen, mein Lieber.» Sie selbst blieb sitzen, an ihren Platz gebannt durch Paula, deren Farbton ein milchiges Braun war.

«Ich werde helfen», sagte Verna und erhob sich in ihre Rauchwolke hinein, die an der geschwungenen Linie des Halses entlang zu ihren Brüsten hinunterwirbelte.

In der Küche schafften wir es, Hintern gegen Hintern zusammenzustoßen – ohne darauf einzugehen, dafür zweimal.

«Abfälle in das kleine Becken in der Mitte, es hat einen Müllzerkleinerer», murmelte ich, als vertraute ich ihr ein schmutziges Geheimnis an. Als ich an ihr vorbei nach dem Stapel der Kuchenteller griff, strich mein Tweedärmel über die warme Nacktheit des Unterarms, der das Kind mit amazonenhafter Leichtigkeit hochgehoben hatte. Nur die Tochter meiner Halbschwester, kalkulierte ich: unser gemeinsames Blut war geteilt worden und abermals geteilt.

«Ich bring die Teller rein; wenn du einen der Kuchen nehmen könntest, die im Rohr warm gestellt sind?»

«Ahhh», rief sie aus, «Kürbis! Ich liebe Kürbis, Nunc. Schon immer, seit ich ein Baby war. Wahrscheinlich, weil er so matschig ist; ich hab immer eine schreckliche Schwäche für alles gehabt, was man nicht kauen muß, wie Cremespeisen und Tapioka.»

«Genau deshalb mag ich Hackbraten», sagte ich zu Verna; und zu Esther, als ich die durchsichtigen Kuchenteller vor ihr ablud: «Und in *De monogamia* gelangte er endlich zu dem Schluß, daß sich wieder zu verheiraten so verwerflich sei wie Ehebruch.»

Sie sah durch mich hindurch, in ein Gespräch mit Dale vertieft: «Schon das wenige, was ich zufällig mitgehört habe, hat es mir klarer gemacht als alles, was ich darüber gelesen oder im Fernsehen gesehen habe. Sie wären ein *wunder*voller Lehrer.»

«Tja, ich hab tatsächlich vor zwei Semestern schon mal einen Einführungskurs in Analysis gegeben, aber aus irgendeinem Grund hat die Universität...»

Ich ging zurück in die Küche und holte den Apfelkuchen aus dem Backrohr: die begehrteste Leckerei meiner trüben Jugendjahre, mit Zimt gesättigt, die Kruste mit «Vogelfüßchen» verziert. Ich bekam ihn nur selten, daran erinnerte ich mich, obwohl wir in Ohio von Obstgärten umgeben waren. Meine Mutter war haushälterisch in allen Dingen, nicht weil Freigebigkeit ein wirtschaftliches Problem gewesen wäre, sondern um ein Prinzip des Daseins zu illustrieren, das sie sich unter Schmerzen zu eigen gemacht hatte und nun selbstlos weitergab. Da ich die Bürde ihres Bauches gewesen war, als mein Vater türmte, fühlte ich mich mitschuldig an ihrem Leben des «Es geht auch ohne» und akzeptierte ohne Murren meinen Teil an der Entbehrung.

In der Küche hatte sich Verna, ehe sie den Kürbiskuchen herausnahm, einen herzhaften Schluck Wodka in das geleerte Bloody-Mary-Glas geschüttet. Die Saftreste färbten ihn rosa. «Auch etwas, das du nicht kauen mußt, stimmt's?» sagte ich.

Sie kicherte und kippte ihn hinunter. Ihr Gesicht war gerötet, die schrägen Augen glitzerten. «Ab dafür», sagte sie mit einem Cindy-Lauper-haften Kiekser, und diesmal schwang ihr üppiger, wollverhüllter Rumpf absichtlich gegen meinen.

«Nur nichts fallen lassen», warnte ich.

Im Zimmer redete Esther, immer noch mit Paula auf dem Schoß, auf Dale ein: «Und im Sommer versuchen wir *schon*, für ein paar Wochen wegzukommen, aber die Vorstellung, eine *zu*sätzliche Garnitur von Messern und Gabeln und *zwei* Toaster und die *doppelte* Menge Bettwäsche oder Küchenstühle zu haben und mir ständig Sorgen zu machen, ob in das Haus, in dem ich gerade nicht bin, eingebrochen wird, ist einfach ein *Alp*traum für mich. Ich habe keine Ahnung, wie alle unsere Bekannten damit fertig werden. Dale, mein Lieber: möchten Sie Kürbis oder Apfel oder beides?»

«Ein bißchen von beidem, bitte.»

«Ein bißchen? Mehr als ein Bit? Darf es ein Byte sein?»

Er lächelte. Es waren diese Ausbrüche von Verbindlichkeit, die mich mehr als fast alles andere an ihm störten. «Nein, dann bliebe für die anderen nichts übrig. Ein Byte sind normalerweise acht Bits.»

«Ein Stück von jedem also.» Sie reichte ihm den Teller. «Ist das nun ein ODER oder ein UND?»

Wieder dieses einschmeichelnde Lächeln, auf der einen Seite tiefer herabgezogen als auf der anderen. «Wenn eins von den Kuchenstücken nicht da wäre und infolgedessen auch das nächste verschwände, dann wäre es ein UND.»

«Ich verstehe. Richie, mein Liebling? Du scheinst unzufrieden mit uns zu sein. Verzeihen Sie mir, Verna, Sie kommen gleich in der Damenrunde dran. Erst müssen wir die Herren der Schöpfung bedienen.»

Als die kleine, honigbraune Paula Esthers flinke, schmale Hände mit dem blitzenden Messer und dem Kuchenheber vor ihren Augen hantieren sah, begann sie zu lachen. Sie grapschte nach ihrem Anteil und versenkte die Finger tief in einem dreieckigen Kürbisstück. «Ich nehme es», sagte Verna rasch und stand auf, um ihr Kind vom Schoß der Gastgeberin zu heben. «Zum Teufel mit dir, Pups! Du bist ein verfressenes Luder.»

Paula war kaum wieder auf dem hohen Kinderstuhl gelandet, als sie abermals begann, jenes gräßliche, gurgelnde Geräusch innerer Überflutung von sich zu geben. Geistesgegenwärtig brachte Verna es zum Schweigen, indem sie die kürbisverschmierte Hand des Kindes nahm und ihm in den kummervoll abwärts gebogenen Mund steckte. Erst widerstrebend, dann glücklich fing Paula an, daran zu saugen.

«Ich hab dir doch das letzte Mal erzählt, daß ich mich um externe High-School-Prüfungen kümmern werde», erinnerte ich Verna leise, als Paula besänftigt schien.

«Roger, Darling», rief Esther dazwischen. «Jetzt haben wir dich ganz vergessen. Nur Apfel?»

«Laß mich auch ein wenig von dem Kürbis versuchen.»

«Oh. Ich dachte, du magst den Kürbiskuchen nicht.»

«Ich kann mich nicht so recht erinnern, wir hatten so lange keinen mehr. Bitte!»

«Tja. Wir werden abenteuerlustig auf unsere alten Tage.» Ihre grünen Augen verengten sich und flogen hin und her, einer Beziehung zwischen dem Mädchen neben mir und dem Kürbiskuchen auf der Spur. Es lag nicht im methodischen Wesen meiner Frau, etwas vorüberziehen, es unentwickelt liegenzulassen. Wäre es anders gewesen, so hätte sie vielleicht einige schuldprickelnde Male mit mir geschlafen und die Angelegenheit darauf beruhen lassen, und Lillian und ich würden bis auf den heutigen Tag an einem langen und kinderlosen Tisch die Waisen der Pfarrei bewirten. Gute Lillian: ich vermochte nicht zu glauben, daß ein Mensch so viele Monate in Florida verbringen und glücklich sein konnte. Wann immer ich versuchte, sie mir vorzustellen, sah sie aus wie eine überbelichtete Fotografie.

«Und offenbar gibt es da», fuhr ich, von klappernden Kuchengabeln untermalt, zu Verna gewandt fort, «etwas, das sich AFP nennt, ein staatliches Ausbildungsförderungsprogramm mit externen Prüfungen, die monatlich in jeder größeren Stadt abgehalten werden, und wenn du sie bestehst, bekommst du ein Zeugnis, das dem High-School-Diplom gleichwertig ist. Die Prüfung hat fünf Teile, englische Sprache, Literatur, Gesellschaftskunde, Naturwissenschaften und Mathematik, und jeder Teil dauert maximal zwei Stunden.»

«Und wenn man auch nur den *win*zigsten Garten hat», vertiefte Esther, lauter als nötig, ihr Thema mit Dale, «kann man bis in den August hinein praktisch nie länger als ein paar Tage weg. Ich weiß, es ist albern, sich zum Sklaven seiner Blumen zu machen, aber ich glaube ganz im Ernst, daß man mit Pflanzen sprechen muß. Sie werden das bestimmt absurd finden, aber ich glaube, sie brauchen unsere Liebe.» Mit der Hand, die nicht die Kuchengabel hielt, strich sie immer wieder lose Haare zurück, wobei die Fingerspitzen sichtbar zitterten. Ich sah sie, auch wenn ich Verna an meiner Seite nicht vergaß, mit Dales Augen; der Effekt war der eines plötzlichen Einschaltens von Farbe, einer Feineinstellung auf dem UHF-Kanal: Sie war hinreißend, sie strahlte. Ihr grüner Samt schimmerte im verdämmernden Feiertagslicht, ihr ingwerrotes Haar funkelte mit einer Myriade heller Punkte, ihre geistreiche, gerundete Stirn glühte, ihre hervorstechenden Augen verarbeiteten Ironie und Flirt mit elektronischer Promptheit, und die geschürzten Lippen zeigten sich einen Millimeter über die Mundwinkel hinaus mit Rot bemalt, um ihrem elfenhaften, fast winzigen Gesicht eine Andeutung des Schmierigen, des amüsant Schlampigen zu verleihen. Die Aura des Gelangweiltseins war ausgeknipst.

Verna aß nachdenklich, fast ohne zu kauen. «Klingt irgendwie gruftig», sagte sie schließlich. «Vielleicht ist es die Mühe nicht wert.»

«Es *ist* der Mühe wert», insistierte ich. «Es räumt dir die ganze Oberstufe aus dem Weg und eröffnet dir den Zugang zum College. Oder zur Sekretärinnenschule. Oder meinetwegen zu einer Fotomodellschule oder was immer du anfangen willst. Du bist erst neunzehn. Du hast die ganze *Welt* vor dir.» Der alte Lebensberater in mir, aus seinem Schlaf geweckt, atmete schwer.

«Ich habe keinen beknackten Schimmer von Gesellschaftskunde», sagte sie.

«Du weißt, was ein Scheck ist und ein Kontostand und die Verfassung und was du in der Zeitung gelesen hast.»

«Ich weiß es nicht. Und ich lese keine Zeitung.»

«Du hörst Radio. Im Radio gibt's Nachrichten.»

«Nicht bei den Sendern, die ich höre. Da gibt's nur Musik.»

«... sie sind solch ein *Trost* für mich», sagte Esther am anderen Ende des Tisches, «die Blumen», und wandte mir das Gesicht zu, so daß ich eine Großaufnahme sah, mit Dales Augen, die verschmierten Lippenstiftränder in den Mundwinkeln und den durchscheinenden Schnurrbartflaum darüber und die ruhigen, nachdenklichen, atmenden Muskelbewegungen in der Oberlippe, und ich fühlte eine sexuelle Regung in meinem Schoß, einen schwellenden Impuls bei seiner unwillkürlichen Erkenntnis, religiös und informationsgesättigt wie er ist, daß diese Frau im Bett, sobald sie sich dazu entschieden hätte, einfach alles tun würde. Ihre Leichtigkeit, die provozierende, flexible Zartheit ihrer Statur und das hungrige Grün der Augen mit ihrer sanften, hyperthyreotischen Wölbung, all das verriet es ihm. Sie würde einfach alles tun.

«Ich weiß nicht die Bohne von nix», sträubte sich Verna.

«Du weißt mehr, als du glaubst», sagte ich ungeduldig. Ich spürte, daß ich ein unerwünschter Sprecher auf einem Musikkanal geworden war.

Esther schaltete sich ein. «Was versucht er Ihnen anzutun, Verna? Was ist das für eine Prüfung, von der ihr redet?»

«Ich will gar nicht darüber reden», sagte die jüngere der beiden Frauen, todunglücklich. «Es ist zu peinlich.»

«Die externe High-School-Abschlußprüfung», sagte Dale. «Seit einem Jahr versuche ich schon, sie dazu zu überreden. Ich find's prima, daß du sie machen willst.»

«Ich will *nicht*. Wir reden nur davon.»

«Es ist kinderleicht», bequemte sich Richie aus seinem Schmollwinkel hervor. «Tausendmal leichter, als Tag für Tag in eine Schule wie Pilgrim Day zu gehen.»

«Professor Lambert kann dir in Literatur und Englisch behilflich sein», sagte Dale, «und ich frische dich in Mathe und Naturwissenschaften auf.»

«Moment mal», schaltete sich Esther ein. Sie legte ihre lange, schmale Hand auf seine große, runde mit den roten Knöcheln. «Sie sind schon engagiert, um Richie Unterricht zu geben.»

«Verna vor!» kreischte der, den gesuchten Tonfall knapp verfehlend.

«Ihr könnt mich alle mal», sagte Verna. «Warum zum Teufel seid ihr so gut zu mir?»

Es entstand eine Pause, in der Paula rülpste und ihre andere Hand zu Munde führte, an der kein zermanschter Kürbis klebte. Schließlich brach Esther das Schweigen: «Aber meine Liebe! Doch nur, weil wir Sie alle *mögen*.»

Während wir in der Küche zu zweit die Teller vorspülten und den Kaffee zubereiteten, der am Kamin eingenommen werden sollte (wo das Feuer dank Richies Bemühungen erloschen war), sagte meine Frau spöttisch zu mir: «Wir scheinen beide in das Bildungswesen abzugleiten.»

«Ich stecke von jeher drin», erwiderte ich, mißvergnügt, weil sie darauf zu drängen schien (wie jene togatragenden alten Männer aus wortreichem Staub, die mir Butter und Brot waren), daß unbarmherzig ausgeleuchtet würde, was besser im Zwielicht blieb.

«So geht's uns wohl allen», räumte Esther seufzend ein und faßte mit einer ziellosen Hand nach ihrem sich öffnenden Haar, während eine nachdenkliche Wolke über die gespitzten Lippen zog und sie ziemlich wütend aussehen ließ und ganz bezaubernd.

3

Den ganzen Dezember hindurch blieb das Wetter warm, als wollten die Himmel unserer nationalen Wahl, der Wiederwahl, ihren Segen geben. Gott leuchtete in unserem Präsidenten, so erschien es vielen, und für die übrigen war er ein Naturereignis, dem Widerstand zu leisten müßig war. Viele, die ihre Stimme seinem Gegner gaben, waren insgeheim befriedigt, daß doch er gewann, der so weniges verlangte und so viel versprach. Nein, das stimmt nicht ganz, denn die Versprechungen wurden, genau besehen, immer spärlicher und unbestimmter: Er erleichterte sein Wahlvolk noch um die Bürde der Erwartung und vervollkommnete damit seine Imitation jenes himmlisch Präsidierenden, dessen Tatenlosigkeit unsere Loyalität schon seit zweitausend Jahren fesselt (wenn nicht sogar, falls wir den jüdischen und den christlichen Gott *contra* Marcion als identisch sehen, seit noch zweimal so vielen Millennien mehr (vorausgesetzt, daß Erzbischof Ushers Schöpfungsdatum im Jahre 4004 vor Christus auch den Beginn aktiver, sub-angelischer Anbetung bezeichnet (obwohl natürlich in gewissem Sinne auch der leere Raum Sein Lob singt und ein heiliger Narr wie Dale sich zu dem Argument versteigen mochte, daß die unveränderlichen und ewigen Gesetze der Mathematik die exakte Form dieses höchst hypothetischen Lobgesanges seien))). Wer es fassen kann, der fasse es.

Esther hatte vor einigen Jahren einen kleinen, sich kaum auszahlenden Teilzeitjob in einer Kindertagesstätte zwanzig

Querstraßen von unserem Haus entfernt angenommen, vier Tage die Woche von halb acht Uhr morgens bis halb drei am Nachmittag. Um dem Parkproblem und der realen Chance von Wandalenakten an unserem einladend schrammenlosen neuen Audi zu entgehen (der im Prospekt als grau bezeichnet worden war, sich bei der Auslieferung jedoch als Träger einer subtil graubräunlichen germanischen Farbe entpuppt hatte, für die das Englische kein Wort kennt), war sie seit kurzem auf den Bus umgestiegen und ließ den Wagen zu meiner Verfügung vor dem Haus oder, seltener, in unserer kleinen Garage stehen, die mit Gartengeräten, Mülltonnen und einer nicht mehr benutzten Hollywoodschaukel vollgestellt ist. So konnte ich an einem seminarfreien Tag nach meiner morgendlichen Vorlesung bequem nach Hause gehen und (nach einem Glas Milch und einem Rest der Quiche vom letzten Sonntag, die ich stehend in der frostigen Leere der Küche aß, während ich die mürrisch vor sich hin tippende Sue Kriegman in ihrem Arbeitszimmer im ersten Stock beobachtete und unentschlossen überlegte, ob ich Esthers knauserige Thermostateinstellung nach oben korrigieren sollte) in meinen Wagen steigen und mich auf den Weg zu den Sozialwohnungen machen, wo meine Nichte hauste. Ich hatte sie telefonisch vor meinem Kommen gewarnt und mich mit einer dicken, schlüpfrigen, blauen Anthologie amerikanischer Literatur bewaffnet, die im verwirrend aufgehäuften Überfluß unserer Universitätsbuchhandlung den Anschein erweckt hatte, dem Oberstufenniveau zu entsprechen.

Bei der Fahrt über den Sumner Boulevard, den ich einen Monat zuvor zu Fuß entlanggegangen war, bestürzte mich der Verlust an Majestät: Der Himmel türmte sich nicht mehr in tumultuösen, windzerfetzten Wolken; statt dessen mischte sich gelbliche, halb aus Regen bestehende, ausfasernde Wolle mit dem Schleier der nun ganz entlaubten Bäume und verschluckte die Spitzen der Wolkenkratzer im fernen Zentrum der Stadt. Die Läden, die im Tempo des

Fußgängers den zupackenden Charme von Marktplatz und Handel ausgestrahlt hatten, erschienen aus der distanzierten, flüchtigeren Perspektive des Autofahrers als heillos provisorische Füllsel wellblech- und teerpappenverzierter Schachteln, die kaum dauerhafter sein konnten als die Stadtlandschaften, die ich einst an regnerischen Samstagnachmittagen in South Euclid aus Cornflake- und Eierkartons, Klebstreifen und Buntstiften erstehen ließ. Die Menschen auf den Bürgersteigen, ertappt zwischen düsterer Jahreszeit und unpassend lauwarmem Wetter, schienen nicht zu wissen, was sie anziehen sollten, und trugen alles mögliche von Parkas bis zu Jogging Shorts. Zwei junge schwarze Frauen mit langen, dünnen Medusazöpfen und grellfarbigen Miniröcken huschten über die Straße wie Negativbilder einer Alice, die durch einen beschmutzten Spiegel gegangen war – all ihre unbeschwerte, mädchenhafte Unschuld ein Zeichen des genauen Gegenteils. Armut und Sich-zur-Schau-Stellen prallten in dieser Straße aufeinander, und ich war versucht zu singen, als ich aus meiner vertrauten Umgebung in diese überwechselte, in der Verwahrlosung neue Möglichkeiten gebar. Einfallsloser Weihnachtsschmuck rankte in Spiralen um die Masten der Straßenlampen, und selbst in den Schaufenstern des Schlüssel- und des Anglerladens blitzten pflichtgemäß die hellen Flecken von künstlichem Schnee und roter Pappe.

Ich setzte den Blinker, um nach links in die Prospect Street einzubiegen, und entdeckte – was mir zu Fuß entgangen war –, daß es sich um eine Einbahnstraße handelte. Ich mußte eine Querstraße weiter hügelabwärts bis zum Beginn der Flußbrücke fahren; hier, unter den zur Hälfte frisch gestrichenen Eisenträgern, erstreckte sich ein Labyrinth von Verkehrsinseln, in dem ich beim Versuch, links abzubiegen, auf einen stadtauswärts führenden, numerierten State Highway geriet. Als ich mich aus dieser mit Schlaglöchern übersäten Schnellstraße befreit hatte, fand ich mich zwischen den Ziegelmauern von Fabriken wieder, deren hohe Fenster mit stummen Brettern vernagelt oder ziellos eingeworfen und hier und da mit rostigen Blechen abgedeckt waren. Es schien von Ungeduld zerdehnte Minuten zu dauern, bis ich meinen Weg zurück zur Prospect Street gefunden hatte, vorbei an Reihen schmaler Häuser mit sechs Stufen über dem Pflaster liegenden Veranden, deren Vorderfenster und Türen mit kümmerlich unbeholfenen Weihnachtsdekorationen geschmückt waren. In Vernas Wohnblock hing ein improvisierter Kranz aus Plastik über jedem der zernarbten Metallportale. Ich parkte, unter knirschenden Geräuschen bereits pulverisierten Glases, genau vor dem Schild, das unautorisiertes Parken zweisprachig verbot. Als ich die Tür absperrte, erschien ein kleiner schwarzer Junge, bestimmt noch keine zehn, und fragte: «Sie da, Mister! Auto bewachen?»

Das Kind trug ein dreckiges Rugby-Hemd – breite grüne und gelbe Streifen mit weißem Kragen. Es war warm für Dezember, aber nicht so warm. «Muß es denn bewacht werden?»

Der Junge blinzelte, an Ironie anscheinend nicht gewöhnt. Dann sagte er ernsthaft: «Sie dürfen hier nicht parken, aber wenn ich aufpasse, ist es okay!»

«Du kennst wohl den Bürgermeister?»

Er blinzelte wieder, allmählich verunsichert, aber er hörte nicht auf, an mir hochzustarren. «Ich kenn keinen Bürgermeister, aber ich kenn Kerle, die ihn kennen, da können Sie Gift drauf nehmen.»

«Na, wenn das so ist, bitte: hier ist ein schwerverdienter Dollar!» sagte ich und kalkulierte, daß der Junge mit nichts als seinen bloßen Händen und einem spitzen Stein einen Tausend-Dollar-Schaden in die makellose, pseudograue Haut des Audi ritzen konnte. Ich hielt den Geldschein hoch in die Luft, außerhalb seiner Reichweite. Die Begegnung begann mir Spaß zu machen, mich auf die nächste einzustimmen. «Wie kommt es», fragte ich, «daß du nicht in der Schule bist?»

Er wußte immer noch nicht, woran er mit mir war. Aber schließlich hatte ich den Dollar noch in der Hand, also antwortete er: «Dort lernen sie einen nichts von dem Scheiß, den du wirklich brauchst.»

Dies schien mir eine so treffende und traurige Analyse zu sein, daß ich die Lust am Spiel verlor und ihm den Schutzzoll aushändigte. «Du wirst dich erkälten, du solltest einen Pullover anziehen», gab ich ihm als abschließenden guten Rat, doch damit war ich zu weit gegangen. Mit feierlichem und verstocktem Schweigen starrte mich das Kind in die Defensive, bis ich Fersengeld gab und mit meiner schwergewichtigen Anthologie in Vernas Hauseingang flüchtete. Im Treppenschacht waren die Verlautbarungen in Sachen Tex und Marjorie mit rosiger Ölfarbe, in breiten Rollerstrichen aufgetragen, übermalt worden.

Ich klopfte an Vernas namenlose Tür.

«Nunc?» Ihre Stimme schien zu beben, so daß ich sie in Angst oder, aus irgendeinem Grund, in Tränen vermutete.

«Ja.»

Doch als sie, mit einem Rasseln der Sicherheitskette, die Tür öffnete, waren ihre Augen trocken, und sie wirkte, wie die beiden schwarzen Mädchen auf dem Sumner Boulevard, völlig unbeschwert. Rechtzeitig vor meinem Besuch gewarnt, trug sie nicht den verführerischen kurzen Bademantel, sondern einen Jeansrock, einen langärmligen, engen weißen Pulli und – eine unpassend elegante, komische Note – ein Seidentuch, das um ihren Hals verknotet war. Es bewirkte, daß sich meine Aufmerksamkeit nur um so stärker auf die nackte Haut über dem ziemlich tief hinunterreichenden Halsausschnitt des Pullovers konzentrierte, eine Nacktheit, die nun zwischen zwei Streifen Stoff exponiert lag wie einst der nackte, bleiche Bauch, den Miederhöschen und Büstenhalter in den alten Zeiten, als Frauenunterwäsche noch eine substantielle Angelegenheit war, so einladend umrahmten. Das Halstuch strahlte Halbwelt aus, eine ruchlose Offenheit für Anfechtung. Jede Schleife, jeder Knoten enthält in sich die Idee, geöffnet zu werden. Ihre Brustwarzen zeichneten sich deutlich ab, was aber nicht heißen mußte, daß sie keinen BH trug; es konnte auch ein sehr elastischer sein. Sie war nicht barfuß, wie bei meinem ersten Besuch, sondern hatte ihre Kleidung mit einem Paar zierlicher Ballettslipper komplettiert, die zu dünn waren, um im Winter draußen getragen zu werden, aber hier signalisierten, daß Verna für das häusliche Studium korrekt gekleidet zu sein wünschte und der Unterweisung durch den Onkel harrte.

«Hast du die Anmeldeformulare bekommen? Ich möchte sie gern sehen», sagte ich, während ich den schaffellgefütterten Autocoat ablegte, den ich über meinem Tweedjackett trug. Es war glühend heiß in der Wohnung. Ich entledigte mich auch des Jacketts.

«Tscha, ich bin hingegangen, aber sie wollten eine Geburtsurkunde sehen. Verstehst du, falls ich unter achtzehn bin, wollen sie nicht, daß ich mein Diplom schneller kriege, als wenn ich in die High-School gehe.»

«Konntest du ihnen nicht deinen Führerschein zeigen?»

«Klaro, das hab ich gemacht. Aber sie akzeptieren ihn nicht, weil er in einem anderen Bundesstaat ausgestellt ist. Die Frau in dem Büro war furchtbar nett und alles, aber sie dürfen's einfach nicht, weil sie nicht wissen, wie genau in anderen Staaten überprüft wird oder irgend so was, und deshalb braucht sie einfach die Geburtsurkunde. Als wenn die jeder einfach so zu Hause rumliegen hätte. Meine ist daheim im Tresorkästchen von meiner Mom, falls die sie nicht verschlampt hat, als sie sie zuletzt rausnahm. Ich hab gedacht, heutzutage wäre alles in den Computern unten in Washington. Sie bräuchten nur deine Sozialversicherungsnummer eintippen, und schon kommen deine Fingerabdrücke raus und deine Blutgruppe und mit wem du alles geschlafen hast und so weiter.»

«So weit sind wir denn doch nicht. Wir haben immer noch erst 1984. Hast du Edna schon angerufen oder ihr geschrieben?» Ednas Namen auszusprechen, ihn in meinem Mund zu formen, war wie noch ein Stück nackter Haut für mich, ein kleines, riskantes, eigentümliches Vergnügen.

«Noch nicht, Nunc», sagte Verna. Daß sie ihren neckenden und nie ganz freundlichen Spitznamen für mich gerade jetzt gebrauchte, mochte ihre intuitive Reaktion darauf sein, daß mich der Name ihrer Mutter erregte. «Ich fand das bürokratische Getue einfach zu deprimierend. Ich bin wieder heim und hab gebadet und die ganze Sache, ehrlich gesagt, vergessen, bis du heute morgen angerufen hast.» Sie konnte die Enttäuschung in meinem Gesicht lesen und bemühte sich, abzumildern: «Ich hatte gedacht, das Amt, wo man hin muß, ist nur ein paar Ecken weiter, in diesen gruseligen alten Sandsteinhäusern gegenüber vom *Domino* – du weißt schon, die Bar, wo's gebrannt hat –, aber dann stellte sich raus, daß ich einen Gewaltmarsch machen mußte, mit Pupsie immer vor mir her in diesem schrottigen alten Kinderkabrio, das mir jemand vom unteren Stock für fünfzehn Dollar angedreht hat, hätte keine fünf bezahlen sollen, bis zu irgendeiner High-School in der Innenstadt, von der ich nicht mal wußte, daß sie existiert, ein kolossalisch großes Ding mit Säulen dran, du würdest es nicht glauben, ziemlich weit hoch hinter Sportplätzen, du kommst an Bestattungsläden vorbei und an Pornoshops, wahrscheinlich für die pickeligen Knaben dort, und an Baulücken voller abgewrackter Gebrauchtwagen, und dann sieht es aus wie irgendein unglaublich scheußliches und vornehmes Gefängnis, außer daß es oben auf dem Hügel liegt und keinen Stacheldraht an den Zäunen hat. Zumindest konnte ich keinen sehen. Die Frau im Büro war aber ganz nett, das hab ich ja schon gesagt; sie meinte, daß jeder, der lesen kann, durch die Prüfung kommt, aber ich sollte nicht alle Fächer auf einmal machen.»

«Na, dann wollen wir mal sehen, ob du lesen kannst. Ich hab dir diese Anthologie amerikanischer Literatur mitgebracht.»

«Für mich, Nunc? Das ist einfach zu süß. Auf welchem Trip bist du eigentlich?»

Ihre Wohnung war aufgeräumter als bei meinem vorigen Besuch. Die Äpfel und Bananen in der Salatschüssel auf dem Couchtisch sahen frisch aus, scharf umrissen, als warteten sie darauf, als Stilleben gemalt zu werden. Der Fernseher war ausgeschaltet, ebenso das Kassettenradio. In der Stille konnte man Gespräche, oder Fernsehdialoge, aus anderen Wohnungen hören. «Wo ist Paula?» fragte ich.

«Pssst! Sag bloß den Namen nicht zu laut. Das kleine Miststück hat sich endlich zu einem Nickerchen bequemt. Heute früh hat sie mich um halb sechs geweckt, ich hätte sie erwürgen können. Nunc, das Buch wiegt glatt 'ne Tonne!»

«Du mußt nicht alles lesen. Wenn mich die Erinnerung an meine Schulzeit nicht trügt, so besteht die amerikanische Literatur aus ‹Thanatopsis› von William Cullen Bryant, ‹Das Faß Amontillado› von Edgar Allan Poe und ‹Das Glück von Roaring Camp› von Bret Harte. Fangen wir mit ‹Thanatopsis› an, das ist am kürzesten.»

Verna setzte sich in den wackeligen Korbstuhl aus Bambus, und irgend etwas in dessen sommerlichem Knarzen unter ihrer Last oder auch in den Schatten, die sich zu dieser dämmerigen Stunde eines grauen Tages an die Wände der Eckwohnung hefteten und in den Halsausschnitt ihres Pullovers hinunterkrochen, den ich, hinter ihr stehend, mit meinen Blicken erkundete, rief verwirrte Erinnerungen an einen Tag oder an Tage mit Edna in Ohio wach, sommerliche Tage während meines Pflichtmonats bei meinem Vater, an denen wir Kinder uns zu Spielen auf dem Speicher zurückzogen, um der Sonne und den Insekten und der Langeweile zu entgehen. Wir waren mehrere, nicht nur Edna und ich, sondern auch Nachbarskinder, Dreizehn- und Vierzehnjährige, die sich ihren Mut mit einem Pfänderspiel beweisen wollten. Unter den schrägen Dachsparren, zwischen spinnwebenverhangenen Truhen und Pappkartons, hatten wir einen alten Flickenteppich über die nackten und staubigen Bodenbretter gebreitet, und Ednas Glück ließ sie im Stich, und sie verlor und zog sich, einen nach dem anderen, die Schuhe aus und dann die Socken und argumentierte, daß auch Haarklammern als Kleidungsstücke gelten konnten, und legte zwei davon auf ihren Haufen. Dann, mit einem feierlichen Blick, griff sie unter die nun lang und offen herunterhängenden lockigen Haare in den Ausschnitt ihres leichten Sommerpullis und löste ihren Einknöpfkragen, einen seltsamen, gestärkten Schmetterling, der in das trübe und geheimnisvolle Licht des Speichers gezogen wurde. Wogende Formationen aus Staub trieben durch die dicken Balken von Sonnenlicht, die durch die kleinen Fenster drangen. Edna hatte nun nichts mehr an, was sie entbehren konnte, und sie begann zu feilschen und, wie ein erstickter Klang in ihrer Stimme mich vermuten ließ, mit den Tränen zu kämpfen, und wir machten eine Abstimmung, ob wir mit dem Spiel fortfahren sollten oder nicht, und weil wir drei Jungen waren und zwei Mädchen, schien das Ergebnis schon festzustehen, aber ich stimmte dagegen, mit den Mädchen, und Edna gab mir einen kleinen, spontanen Kuß der Dankbarkeit. Aber war es wirklich Dankbarkeit gewesen, so fragte ich mich bis zum Ende jenes Sommers immer wieder, oder nur Verblüffung oder sogar Mitleid? Ich hatte mit den Mädchen gestimmt.

Und in einem anderen Sommer – oder war es derselbe?, wir scheinen in meiner Erinnerung gleich groß zu sein, obwohl ich ein Jahr älter war, aber ich wuchs langsam und war ja nie sehr groß – balgte ich mich mit ihr in einem Feld, wir rochen schweißig inmitten eines Ozeans von trägem, kratzigem Geruch nach dürrem Gras, und sie, als hätte sie ein unsichtbarer Schiedsrichter zur Stärkeren erklärt, stand auf, um mich ihre Überlegenheit spüren zu lassen, und ich war zu faul oder zu erschöpft, um ebenfalls aufzustehen, und blickte an ihren Beinen hoch, so wie ich jetzt in Vernas Pulloverausschnitt hinunterblickte, und sah in Ednas weite Shorts bis zu ihrem Unterhöschen, das von unserer Balgerei verrutscht war und schwarzes Haar enthüllte, nicht wenig, wie mir schien. Auch bei mir hatte das Schamhaar zu wachsen begonnen, aber obwohl ich älter war, hatte sie mehr davon, und so stand es ihr auch zu, mich ihre Überlegenheit spüren zu lassen, dieser geheimnisvollen, verschwitzten, kraftvollen Spielgefährtin und Feindin, die bei meinem Vater lebte wie ich nicht. Wie ich es nicht konnte.

Über Vernas Schulter hinweg las ich schweigend mit:

> Zu ihm, der voller Liebe zur Natur
> Zwiesprache hält mit ihrer sichtbaren Gestalt
> Spricht sie in vielen Zungen; für warme Stunden
> Hat sie der Freude Stimme, und ein Lächeln
> Und die Beredsamkeit der Schönheit; und in die kalten
> Winkel seiner Seele gleitet sie mit sanftem
> Und heilendem Mitgefühl, das alle Schärfe
> Lindert, eh' er sie bemerkt.

Ich spürte, wie ihre Augen und Gedanken durch die gleichen, schwach widerhallenden Korridore der Sprache glitten wie die meinen. «Das hat er geschrieben», belehrte ich sie, «als er jünger war als du.»

«Yeah, Nunc – ich hab die kleine Anmerkung am Anfang auch gelesen.»

Ich war beleidigt. Ich hatte die Anmerkung nicht gelesen, sondern aus meiner Allgemeinbildung geschöpft. «Was fällt dir zu den ersten Versen ein?»

«Sie klingen bescheuert. ‹Warme Stunden›!»

«Ich glaube kaum, daß er Schwulitäten im Sinn hatte. Versuch mal, mit deinen eigenen Worten auszudrücken, was Bryant hier sagen will.»

«Wenn's dir mies geht, sieht die Natur mies aus. Wenn's dir gut geht, gut.»

«Schon ganz gut.» Mein wiedergefundenes Vertrauen in Vernas Intelligenz kribbelte auf meiner Haut. Sich sexy zu fühlen ist, wie Nesselsucht, ein Nervenzustand, dem die Intelligentesten am leichtesten erliegen. «Nun schau dir einmal die letzten Wörter von der vierten und von der vorletzten Zeile an, oder von der fünften und der sechsten. Fällt dir daran irgend etwas auf?»

«Sie reimen sich fast», bemerkte sie.

«Weißt du, wie man das nennt?»

«Wenn es sich fast reimt?»

«Assonanz. Assonanz. Wenn es dagegen etwas ist wie ‹Fischers Fritz fischt frische Fische›, dann spricht man von Alliteration; dort machen es die Mitlaute. Bei der Assonanz die Selbstlaute.»

«Glaubst du echt, daß ich solchen Schrott für meine Prüfung wissen muß?»

«Es tut niemals weh, etwas zu wissen», sagte ich, und noch während ich es sagte, ging mir auf, wie wenig das stimmte. «Lies mir ein paar Zeilen vor, von hier ab.» Ich deutete, und das Buch auf ihrem Schoß gab dem Druck meines Zeigefingers nach und schnellte dann zurück. Die Haut auf ihrer Brust, die sich abwärts und aus meinem Blickfeld wölbte, wurde weißer in den Schatten.

«‹Doch eine kleine Weile nur›», las sie, «‹und schon Wird dich der Tagesstern, der alles sieht, Nicht sehen mehr auf seinem Lauf; noch wird Im kalten Erdreich, worein dein bleicher Leib Versenkt ward unter Tränen, noch In des Ozeans Umarmung dein Bildnis überdauern; Die Erde, die dich nährte, fordert als Ernte Dich zurück, um wieder aufzulösen dich in Lehm, Bis, alles Menschlichen entleibt, des individuellen Seins entkleidet, du dich auf alle Zeiten Unter die Elemente mischst, ein Bruder wirst Dem tauben Stein und der fühllosen Krume, Die der Landmann furcht mit seiner Schar Und mit den Füßen tritt.›» Ihre Stimme, die im Gesprächston eher krächzend klang, spannte sich unter dem Druck der Verse, deren einziges Publikum ich war, bis zu einer gewissen Höhe der Erregung.

«Irgendwelche Bilder oder Wörter, die dir Probleme machen?» fragte ich. «‹Tauber Stein›?»

«Schert sich nicht.»

«Gut. ‹Schar›?»

Sie riet: «Pflugschar?»

«Prima. Und wie findest du das nun, was du gerade gelesen hast?»

«Nicht übel. Irgendwie fad. Wie findest du's denn, Nunc?»

«Furchtbar. Ich *will* kein Bruder des ‹tauben Steins› sein, ich *will* nicht meines ‹individuellen Seins entkleidet› werden. Das Problematische an dem Gedicht ist, daß seine Sprache es dir erlaubt, dich um das eigentliche Thema herumzudrücken: den Tod. *Thanatos*. Der Titel ist griechisch, ‹Todesschau›.»

«Ja, das steht auch in der kleinen Anmerkung.»

«Es ist alles viel zu cool. Der knäbische Poet sieht das Problem, aber er fühlt es nicht. Er *empfindet* das Grauen nicht, das wirklich und buchstäblich unerträgliche Grauen. Ein paar Zeilen weiter oben, hier» – das aufgeschlagene Buch sank wieder tief in ihren kissenweichen Schoß, als ich auf die Stelle deutete – «‹die Agonie, das Leichentuch, der Sarg Und atemlose Dunkelheit in einem engen Haus›: Das ist es, das sagt viel mehr davon. ‹Atemlose Dunkelheit in einem engen Haus.› Bryant war noch so jung, verstehst du, er konnte es hinschreiben. Einem älteren Dichter wäre die Hand erstarrt vor Grauen, wenn er versucht hätte, diese beiden Verse zu schreiben. Aber unser Bürschchen, was macht er nun? Er redet von all diesen alten Königen und graubärtigen Sehern, die schon gestorben sind und uns Gesellschaft leisten werden, und erzählt uns, ‹Alles, was atmet rings, Wird teilen dein Geschick›, als ob das ein Trost wäre, und schließlich hüpft er, ohne jeden Umweg über ein religiöses Bekenntnis, zu der Schlußfolgerung, daß das Sterben so sein wird, als legte man sich hin zu einem ‹angenehmen Traum›. Was für Beweise kann er dafür anbieten, daß es wie ein angenehmer Traum sein wird? Keine. Es ist pure Rhetorik, nach dem Muster der typischen Abschiedsrede, die der Primus in der High-School hält: Große Fragen lösen sich auf in Wunschdenken und platte Antworten.»

Das Mädchen überlegte. Ihr Kopf, von oben betrachtet, war ein Strudel von teils braunen und teils blonden Locken, Kreis an perfektem Kreis wie die Geheimnisse, die ein Zyklotron von den tiefsten Kollisionen der Materie enthüllt. Ein Duft nach Shampoo stieg auf aus diesem Abgrund und ein schwacher Geruch, der animalischer war, die puderige Wärme ihres Skalps. «Er sagt nicht wirklich, Nunc, daß es *so sein wird* wie ein angenehmer Traum; er sagt, wir sollten sterben, als *wäre* es so. Wir sollen ins Grab gehen nicht wie der Sklave, der ‹ins Verlies gepeitscht› wird, sondern ‹getröstet und gesalbt Von nimmer fehlendem Vertrauen›.»

«Von ‹nimmer fehlendem Vertrauen› *worauf?*» fragte ich. «Auf die absolut trost-lose Tatsache, daß ‹Mutter und Mädchen, Das süße Kind und der ergraute Greis› ebenfalls sterben werden?» Ich stach mit dem Zeigefinger auf die Stelle der Seite, die ich zitierte, doch diesmal hielt sie das Buch fest umklammert, und es sank nicht ein. «Um auf deine ‹warmen Stunden› vom Anfang zurückzukommen», lenkte ich auf ein weniger unerbittliches Thema um, «hört sich das hier nicht ganz beachtlich an, direkt darüber: ‹Die Warmen werden lachen, Wenn du erkaltet bist, die Ernsten tragen weiter Ihre Trauer, und jeder, wie zuvor, Hängt seinem eigenen Trugbild nach›?»

«Tscha, ich glaube, das ist alles ganz beachtlich», sagte sie und lockerte den Griff um das Buch, das sich verschob, bis die gesprenkelten Seiten das Tageslicht zu spiegeln begannen und leere weiße Flächen wurden. «Du solltest es nicht so tragisch nehmen, Nunc. Wir müssen alle mal den Löffel abgeben, wie's dieser Bryan, oder wie er heißt, dieser Bryant sagt. Wenn du nicht sterben willst, dann mußt du dich an Dale halten. Der sagt, daß keiner stirbt, es sieht nur so aus. Und überhaupt, ich dachte, dieser Glaubenskram wär dein Geschäft?»

«Vielleicht sollte es kein Geschäft sein», sagte ich, und dieser Gedanke hatte genug von einer damaszenischen Erleuchtung an sich, um mich einer kleinen Ohnmacht nahe zu bringen, um mein Gesicht so weit vornüber sinken zu lassen, daß dessen Haut und die gespitzten Lippen mit einem Prikkeln in die klaren, explosiven Kreise von Vernas Haaren drangen.

Sie schnellte vor wie eine Katze bei der Berührung, beugte sich weit nach vorn auf ihrem Bambusstuhl und drehte sich zugleich herum, um mich mit Bernsteinaugen anzufunkeln, die weiter auseinander zu liegen schienen als noch einen Augenblick zuvor. «Und was kommt jetzt?» fragte sie. «‹Das Glück von Roaring Camp› oder wird gevögelt?»

«Vögeln?» Das Wort erklang wie ein sich öffnendes Portal, eine grandiose, plötzliche Veränderung im engen Haus meiner Möglichkeiten, meiner atemlosen Dunkelheit.

Ihre Stimme war unter dem Druck von Wut und Angst noch rasselnder geworden, noch kindlicher im Fehlen individueller Farbe als je zuvor. «Ich weiß, daß du scharf auf mich bist», sagte sie, «aber gilt das wirklich mir oder meiner Mom? Ich weiß von dir und ihr. Du wolltest sie vögeln und hast es nie geschafft, obwohl eine ganze Menge anderer Burschen es geschafft haben.»

Ich atmete tief durch und antwortete bedacht: «Ich bin nicht sicher, ob Vögeln damals wirklich zur Diskussion stand. Es war eine andere Welt, Verna. Vor der Pille, überhaupt vor allem. Wir waren Kinder, und wir mochten uns auch nicht besonders.»

In den Jahren nach unserem Pfänderspiel auf dem Speicher war Edna verschlossener geworden, mir immer unzugänglicher in den Labyrinthen ihres eigenen Lebens, während wir, jeder in seinem Teil von Cleveland, heranwuchsen. Von fünfzehn an hatte sie Boyfriends, und manchmal, ja, jetzt fiel es mir wieder ein, manchmal berichtete sie mir von ihnen, schleuderte mir plötzlich ihre Geheimnisse entgegen in jenen immer steiferen, immer kürzeren Sommertagen, die ich bei meinem Vater und Veronica verbrachte – meiner korpulenten und zuckersüßen Stiefmama, die ihn mir als ranker Vamp gestohlen hatte, während ich im Schoß meiner Mutter schlief, und nun verschlungen war von einem mittelalten Dummchen, dessen Lebensinhalt sich in Gemeindearbeit und Canasta erschöpfte. Als ob mich die Bande unseres Blutes zum Neutrum gemacht, mich geradezu in Pulli, Rock und Söckchen eines anderen Backfisches gesteckt hätten, teilte Edna, wenn ihre Laune danach war, ihr Liebesleben mit mir: erzählte auf der verschwitzten Heimfahrt von einem Tennismatch im Club oder bei einem Glas Limonade und einem heimlichen Päckchen Camel auf der langen Seitenveranda des Hauses in Chagrin Falls, wie weit sie jeden ihrer Boyfriends gehen ließ, welche Kleidungsstücke sie ihr jeweils ausziehen durften, wo und wie lange sie sie streicheln durften, ganz als wäre das männliche Geschlecht nichts als eine riesige, vielarmige und vielfingrige Maschine zur Verabfolgung einer äußerst komplizierten Massage, einer Art von Autowäsche, aus der ihr amerikanischer Körper zur Frau erblüht hervorgehen würde, mit polierten Stoßfängern und einem unergründlichen Kofferraum, ein jungfräuliches Fahrzeug, das abgenommen und zugelassen war für die legale Fortzeugung der Rasse. Edna war mit Sicherheit noch Jungfrau, als sie heiratete. So wie ich.

Ich konnte nicht recht ausmachen, ob Verna sich bedingungslos anbot oder ob sie erwartete, daß ich jeder Neigung zu Edna abschwor. «Ich glaube, du hast für niemanden viel übrig, Onkel Roger», sagte sie nun stumpf, wie ein Kind im Irrtum.

Damit waren wir zurückgekehrt auf ein Gebiet, auf dem ich mich sicher fühlte: Argument und Gegenargument. «Erzähl mir, für wen *du* etwas übrig hast, Verna. Erzähl mir von diesen mysteriösen Männern, die dir nachstellen, die dich ins *Domino* ausführen.»

«Die sind okay. Alles, was die sehen, wenn sie mich anschauen, ist ein weißer Arsch, aber das ist okay. Sie respektieren mich, weil ich diesen Arsch habe. Der ist was wert, verstehst du.»

«Ein Kapital, könnte man fast sagen.»

«Ha, ha.» Ihre Stimme klang krächzend, und ich erinnerte mich meines Eindrucks, draußen vor der Wohnungstür, daß sie geweint hätte.

«Du hast auch einen Kopf, weißt du.»

«Tolle Sache. Als nächstes wirst du mir erzählen, daß ich eine Seele habe. Das ist Dales Masche. Jeder hat seine Masche. Ach, ihr verdammten Hirnwichser. Komm, fangen wir damit an.» Sie beugte sich hinunter und zog ihre Ballettslipper aus, erst den einen, dann den anderen, ganz ähnlich wie ihre Mutter damals bei dem Pfänderspiel. Mein Gesicht brannte, als stünde ich im scharfen Wind auf einem Felsengipfel. Ihre Füße waren zierlich, schöner geformt als Ednas, rosig an den Seiten, mit aufgerauhten, goldenen Fersen.

«Erzähl mir von Dale.» Meine Stimme schrumpfte, hatte jede Verbindung zum Zwerchfell verloren.

«Er ist okay. Für einen Trottel ist er okay.» Sie stand auf und wiegte sich, die Füße breit auseinandergestellt, wie eine Judokämpferin auf dem purpurroten Stoffteppich. «Los jetzt, Nunc. Ran an den Speck. Ich bin geil.»

Ich tat so, als hörte ich nichts. «Weißt du, wo dieses Sägewerk ist, in dem er arbeitet?»

«Klaro. Den Boulevard zwei Straßen weit zurück, dann drei Straßen weit nach links, an den Gleisen lang. Nun komm schon, nur ein Vorgeschmack, du brauchst mich nicht fertigmachen. Das kleine Arschgesicht wacht sowieso jede Sekunde auf.»

Ich fragte mich, ob ihre Sprache bewußt dazu dienen sollte, sie abstoßend erscheinen zu lassen. Jedenfalls hatte sie diesen Effekt.

Ihr Blick war starr und stechend und löste sich nicht von meinem, um mir eine Atempause zu geben. «Ich war schon spitz auf dich, als du das erste Mal hier reingekommen bist, in all diesen fusseligen Grautönen. Du warst so grau, so vergrübelt, so *böse* sahst du aus. Warum, glaubst du, hab ich meine Titte raushängen lassen?»

«Das hast du mit Absicht gemacht?»

«Ach, Nunc. Du kennst doch die Mädchen. Mädchen machen alles mit Absicht. Jedenfalls auf diesem Gebiet.» Das Grübchen auf ihrer linken Wange war wiedergekehrt, und ich überlegte dankbar, daß dies alles eine Form von Übermut sein konnte. Doch dann kreuzte Verna ihre rundlichen Hände über der Taille, beugte sich vor und zog abrupt, wie auf einen plötzlichen Befehl, ihren weißen Pullover über den Kopf, über das entzückend vornübergefallene Haar. Sie richtete sich auf und strich das Haar aus dem Gesicht. Sie trug einen BH, aber einen sehr schmalen; er sah aus wie eine schmutzige, überdehnte Schlinge, und in ihren Augen lag etwas Wässeriges, Flehentliches. «Hey, willsde mir nicht die Titten kitzeln», lockte sie, so gedehnt und verschliffen, daß ich mich fragte, ob sie nicht vor meiner Ankunft eine Droge genommen hatte, die nun in ihren Adern aufblühte. «Dran lecken, dran schlecken?» Ihre Hände hoben sie mir entgegen, eine unter jeder.

Ich hielt meinen Abstand. Wie stark mußte der sexuelle Impuls doch sein, um jemals diesen Abgrund zwischen den Geschlechtern zu überwinden. «Ja», gab ich zu.

«Willst du nicht den Gottseibeiuns aus mir rausvögeln?»

Der Ausdruck wirkte unecht, gewollt. Ich empfand, was Frauen oft empfinden müssen: den irritierenden Druck, sich in der sexuellen Phantasie eines anderen zu befinden. «Mußt du es dauernd ‹vögeln› nennen?»

Der BH war beige, und ihre Schultern hatten einen Rest von Sonnenbräune, und mit ihren bernsteinfarbenen Augen und dem kastanienbraunen, teils wasserstoffgebleichten Haar glich Verna einem Porträt in Sepia, mit einer absichtsvoll beschränkten Farbpalette, posierend neben einem Stück Stadtsilhouette wie für ein Poster. Ihre Arme waren schlaff herabgesunken, hingen linkisch und wehrlos an den Seiten ihres Rumpfes. Ihr wässeriger Blick war träumerischer geworden, ihre Stimme ein dünner, heiserer Faden. «Du bist ein komischer Heiliger, Nunc. Willst nicht vögeln, willst nicht sterben. Was willst du eigentlich?»

«Ich will diese Unterrichtsstunde beenden.»

«Aber Nunc, was wird aus uns?» Sie machte einen Schritt auf mich zu und berührte mich am Arm, knapp unterhalb der Schulter, und ich spürte, daß ihre Frage aufrichtig war, die Frage eines jungen Mädchens, gerichtet an seinen Onkel.

«Du bist meine Nichte», sagte ich zu ihr.

«Aber das macht's doch nur freundlicher. All dieser Tabukram war doch nur, damit keine Kinder mit weicher Birne gemacht werden. Aber heute macht sowieso keiner mehr Kinder.» Sie fiel auf ihre altkluge Maske zurück, auf die gewitzte Göre.

«Du hast es getan», bemerkte ich.

«Das war verrückt. Mein Gott, was für ein Fehler!» Nun, da sie selbst nicht mehr an ihre Brüste dachte, brannten sie sich in mein Bewußtsein, ihre glühende Fülle unter dem schmalen, elastischen Band, ihr sichtbares Gewicht und die Tiefe des blassen Tals dazwischen, das einen Finger einlud, eine Zunge, selbst einen Phallus mit seinem Schmerz.

«Es ist ein Fehler, mit dem du leben mußt, Verna.»

«So wie du mit Esther lebst.»

«Hältst du Esther für einen Fehler?»

«Meine Mutter dachte so. Sie sagte, das hätte dich dein Pastorenamt gekostet. Daß Esther dich umgelegt hat.»

«Kein großer Verlust, für beide Seiten. Mich und das Pastorenamt.»

«Meine Mutter sah das anders. Sie meinte, du warst total drauf. Schon als kleines Kind warst du so fürchterlich *gut*. Deine Mutter war echt neurotisch und selbstsüchtig, und du bist damit klargekommen. Außerdem mochte sie auch, wie heißt sie gleich, die erste –»

«Lillian.» Wieder hatte ich die Empfindung, daß ein Stück Haut, ein Stück meiner Seele, das selten die Sonne sah, ans Licht gezerrt wurde. «Es tut mir leid, daß du Esther nicht magst», sagte ich. «Sie mag dich.»

«So gern wie einen Schweinefurz. Sie wußte ganz genau, warum ich dabei war an Thanksgiving.»

«Warum denn?»

«Wegen, na ja. Dem Gleichgewicht. Du weißt verdammt gut, warum.»

Im Nebenzimmer begann Paula zu schreien. Im Fenster verdunkelte sich der kurze Wintertag; das himmlische Wollgespinst, seiner Regenlast noch nicht entledigt, wurde ein schwarzer Vorgeschmack der Nacht. Verna ignorierte das Jammern des Kindes, den Protest, den Kinder erheben, wenn sie hungrig, naß und aus dem Traum verstoßen in unsere rohe Welt erwachen. Sie blieb an meiner Seite stehen, ließ ihre Hand wie eingefroren auf meinem Ärmel liegen, ihr Haar ein üppiger, würziger Busch schräg unter mir, in den ich gerne nochmals mein Gesicht versenkt hätte. Trotz meines raschen Rückzugs vor ihrer vielleicht spöttisch gemeinten Reaktion war doch schließlich ich es gewesen, der den ersten Schritt getan, der die Grenze überschritten hatte. Nun standen wir da, lauschend, fast unbewegt, in Erwartung einer Strafe wie jenes erste, urelterliche Paar, das eins geworden war durch Schuld in den belaubten Schatten seiner Höhle. «Dieses Kind hat's auf mich abgesehen», sagte Verna zum Kragen meines Hemds. «Ich hab es schwarz in Whiteys Welt gesetzt, und außer mir ist keiner da, den es dafür zur Rechenschaft ziehen kann.»

«Wo ist der Vater?»

«Woher soll ich das wissen? Abgehauen. Aber es ist nicht so, wie es klingt. Wir waren uns einig, daß es so am besten wäre, daß ich alleine besser zurechtkomme, unter Weißen.»

«Und trotzdem lebst du jetzt hier, in diesem Getto, halb unter Schwarzen.»

Sie legte schnippisch den Kopf schief. «Tscha, Nunc. Muß wohl dran liegen, daß ich den Jive mag. Die Brüder stehen auf mich. Schade, daß du's nicht auch tust.»

«Habe ich das gesagt?»

«Klar und deutlich. Du hättest dein Gesicht sehen sollen, als ich dir beide Titten rausgehängt habe.»

Das Kind ließ sich nicht länger überhören; sein Gejammer war gellend geworden. Verna schlug den maronenbraunen Vorhang zurück und holte Paula aus dem Nebenzimmer. Die Haare der Kleinen umrahmten das unwirsche, schlafzerknitterte Gesicht mit winzigen, feuchten Ringeln. Mit einer ironischen Geste, ihren Ärger unterdrückend, zog Verna sie dicht an sich, preßte Wange an Wange, als wollte sie aus sich und ihrer Tochter *ein* Geschöpf machen. Ich war überrascht, daß die beiden Köpfe fast gleich groß zu sein schienen, trotz aller Unterschiede in Höhe, Masse und Farbe. Aufgedunsen vom Schlaf, waren auch Paulas Augen wimpernlos und standen schräg in ihrem Gesicht. «Siehst du, Nunc? Mutter und Kind.»

«Sehr hübsch», sagte ich.

Das Kind streckte eine Hand mit weißen Fingerkuppen nach mir aus, aber statt der Frage «Da?» fand es diesmal das richtige Wort für mich: «Mann.» Es auszusprechen gab der Stimme einen komisch tiefen Klang.

«Weißer Mann», verstärkte die Mutter. «Weißer Mann geht bye bye.»

«Ich muß», sagte ich, doch dem Wunsch zu fliehen stellte sich ein Reflex auf einen Aspekt meiner vorangegangenen Verabschiedung aus dieser Wohnung entgegen: «Kommst du mit dem Geld aus?» fragte ich.

«Wir haben nicht gevögelt, Nunc. Also kostet's nichts. Keine Möse, keine Mäuse.»

Ich war verwirrt, war irgendwie verblüfft darüber, daß sie mit dem Kind auf dem Arm so reden konnte. Der weiße Abhang ihrer Brust, über dem knappen Büstenhalter, glühte höllisch weiß. Dem Kind kam diese Haut nicht bedrohlich vor, war mütterliche Haut. «Das sind zwei Dinge, zwischen denen kein Zusammenhang besteht», sagte ich, als tadele ich die Argumentation eines Studenten, während ich schon in meiner Brieftasche nach einem weiteren Darlehen fischte.

«Ich kenne mein Kapital», sagte sie, meine Formulierung aufnehmend wie ein schlagfertiger Seminarist. «Das muß eine Vorauszahlung sein. Mädchen wie ich kriegen normalerweise nichts im voraus.» Sie nahm die drei Zwanziger. Die Summe wirkte diesmal kleinlich – immerhin hatten wir Fortschritte gemacht –, so daß ich einen vierten Schein hinzufügte. Die Banken zahlen Bargeld inzwischen automatisch in Zwanzigern aus. Die Zehner gehen den Weg der kleinen Münzen.

«Mann bye bye», rezitierte Paula, feierliche animalische Weisheit in ihrem dunkelblauen Blick.

«Lies ein wenig in der Anthologie herum», riet ich Verna, während ich mich wieder in Jackett und Mantel hüllte. «Such dir irgend etwas aus, was dich anspricht. Das mit dem ‹Glück von Roaring Camp› hab ich nicht ernst gemeint. Schau dir den Hemingway oder etwas von James Baldwin an. Vielleicht sollte ich beim nächstenmal ein Grammatikbuch mitbringen. Weißt du, was ein Prädikat ist? Ein Partizipialsatz?»

Verna schaukelte das Kind an ihrer Hüfte hin und her, und ihre Brüste schwangen sympathetisch mit. «Scheiß auf nächstes Mal, Nunc. Es gibt kein nächstes Mal. Ich seh noch nicht ganz durch, was für ein fieses Spiel du treibst, aber jedenfalls werd ich's nicht mitspielen. Spar dir die Mühe, hier noch mal herzukommen, wir lassen dich nicht rein. Stimmt's, Pupsie?» Sie schüttelte das Kind und rollte zwei Zentimeter vor Paulas Gesicht beide Augen nach innen, so daß Paula lachte, ein speicheliges kleines Babylachen von tief innen.

Ich argwöhnte, daß diese komödiantische Zuwendung zu ihrem Kind von der leichtsinnigen Verwendung des Wortes ‹wir› ablenken sollte: *Wir lassen dich nicht rein.* Ohne Zweifel gab es Schatten hinter Verna, eine ganze Population von Schatten. «Sei nicht albern», sagte ich. «Benutze mich. Du willst einen High-School-Abschluß und ein besseres Leben. Ich gebe dir Starthilfe. Willst du bis an dein Ende in so einer Sozialwohnung und von der Wohlfahrt leben?»

Ihr Gesicht war starr geworden wie bei einem Kind, für das Wut und Panik ein Gefühl sind. «Ich sehe nicht, was mir irgendeine Blödmannsprüfung nützen könnte, und selbst wenn, dann würde ich sie alleine schaffen. Wenn du dich hier noch mal sehen läßt, rufe ich meine Mom an, und sie hetzt dir die Bullen auf den Hals.»

Darüber mußte ich lächeln. All diese Empörung und Ablehnung waren ein Tanz, der Tanz der längst Gefangenen. War es Ortega y Gasset, der schrieb, daß einen Mann, der erst einmal die Aufmerksamkeit einer Frau erregt hat, buchstäblich alles, was er unternimmt, um sich dieser Aufmerksamkeit zu versichern, auch seinem eigentlichen Ziel näher bringt? Ich hatte den Eindruck, heute ein gutes Stück vorangekommen zu sein. Nachdem ich die Wohnungstür geschlossen hatte, zögerte ich lange genug, um Verna mit ruhiger Stimme zur kleinen Paula sagen zu hören: «Du stinkst, weißt du das? Du stinkst *echt*.»

Auf dem Weg nach unten, durch den vertrauten, widerhallenden Treppenschacht, galt meine primäre Überlegung der Frage, wie ich Verna von diesem Säugling loseisen konnte, um mich ungehindert ihres Körpers bedienen zu können, dort oben, in dieser erlesen schäbigen und überheizten Wohnung, in dem Raum hinter dem maronenbraunen Vorhang, den ich noch nicht betreten hatte, mir aber nur zu gut vorstellen konnte: ein Kinderbett aus zweiter Hand, eine Matratze oder ein Futon auf dem Boden für die Mutter, ein billiger Schrank aus Kiefer, lackiert in irgendeiner grausigen Kleinmädchenfarbe wie Flieder oder Lachsrot, und rundherum die Tristesse der sich schälenden Wände, beschönigt von Rockstar-Postern und einigen von Vernas mühsamen, bemühten Aquarellen mit Motiven aus dem Inneren ihres Käfigs.

Als ich in die neblig-klamme Dezemberdämmerung hinaustrat, kam mir die Lösung: Esthers Kindertagesstätte. Sie existierte, um genau solche Freiheiten zu gewähren.

Mein Audi stand unverletzt am Rinnstein, obwohl sein selbsternannter kleiner Wächter nirgends mehr zu sehen war. Mehrere schwarze Frauen in den langen, weinroten, wattierten Mänteln, die eine allgemeine Winteruniform in der Stadt geworden sind, saßen auf Bänken, während ihre Kinder das kümmerliche Vergnügungsangebot des wandalensicheren Spielplatzes ausschöpften: die Betonrohre und Autoreifen. Es war noch nicht die Zeit, zu der ich üblicherweise aus dem Seminar zurückkehrte (falls Esther fragen würde, warum ich den Wagen genommen hätte, würde ich erzählen, daß ich mittags nach Hause gegangen sei, um einen Imbiß – ihre deliziöse Quiche – einzunehmen und ein Buch über die Kappadokier zu holen, das ich für eine Sprechstunde brauchte und daß ich dann mit dem Wagen zurückgefahren wäre, um keine Zeit zu verlieren und auch, weil es spürbar kühler geworden sei und ich meinen Schaffellmantel im Institut zurückgelassen hätte); also beschloß ich, einen Umweg an Dales Sägewerk vorbei zu machen, um meine morbide Neugierde zu befriedigen und mein Gedächtnis wenigstens teilweise vom pulsierenden Nachbild einer Verna zu befreien, die sich ihren elastischen weißen Pulli in einer Explosion schimmernder Schulterhaut und achtlos langgezogener, zur Hälfte gebleichter, shampooduftender Locken über den Kopf streifte.

Die Einbahnstraße führte nun in die richtige Richtung. Ich kam an zur Hälfte leerstehenden Häusern und dem ragenden, nun ganz entblätterten Ginkgo vorbei. Zwei Querstraßen weiter oben, bei den Bahngleisen nach links, hatte sie gesagt. Und tatsächlich – dort gab es eine Straße, eine häuserlose Schneise in eine industrielle Vorhölle, die aus einer Zeit übriggeblieben sein mochte, als dieses Viertel draußen am Stadtrand lag, ein Nest von Manufakturen, das später umbaut und isoliert wurde, eine Wildnis von rostigen Blechschuppen und aus Schlackenstein gemauerten Lagerhäusern, von Fabriken, deren abgeblätterte Namen die Geister von Buchstaben im schnörkelreichen Stil des späten neunzehnten Jahrhunderts auf dem Ziegelwerk zurückgelassen hatten – weiträumige Gebäude, die ihren ursprünglichen Zweck der Produktion schon längst verraten hatten, die vermietet und verkauft und in Parzellen neu genutzt worden und dabei immer tiefer abgesunken waren auf der verrottenden Leiter des Kapitalismus. Eine alte Kohlenhandlung überdauerte hier, ihre Verschläge glitzernd schräg gefüllt mit Brocken in sortierten Größen, daneben ein Sand- und Kieswerk, das sein eigenes, graues Miniaturgebirge erschaffen hatte und Berge nicht mit dem Glauben, sondern mit einer klapperigen Schmalspurbahn aus dreieckigen, hoch auf den Rädern thronenden Loren versetzte. Der Asphalt unter dem Audi wurde löcherig, die Straße verwandelte sich in eine Kette von Pfützen und kompakten Inseln auf einer Erde, die gesättigt war mit Schlacken, Öl und Gips, bedeckt mit flachgetretenen Verpackungsmaterialien, bewachsen von Gottes zähestem und kriechendstem Unkraut. Doch die Straße – kaum noch eine Straße, ein schwarzer Saumpfad – führte immer weiter und näherte sich von rückwärts dem eingezäunten Areal eines Sägewerks, dessen Vorderseite auf eine weniger irreguläre, zwar menschenleere, aber von Straßenlampen und Tankstellen erhellte Straße hinausging. WÄLDCHEN verkündete ein schlichtes, orangerotes Schild, kaum noch lesbar im hereinbrechenden Abend. Lichter brannten bereits im Verkaufsbüro und unter den Wellblechdächern der hohen Schuppen, in denen die Holzstapel lagerten.

Ich bog durch eine Öffnung im Maschendrahtzaun, parkte in sicherer Entfernung vom hell erleuchteten Büro und stahl mich hinaus in die Dämmerung, die nun tatsächlich kalt genug geworden war, um mich meinen Schaffellmantel schätzen zu lassen. Gerüche nach Kiefer-, Tannen-, Fichtenholz – harzige Baumleichen aus dem Norden, in horizontalen Schlachtreihen von Brettern aller gängigen Formate aufgeschichtet, einige knorriger als andere, ganz wie bei Menschenleben oder Büchern auch, doch selten eins ganz ohne Knoten, ohne jene dunklen, harzigen, langgestreckten Augen, die uns, wie oft wir sie auch versiegeln und übermalen, durch jeden Firnis anklagend entgegenstarren.

Ich spürte einen schwachen Hauch von Zeder, von Schindeln, die mit Stahlbändern gebündelt waren, und hörte aus der Entfernung Männer auf Holz einschlagen und sich mit nachhallenden Pausen unterhalten, kurz vor dem Feierabend eines langen Tages. Dale konnte unter ihnen sein, was mich unruhig machte. Hinter den Schuppen des «Wäldchens» und seiner schäbigen Umgebung ragten einige Gebäude der naturwissenschaftlichen Institute der Universität, darunter auch die noch fast neue Monstrosität des neunstöckigen Betonbunkers, den man den «Würfel» nennt, erstaunlich nahe in den Nachthimmel – mächtige, argusäugige Bestien, die durch eine Raumkrümmung der Stadt so dicht herangeschlichen waren, daß sie losschlagen konnten...

Eine nackte Glühbirne glomm schwächlich in einem entfernten, winzigen Verschlag. Das Blatt einer Kreissäge schimmerte unter einem Wald von Lederriemen, das Glitzern seiner Zähne so exakt geteilt wie die Impulse einer Atomuhr. Das jungfräuliche Aroma von Sägemehl durchdrang die kristallische, schwarze Luft, und eine Myriade gerader Schatten, die schräg aus dem Fachwerk der Holzstapel geschleudert wurden, rief das Bild eines lautlosen, diagonalen Umsinkens von Bäumen herauf. *Fürchte dich nicht.* Ich fühlte mich von einem Segen, von einem duftenden Wohlwollen umgeben und flüchtete doch wie ein ertappter Krimineller in meinen Wagen zurück, als der Schatten eines Mannes auf mich zukam und mich fragte, ob er mir helfen könne.

Drei

I

Quem enim naturae usum, quem mundi fructum, quem elementorum saporem non per carnem anima depascitur? Denn welchen Genuß der Natur, welche Freude an der Welt, welchen Geschmack der Elemente nimmt die Seele nicht *per carnem* – durch das Medium des Fleisches – in sich auf? Tertullian schrieb diese Worte aus *De resurrectione carnis* um das Jahr 208, geraume Zeit nachdem er von der Orthodoxie abgefallen war und sich dem Montanismus zugewandt hatte. Und doch konnte ich nichts Unorthodoxes in diesem glühend vorgetragenen Gedanken wittern. Im Gegenteil – die Auferstehung des Fleisches ist die ausdrücklichste und innerste der orthodoxen Doktrinen, wenn auch in unserer derzeitigen Glaubensdämmerung die am schwierigsten zu akzeptierende. Aber wie unanfechtbar, mit welcher erregten Eloquenz baut Tertullian sein Argument auf, daß der Leib für die Seele unverzichtbar sei! *Quidni?*, so fragt er – wie denn nicht, wie könnte es anders sein? *Per quam omni instrumento sensuum fulciatur, visu, auditu, gustu, odoratu, contactu?* Vom Fleische wird das ganze Instrumentarium der Sinne getragen, das Sehen und das Hören, Geschmack und Geruch, der Tastsinn. Und dann ein sehr subtiles, Saussuresches Argument, das die Macht des Hervorrufens, glorifiziert als *divina potestas*, an die Begabung der Sprache knüpft, die ihrerseits abhängig ist von einem physischen Organ: *Per quam divina potestate respersa est, nihil non sermone perficiens, vel tacite praemisso? Et sermo enim de organe car-*

nis est. Das *vel tacite praemisso* (wörtlich: «selbst wenn nur lautlos vorgebracht», will sagen, durch die bloße Existenz von Sprache, von Wörtern, stillschweigend inbegriffen) erschien mir als besonders wohlbedachtes Detail und gab mir die Überlegung ein, ob nicht das *perficiens* davor diesen Gedanken auf den Begriff bringe, so daß das himmlische Mysterium des Logos über eine platonische Leiter von Stufen der Idealität in die Wirklichkeit hinabgereicht würde in gänzlicher Abhängigkeit von jenem abstoßenden Muskel, der zwischen speichelnden Schleimhäuten und verfaulenden Zähnen in unserer Mundhöhle beheimatet ist – der augenlosen, granulierten, unermüdlichen Zunge. *De organo carnis*, in der Tat. Auch die Künste ruhen auf diesem schlüpfrigen Fundament: *Artes per carnem, studia, ingenia* (meine obige Hypothese bestätigend) *per carnem, opera, negotia, officia* (wir müssen einen Leib zum Amte schleppen, jeden Tag) *per carnem, atque adeo totum vivere animae carnis est, ut non vivere animae nil aliud sit quam a carne divertere.* Wollte er tatsächlich so weit gehen und behaupten, daß das Leben der Seele so ausnahmslos vom Fleische abhängt, daß ihre Trennung von ihm nicht weniger als den Tod bedeutet? Uns damit also, o tobender Tertullian, noch die geringste Hoffnung nehmen, daß ein harfeschlagender Geist in der Maschinerie versteckt ist, daß es eine ätherische Fluchtklausel gibt in diesem grausam bindenden Vertrag mit unseren Augäpfeln, Nasenhaaren, Ohrknöchelchen und eßbaren grauen Hirnzellen, den wir wohlbemerkt nie unterzeichnet haben, den vielmehr unser allgegenwärtiger Agent Dan N. (für Nobodaddy) Amino ohne vorherige Konsultation in unserem Namen paraphiert hat? Wir wollen aus diesem Vertrag entlassen werden, Hilfe! Aber unser karthagischer Advokat mit dem wütenden Glauben prescht weiter vorwärts, liefert sich selbst und uns immer eifernder an ein unmögliches Wunder aus: *Porro si universa per carnem subiacent animae, carni quoque subiacent.* Weiter, wenn alle Dinge der Seele untertan sind *per carnem*, durch das Fleisch, so sind sie auch dem Fleische untertan. Er verstrickt uns, Seele und

Leib, in eine immer innigere Bindung, treibt uns immer dichter an den Punkt, wo sich die Rollen vor Gericht lächelnd vertauschen und das Urteil kassiert wird. Doch die Spannung bleibt schneidend. *Per quod utaris, cum eo utaris necesse est.* Diese Verdichtung im alten Latein: Glieder aus geschmiedetem Eisen; sie zu paraphrasieren heißt die Kette zu schwächen. Was du benutzt, damit mußt du benützen; *utor* muß hier, wie oben *fruor*, die Bedeutung von «erfreuen» haben – unser armer Leib, benützt um unserer (das heißt der Seele: wir sind schlußendlich, man beachte, nicht *caro*, sondern *anima*!) Freude willen, hat notwendig an dieser Freude teil. Liebes Fleisch: Bitte, komm doch zur Party! Gezeichnet: dein Kumpel, die Seele. *Ita caro, dum ministra et famula animae deputatur, consors et cohaeres invenitur.* So wird das Fleisch, bisher abgeordnet zum Werkzeug und Diener der Seele, als deren Gefährte und Miterbe erkannt. *Si temporalium, cur non et aeternorum?* Wenn zeitlich, so warum nicht ewiglich? Warum nicht, in der Tat? Bei dem Gedanken an all unsere bleichen und ranzigen Körper, die sich in irgendeinem ewigen Umkleideraum des Himmels endlos drängelten, wurde mir übel. Und dennoch – jenseits aller deprimierenden Mechanik bleibt die Idee, die ganz allgemeine und verschwommene Idee unseres ewigen Überlebens, so wie wir sind, mit Fußpilz und allem, erhebend. Keiner kann dem alten Fanatiker Logik und Feuer und die treffende Erkenntnis unserer Lage absprechen. Und immer, das dürfen wir nie vergessen, zielten seine Worte auf Marcion – jenen Marcion, der glaubte, daß Christus als Trugbild, als eine Art Hologramm, auf Erden gewandelt sei und daß kein Gott, der der Verehrung würdig wäre, Seine Hände mit der Erschaffung unseres lästerlichen Sumpfs aus Exkrement und Samen besudelt hätte.

Wenn ich die Segnung des Ewigwährenden, die Tertullian auf unser armes, sich schleppendes Fleisch herabgerufen hatte, ebenso lächerlich wie Übelkeit erregend fand, war ich einer Meinung mit den Häretikern und Heiden *(ethnici)*, deren plausible Einwendungen er ein paar Schriften früher zusammengefaßt hatte: *An aliud prius vel magis audias tam ab haeretico quam ab ethnico? et non protinus et non ubique convicium carnis, in originem, in materiam, in casum, in omnem exitum eius, immundae a primordio ex faecibus terrae, immundioris deinceps ex seminis sui limo, frivolae, infirmae, criminosae, onerosae, molestae, et post totum ignobilitatis elogium caducae in originem terram et cadaveris nomen, et de isto quoque nomine periturae in nullum inde iam nomen, in omnis iam vocabuli mortem?* Es sind, heißt das, die Heiden und nicht (wie selbstgefällige Hedonisten und Spötter seit Nero es behauptet haben) die Christen, die eine Stimme der Empörung wider das Fleisch erheben – seinen Ursprung, seine Substanz, seinen Zweck und sein Ziel; die es anklagen, unrein zu sein seit seiner ersten Bildung aus dem Kot der Erde und verunreinigter noch durch den Schleim seines Samens; armselig zu sein («frivol» in dessen Grundbedeutung von «ohne Gewicht»), unbeständig, schuldig (weniger im kriminellen Sinn denn als Objekt von Schuldzuweisung und Verleumdung), eine Last und eine Quelle der Belästigung; und schließlich, laut den *ethnici*, nach dieser Litanei der Unwürdigkeit noch verfallen der Erde, die sein Ursprung ist, und dem Namen eines Kadavers, aus dem es gewißlich in die Namenlosigkeit entschwinden wird, in den Tod aller Wörter, die es benennen. Wie schrecklich und wie wahr. Tertullian bezog, wie Karl Barth, die einzige Position, die er einnehmen konnte: das Fleisch ist Mensch. «Das Alles ist Fleisch und müßte eigentlich vergehen», schrieb Barth unverblümt in seinem wohltuenden *Die christliche Lehre nach dem Heidelberger Katechismus*.

Des Übersetzens überdrüssig, schloß ich die Augen. Ich sah einen weißen Schaft vor mir: makellos, gespannt, mit schwach durchscheinenden, breiten blauen Venen und deutlicheren, dünnen purpurnen Arterien, darüber ein rosig-malvenfarbener Kopf, vom Schöpfer wie die Kappe eines Pilzes auf den geschwollenen Stamm gesetzt, nur wenig umfangreicher, nur mit einer schmalen Lippe oder wulstigen

Traufe, der *corona glandis*, das bläulich-gestraffte Restgewebe überhängend, an dessen Stelle einst heidnische Vorhaut war, mit einem Tropfen transparenten Nektars über dem kleinen, weit geöffneten Augenschlitz auf der samtigen, feuchten Spitze. Esthers Gesicht, beflissen und entrückt, neigt sich herab, riesig wie auf einer Kinoleinwand, um den bitteren Nektar zu trinken und ihre Lippen so weit als möglich an dem Schaft hinuntergleiten zu lassen, wieder und wieder, am *corpus spongiosum* vorbei zum prächtigen Zwillingspaar der *corpora cavernosa* in ihrem Futteral aus fibrösem Gewebe und seidiger Membran, die Hohlräume prall angefüllt und überschwemmt von Lust; ihr kennerisches Tun verrät eine beherrschte Zärtlichkeit, die sich zu hüten weiß vor schneidender Berührung mit den Zähnen, Behutsamkeit auf einer Seite und Vertrauen auf der anderen, *per carnem* an das Licht des Dachfensters gebracht, das von ihrem lüstern-kühlen Speichel auf Dales Schwanz reflektiert wird. Denn natürlich haben sie sich in das Dachgeschoß zurückgezogen, in Esthers selten benutztes Atelier, den entferntesten, sichersten Ort, falls das barsche Scheppern unserer Türglocke ihre Verzückung unterbrechen sollte, und auch in sicherer Distanz von unseren Schlafzimmern im ersten Stock, die heimgesucht sind von den Geistern ihres Gatten, seinen Kleidern, seinen Schuhen, seinem Rasierwasser, seinem Pfeifenduft, seiner Nachttischlektüre *Kirchliche Dogmatik III*, und von denen ihres gemeinsamen Sohnes, des Fleisches von ihrem Fleisch, dessen Schlafzimmer von einem unschuldigen Halbwüchsigenchaos aus alten Schulheften und Modellraumschiffen, verstreuter Unterwäsche und zerlesenen *Playboy*- und *Club*-Heften erfüllt ist. Esthers Ölbilder – großformatig, flächig, prismatisch, mit vehementem Strich, in Ausbildung und Raffinesse um künstlerische Welten von Vernas schüchternen, vorgestrichelten, blütenblätterzählenden Aquarellen entfernt – umgeben die Liebenden wie ein hingetupfter Wald, wie Flecken von Tarnfarbe, die sie vor dem Himmlischen Auge verbergen sollen, obwohl sie selbst von diesem Fenster im zweiten Stock einen weiträumigen Ausblick auf die Welt haben: auf die benachbarten Dachfirste und die kargen Hinterhöfe und in dieser blätterlosen Jahreszeit auch auf das ferne, funkelnde Herz der Stadt, die majestätischen Wolkenkratzer, hinter denen Flugzeuge der Landebahn entgegensinken, die dem Sumpfland vor der Küste abgewonnen worden ist. Der Januar war dieses Jahr von monotoner Kälte – so kalt, daß die Parade am Tag der Amtseinführung in Washington abgesagt werden mußte. Esther hat einen elektrischen Heizofen hier oben und eine alte, fleckige Matratze, die aus einem staubigen Abstellraum im Hintergrund hervorgezerrt worden ist, hinter ihren Staffeleien und Leinwänden und einigen kaputten Stehlampen und einem ausgebleichten Samtsessel, den neu zu beziehen nicht mehr lohnt. Dieser Trödel ist in die Möblierung eines Raums verwandelt worden, der gemütlicher ist als jeder andere im Haus. Die helle, orangerote Spirale und der parabolische Reflektor des Heizofens werfen eine scharfe, trockene Hitze auf ihre nackte Haut; ihre reflektierten, bleichen Körper verschwimmen mit der glühenden Wendel auf dem spiegelnden Metall. Die frostige Kühle des Dachgeschosses, die sie umgibt, kühlt ihr erhitztes Blut nicht ab; sie wirkt belebend wie die Sünde und die Gefahr, in die sie sich begeben haben. Esther und Dale haben an diesem Nachmittag bereits einmal auf dieser schmuddeligen Matratze gevögelt. Sie sitzen auf ihr, die Gesichter einander zugewandt, die Beine nach Yoga-Art gekreuzt, und trinken Weißwein aus verformbaren Plastikbechern. Dann bemerkt die geile Hure, wie es in Pornobüchern heißt, seine wiedererstarkte Erektion und stellt den Becher beiseite, um ihre Lippen auf seine einladend sanfte Härte, auf seine lautlos vorgebrachte Huldigung herabzusenken. Esther genießt es, vor diesem Jungen das Luder zu spielen. Er ist von so reiner Dankbarkeit erfüllt, ist so verblüfft, daß er es niemals gegen sie verwenden würde, niemals ein Geschenk in eine Forderung und schließlich eine Last verwandeln würde, wie es ihr düsterer und grollender Gatte getan hat. Hinzu kommt, daß sie achtunddreißig ist und sich nicht ewig ihrer Weiblichkeit erfreuen wird: *Per quod utaris, cum eo utaris necesse est.* Jetzt ist es auch die Zeit, die notwendig genutzt werden muß. Dieser ranke, knochige Jüngling mit der schimmernden Haut und dem aufregenden Phallus ist ihr gewissermaßen in den Schoß gefallen. Sie stülpt sich über sein Fleisch, bis ihre Unterkiefer schmerzen. In der Atempause, keuchend, sich die Lippen wischend, gurrt sie: «So groß. Viel zu groß für meinen Mund.»

«Nicht ganz, das ist bewiesen», erwidert Dale mit schleppender Stimme, die auch heiser ist vor Lüsternheit. Sein befriedigter, entspannter Tonfall drückt aus, daß er die erwiesene Verehrung als ihm zustehend empfindet. Er hat seinen Weinbecher abgestellt und sich mit ausgestreckten Armen zurückgelehnt, um sich noch bequemer blasen zu lassen. Seine blauen Augen sind verhangen wie ein Sommerhimmel. Ein Geruch nach Meer geht aus von seinem Schwanz, vermischt mit ihrem gierigen Speichel. Sie will ihn noch länger lutschen, kniet sich hinein, streift ihr loses Haar, die unbotmäßigen, ingwerroten Strähnen, hinter den Kopf. Dale grunzt und sagt: «Hör lieber auf.»

«Warum?» Esthers Augen sind sehr grün, als sie den Kopf zu ihrer Frage hebt. Ihr lippenstiftloser Mund wirkt verletzt. Eine Hand mit langen Fingernägeln stützt ihr Gewicht auf der Matratze ab; die andere schwebt neben ihrem Haar, um die nach vorn gefallenen Locken abermals zurückzuschieben. Ihre kleinen Brüste hängen konisch und weiß nach unten, nur die vorstehenden Spitzen sind schlammig-braun gefärbt.

«Vielleicht muß ich spritzen.»

«Dann… tu's doch.» Im Überlegen beginnt sie zu lächeln; ihre markante Oberlippe wirkt geschwollen. «Spritz doch.»

«In deinen hübschen Mund?»

«Würde dir das Spaß machen?» Der Gedanke, daß es so sein könnte, macht ihr Spaß.

«Über dein hübsches Gesicht?» Er bringt die Worte kaum heraus, so erregt ihn der Gedanke – das Bild, das Wort. *Et sermo enim de organo carnis est.*

Ihre Stimme, sonst so klar und angenehm, klingt, als wäre ihre Kehle zugeschnürt. «Ich fänd's wunderbar, Dale. Ich finde deinen Schwanz wunderbar. Ich finde dich wunderbar.»

Seine Worte taumeln wie Schmetterlinge von seinen Lippen. «Bist du jemals so glücklich gewesen», fragt er, «daß dich der Kopf schmerzt?»

Esther lacht leise und huscht mit ihrer Zunge über seine einäugige, starrende Eichel. «Fühlst du dich so?»

«Es ist ein einziges Pochen. Als ob das Blut die Adern sprengen wollte.»

«Was hat dich denn so in Fahrt gebracht?» Ihre Worte kommen spielerisch, zwischen flinken Zungenschlägen, aber mit jener Kehligkeit, jenem mütterlich-heiseren Timbre der reifen Frau, das ihr, sie weiß es, Gewalt über ihn gibt, ein Teil des Zaubers ist, der es ihr erlaubt, mit ihm zu machen, was sie will, ihn zu formen wie weißen Lehm. Wenn sie die Nase in sein Schamhaar steckt, riecht sie den Duft von Zeder.

«Das fragst du?» fragt er, seine Stimme erschöpft wie die eines Kindes, das, im Ringkampf unterlegen, um Gnade bittet. Er ist kurz vor dem Abspritzen. Die Spannung an der Wurzel seines Schwanzes, an der *crura*, baut sich auf, der Druck von der Prostata, der bei älteren Männern nach dem Akt den guten, alten, mithelfenden Anus schmerzen läßt.

«Ich meinte vorher», sagt sie, durch die Wolke ihres Haars nach oben. «Als wir nur dasaßen und redeten und Wein tranken.»

«Du», bringt Dale heraus. «Die Art, wie du dagesessen bist, in der Lotusposition, deine Beine so selbstverständlich offen, und dein kleiner Pelz», er keucht, «so selbstverständlich *da*, ganz feucht noch und süß und durcheinander, und dazwischen deine kleinen rosa Fotzenlippen.» Diese Worte sind zuviel für ihn. Die Spannung beginnt zu pulsieren, von unten herauf. «Ah», stöhnt er, «ah», will sie bei einem Namen nennen, ihr einen Namen geben. «Esther» scheint einer fremden Zunge zu gehören, und «Mrs. Lambert» ist zu förmlich. Für ihn bleibt sie ohne Namen, bleibt einfach das Andere, das uns gegenübersteht, die Gummiwand für unsere Schläge, das Yin für unser Yang, die Grube für unser Pendel, die Frau für den Mann.

Er kommt. Sie starrt auf das kleine dunkle Auge, den *meatus urinarius*, und schiebt in strenger Hilfsbereitschaft die Haut an der Basis des gestrafften Phallus zwischen ihren Fingern nach unten – wie klein, zerbrechlich, runzlig sogar ihr diese Finger mit den langen Nägeln rund um die Wurzel dieses hilflosen Alabasterschafts erscheinen –, und als der erste Schwall hervorbricht, wie in Zeitlupe in einem pornographischen Film, muß sie es in sich spüren, muß es in sich aufnehmen, all dieses schockierend reine Weiß. Gierig und agil richtet sie sich auf den Knien auf und watet über ihn, eine wogend-warme Riesin für seinen verschwommenen *sensus*, und seinen Schwanz mit einer Hand an der pulsierenden Wurzel führend, lenkt sie ihre Fotze hastig über ihn und pfählt sich selbst, preßt ihn so tief sie kann in ihr gespaltenes Ich hinein, bis sie von unten aufwärts sich mit Licht durchschossen fühlt, hinauf bis an ihr Herz, meiner Esther treuloses Herz. Seinen Höhepunkt verfolgend, der noch immer andauert, von der verzweifelt pumpenden Energie der Jugend genährt, schlingt sie ihre Arme um seinen Kopf, mahlt mit dem Kamm ihres *os pubis* gegen das seine und holt auf, während Dales Herz immer noch hämmert, als wollte es seine Adern sprengen, und hat ihren eigenen Höhepunkt, erfüllt ihn, hüllt ihn stöhnend ein mit ihrer *anima* und schreit ihn dann auf ihre etwas theatralische, aber wohlmeinende Weise heraus, so daß jeder, der sich auch nur im Keller dieses Hauses befände, sagen wir ein haitianischer Einsteigdieb im Drogenrausch aus einem anderen Stadtteil, ihn hören müßte. Selbst Sue Kriegman, die im Nebenhaus ihr nächstes

Kinderbuch herunterhackt (Arbeitstitel *Scott und Jenny laufen weg nach Wyoming*), müßte Esthers stolzen, opernhaften Freudenschrei vernehmen, hätte der bedachte Myron nicht rundum doppelt verglaste und sorgsam abgedichtete Isolierfenster installieren lassen, zum Schutz vor der monotonen Kälte dieses Januars.

Dann läßt unser Haus sein Schweigen langsam zu den Liebenden hinaufwachsen: das gedämpfte Knacken des Dampfes in den Radiatoren, den hellen Viertelstundenschlag der Waterbury-Wochenuhr von Esthers Urgroßvater, das Knarzen von atmendem Holz, eine kaum hörbare Erschütterung, die klingt wie ein Schritt. Wie ein Meer, das nach langer Ebbe zurückkehrt, überflutet Schuld das Schweigen, füllt sich das leere Haus mit der geisterhaften Anwesenheit von Schuld: *frivolae, infirmae, criminosae, onerosae, molestae*...

Esther spürt's und zieht eine unwillige, schiefmäulige Grimasse, als wollte sie eine summende Fliege verscheuchen. Sie löst sich von ihm; milchige Spuren von Sperma verbinden wie zarte Nabelschnüre ihre Unterleiber, ihre verklammerten *pudenda* (der Plural von *pudendum*, «das, dessen man sich schämen sollte» – ein grammatisches Neutrum, dessen Bürde erst das Patriarchat allein den Frauen in den Schoß gelegt hat). *Immundioris deinceps ex seminis sui limo*. An einer anderen Stelle im gleichen Kapitel läßt Tertullian seinen spottenden Häretiker oder Heiden folgende sehr vernünftige Frage bezüglich des Nachlebens unseres Leibes stellen: *Rursusne omnia necessaria illi, et inprimis pabula atque potacula, et pulmonibus natandum, et intestinis aestuandum, et pudendis non pudendum, et omnibus membris laborandum?* Pudendis non pudendum* – sein Stil in dessen ganzer Wildheit, am weitesten von Übersetzbarkeit entfernt.

* *«Wird er dort alle seine Notdurft wieder haben, zumal Essen und Trinken, und das Schwellen der Lungen, und das Brodeln der Gedärme, und die Schamlosigkeit der Schamteile, und die Mühsal aller seiner Glieder?»*

Sie empfindet die Schuld, die in der Luft liegt, die in geisterhaften Wirbeln durch das große Haus unterhalb der samenfleckigen Matratze treibt, als eine Manifestation von mir. Ihr lange aufgestauter Ärger über mich, ihr Gelangweiltsein veranlaßt sie, das Gefühl zur Seite zu schieben und sich um so bewußter am wohlgefügten, bleichen Körper ihres linkischen jungen Geliebten zu erfreuen. Sie küßt ihn auf die Lippen (feuchtwarm, drucksanft) und blickt ihm in die Augen, holt sich den Blick von ihm zurück, wohl wissend, daß ihre Augen vom Orgasmus mit einem dunkleren, wärmeren Grün erfüllt worden sind. «Ich wünschte, ich hätte ein hübscheres Gesicht», sagt sie, ihn an das erinnernd, was er in der Leidenschaft gesagt hat. «Ich hatte mal eins, aber jetzt ist es vertrocknet und verbittert, mit lauter kleinen Falten.»

«Ich sehe keine.»

«Und wenn du sie sähest?»

«Würde ich dich genauso lieben.»

«Das ist die Antwort. Was kannst du sonst schon sagen», erwidert sie, ein wenig sarkastisch. «Es tut mir leid, daß ich dich nicht in meinen Mund spritzen ließ. Ich mußte dich einfach spüren» – die höflich-überlegenen Manieren der Professorengattin schlüpfen in sie zurück, je mehr das Blut sich abkühlt; sie senkt die Lider –, «dort *unten*. Aber das nächste Mal, das versprech ich dir.»

Obwohl dies ein köstliches Versprechen ist, geschworen mit der Stärke und der Großzügigkeit eines spendablen Frauenherzens, erinnert die Erwähnung eines nächsten Mals sie beide an die Zeit (hat die Waterbury-Uhr Viertel nach vier oder Viertel vor fünf geschlagen? Kurz nach fünf kommt Richie heim, um seine Nachhilfe im qualvollen Stellenwertsystem zu erhalten) – und ihn erinnert sie an seine laufende Verpflichtung, die sich in den Wochen seit Weihnachten irgendwie entwickelt hat: mit ihr Liebe zu machen, mich in meinem eigenen Haus mit dem mir rechtmäßig angetrauten Körper meiner Frau zu betrügen – nicht impulsiv, in einem beiderseitigen, unwiderstehlichen Ausbruch von Leidenschaft, sondern mechanisch, nach einem Stundenplan, Dienstag und Donnerstag ab drei Uhr nachmittags und immer weiter so in eine Zukunft, deren einziger Horizont ihre undenkbare, unerträgliche Trennung ist.

«Vielleicht sollten wir uns nicht in diesem Haus treffen», sagt er.

Esthers Augen weiten sich. «Warum? Wir sind vollkommen sicher hier. Rog verläßt sein geliebtes Institut nie vor halb sechs, und wenn er's einmal täte, bräuchtest du nur hier oben zu warten, bis ich ihn wieder aus dem Haus gelockt habe. Mir würde bestimmt was einfallen.»

«Aber es kommt mir, ich weiß nicht, *falsch* vor», ermannt sich Dale. «Wie eine Art Hausfriedensbruch. Alle eure kostbaren Sachen, in allen Zimmern. Ich habe immer das Gefühl, daß er uns irgendwie beobachtet.»

Natürlich – ihm muß die Ausstattung unseres Hauses kostbar, vielleicht gar luxuriös vorkommen: die wenigen, gediegenen alten Möbel von Esthers Vorfahren aus Connecticut, die Teppiche, das rote Sofa und der Glastisch, der Mahagoni-Eßtisch mit den Stühlen im skandinavischen Stil, der noch modern war, als wir uns nach der Heirat einrichteten, und Richies Zimmer mit seinem Überfluß an blitzartig veraltenden elektronischen Spielen und Geräten. Wenn er hinter Esthers knackigem Arsch die Treppe hinaufsteigt, muß er das Gefühl haben, sich durch ein Bündel Banknoten ans Licht zu bohren. In Wirklichkeit ist unser Haus, verglichen mit dem der Kriegmans oder der Ellicotts, schäbig und schlecht möbliert.

«Ich habe auch ein Zimmer», verkündet er ihr. «Das heißt, mein Zimmergenosse ist kaum jemals da. Er lernt immer drüben in der technischen Bibliothek, und abends hat er einen Job als Parkplatzwächter bei einem Kino.»

«Aber, mein Lieber – in was für einem Haus?»

«Ach, du weißt ja», antwortet er, als wäre sie auch außerhalb seiner Masturbationsphantasien schon dort gewesen oder als müßten Professorenfrauen wissen, wie ewige Studenten wohnen. «In einer von diesen Mietskasernen, die in lauter Einzimmerapartments aufgeteilt worden sind.»

«Und voll mit lauter unordentlichen Kindern», sagt sie und sehnt sich nach einer Zigarette. Aber sie weiß, daß aufzustehen und aus ihrem Schlafzimmer im ersten Stock eine zu holen das Signal zur Beendigung des heutigen Stelldicheins sein würde, das Zeichen zum Anziehen und Aufräumen und Aufsetzen von plausibel lustlosen Gesichtern zur Begrüßung des aus der Schule heimkehrenden Richie, und statt alldem möchte sie in dieser selbstverständlichen Nacktheit verharren, auf ihr Spiegelbild starren, wie es ihr das weiße Fleisch dieses jungen Mannes zurückwirft, ihren eigenen Seegeschmack von ihm empfangen. «Ich kann's mir genau vorstellen. Du hörst die Rockmusik der anderen durch alle Wände und kommst kaum durch den Hausflur wegen all der ramponierten Fahrräder, die dort rumstehen.»

Er nickt und denkt auch seinerseits mit leichter Traurigkeit daran, daß sie dem Alltag entgegensinken, während er sie sich viel lieber noch mal auf eine andere Tour vornehmen würde, nach einem weiteren Becher Wein, sein Gesicht in die Feuchte zwischen ihren Schenkeln gewühlt und zugleich am anderen Ende der Vereinigung das gegebene Versprechen einfordernd, selbst wenn die arme Fotze sich winden und würgen sollte wie ein Fisch am Haken. *Inprimis pabula atque potacula.* Diese ältere Frau ist für ihn ein sinnliches Spielfeld, auf dem sich seine Inkarnation endlich bis an ihre Grenzen austoben kann. Sie hält in ihrer phantastischen Bereitschaft (die der Verzweiflung entspringt, die pflichterfüllte Jahre einer Frau antun) sogar der Möglichkeit stand, daß er grausam zu ihr wäre. Während sie es miteinander treiben, liegt diese Möglichkeit in seinen Händen wie ein zerrender, brennender Zügel; danach, wenn die Liebe vorbei ist, ist auch die Möglichkeit verflogen.

«Ich käme mir lächerlich vor», sagt sie mit ihrer überlegenen, schleppenden Gesellschaftsstimme, während sie achtlos mit gekreuzten Beinen dasitzt und seinen Saft auf den blaugestreiften Matratzenbezug tröpfelt, «wenn ich so ein Haus beträte. Was hätte ich für einen Grund, dort aufzukreuzen, in meinem Wollkostüm und meinen Gucci-Schuhen, wenn nicht den, gevögelt zu werden? Sobald eine Frau das erste graue Haar bekommt, mein lieber Dale, gibt es plötzlich bestimmte Orte, die sie einfach nicht mehr aufsucht. Eine Frau zu sein heißt sehr unfrei zu sein.»

«Ich hatte mir nur überlegt», sagt er, verlegen, weil sein Anerbieten keine Gnade findet, «daß die Kindertagesstätte, wo du arbeitest, ziemlich in meiner Nähe ist.»

«An den Tagen, wenn ich nicht den Bus nehme, parke ich in einer ganz bestimmten Straße, wenn möglich immer vor demselben Haus, und gehe den Rest zu Fuß, ohne nach rechts oder links zu blicken. Soviel ist mir erlaubt. Wenn ich eine Straße weiter parken würde, bekäme ich Ärger.» Sie steht auf und erhebt sich, stehend über ihm in all ihrem Fleisch, so daß sich Dale daran erinnert, wie sie auf den Knien über ihn gewatet ist und ihm in diesem Augenblick des Verschlungenwerdens als eine Riesin erschien, ihre kleinen Brüste gewaltig, ihre schmalen Hüften breit und aufgespreizt von Sehnsucht wie sich teilende Welten.

«Ist übrigens prima, daß du dich um Paula kümmerst und sie Verna wenigstens eine Zeitlang abnimmst.»

«Sie ist ein süßes kleines Ding. Ich kann gut verstehen, daß sie und ihre Mutter nicht miteinander zurechtkommen.»

«Willst du damit sagen, daß Verna nicht süß ist?»

«Um Gottes willen! Das reine Gegenteil. Hart. Selbstsüchtig.» Im Gegensatz, will sie damit sagen, zu ihr selbst, ihrem weichen, freigebig gewährenden, ganz und gar verletzlich nackten Selbst.

«Sie hat die Prüfungen in englischer Sprache und Literatur schon bestanden; zur Zeit helfe ich ihr mit der Mathe.»

«Ist dir noch nie der Verdacht gekommen, mein Lieber, daß Verna andere Menschen *benutzt*?»

Er überlegt eine Sekunde, erfreut sich an dem freundlichen Anblick von Esther, die sich mit einem Papiertaschentuch zwischen den Beinen trockenwischt und dann in ihren spitzenbesetzten Minislip steigt. Keine zwei Stunden vorher hatte sie ihn in Gedanken an Dale ausgewählt und angezogen, nachdem sie von der Kindertagesstätte nach Hause gehetzt war, hastig geduscht und sich im Schritt gepudert und einen Augenblick lang überlegt hatte, ob sie sich ihr Diaphragma einsetzen sollte. Angesichts der Eile und ihres Alters hatte sie beschlossen, darauf zu verzichten und das Risiko einzugehen. *Immundioris deinceps ex seminis sui limo.* Dale blickt sich suchend auf dem Fußboden des Dachzimmers um, wo seine Unterhosen, knäbische Jockeys, abgeblieben sind, während er eine Gegenfrage stellt: «Sind wir nicht dafür auf der Welt? Um uns gegenseitig zu benutzen? Haben du und ich das nicht soeben auch getan?»

Esther ist ein wenig schockiert – wie ich es schon bei anderen Gelegenheiten war – von dieser jähen, kaltschnäuzigen Nüchternheit, die irgendwo weit jenseits seiner irdischen Erscheinung als mittellose Randfigur, als ewiger Doktorand zu entspringen scheint.

Er hört den Tadel in ihrem Schweigen und macht eine apologetische Wendung: «Deswegen fühle ich mich so schuldig gegenüber deinem Mann. Ich benutze ihn, er unterstützt mich bei meinem Stipendium, und was mache ich währenddessen? Ich bin hier mit –» Seine Handbewegung greift über ihren fast noch nackten Leib hinaus, schließt das Dachgeschoß, und mit ihm das ganze Haus, in das Faktum seines Eindringens in fremde Leben ein.

«... der verfickten alten Esther», beendet sie seinen Satz. «Vielleicht benutzt *er* in Wirklichkeit *dich.*»

«Wie das? Wie könnte das sein?»

«Ich weiß nicht. Rog ist seltsam. Er hätte niemals das geistliche Amt aufgeben dürfen, obwohl ich damals glaubte, daß ich ihn rette. Er braucht Gelegenheiten, andere zu manipulieren, und als er noch seine Kirche hatte, war es genau das, was die Menschen von ihm wollten. Wie dem auch sei, Dale, mein Lieber: fühl dich bloß nicht schuldig vor ihm. Das ist mein Revier, und ich fühle mich *nicht* schuldig.»

«Warum nicht?»

Sie hebt einen anderen, spitzenbesetzten Fetzen Unterwäsche vom Boden auf und zuckt die Achseln. «Er ist ein Tyrann. Ehemänner tendieren immer dazu. Sie treiben ihre Frauen in einen ständigen Befreiungskrieg.» Als sie sieht, daß ihr Anblick im knappen Slip seine Begierde neu erwachen, unverwechselbare physische Symptome an dem lang und blaß auf der schäbigen Matratze ausgestreckten Körper sichtbar werden läßt, spitzt sie die Lippen: «Ich möchte, daß du dich nur *mir* gegenüber schuldig fühlst.»

Dale ist im Bann ihres so fragil wirkenden Eigensinns, ihrer gespitzten Ellenbogen, der ihr ins Gesicht geschriebenen Konzentration auf der Suche nach den richtigen Haken des BHs, in den sie zurückschlüpft. Sie stopft ein Stück Brust, das der elastische Stoff nach unten weggedrückt hat, ins Körbchen und richtet sich auf, blickt kampflustig um sich. «Warum?» fragt er.

Esther zieht eine beleidigte Schnute. «Weil du mir nicht gesagt hast, daß ich eine tolle Nummer war.»

Rursus, fährt Tertullian fort, und es will einem das Herz brechen, *ulcera et vulnera et febris et podagra et mors reoptanda?* Werden wir in unserem körperlichen Leben nach dem Tode wieder Geschwüre und Wunden und Fieber und die Gicht und den Wunsch zu sterben erfahren? Den erneuerten Wunsch zu sterben um dem *re-* seine eigentümliche, herzzerbrechende Gewalt zu geben. Und ja, wahrhaftig, setz Leiden auf die Abrechnung, soviel du willst, hypothetischer Ketzer oder Heide, aber wir *wollen* ewig leben, so wie wir sind, vielleicht mit einer eleganteren Lösung für die Klempnerarbeit, aber nicht einmal das muß wirklich sein, wenn die Alternative im Nichts besteht, in einer Nichtexistenz als dimensionsloser Punkt der Sehnsucht im bodenlosen Bauch des *nihil*.

«Aber das bist du, du bist eine tolle Nummer, bei Gott», sagt Dale, zur Blasphemie verführt.

Als er mein Zimmer in der Fakultät betrat, wirkte er befangen, befangen auf eine Art, die anders war als seine früheren Blicke über mich hinweg durchs Fenster oder auf die Bücherwände mit ihren japanischen Gebeten aus Lesezeichen. Statt der Jeansjacke trug er, als Tribut an die monotone Kälte, einen senffarbenen Anorak mit fettigen Flecken, als hätte man ein Backblech damit ausgewischt. Er zog die wollene Strickmütze herunter. Die Haare waren geschnitten worden, so daß die Ohren herausstanden. «Na, geht's voran?» fragte er mit einer aufgesetzten Fröhlichkeit, die ihm nicht gut stand.

«Ich wollte Sie gerade das gleiche fragen.»

«Ich meine das Stipendium. Haben Sie irgendwas gehört?»

Ich bildete mir ein, daß er sehr vorsichtig auf dem Stuhl der vielen Hölzer Platz nahm, als litte er an Gliederschmerzen. Sein wächsernes Gesicht wies neben den rosigen Aknestriemen am Unterkiefer nun auch dunkle, ergußartige Flekken unter den Augen auf – jene Schatten, anhand deren wir uns in der High-School neckend der übermäßigen Masturbation bezichtigt hatten. «Wie ich schon sagte», sagte ich, «ist Closson nicht uninteressiert. Das Ungewöhnliche an Ihrer These amüsiert ihn, wie mich ja auch. Aber im Hinblick auf diese Ungewöhnlichkeit möchte er eine Sitzung mit allen Mitgliedern der Stipendienkommission einberufen und Sie bitten, dort zu erscheinen, Ihr Projekt vorzustellen und einige Fragen zu beantworten.»

Ein unmutiges «O Jesus» entfuhr ihm.

Ich lächelte angesichts dieses Abbausymptoms. «Es wäre ein relativ schmerzloses kleines Verhör», sagte ich. «Lassen Sie mich Closson beschreiben. Er ist etwa sechzig, ziemlich untersetzt, mit einem ganz auffällig eckigen Schädel, eine Art knöcherner Kasten, über den er den Rest seiner Haare von knapp oberhalb des Ohrs quer hinüberkämmt» – ich bin einigermaßen eingebildet auf meinen flauschigen grauen Schopf und bringe wenig Mitleid für die rührenden Vertuschungsstrategien der Kahlen auf–, «und mit einem absolut ununterdrückbaren, wie sollen wir es nennen, *Funkeln* im Blick. Er ist ein Quäker, aus Indiana, und hat unmittelbar nach dem Krieg in Deutschland studiert. Heidegger ist sein Liebling. Er glaubt nichts, was man in Worte fassen könnte, aber er hat dieses innere Leuchten der Quäker, das ihn wie ein Heiligenschein umgibt. Jemand wie ich kommt ihm wie ein Paläontologe vor und die Epoche der Kirchenväter wie schwärzeste Nacht, eine Schlacht unter Dinosauriern. Closson war vor allem darauf gespannt, was Sie den wissenschaftlichen Erkenntnissen, von denen Sie sprechen, *an Eigenem* hinzufügen können, und das habe ich ihm, so gut ich konnte, angedeutet. Wie kommt der Computer ins Spiel, hat er gefragt.»

«Als das Werkzeug», sagte Dale, «mit dem wir das Material verknüpfen, das universelle Modell aufstellen können, das wir dann, wie soll ich sagen, durchsieben. Außerdem wirft er auch neues Licht auf einige alte Fragen, zum Beispiel das Körper-Geist-Problem.»

«Ah», sagte ich. «Körper und Geist.»

Seine Hände begannen Schaltkreise und Verbindungen in die Luft zu zeichnen, und unser geteiltes Wissen um seine Intimität mit Esther, die aus ihm leuchtete wie Salzwasser und Schleim auf der Haut eines eben aus dem Ozean gezogenen Fisches, wanderte in unsere Hinterköpfe, ähnlich dem Herpesvirus, der sich an der Basis des Rückgrats vergräbt. «Man ist allgemein der Ansicht», sagte er, «daß es sich um einen erledigten Fall handelt, teils dank der Psychopharmakologie, der Fortschritte in der anatomischen Erforschung des Gehirns, dem Verstehen der chemischen Erregungsübertragung in den Synapsen, all diesem modischen Fliegenbeinzählen auf den Hirnhemisphären und im *corpus callosum* und so weiter, vor allem aber auch durch den Aufstieg der Computer in den letzten zwanzig Jahren – all das hat uns gelehrt, was der Geist ist: keine immaterielle Substanz, sondern eine Funktion. So wie ein Haarschnitt eine Funktion der Haare ist.»

«Wie ich sehe, haben Sie sich einen verpassen lassen», sagte ich. Mir war auch aufgefallen, daß Esther unlängst ihre gefährlich langen Fingernägel gekürzt hatte.

«Es wird zu kratzig mit der Zeit», erklärte er. «Die Leute stellen immer wieder eine Analogie zu Hardware und Software auf: Das Gehirn ist die Hardware und der sogenannte Geist die Software, das Programm. Wenn man diese Analogie aber ernst nimmt, dann fällt man auf den alten Dualismus zurück, denn schließlich kann Software ohne Hardware existieren, beziehungsweise sie kann mit ganz verschiedener Hardware funktionieren. Wenn ein Computer, der mit einem bestimmten Programm arbeitet, zerstört wird, so braucht man nicht den Computer zu rekonstruieren, um mit dem Programm weiterzuarbeiten. Man steckt es einfach in einen anderen Computer, oder man könnte dieselben logischen Abfolgen sogar mit Bleistift und Papier nachvollziehen.»

«Ein ewiges Leben aus Papier. ‹Ein papierner Mond›», ich zitierte lächelnd, «‹über einem Meer aus Pappmaché.›»

Er war zu jung, um den Song noch zu kennen. «All dieses Gerede über denkende Computer», fuhr er fort, «ist für die Insider absolut kein Thema. Man könnte alle Computer zwischen hier und Palo Alto zusammenschalten und würde doch aus diesen Milliarden und Abermilliarden von Bits, aus all den Algorithmen und Speicherinhalten nicht das kleinste Fünkchen von Bewußtsein herausschlagen: Geradesogut könnte man es mit den Schalttafeln und Kabelnetzen der Telefongesellschaften versuchen. Man wird keine Empfindungen entdecken, keine Gefühle, keinen Willen, kein Bewußtsein des Computers von sich selbst. Hofstadter mag von seinen ‹Seltsamen Schleifen› reden, soviel er will, aber solange er uns keine präsentieren kann, mit deren Hilfe sich ein Computer selbsttätig programmiert oder sich in seinem

Kasten so tödlich langweilt, daß er Selbstmord begeht, so lange liegt das auf derselben Ebene wie das Zusammenkochen von Leben in der Ursuppe. Auf der Ebene, will ich damit sagen, von Phantasie und Glauben. Materialismus ist ebenso eine Glaubensüberzeugung wie Theismus: nur daß er noch viel mehr auf Wunder angewiesen ist. Statt daß wir von uns verlangen, an Gott zu glauben, verlangen wir, nicht an uns selbst zu glauben: nicht an unser Bewußtsein zu glauben, an unsere Gefühle, an unsere moralischen Empfindungen.»

Er fuchtelte mit einer Reichweite und Heftigkeit herum, daß ich mehrmals instinktiv zurückfuhr. Was für moralische Empfindungen, so fragte ich mich, kamen ihm wohl, wenn er meine kleine Esther vögelte. «Erklären Sie mir doch mal», sagte ich, «was Sie von den Schaltkreisen im Gehirn eines Hundes halten. Hat er ein Bewußtsein von sich selbst? Jeder, der jemals einen Hund besessen hat, wird Ihnen versichern, daß er Gefühle zeigt. Ganz gewiß hat er ein Gedächtnis – und besteht nicht das, was wir ‹Ich› nennen, zum größten Teil aus Erinnerung? Er hat sogar einen freien Willen: Man kann *sehen*, wie ein Hund zu einer Entscheidung zu kommen versucht, sich hin und her windet und zögert und schließlich schuldig fühlt. Denken Sie an die Hierarchie der Organismen, von der Amöbe – die auf bestimmte Reize, wie Licht und Wärme, eindeutig reagiert, also über ein *gewisses* Begriffsvermögen verfügt – hinauf zu den Spinnen und Echsen und der Maus und dem Eichhörnchen und weiter zum Hund, zum Delphin, zum Elefanten, zum Schimpansen: Am Endpunkt dieser Entwicklung haben wir offensichtlich ein Gehirn, dessen Fähigkeiten von denen unseres Gehirns qualitativ nicht mehr verschieden sind, und wir haben auch Persönlichkeit, Gefühl, Empfindung, alle diese feinen Sachen, von denen Sie meinen, daß ein Computer sie niemals erwirbt. Wo aber tauchen sie zum erstenmal auf, auf welcher Stufe der ständigen Verkomplizierung der Neuronennetze? Und warum soll es ausgeschlossen sein, daß diese Stufe

Irgendwann auch von den immer komplexer werdenden Großrechnern erreicht wird?»

Dale neigte mir sein krankhaft-käsiges Gesicht entgegen. Der Haarschnitt hatte die Proportionen subtil verschoben, so daß ein moralisches Ungleichgewicht, eine innere Unwucht Ausdruck zu finden schien. Überzeugungseifer trieb feuchte Bläschen in seine Mundwinkel. «Weil ich *weiß*», erwiderte er, «was in einem Rechner drinsteckt, nämlich nichts als kleine Schalter, winzige kleine Schalter, die Strom fließen lassen oder ausschalten, nach bestimmten Mustern, aus denen sich Rechenvorgänge aufbauen, immer nur auf der Basis von null und eins – ein oder aus, hoch oder niedrig, heiß oder kalt, voll oder leer, wie Sie wollen. Die Geschwindigkeit ist phantastisch, aber das zugrunde liegende Ereignis ist absolut simpel, und egal, wie viele Milliarden von Verbindungen Sie zusammenpuzzeln, es ist immer noch praktisch nichts da, spirituell gesprochen. Wie könnte es auch anders sein?»

Ich sah, daß ich ihn auf ein Gebiet verführt hatte, auf dem er sich unsicher fühlte. Ich entzündete meine Pfeife. Der Rauch der ersten Züge baute sich in der Säule des Sonnenlichts zu bläulichen Skulpturen auf. Trotz der unnachgiebigen Kälte des Monats hatte die Sonne ihr Pensum von Tag zu Tag erhöht – hinter unserem Rücken, sozusagen. «Könnte es nicht sein, daß unsere Gehirne für einen Elektronikingenieur ganz genauso aussehen?»

«In der Theorie, Professor Lambert, aber nur in der Theorie. In der Praxis gibt's da etwas, von dem keiner reden will: nämlich Sie. Wenn Sie ein Geräusch hören – zum Beispiel die Bulldozer dort drüben –, dann wird die Luft durch Vibrationen verdichtet, und die Verdichtungen pflanzen sich fort, durch die Luft, durch Glas und Stein, und erreichen die kleinen Knöchelchen im Ohr, die die Störung an das Trommelfell weitergeben, das es seinerseits der Flüssigkeit im Innenohr mitteilt, die ein paar feine Härchen zu Schwingungen anregt, aus denen die elektrischen Impulse entstehen, die über den Gehörnerv ins Gehirn wandern. Aber *wer* hört das Geräusch? Nicht das Gehirn selbst, das ist nur eine Masse aus elektrochemischem Gelee. Es hört sowenig, wie ein Radio die Musik hört, die es spielt. Und wer ist es weiter, der sich entschließt, aufzustehen und zum Fenster zu gehen und nachzusehen, wo das Geräusch herkommt? Irgend etwas feuert die Neuronen ab, die die Muskeln bewegen, durch die sich Ihr Körper bewegt. Und dieses Etwas ist nicht physikalischer Natur: ein Gedanke, ein Wunsch. Die Leute sind sofort bereit, einzuräumen, daß das Gehirn eine Wirkung auf den Geist ausübt – ihn erst erzeugt, könnte man sagen –, aber unlogischerweise sind sie nicht bereit, auch die Umkehrung der Gleichung zu akzeptieren: daß geistige Vorgänge ihrerseits Gehirnvorgänge erzeugen. Aber genau das passiert ununterbrochen. Die Welt, in der wir leben, unsere subjektive Welt, ist eine Welt von geistigen Ereignissen, von denen einige elektrische Signale hervorrufen, die unsere Körper in Bewegung setzen. Das ist das offensichtlichste Faktum unserer Existenz, und dennoch verlangt der Materialismus, daß wir es ignorieren.»

Die Wirbel, die sein Atem hervorrief, zerstörten die Rauchskulpturen, die ich errichtet hatte. Der Pfeifenschaft lag warm auf meiner Unterlippe, und ich mußte an Lippenkrebs denken. Ich denke oft darüber nach, wie ich sterben werde, welche Krankheit oder welche Operation mich in ihrem Tarantelgriff halten wird, welche gleichgültige Krankenhausmauer oder übermüdete Nachtschwester zum Augenzeugen meines letzten Atemzugs werden wird, meiner letzten Sekunde, jenes unvorstellbar winzigen Punkts, auf den sich mein Leben zugespitzt haben wird. Ich griff nach dem Bleistift mit dem Aufdruck PILGRIM DAY und studierte dessen Spitze. Dann seufzte ich und sagte zu Dale: «Dieser Übergang von Geist zu Elektrizität ist tatsächlich schwer vorstellbar.»

«Aber von der Elektrizität zum Geist, das macht Ihnen keinerlei Probleme», schoß er zurück.

Ich antwortete bedächtig. «Ich glaube, es ist höchste Zeit,

daß wir uns vor ein paar semantischen Konfusionen hüten. Nicht alles, was wir mit einem Wort benennen können, ist gleichermaßen dinghaft. Nehmen Sie ‹Haarschnitt› und ‹Haar›. Wenn ein Materialist von ‹Geist› spricht, so meint er einfach die Art, wie ein Gehirn arbeitet, so wie man ‹Sehen› oder ‹Blick› in bezug aufs Auge verwendet. Diese Verdinglichung von Abstraktionen und Prozessen hat schon Ryle, neben anderen, aufzuklären versucht. Seit Plato haben wir damit zu kämpfen, und gerade die Christenheit hat sich der Verwirrung bedient, wo es ihr nur ins Konzept paßte. Am Anfang war das Wort. Am Anfang, muß das heißen, unseres Wunschdenkens.»

«Andererseits», entgegnete mein junger Opponent und verlagerte sein Gewicht so entschlossen, daß der universitätseigene Stuhl mit einem lauten Knarzen protestierte (der Bursche war offenbar weit weniger von ehebrecherischen Schuldgefühlen entkräftet, als es mir lieb gewesen wäre), «andererseits waren die Materialisten seit Demokrit gezwungen, das Bewußtsein als Epiphänomen, als eine Illusion wegzuargumentieren. Und dennoch ist es alles, was wir haben –»

«Was nicht bedeutet, daß wir es auf ewig haben werden.»

« – und heute erfahren wir von der Quantenphysik, daß es eine inhärente Bedingung der Materie sei: ein Teilchen existiert nicht wirklich, solange es nicht beobachtet wird. Solange keiner hinschaut, ist es ein Geist. Nach Heisenbergs Unschärferelation –»

Auch mein Blut war nun in Wallung; in meiner Eile, ihn zu unterbrechen, verschluckte ich Rauch und mußte einen Hustenreiz unterdrücken. «Wenn es hier eine Sache gibt», sagte ich zu Dale, «die mich intellektuell anwidert, dann ist es das ständige Hausieren von kalbsäugigen Studenten mit der Quantenphysik und Heisenbergs Unschärferelation als Beweisen für diese eisengraue alte philosophische Monstrosität namens Idealismus.»

Dale lehnte sich zurück und lächelte. «Suchen Sie die

Schuld bei den Physikern. Sie kommen selbst immer wieder darauf zurück. Einstein haßte die Quantentheorie, irgendwo nannte er sie einmal ‹gespenstisch›. Er hat mehrmals versucht, sie zu widerlegen, aber die Experimente gaben ihm nicht recht, zuletzt die Pariser Versuche von 1982 mit gekreuzten Polarisatoren. Dabei genügt schon Youngs altes Zweilochexperiment von 1801, also wirklich 'ne ganze Weile her, um das grundlegende Paradoxon zu demonstrieren: Eine Folge einzelner Photonen erzeugt eine Welleninterferenz, so als würde jedes Teilchen gleichzeitig durch beide Löcher hindurchgehen!»

«Certum est», murmelte ich, *«quia impossibile est.»*

«Wie bitte?» erwiderte mein Besucher. Er konnte kein Latein. Aber natürlich mochte er entgegnen, daß den Kennern des Lateinischen die Sprache der Computer fremd sei. Wir alle wissen, relativ gesehen, immer weniger in dieser Welt, in der es zu viel zu wissen gibt und zu wenig Hoffnung, daß dieses Wissen einem irgend etwas nützt.

«‹Es ist gewiß›», übersetzte ich, «‹weil es unmöglich ist.› Tertullian. Sein berühmtester Satz, der allerdings meistens falsch zitiert wird, als *Credo quia absurdum est*: ‹Ich glaube, weil es absurd ist.› Das hat er nie gesagt. Was er in dem einschlägigen Abschnitt von *De carne Christi* wirklich ins Visier nahm, war die Scham, die Peinlichkeit, die intellektuelle Peinlichkeit. Marcion, der zartbesaitete Ketzer, war von Gottes vorgeblicher Inkarnation in Christum ganz offensichtlich peinlich berührt. Was aber ist Gottes unwürdiger, fragt Tertullian, was treibt uns eher die Schamröte ins Gesicht – Seine Geburt oder Sein Tod? Was ist geschmackloser, die Beschneidung oder die Kreuzigung? In eine Krippe gelegt zu werden oder in ein Grab? All das sind Dinge, deren man sich schämen kann. Aber Gott spricht: ‹Wer sich meiner schämt, dessen will ich mich schämen.› ‹Ich bin gerettet›, sagt Tertullian, ‹wenn ich mich meines Herrn nicht schäme› – mich also nicht seiner Fleischlichkeit schäme und aller ihrer peinvollen Begleiterscheinungen.

Der Sohn Gottes ist gestorben, sagt Tertullian: Es ist absolut glaubwürdig, weil es unpassend ist, geschmacklos – *ineptum* lautet das lateinische Adjektiv. Und Er wurde begraben und ist wieder auferstanden: Es ist gewiß, weil es unmöglich ist.» *

«Gut, okay», entbot Dale. «Und die Teilchenphysik kann dem hinzufügen, daß die Wirklichkeit ihrem inneren Wesen nach ungewiß ist, daß sie auf ganz handfeste Weise von der Beobachtung abhängt. Unten in Texas gibt's einen Physiker namens Wheeler, der behauptet, daß das gesamte Universum erst auf das Auftauchen eines bewußten Beobachters warten mußte, ehe es wirklich wurde. Nicht einfach subjektiv wirklich, sondern auf ganz reale Weise wirklich. Wheeler weist darauf hin, daß das Zweilochexperiment so aufgezogen werden kann, daß es retroaktiv ist – will sagen, die Beobachtung, die das Teilchen dingfest macht, kann *nach* dessen hybridem Verhalten erfolgen. Mit ‹hybrid› meine ich, daß bis zum Zeitpunkt der Messung beide Teilchenpositionen, je nachdem, durch welches Loch es gegangen ist, gleichermaßen existieren. Solange niemand in die Schachtel schaut, ist Schrödingers Katze sowohl lebendig als auch tot – beides zugleich. In diesem Sinn hat der Geist tatsächlich eine unmittelbare Wirkung auf die Materie. Ein anderer Physiker namens Wigner –»

«Bitte», unterbrach ich. «Das ist ja alles ganz entzückend, aber finden Sie nicht, daß Sie das Pferd beim Schwanz aufzäumen? Der Grund, weshalb die Menschen nicht allzu viel

* *Quid enim indignius deo, quid magis erubescendum, nasci an mori? carnem gestare an crucem? circumcidi an suffigi? educare an sepeliri? in praesepe deponi an in monimento recondi?... Quodcunque deo indignum est, mihi expedit. Salvus sum, si non confundar de domino meo. Qui mei, inquit, confusus fuerit, confundar et ego eius. Alias non invenio materias confusionis quae me per contemptum ruboris probent bene impudentem et feliciter stultum. Crucifixus est dei filius; non pudet, quia pudendum est. Et mortuus est dei filius; prorsus credibile est, quia ineptum est. Et sepultus resurrexit; certum est, quia impossibile est.*

auf ihren Geist geben, ist doch die ständige Erfahrung, wie absolut der Geist der Gnade der Materie ausgeliefert ist – ein Ziegelstein fällt Ihnen auf den Kopf, und Ihr Geist ist ausgelöscht, ganz egal, wie unscharf die Positionen der Elementarteilchen im Ziegel waren. Das Leben und das Denken stehen auf verlorenem Posten gegenüber Ebbe und Flut, den Gesetzen der Natur, den Planeten. In jeder Minute eines jeden Tages erleben Menschen, daß alle Gebete und alle flehentlichen Bitten dieser Welt nicht ausreichen, um einer Krebsgeschwulst oder einem AIDS-Virus Einhalt zu gebieten, um die Gitterstäbe einer Gefängniszelle zu bewegen oder das Schnappschloß einer Kühlschranktür, die hinter einem spielenden Kind zugefallen ist. Außer der gewaltigen Anstrengung, von der Tertullian spricht, nämlich unsere Beschämung auf uns zu nehmen, bleibt uns nichts, um mit der Materie ins reine zu kommen. Sie ist zu keinem Kompromiß bereit. Sie schert sich keinen Pfifferling um uns, weder zum Guten noch zum Schlechten. Sie weiß nicht einmal, daß wir existieren. Und alles, was wir tun und lassen, vom ‹Erst links, dann rechts, dann geradeaus›, wenn wir eine Straße überqueren, bis hin zur Redundanz der kritischen Systeme bei der Konstruktion von Flugzeugen, alles zollt dieser Tatsache Tribut, dieser herzlosen Gleichgültigkeit der Dinge, ganz egal, zu welchen abstrusen Glaubensüberzeugungen wir uns bekennen.»

Dales Gesichtsausdruck verriet mir, daß ich leidenschaftlich geworden war – und in der unerträglichen Art der Propheten verbuchte er es als persönlichen Triumph. «So sehen Sie das also», sagte er.

«Nun, so kann man es sehen», versuchte ich, etwas verlegen, zu beschwichtigen. «Bei Ihnen muß ich ja wohl als Advokat des Teufels auftreten.»

«‹Abstruse Glaubensüberzeugungen›», wiederholte er, die blauen Augen zerteilt vom Licht des hohen Spitzbogenfensters hinter mir. «Sie sind wirklich ein zorniger Mann.»

«Das sagt Esther auch manchmal. Ich sehe es aber anders: Mir scheint, ich bin so gelassen und gutmütig, wie es die menschliche Kondition nur erlaubt. Eher noch etwas mehr.»

Ich bildete mir ein, daß Farbe auf Dales bleiche Wangen gekommen war, als ich Esther erwähnt hatte. Aber er wollte sich nicht von unserem theologischen Disput ablenken lassen. «Es ist doch wohl so», sagte er nachsichtig, «daß Christus, als Er sagte, der Glaube könne Berge versetzen, nicht gemeint hat, daß die Berge sofort losmarschieren oder daß Kühlschranktüren aufspringen. Ihr Standpunkt ist: Wunder oder gar nichts. Aber es läßt sich doch nicht leugnen, daß der Geist, daß unsere Sehnsucht und unsere Hoffnung die materielle Welt verändern können und tatsächlich verändern. Ich meine, wir sind alle, aus zwanzig verschiedenen Ecken, auf dem Weg zur gleichen, ganzheitlichen –»

Ich unterbrach. «Neben der Unschärferelation», sagte ich, «habe ich in den vergangenen Jahren nichts so sehr hassen gelernt wie das Wort ‹ganzheitlich›: eine absolut inhaltsleere Hülse, die nur dazu dient, alle die nützlichen Differenzierungen zu verwischen, um die sich das menschliche Denken zweitausend Jahre lang bemüht hat.» Nach einer Pause fügte ich hinzu: «Richies Nachhilfeunterricht – geht's *dort* voran?»

Blut, der warme Verräter, strömte sichtbar unter seine Haut; nun war er an der Reihe, *pudibundus* zu sein – die Scham der Existenz zu schultern. Mit meiner Anspielung auf Richie, die Frucht ihres Leibes, hatte ich auf Esther angespielt. «Ganz gut. Er ist wirklich ein lieber Junge, so bemüht. Aber ich bin nie sicher, wieviel er mitbekommt; mal scheint in einer Woche alles klar zu sein, und in der nächsten Sitzung hat er wieder alles vergessen. Ich hab versucht, seine innere Sperre bei den Zahlendarstellungen zu umgehen, indem ich die Computer ins Spiel brachte, um die Sache anschaulicher zu machen. Sie sind ja nicht nur im Prinzip binär, sondern drucken, jedenfalls viele von ihnen, in Hexadezimalzahlen aus, wobei sechzehn natürlich aus vier Binärzahlen zu vier Bit besteht, nichts leichter umzurechnen als das. Aber, ich weiß nicht, ich glaube, er schlägt seinem Vater nach. Er ist einfach so *lieb*, ich glaube, er würde einen prima Geistlichen abgeben.»

Das wollte ich nicht hören. Ich wollte das meiste nicht hören, was Dale mir zu sagen hatte. Er besaß ein besonderes Talent – so wie meine Zahnhygienikerin mit ihrem scharfkantigen Schaber –, die weichen und empfindlichen Stellen auf dem Schmelz zu finden. Ich wollte ihn zum Fleisch zurückbringen, zu Bildern, die ihn an seine Sünde erinnern mußten. «Aber seine Mutter ist doch regelrecht auf Zahlen fixiert», sagte ich. «Wollen Sie etwas Interessantes über Esther erfahren? Es ist ziemlich intim.»

«Aber ja», mußte er, zwar zögernd, sagen.

«Sie stellt sich nackt auf die Waage im Badezimmer, und wenn sie feststellt, daß sie mehr als hundert Pfund wiegt, dann ißt sie nur noch Sellerie und Karotten, bis die Waage wieder exakt eins null null anzeigt.»

«Das ist ja richtig zwanghaft», sagte Dale mit einer Stimme, die so rasselnd klang wie die Vernas. Ich war sicher, daß ihn die Erwähnung unseres gemeinsamen Badezimmers verletzte: Unsere selbstverständliche, sanktionierte Nacktheit, unsere feuchten Handtücher und promiskuitiv getauschten Waschlappen, die gemeinsam benutzten Medikamente und Zahnseiden und Mundwässer, die vor des anderen Augen bräunlichrot weggeschmissenen Heftpflaster machten ihm schmerzlich bewußt, daß es unterhalb des Dachgeschosses, in dem die beiden ihre Scharade einer hoffnungslosen Liebe aufführten, noch viele andere Räume gab – Räume, die Wirklichkeit enthielten, gemeinsame Besitztümer und geteilte Pflichten, Erinnerungen mit abgestoßenen Ecken und abblätternder Farbe, die Gewißheit einer Zuflucht, die ich ihr bieten konnte und er nicht. Nun gut: wer sich in den Ehebruch hineinwagt, muß damit rechnen, daß er über die Zahnseide des betrogenen Gatten stolpert.

«Ich finde es immer irgendwie erregend», vertraute ich

ihm an, «sie mir als genau einhundert Pfund Fleisch vorzustellen, rohes Fleisch; bei Tertullian heißt es *caro, carnis*, was mir ein befriedigenderer Ausdruck zu sein scheint. Ein Argument für die Spaltung zwischen Körper und Geist, das Sie nicht erwähnt haben, wäre auch das Gefühl der Fremdheit, das wir alle in unseren Leibern empfinden, der Ekel, gegen den wir ankämpfen müssen, wenn wir uns mit ihnen beschäftigen. Wenn wir sie füttern, sauberwischen, zusehen müssen, wie sie immer runzliger werden. Stellen Sie sich vor, um wie vieles schlimmer das für eine Frau sein muß – die unerwünschten Körperhaare, die Blutungen, die Ausflüsse, die Flecken in der Unterwäsche hinterlassen, alle diese technischen Mängel, die davon herrühren, daß Gott zu viele Funktionen in ihren kleinen runden Bäuchen untergebracht hat...»

«Sir, ich möchte nicht, daß Sie meinetwegen zu spät ins Seminar kommen», unterbrach mich Dale.

«Keine Gefahr, es findet nicht mehr statt. Zur Zeit sind nur noch die Abschlußprüfungen. Im nächsten Trimester nehmen wir uns dann die nachnizäanischen Häretiker vor – ein Mob der armen Schweine zumeist. Katharer und Waldenser, die diversen Apostoliker, dann die Lollarden, die Hussiten, die Begarden und Beginen, ganz zu schweigen von uns beiden hier.»

«Wir beide?»

«Die Protestanten. Wir haben den Mittelsmann abgeschafft. Wir machen's mit dem Glauben allein. Pfeifen auf die guten Werke, pfeifen auf den Papst und seinen Ablaßhandel. Es wird alles sehr politisch und ökonomisch und ziemlich trocken – die Templer zum Beispiel waren gar keine Ketzer, sie fielen nur der Habgier des Königs von Frankreich und des fünften Klemens auf dem Heiligen Stuhl zum Opfer. Auch der Aufstieg der Städte hat viel damit zu tun. In der Stadtkultur zielt Religion auf eine Befreiung von der Stadt ab, hat a priori eine Neigung zum Mystischen, zum Antihierarchischen. Die Kirche konnte das nicht tolerieren. Alle, vom heiligen Franziskus bis zu Johanna von Orleans, wollten ihren eigenen, direkten Draht, und das paßte der Amtskirche ebensowenig. Mir persönlich liegt der vornizäanische Teil des Seminars viel näher, als der Bischof von Rom noch nicht ein solches Ungeheuer geworden war. In jenen ersten Jahrhunderten spielte sich noch etwas Geistig-Kreatives ab. Man versuchte herauszufinden, was eigentlich passiert war – eine Christologie zu begründen, die die Frage nach der Natur Jesu Christi beantwortete. Was haben Sie eigentlich dazu zu sagen?»

«Wozu?»

«Zur Natur Christi. Sie sind doch ein Christ, oder nicht? Sie sind nach wie vor bestrebt, die Existenz Gottes durch eine natürliche Theologie zu beweisen. Wo kommt in Ihren Diagrammen eigentlich Jesus vor?»

«Je nun» – seine Verlegenheit hatte das Feld gewechselt, aber ihre Farbe beibehalten –, «er kommt überall dort vor, wo er auch im Glaubensbekenntnis vorkommt, als der menschgewordene Gott, der zu uns herabgestiegen ist, um uns von unseren Sünden zu erlösen –»

«Oh, bitte! Haben wir das denn nötig, von unseren Sünden erlöst zu werden? Von welchen denn? Ein wenig Habsucht, ein wenig Lüsternheit – wollen Sie so etwas ‹Sünde› nennen, verglichen mit einem Erdbeben, mit einer Springflut, mit dem Schwarzen Tod? Verglichen mit Hitler?»

«Hitler –» Sofort wollte er auf die Blöße los, die ich mir gegeben hatte.

«Und reden Sie nicht so naiv vom ‹Glaubensbekenntnis›: Welches meinen Sie denn? Das Athanasianische Glaubensbekenntnis setzt völlig andere Akzente als das nizäanische. Das apostolische ist ein Etikettenschwindel, eine PR-Veröffentlichung. Wie vereinen Sie die zwei Naturen des Gott-Menschen? So wie die Arianisten und die Adoptianisten, die den göttlichen Teil niedrig gehängt haben, oder so wie die Monophysiten und Apollinaristen, für die der menschliche Teil nur ein Phantom, ein Vorwand war? Oder vielleicht wie die Nestorianer, für die die beiden Naturen völlig unvermischt in Jesus existierten, so daß der Arme niemals wissen konnte, wer und wo und was Er eigentlich war? Was haben Sie für eine Vorstellung von seinem Geschlechtsleben? Gab's das, gerade mal so eben oder reichlich? Oder hat sich gar nichts abgespielt? Er war den Damen nicht abhold, das müssen Sie zugeben, wenn Sie sich ansehen, wie Er die beiden Schwestern des Lazarus einwickelt oder jedermann warnt, den ersten Stein zu werfen, oder ihm Haus von Simon, dem Pharisäer, Seine Füße von der Sünderin küssen und salben und mit ihren langen Haaren trocknen und sich ‹viel Liebe erweisen› läßt. Stellen Sie sich einmal vor, daß Sie der fünfzehnjährige Jesus sind, daheim in Nazareth: Ihr lausbübischer Auftritt im Tempel ist längst vergessen, und alle glauben, aus Ihnen wird ein ganz normaler Zimmermann vom Schlage Ihres Vaters. Masturbieren Sie? Gehen Sie mit dem kleinen kanaanitischen Mädchen von nebenan hinter den Holzstapel im Hof? Haben Sie feuchte Träume, wie sie selbst der alte Jahwe der donnerndsten Verbote keinem Halbwüchsigen verübeln könnte? Jetzt werden Sie nur nicht verlegen! Mit so was haben sich die christlichen Denker vor dem Konzil von Nizäa Tag und Nacht herumgeschlagen, das war ihr täglich Brot, so wie es nun mein täglich Brot geworden ist. Und wenn Esthers Gewicht über hundert Pfund klettert, dann war es dieses täglich Brot, zuviel davon. Sie ist verfressen, haben Sie das schon bemerkt? Diese Frau ißt einfach gern...»

Seine gebleichten Augäpfel zuckten vor Entsetzen über meine manische Suada hin und her. «Sie sprechen in einem Atemzug von mir und von Blasphemie», entgegnete er schwächlich.

«Stimmt», bestätigte ich. «Ihre ganze Himmelsstürmerei! Wenn Gott es wollte, daß Seine Spur entdeckt wird, hätte Er sie dann nicht deutlicher hinterlassen? Warum sie in den esoterischsten Winkeln von Astronomie und Kernphysik verstecken? Warum diese *Zimperlichkeit*, wenn man die Gottheit ist? Sagen Sie mir: Haben Sie manchmal Angst, zu tief zu blicken und dabei Ihr Augenlicht zu verlieren?»

«Ja», sagte er schlicht, nach einem Lidschlag.

Diese schutzlose Antwort berührte mich. Ich fühlte mich jäh überschwemmt, bis zum Erbrechen, von diesem abscheulichen Gefühl, ἀγάπη…

«Seit ich mich ernsthaft mit dieser Sache befasse», vertraute er mir an, «scheinen meine Gebete in der Nacht, ich weiß nicht – *ungehört* zu bleiben. Ich habe eine Verbindung unterbrochen. Ich spüre Zorn.»

«Und zu Recht», erwiderte ich und spreizte meine Hände auf dem fleckigen, grauen Bogen Löschpapier auf meinem Schreibtisch. Ich bemerkte, daß ich wieder einen Daumennagel zu weit eingeschnitten hatte, so daß eine Vertiefung entstanden war. Wahrscheinlich hielt ich die Nagelschere falsch. «Sie versuchen, Gott einen Platz am Ende eines menschlichen Weges zuzuweisen», sagte ich zu Dale. «Sie errichten einen babylonischen Turm.»

«Und in meinem Privatleben», setzte er mit brüchiger, den Tränen naher Stimme zu einem Bekenntnis an: Er merkte, daß er den Geistlichen in mir geweckt hatte.

Aber ich wollte nichts von Esther hören, ganz gleich, in welcher Verkleidung. Wenn ich ihm Gelegenheit gab, zu beichten und zu weinen, so legte ich seine Wunde trocken, ließ den Eiter aus ihr abfließen. Ich hob abwehrend die Hand. «Ach, *das*», sagte ich. «Damit hat jeder seine Not. Unter diesen Verhältnissen hier unten muß einfach jeder ein wenig pervers werden. Haben Sie bloß keine Angst vor der Erde, vor dem Fleisch. Wissen Sie, was Tertullian dazu gesagt hat? ‹Es gibt nichts in der Natur, das uns die Schamröte ins Gesicht treiben müßte. Wir sollen die Natur verehren.› *Natura veneranda est, non erubescenda.* Und dann verbreitet er sich in ziemlich interessanten Details über Mann und Frau. Wenn sie sich vereinigen, sagt er, machen die Seele und das Fleisch gemeinsame Sache. Die Seele steuert die Begierde bei und das Fleisch die Erfüllung. Der Samen des Mannes erhält seine flüssige Beschaffenheit vom Körper und seine Wärme von der Seele – Tertullian nennt ihn sogar ‹ein Tröpfeln der Seele› und fügt bezauberderweise hinzu, daß er in seinem Streben, wahr zu sprechen, das Risiko in Kauf nehmen müsse, die Schicklichkeit zu verletzen.» Ich beugte mich nach vorn, Dale entgegen, als wollte ich hinter seine Stirn dringen und die Bilder der Ausschweifung wachrufen, die er und Esther dort gespeichert hatten. «Tertullian schreibt weiter, wenn es dem Mann kommt, hat er das Gefühl, seine Seele zu verströmen, er fühlt sich geschwächt und ihm wird schwarz vor Augen. Und er folgert, daß Adam aus Erde und Atem geschaffen worden sei, die Erde von Natur aus Feuchtigkeit enthalte und daher das gleiche für den Samen gelten müsse, der aus ihr stammt.* Kurz gesagt: nichts, dessen man sich schämen muß. *Non erubescenda.*»

«Es ist komisch», bekannte Dale, «aber nachts habe ich manchmal den Wunsch, mit Ihnen zu reden. Ich denke mir Argumente aus. Scheint so, als verunsicherten Sie mich. Sie sagen mir, ich solle mich nicht vor der Erde fürchten. Dasselbe könnte ich auch Ihnen sagen. Immer wieder bringen Sie das Gespräch auf Erdbeben, auf die erschreckende Größe und Herzlosigkeit von allem, auf Kriege und Krankheiten...»

* *In hoc itaque sollemni sexuum officio quod marem ac feminam miscet, in concubito dico communi, scimus et animam et carnem simul fungi, animam concupiscentia, carnem opera, animam instinctu, carnem actu. Unico igitur impetu utriusque toto homine consusso despumatur semen totius hominis, habens ex corporali substantia humorem, ex animali calorem. Et si frigidum nomen est anima Graecorum, quare corpus exempta ea friget? Denique, ut adhuc verecundia magis pericliter quam probatione, in illo ipso voluptatis ultimae aestu, quo genitale virus expellitur, nonne aliquid de anima quoque sentimus exire? atque adeo marcescimus et devigescimus cum lucis detrimento? Hoc erit semen animale protinus ex animae destillatione, sicut et virus illud corporale semen ex carnis defaecatione. Fidelissima primordii exempla. De limo caro in Adam. Quid aliud limus quam liquor optimus? inde erit genitale virus.*

De Anima, XXVII

«Ja?» Ich zwang ihn weiter, gespannt auf seine Lösung.

Ihm stand noch immer die Röte im Gesicht, Verlegenheit. Seine Augen wichen aus, als ich seinen Blick suchte. «So etwas kann man natürlich sagen, und vielleicht *sollte* man es auch sagen; ich meine, es ist Gott, der in uns spricht – diese Empörung. Diese Auflehnung. Genau das ist es ja, was Atheisten so religiös erscheinen läßt, so selbstgerecht und bekehrungswütig. Aber» – er zwang sich, mich anzusehen, meine vielen Schattierungen von Grau – «was ich mir eines Nachts zurechtgelegt habe, was ich Ihnen sagen wollte, ist folgendes: Sie sollten sich darüber klarwerden, daß wir von unserer Loyalität zu Gott nicht lassen können, weil sie im Grunde eine Loyalität zu uns selbst ist. Verstehen Sie, was ich meine?»

«Ich verstehe es», sagte ich, «und es scheint mir eine gefährliche Nähe zum Humanismus zu haben. Es muß das Gegenüber geben, den ganz Anderen, das wissen Sie so gut wie ich. Und sobald wir Ihn vor uns haben, entpuppt Er sich als Monstrum, ist unerträglich heiß und unerträglich kalt und brütet Maden im Misthaufen aus. Und so fort. Trotzdem war es gut von Ihnen, daß Sie das gesagt haben. Ich weiß, wie schwer es ist, diese Dinge auszusprechen, die sich tief in uns ansammeln. Es war gut gemeint, daß Sie mich trösten wollten.»

Tatsächlich befanden wir uns beide in einem kritischen Stadium der Trostbedürftigkeit. Unsere Augen, unsere Seelen irrten haltlos umher, wie geisterhafte Aale. Der kalte, leere Himmel dieses Januars warf ein steinernes Licht in das kathedergraue Zimmer. Meine Füße spürten die Kälte des Bodens, auf mir lastete das Gewicht all der Bücher, die die Wände tapezierten. Meine Pfeife war ausgegangen. «Wie geht's Verna?» fragte ich, um uns Erleichterung zu schaffen von Gott und den furchtbaren, gefährlichen Versuchen, Ihn festzunageln und die göttliche Substanz zu streicheln.

«Ich weiß es nicht», antwortete Dale. «Irgendwas nagt an ihr. Eine Zeitlang war sie obenauf, richtig aufgekratzt von der Aussicht, ihren Abschluß nachzuholen und einen neuen Anfang zu machen, es war wunderbar, das zu beobachten. Aber irgend etwas hat sie wieder runtergezogen. Waren Sie seit Weihnachten mal bei ihr?»

«Mein letzter Besuch kam mir nicht gerade wie ein Erfolg vor», sagte ich, obwohl ich es seinerzeit etwas anders empfunden hatte. In Wahrheit hatte ich mich gescheut, meine Chance zu nützen, weil ich fürchtete, sie existiere nur in meiner Einbildung. «Wir haben versucht, zusammen ‹Thanatopsis› zu lesen.»

«Sie hat die Prüfung in Englisch bestanden.»

«Ja, ich weiß.»

«Tatsächlich? Woher? Sie hat's mir erst gestern am Telefon gesagt.»

«Ich weiß es von Esther.» Schon wieder Esther. Verna hatte es Dale erzählt, Dale Esther, Esther mir.

Er zuckte mit keiner Wimper. «Sie sollten mal bei ihr vorbeischauen, ernsthaft. Verna hält viel von Ihnen.»

Ich mußte lächeln. Ich erinnerte mich an ihr wütendes Gesicht, an ihre entblößten Brüste. «Zu diesem Schluß bin ich leider nicht gelangt.»

«Sie sind der einzige Verwandte, den sie hier hat.»

«Vielleicht ist sie in unsere hübsche Stadt gezogen, weil sie von ihren Verwandten die Nase voll hatte.»

Wie er jetzt vor mir saß, erinnerte mich Dale an seinen ersten Besuch – an den schüchternen, doch selbstbewußten Samariter, den Jesusfreak im Armeeparka. Für den Augenblick hatte er vergessen (wie konnte er!), daß er in meine Frau verliebt war, in ihr Hundertpfundpaket von Außenhaut und Innereien. Die arme Esther war vergessen, solange er sich den Kopf über die unglückliche Verna zerbrach. «Sie würden nicht nur bei ihr nach dem Rechten sehen, sondern auch bei Paula. Sie ist es eigentlich, um die ich mir Sorgen mache.»

«Warum?»

Er zögerte. «Verna kann ziemlich die Beherrschung verlieren.»

«Aber das Kind ist in der Tagesstätte, fünf Vormittage in der Woche. Gratis.» Esther hatte sich um die finanzielle Seite gekümmert.

«Bleiben immer noch die Nachmittage und die Abende. Ich weiß auch nicht. Es ist wie bei einem Druck, der vorübergehend verringert wird – wenn er wieder seine alte Stärke erreicht, wirkt er viel schlimmer. Ich meine, ihr wird erst dadurch klar, was ihr alles entgangen ist. Ich wünschte wirklich, Sie würden sie wenigstens mal anrufen. Ich habe einfach nicht mehr die Energie, mich noch auf sie zu konzentrieren.»

«Wo bleibt Ihre Energie denn dann?» fragte ich hinterhältig. Seine Haut schien sich leicht zu bewölken, und das Webmuster seines länglichen Gesichts, des Knorpels und des Fetts der Wangen und der Knochenfundamente, schien sich zu lockern, so daß bläuliche Taschen entstanden, wie sie auch im Fleisch von Säuglingen zu sehen sind. Ungeachtet unseres Austauschs von ἀγάπη war ich entschlossen, ihn zu zerschmettern, und diese Entschlossenheit fühlte sich köstlich an, kompakt und sehnig wie ein besonders einläßlicher Absatz bei Tertullian.

«In meinem Projekt, vermutlich. Ich zermartere mir das Hirn nach einem Ansatz, nach einem methodischen Gerüst, mit dem ich ein Gesamtmodell der Wirklichkeit auf dem Computer simulieren könnte, aber das ist einfach zu gigantisch. Allein die Datenmenge, die Sie, sagen wir mal, zur Beschreibung des Äußeren eines Häuserblocks in einer Großstadt brauchen, ganz zu schweigen von den chemischen und atomaren Strukturen unter der Oberfläche, würde mehr Megabytes an Speicherkapazität erfordern, als es zwischen hier und Berkeley wahrscheinlich überhaupt gibt, selbst wenn wir einen allwissenden und blitzschnellen Programmierer und genügend Zeit hätten, um das alles einzugeben. Schon allein die Auftragsarbeit, an der ich gerade sitze – da geht es darum, einen Ball mit dem Schriftzug und dem Firmenzeichen einer Tierfutterkonserve über ein kleines, kieseliges Stückchen Landschaft hüpfen zu lassen, die wir schon elektronisch generiert haben, Punkt für Punkt. Das klingt nicht sehr aufregend, aber jedesmal, wenn der Ball den Boden berührt, muß er sich ein wenig abflachen, sonst wirkt er wie eine Glaskugel, die eigentlich zerspringen müßte. Wenn er dann wieder hochhüpft, stellt seine Elastizität die ursprüngliche Form in der Luft wieder her. Man hat also keinen Kreis, sondern eine krumme Kurve, wie man sie mit einem Kurvenlineal zeichnen würde, auch nicht symmetrisch, weil sich der Ball ja nur auf einer Seite eindellt. Natürlich läßt sich das alles berechnen, auch mit der Raumillusion, aber wenn die Funktionen dann huckepack angetanzt kommen und das elende Firmenzeichen von diesem Büchsenfutter sich mitverformen muß, anders an jedem Punkt der Oberfläche und das alles dreißigmal in der Sekunde, und zu diesen Problemen der Objektgeometrie noch die der Texturdarstellung kommen, mit kleinen Finessen wie Spitzlichtern und Reflexionen, dann gerät man mit der Zahl der Operationen und der Länge der Pfade verdammt schnell in kritische Bereiche. Wenn Sie Ihren Rechner dann noch mit jemand anderem teilen und nicht die volle Kapazität zur Verfügung haben, dann sitzen Sie minutenlang da und können Däumchen drehen, bis er ein neues Teilbild ausspuckt. Und dabei ist so ein hüpfender Ball eine ziemlich simple Animationsaufgabe. Trickfiguren aus Zylindern und stumpfen Kegeln und bikubischen Teiloberflächen sind um eine oder zwei Größenordnungen komplexer als das. Aber immer, nicht nur in der Graphik, sondern auch bei CAM-Programmen ist es die Ver*form*barkeit, die Elastizität von allem Organischen, die die Mathematik galoppieren läßt.»

Ich hatte wenig von dem verstanden, was er gesagt hatte. Allein der Versuch deprimierte mich. Ich nickte verbindlich und sagte: «Es ist erschreckend, wenn man darüber nachdenkt.»

«Na ja, die meiste Denkarbeit nimmt einem ja der Rechner ab», beruhigte mich Dale. «Jedenfalls, was die handfesten Dinge angeht.» Seine Hände setzten sich in Bewegung und malten Pfeile und schiefe Ebenen in die Luft, während er seine Marschrichtung in das Problem, in die Maschine zu ertasten begann. «Ich hab mir überlegt, für diesen Antrag, daß jeder Versuch, die Welt von außen nachzubilden, Bit für Bit, einfach lächerlich wäre. Was ich zu simulieren habe, ist nicht die Schöpfung, sondern der Schöpfer – das heißt, wenn ich ein System, egal von was, nicht von Molekülen oder Neutrinos oder Galaxien oder Mikroben, sondern sagen wir mal von ein paar tausend Farbpunkten, wie ich sie aus meiner Graphik kenne, wenn ich ein solches System installiere und ein Vermehrungsprogramm starte, das strikt dem Zufall gehorcht; und wenn ich nun eine vergleichbare zweite Gruppe von solchen Farbpunkten nehme und ihr eine ganz winzige Dosis Teleologie verpasse, indem ich ein paar einschränkende Bedingungen für das zelluläre Wachstum programmiere, irgendein planendes, steuerndes Subsystem, ich kann noch nichts Näheres darüber sagen, einfach eine mathematische Repräsentation einer Zielgerichtetheit, einer mehr oder minder göttlichen Absicht; und wenn ich dann meine beiden Zellkulturen wuchern lasse, was der Rechner nur hergibt, und sie dabei vergleiche und untersuche, ob sich in dem zufallsbestimmten oder in dem teleologisch manipulierten Material eher Strukturen herausbilden, die der beobachtbaren Wirklichkeit ähneln, dann haben wir vielleicht eine Art Basis, die ich Ihrer Stipendienkommission vorstellen könnte. Wann, sagten Sie, wollten sie die Sitzung mit mir einberufen?»

«Kurz nach dem Beginn des Frühjahrstrimesters. Anfang Februar, möchte ich meinen.»

Er starrte über meinen Kopf hinweg ins Leere. «Mannomann. Das ist so gut wie morgen. Es ist noch alles so vage in meinem Kopf, es ist wie diese Wolke da draußen, die ein Zeichen zu geben scheint. Ich bin mir gar nicht sicher, ob wirklich ausgerechnet ich so was versuchen sollte; ich komme mir oft viel zu dumm vor.»

«Keine Bange», sagte ich frohgemut: «Vielleicht ist Dummheit eine der Voraussetzungen; sie ist es schon für eine ganze Reihe hehrer Unternehmungen gewesen.» Ich hörte den Tonfall von Verabschiedung in meinen Worten, und Dale hörte ihn auch, erhob sich und ging. Die Haltung von Hals und Schultern zeigte, daß er entmutigt war. Ich malte mir seinen Weg durch den langen Korridor des ersten Stocks aus, auf schokoladenbraunem Linoleum an verschlossenen Hörsaaltüren entlang und hinunter durch das Kalkstein-Treppenhaus mit dem breiten Eichenholzgeländer und dem kapellenähnlichen Absatz unter dem schlitzförmigen Fenster, und weiter durch die Halle im Erdgeschoß, vorbei an der Anschlagtafel mit ihren mehrschichtigen Ankündigungen von banjobegleiteten Eucharistiefeiern in innerstädtischen Gettokirchen, von mondbeschienenen Rap-Marathons betreffend «Die Entwicklung einer jüdisch-feministischen Spiritualität» und «Die Theologie der Befreiung als politische Praxis in Nordamerikas Dritter Welt» oder den Vortrag eines durchreisenden Mediziners zum klebrigen Thema «Intimität und Vertrauen im Zeitalter von AIDS».

Ich fühlte mich nach unserem spirituellen Schlagabtausch, unserem «Aufeinanderzugehen», wie von einer dünnen Schlammschicht bedeckt. Ich konnte es nicht ertragen, daß durch die aufrichtigen Gewissensqualen dieses Jünglings, durch seine halsstarrige Weigerung, mich in Frieden zu lassen, ehe er nicht meinen Segen hatte, meine innerste Überzeugung, mein heißes Barthianisches Nugget, das ich mit Lagen von weltlichem Zynismus und pragmatischer Situationsethik isoliert hatte, ans Licht gezerrt wurde. Ich war von jeher auf Distanz zu meinen Studenten bedacht und haßte diesen Eindringling aus einer anderen Fakultät, aus einer weit entfernten Ecke unserer Universität, der seine breiten Hush-Puppies-Spuren an Orten hinterließ, die so viele andere niemals betreten durften. Denn viele, selbst die quadratschädelige Corliss Henderson, die so melancholisch und verbissen ihre Helenas und Monikas zu Mannweibern stilisierte, hätten mich gerne näher kennengelernt, wären gerne «in Kontakt gekommen» mit dem in makelloses Grau gehüllten Professor Roger Lambert, der seinen Deal mit dem Universum gemacht hatte und verdammt sein sollte, wenn er vertragsbrüchig wurde.

2

Zögernd klopfte ich an der namenlosen grünen Tür; ich war noch nie bei solchem hellen Tageslicht hiergewesen. Die Morgensonne stand am Ende des gefledderten, zernarbten Flurs, und eine keusche Stille lag über dem ganzen Wohnblock – die Kinder in der Schule, die Erwachsenen in der Arbeit oder noch im Bett mit ihren Sünden. Verna öffnete die Tür in einem züchtigen, holzkohlenfarbenen Rock und einem lila Zopfmusterpullover: Natürlich, sie war längst schon auf und aus dem Haus gewesen an diesem frischen Wintermorgen, um die kleine Paula zur Kindertagesstätte zu bringen. Sie hatte die Tür sehr rasch geöffnet, als erwartete sie jemand anderen. Als sie statt dessen mich erblickte, ging auf ihrem breiten, blassen Gesicht – ihrem Pfannkuchengesicht – eine Verwandlung vor, die das Grübchen ausradierte, und sie zog mich in ihre Wohnung und warf sich in meine Arme. Durch Mantel und Jackett hindurch spürte ich den gleitenden Druck ihrer Brüste, die Wärme und den Herzschlag, die gefangen waren im fragilen Brustkorb dieser jungen Frau. Sie schluchzte, ihr Atem und ihre Tränen drangen heiß an die Seite meines Halses. «Oh, Nunc», stieß sie heraus, ihre Stimme rasselnd und unreif wie je. «Wo hast du nur die ganze Zeit gesteckt.»

«Aber ich war doch in der Stadt», sagte ich, verblüfft. «Du hättest anrufen können, wenn du uns sehen wolltest. Oder mich.» Die Pronomen spiegelten erst die Unterstellung, daß es Esther und ich als Paar, als Elternsurrogat, waren, die sie vielleicht gebraucht hatte; und dann die Überlegung, daß sie Esther ja ohnehin fast täglich in der Kindertagesstätte sah und die darauf folgende dankbare Erkenntnis, daß ich persönlich und allein derjenige war, von dem das Kind etwas wollte.

Sie schien kaum mehr loslassen zu können. Zum erstenmal seit vierzehn Jahren spürte ich, wie es war, eine Frau von mehr als hundert Pfund im Arm zu halten. Doch mein Griff blieb oberflächlich, unsicher, unverkennbar onkelhaft. «O Jesus», heulte sie und schniefte. «Es war schrecklich.»

«Was denn?»

«Al-les.»

«Ich habe gehört, daß du einen Teil deiner Prüfungen bestanden hast», sagte ich. «Und ist es nicht angenehm, daß dir Paula an den Vormittagen abgenommen wird?» Wir hatten uns voneinander gelöst, doch eine Art Wärmeschatten ihres Körpers war vor mir zurückgeblieben, strahlte durch mein Hemd, den Stoff der Hose.

Ihr Schniefen wurde ein verächtliches Schnauben. «Pupsie!» sagte sie wegwerfend. «Das ist das wenigste.» Sie sah mich mit ihren Bernsteinaugen an, dem wimpernlosen, schräggestellten Blick einer verstimmten Katze. Er unterstrich, was sie gleich sagen würde: «Ich mache noch eins, Nunc.»

«Noch ein ... Baby?»

Verna nickte. Ihre strähnigen, gebleichten Locken fielen tiefer in die niedrige Stirn. Ihre Stimme klang gepreßt, wie unter dem Druck einer Entschuldigung. «Ich weiß nicht, was mit mir los ist. Es ist, als bräuchten die Kerle nur mit dem Finger zu schnippen.»

«Die Kerle?»

«Ach, du weißt doch, Nunc.» Strahlend, als zitiere sie aus *Cosmopolitan* oder irgendeiner windigen Ratgeberspalte: «Der jungen Frau von heute gehört die Welt.»

Das wiederholte «Nunc» klang spöttisch – aber sie *war* erleichtert und dankbar gewesen, als sie mich vor der Tür stehen sah.

«Hat Dale dir nichts erzählt?» fragte sie überraschenderweise.

«Eigentlich nicht. Er sagte nur, ich sollte mal bei dir nach dem Rechten schauen.»

«Deshalb bist du also hier. Ich danke!»

«Und was willst du jetzt machen?» fragte ich.

Sie zuckte die Achseln, und der zerstreute Blick, mit dem sie sich im Zimmer umsah, ließ vermuten, daß sie ihr Problem, ebenso wie den Tränenausbruch und die Umarmung, schon hinter sich gelassen hatte. Im Nebenzimmer spielte das Radio. Die Musik wurde immer wieder von einer hektischen, witzelnden Frauenstimme unterbrochen, die konvulsivisch und anmaßend dazwischenplatzte. «Hallo, da draußen, hier sind wir wieder», sagte die Stimme, «euer Sender W-I-L-D!» Der Fernseher war ausgeschaltet, stand stumm auf seinem Milchflaschenträger. Der Raum hatte einen Hauch von Studentenbude angenommen. Ein kleines, weiß gestrichenes Bücherregal war aufgetaucht; sein Inhalt bestand aus ein paar Modemagazinen und der schlüpfrig-blauen Anthologie, die ich ihr mitgebracht hatte. Und es gab einen neuen Stuhl, einen leuchtenden, prallgepolsterten Lehnstuhl, der mich an irgend etwas erinnerte, ich wußte nicht, an was.

Meine Frage hatte – ähnlich den theologischen Fragen, mit denen Dale und ich den Raum zwischen uns irritierten – etwas zur Sprache gebracht, was besser ungesagt geblieben wäre: Verna vergaß immer wieder, daß Handlungen Konsequenzen haben. Ihr fahriges Gesicht drohte sich wieder in Panik aufzulösen, wie bei meiner Begrüßung. «Ich *weiß* es nicht. Ich will überhaupt nichts machen.»

Ich beschloß, mit gutem Rat nicht hinterm Berg zu halten. «Du *kannst* das Kind einfach nicht bekommen», sagte ich zu ihr. «Es würde dich noch mehr ins Abseits manövrieren.»

Mir fiel wieder ein, woran mich der neue Stuhl erinnerte: an die pfirsichfarbene, kordsamtbezogene Rückenstütze, die der sehnige junge Schwarze auf seinem Kopf über den Sumner Boulevard balanciert hatte, als ich am Tag vor der Wahl zum erstenmal hierhergekommen war. Nicht, daß die Farbe oder Form genau übereingestimmt hätten – aber sie teilten eine Aura, die Aura von zum Scheitern verurteilter Hoffnung. Ich berührte den mandarinenfarbigen Kordsamt des Stuhls. «Wie ich sehe, hast du dir etwas von dem Geld gekauft, das ich dir gegeben habe.»

«Das ist mein Onkelstuhl», sagte sie mit gespielter Kleinmädchenstimme. «Damit er sich draufsetzen kann, wenn er mich besuchen kommt. Wenn er mich jemals besuchen kommt.» Ich setzte mich auf den Stuhl. Seine Polster hatten die Steifigkeit von fabrikneuem Schaumstoff. «Wie oft ist deine Periode ausgeblieben?» fragte ich.

«Zweimal, glaub ich», sagte sie teilnahmslos.

Mir wurde klar, daß ich meine Beraterrolle kompromittiert hatte, als ich Platz nahm. Mein Gesicht war in Höhe von Vernas Hüften. In meinen Nerven vibrierte noch das Gefühl, sie in den Armen zu halten: ihren Körper mit seinem Gewicht, seiner Festigkeit, der Verantwortung, die er bedeutete. Es ist eine eigentümliche erotische Erleuchtung, die über uns kommt, wenn wir Frauen für einen Augenblick nur als die weiblichen Tiere unserer Spezies betrachten, als eine andere Gruppe von gespaltenen Kreaturen, die ebenso wie wir verdammt sind zum täglichen Kreislauf von Nahrungsaufnahme und Entleerung, von Schlaf und Verausgabung. Wir stecken gemeinsam drin, *in carnem*. «Du *glaubst*?» sagte ich streng. «Kannst du nicht zählen?»

«Die dritte wäre etwa jetzt», war ihre unwillige Antwort. Die Hüften in dem holzkohlentrüben Rock schwangen hin und her; sie begann träge zu flirten.

«Na also», sagte ich. «Kein Problem. Laß es abtreiben. Du hast das Glück, in einer Zeit zu leben, in der du es nur zu sagen brauchst. Als ich so alt war wie du, mußte man demütig auf allen vieren angekrochen kommen, damit es gemacht wurde. Es war ungesetzlich und gefährlich, und Frauen konnten daran sterben. Und heute wollen diese Idioten die finsteren Zeiten zurückbringen.»

«Mußtest du jemals auf allen vieren angekrochen kommen, Nunc?»

«Nein. Meine erste Frau» – ich antwortete widerstrebend – «konnte keine Kinder bekommen. Es war die Tragödie ihres Lebens.»

«Wenn sie fruchtbar gewesen wäre – hättest du es ihr zugemutet, ihr Leben aufs Spiel zu setzen und den Fötus zu töten?»

«Wir waren verheiratet, Verna. Es gibt keinen Vergleich zwischen unserer Situation und deiner.»

«Es ist nur so, Nunc: Ich bin derselben Meinung wie diese Idioten. Der Fötus lebt. Wir sollten ihn nicht umbringen.»

«Sei nicht albern. Der Fötus, wie du so schön sagst, ist in diesem Augenblick so groß wie eine Erdnuß, wie ein Weißfisch. Wenn du jemals Sardinen gegessen hast, dann solltest du in die Abtreibung einwilligen.»

«Jetzt sei *du* nicht albern. Es steckt in meinem Bauch, nicht in deinem. Und ich kann *fühlen*, daß es leben will. Da gibt's einen Film, den sie dir zeigen, wie dem Baby der Schädel zerquetscht wird.»

«Hör auf, an das Baby zu denken. Denk an Verna. Was willst du mit noch so einem Rußbaby, wenn dich schon das eine, das du hast, an den Rand der Verzweiflung treibt und an deinem Leben hängt wie ein Klotz am Bein?»

Es gibt in solchen Auseinandersetzungen einen Punkt, an dem sich das Interesse der Beteiligten vom vorgeblichen Thema auf den Streit selbst verlagert, auf die Hitze und die Leidenschaft, die das Hin und Her der Argumente erzeugt. Vernas Koketterie hatte zugenommen; sie hing ihr von den Hüften wie ein Sarong. Ihre Stimme war leiser geworden, lockend. «Wer sagt denn, daß das Baby ein Rußbaby ist?»

Ich klang immer noch schrill: «Egal welche Farbe: das Kind mag so weiß sein wie Schnee, aber es hat keinen Platz auf dieser Welt. Warum es hereinlassen, wenn es hier nur gequält wird?» Ich wünschte, ich hätte meine Pfeife bei mir gehabt.

«Soll ich dir mal was erzählen, Nunc? Ich liebe es, Kinder zu kriegen. Das Gefühl, wie's in mir wächst und dann diese unglaubliche Sache, auseinandergerissen zu werden und plötzlich zu zweit zu sein.»

Ich stützte die Stirn auf meine Fingerspitzen und überlegte, daß keine Antwort die eindringlichste Antwort sei.

Sie schlenkerte dichter an den Stuhl heran. «Und soll ich dir noch was erzählen?»

«Ich bin nicht sicher.» Meine Kehle wurde trocken.

«Meine Mutter wollte mich abtreiben, aber mein Daddy hat's ihr nicht erlaubt, weil er schon damals ziemlich religiös war, noch vor der Krebspanik. Und deshalb kann ich ihm auch nicht allzu böse sein, wenn er sich wegen Pupsie und allem wie ein Arschloch aufführt. Ohne ihn wäre ich nicht hier. Ich wäre nirgendwo, Nunc.»

Es klopfte an der Tür. Der Widerhall in diesem untermöblierten Zimmer war so heftig, daß das Klopfen donnernd wirkte, so hart wie der Lauf einer Waffe an unseren Schläfen. Tatsächlich war es sanft gewesen, vertraulich.

«Verna?» Die Stimme war ein samtiger Bariton mit einem Sediment von rauhem Sand. «Verna, Honey. Bist du da?»

Wir waren beide erstarrt, ich im Stuhl, sie stehend daneben, ihre Schenkel nur Zentimeter von der eckig ausgepolsterten Armlehne entfernt. Ich blickte zu ihr hinauf, sie zu mir hinunter, das Kinn zu Falten aufgeworfen. Sie lächelte ein verschlagen-mütterliches Grübchenlächeln, um unsere Konspiration des Schweigens zu besiegeln.

Der Mann vor der Tür, nach dem singenden Tonfall unzweifelhaft ein Schwarzer, klopfte abermals, nun ein wenig schärfer. Dann hörte man ihn mit den Sohlen schleifen und leise durch die Zähne pfeifen, um seine Anwesenheit zu dramatisieren. «Hey, Verna, spielst du Murmeltier?»

Vernas Lächeln und ihr mütterlicher Blick auf mich herab

veränderten sich nicht: Doch ihre rundlichen Hände mit den kurzgeschnittenen Nägeln griffen in die Seiten ihres grauen Rocks, rafften den Stoff zusammen und streiften ihn nach oben, streiften ihn mit einem so leisen Rascheln, daß nur ich es hören konnte, immer höher hinauf bis über die Schenkel. Sie trug keinen Slip. Mein Mund wurde pelzig trocken, wie vom Speichelzieher des Zahnarztes ausgesaugt.

«Okay, Verna, wie du willst», sagte die Stimme zu sich selbst, und die Knöchel der fremden Hand tappten einen geistesabwesenden kleinen Rhythmus gegen die Tür. Ihre Schenkel waren fahl leuchtende, geschwungene Säulen; ihr Schamhaarbusch war breit, wie ihr Gesicht, und dunkler als das Kopfhaar und noch lockiger, so daß kleine Bögen von reflektiertem Licht darin aufblitzten und zufällige Überlagerungen der kleinen Wirbel winzige runde Fenster auf die darunterliegende Haut öffneten. Der Mann an der Tür ließ einen theatralischen Seufzer hören und entfernte sich mit heimlichen Schritten, die sich durch die Vibration des Bodens verrieten. Verna ließ ihren Rock sinken und trat zurück, noch lächelnd, doch mit einem feindselig-ernsten Blick.

«Wozu sollte das gut sein?» flüsterte ich.

«Ach», sagte sie mit ihrer gewohnten, rasselnden Stimme. «Nur, um mit irgendwas die Zeit totzuschlagen. Ich dachte, es würde dich interessieren. Du brauchst nicht flüstern. Er hat bestimmt unsere Stimmen gehört und ist nur gekommen, um mich zu nerven.»

«Wer war es?»

«Ein Freund, muß man wohl sagen.»

«Ist er der Vater?»

«Ehrlich gesagt, ich bezweifle es.»

«Könnte Dale der Vater sein?»

«Würde das was ändern? Könnte ich es dann behalten?»

«Ich glaube nicht. Aber ihr könntet wenigstens gemeinsam die Entscheidung treffen.»

«Läuft nicht, Nunc. Ich hab dir schon mal gesagt, daß wir

nicht miteinander vögeln. Er ist nicht so wie du. Er findet mich nicht lecker.»

«Und ich finde dich lecker, wahrhaftig.» Was sie mir gezeigt hatte, stand mir wie ein selbständiges Lebewesen vor Augen, ein Seeigel auf einem weißen Meeresgrund. Als sie ihren Rock gehoben hatte, war ein Duft herausgedrungen, der verwandt war jenem moschusdumpfen Geruch nach zerquetschten Erdnußschalen aus meiner frühesten Kindheit, aber weiter noch zurückreichte, zurück an den Ursprung des Lebens. Feuchtigkeit begann langsam in meine Mundhöhle zurückzukehren.

Sie bewegte sich tänzelnd, mit sich selbst zufrieden. «Wenn ich die Abtreibung machen lasse, Nunc, dann ist das nicht ganz gratis.»

«Ich dachte, das wäre es, jedenfalls in diesen Ambulanzen vom Gesundheitsdienst? Ist das nicht der ganze Sinn solcher Abtreibungskliniken, es Teenagern wie dir zu ersparen, ihre Eltern einzuweihen?»

«Yeah, aber sie knöpfen dir jetzt trotzdem etwas ab, das gehört zu den Reaganomics. Aber vielleicht will ich ja gar nicht in so eine Ambulanz gehen und eine Stunde später rausgetaumelt kommen. Vielleicht habe ich Angst vor Operationen und sollte in ein richtiges Krankenhaus gehen. Und übrigens, falls ich es tatsächlich durchziehe, findest du nicht, daß ich dann so was wie Schmerzensgeld verdient hätte?»

«Warum sollte ich dich bestechen, damit du etwas tust, das zu deinem eigenen Besten ist?» fragte ich nüchtern.

«Weil du mich ficken willst. Weil du mir die Fotze ausschlecken willst.»

«Verna. Deine Sprache.»

Sie grinste mädchenhaft. «Klingt toll, nicht wahr? Mom würde lieber sterben, als so was in den Mund nehmen.»

Um zu sondieren, wie verderbt sie war, und vielleicht auch, um den Preis eines Fötus zu erfahren, fragte ich: «Würden dir dreihundert reichen?»

Ihre Lippen stülpten sich aus, als stochere sie mit der

Zunge nach etwas, das zwischen ihren Zähnen steckte: ein Fünfziger-Manierismus, der ihr eine bemerkenswerte Ähnlichkeit mit ihrer Mutter verlieh. Nachdem sie dergestalt nachgedacht hatte, sagte sie: «Ich muß es mir überlegen, Nunc. Kein Scheiß, ich fühle einfach, daß es eine Sünde ist.»

«Wir alle fühlen, daß es eine Sünde ist. Aber unsere Welt steckt bis zum Hals in Sünden. In diesem Sumpf versuchen wir zu entscheiden, welches von zwei Übeln das kleinere ist. Wir versuchen eine Wahl zu treffen und die Konsequenzen zu akzeptieren. Das ist es, was Erwachsensein bedeutet.»

«Aber – du glaubst doch nicht, daß selbst kleine Babies böse sein können?»

«Augustinus hat es getan. Johannes Calvin hat es getan. Die besten christlichen Denker haben es alle getan. Man muß: Wäre es anders, so wäre die Welt nicht gänzlich aus der Gnade gefallen und müßte nicht erlöst werden – es gäbe keinen Stoff fürs Christentum. Aber egal, Verna, es ist dein Leben, wie du gesagt hast. Dein süßer Körper.»

Im Wohnblock rings um uns war es totenstill, als existierten nur wir noch auf der Welt. Vom Fensterbrett stieb funkelnder Schnee auf. Es hatte nur wenig geschneit, aber der Januar war so kalt gewesen, daß alles liegengeblieben war, unter den Schritten knirschte und nachgab, in tausend winzigen, glitzernden Pseudostürmen hin und her wirbelte.

Verna wirkte ruhelos: eine Gefangene. Aber wo hätte sie hingehen können an diesem strahlenden Morgen, ohne Auto, ohne Job? «Mein süßer Körper, hm?» sagte sie.

«Sollten wir nicht irgendwelche Folgerungen ziehen», fragte ich vorsichtig, die Kehle wieder ausgedörrt, «aus der Tatsache, daß ich dich lecker fand?»

Sie verstand nicht gleich, was ich meinte; ihre Augen weiteten sich, zogen sich wieder zusammen. «Ach, ich *weiß* nicht recht», sagte sie schließlich. «Vögeln kommt einem komisch vor, wenn man was Kleines erwartet, wie essen auf einen vollen Magen oder so was.» Ihre Weigerung war, wie die meisten Haltungen, die man probehalber einnimmt, verschwenderisch begründet: «Eigentlich wollte ich gerade ein Aquarell malen. Dale sagte, er braucht eins, um es jemandem zu zeigen. Und außerdem hat er mir dieses Buch hier gegeben, damit ich mich in Mathe fit machen kann für die Prüfung. Außerdem hab ich meiner Arbeiterin versprochen, daß ich bei ihr vorbeischaue und neue Sozialhilfeformulare hole, sie ändern ja dauernd die Spielregeln. Weißt du» – ihre Augen weiteten sich wieder –, «daß ich vierundsiebzig Dollar zusätzlich von der Stütze kriege, wenn ich ein zweites Kind bekomme?»

«Verna!» tadelte ich. «Was für eine Art, Geld zu verdienen. Indem du Kinder machst.»

«Nicht schlimmer, als sich Geld mit Abtreibungen zu verdienen.»

«Ich würde dich nicht bezahlen, ich würde dich entschädigen.»

«Das ist eine verdammt clevere Unterscheidung.» Sie blickte wieder auf mich hinunter, den Kopf so weit vorgeneigt, daß das Kinn Falten warf. «Was dich und mich angeht: Käm's dir nicht auch komisch vor, du als mein lieber Onkel und alles?» Sie berührte meinen Scheitel, das dichte, silbrige Haar, auf das ich mir soviel einbilde. «Aber du könntest mich küssen. Das wäre mehr was Freundliches.»

Ich wollte mich aus dem neuen Lehnstuhl erheben, doch sie kam näher und sagte: «Nicht aufstehen. Hier.» Und sie hob wieder den Rock. Irgendein Boyfriend mußte ihr einmal erzählt haben, daß sie eine hübsche Pussy hatte. Da war ein sanftes, bleiches Tal mit zartesten, blauverborgenen Adern an der Stelle, wo ihr Bauch die beiden Schenkel traf. Ich entschied mich für den rechten; ein paar Schamhaare standen als Wachtposten über den Rand des wolligen Kernlands an der Flanke des Venushügels. Hoch über mir hörte ich Verna kichern. «Das ist eine kitzlige Stelle.»

Ich küßte mit stärkerem Druck, um die Kitzligkeit zu vermindern. Als ich im Begriff war, meine Lippen nach links wandern zu lassen, trat sie zurück und ließ ihren Holzkohlenrock fallen. Unterhalb meiner Taille bemerkte ich, zu meiner Befriedigung, die Anfangsstadien einer Erektion. Nicht jeder Frau gelingt es, unser Reptiliengehirn zu reizen; es ist eine Sache der Pheromone, eines geheimnisvollen Ineinandergreifens neuraler Netze. Und keineswegs hat dieser Reiz auch nur das geringste mit den gesellschaftlichen Vorzügen der Dame zu tun; falls diese überhaupt mitspielen, so allenfalls als Dämpfer des Geschehens. Wir paaren uns nicht um unsertwillen, sondern im Dienst des großen Genpools, der uns überall umschwappt.

Verna war in ihre Mädchen-wollen-Spaß-Laune zurückgekehrt: «Vielleicht wär's lustig, wenn wir uns wenigstens ausziehen», sagte sie. «Wenn du mich nicht wieder abweist.»

«Ich weise dich niemals ab, oder?»

«Andauernd, Nunc. Es ist niederschmetternd. Du spielst mit mir.»

«Komisch. Ich hätte schwören können, daß du mit mir spielst.»

«Ich wette, du fragst dich, warum ich keinen Slip drunter anhabe.»

«Ich habe Spekulationen angestellt, das stimmt.»

«Ich mag das Gefühl. Wenn ich draußen an der frischen Luft bin, dann trage ich ein Geheimnis mit mir herum.»

«Neben deinen vielen anderen.»

Ihre schrägen Augen verengten sich und nahmen die Herausforderung an. «Nicht so viele, wie du glaubst. Du hältst mich wirklich für 'ne nuttige Person.»

Während sie noch sprach und mich anstarrte, materialisierte sich eine gläserne Wand zwischen uns. Die kleinen Fühler, die gewachsen waren, als mein Gesicht an ihren Bauch geschmiegt lag, wurden gekappt, und ich merkte, daß dieses pflichtvergessene Mädchen von gewöhnlichster Gesinnung mir weniger bedeutete als eine Schaufensterpuppe in einem Warenhaus. Es war ein erleichterndes Gefühl. Seit sie ihre Einladung zu gemeinsamer Nacktheit ausgesprochen hatte, war ich bestürmt worden von bohrenden Gedanken an AIDS, an Herpes, an den Mann vor der Tür, der mit erhobener Faust zurückkehren konnte, an den Berg von körperlicher Leistung, den ich erklimmen sollte, an mein schwaches, unzuverlässiges, dreiundfünfzigjähriges* Fleisch, an die Verhöhnung, die ich von seiten dieses flatterhaften Teenagers riskierte, an betrunkene und ausgelassene Schilderungen drüben im *Domino* vor einem Publikum von dunklen Fremden. «Ich halte dich», korrigierte ich, «für eine Person, die weniger aus ihrem Leben macht, als sie könnte.»

«Okay, verpiß dich, Nunc, das war das erste und das letzte Mal, daß du an meiner Pussy geschnuppert hast. Und ich brauche auch dein Geld nicht. Wie wir schon festgestellt haben, verfüge ich über eigenes Kapital.»

«Fang um Himmels willen nicht noch damit an, sonst kommst du wirklich auf die Rutschbahn. Wie stehst du eigentlich zu Drogen?»

«Ich zieh mir nie 'nen Joint vor fünf Uhr nachmittags rein. Und ich schniefe Koks nur dann, wenn jemand anders dafür zahlt. Hängt davon ab, mit wem ich gerade aus bin.»

«Liebe Güte. Was für ein schlimmes Mädchen.»

«Ich bin ein *gutes* Mädchen, Nunc.»

Wir glitten ab in Geplapper. Ich blickte bereits in meine Brieftasche und plante für die Rückfahrt ins Institut einen Zwischenstopp am Geldautomaten ein: WIR BEDANKEN UNS FÜR DAS VERTRAUEN, DAS SIE UNS GESCHENKT HABEN UND WÜNSCHEN EINEN SCHÖNEN TAG! «Hier sind fünfundachtzig, mehr Bargeld habe ich nicht bei mir. Nur als kleiner Puffer für den Augenblick. Bitte, *geh* in eine dieser Ambulanzen, Verna. Ich begleite dich, wenn's sein muß.

* *Seit ich diesen Bericht begonnen habe, ist mir, am Rande mitgeteilt, ein Geburtstag zugestoßen. Ich wurde an einem der kürzesten Tage des Jahres geboren, und meine Mutter mit ihrem engen Becken wand sich von Dunkelheit zu Dunkelheit. Dreiundfünfzig! Wie alt war Tertullian gewesen, als er seine fleischlichen Episteln verfaßte? In und ab einem bestimmten Alter ist der beste Sex der Sex im Kopf – Sex, der unter dem sicheren Verschluß der Hirnschale bleibt.*

Möchtest du die Sache vielleicht einmal mit Esther durchsprechen?»

«Mit *Es*ther?»

«Sie ist eine Frau.»

«Dieser schnippische kleine Snob? Sie kümmert sich einen Dreck um mich, wenn wir uns in der Kita begegnen.»

«Wahrscheinlich nimmt sie an, daß *du* nicht mit ihr reden willst. Sie ist schüchtern, bei den meisten Leuten.»

«O Boy, dann kenn ich wohl die falschen Leute.»

«Was willst du damit sagen?»

«Das ist an dir, zu fragen, und an mir, zu wissen, Nunc.»

Aber ich wagte nicht, zu fragen, ob Dale etwas erzählt hatte. Mein einziger Wunsch war, wegzukommen, raus aus dieser schal riechenden, ausweglosen Sozialwohnung und zurück ins theologische Institut, zurück zu seinen Kalksteinmauern und den alten, selten behelligten Büchern (erst gestern hatte ich eine dickleibige Tertullian-Ausgabe, einen zweibändigen Pariser Jesuitendruck von 1675, in die Hand bekommen: die Seiten waren in über dreihundert Jahren nicht aufgeschnitten worden) – zurück zu seinem erhabenen Langmut.

Und doch – so launenhaft und hirnlos war meine Beziehung zu meiner Nichte – verabschiedeten wir uns mit einem zärtlichen Kuß, voll auf ihre warmen, lippenstiftlosen Lippen, und die Wohnungstür hatte sich kaum geschlossen, als das Bild ihrer Nacktheit, des von mir verschmähten Schatzes, über mir zusammenschlug wie eine riesige Woge, die man falsch berechnet hat, beim Bodysurfen.

Eigentlich wollte ich gerade ein Aquarell malen. Dale sagte, er braucht eins, um es jemandem zu zeigen. Esther betrachtet es und sagt: «Rührend. Unter all dem Schrillen, dieser kleine Topf mit Veilchen. So blasse kleine Veilchen.»

«Vielleicht hat sie nicht die richtige Farbe, um sie violett zu machen», sagt Dale loyal.

Beide sind nackt. Weiß, weiß ihre Körper, kein überschüssiges Gramm Fett daran, hingestreckt wie langgezogene Tropfen in einem Reagenzglas voll von dem Schmutz und Schattengrau unserer winterlichen Stadt. Esther hat sich bereit gefunden, im Namen der Liebe, zu ihm zu kommen in seine schäbige Studentenbude in der Nähe der naturwissenschaftlichen Institute der Universität, deren mit Kuppeln und Antennen armierte Gebäude von geheimnisvollen, gewaltigen Geldinfusionen des Pentagons und der Multikonzerne genährt werden. Er wohnt in einem Block von Mietskasernen, die bereits der Universität gehören, aber noch nicht zum Abriß freigegeben sind, um einem Parkplatz oder neuen Forschungsinstituten Platz zu machen. Vorsichtig, um nicht mit einem spitzen Absatz ihrer roten Lederstiefel in einer verrotteten Bohle steckenzubleiben, ist sie die nackte Vortreppe zum Haus hinaufgestiegen. Mit klopfendem Herzen hat sie sich einen Weg durch die Schar der rostigen Fahrräder im Hausflur gebahnt und über einer Reihe von verbeulten Briefkästen mit doppelt und dreifach beschrifteten Namensschildern auf den Klingelknopf gedrückt: KOHLER / KIM.

Wer ist Kim? Einer jener hart arbeitenden jungen Asiaten, die bis zur Jahrtausendwende ihre Finger an allen Schalthebeln der Welt haben werden. Dale hat ihn ihr kurz beschrieben, sein flaches, farbloses Gesicht mit dem glatt zurückgekämmten Haar, seine bellenden Ausbrüche von Humor. Sein Vorname – vielleicht auch der Familienname, das ist nicht ganz klar – lautet Tong-Myong. Dale hat versprochen, daß der fröhliche, brillante Mr. Kim zwischen halb drei, wenn Esther ihr Pensum in der Kindertagesstätte absolviert hat, und halb fünf, wenn sie in die Malvin Lane zurückkehren und die aus ihren jeweiligen Bildungsanstalten entlassenen Richie und Roger begrüßen muß, nicht anwesend sein wird – er wird in einem hydrogeologischen Seminar sitzen und anschließend Autos auf dem Kinoparkplatz einweisen.

Mit behandschuhten Fingern drückt Esther, meine Esther

– ich kann fühlen, wie ihr Herz pocht! Ich kann spüren, wie sich eine feuchte Empfindung in ihrem Höschen einstellt – auf diesen Klingelknopf und wartet mit der Hand auf dem Türgriff aus Messing und dem Daumen in der Griffmulde des Riegels, daß Dale das erlösende Summen herunterschickt. Die sichtbare Abnutzung der Mulde, die Spur von Tausenden von Daumen, erst irischen Arbeiterdaumen und nun Studentendaumen aller Rassen dieser Erde und Gott mag wissen welcher Prozession von müden, schmerzenden Daumen dazwischen, erinnert sie an etwas. An was? Es fällt ihr wieder ein: An die Fußstützen, wie sie die altmodischen Stühle der Schuhputzer hatten, eigentümlich graziöse, barock geschwungene Bögen, die das schmale, metallische Spiegelbild von Schuhsohle und Absatz trugen, den Absatz etwas tiefer als die Sohle. Ihr Vater war, je höher er aufstieg in der Geschäftswelt, ein desto willigeres Opfer der Schuhputzer gewesen, und sie hatte als kleines Mädchen oft genug neben einem dieser multiplen Throne warten müssen, die einst so allgegenwärtig waren in den Hotels und Bahnhöfen von Albany und Troy, mit ihrem Duft nach Schuhwichse und Zigarrenstummeln, mit den speckigen Lappen und Bürsten und mit den alten, schwarzen Männern, die in sich hineinlachten und deren Köpfe sprangen, wenn sie den Lappen schnalzen ließen. Während sie auf den immer vollendeteren Glanz des väterlichen Schuhwerks wartete, spürte die kleine Esther grobe Männerblicke auf sich ruhen und hörte einen brummigeren, lässigeren Tonfall in der Stimme ihres Vaters, als sie von zu Hause gewohnt war – und was für schmutzige Abdrücke würden die dunklen Hände der Männer doch auf ihrem Kleidchen hinterlassen, wenn sie einmal nach ihr faßten! Der Kopf des Schuhputzers flog hin und her, als er die letzten, heftigen Streiche mit dem Poliertuch führte; seine Handflächen und die Unterseiten seiner Finger hatten die gleiche rosige Farbe wie das Putzmittel, mit dem die Mama und das Dienstmädchen einmal im Monat über das Familiensilber gingen. Und es war an diesen seltsam graziösen

Fußstützen, daß das Messing, wie hier in der Griffmulde des Riegels, abgeschliffen war bis auf seinen goldenen Kern: Atom um Atom vernutzt sich die Welt.

Esther trägt Wildlederhandschuhe und einen rehbraunen Stoffmantel und sieht Zoll für Zoll, mit ihrer Pelzkappe und gefurchten Stirn und den Stiefeln in Ochsenblut, wie eine Professorengattin aus, fesch und verzagt, verwegen und spröde, eine gepflegt angezogene Frau am Rand des mittleren Alters. Was hat sie also hier verloren? Vielleicht ist sie die Mutter eines Mieters, oder eine Art Sozialhelferin. Der Summer schnarrt, ein fast so beleidigendes Geräusch wie die Türklingel unseres Hauses, und mit einem leichten Druck und Riegelschnappen öffnet sich die Pforte, und sie steigt durch das Treppenhaus nach oben, trägt ihr tugendsames, klopfendes, scheues Herz unter den dicken Aufschlägen des Mantels verborgen wie ein eingeschmuggeltes Baby. Auf jedem Treppenabsatz erschrecken sie, durch geschlossene Türen dringend, die Geräusche der studentischen Bewohner, Schreibmaschinenklappern, Rockmusik, Bachfugen, derber Männerhumor im Gegeneinander lauter Stimmen. Während sie weitersteigt, betet sie, oder sollen wir sagen: rotiert ihr Denken in der Schleife des inständigen Wunsches, daß keine Tür sich öffnen, kein rüdes Menschenkind sie sehen, ihr entgegentreten, sie erwischen möge auf ihrem heimlichen Weg hinauf, zum Stelldichein.

Dale wohnt ziemlich weit oben, im dritten Stock. Wenn sie den Kopf zurücklegt, sieht sie sein geliebtes, bleiches, schuldzermürbtes Gesicht über sich, vor dem Treppengeländer schwebend wie eine kränkelnde Sonne. Ihr Herzschlag beschleunigt sich, sie wird die Stufen hinaufgesogen von einer Kraft, die stärker ist als die Angst vor der gesellschaftlichen Bloßstellung. Als sie sein Stockwerk erreicht, zerrt er sie mit der unbeholfenen Kraft eines jungen Mannes ins grelle Innere seines Zimmers, das ihre Sinne überwältigt mit seinen schreienden Postern und dem verwahrlosten Durcheinander und dem stechenden Geruch, der kleinen

Räumen anhaftet, in denen junge Männer zusammen wohnen. Er schließt die Tür, hakt die fleckige Sicherheitskette ein. Sie verwandelt sich in seine Geliebte, ein Hundertpfundpaket von schamlos-zarter Fleischlichkeit. Sie ziehen sich aus, sie vögeln.

Aber erst – wartet, willige Worte! – küssen sie sich: Gemeinsam erzüngeln sie, über dem Panzer von Esthers ausgekühlter Kleidung, ein warmes Loch aus Lippen und aus Speichel, eine Wärme, die sich von diesem kleinen, zugespitzten Ursprungspunkt aus verbreitet, in ihren Körpern, unterhalb der Kleider, und ihre Vertrautheit wiederbringt, die Ansprüche, die sie auf das Blut des anderen abgesteckt haben. Sie ist zum erstenmal in seiner Wohnung und versucht, selbst während sie spürt, wie sich sein Kuß in ihrem Inneren ausdehnt, durch flatternde Lider hindurch die Escherdrucke zu registrieren und die Poster, auf denen die Körper von Frauen und von Automobilen ineinander überfließen, die vanillefarbenen Wände aus sanft sich buckelndem Gips und das eine hohe Fenster mit den alten, hohen, dünnen Scheiben, deren Ecken vom Winddruck eines Jahrhunderts angebrochen und mit dunkel vergilbenden Klebstreifen immer wieder überklebt worden sind. Ein Hauch von Korea: ein großer, schwarzer Wandschirm, bedruckt mit Horden emsiger Figuren, die kurios-eckige Hüte und exakt parallel geneigte, kompliziert verstrebte Sonnenschirme tragen, teilt das Zimmer in zwei Séparées, in denen die beiden jungen Männer schlafen und die Gerüche ihrer Selbstvergessenheit ausdünsten. Der verbleibende Raum ist ausgefüllt mit Schreibtischen, Hi-Fi-Geräten, aus Ziegelsteinen und Fichtenbrettern aus Dales Sägewerk improvisierten Regalen, ein paar Faltstühlen mit ausgeleierten Scharnieren und aufreißenden Nähten und einer überraschenden Sammlung von Puppen, pelzig, geschuppt oder metallisch glänzend.

«Die gehören Kim», erläutert Dale entschuldigend. «Er sammelt Weltraumpuppen.» E. T. mit seinem jammervollen

Kartoffelkopf, der kuppelhäuptige Roboter R2-D2 und sein silberner Butler-Freund C3-Po, der weltraumweise Yoda mit seinen langen grünen Ohren und die schnatternden, haarigen Ewoks aus der nächstspäteren *Star-Wars*-Folge – Esther erkennt sie alle, dank ihrer Lebensgemeinschaft mit Richie und der Filme, in die sie ihn begleitet hat, als er noch ein paar Jahre jünger und es ihm nicht peinlich war, begleitet zu werden. Irgend jemand, wahrscheinlich der fröhliche Mr. Kim und nicht ihr ernster Dale, hat sich die Mühe gemacht, die größeren der Figuren mit verrückten Sonnenbrillen und diesen modischen Schirmmützen auszustatten, bei denen sie an Farmarbeiter denkt, die inzwischen aber, mit den Namen aller möglichen Biermarken verziert, von den Leuten in der Stadt getragen werden, als eine Art von Country-Schick. «Kim macht das alles», bestätigt Dale. «Diese Asiaten, das kriegst du bald mit, sind nicht so ganz wie wir. Sie lieben das Groteske. Sie lieben Godzilla.»

An der Wand, unter einem Poster von Reagan mit Bonzo, dem Affen, hängt ein großer Computerausdruck, in dem Esther, wenn sie die Augen zusammenkneift, eine auf der Seite liegende nackte Frau mit Schamhaardreieck, schweren Brüsten und langen Haaren erkennen kann, die alle von Ziffern, Buchstaben und Zeichen in verschiedener Dichte gebildet werden. Und unter einem Regalbrett, das mit dicken, broschierten Computerbüchern überladen ist, über dem Bett, das Dale gehören muß, hängt ein kleines, schwarzes Kreuz, vier rechte Winkel. Das einzige Fenster des Zimmers blickt nicht über den Fluß auf die Skyline des Stadtzentrums, sondern in die entgegengesetzte Richtung, wo sich hinter den Kuppeln das fast vorstädtische Viertel erstreckt, in dem die Institutsgebäude der geisteswissenschaftlichen und der theologischen Fakultät und ihr eigenes Haus liegen. Über den Baumwipfeln kann Esther das graue Kalksteintürmchen der Universitätskapelle sehen, das ihr, als sie neu zugezogen war mit Roger, nach Einkaufsexpeditionen als Orientierungspunkt für den Rückweg in die Malvin Lane diente.

«Glaubst du, daß du dich hier wohl fühlen kannst?» fragt Dale schüchtern. «Möchtest du eine Tasse Tee?»

«Gern», sagt sie und wendet sich energisch vom Fenster ab. Als hätte sie im Umdrehen ein Jahrzehnt übersprungen, ist sie sich ihrer selbst bewußt als einer Frau von beinahe vierzig Jahren, in einem Teil der Stadt, in den sie nicht gehört, eine Ehebrecherin im Blickfeld des Kapellenturms, ein skrupelloses Weib, das im gnadenlosen Licht dieses hohen Fensters mit den gesprungenen Scheiben sein Alter verrät – die Haut faltig in den Augenwinkeln, fleckig auf den Handrücken und ausgetrocknet wie Kreide. Sie ist direkt von der Kindertagesstätte hergekommen und hatte keine Gelegenheit, sich vorzubereiten, frisch zu machen, eine Dusche zu nehmen und Feuchtigkeitscreme aufzutragen. «Ich hatte einen Fruchtsaft und ein Plätzchen um halb elf und ein Nußbuttersandwich zu Mittag.» Sie berichtet von ihrem kindlichen Speisezettel wie von einem sarkastischen Witz auf ihre Kosten – aber auch so, wie Liebende einander alle Kleinigkeiten erzählen, im Vertrauen darauf, daß es den anderen interessiert.

«Es könnte ja sein, daß du hier keine Lust hast, Liebe zu machen, hm?» sagt Dale, während er sich in der winzigen Küche umtut, die nur aus einer Nische mit einer doppelten Kochplatte auf einem kleinen Kühlschrank besteht. Es klingt fast so, als wünsche er sich das. Sie knöpft ihren Mantel auf und drapiert ihn über einen ausgefransten Faltstuhl, der unter der Last fast hintenüberkippt. Sie legt ihre Pelzkappe – rötlich, wie ihr Haar und die Ochsenblutstiefel – auf den Mantel, dann auch den Wollschal. Eine trotzige Woge der Lust ist bei seinen Worten in ihr aufgestiegen. Sie beobachtet die eckigen Bewegungen seines Körpers, der sich hochstreckt nach der Schachtel Pepperidge-Farm-Kekse, hinunterbeugt zum Schränkchen mit dem roten Karton Lipton-Teebeutel, sich zum Kühlschrank neigt nach der Milchtüte und wieder streckt zur Zuckerschale. Dann steht er über den Kessel auf der Kochplatte gebeugt und wartet unruhig, daß das Wasser kocht. Wie rührend Männerrücken sind, diese ganze blinde Körperseite, die so schutzlos ist. Unterhalb seines langgestreckten Rückens sieht Dales Hintern wirklich knackig aus, ein hauteng verschnürtes Päckchen in seinen abgetragenen Jeans, aus denen ein Hemdschoß mit Karomuster halb heraushängt. Er trägt einen breiten Cowboygürtel, das hat sie vorhin schon bemerkt, mit dem Flachrelief eines starrenden Ochsen mit langen Hörnern auf der Schnalle. Sie setzt sich auf sein Bett, um ihre hochhackigen Stiefel auszuziehen. Die Gesichter der Kinder, mit denen sie den ganzen Tag beschäftigt war, der vielrassigen Ausgesetzten arbeitender oder gleichgültiger Mütter, schweben als rote Nachbilder vor ihren Augenlidern und werden mit den Schuhen abgestreift. Sie fragt sich, woraus das kleine Kreuz bestehen mag. Es scheint keine Maserung zu haben, wie Holz, und keine feinen Narben, wie Metall. Könnte es Plastik sein? Sie möchte es berühren, aber er könnte sie dabei beobachten und es anmaßend finden. Cupido und Psyche. Sie beschließt: *später,* und steht auf und stellt sich neben ihn, um mit ihm zusammen auf das Kochen des Wassers zu warten. Sie weiß, daß er die plötzliche Verringerung ihrer Körpergröße, den Anblick ihrer bestrumpften Füße auf den nackten Bodenbrettern des Mietzimmers erregend finden wird. Sie legt ihre Hand auf seinen knackigen, schutzlosen Arsch.

Dann wandert ihr Arm um seine Taille, und ihre Finger erforschen das kleine Dreieck aus Haut, das sein herausgerutschtes Hemd über dem Gürtel freigelegt hat. Erwidernd spielen seine Finger um ihren Nacken, gleiten unter die festgesteckten, ingwerroten Strähnen und zum zarten Flaum des Haaransatzes. Außerhalb ihres Hauses und ihres Dachateliers voller vehementer, breiter Pinselstriche hat sie ihre Autorität preisgegeben. Hier, in diesem ungewohnten Zimmer, sind die Liebenden scheu, so wie sie es vielleicht wären, wenn sie jählings hinausgestoßen würden in die Welt, ein ungleiches Paar, absurd für jedermann außer für sie selbst. In einer Aufwallung von Reue und Fürsorglichkeit zieht Dale sie an sich, und die molekulare Kettenreaktion ihrer Chemie beginnt. Das Wasser kocht, der Kessel singt. Sie kümmern sich nicht mehr um den Tee. *Gott*, denkt sie, als sie ihn in ihren hingespreizten Körper aufnimmt. Er war so plötzlich erregt, sie ist noch fast trocken, es tut weh am Anfang, aber dann macht der Schmerz hinter dem roten Vorhang ihrer Augenlider einem schwellenden Gefühl der Vervollständigung Platz, des Ausgefülltwerdens, so sehr, daß selbst ihre Angst vor dem Tod über den Rand hinausgestoßen wird, einer Verfinsterung von runden Formen, von Löchern und Sonnen, von der sie sich nicht erinnert, daß Roger sie ihr gegeben hat. Aber er muß es getan haben, denn schließlich hat sie ihn genug geliebt, um ihn seiner Frau zu rauben und ihr eigenes Leben, das schon erste Fibern der Unabhängigkeit entwickelt hatte, an das seine zu binden.

Dale ist über ihr, er schluchzt. Die sanfte, weiße Kurve seines knochigen Rückens verrät den Fingerspitzen ihrer linken, streichelnden Hand ein paar Pickel, während ihre müßige Rechte nach oben greift und das Kreuz berührt. Wie sie vermutet hat: nicht Holz, nicht Metall. Plastik. Immerhin kein kleiner Plastikmann daran, keine Weltraumpuppe im Begriff, Seine Rakete zu besteigen. Nur das leere Startgerüst, die Schleuder. «Das war unglaublich», sagt Esther. «Du warst so bereit. Warum weinst du?»

«Weil es … so verdammt vollkommen war. Wir sollten es nicht tun. Und das schlimmste ist, es macht mir nichts aus, daß wir es nicht tun sollten. Es macht mir nur etwas aus, daß wir eines Tages aufhören müssen. Ziemlich bald.» Er zieht den Rotz hoch, so heftig, daß das kleine Bett erzittert.

«Ach», sagt Esther abwesend. Sie krault seinen rasierten Nacken, während ihre Gedanken durch das Fenster aufsteigen, hinauf zur Spitze des Kapellenturms, aufwärts mit dem aufgefahrenen Jesus wie der Heliumballon, den sie einmal aus Versehen losgelassen hatte, mit ungefähr acht Jahren, auf einem kleinen Rummelplatz, wo sie mit ihrem Vater hingegangen war. Ihr war schlecht geworden, weil sie kandierte Äpfel und Fischsemmeln durcheinander gegessen hatte, und Mama war wütend gewesen auf ihren Vater, als sie nach Hause kamen. Ein wenig später dann, nach Jahren, die ihr heute wie Tage erscheinen, war ihre Mutter gestorben, und sie und ihr Daddy konnten hingehen, wo sie wollten. «Du könntest mich entführen.»

«Ich kann es nicht», sagt Dale mit einem Beben in der Brust, das verrät, daß er es bereits erwogen hat. «Ich kann dich nicht ernähren. Ich kann kaum mich selbst ernähren. Ich lebe von Pizza und diesen durchsichtigen kleinen Beuteln, die man zwölf Minuten in kochendes Wasser hängt. Kim geht jeden Morgen zum Joggen, aber ich kann ihn nicht begleiten, weil ich meine Kalorien nicht verschwenden will. Und was wäre mit Richie? Mit Professor Lambert?»

«Ach, Professor Lambert. Ich glaube, er kommt zurecht.»

«Wie sollte er, ohne dich?»

«Ich bin anders bei ihm. Nicht so wie bei dir», sagt Esther.

«Er betet dich an. Er muß es einfach.»

«Das war einmal, schon ziemlich lange her.» Dales Gewicht auf ihrer Brust beginnt sie zu drücken: Er wiegt doppelt soviel wie sie, trotz seiner angeblichen Armutsdiät. Sein Selbstbildnis als Pizzaesser hat ihn ein wenig abstoßend gemacht. Die Tränen auf seinem käsigen Gesicht sind abstoßend. Als fette, runde, trübe Kugeln rollen sie hinunter bis ans Kinn. Immerhin hat sie sich zur Entführung offeriert, und er hat höflich abgelehnt. Sie hat die äußerste weibliche Geste der totalen Hilflosigkeit entboten, und er hat sie zurückgeworfen auf ihre eigenen Ressourcen. Sie sagt zu ihm: «So ein trauriges, kleines nacktes schwarzes Kreuz.» Sie läßt ihn zusehen, wie sie mit ihren Fingern darüberstreicht, denselben Fingern, die Minuten vorher seinen wundervollen, alarmierend großen, warmen, wulstigen Schwanz gepackt und in den Hafen gesteuert hatten. Die Oberfläche fühlte sich an wie Knorpel, läßt sie an das geriffelte Eis auf Flüssen denken, die an windigen Tagen überfrieren. «Woraus besteht es?»

«Ich weiß nicht. Es gehört mir nicht, sondern Kim. Unter den Koreanern gibt's viele Christen, weißt du. Denk nur an Mun und die Munies. Irgendein Horn wahrscheinlich. Vielleicht hat's dort irgendeinen Yak oder Moschusochsen oder irgendwas mit solchen glatten, dunklen Hörnern, was die Koreaner schießen könnten?»

«Sieht wie Plastik aus», beharrt Esther, träge.

«Weil's mir gerade einfällt: Du hast dich doch für Vernas Aquarelle interessiert, und ich habe sie dazu gebracht, mir eins zu malen. Es liegt drüben auf dem Schreibtisch.» Er löst sich von ihrem Körper, vom Bett. Sein glitschiger, halbsteifer Schwanz pendelt hin und her wie eine Schlange, die sich umsieht, was sie gestört hat. Esther bleibt mit offenen Schenkeln liegen, so wie er sie verlassen hat, und ruft ihm nach: «Kannst du ein paar Kleenex oder ein Papiertuch mitbringen? Ich bin ganz über*schwemmt* von deinem Sperma.»

Rührend. Unter all dem Schrillen, dieser kleine Topf mit Veilchen. Davon sagt Dale Verna nichts. Er schwindelt: «Sie hat es bewundert, sie sagt, du hast ein sehr subtiles Farbempfinden. Sie sagt, du hast Talent, und sie könne das beurteilen.»

Verna ist wütend. Sie ist auf vieles wütend, aber Dale ist der Sündenbock, der an diesem lichtlosen Lichtmeß-Tag aufgekreuzt ist – einem Samstag ohne Sonne nach einem Freitag mit gefrierendem Regen. Paula ist krank, hat Fieber, also kann Verna nicht aus dem Haus. «Ich hätt's dir nicht gegeben, wenn ich geahnt hätte, daß du's dieser eingebildeten Gewitterfotze zeigst. Wann triffst du sie überhaupt?»

«Wenn ich Richie Nachhilfe gebe. Manchmal macht sie mir nachher einen Tee.»

«Paß bloß auf dich auf, Big Boy. Diese vernachlässigten, vornehmen Hausfrauen nehmen alles, was einen Schwanz hat.»

«Sie ist wirklich nicht so, wie du sie siehst», sagt Dale errötend.

«Weißt du, Typ», sagt Verna mit einem harten Blick in sein Gesicht, als wäre sie plötzlich zu einer Entscheidung gelangt: «Du bist eigentlich ein Untyp. Du treibst mich echt in den Wahnsinn.»

Er schaltet auf seine entnervend geduldige, gütige, leicht verschleierte Tonart. «Nicht *ich* treibe dich in den Wahnsinn, Verna», erwidert er. «Es ist etwas in dir selbst, Verna.»

«Spar dir die Predigt.» Sie trägt ihren Bademantel, und in der Luft liegt ein Geruch nach heißem Wasser, nach Schaumbad und nach etwas Beißend-Süßem. Ihre Augen sind gerötet, übernächtigt, ihr Gesicht wirkt fülliger, aber das mag daran liegen, daß er sich an Esthers mageres, toplastiges Gesicht mit seinem klugen, spöttisch-nachdenklichen Mund gewöhnt hat.

«Was, glaubst du, ist mit Paula los?»

«Woher soll ich das wissen? Die Grippe oder irgendwas. In dieser Kita schwirren eine Million Bazillen rum. Ich überlege, ob ich sie weiter hinbringen soll.»

«Du solltest es unbedingt.»

«Wer sagt das?» An Vernas Mund bleibt ein schmaler, widerspruchsbereiter Spalt geöffnet.

«Du brauchst die, die Freiheit. Du mußt dein Potential entwickeln. Unternimmst du etwas wegen der Prüfungen, die dir noch fehlen?»

«*Nein*. Ich unternehme *nichts*, außer daß ich billiges Dope rauche und mir leid tue und Paula zuhöre, wie sie ‹Da? Da?› sagt. In Wirklichkeit spricht sie jetzt schon besser. Ich fürchte mich vor den Fragen, die sie mir stellen wird, wenn sie erst ein paar Jahre älter ist.»

«Kann ich sie mir mal ansehen?»

«Bedien dich.» Sie zündet sich eine Zigarette an. Dale schiebt sich durch den maronenbraunen Vorhang, der die beiden Zimmer voneinander trennt. Das kleine Mädchen liegt schlafend in seinem Gitterbett, nur eine Handbreit daneben plärrt der Hitachi-Henkelmann. *«Aaaall through the night»*, singt eine heisere Frauenstimme, zärtlich und krächzend zugleich, *«I'll be awake and I'll be with you.»* Paula scheint dunkler geworden zu sein, ihre Hautfarbe erinnert nicht mehr an Diana Ross, sondern eher an Natalie Cole. Ihr Atmen klingt schniefend und verstopft in dieser kleinen, breitrückigen Nase mit den feierlich verschnörkelten Nüstern. Er berührt ihre Stirn. Sie ist heiß, samtig, erregt, wie selbst die totesten Gegenstände sich regen in der Bewegung der Atome.

Wieder im anderen Zimmer, fragt er Verna: «Gibst du ihr irgend etwas? Baby-Aspirin?»

«Ich hab eine Pyramidon in zwei Hälften gebrochen, aber das kleine Biest wollte sie nicht schlucken.»

«Wenn es bis morgen oder spätestens übermorgen nicht besser ist, solltest du mit ihr zu einem Arzt gehen.»

«Warst du denn schon mal in einer dieser Ambulanzen? Dort hockst du zwei Stunden im Wartezimmer, zusammen mit lauter Schwachsinnigen, und atmest jeden Krankheitserreger ein, den Gott jemals erfunden hat. Und dann ist der Doktor irgendein Perser oder sonstwas und versteht kaum Englisch. Mein Gott, was bist du blöd, Dale.»

Der stiebende Schnee auf den unverkleideten Fenstersimsen ist endlich geschmolzen, ist weggespült worden vom kalten Regen des Vortags. Einige Zweige der mißhandelten grauen Bäume stecken noch in gespenstischen Futteralen aus Eis. «Vor welchen Fragen», fragt Dale, «die sie dir stellen wird, hast du Angst?»

«Ach, etwa: ‹Warum hast du immer so in der Gegend rumgevögelt, Mommylein?› Aber was kümmert's dich eigentlich? Was kümmert's dich, ob ich diesen externen High-School-Abschluß mache oder nicht? Was würde er mir nützen? Würde er mich vielleicht rausholen aus alldem hier?» Ihren Wänden, Fenstern, Stühlen und dem Fetzenteppich. Ihren Kleidern und ihrer Haut. Ihr Gesicht, mit dem verräterischen Grübchen und den runden Wangen, verkrampft sich, ergibt sich der Wut. Sie beginnt zu schreien. «Merkst du nicht, daß ich verdammt schlecht drauf bin? Merkst du nicht, daß ich über ein paar Sachen nachdenken muß? Warum kommst du hier dauernd angeschissen mit deiner grinsenden Samariterfratze? Warum zum Teufel tust du mir nicht den Gefallen und läßt mich in Ruh?»

«Ich liebe dich.»

«*Nein.* Das tust du nicht. Ich weiß es, und es ist dumm, so was zu sagen.» Tränen drängen in ihre schon geröteten Augen.

Daß sie da sind, daß er sie sehen kann, wässerige Indizien, macht sie noch wütender. «Du tust es nicht, und ich will's auch nicht. Für mich bist du ein Trottel, ein Idiot. Hau endlich ab. Du bist ein Wurm in meinem Kopf, Dale; es muß Schluß damit sein, daß du mir dauernd zusetzt. Es hat mich wieder erwischt, merkst du das nicht? Herrgott im Himmel, hau doch endlich ab.»

Sie beginnt, nach ihm zu schlagen, so wirkungslos zuerst wie ein insektenhaschendes junges Kätzchen, so daß er lachen muß, zur Verteidigung nur seinen Arm hebt. Aber sein Lachen treibt sie zu härteren und härteren Schlägen, zu dem Versuch, ihn wegzuwischen, so wie ihre Gesichtszüge, die wimpernlosen Bernsteinaugen, weggewischt sind von blinder Wut. Mit jedem versuchten Hieb stößt sie, wie zur Entschuldigung, ein kleines, gutturales Geräusch aus, ein Grunzen, wie es die jungen Tennisspieler heute zu jedem Aufschlag servieren. «*Ba*stard, *Ba*stard, *Ba*stard», preßt sie heraus. Dale zieht sich rückwärts durch die Tür zurück, versucht noch immer, nicht zu lachen, obwohl sie nun auch Fußtritte austeilt, die schon eher Schaden anrichten könnten. Als die namenlose grüne Tür vor seiner Nase zugeschlagen wird, hört er das Pochen und die aufgebrachten Rufe anderer Bewohner des Hauses, die ungewollt den Streit mit anhören mußten.

Wieder erwischt. Esther streicht über das schwarze Kreuz, das vielleicht aus koreanischem Yakhorn besteht. «Sag mir», fragt sie mit der Anmaßung einer frischgefickten Frau, «wieviel bedeutet dir das eigentlich?»

Er überlegt, ob sie das Vögeln meint, und will ihr schon versichern, wie äußerst viel es ihm bedeute, als er zu seiner Überraschung sieht, worauf ihre Finger und ihr Blick ruhen. Die gleichen schlanken Finger haben das durchweichte Papiertuch auf den Boden fallen lassen.

«Ziemlich viel», sagt er, zwar zögernd. «Natürlich kann ich nicht allen dogmatischen Details so gut folgen wie dein Mann...»

«Der findet das nur komisch», erwidert sie. «Für ihn sind alle diese Männer, die sich wegen solcher lächerlichen Unterscheidungen zerstritten und erschlagen haben, nur eine Art grausamer Witz.»

Dale ist versucht, das Wort zu meiner Verteidigung zu ergreifen – wir Männer halten zusammen, durch dick und dünn, gegenüber diesen anmaßenden, ungreifbaren Fremden –, aber dann spürt er das ehrliche Interesse in Esthers Frage und wagt sich auch seinerseits in die Offenheit: «Ohne es», sagt er zu ihr, «habe ich zuviel Angst. Ich habe soviel Angst, daß ich gar nichts mehr tun kann. Ich werde schrecklich träge, als wäre ich auf dem Grund des Meeres. Das eine Jahr, das ich in Idaho verbracht habe, mit all diesen weiten Wäldern um mich her, bis zum Horizont, auf allen Seiten, und diesen leisen Geräuschen, die sie gemacht haben – es kam mir alles so erschreckend *gott*los vor, falls du das verstehen kannst. Ich meine, ich konnte *fühlen*, daß der Teufel da war. Daß er *dort draußen* war...»

Ihre mütterlichen, liebenden Instinkte sind, wie er es halb erwartet hat, geweckt: Sie zieht ihn wieder an sich, schmiegt ihn an ihre schlanken hundert Pfund von fraulichem Fleisch und Blut und Bein. «Mein armer Liebling», sagt sie.

Er spricht weiter, drängt ihr die feuchten Worte direkt ins Ohr, versucht, sich zu erklären. «Ohne ihn – ohne den Glauben, meine ich – ist da ein Riesenloch, und das Komische ist, daß der Glaube es ganz genau ausfüllt. Daß Er es genau ausfüllt.»

Das alles klingt für sie so verwirrt und traurig und hoffnungslos, daß sie seinen runden, knochigen Rücken umklammert und drückt, die kühle Haut, auf der sie Sternbilder aus Pickeln ertasten kann. Warum erweckt es in ihr den Wunsch, gefickt zu werden, dieses Bekenntnis des Schrekkens und der Verzweiflung, das dieser Junge vor ihr ablegt, dem nur der altersschwache Schwindel, das Kinderspielzeug Christentum genügend Ablenkung und Kraft gibt, sich wie der Rest von uns von Tag zu Tag zu schleppen, von Schlaf zu Schlaf? «Hast du immer Angst?» fragt sie.

«Oh, nein», sagt Dale. «Manchmal, sehr oft sogar, wenn ich zum Beispiel eine ganz gewöhnliche Straße hinuntergehe, könnte ich jubeln über die Gewißheit, die ich in mir spüre. Wirklich, es sind nur einzelne Augenblicke, in denen es sich zerbrechlich anfühlt. Und du brauchst diese Augenblicke der Verzweiflung, das Neue Testament ist voll von ihnen, nicht nur Petrus, auch Jesus selbst hat sie erfahren. Sie gehören dazu. Durch sie verdienen wir uns alles. Und du überstehst sie, das ist der Beweis vor deinen Augen. Du kommst auf der anderen Seite wieder heraus. Du brauchst nicht mehr als ein Senfkorn, wie es in der Bibel steht. Bete doch einmal mit mir, Esther. Nicht heute. Nicht hier, ich weiß, dir kommt das wie ein schmuddeliges Loch vor. Aber irgendwann einmal. Das wäre so schön für mich.»

Unter dem Trommelfeuer seines Atems auf ihr Ohr wird ihre Seele so angespannt vor Sehnsucht, daß sie kaum noch sprechen kann, wie am Rande einer Ohnmacht. «Gibt es irgend etwas», bringt sie heraus, «das ich gleich für dich tun kann? Damit du wieder steif wirst?»

«Ich glaube nicht», antwortet er mit einer ähnlich angespannten Stimme, «daß du viel tun mußt.»

3

Die Stipendienkommission tritt gewöhnlich im Roland L. Partch Memorial Room zusammen. Partchs Vater, sein Großvater und sein Urgroßvater waren presbyterianische Geistliche, und obwohl Partch selbst, statt dem Ruf zu folgen, in innerstädtische Immobilien investierte – er roch die Flucht ins Wohnungseigentum, noch ehe es einen Begriff dafür gab –, überkamen ihn im mittleren Alter Anwandlungen von Wohltätigkeit, als wären es Vorboten seines betrüblich frühen Todes, der ihn bei der Explosion des Propangastanks an seinem Gartengrill ereilte. Sein Sohn, Andy Partch, war während meiner ersten Jahre an dieser Fakultät ein pausbäckiger Kandidat der Theologie gewesen und erfreut sich heute, soweit ich informiert bin, einer angenehmen Pfarre im Suburbia von Maryland, in der neobiblischen Stadt Bethesda. Der Partch Room hatte früher zu den Lagerräumen im Kellergeschoß der Hooker Hall gehört. Während unsere Befragung Dale Kohlers andauerte, flimmerten in den ebenerdigen Fenstern über unseren Köpfen wie auf einer Reihe von Fernsehschirmen die firmensignierten Joggingschuhe, wolligen Knöchelwärmer und ausgefransten Jeansstulpen der Studenten auf dem zementierten Fußweg vor dem Haus vorbei, dazu im Hintergrund die periodische Erscheinung einer fliegenden Untertasse, die diagonal den weißen Himmelsausschnitt kreuzte – eine vorzeitige Frisbee-Partie, die auf dem Campus und seiner spätwinterlichen Mischung aus niedergedrücktem braunem Gras, Morast und rußfleckigen Schneeresten gespielt wurde.

Jesse Closson habe ich bereits beschrieben. Er ist quadratschädelig, Exquäker, ökumenisch unzerstörbar. Er ist breiter, an Schultern und an Handgelenken, als ich vielleicht geschildert habe, und ganz unerwartet übelriechend, da dem Kautabak verfallen. Wenn er einem seinen breiten, kastenförmigen Schädel zuwendet und mit einem kumpelhaften Lächeln seine braunen Zähne entblößt, ist der Spucknapfgestank fast unerträglich. Doch man lasse sich nicht täuschen: Er kennt seinen Husserl und Heidegger, seinen Schleiermacher und Harnack, seinen Troeltsch und Overbeck.

Rebecca Abrams, unsere Professorin für Hebräisch sowie alt- und zwischentestamentliche Studien, ist mager, groß, wortkarg und von flinker Beweglichkeit, mit langgestreckten Nasenlöchern, einer funkelnden Stahlbrille, männlichen Augenbrauen und schwarzem Haar, das zu einem straffen Knoten zurückgekämmt ist, diese strenge Frisur jedoch in unabänderlichem Eigenwillen mit einem krausen Halo umgibt. Ihr Mienenspiel hat jene jüdische Fähigkeit, abrupt eine transzendente Wärme auszustrahlen, einen vertrauenerweckenden Zauber wie die Wasserfontäne, die Moses aus dem Felsen am Berg Horeb schlug. Jeremy Vanderluyten, der Schwarze in der Stipendienkommission, vom Lehrstuhl für Ethik und Logistik der Moral, ist ein ernster Mann, wie Feilstaub von Farbe. Er bewegt sich in seinen dreiteiligen Anzügen mit einer steifen Schwerfälligkeit, und seine Unterlider hängen lastend und rosig herab, als trügen auch sie am Gewicht christlicher Praxis. Und Ed Snea (zwei Silben: Snii-jä), ein Spezialist für Bultmannismus und Holokaustik, ist durch eines jener Rollenspiele, die akademische Gemeinschaften erheitern, zu unserem diensthabenden Stifter gottloser Ehen geworden: Wenn die Tochter eines emigrierten tschechischen Astrophysikers einen japanischen Semantik-Doktoranden buddhistischen Glaubens heiratet, dann ist es Ed, der den Ritus der exakten Nuancierung ihres höflichen Unglaubens anpaßt, wobei er stumm die Augen zum Himmel verdreht, wenn ein dorthin gerichtetes Wort bereits zuviel wäre. Für jene, die selbst in der vagesten Erwähnung naturgewollter Harmonie oder nimmer endender Liebe den Schwefelgeruch eines barbarischen Theismus wittern, hat Snea mit seinem leichten Südstaatenakzent und dem spärlichen, lederbraunen Schnurrbart eine Technik entwickelt, sinnleere Sätze bedeutungsvoll zu intonieren, so daß dem glücklichen Paar keine Perle aus der Krone seiner agnostischen Integrität fällt, während die strikt episkopale (und ohnehin schwerhörige) Stiefgroßmutter der Braut die heilige Handlung ebenfalls in versöhnter Stimmung verläßt. Er hat mit dieser Nebentätigkeit zwar keine Reichtümer erworben, aber an vielen Champagner-Empfängen und Sahnetorten teilgehabt und dabei so gute Verbindungen zum hiesigen Party-Service geknüpft, daß er sich oft mit dem leeren Lieferwagen nach Hause fahren läßt und seine vernachlässigte Familie mit übriggebliebenen Hühnerlebern schadlos hält, eingehüllt in Schinkenscheiben und gepfählt auf bunte Zahnstocher aus Plastik.

Dale sah nicht gut aus, als er zu dem Prüfungsgespräch erschien. Seine wächserne Gesichtsfarbe war ins Kränkliche abgeglitten. Er schien zu schwitzen, und er trug ein enggemustertes Sportsakko über seinem Holzfällerhemd, was einen dissonanten Effekt hervorbrachte. Vor der Sitzung hatte er mir anvertraut, daß er sich im Würfel die ganze Nacht um die Ohren geschlagen habe, auf der Suche nach zusätzlichem Material.

Da ich mit dem Fall bereits befaßt gewesen war, wurde es mir gestattet, an der Befragung teilzunehmen, allerdings nur als stiller Beobachter. Von meinem Platz an der Seite, auf einem jener altmodischen Schulzimmerstühle, deren linke Armlehne verkümmert ist, während sich die rechte ausstreckt wie die Kampfschere eines Hummers, konnte ich die Gesichter der vier Kommissionsmitglieder im Dreiviertelprofil sehen, die Köpfe bis auf die Scheitel im Schatten, mit Clossons kahlem Schädel unter der pathetischen Verbrämung quer darübergerechter Strähnen langen Seitenhaars. Dales karierte Schultern waren von mir abgewandt. Als er sich, von einer Frage gepeinigt, zur Seite drehte, konnte ich seinen fleckigen, mahlenden Unterkiefer und das nervöse Flattern seiner langen Wimpern im Profil erkennen. Oberhalb dieses Tableaus flimmerten gleichgültige Füße ohne Pause durch das kahle Sonnenlicht dieses Mittfebruartags.

Dale schilderte der Kommission, wie zuvor schon mir, die bemerkenswerte Unwahrscheinlichkeit des extrem delikaten Gleichgewichts der Naturkräfte, das im Augenblick des Urknalls offensichtlich schlagartig entstanden war – eines Gleichgewichts, das als einziges die Voraussetzungen für die Entstehung eines Universums bot, das stabil und langlebig genug war, um die Entwicklung des Lebens und, im Fall der führenden Primaten unseres Planeten, des Bewußtseins, des abstrakten Denkvermögens und des moralischen Empfindens zu ermöglichen.

Die Kommission lauschte in schattigem Schweigen, überflimmert von den hellbeleuchteten Füßen. Als Dale sich bei der Auswirkung der starken Kraft auf die Deuteriumproduktion und damit das Zustandekommen der Kernfusion verhedderte, sprang Jeremy Vanderluyten barmherzig in die Lücke, räusperte sich und bemerkte in seiner eleganten, gravitätischen Diktion: «Dies alles ist von unbezweifelbarem Interesse, Mr. Kohler, aber – bitte korrigieren Sie mich, wenn ich etwas Falsches sage – alle diese Zahlen liegen nun schon seit geraumer Zeit auf dem Tisch. Die Kosmologien wandeln sich, und ich bin sicher, daß sie sich nicht zum letztenmal gewandelt haben. Was *mich*, wenn ich mir diesen Einwurf gestatten darf, am meisten berührt, ist die Art, wie unsere ethischen und religiösen Überzeugungen unabhängig vom Wandel der Kosmologien fortbestehen. Denken Sie ans achtzehnte Jahrhundert und die feste Überzeugung der damaligen Wissenschaftler, mit ihrem mechanistischen Materialismus über Antworten auf alle Fragen zu verfügen. Das Universum sei wie eine aufgezogene Uhr, hieß es damals, und die Newtonsche Physik wurde für vollkommen unwiderleglich gehalten. Aber was geschah innerhalb der jüdischchristlichen Glaubenswelt? Der Aufbruch der neuen großen Bewegungen des Pietismus und des Wesleyschen Methodismus und eine explosive Ausdehnung der Missionstätigkeit auf alle Kontinente dieses Globus. Sehen Sie sich die jungen Menschen von heute an, in einer Epoche, in der es wieder und wieder bekräftigt worden ist, daß Gott tot sei: es ist die religiöseste Generation des Jahrhunderts, und das einzig und allein aus innerem Antrieb.» Der Schwarze legte eine Hand auf seine mit den Farben unserer Alma mater geschmückte Krawatte, und sein tief zerfurchtes, eisernes Gesicht schien im Begriff zu lächeln. «Die Sterne allein genügen nicht. Es braucht die Sterne *plus*. Die Sterne plus unsere Ethik. Ist Ihnen gegenwärtig, was Kant formuliert hat?»

Ich sah, wie sich Dales armer, ungekämmter Kopf verneinend schüttelte. Es war kein guter Haarschnitt, von hinten betrachtet. Ob er ihm wohl von Esther verpaßt worden war, in einer delilahaften Stimmung erotischen Spiels? Von Verna?

«Der bestirnte Himmel über mir», rezitierte Jeremy mit schallender Stimme, «und das moralische Gesetz in mir», wozu er einen ausgestreckten Zeigefinger erhob, mit dem er anschließend bekräftigend auf seinen Binder trommelte. «Beides gehört zusammen, wie Sie sehen.»

«Ich sehe es, natürlich», sagte der arme Dale, ungeduldig vor Übermüdung und weil er in ein fremdes Revier gelockt worden war. «Es geht mir nur darum, die Leute *wissen* zu lassen, daß es im Universum diese wunden Punkte gibt, diese verräterischen Zeichen, so daß der moralische Impuls und unser Wille, zu glauben, etwas bekommen, woran sie sich wirklich festhalten können, wenn Sie mir soweit folgen.»

«Wir folgen Ihnen, Mr. Kohler», sagte Rebecca Abrams spitz. «Dazu sind wir hier. Wo führen Sie uns als nächstes hin?»

Er umriß, mit immer ausladenderen Handbewegungen, die wunden Punkte in der Evolutionslehre, ihren nicht zu leugnenden Mangel an Plausibilität, wenn man nur näher hinsah, von der unendlichen Unwahrscheinlichkeit der zufälligen Entstehung eines selbstreplizierenden Systems in der sogenannten Ursuppe bis hinauf zu den absurden, hypothetischen Entwicklungssprüngen solcher faktischen Wunder unserer Welt wie der menschlichen Augäpfel oder des

Schwanzes beim Wal, die durch keinerlei graduelle Akkumulation zufälliger kleiner Mutationen bewirkt worden sein konnten. Der Hals der Giraffe und, wie bereits in dem Gespräch mit mir, die Kallusbildung beim Strauß wurden nur gestreift und blieben unentfaltet.

Rebecca seufzte eindrucksvoll durch ihre mächtigen Nüstern. Ihre Nase war bar jeder semitischen Krümmung und wies in ihrer Geradlinigkeit unnatürlich weit in den Raum hinaus, was ihrem Gesicht, wenn sie die Brille abnahm, einen ausgreifenden, herausfordernden Ausdruck verlieh. «Aber hören Sie, Dale», sagte sie mit einer vertraulicheren Form der Anrede und ihm weit entgegengebeugt, worauf sie sich so rasch zurücklehnte, daß ihre Nase meiner Netzhaut eine weiße Einbrennspur auf den Schatten zu hinterlassen schien, «ist Ihnen denn bei der kreationistischen Doktrin wirklich wohler? Wie stellen Sie sich denn *diese* Ereignisse vor? Sehen Sie wirklich Gottes Hand aus den Wolken herunter nach einem Lehmbatzen greifen und ihn glattklopfen? Wie Sie wissen, bedeutet Adam, *adama*, soviel wie Lehm, ‹rote Erde›. Ich sage ‹kreationistische Doktrin›, aber eigentlich existiert so etwas gar nicht, sie machen nicht einmal den Versuch, auch nur im geringsten Detail zu erklären, wie die Materie Form gewann oder warum es so viele ausgestorbene Arten gibt oder warum das alles soviel *Zeit* beanspruchte. Alles, was sie zu bieten haben, ist das erste Kapitel der Genesis, Vers zwanzig folgende. Und selbst dort heißt es bekanntlich: ‹Es wimmle das Wasser von lebendigem Getier, die Erde bringe hervor›, und so weiter, und so fort: *Vayyomer elohim toșe ha'areș nefesch hayyah leminah*, et cetera. Einfache Konjunktive, es *wimmle*, dies und das *möge* geschehen, könnte man auch übersetzen. So, als wüßte Er sich gar nicht anders zu helfen, könnte nur gewähren lassen, sozusagen Seinen Segen geben. Im anderen Fall» – wieder schnaubte sie majestätisch –, «wenn Sie es wirklich wörtlich nehmen, so geraten Sie in immer groteskere Positionen und landen schließlich bei Behauptungen wie der, selbst die Steine wären gar nicht so alt, sie stammten alle aus dem Jahr 4004 vor Christus, sie wären nicht einmal so alt wie die Grannenkiefern, bei denen man die Jahresringe sogar nachzählen kann. Ach, meine kreationistischen Studenten», sie blickte in die Runde ihrer Fakultätskollegen, die nachfühlen konnten, wie sehr sie litt, «diese armen Schätzchen. Sie könnten einem tatsächlich leid tun, wenn sie einen nicht zur Verzweiflung trieben.» Herausfordernd faßte sie Dale ins Auge: «Ist es das, was Sie uns anbieten wollen?»

Mir tat *er* leid, wie er so vor mir saß mit seinem stacheligen, schlecht getrimmten Hinterkopf. Die Haare standen nach allen Seiten ab, als hätte er eben erst seine Wollmütze abgestreift und dabei statische Elektrizität erzeugt. «Ich bin ganz und gar für die Wissenschaft, Ma'am», sagte er und stockte, unsicher, ob diese Anrede für eine Professorin angemessen war, doch fiel ihm nichts Besseres ein, «für alles, was sie uns enthüllen kann; ich *liebe* die Wissenschaft und hatte niemals vor, in diese» – seine Geste war so unbestimmt, daß sie verzweifelt wirkte; sie schloß andeutungsweise den Raum, den Himmel hinter den Kellerfenstern und uns fünf ein – «theologischen Sachen reinzugeraten. Man hat mir die Bibel in der Sonntagsschule beigebracht, aber seitdem hab ich mich, ehrlich gesagt, kaum noch näher mit ihr beschäftigt. Der Gott, den sie uns zeigt, entspricht dem Bewußtsein der Leute und dem Stand der kulturellen Entwicklung von damals, aber für uns heute wirkt er ziemlich brutal, mit all diesem Opferkram und Auge um Auge, Zahn um Zahn und *Ich bin, der ich bin* und so weiter. Nein, ich will nicht weiter drauf rumreiten, aber ich sehe wirklich keine Hand, die runtergreift in den Lehm, ich weiß nicht, was ich sehen soll, aber ich fühle manchmal, daß *ich* in meinem Inneren berührt und geformt werde, daß etwas zu mir heruntergreift und *mich* berührt. Man kann das natürlich eine subjektive Empfindung nennen oder Halluzination oder Hysterie, da will ich gar nicht drüber streiten. Ich denke mir oft, daß die Wörter, die wir an die Dinge kleben, mehr über unsere Gefühle sagen als über die Dinge selbst. Ich meine, der eine sagt ‹Vision› und der andere sagt ‹Halluzination›, und diese Wörter drücken unterschiedliche *Meinungen* darüber aus, ob etwas da war oder nicht.»

Closson spürte, daß der Junge vom Hundertsten ins Tausendste kam, und sagte, vielleicht um ihm zu helfen: «Und wie Berkeley und Husserl und auf seine Weise auch Wittgenstein, neben anderen, gezeigt haben, bleibt auch bei einhelliger Meinung die Grundfrage, ob etwas da war oder nicht, und falls ja, von welcher Natur es war, durchaus offen; sie hat eine Menge damit zu tun, wie wir ‹da sein› definieren. *Esse est percipi*», fügte der alte Quäker freigebig hinzu und neigte seinen massigen Kopf zurück, so daß seine reptilienhaft runzligen Augenlider in die dicken, gebogenen Gläser seiner Halbbrille sprangen. Ein kurzes Lächeln enthüllte sein braunes Zahnfleisch.

«Es geht mir nicht mal so sehr darum», sagte Dale und wand sich auf seinem Stuhl, in zunehmender Erregung trotz seiner Müdigkeit, trotz der zehrenden Schwäche, die Esthers Liebe und Lippen, saugend und saugend, auf seinen Körper und die Beweglichkeit seines Geistes gelegt hatten. «Ich möchte die Religion von all diesem Versteckspiel im Menschlichen wegbekommen, von diesem feigen Verlaß auf eine sogenannte subjektive Wirklichkeit – auf Wunschdenken, kann man fast sagen. Was ich anzubieten versuche, wenn Sie mich schon danach fragen, was ich zu bieten habe, ist das, was uns die Wissenschaft zu sagen versucht, auf objektive Weise, in Zahlenwerten, denn von den Wissenschaftlern selbst werden Sie das nicht zu hören kriegen, die wollen sich raushalten, wollen sich ihre Reinheit bewahren. Da sind diese merkwürdigen Übereinstimmungen bei kosmischen Zahlen», und er begann, der Kommission von zehn hoch vierzig zu erzählen, von der Wiederkehr dieser Größe in kraß verschiedenen Zusammenhängen, angefangen bei der Zahl geladener Teilchen im beobachtbaren Universum über das Verhältnis der elektromagnetischen Kraft zur Gravitationskraft bis zur Relation zwischen dem Alter des Universums und der Zeit, in der das Licht einen klassischen Elektronenradius zurücklegt. Er versuchte, die erstaunliche Koinzidenz zu erläutern, die die Differenz zwischen der Neutronen- und der Protonenmasse fast exakt der Masse des Elektrons gleichen und darüber hinaus diesen Wert mal dem Quadrat der Lichtgeschwindigkeit jener Temperatur entsprechen läßt, bei der Protonen und Neutronen aufhören, sich ineinander umzuwandeln, so daß ihre jeweilige Menge im Kosmos stabilisiert wird. Ebenso wunderbar erschien ihm eine andere Gleichung, die darlegte, daß die Temperatur, bei der Materie von Strahlung unterscheidbar wird, mit jener Temperatur identisch war, bei der die Energiedichte von Photonen derjenigen von Materie, zumal Protonen, gleichkam. Weiter war das Element Kohlenstoff, das für alle Lebensformen von so existentieller Bedeutung ist, bei seiner Synthese im Inneren der Sterne von einer Kette nuklearer Reaktionen abhängig, für deren Ablauf keine zwingenden –

«Mis-ter Koh-ler», unterbrach Ed Snea, dessen Auftritte sich stets durch löbliche Kürze auszeichneten, «ich, ähmm, fra-ge mich –»

Jeremy Vanderluyten drängte sich in die geschlagene Bresche. «Wie ich schon vorhin sagte, dies alles scheint mir zur Kategorie des Wiederkäuens zu gehören, zur eklektischen Synthese. Wo bleibt der originäre Beitrag, der unser Engagement und unsere finanzielle Unterstützung rechtfertigen könnte?»

Dale zog aus der Brusttasche seines ungewohnten Tweedsakkos einen Packen Computerpapier, wie eine Ziehharmonika gefaltet und an beiden Seiten perforiert. Von meinem Platz aus konnte ich erkennen, daß es mit Zahlenkolonnen bedeckt war, dichten Massen von Grau. «Einer der Gründe, weshalb ich so groggy bin», erläuterte er dem Kollegium mit einer so transparenten und einnehmenden Hingabe, daß Rebecca ihre leuchtende Nase hochreckte und Jeremy seinen düsteren Blick niederschlug, «ist der, daß ich fast die ganze

Nacht auf den Beinen war und einige der Naturkonstanten durch eine Reihe von Zufallstransformationen gejagt habe, um vielleicht etwas für euch hier zu entdecken.»

«Und was könnte dieses Etwas sein?» fragte Closson und wetzte nervös die Unterlippe, süchtig nach einer Prise Kautabak.

«Etwas Unerwartetes», erwiderte Dale. «Etwas, das mehr ist als Zufall.»

Seine Stimme klang kräftiger. Er straffte das Kinn, faßte seine Inquisitoren ins Auge. Wir lieben es, überlegte ich, herausgefordert zu werden. Der kleine Adrenalinstoß spült eine Menge Problematisches zur Seite und bringt unser Leben auf Touren, so wie es sein möchte. Lieber rot sehen als tot sein. Wir lieben den Kampf, weil er den Zweifel verdrängt.

Dale entfaltete seinen absurd langen Computerausdruck, der ihm zwischen den Knien durchrutschte, und begann. «Zum Beispiel die Lichtgeschwindigkeit multipliziert mit Newtons Gravitationskonstante, beides natürlich in SI-Einheiten: Das eine ist eine riesige Zahl, das andere eine äußerst kleine, und heraus kommt fast exakt die simple Zahl Zwei – eins Komma neun neun neun fünf drei zwo sechs.» Er blickte auf. Keiner in der Kommission hatte mit der Wimper gezuckt. «Das ist ein unglaublich unwahrscheinliches Ergebnis», erklärte er. «Ein anderes unerwartet klares Resultat war, daß die Hubble-Konstante – das ist das Maß der Expansion des Universums, der Entfernungszunahme der Galaxien untereinander – dividiert durch die Protonenladung, die natürlich ganz am anderen Ende der Skala kosmischer Konstanten angesiedelt ist, genau zwölfeinhalb ergibt, ohne Rest. Es war etwa zwei Uhr morgens, als ich mir das auf dem Ausdruck ansah, und nach einiger Zeit fiel mir auf, daß da überall auf dem Papier die Zahl Vierundzwanzig stand, zwei, vier, zwei, vier, die Ziffern schienen mir förmlich ins Gesicht zu springen. Die Planck-Zeit zum Beispiel, geteilt durch die Strahlungskonstante, gibt einen Wert nahe acht mal zehn hoch minus vierundzwanzig, und die Dielektrizitätskonstante des Vakuums, oder Feldkonstante, geht in den Bohr-Radius fast genau sechs mal zehn hoch minus vierundzwanzig mal rein. Auf der positiven Seite gibt das Produkt aus der elektromagnetischen Feinstrukturkonstante und dem Hubble-Radius – das ist die Größe des Universums, das wir heute wahrnehmen – ein Resultat in der Größenordnung von zehn hoch vierundzwanzig, und die Konstante der starken Wechselwirkung mal der Protonenladung bringt exakt zwo Komma vier mal zehn hoch minus achtzehn, zur Abwechslung. Ich fing an, die Vierundzwanzig einzuringeln, wo immer sie auf dem Ausdruck erschien: hier bitte» – er hielt es hoch, sein Stück gestreifter Wandtapete, dekoriert mit scharlachroten Kreisen –, «Sie sehen, es ist mehr als Zufall!»

«Ich bin nicht so sicher, daß ich das *sehen* kann», sagte Jesse Closson, über den Rand seiner Halbbrille spähend. Dale hielt das Papier höher, und wir alle konnten sehen, daß seine klobigen, großen Hände vibrierten, ja bebten. Er hielt das Universum in diesen Händen.

«Zufälligkeit oder deren Fehlen ist keinerlei Kategorie –» begann Jeremy Vanderluyten.

«Mein, ähmm, Freund», erhob Ed Snea die Stimme, als müsse er eine Horde plappernder Picknickgäste zur Ordnung rufen, «was haben die Beziehungen zwischen diesen Zahlen denn zu be-*deuten*? Ist es nicht so, daß Sie, wie man so sagt, Äpfel und Orangen addieren und das Ergebnis durch Grapefruits teilen?»

«Das sind nicht irgendwelche Zahlen, das sind die Grundkonstanten der Natur», entgegnete Dale. «Es sind die Bedingungen der Schöpfung.»

«Also, mir ge*fällt* das», brach es aus Rebecca heraus. Sie war, ich sah es, Dales erste Verbündete in dieser Kommission, und er sah es auch.

Er wandte ihr sein Gesicht zu und fixierte sie, Auge in Auge. «Diese Zahlen», sagte er inständig, mit einem fast väterlichen Ernst, einem Sehnen nach Verständnis, während über ihrem Kopf die Füße flackerten, «sind die Worte, die Gott gewählt hat, um zu uns zu sprechen. Er hätte auch vollkommen andere Zahlen wählen können, Ma'am, aber er hat sich für diese entschieden. Vielleicht sind unsere Messungen noch nicht genau genug, vielleicht waren meine Transformationen nicht die intelligentesten... Ich war so übermüdet und so nervös wegen dieser Sitzung heute. Es könnte eine Differentialgleichung geben, die etwas Definitives herausholt, ich kann es noch nicht sagen. Aber es muß etwas dahinterstecken, hier, wenn irgendwo. Gefällt es Ihnen etwa nicht, daß die Lichtgeschwindigkeit, multipliziert mit der Gravitationskonstanten, ausgerechnet zwei ergibt?»

«Doch, *mir* gefällt das», wiederholte Rebecca mit veränderter Betonung, «aber –»

«Das ist Kabbalismus», brummte Jeremy Vanderluyten. «Mit Zahlen kann man alles beweisen, wenn man sie lange genug schüttelt. Nur um meine Neugierde zu befriedigen: Haben Sie vielleicht auch eine Sechs Sechs Sechs irgendwo auf Ihrem Papier?»

Dales Blick huschte suchend, mit kleinen Quantensprüngen seines Kopfes, über den Computerausdruck: «Ja, Sir, kein Problem! Nicht nur dreimal die Sechs, sondern zehn in einer Reihe. Der Bohr-Radius, dividiert durch den Hubble-Radius.»

«Na bitte», sagte der Schwarze. «Das ist die Zahl des apokalyptischen Tiers und soll bedeuten, daß das Ende der Welt bevorsteht.»

«Oder, daß zwei durch drei dividiert worden ist», sagte Closson, sein verbindlicher Ton gewürzt mit einer Prise Ungeduld. «Diese Berechnungen, junger Freund, haben für mich einen Beigeschmack von Verzweiflung. Ihre Befindlichkeit hat Ihr Verstehen überwältigt, könnte man mit Heidegger sagen.» Die anderen Kommissionsmitglieder kicherten.

«Ja, ich fühle mich manchmal verzweifelt», gab Dale mit

Würde zu. «Aber dann sage ich mir, warum sollte Gott ausgerechnet für mich einfach machen, was er der ganzen Menschheit bis jetzt verweigert hat? Da gab es einen Augenblick, in dieser Nacht, ich war müde und wahrscheinlich wütend, wenn nicht verzweifelt, und ich begann, blindlings auf die Tastatur einzuhämmern, und mitten in all dem Müll, der auf dem Monitor erschien, blitzte plötzlich diese wunderbare Zahl auf: Eins Komma null null null null null null null null, ich weiß nicht, wie viele Nullen, vielleicht zehn, und dann eine Eins. Nirgendwo in der Natur kann eine Rechnung ein so verrücktes Ergebnis bringen, eins und ein Zehnmilliardstel oder was immer es war. Aber es rollten immer neue Zahlen und Ergebnisse über den Schirm, und als ich zu diesem zurückgehen und es ausdrucken lassen wollte, war es verschwunden.»

Alles schwieg. Mir fiel auf, daß Dale kein einziges Mal in meine Richtung geblickt hatte. Es mußte besonders heiß hergegangen sein zwischen ihm und Esther, gestern im Dachgeschoß. Sie war matt und gereizt gewesen, als ich um drei Viertel sechs nach Hause kam. Sie und Dale und Richie waren unter dem Licht der Tiffany-Lampe über den Tisch im Eßzimmer gebeugt wie auf einem sentimentalen biblischen Kupferstich, ein Dreieck aus Köpfen mit dem der stehenden Esther als höchstem Punkt. Sie arbeiteten an den Hexadezimalzahlen. «Und zwo D?» fragte Dale gerade. «Wieviel wäre das, Richie?»

Schweigen dehnte sich, während aus der Küche ein Selbstgespräch des Kühlschranks über die Bereitung von Eiswürfeln zu hören war.

«Fünf-und-vier-zig», kam es schließlich, schleppend, von Esther.

«Deine Mom hat recht», sagte Dale, an ihrer Stelle leidend. «Schau doch her, Richie, die Zwei ganz links bedeutet zwei Sechzehner, das gibt zusammen zweiunddreißig, und das ‹D› steht für – denk dran, daß wir allen zweistelligen Zahlen unter sechzehn einen Buchstaben zuordnen müssen, also steht das ‹D› für –?» Er wartete eine Sekunde, dann gab er selbst die Antwort: «Dreizehn. Und zweiunddreißig plus dreizehn gibt –?»

«Fünfundvierzig», sagte das Kind mit schwacher, verzagter Stimme.

«Genau! Siehst du, du kapierst es!»

«Wäre auch Zeit», sagte Esther, matt und gereizt. Ihr Mund sah selbst unter dem frisch aufgetragenen Lippenstift wund aus, und aus dem Glühen in ihren grünen Augen glaubte ich lesen zu können, wie tief sie sich vor wenigen Stunden in die Natur gewühlt und verwurzelt hatte. In der darauffolgenden Nacht, heute nacht, war sie im Schwung ihrer Lüsternheit auch in unserem düsteren ehelichen Bett handgreiflich geworden, hatte mir einige ihrer unflätigen Tricks offeriert. Ich verpaßte ihr mit dem Handballen einen Stoß gegen die nackte Schulter und drehte ihr den Rücken zu, um zu beschützen, was sie daheim in Ohio derb das Patengeschenk nannten.

Ed war im Begriff, Dale mit sanftem Widerwillen die entscheidende Frage zu stellen: «Haben Sie vielleicht noch, ähmm, ausgereiftere Ideen für den Einsatz des Computers in Ihrer Suche nach» – er konnte seine Lippen unter dem minimalen, sozusagen entmythologisierten Schnurrbart nicht dazu bewegen, den bäurischen alten Einsilber auszusprechen – «dem Absoluten?»

«Oder haben Sie schon abgeschossen?» krächzte Closson, zu sehr unschuldiger Quäker, glaube ich, um zu wissen, wie vulgär der Ausdruck war.

Rebecca, die es wußte, beugte sich nach vorn, um die Wogen zu glätten und den jungen Mann mütterlich zu trösten. «Dale, was haben Sie sich als Endprodukt Ihrer Forschungsarbeit vorgestellt? Einen technischen Aufsatz, oder etwas Inspirierteres?» Sie lehnte sich zurück und streifte die Stahlbrille von ihrer langen, weißen Nase, und dies veränderte das Bild, das sie uns bot. Sie war eine Frau – Eva, *Ḥawwah*, «Leben». Ich spürte in mir, wie Dales Herz sich nach ihr sehnte, nach diesem Punkt der Wärme in einem frostigen Verhör. Sie lächelte und fuhr fort: «Was ich zu fragen versuche, ist: wie könnten wir Ihre Theorien *nutz*bar machen, um ein Stipendium zu rechtfertigen?»

Jeremy war noch immer irritiert von dem Mangel an Respekt, der dem moralischen Gesetz in uns gezollt worden war. «Was wollen Sie mit diesem Herumjonglieren von Zahlen beweisen?» fragte er.

«Sir, ich will Gott eine Gelegenheit geben, zu *sprechen*», sagte Dale und raffte sich auf zur Entschiedenheit. Er beschrieb der Kommission, ausführlicher, als er es mir gegenüber getan hatte, seinen Plan, mit den Mitteln der Computergraphik ein Modell der Wirklichkeit zu entwickeln. Formen, so erläuterte er seinen Zuhörern, können voneinander subtrahiert werden, sobald sie erst in solider Formelgestalt im Gedächtnis der Maschine abgespeichert sind, und man braucht nur ein paar Kommandos einzutippen, um in jeder beliebigen Ebene einen Querschnitt durch das Objekt legen und unter allen Blickwinkeln auf dem Schirm betrachten zu können. Beim rechnergestützten Konstruieren in der Industrie, z. B. bei der Entwicklung von Gußformen und Preßmatrizen, haben die negativen Formen die gleiche Bedeutung wie ihre positiven Gegenstücke; außerdem könne man – und hier brachte er mit größter Eloquenz seine redenden Hände ins Spiel – räumliche Gestalten erzeugen, indem man eine zweidimensionale Form längs einer vorbestimmten Achse durch den Raum verschiebt. Durch die Interaktion solcher Modelle und die Einführung lokal wirksamer Regeln für die Evolution der Formen und die Zugrundelegung allgemeinerer Planungsalgorithmen glaubte Dale unsere reale Welt – weniger in ihrem konkreten Gehalt als in ihrer Komplexität und Vernetzung – auf einer Ebene simulieren zu können, die graphische oder algorithmische Rückschlüsse auf einen dahinter verborgenen Plan zulassen müsse, vorausgesetzt, daß dieser existiere. Es sei ein wenig, versuchte er das Gesagte anschaulich zu machen, wie die übliche Vorgehensweise in der Computergraphik, wo man zunächst mit Hilfe der Vektordarstellung ein sogenanntes Drahtmodell eines dreidimensionalen Gegenstands konstruiere und dann, mit Hilfe einer simplen Operation auf der *z*-Koordinate, die verdeckten Kanten eliminiere, jene Kanten, die in der «wirklichen» Welt – jener, die wir mit unseren Sinnen wahrnehmen – von der undurchsichtigen Substanz des realen Gegenstands verdeckt seien. Theologisch gesprochen, bewegten wir uns in einer Welt, deren verdeckte Kanten eliminiert seien, und das Projekt, das Dale mit der unverzichtbaren Unterstützung der Kommission zu realisieren beabsichtige, bestünde eben darin, diese Kanten wieder sichtbar zu machen, die Undurchschaubarkeit aufzuheben und der Schöpfung die ursprüngliche Transparenz wiederzugeben, in der sie seit dem Sündenfall nur von einigen Mystikern und Wahnsinnigen und vielleicht auch Kindern gesehen worden sei. Oder, falls die Kommission eine Analogie aus der Teilchenphysik vorzöge, so beabsichtige er, den Makrokosmos, in die Computergraphik transponiert, einem Prozeß zu unterziehen, der jenem der Atomzertrümmerung vergleichbar sei.

Doch Dales Präsentation geriet ins Stocken, und mehr als einmal dehnte sich seine Stimme zu einer langen Pause. Es war, als hätte er diesen Augenblick in seiner Vorstellung so oft geprobt, daß ihm nun, da er endlich gekommen war, keine Energie mehr blieb, ihn auszufüllen. Er war am Ende seiner Kräfte. Er schien bereit, eine Ablehnung hinzunehmen.

Jeremy witterte Blut und unterbrach mit seiner kieseligen, kummervollen dunklen Stimme: «Von Kant und Kierkegaard bis zu William James und Heidegger hat sich die Religion ihren Platz im Inneren des Subjekts gesucht. Die Subjektivität ist die eigentliche Domäne der Religion. Wir dürfen uns nicht aus dieser Domäne herauslocken lassen. Wenn Sie mit dieser Art von Pseudowissenschaft herumzufuchteln beginnen, so landen Sie bei der Magie und einem Fundamentalismus von der undiskutierbarsten Sorte. Lebt wohl, moralische Imperative, willkommen, Voodoo.»

«Aber Jere», sagte Rebecca, «sind Sie nicht etwas bibelfremd, wenn Sie das sagen? Der Gott von Abraham und Moses war nicht nur ein subjektives Phänomen. Die Israeliten haben Ihn in ihrem ganzen Sein erfahren, als Geschichte. Sie haben mit Ihm gestritten, sogar mit Ihm gerungen. Sie lebten in einem Bund, den Er mit ihnen geschlossen hatte. Sie wollen doch nicht derjenige sein, der zu Gott sagt: Draußen geblieben, für Dich ist kein Platz in der Geschichte, für Dich ist kein Platz in der objektiven Welt!»

«An jedem Tag in jeder Woche», sagte Closson und räusperte sich mit einem nikotingezeugten Röcheln, «laden Ihn Gebete in unsere Welt ein; und die vermaledeite Sache ist die, daß keiner, nach all den Jahren keiner weiß, ob Er gekommen ist oder nicht!»

«Was mich beunruhigt», sagte Reverend Ed Snea in seinem ehestiftenden Singsang, «ist folgendes: Angenommen, die Computer in einem Projekt von der Art, wie Mr. Kohler es uns beschrieben hat, erwerben dabei selbst so etwas wie Intelligenz – müßte das nicht bedeuten, daß sie auch eine Subjektivität erwerben, so daß, selbst wenn einer von ihnen die Existenz eines Absoluten in einem objektiven Sinn bezeugt, dieses Zeugnis auch nicht mehr wert wäre als die Aussage von irgendeinem Der-Herr-hat-geholfen-Hinterwäldler aus dem finstersten Tennessee?»

«Oder einer aztekischen Jungfrau, die genug Glauben an Huitzilopochtli hatte, um sich von den Priestern das lebendige Herz aus der Brust reißen zu lassen.» Clossons Reptilienaugen zwinkerten, und sein fauliger brauner Mund spaltete sich zu einem lautlosen kleinen Lachen. Die Religion, dachte ich bei mir, hatte niemals aufgehört, ihn zu amüsieren...

«Was *ich* am, ähmm, liebsten täte», sagte Ed, «ist, diesen Computern ein genügend langes Kabel mitzugeben, damit sie sich dran aufhängen können. Für mich sind Computer nichts weiter als modisch aufgeplusterte Registraturschränke.»

«Ich bin der Auffassung, daß es eine höchst bedauerliche Zweckentfremdung wäre», sagte Jeremy, «wenn wir in einer Zeit, in der Frauenstudien und Schwarze Studien verzweifelt nach Förderungsmitteln –»

Rebecca fiel ihm ins Wort. «Einige der Frauen, mit denen ich zu tun habe, haben es satt, studiert zu werden. Erschöpfen wir uns denn im Frau-Sein? Können wir denn nichts weiter über uns aussagen, als daß uns die patriarchalische Gesellschaft Desodorantien aufgezwungen hat? Meine entzückenden, militanten Feministinnen, sie sehen aus, als hätten sie sich in ihrem ganzen Leben noch nie die Haare gewaschen oder die Fingernägel gesäubert, als wären es die *Männer* gewesen, die das Baden erfunden haben –» Sie wußte, daß sie besser aufhören sollte, doch sie fuhr mit einem unwiderstehlichen, raschen Lächeln fort: «Ich finde es ganz be*zaubernd*, daß dieser junge Mann aus der naturwissenschaftlichen Ecke der Universität uns eine helfende Hand reichen will.»

Closson räusperte sich abermals und wandte mir seinen massigen, überpolsterten Schädelkasten zu. «Roger, haben Sie irgendwelche Einsichten oder Gedanken, die Sie mit uns teilen möchten, ehe wir Mr. Kohler verabschieden?» Eine seiner tarnenden Strähnen hatte sich gelöst und ragte seitlich in die Luft wie eine fragende Antenne.

Es war ein Schock, aus meiner Abgeschiedenheit, meiner schattenhaften Existenz am Rande herausgerissen zu werden. «Sie kennen mich, Jesse», sagte ich mit einer unechten Schalkhaftigkeit, die mir bellend in den Ohren klang. «Ich bin ein Barthianer, durch und durch. Und Barth, fürchte ich, hätte Dales Projekt als eine äußerst müßige und anmaßende Spielart von natürlicher Theologie betrachtet. Ich stimme auch Jere zu: Die Apologetik darf ein Gebiet, auf dem sie halbwegs sicheren Boden unter den Füßen hat, nicht für ein anderes preisgeben, auf dem die Religion wieder und wieder lächerlich gemacht worden ist. Wie Rebecca glaube ich nicht, daß Gott ausschließlich auf die menschliche Subjektivität reduziert werden sollte; aber Seine Objektivität muß von einer völlig anderen Art sein, als es diese physikalischen Gleichungen sind. Und selbst wenn das nicht so wäre, würde die Beweisbarkeit noch weitere Probleme aufwerfen. Wäre ein Gott, der sich beweisen ließe – genauer gesagt: ein Gott, dem nichts anderes übrigbleibt, als sich beweisen zu lassen –, nicht zu unterwürfig, zu passiv, zu sehr angewiesen auf das menschliche Ingenium, kurz gesagt: ein hilfloser und kontingenter Gott? Ich sehe auch eine Schwierigkeit in Seiner Faktizität, wenn uns diese tatsächlich demonstriert werden sollte. Wir wissen alle, aus unserer Praxis als Lehrer, wie es den Fakten ergeht: Sie werden ignoriert, vergessen. Tatsachen sind *langweilig*. Sie sind unbelebt, unpersönlich. Ein Gott, der eine bloße Tatsache ist, wird in der Ecke stehen bei all den anderen Tatsachen: Wir können Ihn mitnehmen, und wir können Ihn genauso dort verstauben lassen, ganz wie es uns beliebt. So wie es ist dagegen, befinden wir uns immer in Bewegung, *hin* zu einem Gott, der sich entzieht, einem *Deus absconditus*. Er ist immer bei uns, gerade durch Seine augenscheinliche Abwesenheit. Was wir hier finanzieren sollen, kommt mir, so leid es mir auch tut, wie eine Art obszöner kosmischer Schnüffelei vor, die sehr wenig mit Religion zu tun hat, wie ich sie verstehe. Wie Barth selbst irgendwo sagt – ich kann es nur aus dem Gedächtnis zitieren –: ‹Was ist das für ein Gott, der bewiesen werden muß?›»

Nach diesem Judaskuß wandte Dale erstmals seinen Blick zu mir. Die Akne, so mein Augeneindruck, schien sich zu bessern, dank Esthers Bemühungen. Seine blauen Augen waren wie erstarrt, umwölkt. Er begriff nicht, welchen Gefallen ich ihm getan hatte.

Denn Jesse ist natürlich ein Anhänger der Ökumene und sentimentaler Tillichianer; Ed ein professioneller Bultmann-Adept; Rebecca alles andere als unempfindlich für die Spuren von unterdrückten antisemitischen Gefühlen in

Barths oft unterstelltem Philosemitismus* und Jeremy sozialpolitisch engagiert und ein ethischer Logistiker; indem ich Barth, den spöttischen Gegner religiöser Humanisten und Harmonisierer, den alten Feind von Tillich und Bultmann, so vollmundig in die Diskussion warf, hatte ich die Kommission gegen mich eingenommen: und damit für Dale.

Jesse ließ einiges Hm-hm hören und versuchte, zusammenzufassen: «Nun ja, der Ursprung allen Seins muß ja wohl in einem höheren Sinne *sein*. Er kann nicht nur einfach existieren wie alles andere auch. Aber das hat einen ganzen Schwanz von weiteren, interessanten Fragen im Gefolge, ob Sein zum Beispiel, *esse*, ein einfaches Entweder/Oder ist – ein binärer Zustand, wie Mr. Kohler sagen würde –, oder ob es Abstufungen gibt, Intensitäten... Das ist wirklich *alles* sehr interessant. Sie haben uns zum Nachdenken gebracht, junger Mann, und das ist nicht einfach in akademischen Kreisen. Heh. Heh-heh. Sie können mit unserer Entscheidung innerhalb von zwei Wochen rechnen.»

Als ich Esther zehn Tage später erzählte, Closson habe mir mitgeteilt, daß die Kommission sich auf eine befristete Forschungsbeihilfe in Höhe von zweitausendfünfhundert Dollar für Dale geeinigt habe, die im kommenden September erneuert werden könne, falls Dale bis 1. Juni eine vierzigseitige Zusammenfassung seiner konkreten und originären Resultate vorlege, sagte sie: «Das ist schlimm. Das ist einfach schrecklich.»

«Wie das?»

* *Vergleiche – und dann ein für allemal Schluß mit den Fußnoten! – Barths Brief vom 5. September 1967 an Dr. Friedrich-Wilhelm Marquardt: «... als ich in der persönlichen Begegnung mit dem lebendigen Juden (auch Judenchristen!), solange ich denken kann, immer so etwas wie eine völlig irrationale Aversion herunterzuschlucken hatte – natürlich von allen meinen Voraussetzungen her sofort herunterzuschlucken und in meinen Äußerungen gänzlich zu verdecken wußte, aber eben doch herunterzuschlucken und zu verdecken hatte.»*

«Jetzt fühlt er sich unter dem Druck, etwas entdecken zu müssen, und es ist unmöglich, was er vorhat.»

«O ihr Kleingläubigen.»

«Er verliert seinen Glauben. Und das hier wird ihm den Rest geben.»

«Woher weißt du, daß er seinen Glauben verliert?» fragte ich.

Sie drehte sich auf klackenden Absätzen um und schwirrte durch den Flur davon, bot mir jene Hinteransicht, die selbst die zierlichste Frau großmächtig wirken läßt, ein Stück der Erde. Sie trug enganliegende Khakihosen; sie war draußen im Garten gewesen, wo sie hektisch an der Hecke herumgeschnitten, die ersten Schneeglöckchen mit hängenden Köpfen im sonnenerwärmten Winkel unseres Zauns mit dem Geräteschuppen der Ellicotts entdeckt und darüber nachgegrübelt hatte, wann die Mulchabdeckung von den Rabatten genommen werden sollte. «Geht's uns nicht allen so?» rief sie zu mir zurück, ehe sie in der Küche verschwand. Ich hatte nie angenommen, daß Esther einen Glauben zu verlieren hätte. Eben dies war ein Teil ihres Zaubers gewesen, die strotzende Freiheit, die sie aushielt und versprach.

Ich hatte sie gebeten, Verna zur Abtreibung zu begleiten, und sie hatte sich mit der Bemerkung geweigert, Verna sei allein meine Nichte und habe ohnehin immer weniger für sie übrig. Sie sei ziemlich kurz angebunden bei ihren Besuchen in der Kindertagesstätte, wo sie übrigens immer unregelmäßiger erschien, und wenn, dann brachte sie Paula mit verschmutzten Windeln an. An *dieser* Front seien die Dinge ins Rutschen geraten, sagte Esther, als wären wir ein militärisches Hauptquartier, in einen Mehrfrontenkrieg verwickelt.

Am Telefon hatte Verna unmißverständlich klargemacht, daß sie nicht allein hingehen wollte. Es sei schließlich meine Idee, sagte sie. Dann würde ich sie eben hinbringen, erwiderte ich. Besser das, als ihr ein Hintertürchen aufzutun. Ich war entschlossen, die Sache durchzuziehen. Am festgesetzten Nachmittag ließ uns die Babysitterin aus der Nachbarschaft im letzten Augenblick hängen, typischerweise. Also mußten wir die kleine Paula mitnehmen. Es war eine Tageszeit, spätnachmittags, zu der es bis vor kurzem noch stockdunkel gewesen war und die uns nun mit ihrer Helligkeit überraschte, dem Tageslicht, das noch auf den Reihen der Mietskasernen lag, den Eckgeschäften mit ihren vergitterten Fenstern, den blätterlosen Platanen und Robinien, den verbogenen und besprühten Parkverbotsschildern. Die Helligkeit war mir unangenehm, als ich die neunzehnjährige Frau und das anderthalbjährige Mädchen in meinem kompakten, schrammenlosen, fast rassigen Audi durch Straßen chauffierte, die gesäumt waren von den aufgedunsenen Rostleichen Detroits, am Rinnstein festgewachsen wie Auswürfe aus Lava. Ich hatte in diesem Viertel eigentlich nichts zu tun. Aber ich tat etwas. Ich tötete ein ungeborenes Kind, um vielleicht ein geborenes zu retten. Zwei geborene. Die Ambulanz war in einem niedrigen Gebäude aus weißem Mauerstein, nicht eben neu und die Steine gerade weiß genug, um den Mörtel dunkler wirken zu lassen. Es lag einige Querstraßen von den Sozialwohnungen entfernt, tiefer in jenem Teil der Stadt, den ich niemals besuchte.

Es war mir auch unangenehm, als Anhängsel eines Mulattenbabys und dieses bleichhäutigen, schlafflippigen, leicht übergewichtigen Teenagers den Empfangsraum der Ambulanz zu betreten. Zur Feier des Tages hatte Verna beschlossen, sich in ein Sammelsurium aus Second-hand-Klamotten zu hüllen, eine Collage aus einem weiten, erbsengrünen Wollrock, einem kanariengelben Rollkragenpulli und einer orangeroten Lederweste unter einer Art kariertem Poncho; sie sah aus wie eine jugendlich-naive Tütenlady. Ihre Haare waren in ölige Löckchen gedreht, jener feuchte, schlängelnde, wie frisch aus der Dusche wirkende Look, dem man immer häufiger, selbst bei Sekretärinnen der theologischen Fakultät, begegnet.

Die Neonröhren im Inneren der Ambulanz, die leise summten und brummten, richteten wenig gegen die düstere

Atmosphäre aus. Im Empfangsraum standen zwei Schreibtische, besetzt mit einer Krankenschwester und einer Schreibkraft. Die Schwester hob den Kopf und sah mich mit einem Blick an, der anklagend wirkte. Um die Formulare auszufüllen, mußte Verna mir Paula auf den Arm geben. Das Kind fühlte sich schwerer an als beim letztenmal, als ich es getragen hatte – es war nicht nur die Winterkleidung, sondern Wachstum, neues Fleisch, das von der Welt seine Befriedigung erwartete. Wie winzig sie war, und doch wie vollkommen lebendig, von unteilbarer Würde der Person. Ihre Beine begannen Proportionen zu entwickeln. Ihr Gesicht zeigte einen vielschichtigeren, nachdenklicheren Ausdruck. In meinem Griff wirkte sie unruhig, ließ ihre kleinen Muskeln weich hin- und herrollen, noch unschlüssig, ob sie einen ernsthaften Befreiungsversuch starten sollte oder nicht. Aus einer Handbreit Entfernung blickte sie mir gerade in die Augen, taxierend, ohne zu lächeln. «Nicht Plumps machen», sagte sie im Singsang. Ihre Augen, die mir einst meeresblau erschienen waren, hatten einen Braunton angenommen, um etliche Schattierungen dunkler als Vernas.

«Paula macht nicht Plumps», stimmte ich zu. «Mann hält gut fest.» Ich überlegte, was das für ein leichter Geruch sein mochte, der von ihr aufstieg, während sie sich in meinen Armen erwärmte. Esthers «verschmutzte Windeln» fielen mir ein, aber es war kein Exkrementgeruch, es war ein muffiges, tröstliches Aroma aus der Tiefe meines Lebens, ein Erinnerungsrest an die magischen Räume in Kommoden oder Schränken, deren Fächer mit Wachstuch ausgelegt waren. Ich dachte an die Großmutter dieses Kindes in dem schrägen Dachspeicher an jenem Tag, an den Sonnenstaub, an das triste Weißgrau ihres Einknöpfkragens, als Edna in den Ausschnitt des Pullovers faßte, um ihn herauszunehmen. Ich dachte an die Sehnsucht, mit der unsere armen Seelen gegen fremde Körper drücken wie der Wasserdruck gegen die Körper von Schwimmern.

«Nunc, macht's dir was aus, wenn ich dich als nächsten

Angehörigen reinschreibe?» fragte Vernas rasselnde, unüberhörbare Stimme. Mehrere Köpfe drehten sich nach mir um. Es gab eine Reihe von Stühlen für die Wartenden in diesem Raum mit der flackernden Neondecke, mit Stabjalousien an den Fenstern, die den Blick auf die Straße verwehrten, mit Wandpaneelen im Pastellton öffentlicher Einrichtungen. Eine merkwürdige, lastende Stille verdünnte das Zischen des Verkehrs von draußen. Die Stühle, im Stück aus Kunststoff gepreßt, bunt in Primärfarben wie in einer Grundschule, waren zu einem Drittel von jungen Frauen, überwiegend Schwarzen, und einigen irritierten Begleitern besetzt. Eine werdende Mutter kaute Bubble-gum und ließ mit steinernem Gesicht virtuose, pinkfarbene Blasen vor ihren Lippen wachsen, zerplatzen und wieder wachsen. Eine andere ließ ihren Walkman laufen und hielt die Augen über dem Lärm geschlossen, der ihren Kopf erfüllte. Ein schwarzer Junge, der nur wenig älter aussah als das Kind, das meinen Wagen bewacht hatte, flüsterte dringlich in das Ohr eines Mädchens und bot ihr Züge aus seiner Zigarette an. Sie hatte nasse Wangen, aber war sonst unbewegt, eine afrikanische Maske mit majestätisch vorgewölbten Kiefern und Lippen.

«Aber das bin ich nicht», sagte ich flüsternd, nachdem ich einen Schritt nähergetreten war.

«Böser Mann», sagte Paula dicht unter meinem Gesicht, sondierend und flirtend. Ihre gummiweichen, feuchten Finger tasteten nach meinem Mund, zogen an meiner Unterlippe. Ihre winzigen Fingernägel kratzten.

«Ich will nicht Mom und Dad reinschreiben», sagte Verna mit achtloser Lautstärke. «Ich kann sie am Arsch lekken, und sie können mich.»

Wieder ploppte eine Gummiblase. Auf der Straße röhrte tigerhaft ein Auto mit defektem Auspuff. Die Schwester, die eine blaue Strickjacke wie einen Umhang über ihre gestärkte weiße Uniform geworfen hatte, führte Verna in einen anderen, helleren Raum. Paula und ich konnten sie durch die halboffene Tür in einem Stuhl sitzen sehen, am nackten Arm eine Blutdruckmanschette, im Mund ein lässig in die Luft gerecktes Thermometer. Das Kind wurde unruhig. Es hatte Angst, daß seiner Mutter etwas Böses getan würde, und so ging ich mit ihm hinaus ins Freie.

Draußen auf dem Bürgersteig war die Nacht hereingebrochen. Vom fernen Zentrum der Stadt, wo eine Kuppel aus Licht den Himmel befleckte und die roten Warnleuchten an den Spitzen der Wolkenkratzer blinkten, drang ein gedämpftes Tosen herüber, ein ozeanisches Geräusch, als hätte die gestaute Woge des Verkehrs eine endgültige Bedeutung angenommen. Das Viertel hier wirkte beinahe vorstädtisch; ein Lebensmittelladen leuchtete an einer Straßenecke, zwischen gesichtslosen Passanten flogen Grußworte hin und her. Paula bäumte sich in meinen Armen; sie war beunruhigt, hungrig und wurde immer schwerer. Sie gab mir leise Tritte durch meinen Schaffellmantel hindurch und kratzte neugierig an meiner Unterlippe. Statt mich wieder in den flimmernden Warteraum zu wagen, zogen wir uns in den Schutz des Wagens zurück, wo ich im Autoradio nach einem Song suchte, der sie beruhigen würde. Ich hoffte, irgendwo auf das Lied mit den vielen Bops zu stoßen, aber im wuchernden Dschungel neuer Songs und neuer Stars war Cyndi Lauper nirgends mehr zu finden, von einem Ende der leise glimmenden Skala bis zum anderen.

«Musik», bemerkte Paula.

«Wunderschöne Musik», stimmte ich zu.

«Tierisch!» sagte sie, genau im Tonfall ihrer Mutter, leicht benommen.

«Kann man auch sagen.»

Ich siebte den Äther und versuchte, ein beständiges Musikprogramm zu finden statt der Nachrichten und der Telefon-Talkshows, die immer mehr Frequenzen okkupierten, je später es wurde. Die Hälfte der Anrufer war betrunken, und alle ließen sich von dem Wunder, auf Sendung zu sein, zur Redseligkeit inspirieren. Ich staunte über die routinierte

Unhöflichkeit, mit der die Moderatoren ihnen das Wort abschnitten. «Okay, Joe, wir alle haben ein Recht auf unsere Meinung... Tut mir leid, Kathleen, das reicht mir einfach nicht... Passen Sie auf sich auf, Dave, und danke für den Anruf.» Paula dämmerte in den Schlaf. Ich ließ sie auf den Beifahrersitz gleiten und stellte fest, daß sie meinen Schoß feucht gemacht hatte. Ich schaltete das Radio, seine babylonische Verwirrung, aus.

Eine seelische Ermattung befiel mich, eine Erkenntnis, daß mein Leben, mit dreiundfünfzig und von nun an, eine Frage des Sorgens geworden war, der Überwachung meines Körpers wie bei einem Invaliden mit fast erloschenem Geist, den nur noch Injektionen und Infusionen eines geschäftstüchtigen Pflegeheims am Leben halten – und daß es in Wahrheit schon immer so gewesen war, daß die Flammen von Ehrgeiz und Begierde, die mir in meinen jüngeren Jahren den Weg erleuchtet und meinem Leben die Dramatik eines Romans oder eines symbolbefrachteten Traums verliehen hatten, nur chemische Manipulation gewesen waren, Illusionen, mit denen das Fleisch und sein filterndes Gehirn mich immer weiter gelockt hatten. Es liegt, wie schon die Heiligen wußten, eine Befriedigung in dieser Mattigkeit, so als würden wir in diesem Herabsinken unter die Verzweiflung und die Apathie uns jenem abgrundtiefen Zustand nähern, der Gott in Seinem Vakuum resignierend sagen ließ: *Es wimmle das Wasser von lebendigem Getier, die Erde bringe hervor...*

Ich drückte den Türgriff hinunter und lauschte, ob das Geräusch Paula geweckt hatte. Ihr Atmen hielt für einen Augenblick inne, dann nahm es seinen vertrauensvollen, arglosen Rhythmus wieder auf, und ich stieg aus, hinaus an die Luft, auf die Straße. Ein sanfter, kalter Nieselregen hatte eingesetzt, verdunkelte den Asphalt, prickelte auf meinem Gesicht. Wir lieben es, aus der Höhe berührt zu werden – von Regen, von Schnee. Ich dachte an Esther, die jetzt in der Küche zugange sein mußte, ihre Bewegungen gedämpft vom

Wein und von Nachdenklichkeit, und an Richie, der mechanisch das Abendbrot in den Mund schaufelte, während seine Augen ein zitterndes kleines Fernsehbild verschlangen, und ich war froh, einmal nicht dabeizusein, sondern hier draußen in der prickelnden Luft in diesem fremden Stadtteil, der mir so unbekannt war, so voll von dem Versprechen der Fremde wie Tientsin oder Ouagadougou. Ich fragte mich, ob ich eine der Seitenscheiben einen Spaltbreit offengelassen hatte, wie man es für Hunde tut, und ging zum Wagen zurück, um nachzusehen. Die schlafende Paula lag da wie ein Lumpenbündel, das niemanden zum Diebstahl verleiten würde. Ihr Gesicht und ihre schlaffen kleinen Glieder hatten im Licht der Natriumdampflampen nicht mehr Farbe als ein Zeitungsfoto.

Die Schwester war von ihrem Schreibtisch verschwunden, und die Sekretärin sagte mir, es würde mit meiner Nichte noch ein wenig dauern. Es sei nur ein Arzt im Dienst, so daß sich alles verzögerte. Von den drei jungen schwarzen Frauen, die ich auf den Stühlen gesehen hatte, war nur noch die afrikanische Maske übrig. Ihr Begleiter war verschwunden, die Tränen waren getrocknet, und sie saß unbewegt und königlich auf ihrem Plastikthron, die Fürstin einer Rasse, die von der Wiege bis zum Grab auf Staatskosten reist, ganz wie die alten Aristokraten. Ich ertappte mich bei dem Gedanken, wie viele Stunden es wohl gedauert hatte, bis alle diese winzigen Zöpfe in ihr Haar geflochten und mit den bunten Glasperlen und den Ringen aus falschem Gold verwoben worden waren.

Als Verna schließlich, um zehn vor acht, aus den ungesehenen Kammern der Ambulanz auftauchte, wirkte auch sie unbewegt. Sie ging vorsichtig, wie auf Füßen, die den Boden nicht spüren. Sie brachte bedruckte Papiere in das milchige, flackernde Licht, große und kleine, Formulare für das Sozialamt und Rezepte für die Apotheke. Außerdem ein kleines Päckchen, etwas Weiches, eingewickelt in Seidenpapier. Ich bot ihr meinen Arm, als die kurzen Formalitäten mit der

Sekretärin abgewickelt waren, aber sie ignorierte meinen hilfreich gebeugten Ellenbogen. Vielleicht hatte sie ihn nicht gesehen. Unter ihren Augen waren schmale, blaßviolette Wülste, als sei ihr Gesicht aufgeblasen gewesen und noch nicht ganz bis auf die Knochen zurückgeschrumpft. «Was hast du in dem Päckchen da?» fragte ich.

«Binden», sagte sie. Mit lauter, sarkastischer Stimme imitierte sie ein begeistertes Kind: «Sie haben mir den tollsten kleinen rosa Gürtel zum Anziehen gegeben, ganz umsonst!»

Draußen hatte sich der Regen in einen feuchten Nebel verflüchtigt, aber dennoch wollte ich sie beschirmen, wollte ihr Baldachin sein, als sie zum Wagen ging, ein schwebender Schritt nach dem anderen. Wie ein Schmetterling um eine Statue flatterte meine Sorge nutzlos um ihre stoische, aufrechte Gestalt. Ich fand die Würde beängstigend, die sie da gegen ihre persönliche Geschichte der Entwürdigung behauptete, die sich zusammenballte um die Entschlossenheit, gerächt zu werden. Sie wartete neben der Beifahrertür, während ich stochernd und ungeschickt mit dem gezackten Schlüssel nach dem Schlitz in dem geschwungenen Handgriff suchte. Sie wartete geduldig, blickte ins Auto und sah Paulas gekrümmten Körper hinter den dunklen Scheiben.

«Tscha, Nunc», sagte sie mit ihrer tonlosen Stimme, die aus einem zu engen Rohr gepreßt zu werden schien: «Eins ex, und eins noch in der Kanne.»

Vier

I

Gegen Abend an diesem ersten Freitag im April ist Dale, mit einem schon auskühlenden Pastrami-Sandwich in einer fettigen Papiertüte und einer Packung Vollmilch nebst zwei zerbröselnden Hafergrießkeksen in einem Plastikbeutel, unterwegs zu dem Gebäude, das 1978 errichtet worden ist und die stürmisch gewachsenen Computer-Forschungs- und Entwicklungsinstitute der Universität beherbergt. Als Würfel aus Beton mit neun mal neun Fenstern auf jeder Seite überragt es die dem Untergang geweihten Reihen verwahrloster Wohnhäuser, die diesen Teil der Stadt früher geprägt haben, Grundbesitz, der längst der Universität gehört und seines Sanierungsschicksals harrt. Bloßes Alltagsleben wirkt kümmerlich im Schatten dieses riesigen Gehäuses, dessen Fenster tief in sandig-grauen Höhlen sitzen, die unten abgeschrägt sind wie die Schießscharten eines kugelfesten Bunkers. Der Himmel ist an diesem Abend türkisblau, und kleinere, nervöse Frühlingswolken haben die unerschütterliche graue Decke des Winters abgelöst. Alles, von den knospenden Bäumen bis zum Schlamm der Pfützen, strengt sich plötzlich an, etwas anderes zu werden, als es ist. Dale spürt seinen Magen hoch in der Bauchhöhle, innerlich wund von einem Schuldgefühl. Er hat Geld für sein Projekt genommen; er hat sich mehr aufgehalst, als er schaffen kann.

Obwohl die Arbeitsstunden der normalen Welt vorbei sind und das weite, rosig marmorierte Foyer des Würfels bis auf einen lustlosen Wachtposten, der Dales eingesiegelten Ausweis inspiziert, verlassen daliegt, beginnt auf einigen der oberen Etagen, die ihren Tag an risikolosere und wirtschaftlich verlockendere Aktivitäten vermietet haben, erst jetzt die wirklich schöpferische Arbeit. Dale betritt einen der taubenblauen Aufzüge. Er drückt die Nummer sechs.

Das Erdgeschoß des Würfels enthält die Empfangsräume, die Büros der Abteilung für Öffentlichkeitsarbeit und eine Spezialbibliothek für Computerwissenschaften und die großen Programmiersprachen (LISP, FORTRAN, PL/1, PASCAL, ALGOL mit seinem Vorfahren Plankalkül und seinem Abkömmling JOVIAL), außerdem ein kleines, amüsantes Museum, in dem Abaki und altperuanische Quipus zu sehen sind, eine Rechenspirale aus dem siebzehnten Jahrhundert, Zeichnungen von Zahnrädern und Sperrklinken aus Pascals Addiermaschine und den Staffelwalzen des Vier-Spezies-Rechners von Leibniz, eine wandfüllende Vergrößerung von Konstruktionsskizzen zu der epochalen «Analytical Engine» von Charles Babbage mit ihren Jacquard-Lochkarten und einem tausendrädrigen digitalen Speicher, Reproduktionen von ausgewählten Seiten aus den mathematischen Notizbüchern der Gräfin Lovelace und sogar ein echtes Exemplar eines ihrer Spitzentaschentücher, Muster der Hollerith-Lochkarten von der Volkszählung von 1890, einige typische Bauteile von MARK I, der Großrechenanlage, die 1944 in Harvard in Betrieb ging, und ein zerlegter Akkumulator, bestehend aus zehn Ringzählern aus wiederum je zehn Elektronenröhren, von ENIAC, dem ersten vollelektronischen Computer, der in Philadelphia entwickelt wurde, um die Flugbahnen von kuriosen, vorsintflutlichen Bomben und Granaten zu berechnen.

Im ersten und zweiten Stockwerk haben die Verwalter des Würfels ihre Büros, daneben gibt es Konferenzräume und eine kleine Küche, ganz aus rostfreiem Stahl, in der leichte Mahlzeiten und schwere Horsd'œuvres für wichtige Besucher zusammengestellt werden können. Für die im Würfel

Beschäftigten gibt es einen Fitnessraum (mit Tiefentspannungstank und einem Laufband für unverbesserliche Jogger), einen Meditationsraum (ausgestattet nur mit Matten und Zafus), ein Krankenrevier mit drei Betten und einen Abstellraum für Fahrräder und Mopeds, die ins Gebäude gebracht werden müssen, weil sie draußen gestohlen würden.

Der Knopf für das dritte Stockwerk ist in den meisten Aufzugskabinen mit Klebstreifen überdeckt, aber auch, wo er es nicht ist, reagiert er nur, wenn man gleichzeitig einen Zahlencode, der wöchentlich geändert wird, auf einem kleinen Tastenfeld daneben eintippt. Die Arbeiten im vierten Stock sind streng geheim, doch aus diesen von tiefem Schweigen umgebenen Projekten stammen die Mittel, aus denen sich der ganze Würfel finanziert. Die Männer, die im dritten Stock beschäftigt sind, geben es niemals zu, lassen sich aber an ihrer verhältnismäßig förmlichen Bekleidung erkennen: Sie tragen Anzüge und Krawatten, während selbst der Leiter aller Forschung und Entwicklung, ein überschwenglicher Italo-Amerikaner namens Benedetto Ferrari, in einem Rollkragenpulli oder mit einem Seidenhemd herumläuft, das er weit offen trägt, um eine dicke Goldkette oder ein paar alte Liebesperlen aus nicht mehr duftender Zeder vorzuzeigen. Früher ein brillanter Mathematiker mit einem feinen, italienischen Gespür für elegante Abkürzungen, verblüfft Ferrari die Kuratoren der Universität und bestrickt, per Telefon, sogar die müden Männer in Washington, die wie die Kesselheizer alter Zeiten ihre täglichen Rationen aus dem unergründlichen Staatsschatz herüberschaufeln müssen.

Das vierte Stockwerk ist überwiegend für Ferraris Lieblingskind reserviert, die Entwicklung lernfähiger, gehirnähnlicher Siliziumchips für die künstliche Intelligenz – obwohl der Nutzen, den die mechanische Fabrikation von neuer Intelligenz einer von schon so vielen unseligen Intelligenzen heimgesuchten Menschheit bringen könnte, weit weniger offensichtlich ist als das unbefleckte, fletschende Lächeln des Lobs und der Ermutigung, das der Boss nach allen Seiten austeilt, wenn er seine Lieblingsabteilung besucht. Sein Glücksgefühl mag das von Pygmalion, von Dr. Frankenstein, von all jenen sein, die sich das göttliche Vorrecht angemaßt haben, dem Lehm Leben einzuhauchen.

Das fünfte Stockwerk enthält die Eingeweide des Gebäudes, die dichtgedrängten Reihen der Zentraleinheiten – VAX 785er, Symbolics-3600-LISP-Maschinen und die Eigenentwicklung des Würfels, Typ MU –, die sich vierundzwanzig Stunden täglich durch ihre Rechenarbeit mahlen. Donnernde Gebläse verhindern Überhitzung, und ein Fußboden aus beweglichen Segmenten sichert Schutz und Zugänglichkeit des Nervensystems aus meilenlangen Kabeln, das ihre Milliarden von Bytes nicht nur mit den Monitoren und Arbeitsplätzen in den Stockwerken darüber und darunter, sondern, durch High-Speed-Modeme und über Satelliten, auch mit Terminals an so entfernten, strategisch ausgewählten Orten wie Palo Alto, Hawaii, Westberlin und Israel verbindet. Um seine Gedanken abzukühlen, wandert Dale gelegentlich ganz gerne hier herum, über zitternde Bodenplatten auf und ab durch Gänge zwischen eingesargten CPUs und geräderten Magnetbandspulen, umgeben vom kolossalen Summen einer Aktivität, die etwas Geistiges an sich hat und gleichzeitig so anheimelnd mit der Klempnerarbeit und den Vibrationen eines Schiffsmaschinenraums vermischt ist, komplett mit tröstlichen, menschlichen Flüchen aus den Mündern ölfleckiger Schwachstromelektriker im steten Kampf mit Kabeln und deren handgeflochtenen Verbindungen.

Das sechste und das siebte Stockwerk enthalten die Arbeitszellen der niederen Chargen des Würfels, und im achten befinden sich die Klimaanlagen – die Fenster dieses achten Stockwerks sind Attrappen, vom Architekten vorgesehen, um sein postmodernes Bedürfnis nach Verlogenheit und leerer Symmetrie zu befriedigen. Dale steigt im sechsten Stockwerk aus, wo sich auch die – seit fünf Uhr nachmittags geschlossene – Cafeteria und ein Flur voller lustloser Maschinen befinden, die zu jeder gottverlassenen Stunde Münzen annehmen und dafür, nach Eingabe einer kodierten Nummer, Kaffee, Tee, Bouillon von Huhn oder Rind, Schokoladenriegel, Kartoffelchips, alkoholfreie Getränke in Dosen und sogar dreieckige, in Klarsichtfolie eingeschweißte Sandwiches ausspucken. Als Fußvolk der Computerrevolution arbeiten diese großen, narbenübersäten Kästen auf einem Niveau verbissener, ungeschlachter Zuverlässigkeit, die von jähen Ausbrüchen rebellischen Versagens unterbrochen wird – dem Kaffee, der nicht mehr aufhört, aus seiner schlaffen weißen Düse zu strömen, der glühlampenerhellten roten Leuchtschrift, die direkt neben dem Plastikfenster, hinter dem die ersehnte Tüte Fritos wartet, ihr barsches LEER verkündet.

Dieser sechste Stock ist auch ein Reich des Abfalls, der Styroporbecher und weggeschmissenen Verpackungen, der Plakate und Flugblätter, die übereinandergeschichtet sind wie Fenster in der Rastergraphik, die sich ungewohnterweise nicht per Knopfdruck verschieben lassen, sondern Fingernägel brauchen, um die Reißzwecken abzulösen, und Fingerdruck, um sie wieder zu befestigen. Auf den Anschlagtafeln und Abteiltüren dieser Computer-Wunderkinder des sechsten Stocks treibt ein atavistisches Völkchen von Comic-Tieren sein Wesen, von Snoopy, dem blasenförmigen weißen Beagle, und Booths Bullterriern bis zum struppiggestreiften Kater Garfield und Korens zottigen und fröhlichen Anthropoiden, so als wäre eine gewisse emotionale Entwicklungshemmung der Preis, den diese jungen Köpfe für ihre frühreife Fixigkeit bezahlen müssen. Nur wenige von Dales Spießgesellen sind zu dieser Stunde zwischen Tag und Nacht auf ihrem Posten; auch haben die Trimesterferien und der Frühling viele von ihnen nach Hause gelockt. Allston Valentine, ein australischer Robotiker, ist als angeschnittenes Teilbild im Rahmen zweier aufeinanderfolgender Türen zu sehen, umringt von den gebrechlichen Gliedern eines vielgelenkigen, zerlegten Arms, dessen Konstruktionsgeheimnisse in geduldiger Vektordarstellung auf einem Monitor glühen. Isaac Spiegel, der sich seit seinem vorletzten Studienjahr am MIT durch die bodenlosen Labyrinthe der maschinellen Übersetzung kämpft, sitzt mit einer bronzefarbenen Bierdose in einer Zelle voller Wörter- und Grammatikbücher, dekoriert mit Chomskyschen Diagrammen, die sich wie ausladende Geweihe verzweigen, aller evolutionären Anpassung spottend. Sprache, in jedem Mund so selbstverständlich produziert wie Speichel, verweigert sich der Analyse noch entschiedener als selbst die Struktur der Enzyme. Spiegel wird kahlköpfig im Dienst seines Spezialgebiets; er hat Haare überall am Körper, aber auf seinem Hinterkopf eine haarlose Platte von der Form und Größe einer Jarmulke. Er ist auch übergewichtig; wie keimende Kürbisse blüht Haut zwischen den Knöpfen seines geschwellten Hemds. Er blickt hoch zu Dale, der plötzlich in der Tür zu seiner Arbeitszelle steht. «Versuch bloß nicht, mich zu erschrecken», sagt er. «Du siehst wie ein Gespenst aus. Wo hast du gesteckt, Verpisser?»

«Im Gelände», sagt Dale.

«Nicht wie früher. Was hält dich ab? Wo ist der alte Eifer? ‹Grenzen der Wirklichkeit›, und all das?» Dales Mund sucht nach einer Antwort, und Ike gibt sie: «Es muß 'ne Fotze sein. Oder ein Arschloch, aber du bist nicht der Typ, der sich da reintraut.»

In Wahrheit hat Dales Begierde, von Esther still geduldet, sie und ihren schlanken, verderblichen Leib ganz zu besitzen, sie bei ihren Liebesspielen kürzlich auch zu dieser engsten und strammsten Öffnung geführt. Dale erinnert sich an den Klammergriff des kalten, eingefetteten Schließmuskels und an das Bild von Esthers geliebtem Nacken, angespannt am anderen Ende ihres Rückgrats. Er wird rot und bewundert Spiegel, die beiläufige Hellsichtigkeit dieses dicklichen Mannes, seine Furchtlosigkeit im Angesicht der Natur, seine *Fundiertheit*. Gottes Gesalbte. Die Schwarzen und die Juden sind die magischen Völker in Amerika, während unsere gebleichte, heidnische, protestierende Rasse der Ballast ist, die von alters her schwärende Wunde, die nicht abheilen will. «So was Ähnliches», bekennt er.

«Schau doch später mal rein, ich hab ein paar Gags für dich.» Spiegel schwenkt sich auf dem Drehstuhl an den überladenen Schreibtisch zurück, wo die unkartierbaren Morpheme in ihrem Ozean aus menschlichem Doppelsinn und mehrfacher Bedeutung schwimmen.

Dale geht zu seiner kleinen Arbeitszelle, die er mit einer blonden, provozierend flachbrüstigen Magisterkandidatin namens Amy Eubank teilt. Ihr Projekt in der Computergraphik besteht in einem quantitativen Ansatz zur Mustererkennung, von den optischen Signalen an Vögeln und Insekten bis hin zur phantastischen Unverwechselbarkeit menschlicher Wesen, die von Freunden oder Familienmitgliedern über Entfernungen erkannt werden können, aus denen alle quantifizierbaren Kennzeichen und Proportionen längst zur Gleichförmigkeit geschrumpft sein sollten. Mit einem Blick identifizieren wir einen Bekannten, der einen Häuserblock entfernt, in dicken Wintersachen, uns den Rücken zukehrt. Wie machen wir das? Von Amy hat Dale, zu seiner Beunruhigung, erfahren, daß die Farbempfindlichkeit von Insektenaugen weiter ins Ultraviolette hineinreicht als die unsere und daß Blumen mit entsprechenden Wegweisern zu ihrem Nektar ausgestattet sind, die wir sowenig sehen können wie die Signale der Paarungsbereitschaft auf Falterflügeln: Ganze Gespräche werden um uns herum geführt, unsichtbar wie unter Engeln. Diese Offenbarung beunruhigt ihn – ganz unvernünftigerweise, denn schon unter Menschen gibt es genügend Sprachen, die Dale nicht versteht, und daß es Reiche des Wissens gibt, die uns verschlossen bleiben, daß Gottes Wege nicht die unseren sind, gehört zur eisernen Ration christlicher Glaubensüberzeugungen. Hunde riechen und hören um ganze Welten mehr als wir; Zugvögel sind in der Lage, das Magnetfeld der Erde zu lesen. Und dennoch empfindet er die Vorstellung von Blumen, die mit Mustern geschmückt sind, die nur Insekten sehen können, als persönliche Beleidigung. Das Auge ist das Fenster der Seele, und wir haben uns seit Urzeiten daran gewöhnt, seinen Informationen als vollständig zu vertrauen. *Percipi est esse.*

Wie Dale mit seiner Graphikanimation, muß auch Amy die Venus benutzen, den VAX 8600, der vierhunderttausend Dollar wert ist. Um uneingeschränkten Zugriff auf die Maschine zu haben, müssen die beiden ihre Arbeitszeiten aufeinander abstimmen, in Vierstundenschichten, so daß sie selten zusammen in der Zelle sind. Dale kommt das gelegen, da ihn Amys zerbrechliche Weiblichkeit (obwohl sie fast einen Kopf größer ist als Esther) an seine Geliebte erinnert – vor allem an den Handgelenken und in der erschrockenen, jähen Art, wie sie den Kopf schieflegt, als höre sie ein Geräusch, das ihm entgeht – und ihn aufwühlt, sowohl durch die Ähnlichkeit als auch durch den von dieser Ähnlichkeit ausgehenden Hinweis auf andere Frauen, die es auch noch gibt, die nicht zehn Jahre älter sind als er und nicht in eine lästige Ehe mit einem Professor der Theologie verstrickt. Sogar an Amy würde sein Mund, um ein Uhr nachts in diesem stillen sechsten Stock, etwas zum Saugen finden, wenn schon nicht Esthers erstaunlich füllige Brüste mit ihren vorgereckten, schlammbraunen Nippeln, von denen der linke mit ein paar überflüssigen Haaren umgeben ist. Sie, Esther, liebt es, ihre Brüste abwechselnd zwischen die Lippen ihres jungen Liebhabers zu pressen, während sich ihr feuchter unterer Mund um seinen Schwanz schließt. Bei Esther ist alles eine Frage von Mündern, von Öffnungen, die sich verschränken und verzerren wie Löcher und Schnittstellen in einer gekrümmten Raumzeit, von Oberflächen wie bei Veronese, die in mehr Farben projiziert werden, als die Natur enthalten kann, unsichtbar selbst für Insektenaugen. Verschlungen mit ihr, gefangen in einer abnormen Geometrie, empfindet Dale seinen Körper manchmal wie auf ein Netz gespannt, das ihn umhüllen und verdauen wird. Würde er statt dessen mit Amy Liebe machen (in der althergebrachten Missionarsstellung, ihr Körper unter seinem scheu erstarrt), so könnte sie danach mit ihm gelassen über so unbefleckte technische Details diskutieren wie die Algorithmen der verdeckten Kanten, die Bildpuffer-Auffrischrate, die Vorzüge von *Cabinet-* und *Cavalier-*Projektionen oder der parametrischen Kurvenformen dritten Grades nach Hermite und Bezier – anstatt wie Esther rauchend dazuliegen, den Mundwinkel herabgezogen, im Gesicht den erschöpften Ausdruck der kommenden Tragödie und, jenseits der Tragödie, eines Gelangweiltseins auf die privilegierte Art, die Professorenfrauen zusteht. Amy wäre nach dem Akt eine Schwester, verschwitzt und etwas mitgenommen wie vom Joggen, und Dale hätte nicht das beunruhigende Gefühl, mit seinem knochigen, jungen Körper, seiner fügsamen und verblüfften Glut ein Luxus zu sein, der wohlbedacht am Rand des Todes genossen wird, am Rande eines langen Niedergangs zum Tod.

Der Himmel, den er aus seinem Fenster sieht, ist jetzt indigoblau. Ein einzelner Stern leuchtet darauf wie auf dem Filz des Juweliers. Abgeschrägte Flächen mit der sandig grauen, kieseligen Struktur der Fassade des Würfels rahmen den Ausblick. Von unten ragen andere Forschungsinstitute und universitätseigene Wohnblöcke als düstere, perspektivisch leicht verzerrte Rechtecke ins Bild. Man sieht kiesbedeckte Flachdächer mit Wassertanks, Rohrleitungen und träge rotierenden Gebläsen. Das Sägewerk, in dem er manchmal arbeitet, ist ein schwarzes Loch, nur die Nachtbeleuchtung am Maschinenschuppen und vor dem Büro glimmt schwach. Ein ausgezackter Strom im Mittelgrund, ein Stück vom Sumner Boulevard, strahlt mit den Neonschriften, lautlos lockend wie Blumen, eines chinesischen Restaurants, einer Bowlingbahn, eines Pornokinos.

Das Fleisch auf seinem Pastrami-Sandwich ist nur noch lauwarm, starrt von erkaltendem Fett, so daß Dale der Appetit vergeht. Statt dessen reißt er die Milchtüte auf und tunkt seine Hafergrießkekse hinein. Er tippt seine Protokollkennung und das Paßwort in die Tastatur, dann ruft er sein Programm auf: **DEUS**. Ein paar weitere Tastendrucke bringen das Menü auf den Schirm, das Verzeichnis der graphischen Umformungen, alle mit einem kleinen Symbol und ihrem Darstellungsfeld am linken Rand des Monitors aufgereiht, um von dem leuchtenden, dreieckigen Cursor angesteuert zu werden, den Dale mit der elektro-optischen Maus unter seiner rechten Hand kontrolliert. Ein neuer Befehl läßt in blitzschnellem, aber nicht unmerklichem Abrollen eine Liste von Objekten erscheinen – **Baum**, **Lehnstuhl**, **Wassermilbe**, **Kohlenstoffmolekül** –, die er und andere Studenten der Computergraphik als Drahtmodelle generiert haben, Vektor um Vektor und Winkel um Winkel. Einige sind nichts weiter als polygonale Geflechte, die nur aus Punkten und geraden Linien bestehen, während bei anderen gekrümmte, dreidimensionale Oberflächen mit vielgliedrigen Gleichungen aneinandergeflickt worden sind, deren Umsetzung in ein zweidimensionales Abbild eine Rechenarbeit erfordert, die selbst für die ozeanischen Kapazitäten der Zentraleinheit erheblich ist. In jedem Fall ist eine vollständig formalisierte mathematische Darstellung, ein anwendungsabhängiges virtuelles Modell, in einem idealen Raum gespeichert, der physikalisch nur als riesiger Faden aus 0 und 1, geschlossenen oder offenen Schaltern, vollen oder leeren elektronischen Taschen im gigantischen RAM existiert, dem Direktzugriffsspeicher, mit dem Dale durch eine Folge von routiniert aufs Tastenfeld getippten Kommandos Verbindung aufnimmt.

Die Welt, in Form ausgewählter und abstrahierter Beispiele, existiert von Gnaden seiner Fingerspitzen. Ehrfurcht, oder nur Furcht, beschleicht ihn, und seine Hände zögern. Er hat keine klaren Ziele, keinen schrittweise vorgezeichneten Weg, der ihn zu dem Endergebnis führen könnte, das der prometheische Titel seines Programms verspricht. Er läßt sich vom Glauben lenken, vertraut seiner vom Gebet genährten Intuition, daß sie ihn immer tiefer in dieses Labyrinth hineingeleite, das entworfen wurde, um die erschaffene Wirklichkeit (kann sie unerschaffen gewesen sein?) in ihren grundlegenden Zügen zu simulieren. Er weiß, daß die Anzahl der Objekte, die ihm für seine computergraphischen Experimente zur Verfügung stehen, geradezu lächerlich gering ist, verglichen mit der Anzahl der Objekte, die auf Erden oder gar im ganzen Universum existieren. Er tröstet sich mit der Hoffnung, daß sich in der Menge der Bits, die er für die Darstellung und Umformung seiner Modelle braucht, eine statistische Größenordnung einschleicht, die zwar – natürlich – weit von der Unendlichkeit entfernt ist, es aber gleichwohl verbieten wird, noch von einem Sonderfall zu sprechen. Die Wahrscheinlichkeit geht gegen Null, daß eine auf der Grundlage einer so großen Menge gezogene Schlußfolgerung nicht auch für die Weltmenge, die alles umfassende und einschließende, von Gott gesetzte Menge alles Existierenden, gültig sein soll.

Um sich anzuwärmen, setzt Dale seine leuchtende, mit nervöser Promptheit reagierende Dreiecksmarkierung auf **Kohlenstoffmolekül** und läßt dieses, nachdem er den Objektraum auf 10,0 × 10,0 × 10,0 begrenzt hat, parallel zur *y*-Achse des Bildschirms bis zu *x* = 100 rotieren. Er tippt ein:

```
(rotiere
   (Molekül       (Protein 293))
   (Winkel
         (von      alpha)
         (bis    delta)
         (Stufen    (* lo,001       (– delta alpha))))
(Schattierung    S3)
```

Langsam, alle dreißigstel Sekunden neu gerechnet, dreht sich das leuchtende, spindelige Molekül, kriecht spinnengleich um den unsichtbaren Faden der *y*-Achse. Grausam schaltet Dale auf perspektivische Projektion und zieht den imaginären Blickpunkt näher heran, so daß die Berechnungen, die raschen, tabellarischen Annäherungen an Cosinus- und Sinuswerte, qualvoll aus Schleife um Schleife gewonnen, die Bildaufbauzeit zu übersteigen beginnen und den wandernden Vektoren eine sprunghafte, sichtbar angestrengte Bewegung verleihen: Die Glieder der Spinne ächzen, die Atome des Kohlenstoffs, als Scheitelpunkt dargestellt, rücken auf dem fügsamen, grauen Bildschirm auseinander wie Sterne – wie jene verstreuten, wütenden Beweise des kosmischen Irrsinns, jene Funken in der samtigen Leere des alles überwölbenden Gehirns...

Um sich weiter in sein Programm und sein blasphemisches (so nenne ich es!) Experiment hineinzuarbeiten, ruft Dale aus dem Speicher das Modell ab, das den Namen **Baum** trägt und fraktal erzeugt wird – ein **Baum**, heißt das, der nach bestimmten, mathematisch eingepflanzten Prinzipien zufälliger Verzweigung «wächst», die so eng wie möglich an die Gesetze des organischen Baumwachstums angeglichen sind. Tatsächlich genügt es, ein paar simple Parameter zu verändern, um dem Verzweigungsmuster des **Baums** den Höhenwuchs einer Ulme oder einer Pyramidenpappel zu verleihen oder die hängende Form einer Weide oder Sumpfeiche oder die majestätisch ausgebreitete Krone einer Buche oder eines Dogwoods. Bäume zeigen, wie zerklüftete Berge oder gotische Kathedralen, das Phänomen der «Skalierung» – ihre einzelnen Teile wiederholen in verschiedenen Maßstäben die gleichen Grundformen. Durch einen raffinierten Algorithmus, den Dale in einem vergangenen Zeitalter (vor Lambert! vor Esther!!) ersonnen hat, verdicken sich der Stamm und die unteren Äste proportional zur zunehmenden Verzweigung der feinen Linien ganz außen. Sobald dieser **Baum** ausgewachsen und seine Gestalt in mathematischer Form gespeichert ist, kann er in jedem Winkel auf den Schirm gestellt, kann im Detail oder (mit erheblichen Verlusten in der Bildauflösung) als Ganzes betrachtet und weiteren, blitzschnellen Manipulationen unterzogen werden, die der Computer nur aus seinen Tiefen abzurufen braucht. Dale schwenkt den **Baum** um die *x*-Achse, bis er senkrecht zur Bildebene steht, und legt Querschnitte hindurch, indem er die Begrenzungsebenen des Bildraums auf der *z*-Achse einander annähert, bis sie zusammenfallen. Bei $z = 300$ erscheint eine runde Pfütze aus kleinen Punkten – die obersten Zweige in transversalem Schnitt. Dale läßt die Werte für *z* ansteigen und bewegt sich so durch den Baum nach unten, bis Kreise und Ovale erscheinen – Schnitte durch dickere Äste in verschiedenen Winkeln – und weiter, bis die Zweige – schwarze Punkte auf Grau und Bruchstücke von Linien, wo sie genau in der Schnittebene liegen – an den Rand des Bildschirms zurückweichen, in dessen Zentrum sich nun Flecken vergrößern und miteinander verschmelzen: die Astgabeln im unteren Teil der Krone, deren kopulierende Umrisse dem Kathodenstrahl gleichgültig übermittelt werden. Schließlich bleibt dem Querschnitt nur noch der Stamm selbst, dessen Umriß realistisch aufgerauht wirkt, dank der Fraktale.

Mit seinen Plastiktasten, deren elektrisch unterfüttertes Klappern so zart klingt wie das Scharren von Ratten, bewegt sich Dale in den Objektraum zurück, steigt von der Ebene des Bildschirms wieder hinauf in den **Baum**, wo Punkte und winzige Ovale die Höhe definieren, bis zu welcher kleine Jungen, in mathematische Wälder projiziert, gefahrlos klettern könnten. Jedes Element der Anordnung hat seine Gleichung, die man von der Maschine in Hexadezimalform ausspucken lassen kann und die ein Matrixdrucker auf der anderen Seite der Zelle – wo in Dales Abwesenheit Amy Eubank sitzt und lippenstiftbefleckte Styroporbecher hinterläßt wie Liebesbriefe in einem anderen Zeichensystem – als sogenannten «Speicherauszug» gehorsam drucken wird. Dale nimmt die Werte bei $z = 24{,}0$, $z = 12{,}4$, $z = 3{,}0$ und $z = 1{,}1$, und die Maschine – ein weiteres Rattengeräusch, ein panisches, schrilles Meckern – speit in einem synkopierten, nervös hüpfenden Rhythmus aus rapidem Sticheln und ruckweiser Walzendrehung Zeile um Zeile von Ziffern aufs Papier. Dale greift nach dem Ausdruck und sucht ihn nach einem ungewöhnlichen, einem übernatürlichen Wiederholungsmuster ab. Insbesondere späht er auf dem langen, wie eine Ziehharmonika gefalteten Streifen nach der Zahl 24 oder jedem anderen auffälligen Zusammentreffen der Ziffern 2 und 4, von denen er sich halb gewiß ist, daß sie die heiligen Zahlen sind, durch die Gott zu ihm sprechen wird – von einer höheren Ordnung als die brutalen 0 und 1 der Maschine, ausgespreizt über die traditionelle, erschöpfte Trinität und Bindeglied zur ominösen 5, mit der unsere Hände und Füße gezeichnet sind.

Mit rotem Filzstift kreist er die 24 ein, wo immer sie in den Hunderten von Polynomen und Koordinaten auftaucht, die der Computer geliefert hat. Er ist sich nicht sicher, ob das tanzende Flimmern der roten Kreise am Rand seines Gesichtsfelds – das Gefühl einer unterschwelligen Botschaft, die an geheimnisvolle Nervenbahnen andockt – von einer den Zufall übersteigenden statistischen Anomalie herrührt oder nur von seiner Übermüdung. Schweiß bricht ihm aus beim Gedanken daran, daß alles wahrscheinlich vergeblich ist. Seit er das Stipendium bekommen hat, schläft er schlecht. Eine tiefe Übertretung will sich ihm im Dunkel offenbaren. In seiner Affäre mit Esther ist ihr Anspruch auf ihn besitzergreifender geworden und gleichzeitig ihr Verhalten rücksichtsloser. Eine gereizte, enttäuschte Ungeduld wird von ihr in die hitzige Verschmelzung ihrer Leidenschaften gemischt, und mehrere Male hat er dieses störende Element bereits mit Impotenz quittiert. Sexuell scheint sie darauf aus zu sein, Kraftakte zu vollbringen, neue Rekorde aufzustellen, und sein Körper hat seine mechanische Rolle bei solchen Spitzenleistungen verweigert. Sein Versagen hat auch ihn überrascht, denn unter der Oberfläche seiner intellektuellen und spirituellen Ambitionen hat Dale seit seiner Jugend einen verstohlenen genitalen Stolz genährt: Er hält seinen erigierten Penis für ziemlich gut aussehend, mit seinem marmornen Teint, den königsblauen Adern, der wulstigen, dunkel-rosigen Eichel und der sanften Krümmung, mit der sich seine konische Gestalt nach hinten bäumt, als wolle sie ihr überflutetes, einäugiges Haupt in seinen Nabel schmiegen. Erigiert, fühlt er sich in zwei Wesen gespalten, wovon das sehr viel kleinere über den sehr viel größeren Teil seiner Lebenskraft gebietet und sogar seiner Spiritualität. Niemals empfindet er die Macht, die Esther über ihn ausübt, stärker als bei ihrem häufigen, spontanen Staunen, vor seinen Augen, über diese phallische Schönheit, die er bis heute immer nur allein bewundert hat, verschämt, meist unter der Bettdecke, nur durch Berührung, am Rand des Traums. Esther hat seine verheimlichte Schönheit kühn ans Tageslicht gefördert, hat ihn sich aufrichten lassen vor ihr, seinem Spiegel.

Und was – die Frage stellt sich unweigerlich bei solchen heterosexuellen Dingen – hat *sie* davon? Dales Eindruck ist, daß sie sich von ihm die Rettung erwartet vor dem mürrischen, tweedgrauen Schurken, der mit seinen bedrückenden Augenbrauen und dem schmachtenden Blick wie eine dunkle Wolke über jeder ihrer lichtvollen und akrobatischen Begegnungen steht, ein grämlich angetrauter Nimbokumulus, der jeden Augenblick einen ernüchternden Guß ablassen könnte. Obwohl es ihm ein tiefes Bedürfnis ist, irgend jemanden vor irgendwas zu retten – man denke an seinen extravaganten Plan, die ganze Menschheit von der Denkmöglichkeit zu erlösen, daß es keinen Gott gibt, oder auch an sein weniger begeistertes Herumscharwenzeln um die arme, bekiffte Verna –, fragt sich Dale in Sachen Esther, ob dieses spezielle Päckchen Erlösungsarbeit nicht zu sperrig ist, zu viele scharfe Kanten hat, als daß er es sich aufladen sollte. Er kann nicht übersehen, daß sie, so geschrumpft die Liebe zu ihrem gehörnten Gatten auch sein mag, fest mit der gesellschaftlichen Rolle und der häuslichen Möblierung verwachsen ist, die zu ihrem ehelichen Status gehören. Schon nach wenigen Versuchen hat sie Dales winzige, Kim-gewürzte Wohnung mit ihrer schwachen Witterung nach Joggingschuhen und Sojasauce aufgegeben und besteht wieder darauf, ihn in den oberen Gemächern ihres Hauses in der Malvin Lane zu empfangen, wo nun die sprießenden und zwitschernden Zeichen des Vorfrühlings durch die Dachfenster grüßen, die einen Spaltbreit offenbleiben, als sollten sie den belebenden kalten Zug des Winters simulieren. In ihren lichten Höhen werden die Liebenden, wenn sie sich unter sattem Schmatzen der Sekrete ineinanderstürzen, von einer Serenade aus zögerlichen Trillern begleitet, die die übende, entzückende Miriam Kriegman, im Bikini-Oberteil auf der Sonnenterrasse unseres Nachbarhauses, ihrer Flöte entlockt. Das ganze, gesetzte Viertel, seine Zäune und grünenden Gärten, alles murmelt und hüstelt unter ihnen wie ein ehrfürchtiges Zirkuspublikum, während sie ihre Akrobatik darbieten. Dale hat manchmal gespürt, daß die leidenschaftlichen Verrenkungen seiner Geliebten etwas von exhibitionistischem Trotz an sich haben, eine Demonstration vor einem unsichtbaren Dritten sind, mit der ein Gleichgewicht geschaffen werden soll, in dem Faktoren aus der Zeit vor seinem Auftritt auf ihrer Bühne mitspielen. Er figuriert, kurz gesagt, als Teil einer Verhandlung, die schon viel länger dauert und noch dauern wird. Das ärgert ihn. Aber könnte Amy Eubank, beispielsweise, ihn so hoch hinaufkatapultieren auf den spiralig verflochtenen Bahnen des Sex, der betäubenden Doppelhelix im Kern allen Fleisches? Wären ihr Mund, ihr Blick auch nur annähernd so verschlingend, ihr Arsch so paradox eng und doch nachgiebig, durchdringbar?

Auf der Ebene, die durch $z = 2{,}5$ definiert wird, erzeugt Dale eine Reihe von komplizierteren Schnitten, indem er das Modell des Kohlenstoffatoms ins Zweidimensionale projiziert und durch den **Baum** legt. Eine Schar von Spuren wandert über den grauen Schirm, dreht sich mit dem Winkel, um den der **Baum** gedreht wird, springt in veränderte Darstellungsfelder und Maßstäbe. Dale beobachtet den Monitor, in gespannter Erwartung, ob sich ein Muster – eine Schneeflocke, ein Gesicht – auf ihm zeigt. Die schwarzen Punkte huschen und schwärmen von einer Ecke des Bildschirms zur anderen wie Mücken über einen sommerlichen Teich, doch es gelingt ihm nicht, eine Botschaft, irgendeine bedeutungsvolle Ordnung, in ihrem hektischen Wogen zu erkennen.

Sein Plan (wie ich ihn auf der anderen Seite der Kluft zwischen Natur- und Geisteswissenschaft intuiere) hat die Einfachheit der Verzweiflung: Vorausgesetzt, daß die dreidimensionalen graphischen Primitive, die im Speicher dieses Rechners versammelt sind, die Vielfalt des Geschaffenen hinreichend repräsentieren, so gibt er Gott dadurch, daß er sie zur Kollision bringt – die vielflächigen Phantome überlagert, Clipping-Algorithmen an ihren überlappenden Kanten und Grenzflächen ansetzt –, die Gelegenheit, Seine Version einer Urform, eines Zauberbilds hinter allen Formen sichtbar werden zu lassen. Da alle diese Polyeder und fraktalen Muster (wie der **Baum**) mathematisch als Ketten von Binärzahlen gespeichert sind, wird sich die Rechenarbeit der Maschine einem Grenzbereich annähern, der Gott eine Gelegenheit gibt, sich zu erklären – deutlicher noch, als Er sich in den absurden Unwahrscheinlichkeiten Seiner Schöpfung erklärt hat, der wunderbaren Feineinstellung der physikalischen Konstanten, den Unmöglichkeiten der Evolution oder dem Bewußtsein, das über dem Netzwerk unserer Neuronen irrlichtert. Des Teufels Advokat in Dale, sein intellektuelles Gewissen, könnte entgegenhalten, daß Gott hierfür bereits ausreichend üppige Gelegenheit im kolossalen kosmischen Vokabular von Inhalt und Gestalt gehabt hat, das sich von hier zu den Quasaren erstreckt, daß selbst auf unserem kosmologisch unbeachtlichen Planeten eine schier unendliche Fülle von vollendeten und klar geschiedenen Wesenheiten existiert. Wenn Gott, heißt das, sich nicht bereits im Regen und im Gras oder durch den Behemoth und den Leviathan verständlich gemacht hat, warum sollte Ihm dann die Überfülle logischer Schaltungen in einem Rechner ihre Stimme leihen? Weil, könnte Dale erwidern, auf dem Bildschirm Zahlen zu Orten werden und zu Vektoren aus Licht und unserem Verstehen zugänglich sind mit der Klarheit syllogistischer Schlüsse. Die Linien der Vektordarstellung sind, potentiell, das leuchtende Knochengerüst dessen, was, wie Wittgenstein sagte, der Fall ist. Tatsächlich verdichten sich Dales Überlegungen zu nicht mehr und nicht weniger als einem Gebet, sind ein Weg, sich anfällig zu machen für Visionen: Byzantinische Heilige und die Indianer der Prärie suchten dasselbe Ziel mit Schlafentzug, Selbstgeißelung und Haken im eigenen Fleisch zu erreichen. Sein nächtliches Projekt enthält ein Element der Selbstabtötung, eines Martyriums, an dem der Computer teilnehmen muß.

Die Bilddatei des Rechners enthält vorproduzierte Modelle von Flugzeugen und Würfeln, Zwölfflächnern und Seesternen, dreidimensionalen Lettern, wie man sie für animierte TV-Senderlogos braucht, und sogar ein bewegliches Männchen mit ofenrohrförmigen Beinen und Schultern, die mit B-Splines gerechnet werden, und einem Gesicht, das aus über hundert winzigen, farbigen Flächen und bikubischen Elementen besteht, die an den unsichtbaren Fäden von Differentialgleichungen hängen und durch Veränderung der Variablen in den Gesichtsausdruck von Freude oder Ärger, Kummer oder Anspannung manipuliert werden können und sogar die Lippen, die Wangenmuskeln und die Augen so verformen, als würden tatsächlich Worte ausgesprochen. Mit Giroud-Schattierungen plastischer gemacht und durch die gleichen Algorithmen, die verdeckte Flächen eliminieren, von einer Punktlichtquelle angeleuchtet, ist der Effekt beängstigend real, obwohl sich das Männchen, verglichen mit leibhaftigen Menschen, so bewegt wie Quecksilber im Vergleich zu Wasser: in jäheren Schüben und mit sichtbar höherer Oberflächenspannung, wenn in Ruhe. Während auf Zehenspitzen die Mitternacht vorüberzieht, läßt Dale all diese Körper kollidieren, ruft jetzt ihre Schnittpunkte und

-ebenen auf den Schirm, jetzt den Rest der voneinander subtrahierten Rauminhalte, den er zu geschwungenen Raumflächen dehnt, zu phantastischen Formen, wie sie ein Apartment im Pandämonium dekorieren könnten oder eine Picknickpergola auf der abgewandten Seite des Mars. Längst hat er in den doppelt gepufferten Farbraster geschaltet und dem Verarbeitungsrechner im fünften Stock – wo ihm ein Ventilator die Stirn kühlt – befohlen, den Datenbus mit Lawinen von visueller Information zu laden, vierundzwanzig Bits pro Pixel, 1024 × 1024 Pixels auf dem Bildschirm, jedes einzelne alle dreißigstel Sekunden aufgefrischt. In krakelierten, fahlen Farben kreiseln die seltsamen Figuren, kreiseln in lautlosen Krämpfen, die die mathematischen Stürme ahnen lassen, die sich hinter jeder der kaum merklich ruckenden, zögernden Bewegungen verbergen. Noch nicht zufrieden mit den stricheligen, Räumlichkeit nachäffenden Wundern, die er heraufbeschworen hat, tippt Dale zusätzliche Gebote und Permutationen in die Maschine, Kommandos in einer strengen, kleinen Sprache (**setq**... **defun**... **mapcar**... **eq**... **prog**), die elektrische Ströme folgsam durch die Schaltkreise, die Flipflops, die Addierer und Halbaddierer, die endlosen und unfehlbaren Transistor-Gatter fließen lassen, die nur zwanzig Mikron weit sind, feiner als das feinste Haar auf Esthers Brust.

Die Bilder auf dem leicht vorgewölbten Bildschirm verdichten und erweitern sich; er rotiert sie, seinem ständigen Angstgefühl gehorchend, daß sich hinter den grellen, gerechneten Objekten etwas verbirgt, daß sich eine Spinne oder verlorene Münze in dem illusionären Raum versteckt, in den selbst Schatten und Reflexionen mit den geeigneten Kommandos hineingezaubert werden können. Die Kalkulationen bringen den veränderten Augpunkt nicht rasch genug in Position, und Dale versucht, seinen unsichtbaren Gegner zu überlisten, indem er einen schräggeneigten Spiegel hinter die einander verdeckenden Bilder schiebt – eine verhältnismäßig simple Prozedur in der Computergraphik, bei der jedes Pixel als winziges Schlüsselloch betrachtet wird und der für alle nicht verdeckten *x*- und *y*-Werte hindurchgehende Blickvektor bei einer bestimmten Größe von *z* (hier variabel, da der Spiegel geneigt ist) auf den Befehl **Reflex** stößt. Dieser **Reflex**, dessen Matrix auch den Winkel der «Spiegelung» enthält (in diesem Fall 12 Grad), fragt im Bildspeicher Pixel um Pixel die Informationen ab, die die Rückseite des verdeckenden Objekts definieren, und konvertiert sie mit einer Geschwindigkeit von durchschnittlich 160 Nanosekunden pro Bildpunkt. Die Rückseite sieht der Vorderseite ziemlich ähnlich; noch immer sucht Dale vergeblich nach der verlorenen Goldmünze, der Spinne in ihrem Netz, dem feindseligen Geheimnis, das der Computer in sich birgt.

Die zusammengeschmolzenen Bilder beginnen, je länger die potenzierten Transformationen an ihnen arbeiten, klebrigen Strängen aus vielfarbigen Fäden zu gleichen. Sie wirken organisch, so als brächte ein gewisses Maß an Vergrößerung und Detailauflösung eine Faserhaftigkeit ans Licht, die allen Dingen zugrunde liegt. In Analogie zur wirklichen Welt nimmt Dale an, daß unterhalb dieser Fasern eine kristalline Struktur existiert; doch die Möglichkeiten der Computergraphik sind, im Gegensatz zur Elektronenmikroskopie, noch zu beschränkt, um sie zu erreichen. Dales Überlegung ist, daß die elektronische Welt, weil von Menschen gemacht, ihre Tiefenstruktur auf einem gröberen Niveau zeigen wird als die Welt, die Gott aus Quarks geknüpft hat. Er hat ein mehrstufiges Programm entwickelt, das seine chaotischen Zusammenballungen der Torsion unterwirft, sie auswringt, wie eine gigantische Maschine Schichten von Ölschiefer auspressen könnte, um einen Tropfen, einen funkelnden Tropfen des zugrundeliegenden Prinzips zu gewinnen. Dieser Tropfen, daran glaubt er, muß sich zeigen, so wie eine undichte Stelle im Ölkreislauf einer Maschine einen Fächer von Spuren hinterläßt, einen Pfauenglanz auf rostigen und durchsickerten Anhäufungen von Abfall. Nach einem solchen statistischen Schillern hält er Ausschau, nach einer auffälligen Anordnung wie jener der Stäbchen im urtümlichen Trilobitenauge. Von Zeit zu Zeit unterbricht er, läßt sich die Gleichungen ausgeben, die hinter den Bildern stehen, oder vom Laserdrucker eine Hardcopy ausdrucken. Er arbeitet nun schon seit Wochen an diesen Experimenten, dieser Verdichtung von raffinierten und chaotischen Indizien, die ganze Fastenzeit hindurch. Aber heute nacht spürt er einen Höhepunkt nahen, eine Krise und die darauf folgende Versöhnung, Ver-Söhnung im Wurzelsinn von Sohnschaft. Nach einigen Stunden am Gerät spürt er ein Kribbeln in den Fingerspitzen, wenn er die Tastatur berührt, so als flösse elektrischer Strom in ihn über: Seine Nerven und die majestätische elektronische Architektur der Zentraleinheit sind miteinander kurzgeschlossen.

Irgendwann im Verlauf des Abends muß er sein unappetitliches Pastrami-Sandwich gegessen haben, denn auf dem Tisch des Terminals, neben der leeren Milchschachtel und der grauen Maus, liegt die zusammengeknüllte, fettfleckige Papiertüte. Irgendwann muß er aufgestanden und durch den Flur, an den Verkaufsautomaten vorbei, zu den Waschräumen gegangen sein und auf dem Rückweg mit Ike Spiegel gesprochen haben, denn in seinem Hirn finden sich schmutzige Spuren von Erinnerung daran, heimatlose Pointen von Witzen. «Zwei: einen, der den Elektriker ruft, und einen, der die Martinis mixt.» «Werd ich sein meschugge, wo ich *gern* sitz im Dunklen?» «Damit die Jungs mit ihnen reden.» Spiegel schüttelte sich vor Lachen. Die behaarten Hautsegmente zwischen seinen Hemdknöpfen, elliptisch eingerahmte Zweiecke, wogten. Selbst im Sitzen sprach Ike mit dem freudlosen Schnellfeuer eines Stehkomikers. Lacht oder lacht nicht, hier kommt der nächste. Der Witz zur dritten Pointe fällt Dale wieder ein: «Warum haben Mädchen Vaginas?» Wie auf Knopfdruck hatte er gelacht; aber es schien ihm weniger ein Witz zu sein als eine nackte, traurige Wahrheit.

Seine Finger flattern mit ihrem scharrenden Rattengeräusch über die federleichte Plastiktastatur, lassen zwei weitere Wolken von Scheitelpunkten und parametrischen Flächen ineinandergleiten. Aus dem schlagartigen Tanz der Ionen scheint ein Gesicht aufzublitzen, ein trauerndes Gesicht. Der Geist eines Gesichts, eine Sache von Millisekunden. Wie wenig braucht es, um ein Gesicht entstehen zu lassen – ein paar Punkte auf einem Blatt Papier, und der Säugling lächelt, streckt erkennend die Arme aus. Amy Eubanks Untersuchungen zeigen, daß wir einen Freund von einem Fremden auf sechshundert Meter unterscheiden können.

Das Gesicht ist verschwunden. Ein Schirm voll klebriger, vielfarbiger Fäden hat die Stelle des Bildes eingenommen, das ihn anzublicken schien, die Augen tiefe Höhlen todlosen, leidenden Lebens. Dale überlegt, wie er die Berechnung – Polygone mit Polygonen geclippt – wiederholen könnte, doch sein Hirn ist so ausgelaugt, daß statt dessen die erste Hälfte eines anderen von Spiegels Witzen auftaucht: «Wie viele WASPs braucht man, um eine Glühbirne zu wechseln?» Er bittet die Maschine um einen Speicherauszug; auf der anderen Seite der Arbeitszelle beginnen die hektischen, spitzen Zähne des Druckers zu schnappen. In seiner Erregung erhebt sich Dale aus dem schweißigen, warmen Drehstuhl und geht auf den Flur hinaus, um sich eine Coke zu holen. Der Automat mahlt den ersehnten rotweißen Zylinder aus seinen Eingeweiden hervor, klatscht ihn nach einem Sekundenbruchteil freien Falls in den Ausgabetrog. Dann, als besänne er sich eines Besseren, spuckt er mit nonchalantem Scheppern die beiden Fünfundzwanziger und den Zehner wieder aus, die Dale eingeworfen hat. Irgendein cleverer Bursche hat die Geldrückgabe arretiert. Ständig werden diese senilen Automaten von den gewitzten Insassen des sechsten Stockwerks überlistet. Und wie viele jüdische Mütter? Vielleicht mußte man selbst Jude sein, um diesen Witz ganz zu verstehen.

Das Gesicht, glaubt er sich zu erinnern, hatte langes Haar, aber keinen Bart. Die traditionelle Ikonographie ist offensichtlich falsch. Die Männer des Nahen Ostens, die man im Fernsehen Interviews geben sieht, tragen alle Dreitagebärte. Wie schaffen sie das, Tag für Tag? So etwas wie die Schnitthöhenverstellung beim Rasenmäher?

Der lange, sahnig bleiche Flur mit den angepinnten Snoopys und Babybildern liegt schweigend da. In Dales Schädel hallen die Geräusche nach, mit denen Spiegel, vor vielleicht einer halben Stunde, seine Sachen zusammenpackte und ging. Der Computerlinguist trat eine Bierdose auf dem Fußboden neben dem Abfallkübel flach, dann brüllte er: «Gute Nacht.» Dale hat diesen ganzen hell erleuchteten Sektor des sechsten Stockwerks für sich allein. Er geht zurück in seine Zelle und fällt, zwischen dem Drehstuhl und dem Ausgabeterminal, auf die Knie. Er betet um eine Erleuchtung, die ihn von dieser Spannung befreien möge und von dieser Schuld, von der Spannung und der Schuld, ein denkendes Tier zu sein. Eine rötliche Leere schwimmt hinter seinen Augenlidern, eine verschwommen pulsierende Leere, die Struktur zu haben scheint, eine mikroskopische Körnigkeit, die rasch abwärts strömt, wie Regen auf einer Glasscheibe. Er lehnt sich mit der Stirn gegen den leicht gekrümmten Bildschirm; er ist kühler als seine Haut, aber doch warm. Von Strahlung. Er impft sich selbst mit Hirnkrebs. Er fährt zurück, richtet sich steif auf, beschließt, noch etwa eine Stunde weiterzumachen. Er fühlt sich kurz vor einem Durchbruch. Dennoch zögert er, sich wieder ans Terminal zu setzen.

Er geht zum Fenster. Die Stadt, von oben betrachtet, sinkt langsam zur Ruhe, wie die Aschenreste eines noch glimmenden Feuers. Auf dem Nachmitternachtshimmel treibt ein hellwacher Mond, zu fünf Achteln voll, durch flockige Zirrokumulusfelder, die ihn durch Streuung wachsen lassen, in einen Teich aus leuchtenden Wellen verwandeln. Sechs Stockwerke tiefer haben die Bäume in dem kleinen, trapezförmigen Park mit der Statue von Lady Lovelace weichere Konturen angenommen, bilden kein lineares Netzwerk mehr, sondern verschwimmen hinter Knospen, die an den

Spitzen ihrer Zweige tropfenförmig darauf warten, sich zu Blättern zu entfalten und den Kreislauf der Photosynthese von neuem zu beginnen. Dales Augen brennen; sein Körper, zu lange in eine sitzende Haltung gekrümmt, sehnt sich danach, sich zu strecken, lang ausgestreckt auf einem Bett zu liegen, neben Esther, deren grüne Augen durstig sind nach seinem Samen, deren schlanke Hände ihn bebend erforschen. Wie viele klassische Liebespaare haben sie niemals ein richtiges Bett gehabt – nur eine dreckige Matratze auf dem Dachboden, eine schmale Studentenpritsche unter einem Plastikkreuz.

Er kehrt ans Terminal zurück und versucht abermals, die Spur aufzunehmen, den göttlichen Wink wiederzufinden. Er läßt sich einen numerischen Ausdruck des Durchlaufs ausgeben, der das geisterhafte Gesicht produziert hat, und er läßt den Computer die Ziffern 2 und 4 durchzählen und ihre relative Häufigkeit ermitteln. Tatsächlich findet er ein leichtes statistisches Übergewicht über die exakten 0,200, die die Wahrscheinlichkeit für zwei Ziffern voraussagt – genau 0,208673, wobei die 0,0086 plus, selbst wenn sie wiederholt auftreten sollten, eine zu schmale Basis abgeben, um eine Theologie darauf zu gründen. Etwas vielversprechender scheint die Abweichung von der 0,01 zu sein, die die statistische Häufigkeit von 24 unter den ganzzahligen Paaren von 00 bis 99 sein sollte. Statt 0,0100 ergeben die Berechnungen ein relatives Vorkommen von 0,013824, das sind nahezu vier fast unerklärliche Promille mehr, als der Zufall erlaubt – und die Relation endet auf 24! Die gleichen statistischen Untersuchungen am Zahlenmaterial aus nichtbiologischen Primitiven – Tischen, Stühlen, Flugzeugflügeln, Polyedern, Koch-Kurven, alten Fraktalen, die zur Texturdarstellung verwendet werden – erbringen Häufigkeiten, die höchstens um 0,001 von der vorhersagbaren Zufallsverteilung abweichen, was für Dale ohne den leisesten Schatten eines Zweifels beweist, daß sein statistisches Bestäuben der biologischen Modelle wenn nicht einen Fingerabdruck Gottes, so wenigstens eine Windung oder zwei sichtbar gemacht hat. Es ist etwas *da*.

Jenseits dieser Zahlenspiele hofft Dale freilich immer noch – denn er ist gierig, gierig im Geist, er besteigt seinen babylonischen Turm – auf eine graphische Konfrontation, auf ein Gesicht, dessen Blick eingefroren und ausgedruckt werden könnte. Von einer weiteren Coladosis an Koffein und Kohlehydraten erfrischt, versucht er, die einzelnen Schritte zu rekonstruieren, die ihn zu dem quälenden Anblick geführt haben. Schaltkreis um Schaltkreis und Tor um Tor tastet er sich hinauf durch das gewaltige binäre Labyrinth, das die leiseste Berührung einer Taste zur Unkenntlichkeit verändern oder auf das Doppelte vergrößern kann. Er variiert Blickwinkel, er zoomt, er verändert die Parameter. Er verliert das Gespür für die Zeit. Die frühen Morgenstunden gleichen einander zum Verwechseln. Ferne Geräusche aus anderen Teilen des Würfels – Aufzugtüren, die sich öffnen und schließen; singende Drähte in ihrem schwarzen Schacht; wogendes Summen aus der Etage unter ihm – künden von der Anwesenheit anderer Nachtarbeiter oder von automatisierten Abläufen, von Zeitschaltuhren und Thermostaten, die stoisch ihre Botschaften senden. Es ist kälter geworden, draußen wie drinnen. Er nimmt die Kälte, die von den Fingerspitzen und den Handrücken aus durch Gelenke und Unterarme in ihm hochgekrochen ist zu seinem Brustkorb, für ein Zeichen himmlischer Inspiration. Im mikroskopischen Labyrinth, in dem ein einziges Staubkorn den Weg versperren könnte wie ein Granitblock und das feinste Haar herabgestürzt käme wie ein Firstbalken, nähert er sich dem Drachen, dem feuerspeienden Geheimnis. Als Kind empfand er ähnliche Scheu, wenn er zu Weihnachten, in jenem Haus mit dünnen Wänden in Akron, in den Keller hinabstieg, wo sein Vater die Modelleisenbahn aufgebaut hatte. Ihre folgsamen Gleis- und Richtungswechsel waren für das Kind voller Zauber und Geheimnis, als wäre ein toter Körper vor seinen Augen zum Leben erweckt worden, ein langgestreckter, metallischer Wurm mit einem schmalen, massigen, lebendigen Kopf, der Lokomotive. Die Lok hatte ein glühendes Zyklopenauge, und wenn man sie auf die Gleise setzte, begannen ihre Räder wütend zu mahlen. Dale besiegte sein Gefühl von Ehrfurcht und Übertretung und wurde, in einsamer Arbeit, ein besserer Kenner der Mysterien der Modellbahn als sein Vater. Von seinem Taschengeld begann er die Anlage zu erweitern, kaufte neue Schienen, einen leistungsfähigeren Transformator. Er war auf seinem Weg.

Immer häufiger begegnet er auf dem Bildschirm einem protestierenden **Speicherkapazität erschöpft** oder **Sind Sie sicher?**. Unter seinen Kommandos gleiten die Makro- und Mikroroutinen, die bis zum binären Kern geschichteten Schalen der Maschinensprache, aneinander vorbei wie kristallene Kugeln, während der Monitor strichelige Torusflächen vor Dales Augen abrollt, die sich in synkopierter Hetzjagd verfolgen. Er hat den Simulator mit einer Umformungsfunktion geladen, die das Resultat jeder neuen Kollision neuen Parametern unterwirft, die aus den Gleichungen der vorangegangenen Phase abgeleitet sind: eine Art Spirale, die sich, so überlegt er, zu kosmischer Essenz verdichten sollte. Doch die abgebildeten Figuren werden nicht einfacher, sie spalten sich auf und werden immer komplizierter. Sie explodieren.

Wieder ist es das Gesicht, worauf er hofft und was er fürchtet. Vielleicht ist die Kälte, die seinen Körper überwältigt, Furcht. In diesen hohlen, schmalen, dahingleitenden Stunden wächst in ihm die Empfindung, daß das Wesen, das sich in den labyrinthischen Elektronengassen des Computers verbirgt, feindselig ist: Es haßt Dale dafür, daß er Es aufstöbern will, und Es wird sich rächen, wenn er Es tatsächlich findet. Nehmen wir an, er wählt bei seiner Gottsuche auf diesen fremden Pfaden eine falsche Abzweigung und stößt auf einen falschen Gott, einen der Myriaden von Göttern, die die Menschheit gepeinigt haben, Moloch oder Mithras,

Schiwa oder Osiris oder den verwandelten Luzifer oder jenen Huitzilopochtli, der lebendige Herzen fordert und verzehrt? Dennoch drückt unser junger Mann wieder auf die Tasten, die **Repeat** buchstabieren, und die gestreiften Farben und Zellen des Bildschirms erzittern wie ölschlieriges Wasser, in das ein Kieselstein geworfen wird. Das neue Bild gleicht dem vorangegangenen, nur sind die Einzelelemente feiner aufgelöst und durch Torsion verdrillt, so daß Wirbel entstehen, konzentrische Verdichtungen von Farbschichten, die einwärts zu tunneln scheinen wie die Finger eines Gummihandschuhs. Mit einem leichten Schielen und einer Umschaltung (Wie? Wer betätigt diese Tastatur?) im Sehzentrum seines Gehirns verwandeln sich die gleichen Muster in Kegel, die ihm entgegenragen. In den knitterigen Schichten zwischen zwei solchen Kegeln scheint etwas Ungewöhnliches eingebettet zu sein, etwas Mehrfarbiges. Dale zoomt heran, zieht den Augpunkt näher, vergrößert das Fenster. Das ungewöhnliche Objekt, grün schattiert und von Orange durchschossen, wirkt perspektivisch bis zur Unkenntlichkeit verkürzt. Er projiziert sein Abbild auf eine Ebene, die zunächst 85 Grad zur Vertikalen geneigt ist, dann vorsichtigere 72 Grad, und erhält so ein Bild, das er erkennen kann. Es ist eine Hand. Eine Hand voller Farbflecken, gesprenkelt wie mit einem leuchtenden Tarnanstrich, aber von immer klarer werdender Kontur, bis hin zu Linien auf dem Handteller: eine Hand, die schlaff auf dem Rücken liegt, die Finger nach innen gekrümmt und nicht genau zu unterscheiden, aber der seitlich weggestreckte Stumpf des Daumens ist unverkennbar. Der Eindruck von Schlaffheit ist merkwürdig. Wirkt sie schlaff, weil sie zu einem Getöteten gehört, eine Hand, die leblos ans Kreuz genagelt war? Oder gleicht sie eher der Hand des schlafenden Simson, in die Falten von Delilas Schoß gebettet, während die Schere ihr schwächendes Werk verrichtet? Ist es die Leblosigkeit Adams, ehe ihm der Odem eingeblasen wurde, oder die Leblosigkeit der Erschöpfung, der endgültigen, verzweifelten Selbstaufgabe?

Dale sieht sich das Bild genauer an und kann auf dem Handteller keine dunkle Spur eines Nagels oder Stigmas finden. Die Anatomie des graphischen Phantoms, in die mehrdeutige Dreidimensionalität abstrakter Weltkoordinaten gezwungen, scheint ihm ohne jeden Makel. Er ist sicher, daß eine höhere Auflösung, als sie der VAX 8600 bereitstellen kann, auch Knöchel und Fingernägel und sogar die Mustegerung der Haut zum Vorschein brächte, genauso wie das graphische Rankenwerk einer Mandelbrot-Menge endlos vergrößert werden kann. Auf diese Hand zu starren versetzt ihn selbst auf eine andere Ebene und läßt Frieden in ihm einkehren: Verzückung strömt durch ihn, als hätte die Kälte, die er seit Stunden spürt, ihr den Weg gebahnt, als wäre seine selbstsüchtige Vitalität mit der voranschreitenden Nacht aus ihm abgeflossen. Eisig in den Adern, kaum atmend vor Furcht, ein alles veränderndes Elektron loszutreten, tippt er die nötigen Kommandos ein, um das Bild auszudrucken. Auf der anderen Seite der Zelle, neben Amy Eubanks lippenstiftfleckigen Styroporbechern, beginnt das schrille Haspeln des Punktmatrixdruckers. Man stelle sich vor, bei lebendigem Leib von diesen gnadenlosen, gierigen Zähnen zerrissen zu werden! Dale wirft Gott, den zarten Schatten über der Nachtseite unseres Geistes, diesen Zähnen zum Fraß vor.

Der Ausdruck ist eine Enttäuschung. Er wirkt ausgebleicht, die Farbbänder müssen erneuert werden. Die Hand ist kaum auszumachen – ein düsteres, fleckiges Gespenst, flach auf das Papier geklatscht, während die glühenden, aus der Tiefe der Röhre projizierten Punkte auf dem Schirm dem Auge eine lebendige Intensität vorgaukelten. Sei's drum – er hat jetzt ein Beweisstück, mehr oder minder. Seine eigenen Hände, bleich, mit spärlichen Haarbüscheln zwischen den Fingerknöcheln, zögern über der Tastatur, das Bild noch ein weiteres Mal umrechnen zu lassen. Die nächste Transformation kann ihn auf den Grund der Sache bringen, ihm einen ganzen Körper zeigen oder ein leeres Grab. Die Kälte durchdringt ihn bis an den Kern seines Seins, läßt seinen Magen unkontrollierbar schaudern. Das Summen des Computers klingt ihm wie ein Schrei um Gnade, wie ein angstvolles, flehendes Verstummen, während der Elektronenstrahl lautlos über die Zeilen rast, um das statische Schirmbild aufzufrischen, abwechselnd angezogen und abgestoßen von den magnetischen Feldern im Joch der Ablenkspulen, dosiert von einer Steuerungselektrode, die unermüdlich und unaufhörlich den Strom der Elektronen kontrolliert, der durch Wärme aus den Barium- und Strontiumoxiden freigesetzt wird, mit denen die Kathode beschichtet ist. All dies geschieht mit einer Präzision und einer Schnelligkeit, die einem wunderbar erscheinen müßten, wenn man nicht (wie Dale, vor Jahren, an der Case-Western-Universität) gelernt hätte, daß diese subatomaren Teilchen sich unweigerlich, sei es als Teilchen oder Wellen, so verhalten müssen, weil sie nicht anders können, weil es keinen Ausweg für sie gibt. So ist ein Mechanismus, den ein Eingeborener aus Neuguinea, der von unserer Zivilisation nur die göttergleichen Flugzeuge an seinem Himmel kennt, zum Gegenstand der Verehrung machen würde, für Dale nichts weiter als ein Werkzeug. Er ist (in meiner Vorstellung) eine hochspezialisierte Fledermaus in dieser Nacht, zwischen deren monströs verlängerten Fingern die Flughäute gewachsen sind, die er für sein strebendes, bebendes Flattern benötigt.

Er tippt **Repeat**. Das Schirmbild kräuselt sich. Es vergehen Sekunden, bis die benötigten Millionen von Rechenvorgängen abgeschlossen sind. Die Streifen und konzentrischen Tunnel des letzten Bildes sind zu einem geometrischen Fischschuppenmuster verfeinert worden. Die Hand hat sich geschlossen, ist verschwunden, wenn nicht ihre Form zu einer einzelnen grünen Schuppe reduziert und umgewandelt worden ist, die sich in der rechten unteren Ecke des Bildschirms befindet, wo Künstler ihre Signatur anbringen. Überall sonst dominiert Rotorange. Die fischigen Schuppen haben eine gleichmäßige Ausrichtung, die den Blick in sich hineinsaugt, aber dennoch Oberfläche bleibt, ein Muster aus angeregten Punkten in einer Phosphorschicht, verstärkt durch den dahinter aufgedampften ultradünnen Spiegelfilm aus Aluminium. Immer noch sperrt ihn die Maschine aus ihren Geheimnissen aus. Gierig, ungeduldig befehlen seine Fingerspitzen dem VAX 8600, seine gigantische Schleife noch einmal zu durchlaufen.

Der Monitor füllt sich mit kühlem Grau, verkündet in endgültigen, schwarzen Lettern: **Zu viele Variablen im Prozeß**.

Dale fühlt sich vernichtet. Er stößt sich vom Terminal zurück. Die Netzhaut in seinen Augen, die Schnittstelle, an der sich Vision und Wirklichkeit begegnen, schmerzt. Die Kälte des Ortes und der Stunde ist bis auf seine Knochen durchgedrungen. Er humpelt steif zum Fenster; der Mond ist verschwunden. Die Wolkenfetzen haben sich zu einer lückenlosen Decke geschlossen, deren zinngraue Farbe vom Widerschein der immerwachen Straßenlampen gelblich getönt wird. Die Gebäude der Stadt und der Universität zeigen nur wenige erleuchtete Fenster in ihren rechteckigen Umrissen – helle Schlitze, die in binärem Code hier und da ein Wort buchstabieren. Aber natürlich buchstabiert auch eine Reihe von dunklen Fenstern, von leeren Schlitzen einen Text. Auch null ist eine Information.

2

«Nunc? Bist du dran?»

Es war später Abend, gegen zehn. Ich hatte mich mit ein wenig leichtgewichtigem altem Tillich – *Die sozialistische Entscheidung* – in mein Arbeitszimmer zurückgezogen, während Esther im Wohnzimmer eine Flasche süßen Vermouths und ein Band mit *La Bohème* zur Neige gehen ließ. Dann hatte das Telefon geklingelt.

«Was ist los, Verna?» Ihre Stimme klang eigentümlich: hohl, unter Spannung.

«Lieber Gott!» platzte es kindlich aus ihr heraus, «alles ist los!» Aber es war nicht Kummer oder Zorn, der ihre heisere Stimme beherrschte, sondern Angst. «Sag mal», verfiel sie in ihre manipulierende Masche, schniefend und flehend, «kannst du vielleicht deinen Arsch in Bewegung setzen und rüberkommen?»

Ein leises Klicken verriet mir, daß Esther den Hörer im Wohnzimmer abgenommen hatte. Um sie zu orientieren, sagte ich zu Verna: «Du willst, daß ich *jetzt* zu dir rüberkomme?»

«O bitte, du *mußt.*» Sie sprach in keuchenden kleinen Schüben, fast wie ein Schluckauf; Angst hatte die Luft aus ihren Lungen gepreßt. «Es geht nicht so sehr um mich wie um Pupsie. Es geht um Paula.»

«Was ist mit ihr?» Meine Stimme kam mir fremd vor.

«Sie kann nicht mehr laufen, so wahr mir Gott helfe. Oder das kleine Biest will nicht. Sie hat aufgehört zu schreien, aber ich darf sie nicht anrühren.»

Die Erstarrung, die uns mit einer Überdosis Wirklichkeit befällt, lähmte meine Gedanken, meine Zunge. «Wann... hat das angefangen?»

«Ich weiß nicht, vor einer Viertelstunde vielleicht, das dicke Ende jedenfalls. Aber eigentlich läuft das Ganze schon seit dem Abendbrot. Wir haben reinen Tisch gemacht.»

«Reinen Tisch gemacht?»

«Ich meine, wir haben Klartext geredet. Von Frau zu Frau.»

«Mit einer Einjährigen?»

«Sie ist schon fast zwei, wach auf. Und laß mich jetzt bloß nicht betteln. Ich wollte dich ja gar nicht anrufen, ich hab's zuerst bei Dale versucht, aber der geht nicht ran.»

«Du sagst, sie kann nicht mehr laufen?» Ich wiederholte es nicht so sehr um Esthers willen, sondern um selbst das Bild vor Augen zu haben.

«Es ist wie» – die rasselnde Stimme zögerte, schluckte und ließ sich dann in den befreienden Strom des Bekennens fallen, der das Schreckliche ausspricht und fortspült –, «wie wenn in ihr drinnen was kaputt ist. Sie *kann* nicht mehr laufen. Ich hab sie schon ein paarmal auf die Füße gestellt, aber sie ist einfach umgefallen und hat mich angeblökt.»

Ein schwaches Licht begann in mir zu dämmern. «Hast du sie geschlagen?»

Schweigen, dann ein kindliches Ausweichen: «Einen kleinen Schubs hab ich ihr gegeben. Sie ging mir auf den Geist. Dieses blöde kleine Bücherregal ist schuld, das ich angeschafft habe, als ich unbedingt diesen klugscheißerischen High-School-Abschluß machen sollte. Sie ist irgendwie dagegengeflogen, und vielleicht hat eine Kante ihr Bein getroffen. Ich hab keine Ahnung. Ich hab nicht hingeschaut.» Noch ein Schweigen, dann: «Krieg ich's jetzt mit der Polizei zu tun?»

Ich spürte, wie ihre Gedanken gegen einen zähen Widerstand ankämpften, irgendeine Chemikalie, die sich zu Wellenbergen türmte und dann wieder so weit abebbte, daß die Realität sie ängstigen konnte, ehe die nächste Welle heranwogte. «Bleib einen Augenblick dran, Verna», sagte ich. Behutsam, um sie nicht merken zu lassen, daß ich wegging, legte ich den Hörer auf die Lehne des Sessels, direkt neben die aufgeschlagen abgelegte *Sozialistische Entscheidung*, von deren Schutzumschlag das würdige und grämliche Gesicht Paul Tillichs düstere Blicke warf, und eilte auf Zehenspitzen über den Flur ins Wohnzimmer. «Was meinst du?» fragte ich Esther flüsternd.

Sie legte ihre Hand über den Hörer, an dem sie das Gespräch verfolgt hatte, eine Geste wie in Zeitlupe, von seltsamer Grazie wie die Bewegung eines Tauchers unter Wasser. Als sie zu mir aufsah, wirkte das Weiße in ihren Augen vergrößert, blutunterlaufen. Ihre Lippen rundeten sich um ein kleines, schwarzes *o*, als wolle sie pfeifen. «Los!» sagte sie leise, mit geweiteten Augen, «du mußt hin!»

Zu Verna, mitten in der Nacht? Aber ich hatte ihren Segen. «Wahrscheinlich viel Lärm um nichts», sagte ich zu meiner überflüssigen Entschuldigung, «aber –»

Anmutig den bedeckten Hörer in den Händen haltend, saß Esther mit großem – vielleicht alkoholgezeugtem – Gleichmut vor mir. Sie trug ihre rehbraune Kaschmir-Strickjacke (am selben Tag bei Trimingham's erstanden wie mein «Kamel»-Pullover) über einem gelben Rollkragenpulli und balancierte auf der Vorderkante des roten Seidensofas, die Knie von unten gegen den Glastisch gepreßt. Durch die gläserne Platte konnte ich, durch Brechung versetzt, die weißen Bänder der Druckstellen an ihren Knien sehen. Ihr Gesicht glänzte, vielleicht von der Wärme des verlöschenden Feuers, und ich hatte den Eindruck, daß die Wendung der Dinge sie weniger überraschte als mich. Sie hatte den Lautstärkeregler heruntergedreht, aber das kleine rote Licht am Kassettendeck und die rotierenden Wickel hinter den Plastikfenstern verrieten mir, daß sich die Oper noch immer ihrem Höhepunkt entgegenspulte. Arme Mimi. Armer Rodolfo.

Ich rannte zurück an den Apparat im Arbeitszimmer, um Verna zu sagen, daß ich auf dem Weg sei. Der Hörer summte. Sie hatte aufgelegt. Im Flur schlüpfte ich in den Burberry mit dem karierten Innenfutter, warf meinen grauen Wollschal um, setzte den irischen Schlapphut auf. Obwohl wir bereits einen oder zwei Tage schmelzenden Sonnenschein gehabt hatten, bleibt der April in diesem Teil der Welt ein kalter, feuchter Monat.

Esther kam zu mir auf den Flur. Das Gehen schien ihr Schwierigkeiten zu machen, obwohl sie keine klappernden Absätze trug; sie war barfuß. Bei der Gartenarbeit trägt sie Gummistiefel oder ein Paar zerschlissener, verdreckter alter Tennisschuhe, ohne Socken. Ihre Füße sind in den vierzehn Jahren unserer Ehe breiter und biederer geworden, aber da sie ihre eingewachsenen Nägel und gelben Schwielen in meinen Diensten erworben haben, in der Erfüllung der Pflichten unseres gemeinsamen Haushalts, bleibt ihnen in meinen Augen eine gewisse anrührende Schönheit. Unsere Knochen geben nach, unser Fleisch verliert seine Spannkraft, egal, welche Diät wir halten. Sie schwitzte, als wäre sie durch ihre Affäre mit Dale, all diese Dachgeschoßnachmittage schamlosen und racheerfüllten Ehebruchs, ihre Selbstverausgabung als Pornokönigin, ihr Sich-Suhlen im Samen und der unschuldigen Glut eines jungen Mannes mit etwas Ätzendem imprägniert worden, das sie nun durch alle Poren ausdünstete. Wie alle Sünder, schmorte sie im eigenen Saft. Sie hatte ihr feuchtes Haar zurückgekämmt, und ihre dominierende, gewölbte Stirn leuchtete. «Wie lange wirst du weg sein?» fragte sie. Konnte sie es über ihr beschwipstes Herz bringen, ein flinkes Stelldichein, eine elektronenschnelle Paarung mit unserem Computerkünstler zu arrangieren?

«Ich weiß nicht, was wirklich los ist», sagte ich. «Es kann eine Weile dauern, wenn das Kind ärztliche Hilfe braucht.»

«Das Kind –?»

«Paula. Auch Verna, meinetwegen. Geh du ins Bett. Du hattest ganz recht mit Verna: Wir hätten sie in Ruhe lassen sollen.»

«Du wolltest Edna ein guter Bruder sein», sagte Esther, ich weiß nicht wie ironisch. Mein Herz klopfte so heftig, daß meine Sinne stumpf wurden. Ich gab einer seltenen Regung nach und beugte mich hinunter und küßte sie. Verblüfft, entspannte sie erwidernd ihre Lippen, als ich mich bereits wieder löste. Trotzdem – wie angenehm war es und blieb es, sich zu einer Frau hinunterbeugen zu können! Bei Lillian hatte ich, wenn ich sie küßte, das Gefühl gehabt, einen anderen Mann, einen Parteigenossen, zeremoniell zu grüßen. Tillich hatte recht: Wir sind nicht nur unverbesserlich religiöse, sondern auch unverbesserlich soziale Geschöpfe. Ich brach auf, um eine andere Frau zu retten, und spürte gleichzeitig ein Verlangen nach meiner eigenen, die vollgesogen war mit den Säften eines anderen.

Und sie? Esthers Blick erinnerte mich an den Blick, mit

dem sie mich vor vierzehn – tatsächlich schon fast fünfzehn – Jahren verabschiedet hatte, wenn ich nach einer unserer illegitimen Liebesstunden ihre Wohnung verließ, um Lillian und den Wirren und Schuldgefühlen meiner zerbrechenden Ehe entgegenzutreten. *Und wenn ich dich nie wiedersehen sollte*, schienen ihre grünen, vorgewölbten Augen zu sagen, während ich die Tür vor ihnen schloß, *dann haben wir zumindest das hier gehabt*. Sie dachte wie ein Buchhalter.

Der Audi stand am Bordstein vor dem Haus. Ich stieg ein und fuhr los. Unsere Stadt ist in Zonen geteilt, die sich bei Tag verwischen, aber nachts um so schärfer hervortreten. Der Bürger einer Zone bleibt in der anderen nicht unbemerkt, selbst wenn er nur kurz vor dem Verkaufstresen eines chinesischen Restaurants steht. Subtile Unterschiede in Kleidung oder Make-up, in der Stimme oder selbst der Körperhaltung werden im Licht der Lampen grell und verraten den Fremdgänger. So verspürte ich ein vages Gefühl von Gefahr, das meinen Herzschlag unter dem Mantelfutter auf seinem beschleunigten Niveau hielt, während ich die Malvin Lane und unser Viertel der gezimmerten Akademikervillen verließ und in das Reich der Wohnblockzeilen eintauchte, der heruntergelassenen Rolläden und blau leuchtenden Selbstbedienungstankstellen, der Zusammenrottungen von kleinen Horden Junger und Unerschrockener, die mit der nervösen Wachsamkeit grasender Tiere die neonbeschienenen Trottoirs vor Kneipentüren bevölkerten. Durch diese Türen drang Musik, die ich gedämpft hinter meinen rauschenden Fenstern vernehmen konnte. Die Reifen des Audi trommelten über den schrundigen, löcherigen, überforderten Asphalt des Sumner Boulevard. Am Rand des wandernden Lichtkegels der Scheinwerfer huschten langgestreckte Umrisse durchs Dunkel oder lungerten am Bordstein – geisterhafte, gesichtslose Umrisse, *od ombra od omo certo*. Die leuchtenden Spitzen der inneren Stadt waren weit rechts zu sehen, jenseits des Flusses, rote und weiße Lichter wie die Lichter der Flugzeuge, die dem noch weiter jenseits liegenden Flughafen entgegenglitten. Welchem Ziel sanken oder stiegen diese Flugzeuge entgegen, welcher Zweck hatte die lungernden Horden in dieser rauhen Frühlingsnacht zusammengeführt? Ohne Zweifel die gleiche Macht, die mich in diese löcherige Stadt hinausgetrieben hatte, die durch all ihren Asphalt hindurch nach der Fruchtbarkeit des Frühlings roch.

Ich hatte meine Lektion gelernt, daß die Prospect Street eine Einbahnstraße war, und bog bereits einen Block vor der ausgebrannten Bar nach links in eine ähnliche, halbverlassene Straße ein, deren Fenster entweder dunkel waren oder sich durch das schwache, fluoreszierende Flackern der Fernseher bemerkbar machten. In der Nähe der Wohnanlage einen Parkplatz zu finden war schwieriger als tagsüber: Die Vögel waren heimgekehrt ins Nest. Ich umkreiste die Häuserblocks und quetschte mich schließlich in eine Parklücke im Halteverbot vor einem Hydranten, genau gegenüber dem unbebauten Gelände, auf dem der Ginkgo prangte, bereits mit ersten Knospen an den Ästen. Die jungen Bäume, die ihren Überlebenskampf am Rinnstein kämpften, spindelige Ahornstämme und pfahlgestützte Robinien, hatten noch nicht ausgetrieben. Ich schloß den Wagen ab und strebte mit langen Schritten – aber nicht so schnell, daß man mich für einen Flüchtigen halten konnte – unter einer Reihe zerschmissener Straßenlampen auf den schwefelgelb erleuchteten Wohnblock zu.

Auch wenn mich bei einigen meiner winterlichen Nachmittagsbesuche die Abenddämmerung eingeholt hatte, war ich doch noch nie bei Nacht hier gewesen. Die schwarzen Kinder, die den Spielplatz aus Lkw-Reifen und Betonröhren benutzten, hatten älteren Jugendlichen Platz gemacht, die sich trotz der Kühle des feuchten Luftzugs vom Hafen und des leuchtenden Nebels, der sich zwischen den Gebäudeteilen verfing, auf den Bänken und Stufen vor der Eisentür der Nummer 606 versammelt hatten. Der eilige weiße Mann im eleganten Regenmantel kam so plötzlich über sie, daß sie sich gerade noch vor meinen Füßen zur Seite biegen konnten, während ich mir rasche Bahn durch die verblüffte Masse aus Jeansstoff und wattiertem Dralon und runden Haarschöpfen brach, in denen die feinen Nebeltropfen funkelten. Es waren Mädchen darunter, fette Mädchen mit fetten Afro-Frisuren und fetten, gummischwarzen, rundlichen Armen und fetten, falschen rosa Perlen, so daß sich meine Angst in Grenzen hielt. Ob töricht oder nicht – wir assoziieren Frauen mit Sicherheit, allen historischen Mörderinnen, enthemmten Bacchantinnen, sich selbst verstümmelnden Amazonen zum Trotz. Schließlich braucht es, um zu töten, weiter nichts als die Wahrnehmung des anderen als Feind, dessen Vernichtung uns nützen wird, und solche Wahrnehmungen sind sicher kein männliches Prärogativ. Der Sadismus dagegen ist es – Sadismus als philosophischer Protest. Die Fähigkeit zur Empörung über die Natur der Dinge, dieses sehrende Geschwür, das mitgeholfen hat, Männer zu so erstaunlichen Orgien der Grausamkeit zu inspirieren, liegt in den Herzen der Töchter der umgänglichen Eva als Totgeburt begraben. Frauen toben vor Enttäuschung und schmieden Ränke aus Rachsucht, aber sie bringen, so scheint es, wenig Begeisterung dafür auf, dem Universum seine skandalöse Gleichgültigkeit vor dem Schmerz zu beweisen.

Solche Gedanken – in Kürzestfassung abgespult, da ich diesen Grund in meinem Geist und auch in Lehrveranstaltungen bereits beackert hatte, z. B. in dem nicht fortgesetzten Seminar über Blasphemie (mit Texten von Villon, Rabelais, de Sade, Verlaine, Bataille und anderen [Französischkenntnisse erwünscht, doch nicht Bedingung]) – geleiteten mich sicher durch den Hauseingang und den zementmetallischen Treppenschacht hinauf. Auf den Treppenabsätzen waren an Stelle der übermalten Liebesbekundungen von Tex und Marjorie neue Graffitiwerke aufgetaucht, so kunstvoll, daß ich sie nicht entziffern konnte. Die Botschaft, oder der Name, war in kalligraphischen Schwüngen aufgesprüht, die thailändisch oder japanisch anmuteten. Ich lauschte, ob

Schritte meine Brieftasche verfolgten, und hörte nichts. Als ich aber im zweiten Stockwerk ankam, überfielen mich Anlaß und Zweck meiner Mission, und Furcht kroch in die Magengrube, und die Erstarrung vor der Überdosis Wirklichkeit kehrte wieder. Diese schalen, teigigen Frauen meiner Kindheit: Sie waren mir zuviel gewesen, und die Flucht gelang. Warum spielte ich nun mit diesem Feuer?

Ich ging durch den kahlen Flur zu der Tür, auf der in geisterhaften Ziffern 211 stand. Ich klopfte leise und hoffte, daß niemand öffnen würde. Verna öffnete sofort, zog die Tür so rabiat begierig auf, daß sie in ihre Seite stieß und die Schließkette schepperte. Sie trug den Frottee-Bademantel, ihr lockiges Haar war zerrauft, an den Spitzen gebleicht, während die kastanienbraunen Wurzeln schon zentimeterweit nachgewachsen waren. Ihr blasses, breites Gesicht wirkte aufgedunsen, darin rote Tränenflecken. Aus den äußeren Augenwinkeln war in schwarzen Rinnsalen Wimperntusche herabgeflossen. Ich mußte an eine japanische Maske denken. Um mich eintreten zu lassen, drehte sie sich mit einer gezierten, steifen Förmlichkeit zur Seite, die schlecht zu ihrem zerzausten Anblick und dem verwirrenden Zustand des Zimmers paßte, in dem anscheinend alles umgeworfen und hastig wieder hingestellt worden war. Nichts, nicht einmal das Fenster, schien sich genau dort zu befinden, wo meine Erinnerung es haben wollte.

Trotz ihres bejammernswerten Zustands waren ihre ersten Worte ein Vorwurf: «Herr im Himmel, Nunc. Das hat ja eine Ewigkeit gedauert.»

«Ich hatte Mühe, einen Parkplatz zu finden», sagte ich. «Wo ist das Kind?» Die tödliche Ruhe in meiner Stimme verblüffte mich. Lange hatte ich mich von Verna, von ihrem leuchtenden und knochenlosen Fleisch einschüchtern lassen; nun war mir die Oberhand zugespielt.

Sie neigte den Kopf und sagte stumpf: «Dort drin.»

Ich schob mich vor ihr durch den maronenbraunen Vorhang in den elenden kleinen Nebenraum, der das Kinderbett und einen ungemachten Futon enthielt. Schwacher, süßlicher Geruch, nach weiblichen Tieren. Das Kassettenradio stand vor der Tür zum Badezimmer auf dem Boden, aber ausgeschaltet; in die Stille tröpfelten Geräusche aus den Nachbarwohnungen – Reggaemusik, eine Toilettenspülung, ein ferner Streit, der zu einer Fernsehsendung gehören mochte. Paula lag auf ihrem Gitterbett, reglos, in einer Papierwindel, deren Weiß im Halbdunkel irisierte. Ihre Augen waren feucht und weit aufgerissen und starrten zu mir hoch. Sie hatte sich auf irgend etwas in ihrem Inneren konzentriert und brauchte Zeit, bis sie den Blick auf das riesige weiße Gesicht scharfgestellt hatte, das über ihr aufging. «*Böser* Da», verkündete sie feierlich und begann zu lächeln. Ihre gekräuselte, breite Oberlippe, ihre beiden kleinen, auseinanderstehenden Schneidezähne. Unter einem Auge war ein roter Striemen.

«Woher kommt –»

«Ich hab sie geschlagen», sagte Verna neben mir. Durch unsere Kleider hindurch spürte ich die Nähe ihrer Haut, nur Zentimeter entfernt. «Den ganzen Tag lang, bei allem, was ich ihr gesagt habe, immer hat sie das Gegenteil gemacht. Ich hab gesagt, räum deine Spielsachen in den Korb, sie hat den Korb umgeschmissen, damit auch der Rest noch rausfiel. Ich hab ihr die Schuhe angezogen für einen Spaziergang, sie hat sie wieder ausgezogen und hinters Bett gefeuert. Wie ich sie abends gefüttert habe, hat sie sich alles in einem ekligen Gesabber übers Kinn laufen lassen und mich ausgelacht.» Vernas Klagenkatalog wirkte vorbereitet, für irgendein Gericht, das ihre Schuld bemessen würde. «Und dann wollte sie nicht schlafen und schlief nicht und schlief nicht...» Ihre rasselnde Stimme begann zu krächzen und verstummte.

Von Paulas winzigen, honigfarbenen Gliedmaßen waren die Arme schlaff zu beiden Seiten auf der nackten Matratze ausgestreckt, das eine Bein war angezogen und abgespreizt wie bei einem Komiker, der einen großen Schritt zur Seite tun will.

«Dieses kleine Miststück», fuhr Verna fort, während leise Geräusche aus den Wänden des Zimmers schwitzten. Jetzt kam ein Schwall von Gelächter, der eindeutig aus einer Fernsehshow stammte – die Konserve, die niemand mit echtem Lachen verwechseln kann. «Ich hatte ihr eine Gutenachtgeschichte vorgelesen, ein Kleines Goldenes Buch vom Pfefferkuchenmann, ich hab es schon gehaßt, als meine Mutter es noch mir vorgelesen hat, wie der Kerl immer angeknabbert wird, aber das haben sie inzwischen rausgeschmissen, jetzt rennt er einfach weg, und das ist genauso langweilig» – sie seufzte nachdrücklich, so daß ich die Kapazität ihrer Lungen spürte, ihre amazonische Kompaktheit und Kraft –, «jedenfalls hatte ich sie endlich in der Horizontalen und dachte, sie schläft, und bin echt auf Zehenspitzen in die Badewanne gestiegen, aber da steht sie schon wieder in ihrem Gitterstall und schmeißt ihren Knuddelbär durch die Gegend und ihr Schmusi-Kissen und ihre Betti-Decke und alles, Nunc – sie hat sogar die Gummiunterlage rausgezerrt, und dazu gehört Kraft! Und so hab ich ihr einen Stups gegeben, und dann hat sie so ein Geheul gestartet, und ich hab mich so verdammt schuldig gefühlt, daß ich sie herausgehoben habe und ins andere Zimmer mit ihr bin und sie im Arm halten wollte, bis sie sich beruhigt hat, ich noch pitschnaß vom Bad und ohne einen Faden am Leib.»

Selbst in ihrem Jammer konnte sie sich diese Seitenbemerkung nicht verkneifen, um mich zu reizen.

«Warum hast du gebadet?» fragte ich.

«Kann man nicht einfach baden, weil einem danach ist?»

«Man kann», sagte ich. «Aber ich habe mich gefragt, ob du dich nicht davonschleichen wolltest, sobald Paula eingeschlafen war und ob du nicht deshalb so ungeduldig wurdest, als sie nicht schlafen wollte. Sie sollte einschlafen, damit du ausgehen konntest, und ich vermute, daß das nicht zum erstenmal so war.»

Das Kind unter unseren Augen hielt sich irritierend still,

starrte uns abwesend an wie jemand, dem ein Walkman in die Ohren singt.

«Ich war nicht ungeduldig, Nunc. Du hättest mich sehen sollen, vorbildlich wie eine beschissene Mutter des Jahres. Aber Paula quengelte weiter und wollte nicht still sein, und es wurde immer später –»

«Du hattest eine Verabredung», sagte ich.

«Okay, kluges Kerlchen. So war's. Und wenn schon. Was bist du überhaupt, irgendein beknackter Keuschheitsgürtel, oder was?»

Ich seufzte, dieses halbgaren Kindes aus tiefster Seele überdrüssig, all des Halbgaren und Rohen überdrüssig, das diese fruchtlose Mühe namens Leben ausmacht. «Warum hast du aufgelegt?» fragte ich.

«Wann?»

«Als wir miteinander telefoniert haben. Du hast bei mir angerufen, und ich bat dich, eine Minute zu warten, und als ich zurückkam, hattest du aufgelegt.»

«Ich fand's nicht gut, daß du dich weggeschlichen hast, um den Fall mit dieser aufgeblasenen Frau von dir zu bereden und mich durchzuhecheln. Ich hab genau gewußt, was sich da abspielt, bei euch beiden.»

Ich seufzte abermals, und unter meinen Augen begann sich Paula zu regen. Ihr unverletztes Bein bewegte sich. Sie erwartete, daß ich etwas unternähme, um ihre innere Musik zum Schweigen zu bringen. Ich duckte mich durch den Vorhang in das größere Zimmer zurück, und Verna folgte mir, gegen die Lampen blinzelnd. «Und wie kam es nun dazu, daß Paula nicht mehr laufen konnte?»

Sie straffte sich; ihr Brustkasten füllte sich im weiten Ausschnitt des Bademantels. «Dazu kam's, als ich sie von meinem Schoß runterschmiß und gegen das kleine Bücherregal knallte, das ich angeschafft habe, als du und dieser blöde Dale mich gepiesackt habt, diesen beschissenen wertlosen High-School-Abschluß zu machen.» Sie deutete auf das Regal. Sie hatte sich darauf eingeschossen, es zu ihrem Sündenbock ernannt. «Hier hab ich gesessen, und ich war so *brav* und so *geduldig*», sie begann vor Selbstmitleid zu weinen, die Tränen strömten willig aus den schon angewärmten Drüsen, «ganz egal, was du glaubst, und das kleine Drecksbiest, das sich schon den ganzen Tag so biestig benommen hatte, windet sich in meinen Armen und streckt sich und kippt mir meinen Drink mitten über das Aquarell, das ich schon fast fertig hatte, das nur noch auf dem Tisch lag, um zu trocknen!»

«Ich kann nicht ganz folgen», sagte ich. «Du hast getrunken?»

«Das hab ich, und in der Badewanne hab ich einen alten Joint aufgeraucht, vielleicht war ich deshalb auch so weich und hab diese Bilderbuchmommy abgezogen, die ihr Armleuchter immer sehen wollt.»

«Ich bin nicht sicher, daß wir eine Bilderbuchmommy sehen wollen. Wir wollen nur, daß du dein Bestes gibst.»

«Blödes Gequatsche.»

«Und dann ist es passiert, daß sie nicht mehr laufen konnte?»

Verna nickte; ihre Tränen waren so rasch getrocknet, wie sie geflossen waren. «Sie ist irgendwie blöd dagegengefallen, hat sich für 'ne Sekunde verkeilt, und dann lag sie da und hat gejault, aber ganz anders jetzt, irgendwie überrascht und so, als würde sie's jetzt *ernst* meinen. Also hab ich sie wieder aufgehoben und gehalten, aber das mochte sie nicht, und wie ich sie wieder auf die Füße stellen wollte, ist sie einfach eingeknickt und wieder umgefallen, und da hab ich –»

«Da hast du was, Verna?»

«Sie noch mal geschlagen. Ich war so *weich* gewesen, Nunc, so lieb und vernünftig, splitternackt, mein Kind im Arm, 'ne Art Schlaflied auf den Lippen, es war einfach alles dran, Nunc. Und genauso springen dann die Bimbos mit dir um – du wirst ganz weich, und dann nützen sie's aus, ziehen ihren Schwanz aus der Hose oder kippen dir deinen Drink aufs Kleid oder irgendwas, damit du auch ja mitkriegst, daß du nichts weiter bist als ein kleiner, dummer, weißer Haufen Dreck. Ich hatte mir soviel Mühe gegeben mit dem Aquarell, und es war wirklich gut geworden, verstehst du, und wie sie's ruiniert hat, wurde mir plötzlich klar, wie sinnlos und erbärmlich alles ist, nicht nur das Bild, sondern *alles*. Und willst du noch was wissen?» Ihre Stimme war kleiner geworden, flüsterte nur noch.

«Was denn?» Mein Herz hämmerte, als wäre ich eben erst die Treppen heraufgekommen. Ich fragte mich, ob sein Schlag seit jenem Augenblick, als mitten in meinem Tillich das Telefon klingelte, je ruhiger geworden war.

«Es war großartig. Es war das Beste von allem. Ihr ganz am Schluß noch eine draufzugeben, als sie hilflos am Boden lag. Das arme kleine Negerkind, noch keine zwei Jahre, so fest ich nur konnte. Ist das nicht beachtlich?»

«Ja, das ist beachtlich», pflichtete ich bei, ohne zu wissen, ob ihr theatralischer, drogenberauschter Tonfall Ironie sein sollte, um mich zu einer Reaktion zu reizen, oder ob sie wirklich nicht anders konnte, eingemauert hinter diesem stumpfen, bernsteingelben Blick, der eine leere Stelle hinter meinem Kopf fixierte, wo die jüngsten Ereignisse noch einmal abliefen. «Wie ist sie in ihr Bettchen zurückgekommen?»

«Ich hab sie reingekippt.»

«Hat sie geschrien, als du sie hochgehoben hast?»

«Wie ich sage, sie hat die ganze Zeit gejault. Überall durch die Decken und Wände haben die Nachbarn geklopft und gebrüllt. Die Frau von gegenüber hat gebrüllt, daß sie die Polizei ruft, aber das sagt sie dauernd. Sie trinkt Wein aus Dreiliterflaschen.»

«Ich meine, hat Paula sich so verhalten, als wäre irgend etwas gerissen oder schmerzempfindlich?»

Ihr Blick veränderte sich, stellte langsam auf mich scharf. «Du lieber Gott. Du glaubst, ich hab sie wirklich verletzt?»

«Ja, du denn nicht?»

Aus dem Nebenzimmer, wo Paula uns hören konnte, drang ein quengelndes Wimmern, unentschlossen wie ein nicht anspringender Motor, dessen Batterie fast erschöpft ist. Wir gingen hinüber. Vorsichtig tastete ich Paula ab. Diese wunderbare, seidige Textur der Haut eines kleinen Kindes. Unter meiner Berührung schwieg sie wie hypnotisiert, bis ich an ihr linkes Bein kam. Der kleine Schrei bedeutete gleichzeitig Schmerzen und Protest; in ihren tintigen, runden Augen standen Empörung und Verblüffung, von tief drinnen. Es war fast kein Blau mehr in diesen Augen. Auch von den ausgestellten Nasenflügeln und der aufgeworfenen Oberlippe hatten die väterlichen Gene Besitz ergriffen, und von den fast rechteckigen Ohren, die so schön glatt am Kopf anlagen.

«Ein Haarbruch», versuchte ich. «Oder nur eine Verstauchung. Man sieht keine Verschiebung der Knochen.»

«Du lieber Gott», stöhnte Verna wieder.

«Besser das als eine innere Verletzung», sagte ich zu ihr. «Ein Milzriß, und sie könnte verbluten. Aber sie versucht nicht, ihren Bauch zu schützen. Wir müssen sie in ein Krankenhaus bringen. Hol mir eine Decke – besser zwei, Paulas Kinderdecke, die da auf dem Boden liegt, und eine von deinem Bett.» Mein Gehirn funktionierte mit der eigentümlichen Klarheit, die der Tunnelblick der Erschöpfung mit sich bringt.

Verna setzte sich in Bewegung, aber nicht, um meine Anweisung zu befolgen; sie ging ins Badezimmer. «Wenn du schon da drin bist», rief ich ihr nach, «dann wasch dir auch das Gesicht. Du siehst aus wie ein Zirkusclown!» Ich hörte sie würgen, während ich Paula eigenhändig in die Decken hüllte. Frauen, so ist mir aufgefallen, erbrechen sich leise: als wäre auch diese Körperfunktion weniger unnatürlich für sie. «Hör zu, Paula», sagte ich beruhigend, «ich weiß, daß es weh tut, aber ich bin so vorsichtig wie möglich. Wir machen jetzt eine Spazierfahrt, mit dem Tut-tut-Auto!» Mühsam kramte ich Worte aus der Zeit hervor, als auch Richie so klein gewesen war.

Aus den Decken starrte sie feierlich zu mir empor. «Du nach Hause!» sagte sie nachdrücklich. Es war ein Befehl.

«Sobald es geht», versprach ich und überlegte, ob ich nicht die Windel hätte nachsehen sollen. Von außen schien alles trocken, aber diese vielschichtigen neuen Plastikwindeln können täuschen.

Verna kam zurück. Ihr Gesicht war sauber und weniger leuchtend, weniger weiß. «Brrr!» machte sie. «Aber meinem Kopf geht's, glaub ich, etwas besser. Herr im Himmel, Nunc, ich seh vielleicht aus. Man sollte mich wegschließen.»

«Zieh dich an», sagte ich. «Und sieh bitte nach, ob Paulas Windel gewechselt werden muß.» Ich ging ins andere Zimmer, räumte ein wenig herum und starrte auf die Lichter der Stadt hinaus. Paula wimmerte. Verna sang sie mit Reibeisenstimme an: *«Aaaall through the night...»* Endlich kamen die beiden zum Vorschein, das Kind in Decken eingewickelt und eine Mütze im Sherpastil mit Ohrenklappen auf dem Kopf, Verna in einer Zigeunerbluse und einem weiten, buntkarierten Rock, darüber ihren Poncho. Ihre Kleidung erschien mir für den Anlaß etwas vorlaut, aber ich hielt den Mund.

Die Stadt hat viele Krankenhäuser, die alle immer größer werden und sich Block um Block in die umgebenden Viertel hineinfressen, als wäre die Heilkunst selbst zum Krebs geworden. Das Krankenhaus, das mir am vertrautesten ist (von Richies Blinddarmoperation, als er neun war, und einer gynäkologischen Irritation bei Esther, die sich als harmlos erwies), liegt gleich am anderen Ufer des Flusses, ein Ensemble von klinischen Wolkenkratzern, in dem der ursprüngliche, granitene Tempel der Medizin mit seiner grünen Kupferkuppel wie ein Osterei versteckt liegt. Die Zufahrt zur Notaufnahme führt über eine ansteigende Betonrampe zu einem geschwungenen, halbrunden Neubau, der nach der ersten Frau eines lokalen High-Tech-Magnaten benannt ist, die jung starb.

Innen war alles strahlende Helle. Während sich Paula, verblüfft bis zur Schmerzlosigkeit, auf meinem Schoß aus ihrem Kokon aus Decken zu winden versuchte, befaßte sich

Verna mit den Aufnahmeformalitäten. Dank ihrer Erfahrung mit der Sozialfürsorge war sie mit einem robusten Bewußtsein ihrer Rechte ausgestattet. Im Audi, als wir schweigend die ornamentale alte Brücke überquerten, hatten neue Tränen der Furcht und der Schuld über ihre Wangen zu fließen begonnen, wo sich das Licht der blumenverzierten Brückenlampen in ihren Spuren spiegelte. Diese Tränen hätten die Aufnahmeprozedur schmieren sollen; doch die weiblichen Bürokraten der Nachtschicht in der Notaufnahme sahen Kummer und Unglück nach Stundenplan und ließen sich nicht mehr davon rühren. Sie demonstrierten die hochnäsige Verachtung der Fast-Armen für die Ganz-Armen, die Mittellosen und Überflüssigen. Obwohl die Nacht noch jung war, hatte die Unterschicht bereits erste Emissäre in das Hospital entsandt: Der junge Obdachlose mit den eingeschlagenen Zähnen und der speckigen Winterbräune, die murmelnde Tütenlady mit der blutenden Stirn, die haitianische Familie, die sich schützend um irgendeine nächtliche Wunde drängte – sie alle warteten in dieser gnadenlosen Helle auf ihren Aufruf. Erst als ich mich erhob und meine Kreditkarten auf den Tisch blätterte und ein paar lautere Töne anschlug, öffneten sich ächzend die Türen, und die Maschinerie setzte sich in Bewegung. Weißgekleidete Helfer erschienen und nahmen uns Paulas Leiden aus der Hand.

Als erstes wurde das Kind aus unseren Decken geschält; als es an die blau auf weiß mit Teddys bedruckte, kuschelige Kinderdecke ging, kreischte Paula: «Betti!», worauf es ihr gestattet wurde, diese eine zu behalten. Sie wurde auf eine hartgummibereifte Pritsche gelegt, durch Korridore gerollt, von Assistenzärzten befingert und von Röntgenstrahlen durchleuchtet. Während all dieser faszinierenden Erfahrungen klammerte sie sich mit ihren großen, dunklen, so lebensvollen Augen an das Gesicht ihrer Mutter. Verna schien die Passive und Hilflose von den beiden zu sein, wie ein Ballon an einer Schnur von ihrem Kind mitgezogen, gefangen im Kraftfeld der Bedürftigkeit dieses winzigen Wesens. Ich meinerseits klammerte mich an die Sherpamütze und die zurückgewiesene Decke, deren rauhe, gefaltete Masse mit traumähnlicher Beständigkeit auf meinem Arm lastete, ein stoffliches Fragment aus Vernas leibhaftiger Wohnung, aus jenen entrückten, muffigen Gemächern, die ich in meinen erotischen Phantasien so oft besucht hatte.

Der junge Assistenzarzt, der mit uns sprach, war klein und blond, mit einem wenig überzeugenden Banditenschnurrbart und einer rosa getönten Pilotenbrille. Er hielt das Gesicht im Dreiviertelprofil abgewandt, als redete er halb mit sich selbst. «Ja», informierte er uns und wirkte wie peinlich berührt. «Ein Bruch. Die Art, die wir Grünholzbruch nennen. Das bedeutet, daß der Knochen nicht ganz durchgebrochen ist. Kein großes Problem, das wieder einzurichten, aber... könnten Sie mir sagen, wie es passiert ist?»

Vernas bleiche, zusammengekniffene Lippen klappten auf, und die Unterlider ihrer schrägen Augen hoben sich in der Anstrengung, eine Antwort zu finden. Ich merkte, daß sie zu verängstigt war, um zu lügen, und verkündete *ex cathedra*, in meinem unbezweifelbarsten Professorentonfall: «Das Kind ist gestürzt. Auf dem Spielplatz, von einer Schaukel.»

Er warf einen kurzen Blick auf mich, dann auf Verna. Die getönten Brillengläser lagen wie eine Wolke aus verdünntem Blut über seinen Augen. «Und die Prellung im Gesicht, stammt die auch von dem Sturz?»

«Yeah», antwortete Verna schwächlich.

«Sie hat die Ketten losgelassen und ist vornübergefallen», präzisierte ich.

Der junge Mann war von dem Typ, der trotz aller Schüchternheit und Hemmungen und Unfähigkeit, der Welt ins Gesicht zu sehen, von einer verbissenen Hartnäkkigkeit erfüllt ist, von einem sturen Willen, alles zu erfahren. «Dieser Bruch», sagte er zögernd, «ist nicht von der Art, die wir bei einem solchen Sturz erwarten würden. Bei

Unfällen mit Kinderschaukeln kommen meist Armbrüche vor. Und ich habe keinerlei Sandspuren an dieser Quetschung im Gesicht feststellen können, sie sieht eher aus –»

Ich unterbrach. «Wir haben ihr das Gesicht abgewaschen, das bedarf doch wohl keiner Erklärung? Was soll überhaupt dieses Verhör? Wir sind mit einem verletzten Kind hergekommen, wir mußten eine halbe Stunde auf Hilfe warten, und jetzt das. Sind wir hier in einem Krankenhaus oder vor Gericht?»

«– als wäre das Kind geschlagen worden», fuhr der junge Mann unbeirrt und blinzelnd fort. «Und wir haben auch ein paar leichte Blutergüsse am Hintern festgestellt. Wir sind gehalten, alles zu melden, was nach Kindesmißhandlung aussieht. Wir kriegen gräßliche Dinge zu sehen hier, Brandwunden von ausgedrückten Zigaretten, Säuglinge mit ausgerenkten, aus den Hüftgelenken herausgerissenen Beinchen... Man hält es nicht für möglich, wenn man es nicht selbst gesehen hat.» Er sprach halb zu sich selbst. Dann veränderte sich sein Tonfall: «Sir, waren Sie dabei, als Polly auf dem Spielplatz stürzte?»

«Paula», korrigierte ich scharf und erkaufte mir damit ein paar Nanosekunden Denkpause; trotzdem fand ich keine plausible Alternative zu einem: «Nein. – Ihre Mutter hat mich angerufen, nachdem es passiert war», ergänzte ich.

«Wann war das?»

«Ich habe nicht auf die Uhr gesehen.»

«Ziemlich spät, um draußen auf dem Spielplatz zu sein.»

«Das geht Sie einen Scheißdreck an», bellte Verna. «Ich bring sie spät zu Bett, damit sie morgens länger schläft.» Ich merkte, daß sie mir beispringen wollte.

Aber ich hatte versucht, ihn meine Überlegenheit spüren zu lassen, und nun ließ er nicht locker. «Komisch», sagte er zu mir, als ob Verna Luft wäre, «daß sie das Kind nicht gleich zu uns gebracht hat. Oder nach St. Stanislaus, dem Krankenhaus, das nur zwei Querstraßen von ihr entfernt ist, nach diesen Angaben hier zu schließen.» Ein zarter, blauer

Durchschlag des Aufnahmeformulars war uns bis hierher gefolgt.

«Sie hat kein Auto. Sie wohnt noch nicht lange dort.» Eine Antwort wäre genug gewesen, auch wenn beide stimmten.

Er wandte sich an Verna, schielte auf das Formular. «Mrs. Ekelof», begann er.

«Sehr freundlich, aber ‹Miss› genügt», erwiderte sie spitz. Auch sie wollte ihn Überlegenheit spüren lassen. «Ich heirate, wenn's mir paßt, ja?»

Er sah uns aus den Winkeln seiner getönten Brille an und verließ, ohne noch ein Wort zu sagen, den Raum. Nach einer Minute kehrte er mit einem älteren Mann zurück, einem schon kahl werdenden Schwarzen, der sich elegant wie ein Tänzer bewegte und eine ernste Miene in einem Gesicht trug, das so dunkel war wie dunkle Tabakblätter. Er hatte ein Stethoskop in der Seitentasche seiner weißen Jacke und war offensichtlich der Vorgesetzte des jungen Assistenzarztes. Sie berieten sich murmelnd außerhalb unserer Hörweite, dann wandte sich der Schwarze zu mir und fragte: «Sir, in welcher Beziehung stehen Sie zu der jungen Dame?»

«Onkel.»

Er lächelte. «Na so was. Sehr nett.» Seine Stimme, lässig und ermüdet und doch selbstgewiß, hätte zu einer zwölfsaitigen Gitarre den Blues singen können. «Sir, wir wissen Ihre Einlassung zu schätzen, aber nachdem die Mutter die einzige Augenzeugin des Unfalls ist, würden wir sehr gerne auch ihre Darstellung hören.»

«Es ist so, wie's mein Onkel sagt», bekräftigte Verna. «Ich sag ihr immer, sie soll sich gut festhalten, aber das – aber sie folgt mir nicht. Sie ist ganz groß im Nicht-Folgen, seit kurzem; meine Arbeiterin meint, das ist eine Entwicklungsphase, die schrecklichen Zweier...»

«Mein Kollege und ich fragen uns, ob das Kind nicht ein wenig zu klein ist, um auf einer Spielplatzschaukel zu schaukeln?» Während er leise, liebenswürdig auf Verna einredete, berührten seine Hände, schlank, mit wohlgeformten, hellen

Nägeln, die Zehen der kleinen Paula, die unter ihrer Betti-Decke hervorlugten. Abwesend strich er sanft über sie hin.

Der Blick seiner überarbeiteten, rotgeriebenen Augen, deren gelbliches Weiß von geplatzten Äderchen durchschossen war, sammelte sich auf Verna, und ihr Instinkt verriet ihr, daß dies die Chance war, noch einmal ungeschoren wegzukommen. «Ja, da haben Sie sicher recht», sagte sie mit ihrer weinerlichen, wie durch ein Rohr gepreßten Kleinmädchenstimme. «Ich tu's bestimmt nicht wieder. Keine Spielplatzschaukeln mehr, bis sie groß genug ist, um sich festzuhalten.»

Ein Zwinkern, wie von einem guten Onkel mit grauen Schläfen, hatte die zerknitterten Gesichtszüge des Arztes aufgehellt: «Großes Ehrenwort?»

Knisternde Spannung war zwischen den beiden entstanden, und Verna, gerupft und ausgehungert wie sie war, ließ sich hineinfallen, warf den Kopf in den Nacken, so daß ihre Kehle ein weißer Bug wurde und die Brüste sich unter dem Baumwollstoff der Zigeunerbluse hoben. Sie war wieder den Tränen nahe. «Großes Ehrenwort!» Ein Schluchzer mischte sich hinein, auf einer Silbe.

«Weil nämlich», fuhr der Arzt im musikalischen Singsang eines Predigers fort, «ein kleines Kind ein sehr kostbares Geschenk ist, das uns anvertraut wurde und dem wir ganz gewiß kein Leid zufügen wollen, das stimmt doch?»

Verna nickte, ein-, zweimal, ganz langsam.

«Auch wenn es uns auf die Nerven geht und wir in Eile und erschöpft und fix und fertig sind, das stimmt doch?»

Verna wiederholte die Bewegung, wie unter Hypnose.

Der junge Assistenzarzt und ich hatten diesen Austausch fasziniert beobachtet. Jetzt brach der Schwarze den Bann, runzelte abrupt die Stirn und rief: «Dann wollen wir mal das Bein richten.»

Eine Schwester erschien und gab Paula eine Beruhigungsspritze, obwohl das Kind, trotz unserer Stimmen, trotz Grünholzbruchs und allem, schon aus purer Erschöpfung eingeschlafen war. Ihr erschlaffter kleiner Körper sah auf der Pritsche erbarmungswürdig winzig aus. Die Nadel drang unmittelbar neben dem Rand der Windel ins Fleisch. Paula erwachte nicht. Wir durften sie in einen kleinen, hellen Raum begleiten, wo sie von der Pritsche auf einen Operationstisch gehoben wurde. Von seinem Vorgesetzten überwacht, wickelte der Assistenzarzt in Gips getränkte Mullstreifen um das braune Beinchen, verschluckte es in einem Weiß, das unter dem grausamen blauen Licht in unseren Augen schmerzte. Paulas Zehen, kleine runde Nullen im Fünfercode, sahen aus wie ein übriggebliebenes Fragment einer graphischen Kollision oder Subtraktion.

Als der Gips fertig war, reichte er von der Mitte von Paulas Fuß bis zur Mitte ihres Oberschenkels. Irgendwann während der Prozedur hatte sie ihre Augen wieder aufgeschlagen, randvoll mit Staunen. Sie tasteten unsere Gesichter ab und verharrten auf dem des schwarzen Doktors. Er hielt ihr einen tabakfarbenen Zeigefinger hin, und ihre kleine, plumpe, quadratische Hand grapschte danach. «Na, mein Liebling», sagte er zu ihr, «ich wette, du warst gut zu Fuß. Du bist bestimmt stramm losmarschiert.»

Sie lächelte, zustimmend oder nur aus Freude, seine Stimme zu hören. Die Lücke zwischen ihren beiden Schneidezähnen wurde sichtbar.

«Kannst du dich noch erinnern, wie man krabbelt?»

Das kam ihr so amüsant vor, daß ihr Lächeln breiter wurde, bis sie ein gurgelndes Lachen herausbrachte.

«Weil du jetzt nämlich für eine Weile wieder krabbeln mußt.»

Der Assistenzarzt streifte sich die Chirurgenhandschuhe aus weißlichem, durchscheinendem Gummi ab, und Vernas wurstförmige, mit Trauerrändern bekrönte Finger spielten mit einer Korkenzieherlocke an ihrer Schläfe. Die Uhr an der Wand zeigte zweiundvierzig Minuten nach elf. Sie war vollkommen rund und schwarz und weiß, mit einem roten Sekundenzeiger, der alle Minuten einmal über jede der blitzblanken Ziffern wischte. Ihre amtliche Perfektion erinnerte mich an Esther, an ihre exakt einhundert Pfund. Ich hätte sie anrufen sollen. Aber dieser Anruf hätte den kleinen Freiraum zugeschüttet, den ich mir hier gewonnen hatte, in der Mitte der Nacht, wo Irrsal und Wirrsal im Begriff schienen, zu einem völlig neuen Sinn zusammenzuschießen.

Vernas ergebenes Dösen nutzte sich ab, und sie schlüpfte in die Mutterrolle zurück. «Haben Sie irgendwelche Pillen oder Tropfen, die ich ihr heute nacht geben soll?» fragte sie den Oberarzt.

Die Antwort kam sehr sanft, mit einem schmerzlichen Lächeln. «Wir werden die kleine Paula über Nacht hierbehalten. Mit Ihrem Einverständnis, natürlich.»

Verna blinzelte, noch arglos. «Wozu? Ist denn nicht alles in Butter?»

«Das Bein, wenn Sie so wollen, ist wieder ‹in Butter›, aber vielleicht braucht sie noch die eine oder andere Behandlung. Wir möchten sie jedenfalls unter Beobachtung halten. Ich denke, sie wird sich hier gut erholen, nicht wahr, mein Liebling?» Sein Tonfall blieb fast unverändert, als er sich von Verna zu Paula wandte.

«Sie meinen, sie hat vielleicht doch noch irgendeine innere Verletzung oder so was? Aber ich bin sicher, daß sie keine hat. Da sind wir uns doch alle sicher, oder?» Sie blickte vom Oberarzt zum Assistenzarzt und zur Schwester – die Schwester, das fiel mir erst jetzt auf, war eine ungewöhnlich groß gewachsene, grauhaarige Frau, so groß wie Lillian, mit dem gleichen angespannten, zu guten, sterilen Gesichtsausdruck. Verna erkannte, daß sie in der Falle saß. «Ihr werdet doch nicht das Jugendamt verständigen!» platzte sie heraus.

Ich mußte mich einschalten. «Ich bin Professor der Theologie an der hiesigen Hochschule», sprach ich, an den Schwarzen gewandt, «und ich verbürge mich persönlich für die Sicherheit dieses kleinen Mädchens.»

Der Arzt lächelte müde. «Ich zweifle nicht an ihrer guten Absicht, Professor», sagte er, «aber vor ein paar Stunden war auch kein Bürge zur Stelle.» Etwas freundlicher fügte er hinzu: «Wir wollen die Kleine nur hierbehalten, bis wir uns über ein paar Dinge Klarheit verschafft haben.»

«Untersteht euch, dieses verdammte Jugendamt anzurufen», fuhr Verna dazwischen. «Die haben keinen Schimmer, die sind ein Haufen von Schmarotzern, die sich's von Steuergeldern gutgehen lassen, die würden nicht mal einen ehrlichen Job kriegen, wenn sie's versuchten!»

«Und wenn die Mutter nun darauf besteht, daß die Patientin entlassen wird?» warf ich ein.

«Dann fürchte ich», erwiderte der Arzt, «daß wir die Polizei und einen Vertreter des Jugendamts bemühen müssen, um uns abzusichern. Wir halten es für möglich, daß die vorliegende Verletzung nicht so zustande gekommen ist, wie es geschildert wurde.»

«Aber es *war* so!» protestierte Verna. «Es war ein totaler Unfall. Ich hab ihr nur einen kleinen Klaps gegeben, und sie hat sich gegen dieses bescheuerte Regal geschmissen, das man mir eingeredet hat. Es war praktisch allein ihre Schuld!» Kein Gedanke mehr an unsere Spielplatzschaukel.

Jetzt fiel es ihr wieder ein, und um so wütender preschte sie weiter: «Ihr Idioten könnt sie gar nicht hierbehalten, ohne meine Zustimmung. Ich kenne meine Rechte. Ich will mein Baby, und mein Baby will mich!»

Auch Edna, ich erinnerte mich, beherrschte diese Pose: die in ihrer Würde gekränkte Lady, die *Grande Dame* aus Suburbia, die Matrone von Chagrin Falls im Zorn auf das Hauspersonal. Edna hatte sie von ihrer Mutter abgeschaut, als Veronica, die mit der Himmel mag wissen welchen Hurenkunststücken meinen Vater geraubt hatte, fülliger geworden war und ihr Heil in der Kirchengemeinde und in Hobbygärtnerkreisen zu suchen begann. Für Edna war ihre Mutter in diese Rolle hineingeboren worden; bei Verna, in der dritten Generation, schien die Pose auf ihrem Tiefpunkt angelangt.

«Da böse?» kam eine forschende Stimme von unten, vom

Operationstisch. Die kleine Paula sah zu ihrer Mutter hoch. Ihre dunklen Augen waren vom Licht des Krankenhauses wieder in ein tiefes Blau zurückverwandelt, die Pupillen waren nicht größer als der Durchmesser einer Bleistiftmine. Ihr Mund krümmte sich nach unten; sie begann ängstlich zu wimmern. Ich streckte einen Zeigefinger aus, und sie klammerte sich weich und klebrig daran fest. Mein Fingernagel, bemerkte ich, war unsauber und ein wenig schief.

«Lassen wir sie hier, Verna», sagte ich. «Hier ist sie in guten Händen.»

«Nur, wenn sie mir versprechen, nicht das Jugendamt anzurufen. Ich hab schon genug Ärger mit diesen Nullen.» Vielleicht war «Nullen» als mildernde Revision der früheren «Idioten» gemeint.

Keiner sagte ein Wort.

Ich seufzte und versuchte: «Sie werden ganz bestimmt nur das tun, was für Paula am besten ist.»

«Ich unterschreibe nichts», sagte Verna.

«Das brauchen Sie auch nicht», sagte der Arzt, seines verführerischen Tonfalls müde. «Sie kommen einfach morgen früh gegen halb zehn zum Empfang, und wenn bis dahin alles geklärt ist, können Sie Ihre Kleine gleich mitnehmen.»

Verna dachte nach. «Es ist nur so», sagte sie, «daß ich vormittags meinen Malkurs habe, und ich möchte einige Sachen mit der Lehrerin klarziehen. Wie wär's, wenn ich gegen Mittag aufkreuze?»

«Das wäre sehr freundlich», sagte der Schwarze, ohne zu lächeln. «Ich bin dann natürlich nicht mehr im Dienst, aber der Stationschef in der Notaufnahme wird über den Fall informiert sein. Der Gips muß in zwei Wochen überprüft werden, in drei oder spätestens vier Wochen kann man ihn abnehmen. Unsere Knochen heilen schnell in diesem Alter.» Die Knochen, wenn schon nicht die Seelen, schien er zu implizieren. Zu mir gewandt, sagte er: «Es war ein Vergnügen, Sie kennenzulernen, Herr Professor. Ich habe große Hochachtung vor jenen, die es uns übrigen ermöglichen, den Glauben zu bewahren. Mein Vater war Prediger.»

«Das überrascht mich nicht», sagte ich.

Die Schwester und der Assistenzarzt hatten Paula auf die Pritsche zurückverfrachtet. Verna ging zu ihr, um ihr einen Gutenachtkuß zu geben. Als sie ihr breites, bleiches Gesicht zu dem kleineren, dunkleren des Kindes hinunterbeugte, schwangen ihre schweren Brüste in der ausgeschnittenen Baumwollbluse. Sie strich Paulas Zudecke glatt bis unters Kinn und beugte sich noch tiefer hinunter, um einen leisen Kuß auf die Zehenspitzen zu hauchen, die aus dem Gips hervorschauten. Aus meiner Perspektive reichte der Einblick nun zu beiden Brustwarzen. Ich fragte mich, ob es Absicht war. «Diese netten Leute bringen dich jetzt zu Bett, Pupsie. Deine Mommy holt dich gleich morgen wieder ab. Sei brav.»

Paulas spitzes kleines Kinn kräuselte sich; sie begann zu weinen, mit der Energie der Panik. Krankenhauspersonal sammelte sich um den Lärm wie ein Gewoge weißer Kissen. Ich zog Verna aus dem Zimmer, und während ich sie durch die Räume und gekrümmten Korridore des Hospitals zum Eingang zurücklotste, begann auch sie zu weinen. Ihr Kinn kräuselte sich, genauso wie eben Paulas Kinn.

Sie hörte nicht auf zu weinen, abwechselnd laut und lautlos, während wir im Audi durch die Straßen heimwärts glitten. Nur mühsam stieß sie Worte heraus: «Als ich mich über sie beugte, Nunc... es war, als würde ich den ganzen Gips in mir selber spüren, in meinem Magen, wie ein Stein. Du hast es in ihren Augen gesehen, sie hatte keine verdammte Ahnung, was eigentlich los war.»

«Tscha. So geht's den meisten von uns, genaugenommen.»

«Sie werden sie mir doch nicht wegnehmen, oder? Dieser ölige alte Windhund wird das Jugendamt anrufen, auch wenn er versprochen hat, es nicht zu tun.»

«Ich habe kein solches Versprechen gehört», erwiderte ich. «Ich habe nur das Schweigen gehört, mit dem er dir ausgewichen ist. Das Krankenhaus muß sich absichern, Verna, das hat er doch erklärt. Nicht nur, damit man ihnen keinen Rechtsbruch vorwerfen kann, sondern auch wegen möglicher Prozesse.» Neon und Natrium flackerten auf der Windschutzscheibe. Wir rotierten durch einen Kreisverkehr und über eine Kleeblattschleife hinauf zur Brücke mit ihren floralen Jugendstillampen und den alten, aus Sandsteinblöcken gefügten Türmen.

«Und dann nehmen mich diese Arschlöcher in die Mangel», spann Verna ihren Faden weiter, «und verlangen, daß ich auf allen vieren vor ihnen krieche und siebenundfünfzig Sorten Scheißdreck fresse, und wenn ich's nicht tue, dann werden sie... dann werden sie mir mein Kind wegnehmen!» Die letzten Worte kamen wie ein Schrei heraus. Sie zerrte ihren Poncho hoch und preßte ihn gegen die Augen, den Mund, als wollte sie einen zweiten Schrei ersticken. Noch mehr Rollenspiele, sagte ich mir im stillen. Und nicht besonders gut gespielt. Die Erste Welt hat ganze Register der Leidenschaft verloren. Frauen aus der Dritten können noch jene unmenschlichen, durchdringenden Schreie des Leids ausstoßen, die vom tiefsten Grund der Seele kommen. Man hört und sieht's im Fernsehen, in den Nachrichtenclips aus dem Libanon und aus Äthiopien.

Laut sagte ich: «Ich glaube nicht, daß es soweit kommt. Sie werden dir vielleicht ein paar Fragen stellen, aber vergiß nicht, was für Umstände es ihnen macht, einer Mutter ihr Kind wegzunehmen. Was sollen sie dann mit ihm anstellen? Der Staat ist nicht so scharf darauf, ein riesiges Waisenhaus zu werden. Hör dir nur an, was Reagan und die anderen sagen, wie sie die Familie beschwören, als Phönix aus der Asche aufzuerstehen und ihnen von der ganzen Verantwortung wieder ein wenig abzunehmen.»

Sie steigerte sich in ihre hysterische Vision hinein. «Erst zwingt ihr mich alle, das eine Baby zu töten, und jetzt nehmt ihr mir das andere auch noch weg!»

Mir ging auf, daß dies – wie so viele Visionen – eine

Wunscherfüllungsphantasie war. Sie *wollte*, daß ihr die kleine Paula abgenommen würde.

Ich versuchte, vernünftig zu bleiben: «Wenn du dich an unsere Geschichte gehalten hättest –»

«Es war nicht *unsere* Geschichte, es war *deine* Geschichte, und es war eine *dumme* Geschichte.»

«Es war besser als *gar keine* Geschichte, und du in deiner klassischen Brillanz hattest ja nichts zu bieten.» Edna und ich hatten oft solche Streitereien ausgetragen, die endlos andauerten, einen ganzen, schalen Ohio-Nachmittag hindurch, *du warst es; ich war es nicht; ich weiß, daß du's warst; ich weiß, daß du weißt, daß ich's nicht war*: Es war unser Ersatz für einen Ringkampf, als wir noch zu jung und zu grün waren, um uns zu berühren, und Bruder und Schwester dazu.

Verna preßte sich immer noch den Poncho ins Gesicht, rieb mit der rauhen Wolle ihre Augen. Zum erstenmal, im Licht des möglichen Verlustes, schien Paula für sie real geworden zu sein. «Sie war so… so verdammt tapfer, Nunc, das war sie doch? Hat kaum geweint, wie sie erst mitgekriegt hatte, daß wir uns um sie kümmern und diese andern Leute geholt hatten.»

«Ja, sie hat mich sehr beeindruckt», pflichtete ich eilig bei. Wir waren nur noch wenige Blocks von der Prospect Street entfernt. Wir durchquerten die Schlucht voll schreiendem Licht, die Dale, früher in diesem April, von seinem Fenster im sechsten Stockwerk aus gesehen hatte. Ich wollte Verna absetzen und dann so schnell wie möglich nach Hause fahren. Esther war bestimmt noch auf, rauchend und trinkend und in ihren Gedanken hin und her gerissen zwischen Zorn und Sorge. Ich kannte ihre Gedanken, ich wußte, wie sie an den verschiedenen Möglichkeiten herumkauten. Wenn die Liebe längst gegangen ist, bleibt die Gewohnheit. Esther war meine Gewohnheit.

«Sie ist wirklich so lieb», sprach Verna weiter, um Luft ringend, «sie gibt sich so viel *Mühe*, lieb zu sein. Wir haben viel Spaß zusammen, manchmal, wenn wir Musik hören. Du kannst richtig sehen, wie das arme kleine Ding... wie es mich beobachtet und rauszukriegen versucht... wie man ein Mensch wird. Ich bin der einzige, den sie hat. Es geht mir nicht darum, daß... ich so allein bin, sondern... daß *sie* so allein ist.»

Ich spürte, daß sie ihre Schluchzer absichtsvoll plazierte, und erwiderte gereizt: «Nun übertreib nicht. Paula hat es nicht schlechter als viele Kinder in dieser Stadt, und in mancher Hinsicht sogar besser.»

Das Schluchzen versickerte in Hochmut. «Du meinst, weil sie Kontakt hat, sozusagen, zu schicken Leuten wie dir und deiner großkotzigen Frau und diesem dummen Kind, das ihr habt. Es tut mir leid, ich sollte das nicht sagen, er war ja auch ganz nett, damals, bei diesem Thanksgiving-Essen; er hat sich richtig angestrengt, nett sein zu Fremden und alles. Aber er weiß, daß ihr ihn auch für 'ne Niete haltet.» Was sie da sagte, verletzte mich. Sollte es wahr sein, so war es eine unangenehme Wahrheit. Aber es konnte nicht wahr sein. Wir liebten Richie. Verna blubberte weiter: «Aber siehst du denn nicht, daß ihr alles nur noch schlimmer macht, für Paula und für mich. Ehe du aufgetaucht bist, mit deinen ganzen vornehmen Jacketts und Handschuhen und dem komischen Hut und allem, da wußte ich kaum, daß es noch was andres gibt, außer meinen fürchterlichen Eltern, die ich los war und wirklich glücklich darüber. Mein Gott, was war ich glücklich. Manchmal bin ich früh aufgewacht und hab gesungen, einfach so, nur ich und mein Baby in diesen kleinen Zimmern. Die Sozialwohnung ist nicht viel wert, ich weiß, für dich sieht's wie ein Slum aus dort, aber es war schon ein Leben, solange du nicht dran gedacht hast, daß es noch was andres geben könnte, und solange dir keine anderen Leute auf die Bude gerückt sind, um dir zu zeigen, wie elend alles ist.»

Ich stoppte den Audi ebendort, vor dem Slum, in der zweiten Reihe. Ich überlegte, daß sie einfach abzusetzen, vor dieser scheußlichen und kinderleeren Wohnung, ziemlich herzlos wäre, selbst an meinen bescheidenen Maßstäben gemessen. «Oder möchtest du», fragte ich, «lieber mitkommen und bei uns übernachten? Wir haben ein freies Zimmer. Wir haben einen ganzen zweiten Stock. Ich bin sicher, daß Esther noch auf ist.»

Ich betete, daß das Mädchen ablehnen würde. All die Niederträchtigkeiten dieses Abends ergriffen Besitz von mir, und ihr schniefendes Selbstmitleid, ihre konfuse Selbstrechtfertigung erinnerten mich daran, warum auch ich so glücklich gewesen war, aus Cleveland wegzukommen: Die Menschen in diesem Herzland haben eine so unerschöpfliche, ermüdende Vorliebe für die Silbe *Selbst* – für Selbstbetrug, Selbstrechtfertigung, Selbstdarstellung, für Selbstprüfung und moralische Akrobatik von früh bis spät: jedes Schlafzimmer und jede Frühstücksecke eine Arena der Selbstprüfung vor einem Gewissen, das heimgesucht wird von den händeringenden Geistern biblischer Mustermänner, von alten Juden mit haarigen Nüstern, die in den Gesellschaftsklub nicht eingelassen würden und sich doch vom Pfandbrief bis zur Selbstbefriedigung in alles einmischen. Unser puritanisches Erbteil. Wie konnten diese alten Israeliten ihre Haken so tief in unser Fleisch schlagen, uns derart einschüchtern mit ihrer schrecklichen schwarzen Bibel und deren Verwünschungen, während ihre modernen Nachfahren die ganze Angelegenheit als Familienscherz behandeln und ihre eigenen Leben mit Geigenmusik und klarsichtiger, gottloser Wissenschaft erfüllen? *L'Chaim!* Verglichen mit den Juden, hausen wir Protestanten wahrhaftig in einem Tal des Todes.

Vernas Stimme in den Schatten des Wagens war so leise, daß ich sie über den Explosionen des leer laufenden Motors kaum hören konnte. «Nein, das möchte ich nicht, Nunc. Aber könntest du für eine Minute mit raufkommen?»

Licht von einer Straßenlampe fiel auf den Rand ihrer zerzausten Haarwolke, aber ihr Gesicht blieb ein blindes Oval, aus dem die heisere kleine Stimme herausdrang wie aus einem grauen Loch. «Tu mir den Gefallen. Ich bin einfach noch nicht soweit, daß ich mit mir allein sein möchte. Ich fühl mich lausig und ich hab Angst. Ich weiß, ich hab ein ziemlich elendes Vorbild für Paula abgegeben.»

Ein muffiger, warmer Dachkammergeruch hatte sich im Audi ausgebreitet, von der Heizung her. Die Uhr am Armaturenbrett zeigte jetzt achtzehn Minuten nach zwölf. *Ziemlich spät, um draußen auf dem Spielplatz zu sein.* Der Krankenhausbesuch hatte nur zwei Stunden gedauert; es hätten genausogut drei Stunden sein können. Die verschlagene Hand der Vorsehung zog eine Karte aus dem Ärmel: Unter der Straßenlampe direkt vor uns fuhr jemand los, ein Parkplatz wurde frei. «Warum solltest du dich weniger elend fühlen, wenn ich mit raufkomme?» fragte ich Verna mit einem tadelnden Unterton, als wäre sie eine jener schlecht oder gar nicht vorbereiteten Studentinnen, die ihre Stunde schon verbraucht haben und sich immer noch an die Anwesenheit des Professors klammern, in der irrigen Hoffnung, seine bloße Nähe könnte magisch bewirken, was sich tatsächlich nur einsamer Arbeit und stillem Studium erschließt.

Ihre Stimme hatte sich gewandelt; die Hysterie war verraucht und hatte einem stillen Gleichmut Platz gemacht, einer wissenden Ruhe. Sie hatte die Rolle des Lehrenden übernommen, als wären wir auf eine ausgedorrte, verbrannte Erde versetzt, auf der nur sie zu leben verstand. «Ich glaube, du willst mit raufkommen», sagte sie, fast singend. «Vielleicht fühlst du dich dann auch nicht mehr so elend, und das hilft vielleicht auch mir.»

«Wer sagt, daß ich mich elend fühle?»

«Das sieht doch jeder. Schau dir nur an, wie mürrisch dein Gesicht oft ist, Nunc. Diese Augenbrauen! Und wie du ständig deine Hände anstarrst. Kommt mit rauf.» Ihre Stimme hatte an Autorität gewonnen. «Gib auch mal andern was von dir, zur Abwechslung.»

Ihre Worte, und nicht meine Hände und Füße, schienen den Wagen vorwärts gleiten zu lassen, zu dem freien Stück

Asphalt unter der Straßenlampe. Die Lücke war so groß, daß ich nicht rückwärts einzuparken brauchte.

Das Mietshaus lag verlassen da; menschliche Gegenwart war reduziert zu Spuren: brennenden Glühbirnen, alten Wandschmierereien, abgetretenen Treppenstufen. In der Wohnung begrüßte uns Paulas befremdliche Abwesenheit. Daß das Kind fehlte, nicht hinter dem maronenbraunen Vorhang lag und schlief, war an der Luft des Ortes zu schmecken, an dem vertrauten Erdnußschalengeruch, der still war wie das Wasser eines Tümpels über dem dicksten Schlick.

Ohne mich zu beachten, drückte sich Verna, die Schultern hochgezogen wie eine alte, sich klein machende Frau, durch den Vorhang und verschwand. Ich hörte sie Wasserhähne öffnen, eine Tür schließen, Rotz hochziehen, husten und wieder – ein unterdrücktes, heimliches Geräusch, wie vordem das Würgen – in Tränen ausbrechen. Ich stand in ihrem Wohnzimmer und starrte hinaus auf das ragende, kristallische Zentrum der Stadt und staunte, wie viele Fenster an den Wolkenkratzern erleuchtet waren. Die Vergeudung. Ich fühlte mich stumpf, mein Körper geschwollen von Schlägen, an die er sich nicht mehr erinnern konnte.

«Nunc?» rief ihre schniefende Stimme. «Kommst du nicht rein?»

«Ich dachte, du kommst wieder heraus», sagte ich und schob mich vorsichtig, zur Seite gewandt, durch den Vorhang.

Dieses Zimmer hatte nur ein Fenster, drüben in der Kochnische, über den schwarzen Umrissen eines Geschirrschränkchens und eines Kühlschranks, und meine Augen brauchten einige Sekunden, bis sie sich an das schwächere Licht gewöhnt hatten und Verna wahrnahmen. Sie lag auf dem Boden, auf ihrem Bett, dem Futon. Bis auf ihr weites, weißes Gesicht steckte sie unter der Decke: ein Kind, das darauf wartete, mit einem Kuß und einem Nachtgebet in den Schlaf geschickt zu werden. Ich mußte mich bei ihr niederkauern; meine beiden Kniegelenke knackten vernehmlich.

«Willst du nicht ein bißchen was ausziehen?»

«Oh, das habe ich eigentlich nicht vor», sagte ich. «Ich muß praktisch gleich wieder aufbrechen.» Wie sich meine Pupillen weiteten, bemerkte ich einen Glanz auf ihrem Gesicht, frische Tränen oder Feuchtigkeit von einem Waschlappen. Der muffige Geruch war hier am stärksten, und er war wohltuend. Vielleicht stammte er von irgendeinem Bestandteil der Füllung des Futons.

«Ich fänd's schön, wenn du dich einfach neben mich legst und mich eine Minute festhältst», sagte sie.

«Ich würde mein Hemd und meine Hose zerknittern», erwiderte ich. Die Worte kamen mit der Entschiedenheit heraus, die ich in meinen Vorlesungen für leicht zweifelhafte Fakten reserviere (z. B.: Der in Schottland geborene Pelagius...).

«Deswegen sollst du sie ja ausziehen.»

Was sie sagte, klang vernünftig. Ich gehorchte bis zur Grenze von Unterwäsche und Socken, streckte mich auf der Decke aus und legte einen Arm um ihre verhüllte, konturenlose Gestalt. Wie ich, fühlte sie sich geschwollen an. Ihr Atem, so dicht vor meinem Gesicht, hatte die Unschuld von Minze, einen Hauch von antiseptischem Mundwasser. Ich erinnerte mich, daß ich sie wie eine Katze ausspeien gehört hatte, während ich im anderen Zimmer ein Flugzeug beobachtete, das niedersank wie ein behutsam aus dem Firmament gelöster Stern. Sie starrte an die Decke, und ich sah das Weiße in ihren Augen. Nachdem wir eine Minute regungslos dagelegen hatten, fragte sie: «Wie sehr zum Kotzen findest du mich eigentlich?»

«Überhaupt nicht», log ich. «Ich finde nur, daß du ein wenig, sagen wir: überfordert bist. Ich denke, so wie die Menschen ursprünglich konstruiert worden sind, war es eine Aufgabe des ganzen Stamms, die Kinder großzuziehen, die eine junge Mutter zur Welt gebracht hatte. Es gab ein großes, allumfassendes Programm, und alle hatten daran teil. Heute gibt es keinen Stamm mehr und kein allumfassendes Programm. Es ist schwierig geworden.»

«Mag sein. Aber andere Leute richten kein solches Schlamassel an wie ich vorhin.»

«Wer soll das beurteilen?» gab ich zurück. «Was ist ein Schlamassel? Als ich wegen Esther meine erste Frau verließ, sah es wie ein Riesenschlamassel aus, aber in Wahrheit war es eine große Klärung. In Gottes Augen»–ich korrigierte mich–, «nach der Bibel kann das, was wie ein Schlamassel aussieht, genau das richtige sein, und Leute, die äußerlich perfekt und glatt und glänzend wirken, sind in Wahrheit die Verlorenen.» *Ein Schemel hoch genug und die längste Leiter zu kurz* ...

«Ich mag das», sagte sie, «wenn du von Gott sprichst.»

«Ich habe es vor Jahren aufgegeben.»

«Wegen Esther?»

«Sie war eine Folge, nicht die Ursache.»

«Bei dir klingt es ganz natürlich, wenn du von diesen verrückten Sachen redest.»

«Ich wurde in meinen Kanzeltagen auch sehr dafür bewundert. Erst die Zweifel schüren, dann lindernde Gewißheit ausgießen. Die Leute verstehen sowieso nicht, was du sagst. Sie wollen eine bestimmte Wortmusik, eine Kurve von Dur zu Moll und wieder zurück zum strahlenden Dur und dann der Segen und raus zur Tür, zum Sonntagsbraten.»

Sie schloß die Augen. Lidschatten verfinsterte rundes Weiß. «Das klingt hübsch.»

Ich wechselte das Thema. «Es tut mir leid, daß du Esther nicht magst.»

«Tut es nicht», war die barsche Antwort.

Ich wechselte nochmals. «Mir wird kalt hier draußen in meinem Unterzeug.»

«Du bist süß, Nunc. Komm unter die Decke.»

«Nein, du bist mir jetzt lange genug um meinen Schwanz geschlichen; ich sollte lieber machen, daß ich nach Hause komme.»

«Du meinst, ich schleich dir um den Schwanz?» Die Vorstellung schien sie zu beleben, ein Funken auf der Haut ihrer Erstarrung. «Vielleicht schleichst du mir um die Muschi. Zieh diese komischen Boxershorts aus und fick mich.»

«Ich habe Angst», sagte ich.

«Wovor denn, Baby?»

«Mir irgendwas zu holen. Es gibt so viele neue Möglichkeiten, seit ich jung war.»

«O Mann, das darfst du laut sagen. Glaubst du, daß AIDS uns alle vernaschen wird? Ich glaub's.»

«Tja. Wenn nicht AIDS, dann etwas anderes.»

«Wenn das dein Problem ist, dann könnte ich dir einfach einen blasen.»

Einst, in meinen turnschuhbewehrten Seminaristentagen, als Latein und Griechisch frische Quellen in der Wüste meiner Unwissenheit waren, hatte mich die Entdeckung bezaubert, daß «blasen», fern von seiner aus einer irreführenden und unbefriedigenden Analogie zu Blasinstrumenten abgeleiteten Tabubedeutung, etymologisch mit dem lateinischen *flāre* und dem griechischen Φαλλος verwandt ist. Jetzt hatten sich Vernas rundliche, nackte Arme unter ihrer Decke hervorgeschlängelt und begonnen, so ungeschickt wie fürsorglich an den verleumdeten Hosen zu nesteln, was ihre bloßgelegten Brüste über den Rippen hin- und herrollen ließ. Bei ihrer Attacke hoben sich die Flügel, notwendig zwei, der Ambivalenz zu einem köstlichen Flattern überall in meinem, plötzlich verweiblichten, Sein. Nicht entweder/oder, sondern sowohl/als auch heißt das Geheimnis im Herzen des Universums. «Wir machen einen Fehler», riskierte ich zu sagen, erschlafft an manchen Stellen, steif an anderen.

«Nunc, es ist keine große Affäre», beruhigte mich meine kindliche Verführerin. «Ich meine, für mich. Für dich natürlich schon. All die Jahre wolltest du meine Mutter vögeln. Fick jetzt mich an ihrer Stelle. Ich bin besser im Bett, ehrlich.»

«Woher willst du das wissen?»

«Die Zeit bringt's mit sich, Nunc. Das Vögeln hat echte Fortschritte gemacht. Los, komm jetzt. Laß mich heute eine gute Tat tun, sonst ist mein Selbstbild total im Arsch.»

«Aber», unterbrach ich scharf, und ihre emsigen Hände hörten auf, an meinem alten Leib herumzuzerren. «Ich möchte, daß du es auch von dir aus willst.»

Ihr Gesicht war wieder ein blinder Fleck aus leuchtendem Schatten, wie vorhin im Auto. «Klaro, tu ich doch», wisperte sie. Ich fragte mich, ob ich diese Aussage erpreßt hatte, doch angesichts der gelassenen Unvollkommenheit des Universums in so vielen anderen Punkten gelang es mir, meiner Skrupel Herr zu werden.

Was folgte, ist in meinem verzerrenden Gedächtnis weniger scharf gespeichert als die vielen ausgemalten Ehebrüche meiner Frau mit Dale. In der dunklen, vorgewärmten Höhle unter der Decke ergriff das muffige Aroma des kindlichen Pfänderspiels unter den Dachsparren, eine Woge aus der Vergangenheit, abrupt Besitz von mir – oder war es tatsächlich nur die Füllung des Futons oder mein dreiundfünfzigjähriges Fleisch im Schweiß hinausgezögerter Lust? Vernas Nacktheit war üppig und glatt. Meine verstellte Erinnerung bewahrt ein Gefühl des Sich-Blähens, eines empfindlichen, schmierigen Aufblätterns, von etwas wie einem gefalteten Brief mit Wasserzeichen, der genau in seinen sahnigen, gefütterten, gutbeleckten Umschlag paßte, auch wenn ihre Fotze (wenn ich in meinem Streben, wahr zu sprechen, die Schicklichkeit verletzen darf) sich als jugendlich stramm und störrisch trocken erwies, so als wäre ihr Gewährenlassen nur Gedankenlosigkeit und ihre Einladung eine Formalität gewesen. Im Augenblick des Eindringens erinnerte ich mich an die Empfindung jener Plastikscheide, in die ich mich ein Menschenleben zuvor, unterstützt von der *Lehrerin mit den heißen Höschen*, ergossen hatte, damit meine und Lillians vereinte Unfruchtbarkeit in ihre einsamen Komponenten zergliedert werden konnte.

Als ich fertig und meine Nichte erlöst war, lagen wir nebeneinander auf dem harten Boden des Gewissens, Partner in Blutschande, Ehebruch und Kindesmißhandlung. Wir wollten uns los sein, um den Beweis aus der Welt zu schaffen, und klammerten uns doch verstockt aneinander, ein Liebespaar, Meilen unter der Zimmerdecke, getröstet allein dadurch, daß wir nicht tiefer fallen konnten. Hier auf dem Fußboden mit Verna, nach oben starrend, erkannte ich, wieviel Majestät in der Unerschütterlichkeit liegt, mit der wir Gott unsere Liebe und Verehrung darbringen trotz all der Schläge, die er an uns austeilt – und daß die gleiche Majestät in dem Schweigen wohnt, in welches Er sich einhüllt, um uns unsere menschliche Freiheit erkunden und genießen zu lassen. Dies war *mein* Beweis für Seine Existenz, erkannte ich – die Distanz zu dieser unerreichbaren Zimmerdecke, die ein Maß unserer Erniedrigung war. So tiefer Fall ist ein Beweis für große Höhen. Süße Gewißheit überflutete mich. «Gott segne dich», war alles, was ich sagen konnte.

«Du bist ein verdammt geiler alter Bock, stellt sich raus», lautete das Kompliment, das sie zurückgab.

«Wie geht's deinem Selbstbild?»

«Besser.»

«Wirst du jetzt schlafen können?»

«Bestimmt», sagte sie. «Ich bin erschossen.»

Als ich mich vom Boden hoch und in meine Kleider kämpfte, befremdete mich ihre kindische Passivität und Tatenlosigkeit. «Solltest du nicht etwas unternehmen, damit du nicht schon wieder ein Kind kriegst? Eine Spülung machen oder ein Spermizid reinsprühen oder irgendwas?»

«Entspann dich, Nunc. Ich hatte gerade erst meine Periode, vor ein paar Tagen. Und überhaupt könnte ich jetzt ja immer eine Abtreibung machen lassen, wo du mir beigebracht hast, wie's geht.»

Ich merkte, daß sie mich mit der Möglichkeit einer Schwangerschaft aufzuziehen versuchte, und kam zu dem Schluß, daß sie das Recht dazu hatte. Ich verließ die Wohnung. Der Flur schockierte mich mit seiner eingeschalteten

Beleuchtung – als hätte diese grelle Leere, flankiert von geschlossenen Türen, uns die ganze Zeit belauscht.

Der Sex verblüfft uns damit, wie wenig Zeit er eigentlich benötigt. Die Zeiger meiner Omega waren über den Scheitel ihrer Umlaufbahn gespreizt: fünf vor eins. Ich tänzelte, um einiges erleichtert, über die schwingenden Treppenstufen der Wohnanlage hinunter und zu meinem Audi, dessen bräunliches Grau von der schwefeligen Straßenlampe über ihm gänzlich entfärbt war. Ich stieg ein und fuhr weg. Der Sumner Boulevard, obwohl zu dieser Stunde noch nicht frei von Autos oder Menschen – einsamen Jägern, die in den Hauseingängen hingen wie spindelige Giacomettis –, war von einer wogenden, leeren Pracht, von einer Weite wie ein Weizenfeld im Mittag. Die Ampeln hatten automatisch auf gelbes Blinken umgeschaltet. Ein Betrunkener winkte mir zu, als wäre ich ein Taxi, und im Autoradio spielte der universitätseigene Sender ein Stück von Scarlatti, auf Originalinstrumenten, ein zierliches Geklingel und Gezirpe. Es war die Musik, die ich mochte, am Rand des Unhörbaren. Mach zu, Scarlatti, mach! Erzähl's den Engeln! Irgendein Wagner oder Brahms, und die Wirklichkeit hätte mich vielleicht zermalmt.

Die beiden phosphoreszierenden Zeiger der Omega waren zu einem verschmolzen – fünf nach eins –, als ich die Stufen des Vorbaus meiner Villa hinaufstapfte, um Esther unter die Augen zu treten. Sie war noch auf, wie ich es vorausgesehen hatte; ihr Gesicht wirkte aufgedunsen, und ihr fragender Blick kam aus grün hervortretenden Glubschaugen. Das sonst so widerspenstige Haar war auffällig gut frisiert, als hätte sie es ausgekämmt und neu festgesteckt.

«Ich hab mir schon schreckliche Sorgen gemacht», sagte sie, und mir wurde bewußt, daß zwar meine Anwesenheit ihr kein Vergnügen bereitete, aber meine Abwesenheit Schmerz. Ich gab ihr eine wahrheitsgemäße Schilderung des Abends, wobei ich fünfunddreißig unbeschrieben bleibende Minuten in den weißen Eingeweiden und narkotisierenden Prozeduren des Krankenhauses aufgehen ließ.

«Also wird die arme kleine Paula zum Schutz vor ihrer eigenen Mutter im Krankenhaus behalten.»

«So kann man es ausdrücken.»

«Aber Verna, wie hat sie das aufgenommen? Ich wäre völlig vernichtet, jede Mutter wäre das, ob gut oder schlecht.»

«Sie hat geweint», räumte ich ein, sehr vorsichtig, denn der unerwähnte Teil des Abends lauerte unter mir wie eine mit lockerem Stroh bedeckte Tigerfalle. «Aber sie erwartet wohl, daß sie das Kind gleich morgens wieder holen kann und daß dann alles weitergeht wie vorher. Ich bin da nicht so sicher.»

Esther hörte nicht recht zu; sie sah mir ins Gesicht. «Es ist passiert, nicht wahr?»

«Was? Was soll passiert sein?»

«Was sich angebahnt hat zwischen dir und Verna, seit du sie damals im letzten Herbst zum erstenmal angerufen hast. Das hat überhaupt nicht zu dir gepaßt, Rog – den Onkel zu spielen. Du haßt deine Verwandtschaft aus Cleveland. Du konntest es nicht einmal an Lillian ertragen, daß sie dich an sie erinnerte. So hast du es zumindest mir erzählt.»

Als ob ihr Verdacht, daß ich jetzt log, mich für alle Zeit zu einem Lügner gemacht hätte. Ich parierte blindlings. «Dieser verdammte Dale Kohler war dran schuld», sagte ich. «Er kam zu mir mit seiner Leichenbittermiene und erzählte mir, daß ich mich um sie kümmern sollte. Das ist immer der Ärger mit diesen Moralaposteln, sie säen Unfrieden.»

«Schweif nicht ab, Rog, das versuchst du immer. Wir sprechen nicht von Dale, wir sprechen von Verna. Hast du sie einfach bei ihrer Wohnung abgesetzt?»

«Um die Wahrheit zu sagen», sagte ich wahrheitsgemäß und vertraute meinem Gesicht, dem dünnhäutigen Verräter, daß es mir beistehen würde, «habe ich ihr angeboten, irgendwo hier bei uns zu übernachten. Vielleicht im zweiten Stock.»

Esthers Augen wurden ein wenig schmaler, ebenso ihre

Lippen. «Im Dachgeschoß ist überhaupt nichts», sagte sie. «Nur die alten Bilder, an denen ich nicht mehr arbeite.»

«Du solltest wieder anfangen. Du warst gerade dabei, lokkerer zu werden; ich *mochte* diese großen, wütenden Abstraktionen, die du letzten Sommer gemalt hast. Verna nimmt jetzt anscheinend Malstunden. Morgen vormittag hat sie eine, das war der Grund, weshalb sie nicht mit herkommen wollte. Also habe ich sie» – ich seufzte, ehrlich erschöpft – «einfach abgesetzt.»

«Du hast sie nicht raufgebracht? Du hast sie ohne Begleitung in diesen gräßlichen Slum gehen lassen?»

«Aber Baby» – wo hatte ich das «Baby» her? –, «sie *lebt* dort, sie ist die große weiße Königin. Diese Wohnanlage ist für sie wie Wasser für den Fisch, wie die Dornenhecke für Dornröschen!» Selbst ich, aber das sagte ich nicht, hatte begonnen, mich dort heimisch zu fühlen: wie jede ökologische Nische war auch diese wohnlicher, als man auf den ersten Blick glauben mochte. Übermütig, ein Kribbeln in den geschmähten Boxershorts, stellte ich mein Glück auf die Probe: «Apropos Dachgeschoß – wir haben da oben doch eine alte Matratze, oder täusche ich mich? Das hätte ihr völlig ausgereicht; sie schläft auf einem sogenannten Futon. Das ist auch eine Matratze, aber den Kindern heute kommt es spiritueller vor.»

Esthers Augen sprühten Funken, knüpften unaussprechliche Verbindungen. «Ich möchte dieses Flittchen nicht in meinem Haus haben», sagte sie. «Ich möchte nicht, daß Richie ihrem Einfluß mehr als absolut unvermeidbar ausgesetzt wird.» Zornig drehte sie sich um und gewährte mir meinen liebsten Anblick, den verehrungswürdigen Anblick einer Frau von hinten.

Ich ging in mein Arbeitszimmer und erlöste Tillich, einen anderen Liebesnarren, aus seiner würdelosen Grätsche über der Armlehne des Sessels, direkt unter der noch eingeschalteten Leselampe. Esther und ich bewohnen getrennte Territorien im Haus, und es beschreibt unsere Entfremdung, daß die Bibliothek, trotz der unübersehbaren Unordnung, in der ich sie bei meinem hastigen Aufbruch hinterlassen hatte, nicht von ihr betreten worden war. Da eine Ewigkeit vergehen konnte, bis ich mir diesen Band wieder vornahm, überflog ich noch die letzten Seiten, die fleckig waren von resümierenden Sätzen in Kursivdruck: *«Die Rettung der europäischen Gesellschaft vor der Rückkehr in die Barbarei ist in die Hand des Sozialismus gegeben.»* Das war 1933 geschrieben worden, in dem Jahr, in dem Hitler an die Macht kam und ich gerade gelernt hatte, auf zwei Beinen zu stehen. Wie so vieles bei Tillich schien es gleichzeitig wahr und falsch zu sein. Die Barbarei war zurückgekehrt, und ein Teil von ihr hatte sich Sozialismus genannt.

Im Bett machten sich Esthers schlanke und kratzende Hände über mich her, um zu inspizieren und zu testen; doch obwohl ich ein so freudiges Verlangen nach ihr spürte wie seit Jahren nicht mehr, mißtraute ich meinem ältlichen Leib und schützte eine Schläfrigkeit vor, die unmerklich in echten Schlaf überging, angefüllt mit grauenhaften Träumen von verrenkten, aufgeschlitzten, babykleinen Körpern, ausgestreckt auf glatten Flächen unter grellem Licht.

Fünf

I

In einer gefestigten Gesellschaft verfestigen sich Traditionen. Es ist uns, Esther und mir, zur Gewohnheit geworden, in der zweiten Maiwoche eine große Cocktailparty zu geben, an jenem Scheidepunkt des Studienjahres, an dem die Seminare von der freizügigeren Pein der Abschlußprüfungen abgelöst werden. Esther bestand darauf, daß Dale eingeladen wurde. Ich bestand nicht auf Verna. Sie gehörte nicht zur akademischen Gemeinde – tatsächlich hatte sie, meinen guten Ratschlägen und hilfreichen Bemühungen zum Trotz, noch nicht einmal den High-School-Abschluß – und hätte sich in der brillanten Gesellschaft unserer Gäste als Fremdkörper gefühlt. Ihr Betragen an Thanksgiving war mir nicht als taktvoll in Erinnerung, und nun hatten wir es auch zu einem kleinen Geheimnis gebracht, das es zu bewahren galt.

Seit unserem gemeinsamen Untertauchen in Verzweiflung, nachdem wir die angeknackste kleine Paula im Krankenhaus deponiert hatten, waren unsere Kontakte oberflächlicher Natur gewesen, größtenteils beschränkt auf den wachsenden Schatten, den das Jugendamt über unsere so prekär verknüpften Leben warf. Die Behörde war am folgenden Morgen über die zweifelhafte Natur von Paulas Grünholzbruch informiert worden, und als die beflissene Kunstschülerin im Krankenhaus erschien – näher an zwei Uhr als zur versprochenen Mittagsstunde –, traf sie dort ihre «Arbeiterin» an, die mir als groß und schwarz und neunmalklug und langweilig beschrieben worden war und es alles andere als amüsant fand, auf ihr Mittagessen verzichten zu müssen, während Verna sich das ihre in aller Ruhe hatte schmecken lassen. In ihrer Panik angesichts des verwehrten Zugangs zu ihrer Tochter berief sich Verna auf meinen respektierten Namen, wofür ich ihr nicht zu danken wußte. Schlammige Abgründe hatten sich unter mir geöffnet, in denen sich Armut und Staatsgewalt mischten. Man schläft mit jemandem in einem Augenblick der Wahrheit, und schon beginnen sich Verpflichtungen zu türmen wie in einem Alptraum.

Esther, Gott segne sie, begleitete mich zu der Vorladung in dem großen städtischen Steinbau gegenüber dem erotischen Bäcker, und sie war es auch, die, ungewohnt energisch und engagiert, den Kompromiß vorschlug, der den beiden anwesenden Vollstreckern der Wohlfahrt annehmbar erschien – Vernas molliger, aber muskulöser Sozialarbeiterin, die ihre vergoldete und rubinbesetzte Halbbrille an einer samtigen Kordel trug, die königlich von beiden Ohren baumelte, und einem hageren, gereizten Weißen, dessen Haut so schmuddelig wirkte wie ein zwischen Kohlepapier geratenes weißes Blatt. Ein Formular 51 A sei vom Krankenhaus eingereicht worden, teilte er uns mit, und ein solches könne er nicht ablegen, ehe nicht eingeleitete Maßnahmen darauf vermerkt wären.

Esther hatte für einen Steuerberater gearbeitet, der natürlich ebenfalls, wie Sozialarbeiter und Kirchenmänner, in jenem Halbdunkel zu Hause war, in dem sich unsere unverbesserlichen wahren Regungen mit den plumpen Disziplinierungsversuchen der Gesellschaft messen. Die Behörde, die Vernas Sozialarbeiterin ganz ähnlich im Genick saß wie das Konzil von Nizäa dem barfüßigen und weinbauenden Dorfpriester *jener* unvollkommenen Jahrhunderte, hatte vorgeschlagen, daß Verna sich gemeinsam mit ihren Eltern einer psychotherapeutischen Behandlung unterziehen sollte. Esther wies darauf hin, daß Vernas Eltern mehrere

Bundesstaaten weit entfernt seien und sich überdies ihr Vater, als entschiedener Christ, von seiner Tochter losgesagt habe.

Über letzteres mußte ich kichern, obgleich von den anderen niemand auch nur schmunzelte; sie sahen kein Paradox. Unser Erlöser übrigens auch nicht: *Wer Sohn oder Tochter mehr liebt als mich, der ist mein nicht wert.*

Eine weitere, von Esther ebenfalls ins Feld geführte Peinlichkeit (vom Standpunkt des Rechtsfriedens aus) war das Fehlen jedes Beweises oder Eingeständnisses, daß tatsächlich Verna ihrem Kind die Verletzung zugefügt hatte. Paula selbst, potentielles Beweisstück A, wohnte der Verhandlung auf dem mütterlichen Schoß bei, ein Bein in einen Gipsverband gehüllt, auf den Verna mit Wasserfarben einige realistische Blumen und idealisierte Herzen gepinselt hatte. Vielleicht waren es diese Herzen, die das Herz der Sozialarbeiterin erweichten; vielleicht war es auch Esthers überzeugend vorgebrachtes Angebot, daß sich Verna freiwillig in psychotherapeutische Beratung begeben würde. Und wir beide, sie und ich, schlug sie völlig unerwartet vor, seien gerne bereit, die Vormundschaft über Paula gemeinsam mit deren Mutter auszuüben. Die Kindertagesstätte habe bereits an den meisten Tagen die De-facto-Aufsicht über Paula, und wir beide stünden zur Verfügung, um das Kind für so viele Nächte zu beherbergen, als Verna zu benötigen glaube, um ihr inneres Gleichgewicht wiederzufinden und ihr Leben in den Griff zu bekommen. Diese wohlgesetzten Worte verblüfften uns alle und legten eine Art von glitzerndem Rahmen um ein Bild, das zunächst ziemlich schäbig angemutet hatte.

Nach einigem Hin und Her wurden Esthers Versicherungen, mit Argwohn und aus Überdruß, akzeptiert und dem Formular 51 A die entsprechenden Vermerke angefügt. Es war das beste Geschäft, das das System unter den vorliegenden Umständen für sich herausschlagen konnte – bis zu Paulas nächstem Beinbruch, der den Staat veranlassen würde,

Verna per Verwaltungsakt die Vormundschaft zu entziehen und das Kind in ein Pflegeheim einzuweisen. Diese Drohung wurde von dem männlichen Sozialarbeiter ausgestoßen, dessen befleckte Züge von einer unheimlichen Beweglichkeit waren: Seine Unterlippe schlängelte sich wie ein putzwütiges Gummiorgan um jedes der mahnenden und melancholischen Worte, die er hervorkaute.

Ich beobachtete Verna und Esther, um festzustellen, ob sie an irgendeinem Punkt dieser Verhandlung Augenkontakt miteinander suchten. Die Chemie zwischen zwei Frauen, die wir gevögelt haben, fasziniert uns vielleicht deshalb, weil wir hoffen, daß sie sich zu einer heimlichen Verschwörung mit dem Ziel unserer allumfassenden und ewigen Versorgung formieren. Obwohl Esther bei ihrem energischen Gestikulieren mehrmals Anstalten machte, Verna zu berühren, wie man ein potentielles Beweisstück B berühren würde, kam es tatsächlich nie dazu: Immer schreckten Esthers Hände mit den langen Fingernägeln wenige Zentimeter über der Haut von Vernas Unterarm zurück, wo sich die feinen Härchen bereits abwehrend sträubten. Das Mädchen umklammerte sein Kind mit der benommenen Widerspenstigkeit von jemandem, der sich einen Zahn nicht ziehen lassen will, obwohl er schmerzt. Ihre kurzwimprigen, leicht schiefen Augen füllten sich von Zeit zu Zeit mit rosigen Tränen und trockneten wieder, nachdem sie einen Sturzbach auf die Wangen entlassen hatten, die Verna mit dem Rücken einer Hand so unbeholfen abzutrocknen suchte, als wollte sie sich selbst ohrfeigen. Paula auf ihrem Schoß – in der Hautfarbe um drei Grade heller als die Sozialarbeiterin, jedoch mit einer gleichgeformten, rückenlosen Nase – plapperte und gurrte, warf ernste Blicke in Nachahmung der ernsten Blicke von uns Erwachsenen und patschte freundschaftlich auf ihr eingegipstes Knie, wo der Stengel einer nicht ungeschickt wiedergegebenen blauvioletten Iris der Rundung des Gipsverbands folgte. Vernas Malstunden zahlten sich aus.

Und so kam es, daß Paula für etliche Nachmittage, Abende und Nächte unser Gast in der Malvin Lane wurde, während Verna andernorts ihrem von der Verfassung verbrieften Recht zum Streben nach Glück nachging. Meine sexuelle Eifersucht regte sich nur nach Mitternacht, in jenem Schrein einer Stunde, der kürzesten auf dem Zifferblatt, in der wir kopuliert hatten, zwei immer kleiner werdende Püppchen im Fließen der Zeit. Esther lag schnarchend neben mir, von der selbstverschriebenen Dosis synthetischer Mutterschaft betäubt und durch den Pollenflug des Mais zu einer lautstarken Mundatmerin mutiert. Und dennoch erinnerte ich mich des sich aufblätternden, schmierigen und doch stramm abgedichteten Körpers meiner Nichte mehr mit Furcht als mit Verlangen. Zwei Wochen lagen hinter mir, in denen ich mich an jedem Abend und an jedem Morgen im grellen Badezimmerlicht nach Symptomen jener neuen Stand-der-Technik-Geschlechtskrankheiten abgesucht hatte, die die sexuelle Revolution in ihrem, sozusagen, ersten Knospen niedergefroren haben. Noch hatte sich kein heimliches Bläschen oder diskretes Brennen in der Harnröhre gezeigt, aber ich fühlte mich nicht sicher, würde mich nie wieder sicher fühlen. Ich war verseucht worden, wenn nicht von Herpes oder AIDS, dann von den Organen der Sozialfürsorge: Aus den bogenfriesumkränzten Kalksteinmauern meines akademischen Reviers war ich hinabgezerrt worden in die rußigen Ziegelhöfe der menschlichen Gemeinde unheilbaren Wirrwarrs und Leids, denen ich bereits zweimal entkommen war, bei meiner Flucht aus Cleveland und bei der Flucht aus dem Pastorenamt. Nun hatte ich ein uneheliches Mischlingskind unter meinem Dach, dazu eine ehebrecherische Frau und einen Sohn mit Lernschwierigkeiten. Was du benutzt, das wird dich benützen, *per carnem*. Nur als psychologisches Phänomen habe ich die sublime Fröhlichkeit, das Lustgefühl der Befreiung registriert, mit dem ich in jener mondlosen Nebelnacht von Verna nach Hause gefahren war, durch das Weizenfeld der winkenden Skelette, während Scarlatti, so tot wie Staub, nicht aufhören wollte zu jubilieren.

Tatsächlich hat mich bereits der Gedanke beschlichen, daß ich mich in meiner Empfindung des Friedens *post coitum*, der süßen, theistischen Gewißheit unter der undeutlichen, fernen Zimmerdecke, des gelebten *Beweises* an Vernas Seite der Häresie schuldig gemacht habe, derselben Häresie, deren vor langer Zeit die Katharer und Fratizellen unter dem Donner des Bannfluchs beschuldigt worden waren: absichtsvolle Greuel zu begehen, um so den Raum zu weiten und zu vertiefen, in dem sich Gottes Vergebung in ihrer ganzen Majestät entfalten kann. *Más, más.* Aber *du sollst den Herrn, deinen Gott, nicht versuchen.*

2

Zur Party kam Closson mit seiner zerknitterten, hübschen kleinen Frau Prudence, deren helle, blaue Augen so hart und strahlend waren wie emaillierte Perlen, gebrannt in einem Leben, das der Reformkost, reinem Quellwasser, militantem Pazifismus und illusionsloser Güte geweiht war; und die Vanderluytens, die unserer Gesellschaft die fröhliche, manipulierte Rassenmixtur eines Coca-Cola-Werbespots verleihen sollten; und Ed Snea, der mit seiner Frau gerade «ein paar Dinge ausdiskutierte» und so statt ihrer eine flachshaarige, sternenäugige und vollkommen hüftenlose Kandidatin in problemorientierter Ethik an seiner Seite hatte, mit der ihn augenscheinlich eine nicht mehr nur pädagogische Beziehung verband. Rebecca Abrams brachte ihre Liebhaberin mit, eine Engländerin mit rosigen Wangen und einer ekkigen Figur, die alles über die Töpferscherben von Mochica und Nazca wußte, und Mrs. Ellicott einen mittelalten Sohn aus einer ihrer vielen tödlichen Ehen, einen großen, kahlköpfigen Menschen mit beschleunigtem Lidschlag und einem Tic, der seine Mundwinkel abwechselnd, etwa in Minutenabstand, bis an die Ohren zucken ließ. Obwohl es ihm keineswegs an Beredsamkeit gebrach, umwitterte ihn der unabweisbare, merkwürdige Eindruck, er habe sich nicht selbst angekleidet, jemand anderes habe ihm seine Knöpfe zugeknöpft. Rebeccas Begleiterin dagegen hüllte sich offensichtlich Tag für Tag in dasselbe, unverwüstliche Karokostüm, das für eine Grabungsstelle oder eine Party gleich geeignet war, seine Wolle so dick und verfilzt, daß sie einen Tweedenthusiasten wie mich neidisch machen konnte.

Auch einige meiner graduierten Studenten erschienen, doch keiner konnte auf den Gedanken kommen, daß ich eine Affäre mit Corliss Henderson unterhielt. Sie geriet sofort ins Schwerefeld der buschigen Engländerin, der sie die Frage vorwarf, ob die Töpferei in den präkolumbianischen Kulturen eine männliche (wie die patriarchalische Doktrin es wollte) oder eine weibliche (wie sie selbst entschieden glaubte) Domäne gewesen sei. Die Engländerin in ihrem kastenförmigen Rock und flachen, schlammbraunen Schuhen verkündete genüßlich, daß man sich die Inkafrau als reines Arbeitstier vorstellen müsse, unbeleckt und simpel. Die Gattin eines ranken Wirtschaftswissenschaftlers, der für seine Bereitwilligkeit zur Teilnahme an Talkshows berüchtigt war, erlaubte sich eine abweichende Meinung, die sie mit ihren Eindrücken von einer Reise nach Machu Picchu im vergangenen Winter untermauerte. Der Ehemann einer bolivianischen Lyrikerin und *persona non grata* des gegenwärtigen Regimes hatte wieder eine andere Ansicht zu diesem Thema, dem lateinamerikanischen Feminismusproblem. Habe Nordamerika, trotz seiner vielgerühmten Frauenrechtsbewegungen, jemals eine Figur wie Eva Perón hervorgebracht? Oder wie Gabriela Mistral? Und so ging's weiter. Die Party floß über von Gästen, die in diesem Bericht namenlos bleiben müssen und doch alle, durch Schönheit,

Herkunft oder Hirn, Anspruch auf Außerordentlichkeit erheben konnten, auf Zugehörigkeit zu dem, was man in einem früheren Neuengland die Erwählten genannt hätte.

Von allen Seiten, während ich die Gäste begrüßte und hereinführte und ein absurdes Glucksen von mir gab und um des Small talks willen die Namen ihrer Kinder oder Haustiere in mein Gedächtnis zurückzurufen suchte und während Esther auf klappernden Absätzen zwischen den Zimmern und der Küche hin und her eilte, wo sich die beiden krankhaft schüchternen irischen Mädchen verkrochen hatten, die zum Anbieten der Horsd'œuvres angeheuert worden waren, erscholl ein schrilles, einmütiges Jammern über unseres Präsidenten jüngsten Fehltritt, mehr als Fehltritt, über die unverhohlene Abscheulichkeit seiner Kranzniederlegung auf einem deutschen Friedhof. Die Party tat sich schmatzend, schmatzend, schmatzend an Reagans abwesendem Leib gütlich: Jeder Präsident wird von neuem der heftigen, aber niemals auf die Probe gestellten Überzeugung der universitären Kaste vorgeworfen, sie könne das Land besser verwalten als jene, die dafür gewählt sind. Und doch kam es mir so vor, als existierten wir alle im Inneren von Reagans selbstzufriedenem, gestriegeltem Kopf wie in einer riesigen Seifenblase und als könnte der Tag kommen, an dem diese Blase zerplatzte, und diejenigen von uns, die überlebten, würden auf dieses heutige Amerika zurückblicken wie auf ein Paradies.

Ich wollte Dale den Kriegmans vorstellen, und glücklicherweise trafen sie gleichzeitig ein, Dale im grauen Anzug mit dem grellen Binder und einem käsigen, abgezehrten Gesicht, die Kriegsmans, alle fünf, mit einer Ausstrahlung von Lebensfreude und Gesundheit. Myron und Sue bringen immer das Flair des Außergewöhnlichen auf eine Party: In unseren angrenzenden Gartenhöfen hatte die Forsythien- und Magnolienblüte den Dogwoods und Azaleen Platz gemacht, und die witzigen Kriegmans hatten ihre in hellem Pink leuchtenden Azaleen *en fleur* enthauptet und zu zwei Gebinden geflochten, die nun ihre Häupter bekränzten. Die drei Töchter beschränkten sich auf einzelne Blüten, die sie in ihre moderaten Punkfrisuren gesteckt hatten. Diese *jeunes filles* waren mit neunzehn, siebzehn und fünfzehn Jahren angenehm über das Spektrum verteilt und trugen Namen – Florence, Miriam und Cora –, die man sich dank der glücklichen Identität der Initialen mit denen der drei Hasen aus dem Kindermärchen, Flopsy, Mopsy und Cottontail, leicht merken konnte. Ich machte sie alle mit Dale bekannt und riet dem Jungen: «Sie müssen Myron hier von Ihren Theorien erzählen. Im Gegensatz zu mir ist er Naturwissenschaftler und kann Ihnen sicher ein intelligentes Feedback geben.»

«Welche Theorien?» fragte Myron hungrig. Sein intellektueller Appetit ist so unersättlich wie sein Geschmack an guten Weinen und an einem guten Leben; im Lauf der Jahre hat sein ständiger Konsum die Distanz zwischen Kopf und Rumpf verringert, so daß sein großes, dunkelhäutiges Gesicht unterhalb seiner Schultern zu entspringen scheint und das mehrfache Kinn den Knoten seiner Krawatte überlappt. Seine drei Töchter, jede ihre eigene Version von Lieblichkeit in pastelligen, bedruckten Polotops und weiten, schlackernden Malerhosen, taxierten Dale mit spitzen Blicken und beschlossen, sich tiefer in die Party hineinzubegeben. Er sah auch wirklich angegriffen aus, angegriffen an der Seele. Der Wurm in seinem Inneren nagte lustvoll.

«Ich bin gleich wieder bei Ihnen, junger Freund», versprach ihm Myron. «Ohne Glas in der Hand kann ich mich keinen Theorien widmen.»

Die Kriegmans marschierten durch die Diele bis in Esthers theatralisch ausgebreitete Arme, und obwohl Dales blaue Augen (deren kühle Ruhe seit unserer ersten Begegnung um einiges nachgegeben hatte) über meine Schultern schielten, um einen Blick auf seine Geliebte im Rüschenkleid der ehelichen Gattin zu erhaschen, hielt ich ihn, wie besorgt, für einen Augenblick bei mir neben der Bank zurück, die mit dem Strandgut theologischer Abhandlungen bedeckt war, das die Gezeiten eines zweifelnden Glaubens an meine Tür spülen.

«Wie geht es?» fragte ich in dem drängenden, verschwörerischen Flüsterton, in dem wir zu Kranken sprechen.

«Was meinen Sie?» Seine Augen wurden stumpf, und ohne mich umzuwenden, sah ich, wie in einem Rückspiegel, daß Esther sein Gesichtsfeld verließ.

«Ihr Projekt!» drängte ich.

«Ach, das ist schon okay. Ein paar interessante Sachen tauchen auf. Allerdings hab ich methodisch noch nicht alles hundertprozentig klargezogen. Aber vielleicht in ein, zwei Wochen, wenn der Druck von der Tagesarbeit, diesen Graphik-Animationen, etwas nachläßt.»

«Wir erwarten, daß Sie bis Anfang Juni mit etwas Substantiellem aufwarten können», erinnerte ich ihn. «Damit das Stipendium verlängert werden kann.»

Dale verlagerte seinen Blick aus der Ferne, in der Esther wiederauftauchen konnte, auf mich und versuchte, mir in die Augen zu sehen, seinem Förderer und Feind. Ich spürte, wie er sich mit einem leisen, inneren Ruck zur Ehrlichkeit entschloß. «Vielleicht sollte es nicht verlängert werden, Professor Lambert. Vielleicht ist die ganze Sache ein paar Nummern zu groß für mich.»

«Unfug», widersprach ich. «Sie haben *mich* überzeugt, und ich bin seit meinem fünfzehnten Lebensjahr ein hartgesottener Fideist! Wie haben Ihnen übrigens die jungen Kriegman-Ladies gefallen? Ein bißchen sehr jung natürlich, aber ich habe das Gefühl, daß Sie sie jung am liebsten haben?» Dies war vulgär, aber schließlich zwingt uns eine Party, die verschiedensten Masken aufzusetzen, von denen keine ganz erbaulich ist.

«Ich habe sie nicht so genau beachtet. Sie sahen aus, wie junge Mädchen heute eben aussehen», sagte Dale. Wieder das vernehmliche innere Rucken, mit dem er sich zur Aufrichtigkeit anstieß: «Ich bin übrigens nicht so scharf darauf, meine Theorien mit ihrem Vater zu diskutieren. Sie kommen mir im Augenblick selbst ein wenig fremd vor, meine Theorien...» Erstaunlich genug, waren in seinen zerzausten braunen Locken, die er vielleicht deshalb über die Stirn fallen ließ, weil so die dünnen Stellen an den Schläfen verdeckt wurden, ein paar weiße Haare erschienen, die um so mehr schockierten, als es, vorerst, wenige waren.

«Unfug», sagte ich wieder, in der Rolle des wohlmeinend-resoluten Gastgebers und Professors, den keine Wiederholung schreckt. «Kriegman ist sehr aufgeschlossen. Sie werden ihn auf Ihre Seite ziehen!»

Armer Dale. Er fühlt sich krank. Er setzt sich nieder, auf das rote Seidensofa. Der Wurm in seinem Inneren nagt ganz oben an der Magenpforte, wo die Speiseröhre mündet und Geschwüre ihren Ausgang nehmen. Der Anblick von Esther, wie sie auf klappernden Absätzen durch den lärmenden und bunten Garten ihrer Party wirbelt, überwältigt ihn mit der Empfindung eines Unrechts, das so tief an der Wurzel der Dinge sitzt, daß er es niemals mit dem *moralischen Gesetz in ihm* versöhnen kann. Meine Frau trägt zu diesem Anlaß nicht den sinnlichen und schillernden grünen Samt von Thanksgiving, sondern ein fröhliches Kleid in Pollengelb, besetzt mit flappenden weiten Rüschen an Unterarm und Rocksaum und über den Hüften schwarz gestreift, so daß sie aussieht wie eine riesige Hummel. Daß diese sprühende, überdrehte, quasi offizielle weibliche Präsenz jemals nackt auf seinem schmalen Bett in dem Zimmer voller Gerüche nach Turnschuhen und Sojasauce gelegen haben soll, daß sich diese selben Hüften hinter den schwarzen Streifen in den Verrenkungen der Liebe für ihn geöffnet haben sollen, um die rotbraune Rosette ihres Anus zu enthüllen, daß sich dieser plappernde und bemalte Mund gedehnt haben kann, um seine flammende, adernpralle Männlichkeit in sich aufzunehmen, erscheint ihm wie ein Traum, wie eine erstarrte Hieronymus-Bosch-Vision auf rissigem Holz, eine unschätzbare alte Hölle an sensorgespickten Museumswänden. Er spürt, mein armer Dale, eine sinnlos wütende Besitzgier, eine machtlose Sehnsucht, Esther zurückzuholen, sie herauszuwinden aus der festgefügten, lebendigen sozialen Matrix, in die ich sie eingebettet habe, und die paar leidenschaftlichen Stunden zu einem ganzen Leben zu verlängern, Stunden, die sie ihm leichtsinnig und aus Gründen gewährt hat, die sie allein kennt und die, wie alles unter unserem Mond, nicht unwandelbar sind. In den zwei Wochen, seit Paula eine zeitweilige Hausgenossin geworden ist, sind auch die Rendezvous der Liebenden im Dachgeschoß seltener geworden; beim letztenmal haben sie sich getrennt, ohne eine neue Verabredung zu treffen. Eine estherlose Leere umgibt ihn, und nun verraten ihre Seitenblicke nichts als Gereiztheit angesichts des seelenvollen Gaffens, mit dem er sie inmitten dieser Blütenlese unserer akademischen Gemeinschaft verfolgt, die etwas merken und daraus Schlüsse ziehen könnte.

Richie spürt, daß da noch ein Verwaister sitzt, und nimmt neben ihm Platz, hier am Glastisch. Die Asche im Kamin ist mit dem Winter vergangen und hat einer Vase mit einem großen, flockigen Strauß von Päonien Platz gemacht, die die schwarze Höhlung füllen. Ein paar Blütenblätter sind auf die Kaminplatte gefallen und an den Rändern braun verdorrt.

«Wie geht's dir, Rich?» fragt Dale mit gespielter Munterkeit. «Klappt's mit dem Stellenwertsystem?» Ihr Nachhilfeunterricht ist nach den Osterferien nicht wiederaufgenommen worden, ein weiteres Zeichen, daß die Geliebte ihre Leidenschaft herunterfährt.

«Ich hab die beiden letzten Arbeiten verhauen», gibt der Junge zu, an Tiefschläge längst so gewöhnt, daß er sich den entschuldigenden Tonfall schenkt. «Ich dachte, ich hätte's endlich gefressen, aber das war wohl nicht so. Man multipliziert etwas mit etwas anderem, aber ich wußte nicht mehr, womit. In meinem Kopf geht das alles durcheinander. Meine Mom meint, ich bin ein Dyslexiker!»

«Sag bloß.»
«Wo steckt deine Freundin?»
«Meine Freundin?»
«Du weißt doch, Verna, die jetzt manchmal ihr Baby bei uns parkt. Ich mag sie. Sie ist spaßig.»
«Was macht sie denn Spaßiges?»
«Sie triezt Daddy. Und manchmal merkst du genau, daß er's nicht einmal mitkriegt!»
«Sie war nie meine Freundin, nur ein guter Freund. Vielleicht ist sie nicht eingeladen worden, weil sie deinen Daddy zu sehr triezt?»
«Nein, das ist, weil Mom sie nicht mag.»
«Tatsächlich?» Die bloße Erwähnung von Esther macht Dales Herz weit. Liebe erigiert in jeder Zelle und läuft durch seine Haut, wie sich eine abgespeicherte Tabelle auf den Bildschirm blättert, von links nach rechts, von oben nach unten. «Warum nur? Kannst du dir das vorstellen?»
«Sie hält sie für ein Flittchen. Sie will nicht, daß ich mit ihr rede, aber ich tu's trotzdem, wenn sie herkommt und Paula bringt oder abholt. Einmal hab ich ihr meine *Playboys* und *Clubs* gezeigt, da hat sie nur gelacht. Die Mädchen dort sind gar nicht wirklich geil, hat sie gesagt. Sie tun nur so als ob. Es ist alles Ausbeutung.»
Dale grübelt über das So-tun-als-ob, über Frauen, die so tun als ob. Hatte Esther nur so getan als ob? *Ausgeschlossen*, denkt er. Aber der Gedanke läßt seinen Körper unter den Kleidern brennen vor Scham. Er möchte diesem Jungen tausend Fragen über seine Mutter stellen – wie sie nach dem Aufstehen aussieht, was sie zum Frühstück ißt –, aber er beschließt, daß das Ausbeutung wäre, und wechselt das Thema. «Wie ist das denn jetzt so, mit Paula im Haus?»
«Ziemlich ätzend», sagt mein Sohn. «Aber sie kann wohl nichts dafür. Sie hat auch diese komische Farbe, aber da kann sie sicher auch nichts dafür. Ich bring ihr Sachen bei, zum Beispiel, wie die Fernbedienung vom Video geht. Sie ist schlau, sie kommt schon damit klar.»

Dale überlegt, ob Richie, aus dem nie ein Mathematiker wird, statt dessen ein Lehrer oder Geistlicher werden könnte. Der Junge hat seine Schwachstellen, aber er scheint gutmütig zu sein. Es gibt Menschen für Menschen und Menschen für Dinge, überlegt sich Dale und kommt zu dem Schluß, daß er selbst wahrscheinlich zu den Dingmenschen gehört, von der weihnachtlichen Spielzeugeisenbahn angefangen. Dinge zu personifizieren ist vielleicht ein ebenso großer Fehler wie das Verdinglichen von Menschen. Irgendein Fehler ist ganz gewiß gemacht worden.

Esther kommt zu dem Sofa, auf dem die beiden nebeneinander sitzen. Ihre Hüftstreifen sind jähe, leuchtende Balken vor Dales Augen. Er wagt es nicht, den Blick zu ihrem Gesicht zu heben, zu dem aggressiven Polster von Oberlippe und dem schmalen Kinn mit der erschlafften Haut der mittleren Jahre. Ihre Stimme senkt sich herab, spricht mütterlich zu Richie: «Liebling, würdest du *bitte* so nett sein und den Mädchen beim Anbieten der Horsd'œuvres helfen? Die beiden verstecken sich nur in der Küche und kichern, und wenn die Schinkenröllchen mit Hühnerleber nicht heiß serviert werden, dann sind sie so fettig und bröckelig.»

Die letzteren Erklärungen scheinen an einen Erwachsenen gerichtet, und Dales Augen wandern hoffnungsvoll nach oben. Ihr Gesicht, hoch über seinem, blickt unbewegt und fragend auf ihn herunter, als wäre er ein Abstrich unter dem Mikroskop, dessen Pathologie noch nicht genau bestimmt ist. «Sie amüsieren sich nicht besonders», bemerkt sie.

«Doch, ich amüsiere mich. Es ist eine tolle Party. Es ist schön, das Haus so voller Leute zu sehen.» Womit er Augenblicke wachruft, in denen sie es ganz für sich hatten, wie Adam und Eva ihre Wildnis.

Ihr Mund zieht sich zu einem Ring zusammen, einer vorspringenden Knospe aus Fleisch. «Mir ist es mit einer ausgewählteren Gesellschaft lieber», sagt sie, noch immer im Konversationston, aber so leise, daß nur er sie hören kann.

Sie liebt ihn immer noch, sie braucht ihn! Der Schwall

erneuerter Gewißheit drängt ihn, aufzustehen, aber das ist ein Fehler. Seine ungeschlachte Größe irritiert sie, seine knochige, überflüssige Länge macht sie als Paar zu sichtbar. «Richie hat mir erzählt, daß er es wieder nicht schafft», sagt Dale. «Vielleicht könnte er noch etwas Nachhilfe gebrauchen. Ich könnte jedenfalls... das Geld gebrauchen.»

Esther scheint nicht bei der Sache. Sie sichert nach beiden Seiten, wer in Hörweite steht. Sie zieht an ihrer Zigarette. «Das Schuljahr ist doch bald zu Ende», sagt sie zu Dale. «Ich frage mich, ob es noch lohnt. Roger und ich wissen wirklich nicht, was wir mit Richie machen sollen; vielleicht ist Pilgrim einfach zu akademisch für ihn. So viele begabte jüdische Kinder, und jetzt diese furchterregend motivierten Asiaten.» Unwillig stößt sie den Zigarettenrauch aus, drückt den Stummel in unseren silbernen Aschenbecher, blickt fahrig in das silberne Etui, findet es, bis auf ein paar Krümel, leer vor und läßt den Deckel klackend zufallen.

«Sie haben zu entscheiden», sagt Dale. Sein Gefühl der Unfähigkeit scheint ihm inmitten meiner Party anzuhängen wie ein Schandkleid, wie die kotbeschmierten Fetzen eines Bettlers. Wenn er nur nackt wäre, zusammen mit Esther! Sie könnte nicht anders als vor ihm niedersinken in Verehrung seines prachtvollen, steifen Schwanzes. Er würde sie mit ihm necken, er würde sie quälen. Wenn sie sich für ihn öffnete, auf der fleckigen Matratze unter dem Dach, um genommen zu werden zwischen ihren gespreizten Schenkeln, so würde er statt dessen zu ihrem zierlichen Gesicht hochwaten und mit seinem Schwanz über ihre Lippen wischen, ihn sich abküssen lassen von den Eiern bis zur Spitze, und ihre angespannten, abgelenkten Gesichtszüge wären bezwungen und voll Dankbarkeit in ihrer traumähnlichen Auflösung in Lust. «Sie haben meine Telefonnummer», sagt er zu ihr. Ihm dämmert, durch das Phantasiebild ihres Liebesspiels hindurch, daß es womöglich das Gefühl der Macht, der Genuß der Machtausübung sein könnte, der Frauen zu solchen Großtaten der Liebe beflügelt, und daß der erbrachte

Machtbeweis ihr Interesse verringern muß. Und auch, daß die Rolle der Gastgeberin bei einer Party wie dieser, in einem so wohlsituierten und achtbaren Haushalt, eine andere Art von Macht beweist und ein ähnliches, angenehmes Prickeln hervorruft.

«Ja, gewiß», antwortet Esther kurz und dreht sich um und stößt mit Myron Kriegman zusammen, der auf sie herunterblickt, ein Weinglas in der Hand, den Blütenkranz auf dem Haupt.

«Huups. 'tschuldige, Esther.»

«Myron, ihr seht alle einfach göttlich aus!»

«War Sues Idee. Ich komme mir wie ein Narr vor.»

«Ich *muß* in der Küche nach dem Rechten sehen. Gräßliche Dinge gehen vor!»

«Geh nur, Sweetheart. Okay, zu Ihnen, junger Freund. Nun lassen Sie mal Ihre Theorien auf mich los.»

Für Dale sind diese Theorien im Augenblick so hassenswert unwichtig und verworren wie der Sinn der vielen Worte, die in der fröhlichen Kakophonie all dieser Räume meines Hauses gewechselt werden, darunter wie ein Vogelzwitschern immer wieder die zwei Silben «Bitburg». Esthers Nähe und die Vieldeutigkeit ihres Gesprächs haben ihn gefoltert. Das wiedererweckte Bild der Frau und Geliebten, der Duft des strotzenden, wilden Tiers, das ihn am Ende der Treppen, am Ende all dieser lärmigen, verlogenen, versperrten sozialen Korridore sprungbereit erwartet, hat ihn betäubt. Sein Geist schmerzt wie ein überanstrengter Körper. Dennoch bringt er so höflich, wie auf der anderen Seite des Globus Priester im Lärm der überlaufenen heiligen Stätten ihre Kerzen verkaufen, die kosmischen Argumente vor: die endlosen Unwahrscheinlichkeiten, die dagegen sprechen, daß sich der Urknall so nach Wunsch entwickeln konnte; die Probleme des Lichthorizonts, der Homogenität, des Gleichgewichts; die ungeheuerliche Präzision, mit der die Konstanten der schwachen und der starken Wechselwirkung abgestimmt sein mußten, ganz zu schweigen von der Kopplungskonstanten der Gravitation und der Neutronenmasse, die alle nur um wenige Zehntausendstel von ihren Werten abzuweichen brauchten, und das Universum wäre zu explosiv gewesen oder zu diffus, zu kurzlebig oder zu gleichförmig, um Galaxien hervorzubringen, Sterne, Planeten, Leben und den Menschen.

Kriegman hört sich das alles unter Ausbrüchen von raschem Nicken an, das seine Kinnfalten auf den Knoten der Krawatte klatschen und die Azaleen zittern läßt, die er noch immer um den Kopf trägt. Als könnte er mit ihrer Hilfe besser folgen, hat er sich eine große, eckige, horngefaßte Brille mit trifokalen Gläsern aufgesetzt. Hinter ihren Linsen, zwischen seinen Schlucken aus dem nachgiebigen Plastikbecher mit Weißwein (Almaden Mountain Rhine, $ 8,87 die Dreiliterflasche in der Boulevard-Quelle), hüpfen seine Augen und verändern ihre Größe, wenn sie über die verschiedenen Stärkenzonen wechseln. «Schön», sagt er schließlich, lächelnd wie einer, der selbst während des Gesprächs Erinnerungen nachhängt, die eine Hintergrundmusik in ihm erweckt. «Aber niemand wird leugnen, daß der Urknall ein paar Mucken hat, die wir noch nicht verstehen, die wir vielleicht auch nie verstehen werden. Zum Beispiel habe ich erst vor ein paar Tagen gelesen, daß man selbst in den ältesten Sternenhaufen Spuren von schweren Elementen nachgewiesen hat, was sehr seltsam ist, weil es keine ältere Sterngeneration gibt, die sie ausgebrütet haben könnte, und wie Sie wissen, bringt die Teilchenmechanik des Urknalls nur Wasserstoff und Helium hervor, stimmt's?»

Dale fragt sich, ob sein Gegenüber ein bestätigendes «Stimmt» von ihm erwartet. Ihm schwant, daß er nicht viel zu sagen haben wird.

«Macht nichts, Mucken gibt's immer und überall», beruhigt ihn Kriegman mit väterlicher Schroffheit. «Bei diesem kosmischen Knallfrosch und all den feldtheoretischen Verrenkungen über die allerersten paar Sekundenbruchteile danach reden wir unweigerlich von Dingen, die praktisch nicht nachvollziehbar sind und lachhaft weit zurückliegen. Die Astrophysiker sind die meiste Zeit wie Kinder, die im Keller pfeifen, um sich Mut zu machen.»

«Stimmt!» sagt Dale. «Genau das will ich sagen!»

«Schön. Aber deswegen brauchen wir unsere grauen Zellen noch lange nicht an der Garderobe abzugeben. Ich habe eine kleine Hausaufgabe für Sie. Wollen Sie eine Hausaufgabe von mir kriegen?»

Dale nickt. Er fühlt sich schwach, so dankbar schwach wie ein Kind, dem erklärt wird, daß es krank sei und im Bett bleiben müsse.

«Schlagen Sie in *Sky and Telescope* nach, in irgendeinem Heft vom letzten Sommer, glaube ich, da war ein geradezu unverschämt witziges Stück in unserem Zusammenhang, aus irgendeinem Buch nachgedruckt, in dem ein Haufen Rädertierchen – Sie wissen, was Rädertierchen sind, nicht wahr? Mikroskopisch kleine, im Wasser lebende Witzbolde mit einem runden Wimperorgan am Vorderende, das Nahrung heranstrudelt und dabei eben so aussieht, als würden sich ihre Köpfe drehen wie kleine Räder, natürlich tun sie's nicht, genauso, wie Eulen ihre Köpfe nicht um 360 Grad drehen können, es sieht eben nur so aus – aber egal, ein Haufen Rädertierchen also wird uns bei einem wissenschaftlichen Streitgespräch gezeigt, bei dem's darum geht, warum ihre kleine Pfütze so beschaffen ist, wie sie beschaffen ist – Temperatur, pH-Wert, Schlamm am Boden, um methanerzeugende Bakterien zu beherbergen, es war unverschämt gut gemacht, wie gesagt –, und aus der Tatsache, daß kleine Abweichungen bei all diesen Dingen – wenn zum Beispiel der Siedepunkt des Wassers etwas niedriger oder der Schmelzpunkt von Eis etwas höher läge – ihnen den Garaus machen würden, schloß diese Pfützenakademie der Wissenschaften, so nannten sie sich, glaube ich, aber das können Sie ja nachprüfen, wenn Sie den Artikel lesen, daraus schloß sie also, daß offenbar die Vorsehung ihre Hand im Spiel hatte und das Universum augenscheinlich existierte, um genau diese

Pfütze und *sie selbst* hervorzubringen! Das ist mehr oder minder das gleiche, was Sie mir zu erklären versuchen, junger Freund, nur daß Sie kein Rädertierchen sind!»

Kriegmans beständiges und wohlgefälliges Lächeln bricht in ein hörbares Glucksen aus. An seinen Lippen ist auffällig, daß sie genau die gleiche dunkelbraune Farbe haben wie sein Gesicht: zwei Muskeln auf einem sepiagetönten anatomischen Stich. Als er sein Plastikglas an diese exemplarischen Lippen führt, ermannt sich Dale zu einem: «Mir scheint, Sir –»

«Scheiß auf das ‹Sir›, mein Freund. Myron heiß ich – nicht Ron, wohlbemerkt! *My*ron!»

«Mir scheint, daß ich schon noch etwas mehr erklären möchte als das. Die Pfützenanalogie ist so, als würde man das anthropische Prinzip für die Erde im Gegensatz zu anderen Planeten geltend machen, und daß dort kein Leben möglich ist, wissen wir inzwischen, falls wir es je bezweifelt haben sollten. In diesem Sinne, ja: wir sind hier, weil wir hier sind. Aber im Fall des Universums, von dem wir nur eines haben, warum sollte da zum Beispiel die Expansionskraft mit der Gravitationskraft in diesem ausgeklügelten Gleichgewicht stehen?»

«Woher wollen Sie wissen, daß es nur ein Universum gibt? Es könnte zig Millionen geben. Wir haben keinen logischen Grund, anzunehmen, daß das Universum, das wir beobachten können, das einzige ist.»

«Ich weiß, daß es keinen *lo*gischen Grund gibt –»

«Und? Wollen wir logisch miteinander reden oder nicht? Kommen Sie mir bloß nicht mit Intuition und Subjektivität, mein Lieber, ich bin schon selbst pragmatisch genug in manchen Dingen. Wenn es einem durch die Nacht hilft, zu glauben, der Mond besteht aus grünem Käse –»

«Das glaube ich nicht.»

«Tatsächlich? Schön für Sie. Ich glaub's auch nicht. Die Steine, die man zurückgebracht hat, haben nicht nach grünem Käse geschmeckt. Aber meine Tochter Florence glaubt das zum Beispiel. Irgendein ständig bedröhnter Punk mit purpurroten Haaren erzählt ihr das, wenn sie genauso abgehoben hat wie er. Sie glaubt auch, daß sie eine tibetanische Buddhistin sei, außer am Wochenende. Ihre Schwester Miriam redet davon, daß sie sich einer Sufi-Kommune drüben im Staat New York anschließen will. Ich laß das alles gar nicht an mich rankommen, es ist ihr Leben. Aber Sie, mein Freundchen, wenn ich Ihnen auf den Zahn fühle, dann habe ich den Eindruck, Sie wollen mich für dumm verkaufen.»

«Ich –»

«Auf die Kosmologie können Sie wirklich pfeifen. Ich will Ihnen sagen, wo zur Zeit die wirklich interessante Arbeit gemacht wird: bei der Erklärung, wie Dinge plötzlich, *plops!*, aus dem Nichts entstehen können. Das Bild vervollständigt sich, von allen möglichen Ecken her, so klar und deutlich wie diese Hand vor Ihren Augen!» Er legt den Kopf zurück, um Dale zu fixieren; seine Augen scheinen sich in den Dreistufengläsern zu vervielfachen. «Wie Sie wissen», sagt er, «haben wir innerhalb der Planck-Region und der Planck-Phase diesen Schaum aus Raum und Zeit, in dem Quantenfluktuationen zwischen Materie und Nichtmaterie praktisch keinen Unterschied mehr machen, mathematisch gesprochen. Wir haben ein Higgs-Feld, das in einer Quantenfluktuation durch die Energiebarriere in einen falschen Vakuumzustand tunnelt, und schon gibt's diese Blase aus gebrochener Symmetrie, die sich durch negativen Druck exponentiell ausdehnt, und wo vorher fast nichts war, können in ein paar Mikrosekunden Masse und Rauminhalt unseres gegenwärtigen Universums entstanden sein. Wollen Sie denn nicht was trinken? Sie sehen ja ganz verdorrt aus, wie Sie dastehen.»

Kriegman greift einen Plastikbecher mit Weißwein von dem Tablett, das eins der irischen Mädchen unwillig vorbeiträgt, aber Dale schüttelt verneinend den Kopf. Sein Magen ist gereizt, schon diesen ganzen Frühling hindurch. Pastrami und Milch vertragen sich nicht.

Mein geschätzter Freund und Nachbar Myron Kriegman nimmt einen herzhaften Schluck, leckt sich die lächelnden Lippen und fährt mit seiner krächzenden, sich überstürzenden Stimme fort: «So weit, so gut – aber nun sagen Sie, man muß mit *irgend* etwas anfangen, ehe man ein Higgs-Feld hat; wie kommt man von ab-so-lut nichts zu fast nichts? Nun, die Antwort darauf ist nichts anderes als gute alte simple Geometrie. Sie sind ein Mathematiker, das wird Ihnen schmekken. Was wissen wir über die einfachsten Bausteine der Materie, die man bis jetzt gefunden hat, über die Quarks? Wir wissen – na los, mein Freund, *nachdenken*!»

Dale gehorcht. Der Partylärm hat zugenommen, ein Winkel hoch in seinem Magen schmerzt, Esther lacht am anderen Ende des Wohnzimmers, unter dem gedrechselten Kopfteil der Bogentür, in eine Wolke aus Rauch gehüllt, das kleine Gesicht übermütig in den Nacken geworfen. «Sie haben Farben und Flavors», sagt er, «und tragen positive und negative elektrische Ladungen in Stufen von einem drittel –»

«Getroffen!» stößt Kriegman zu: «Sie tauchen unweigerlich im Dreierpack auf, und sie lassen sich nicht auseinanderdröseln. Aber an was erinnert uns das? Denken Sie noch mal nach! Drei Dinge, untrennbar.»

Vater, Sohn und Heiliger Geist driftet durch Dales inneres Gesichtsfeld, schafft es aber nicht zu seinen Lippen. Auch nicht Es, Ich und Überich. Auch nicht Kriegmans drei Töchter.

«Die drei Dimensionen des Raums!» verkündet Kriegman. «Auch sie lassen sich nicht auseinanderdröseln, nicht im wirklichen Leben! Gut, jetzt fragen wir uns, was ist so heiß an drei Dimensionen? Warum leben wir nicht in zwei Dimensionen, oder vier, oder vierundzwanzig?»

Merkwürdig, daß dieser Mann ausgerechnet auf die fast magischen, fast erleuchtenden Zahlen kommt, die Dale so gewissenhaft mit rotem Filzstift eingeringelt hatte; er weiß jetzt, daß es Illusionen waren, Schaumbläschen im Nichts, wie sie Kriegman hier besingt.

«Sie denken nicht mit. Der Grund», kommt fröhlich die

Antwort, «ist einfach der, daß man nicht mehr und nicht weniger als drei Dimensionen braucht, um einen *Knoten* zu knüpfen, einen Knoten, der sich festzieht und nicht von selbst aufgeht, und das ist es, was die allerelementarsten Teilchen letztlich sind: Knoten in der Raumzeit. Man kann keinen Knoten in zwei Dimensionen machen, weil es kein Drüber oder Drunter gibt, und – jetzt kommt das Interessante, versuchen Sie, sich's vorzustellen – man kann in vier Dimensionen ein Knäuel machen, aber das ist kein Knoten, es hält nicht, es löst sich einfach wieder auf, es ist nicht be-*stän*-dig! Hoppla, wollen Sie jetzt fragen, ich seh's in Ihrem Gesicht, was soll denn plötzlich diese Idee, Beständigkeit? Damit etwas beständig sein kann, brauchen wir Zeit, stimmt's? Und damit haben wir den Schlüssel in der Hand: Ohne Zeit hätten wir gar nichts, und wenn die Zeit zwei- statt eindimensional wäre, dann hätten wir auch nichts, weil man in ihr die Richtung ändern könnte und es keine Kausalität gäbe. Und ohne Kausalität kein Universum, es würde sich selbst immer wieder abschaffen. Ich weiß, dieses Zeug muß für Sie das kleine Einmaleins sein, ich sehe schon, wie Sie dauernd über meine Schulter –»

«Neinnein, ich –»

«Wenn Sie sich's mit dem Wein anders überlegt haben, dann sollten Sie nicht nach Esther Ausschau halten, Sie sollten eins der Mädchen fragen.»

Dale wird rot und versucht, sich auf diese rastlose Lektion zu konzentrieren, obwohl er sich selbst wie ein Knoten in vier Dimensionen vorkommt, der sich langsam aufdröselt. «Entschuldigen Sie», sagt er, «aber wie, sagten Sie doch gleich, kommen wir von gar nichts zu fast nichts?»

Kriegman tappt sich locker mit der Hand auf seinen Kopf, um zu fühlen, ob der Blütenkranz noch an seinem Platz ist. «Okay, gut gegeben. Ich hab nur ein bißchen Geometrie nachtragen wollen, damit Sie die Notwendigkeit sehen, die hinter der Raumzeit steckt, und mir nicht mit Teleologie kommen. Eine geringere Zahl von räumlichen Dimensionen, das ergibt sich ganz zwanglos, würde nicht genügend Kombinationsmöglichkeiten schaffen, um Moleküle von einiger Komplexität entstehen zu lassen, ganz zu schweigen von Gehirnzellen. Bei mehr als den vier Dimensionen, die wir mit der Raumzeit haben, steigt die Komplexität zwar an, aber nicht nennenswert. Vier ist genauso viel wie nötig, vier paßt. Okay?»

Dale nickt, denkt an Esther und mich, an sich und Verna. Kombinationsmöglichkeiten.

«Also», sagt Kriegman. «Stellen Sie sich ein Nichts vor, ein totales Vakuum. Aber halt! Da ist *doch* etwas drin! Punkte, po-ten-tielle Geometrie! Eine Art Staub von ungeordneten Punkten. Oder, wenn Ihnen das zu wischiwaschi klingt, versuchen Sie's mit: ‹Eine Borel-Menge von Punkten, die noch nicht zu einer Vielheit von definierter Dimensionalität geordnet ist.› Stellen Sie sich vor, daß dieser Staub herumwirbelt; weil es noch keine Dimensionen gibt, kein Nah und Fern, ‹wirbelt› er nicht so, wie Sie und ich uns das vorstellen können, aber trotzdem, einige finden zu geraden Linien zusammen und verschwinden wieder, weil nichts da ist, was die Struktur erhalten könnte. Das gleiche, wenn sie durch Zufall – all das ist Zufall, blinder Zufall, muß es sein, bei *Gott*!» – Kriegman schrumpft zusammen, duckt sich nach vorn, seine Kinnfalten verschmelzen noch eindringlicher mit seiner Brust; er zuckt, als würden ihm strafende Kopfnüsse von oben verpaßt –, «wenn sie durch Zufall zu zwei Dimensionen zusammenfinden, oder zu drei oder sogar vier, wobei die vierte nicht die Zeit ist: Alles verschwindet wieder, nur ein Zwischenfall im wirbelnden Staub der Punkte, nichts davon hat wirklich existiert, bis – schon das Wort ‹bis› ist irreführend, weil es Dauer voraussetzt, die auch noch nicht existiert –, bis es klappt! Zack! Das große Los! Raumzeit. Drei räumliche Dimensionen plus die Zeit. Es verknotet sich, es friert aus. Der Same des Universums ist ins Sein geschlüpft, aus dem Nichts. Aus dem Nichts und nackter Geometrie, aus Gesetzen, die nicht anders sein können, die Moses nicht auf die Tafeln geschrieben zu werden brauchten, das war überflüssig. Und sobald wir diesen Samen haben, dieses winzig kleine Senfkorn – rra-*wummm*! –, ist der Große Knall gleich um die Ecke!»

«Aber...» Nicht so sehr das, was dieser Mann sagt, macht Dale sprachlos, sondern seine Glut, das Leuchten der Überzeugung hinter diesen kleinen, dreifach gestreiften Brillengläsern, die gleichmäßige Bräune seines Gesichts und der Hautkaskade des Kinns, sein zurückweichendes, struppiges Haar und die buschigen Augenbrauen, die nach außen und oben weisen wie zwei kleine Rhinozeroshörner. Dieser Mann ist lebendig, er schwimmt auf dem Kamm seines Lebens, das Dasein ist keine Last für ihn. Dale fühlt sich zermalmt von diesem strahlenden, taxierenden, freudigen und unverschämten Blick. «Aber», bringt er mühsam heraus, «‹Staub von Punkten›, ‹ausfrieren›, ‹Samen› – das sind alles Metaphern.»

«Was nicht?» entgegnet Kriegman. «Wie schon Plato sagt, Schatten an der Höhlenwand. Trotzdem dürfen wir nicht auf unseren Verstand verzichten, sonst haben wir im Handumdrehen jemanden wie Hitler am Ruder, oder wie Bonzos Bettgenossen. Sie kennen sich doch mit Computern aus. Denken Sie einmal binär. Wenn Materie auf Antimaterie stößt, dann lösen sich beide auf, in reine Energie. Aber beide haben existiert, ich meine, es gab da einen Zustand, den wir ‹Existenz› nennen. Denken Sie an eins und minus eins. Zusammen ergeben sie null, nichts, *nada*, *niente*, stimmt's? Stellen Sie sich die beiden zusammen vor, und jetzt stellen Sie sich vor, wie sie sich voneinander *trennen*, wie sie sich auseinanderschälen.» Er drückt Dale seinen Becher in die Hand und demonstriert es, die beiden haarigen, dikken Hände flach aneinandergelegt und nun nach oben und zur Seite sich öffnend: «Kapiert?» Er ballt sie zu Fäusten, rechts und links, auf der Höhe seiner Schultern. «Jetzt haben wir etwas, wir haben zweimal etwas, wo wir vorher nichts hatten.»

«Aber im Binärsystem», wendet Dale ein, während er den elastischen Becher zurückreicht, «ist der Gegensatz zu eins nicht minus eins, sondern null. Das ist das Schöne daran, rein mechanisch.»

«Okay, schon kapiert. Sie wollen wissen, was ist diese minus eins? Ich will es Ihnen verraten: es ist *eine plus eins, die sich in der Zeit rückwärts bewegt.* Das alles spielt sich im Raum-Zeit-Schaum ab, innerhalb der Planck-Phase, das dürfen Sie nicht vergessen. Der Staub der Punkte bringt die Zeit hervor, und die Zeit bringt den Staub der Punkte hervor. Elegant, hm? Es *muß* so sein. Es ist blinder Zufall plus reine Mathematik. Es wird bewiesen, tagtäglich. Astronomie, Teilchenphysik, alles kommt zusammen. Springen Sie rein, junger Freund! Baden Sie drin! Es fühlt sich großartig an. Raum-Zeit-Schaum!»

Kriegman witzelt; Dale zieht den Eiferer vor, den Verkündiger des Unglaubens. Esther ist aus dem Türbogen verschwunden. Immer neue Gäste treffen ein: Noreen Davis, das schwarze Mädchen vom Studentensekretariat, das ihm vor sieben Monaten so lächelnd die Bewerbungsformulare überreichte, und ihr kahlköpfiger Kollege; und ein Mädchen, das wie Amy Eubank aussieht, aber sie kann es unmöglich sein. Seine Fähigkeit zur Mustererkennung scheint drastisch gestört. Masochistisch fragt er Kriegman: «Und was ist mit dem Ursprung des Lebens? Die Wahrscheinlichkeiten dafür sind auch denkbar gering. Ich meine, für die Entstehung eines selbstreplizierenden Organismus mit einem unabhängigen Energiehaushalt.»

Kriegman schnaubt; er verdreht das Gesicht nach unten, als wäre er plötzlich mit Schüchternheit geschlagen; der ganze Körper unter seinem Blumenkranz, in der schmuddeligen Kordsamtjacke mit Lederflicken an den Ellenbogen und ausgeleierten Knöpfen, scheint zu zerfließen und strafft sich plötzlich wieder zu einer fast militärischen Haltung. «Das liegt nun leider direkt vor meiner Haustür, Freundchen», sagt er zu Dale. «Der andere Kram *war* ein aufgemotztes Wischiwaschi, weitab von meinem Fachgebiet, ich habe keinen blanken Schimmer, was eine Borel-Menge von Punkten ist. Aber ich weiß zufällig *ganz genau*, wie das Leben entstanden ist. Das sind ganz heiße Neuigkeiten, jedenfalls für den durchschnittlichen Laien wie Sie. Aus Erde, lautet die Antwort, genauer gesagt: aus feinen Tonen. Kristallformationen in feinem Tongestein lieferten die Schablone, das Gerüst für die organischen Komponenten und die Urformen des Lebens. Das Leben brauchte nur den Phänotyp zu übernehmen, den die kristallinen Tone schon für sich entwickelt hatten, wobei der Mechanismus der Vererbung über Kristallwachstum und Epitaxie lief und die Mutationen dadurch ins Spiel kamen, daß kristallische Muster fehlerhaft auf eine neue Tonschicht abgeschieden wurden. Ich brauche Ihnen nicht zu erklären, daß solche kristallischen Defekte die idealen, stabilen Alternativen produzieren, die wir zur Speicherung von Information benötigen. Gut, jetzt fragen Sie, wie kommt die natürliche Auslese ins Spiel, wie kommt die Evolution in Gang. Stellen Sie sich einen porösen Brokken Sandstein vor, junger Freund. Bei jedem Regen oder jeder Überschwemmung werden alle möglichen mineralischen Lösungen durch die Poren hindurchgeschwemmt. Verschiedene Sorten von sich replizierenden Kristallen sind da, jedes produziert seine eigenen, typischen Strukturdefekte. Einige ergänzen sich so perfekt, daß sie zusammenbacken und an Verstopfung leiden: das gefällt uns nicht. Andere sind so locker, daß sie einfach fortgespült werden: das gefällt uns auch nicht. Aber eine dritte Sorte hängt da in den Poren und läßt die geochemischen Lösungen, nennen wir sie mal einfach: *Nährstoffe*, durch sich hindurchsickern. *Das* gefällt uns! Diese Art von Kristallen vervielfältigt sich und wächst. Sie *wächst*! Jetzt haben wir in dieser Sandsteinpore ein kleines, klebriges Tonmineralsystem, das sich vermehrt, das den Kampf ums Dasein aufgenommen hat! Wir haben ein Urmodell des Lebens.» Kriegman nimmt einen tiefen Zug von meinem mutierten Rheinwein und leckt sich die

Lippen. Ein noch halbvolles Glas steht verlassen auf dem Walnuß-Beistelltischchen neben dem roten Sofa, und mein geschätzter Nachbar tauscht es verstohlen gegen sein geleertes.

«Aber –» sagt Dale in der Erwartung, unterbrochen zu werden.

«Aber, wollen Sie fragen, wo bleiben *wir*? Wie kommen die organischen Moleküle ins Lebensspiel? Und warum? Gut, ich will nicht zu detailliert werden, aber manche Aminosäuren, Di- und Tricarboxylsäuren, verbessern die Löslichkeit von einigen Metallionen, z. B. Aluminium. Auf diese Weise kriegen wir ein Proto-Enzym. Andere, wie die Polyphosphate, sind besonders klebrig, was in unserem Spülungs-Szenarium einen speziellen Wettbewerbsvorteil bringt. Heterozyklische Basen wie Adenin neigen dazu, sich *zwischen* den Tonschichten anzureichern. Nach ziemlich kurzer Zeit, relativ gesehen, werden wir ein RNS-ähnliches Polymer beisammenhaben, das mit seinem negativ geladenen Rückgrat Bindungen mit den Tonpartikeln eingeht, die an ihren Kanten zu positiver Ladung neigen. Und dann – hören Sie, ich *merke*, daß Ihnen dieses Zeug vor Langeweile die Schuhe auszieht. Ich sehe an Ihren Augen, daß Sie vor Sehnsucht nach irgend jemandem hinter meinem Rücken sterben, vielleicht ist es eine meiner Töchter. Miriam könnten Sie sich mal näher ansehen, falls Ihnen die Sufi-Propaganda nichts ausmacht. Ich persönlich käme mit dem alkoholfreien Aspekt nicht so recht klar. *Dann*, wollte ich sagen, sobald wir etwas RNS-Ähnliches haben, und diesmal *nicht* in der Ursuppe – keiner vom Fach war mit dieser hirnrissigen Theorie je wirklich glücklich: einfach zu – wie soll ich sagen? – suppig –, sondern in einem hübschen knusprigen Blätterteig aus Tongenen, ist es bis zur organischen Replikation nicht weit, zunächst als Subsystem, als eine Art freiwilliger Rückversicherung parallel zum Kristallwachstum, und dann an Stelle der Kristalle, in einem Gentausch, der die Tone entbehrlich macht, weil die organischen Moleküle, hauptsächlich Kohlenstoff, den Job besser erledigen können, jetzt, wo sie einmal da sind. Glauben Sie mir, junger Freund, das stopft eine Menge von theoretischen Löchern. Vom Nichts zur Materie, von toter Materie zum Leben, glatt wie auf einer Rutschbahn. Gott? Vergiß den alten Bluffer.»

Esther ist ins Wohnzimmer zurückgekehrt, ganz drüben, auf der anderen Seite, und hat ein Gespräch mit einem jungen Mann begonnen, den Dale nicht kennt, ein graduierter Student aus dem Gefolge irgendeines Professors, ein hübscher Haremknabe mit zerzaustem, glattem Haar, das er sich immer wieder mit den Fingern aus dem Gesicht streicht. Esthers kleiner Kopf, die leuchtende, weite Stirn mit den untergeschlagenen, ingwerroten Flügeln, hat sich amüsiert geneigt, wie damals bei Dale, an Thanksgiving im vorigen Jahr. «Und wie steht es mit dem Schritt vom Leben zum Geist?» fragt er Kriegman. Seine eigene Stimme klingt ihm fern in den Kavernen seines Kopfes.

Kriegman schnaubt. «Jetzt beleidigen Sie meine Intelligenz», sagt er. Sein Lächeln ist weggetrocknet. Langeweile hat ihm plötzlich die Schuhe ausgezogen. «‹Geist› ist nur eine Worthülse. Sie bezeichnet das, was das Gehirn tut. Und Gehirn ist überwiegend das, was sich entwickelt hat, um unsere Hände zu bedienen. Wenn an Ihren Theorien nicht mehr dran ist, als Sie mir hier geboten haben, junger Freund, dann haben Sie noch einen weiten Weg vor sich.»

«Ich weiß», sagt Dale demütig. In seiner krankhaften Christlichkeit genießt er den Geschmack der Asche in seinem Mund, das Gefühl, intellektuell ausgezählt worden zu sein.

«Haben Sie eine Freundin?»

Die plötzliche, schroffe Frage macht Dale stumm.

«Besser, Sie legen sich eine zu», rät ihm Kriegman. «Das fegt die Spinnweben aus dem Oberstübchen.»

Als sich Kriegman vor ihm umdreht, mit hochgezogenen Kordsamtschultern ins Dickicht der Party hineinpflügt, macht Dale einen instinktiven Schritt, ihm nach, um die

Verstrickung fortzusetzen, um mehr zu erfahren. Der ältere Mann schwankt angetrunken, ein Minotaurus, der seinen Hunger gestillt hat, auf dem nackenlosen Kopf noch immer den Kranz aus erschlaffenden Blüten. Dale ist allein. Er sieht alle anderen fröhlich miteinander beschäftigt, ein fortwährender Gentausch, das Lebensspiel. Selbst die jüngste Kriegman-Tochter, die fünfzehnjährige Cora mit Zahnspange und Pferdeschwanz, hält vergnügt in einem Halbkreis von Bewunderern hof – dem ernsthaft nickenden Jeremy Vanderluyten im Dreiteiler samt Uhrkette, dem höflich und abwesend lächelnden schwachköpfigen Sohn von Mrs. Ellicott und Richie Lambert, der mit einer Mischung aus Staunen und Abscheu Coras ungeübten, aber selbstbewußten Versuch weiblicher Entfaltung beobachtet. Esther ist wieder verschwunden. Alles, was Dale diesen ganzen Winter und das Frühjahr hindurch beschäftigt, was ihm sanft den Kopf gebläht hat, ist als Selbsttäuschung entlarvt. Er vermißt Verna, auch eine Verliererin. Er fragt sich, warum sie nicht da ist. Hier kommt jemand, der es wissen muß: sein Gastgeber, grauhaarig, grauäugig, undurchsichtig wie Kalkstein. Gut gelaunt verströme ich geheuchelte Besorgnis.

«Sie armer Teufel», sage ich. «Hat Kriegman Sie in die Mangel genommen?»

«Er hat eine Menge zu sagen.»

«Über alles und jedes. Nehmen Sie den alten Bluffer bloß nicht ernst. Sie sehen ja ganz geschlagen aus!»

«Ich habe mich gefragt, wo Verna steckt.»

«Wir haben angenommen, Esther und ich, daß sie sich hier nicht wohl fühlen würde.»

«Wie geht's ihr überhaupt? Wir haben seit kurzem den Kontakt verloren.»

«Es geht ihr gut. Sie kämpft gegen den Versuch des Jugendamts, ihr Paula wegzunehmen.» Ich erzählte ihm die Geschichte, wobei ich den guten Teil ausließ, unsere Unzucht. Er schien erleichtert, seine Aufmerksamkeit auf mindere als kosmische Probleme verlagern zu können.

«Sie braucht Hilfe», sagte er. «Ich sollte mich wieder mit ihr in Verbindung setzen.»

«Das sollten Sie», unterstützte ich.

Esther gesellte sich zu uns. Mich ignorierte sie. «Dale», sagte sie tadelnd, «Sie amüsieren sich *nicht.* Kommen Sie, nehmen Sie etwas Chili und unterhalten Sie sich mit mir!» Sie zupfte an seinem Anzugärmel. Auf ihrer Oberlippe standen Schweißperlen im zarten Flaum. Von meinem Blickpunkt neben und etwas über ihrem Gesicht konnte ich das erkennen und auch, wie sich ihre Augäpfel mit der fahlgrünen Iris auswärts wölbten; ich spürte, wie der arme Dale glauben mochte, daß es eine intime Botschaft war, die sich ihm hinter dieser feuchten Wölbung entgegendrängte, ein letztes, zellulares Geheimnis wie etwa, daß sie an Leukämie dahinsieche oder schwanger sei.

«Er hat sich *prächtig* amüsiert», widersprach ich. «Er hat sein Theologie-Projekt an Kriegman ausprobiert.»

«Das war grausam von dir», sagte Esther so, daß Dale es hören mußte, «den superlangweiligen Myron auf ihn zu hetzen. Er sollte lieber Myrons Töchter kennenlernen.»

«Die Häschen», sagte Dale. «Flopsy, Mopsy und Cottontail!»

Wir lachten, alle drei, in Liebe verbunden auf unsere klägliche Art.

3

Am nächsten Tag, wie zur Entschädigung, weil ich sie nicht zu unserer Party gebeten hatte, rief ich Verna an und lud sie zum Mittagessen ein. Ich wußte, daß sie Hemmungen haben würde, mich in der Falle ihrer Wohnung wiederzusehen. Eine bizarre Ethik des Sex diktiert der Frau, daß eine Ablehnung, sobald das Eis erst gebrochen ist, für den Mann zu verletzend wäre; ihre mütterlichen und beschützenden Instinkte kompromittieren von nun an ihre wahren sexuellen Wünsche. Ich ahnte, daß Verna sich der Mühe, mich zu akzeptieren oder abzulehnen, genauso ungern unterziehen würde, wie ich die Mühe auf mich nehmen wollte – die *Arbeit*, wie es in den Physik-Schulbüchern immer geheißen hatte, bezogen auf den Transport eines idealen Würfels über eine reibungslose Rampe –, ihr den Antrag zu machen. Denn wenn ich darauf verzichtete, ihr abermals zu nahe zu treten, so war auch dies verletzend. Wir waren einander zu Verpflichtungen geworden.

Ich führte sie in ein äußerst elegantes Restaurant, das sich «360» nennt, weil es, in der obersten Etage des höchsten Wolkenkratzers der Stadt gelegen, sich langsam, mit einem nur erahnbaren Rumpeln des Räderwerks, alle neunzig Minuten einmal um sich selbst dreht – wodurch einem zugleich taktvoll mitgeteilt wird, welche Spanne der Direktion für eine Mahlzeit angemessen erscheint.

In der Morgenzeitung las ich – eine ahnungslose Esther mit verkatertem Gesicht und leicht verwirrtem Blick mir gegenüber am Küchentisch, den Richie außerdem mit seinem kleinen Sony und dem Zischen, Quieken, Rummsen von dessen Zeichentrickfilm-Wiederholungen beladen hatte –, daß eine geschätzte Zahl von 300000 amerikanischen Kindern in die Herstellung von Kinderpornographie verwickelt sei. Die Zahl schien absurd hoch, wie bei einer verblüffend ähnlichen Statistik, die ich erst vor wenigen Tagen in der gleichen Zeitung gelesen hatte (einem wichtigtuerischen, liberalen Blatt, das sein stromlinienförmiges Elitedenken mit Krokodilstränen über den «Niedergang der Stadtviertel» schmackhaft zu machen versucht): der Schätzung nämlich, daß allein die Sonntagsausgabe von zweien unserer großen, metropolitanen Tageszeitungen ausreiche, um 300 *Hektar* Wald den Garaus zu machen. Können diese riesigen Zahlen stimmen, oder ist irgendein wahnsinniger Schlußredakteur in die Zahl 300 verliebt? Freilich scheinen die meisten Zahlen erheblich größer zu sein, als sie strenggenommen müßten, eingeschlossen jene siebzig Jahre, die uns der Psalmist zubilligt. Was den Genpool betrifft, so haben wir unsere Post viel früher am Tag ausgetragen, als wir wahrhaben wollen.

Verna saß wartend in der fast schon sommerlichen Sonne auf einer Bank vor dem Spielplatz der Wohnanlage. Die Bäume hatten sich innerhalb weniger Tage begrünt, und das ganze Gelände sah verändert aus, dunkler und untergliedert, jede Zone von Wällen aus Blattwerk abgesondert wie eine Armenversion der kunstvoll gestutzten Hecken-«Zimmer» in den Gärten von Versailles. Eine solche Empfindung von außen und innen muß im Kopf des Vergewaltigers der Ellicott-Tochter aufgeblitzt sein, als er ihr zwischen die Rhododendren nachschlich und sie dort erwürgte, wie man eine beschmutzte Papierserviette wegwirft. Als Verna aufstand und auf meinen Audi von zweifelhafter Farbe zukam, pfiffen ihr einige herumlungernde junge Schwarze anerkennend nach. Hohe Absätze, ein Leinenkostüm in gebrochenem Weiß, von Schildpattspangen gebändigtes, widerspenstiges Haar. Nur die hellblonden Strähnen, die herauswuchsen wie zottige Raketen, und das Übermaß der Kunststoffringe um ihre Handgelenke erinnerte an die Rebellin, die sich in überlappende Fetzen gehüllt hatte.

Herr im Himmel, ich liebte sie, völlig verblüfft darüber. Ihr störrisches, flaches Gesicht, die volle Brust unter dem Leintuch der Aufschläge und der schlichten, beigen Bluse, die breiten Hüften mit dem Schwung hinunter zu Waden und Knöcheln unter schimmerndem Nylon und den spitzen, zweifarbigen Stöckelschuhen: eine junge Frau. Mein mittägliches Stelldichein. Paula war in der Kindertagesstätte, und wir hatten vereinbart, daß Esther sie heute direkt zu uns mitnehmen würde, wo sie mehr und mehr Zeit verbrachte. Verna war, mit einem klappernden, hochhackigen Schritt, aus dem Joch der Mutterschaft herausgeschlüpft.

«Jeder Zoll eine Dame», sagte ich, als sie ihren Hintern auf den Veloursitz neben mir gleiten ließ.

«Jeder Zoll ein Lahmarsch», entgegnete sie.

Ich war ehrlich verletzt. «Warum hast du das gesagt?»

«Einfach so, Nunc. Es reimt sich irgendwie. Assonanz, oder diese andere Sache.» Sie starrte geradeaus durch die Windschutzscheibe, unseren unvermeidlichen Streit hinauszögernd. Ihre Nase, wie ich vielleicht schon erwähnt habe, wirkt nicht ganz durchgeformt, ein wenig klumpig und roh; aber im Profil ist sie gerade genug. Eine gerade Nase ist Gottes Geschenk an eine Frau; fast alles andere kann man fälschen.

Wir fuhren in die Innenstadt. Über den Fluß auf der alten Brücke aus Sandstein. Durch die alten Backsteinviertel, wo ständige Staus die Abgase wie einen Dunstschleier über die einst anmutigen Reihen der dreistöckigen Stadthäuser legen, die schon seit langem in Studentenapartments umgewandelt sind und nun skrupellos luxussaniert werden. Fenster in oberen Stockwerken spuckten Trümmer von Stukkaturen und Wandtäfelungen über hölzerne Rutschen in rostige Müllcontainer, die zum Verkehrsinfarkt beitrugen. Vielleicht stammte der Dunstschleier nicht nur aus den Auspuffrohren der stehenden Autos, sondern auch von den Bäumen am Fahrbahnrand – Platanen, Roßkastanien und Ulmen, die grüne Infusionskästen an ihren Stämmen trugen wie Herztransplantierte, die ihrem Tod entgegenstolpern. Eine furchteinflößende Orgie der Bestäubung, von fadenförmig sich verstreuenden Kätzchen bis zu freischwebenden Wolken aus fruchtbarem Flaum, ergreift im Mai von der Welt der Bäume Besitz. Wie unser trefflicher Präsident, zu Unrecht dafür kritisiert, einmal bemerkte, ist die Natur ihre eigene und schlimmste Verschmutzerin. Ein Glaube hat den anderen abgelöst: Unsere gottlosen Liberalen gehen auf die Barrikaden, wenn blasphemisch über die Natur gesprochen wird;

sie bringen Petitionen ein und stürzen Senatoren, bis noch das fauligste Schlammloch in der Christenheit als Biotop geschützt wird.

Aus diesem rötlichen, einst «guten» Viertel spurteten wir und krochen, durch Kohlenmonoxydschwaden und die Augenqual grellen Sonnenlichts auf gekrümmtem Blech, in das eigentliche Zentrum, wo die Pest des rücksichtslosen Parkens in zweiter Reihe die Straßen in einspurige Gassen verwandelt hat. Um der permanenten Verstopfung Herr zu werden, sucht die Polizei ihr Heil hoch zu Roß, auf dem Rükken absurd unpassender, archaischer, mächtiger Tiere, die auf Zehenspitzen durch den Parcours aus paralysiertem Metall stolzieren, während die Reiter, oft so schwarz wie ihre Pferde und ebenso nervös, mit majestätischer Machtlosigkeit auf das Schlamassel herunterblicken. Ragende Glasfassaden, Tausende von Quadratmetern Spiegelung und Transparenz, schweben über Geschäften, die seltsam bescheidene Waren feilbieten – heiße Krapfen, Künstlerbedarf, Glückwunschkarten, Schallplatten (hier waren die Zweite-Reihe-Parker besonders unverschämt) –, so als läge das Fundament all dieses architektonischen und wirtschaftlichen Glanzes in unserer Bereitschaft, uns zum Geburtstag mit witzigen und anzüglichen Grußkarten zu bedenken.

Verna und ich glitten in unserem Wagen eine gebogene Rampe hinab (Arbeit wieder freisetzend – aber die Rampen in den Physikbüchern kannten keine Kurven) und parkten in der Tiefgarage des Wolkenkratzers, die von einem schwachen, feuchten Geruch erfüllt war, wie ich ihn von einem Brunnenhaus nicht weit von Chagrin Falls in Erinnerung hatte, das mein Vater, Veronica, Edna und ich in den Sommerferien oft besuchten. Der Farmer verkaufte frische, braune Eier und grüne Maiskolben direkt vom Feld und lud uns, wie ein schnurrbärtiger Kellermeister, der Kennern einen seltenen Jahrgang präsentieren will, zu einem Schluck von seinem Quellwasser ein, geschöpft mit einer zerbeulten Kelle, deren ferner Duft nach klammem Blech auch hier in dieser unterirdischen Autoverwahrung zu spüren war, wo große, hohle, bunte Blechhüllen abgelegt wurden wie lästige Mäntel. Die Garage hatte viele Ebenen, die numeriert und mit Leitfarben gekennzeichnet und von Säulen gestützt waren, die sich oben pilzförmig erweiterten. In einer dumpfigen Ecke, zwischen Urinpfützen und entsorgten Einwegflaschen, öffnete sich eine unscheinbare Tür und enthüllte die vinylverkleidete Aufzugskabine, die uns sanft nach oben katapultierte. Ein körperloses Orchester zupfte sich pizzicato durch einen alten Beatles-Song. Im Erdgeschoß bremste der Aufzug zu einem Zwischenhalt, um weitere Passagiere aufzunehmen – Kameras und Führer umklammernde Touristen in Turnschuhen auf dem Weg zur Aussichtsplattform, Geschäftsleute in schon sommerlichen Anzügen in Perl- und Taubengrau auf dem Weg zu einem Spesenessen –, und schoß dann mit solcher Rasanz gen Himmel, daß sich unsere Fingerspitzen mit Blut füllten und die Knie nachzugeben drohten. Über unseren Köpfen flimmerten die Stockwerke in jenen elektronischen Ziffern vorüber, die aus bazillenartigen Stäbchen zusammengesetzt scheinen, schneller und schneller und wieder langsamer, und schon traten wir hinaus, die Touristen nach der einen Seite zur «Himmelsblick-Terrasse» mit ihren Souvenirshops und dem Endlostonband, das die Geschichte der Stadt mit der Stimme eines Trauerredners abspult, wir nach der anderen auf den stahlblauen, trittschluckenden Teppichboden des Restaurants 360 mit seinen Samtportieren und Dschungelfarnen, dem gedämpften Klirren der Bestecke und den raumhohen Fenstern mit der Aussicht auf die Wohnblöcke und Parks, die sechzig Stockwerke darunter lagen. Von oben gesehen ist unsere alte Stadt vorwiegend rot und der Anblick schockiert, ein riesiger Operationssaal, eine Fleischbank.

Als wir von einem hohlwangigen *Maître de* über wolkigen Teppichboden durch betäubend helle Räume von Höhenluft zu unserem Tisch geführt wurden, fühlte ich mich mit Verna ausgestellt wie auf einem überscharfen Foto. Blicke tasteten uns ab, einige blieben hängen. Vor Jahren wären wir für Vater und Tochter gehalten worden oder, wie es der Fall war, für Onkel und Nichte; heute registrierten die Seitenblicke ein junges Ding mit seinem ergrauten, alternden Liebhaber, was in gewissem Sinne auch der Fall war. Neben Vernas seidiger, schimmernder, schuppiger Jugend mußte ich in diesem entblößenden Licht tatsächlich wie ein versteinerter alter Menschenfischer aussehen, dem jede Schramme, die ihm Lust und Niedertracht in einem Halbjahrhundert des praktizierten Egoismus zugefügt hatten, sichtbar in die so schlaffe wie zerklüftete Fassade seines argwöhnischen, gerissenen Gesichts geschrieben war. Dennoch ließ es mich merkwürdig kalt, hier mit Verna gesehen zu werden. Niemand, der mich aus der theologischen Fakultät oder aus unserem Viertel kannte, konnte plausiblerweise den Weg in diese himmlische Touristenfalle gefunden haben. Unser akademischer Stil sind mehr die unscheinbaren Geheimtips, Restaurants mit sieben Tischen und einem rußigen Patio, eingeklemmt zwischen einen Waschsalon und einen Naturkostladen, der Küchenchef ein ehemaliger Student und die Speisekarte eine schlichte, schwarze Tafel an der Wand. Verna bewegte sich zwischen den gaffenden Tischen mit einer wohltuenden Verachtung (ihr junges Leben, so arm in vieler Hinsicht, war doch reich an Restaurantbesuchen), und wirklich wirkte sie, abgesehen von den Kunststoff-Armreifen und den unförmigen Ohrgehängen, keineswegs unpassend gekleidet. Sie machte, so merkte ich zum erstenmal, ihrer oder unserer Familie keine Schande, sondern war ein Mitglied wie alle anderen, mit dem gleichen runden, geduldigen, fast geduckten Rücken, wie ihn Edna gehabt hatte und vor ihr Veronica, nachdem die Schlampe zur Matrone geworden war. Jede neue Generation ist ein Stock, der ins Wasser der Zeit getaucht wird und nur scheinbar abknickt.

Unser Tisch lag ganz außen, im rotierenden Teil mit der Aussicht. Als wir Platz genommen hatten, spürte ich, wie der Boden uns langsam weiterzog, von einer Stahlrippe der hohen Panoramafenster zur nächsten, während unten verwinkelte Dachlandschaften und weiträumige Blickfluchten ineinander übergingen, unsere ganze Stadt bis zum dunstverhangenen Horizont ausgebreitet vor uns lag.

Sie mußte geahnt haben, zu welchen Verhandlungen ich sie hierher entführt hatte, denn sie ging sofort zum Angriff über: «Was hast du mit Dale gemacht, Nunc?» fragte sie, über ihren leeren Teller, das zitternde Wasserglas, die gefaltete Serviette und die Messer und Gabeln mit ihren mikroskopischen, glitzernden Narben gebeugt. «Er ist in einer schrecklichen Verfassung.» Ich bemerkte in diesem strahlenden Licht ein paar Sommersprossen, die auf ihrer Stirn und der Nase aufgetaucht waren. Edna, so erinnerte ich mich, brachte eine reiche Ernte von Sommersprossen mit, wenn sie in jenen eintönigen, unschätzbaren Sommern vom Tennisspielen, Schwimmen oder Nichtstun aus dem Club nach Hause kam.

«Wie das?»

«Er sagt, er hat seinen Glauben verloren. Irgendein Bursche, den er auf der Party kennengelernt hat, zu der du mich nicht eingeladen hast, hat ihm die Augen geöffnet, wie albern alles war. Außerdem glaube ich, daß sein Computerkram nicht ganz so funktioniert, wie er gedacht hat. Es ist, als hätte er auf ein Wunder gewartet, das nicht passiert ist.»

«Du hättest dich auf der Party nicht wohl gefühlt. Es ist nur eine Pflicht, der wir uns jedes Jahr unterziehen, um unsere gesellschaftlichen Schulden abzutragen. Der Computerkram, wie du das nennst, sollte einen Beweis für die Existenz Gottes erbringen. Wenn das gelungen wäre, so hätte die Welt keine andere Wahl gehabt als unterzugehen. Dieser Bastard wollte uns unsere Welt kaputtmachen. Ich kann ihm nur raten, bis zum 1. Juni etwas vorzulegen, sonst wird sein Stipendium nicht verlängert.»

«Ich glaube, er möchte es gar nicht mehr verlängert haben. So, wie er redet, möchte er wohl weg von hier und zurück nach Hause. Er sagt, manche Leute kommen mit dem

Osten nicht klar, und er glaubt, daß er dazugehört. Er glaubt, ich gehöre auch dazu.»

Unser Blick ging zur Zeit nach Osten, über den Hafen: die verwinkelten Kaimauern, die langen, granitgrauen Lagerhäuser mit ihren Gaubenfenstern und den in fahlgrün leuchtendes Kupfer eingefaßten Schieferdächern, ein paar Apartmenttürme am Hafenrand, die Ecken abgerundet wie bei Spielkarten, und zu ihren Füßen verfallende, alte Industriebauten in Backstein und Teer und eine zerschrammte Schnellstraße in den Wehen der Erweiterung. Die neuen Fahrspuren, wimmelnd von winzigen Menschen und Maschinen, bildeten einen Saum aus orangeroter, aufgerissener Erde. Wer würde glauben, egal von welcher Stadt, daß die Schicht so dünn ist, die sie über Erde und Gestein legt? Jenseits der Kaianlagen war blaugrau schraffiertes Wasser zu sehen, darin ein paar Spielzeugschiffe und einige schäbige Inseln, wie mit Pinselstrichen hingeschmierte Sandbänke, von denen die eine eine Besserungsanstalt beherbergte und eine andere eine Kunstdüngerfabrik. Die niedrige, langgestreckte blaue Wolke einer Halbinsel, in der Ferne verblassend, trug einen Leuchtturm auf ihrem Rücken. Am südlichen Rand unseres Gesichtsfelds war ein flaches Stück Flughafen zu erkennen, mit einer perspektivisch gestauchten Rollbahn und dem auf zwei weißen Stelzen ruhenden Kontrollturm, die grünen Fenster wie Smaragde. Und über allem, höher als gewohnt, das heitere *Bis hierher und nicht weiter* des Horizonts, flach wie ein Oszillogramm des Hirntods. Der Ober erschien, im Smoking, und ich bestellte mir einen Martini, Verna einen Schwarzen Russen für sich.

«Wie macht er sich sonst bei ihm bemerkbar», fragte ich, «dieser angebliche Glaubensverlust?»

«Sag nicht ‹angeblich›. Er hat wirklich eine Art Zusammenbruch gehabt.»

Dies war weibliche, im Unterschied zu mädchenhafter, Übertreibung. «Männer sind große Mitleidheischer», erläuterte ich ihr.

«Er sagt, er kann nicht mehr schlafen, weil er früher immer gebetet hat, ehe er einschlief. Er sagt, die Arbeit an diesen raffinierten Trickfilmen macht ihn ganz krank, es ist alles so idiotisches Zeug. Er sagt» – die Stimme nahm ihren rasselnden Ton an, das Timbre eines kleinen, metallischen Instruments, das nicht für die Sprache geschaffen war –, «daß manchmal, mitten in der Arbeit am Bildschirm, diese Übelkeit in ihm hochsteigt, als ob er gleich kotzen müsse.»

«Und? Kotzt er?»

«Na ja. Nicht, daß er's gesagt hat.»

«Na also. Da hast du's. Er wird überleben. Es gibt solchen Glauben und solchen, und das, was wir für unseren Glauben halten, ist tatsächlich nur ein sehr kleiner Teil dessen, was wir wirklich glauben.»

«Du siehst so zufrieden aus. Was hat dir Dale eigentlich getan?»

Ich antwortete wie aus der Pistole geschossen, aus tiefstem Herzen: «Er hat mich geärgert. Er kam in mein Büro und gab damit an, daß er Gott festnageln wolle, und er vergeudete meine Zeit. Wenn du erst einmal so alt bist wie ich, Verna, dann ist Zeit dasjenige, was zu vergeuden du dir am wenigsten leisten kannst. Und er hat nicht nur mich tyrannisiert, sondern ich glaube, er wollte auch Gott tyrannisieren. Die meisten ‹guten› Menschen sind, nach meiner beschränkten Erfahrung, Tyrannen.»

Der Martini begann seine Wirkung zu entfalten; alles ringsum kam mir ein wenig poliert vor. Der ringförmige Boden zog uns und unseren Tisch voran. Auf Vernas glatter Wange erschien das Grübchen. «Das muß der Grund sein, warum du mich magst. Ich bin nicht gut. Ich bin mies.»

«Mies nur in dem Sinn, wie es die Schwarzen verwenden.» Ich verdeutlichte: «*Miiies*. Das bedeutet, gut. Ich mag dich in diesem hübschen, konservativen Leinen», wagte ich mich weiter vor. «Du paßt perfekt hier rein.»

«Ich geb mir Mühe, das zu tun, was man von mir erwartet, Nunc», erwiderte sie. «Aber –»

«Aber Mädchen wollen Spaß haben», zitierte ich.

Ein junger Pikkolo im Dinnerjacket brachte uns die Vorspeisen, Consommé vom Rind für mich und für Verna einen Krabbencocktail auf gestoßenem Eis. Die Krabben hingen über den Rand eines Sorbetbechers wie gesichtslose, lebendige Geschöpfe, die dort hinaufgeklettert waren, um vielleicht etwas von der scharlachroten Cocktailsauce zu erhaschen. Meine Consommé war noch zu heiß; während meine Begleiterin ihr breites Gesicht über das Essen beugte, wandte ich mich wieder der Aussicht zu. Wir blickten jetzt nach Süden. Ein benachbartes Hochhaus ragte von unten in das Gesichtsfeld, ein gläsernes Gitternetz, wie ein Kreuzworträtsel ausgefüllt mit Büroangestellten in einem Alphabet von sitzenden, stehenden und gebeugten Körperhaltungen. Schräg darunter war ein Backsteinviertel mit niedrigen Häusern, vor langer Zeit mit ovalen Grünflächen, sichelförmigen Straßen und ein oder zwei weißbehelmten Kirchen liebevoll angelegt, um sein Comeback als modische Wohngegend bemüht, nach einem Jahrhundert der Verbannung. Weiter draußen verloren sich Bezirke, die zu entfernt vom Zentrum lagen, um schon derart nobilitiert zu werden, in einem rauchigen Moiré von Rosa, Grau und Grün vor den weißen Flecken großer Öltanks, daneben das Rostbraun einer hochgewölbten, stählernen Eisenbahnbrücke. Wie überdimensionale Baumstümpfe ragten die Häuserklumpen einer Trabantensiedlung aus den abgeschälten Hügeln, die auf der Karte die Stadtgrenze markieren; doch in Wahrheit ging die Stadt grenzenlos weiter, folgte der Schnellstraße und der Küste nach Süden, saugte Dörfer und Farmland in ihren Einzugsbereich und endete erst dort, wo die vorstädtischen Ausläufer der nächsten Küstenstadt begannen.

«Die ist weg vom Fenster, Nunc», reagierte Verna, sobald der letzte Tropfen Cocktailsauce mit einer kindlichen, kurzgeschnittenen Fingerspitze aus dem Mundwinkel gewischt und abgeleckt war. «Cindy Lauper.»

«So schnell?»

«Die Mädchen gehen jetzt alle wie Madonna. Schau her.» Sie streckte einen Arm aus und rasselte mit ihren Kunststoffreifen. «Das ist Madonna. Und das hier.» Sie beugte sich nach vorn und schob mit einem Zeigefinger hinter jedem Ohrläppchen die Kreuze aus falschem Gold in mein Blickfeld, die ihr von den Ohren baumelten. «Viele Mädchen sind stinksauer, weil sie sich den Kopf an einer Seite rasiert haben, als Cindy dran war», erklärte sie mir. «Und Purpurstreifen haben sie sich in die Haare gemacht und all dieses Zeug, was in Wahrheit Selbstverstümmelung ist. Wir haben in der Therapie davon gesprochen. Cindy ist ein Opfertyp, verstehst du. Hast du sie bei der Grammy-Verleihung im Fernsehen gesehen, wie sie dagesessen ist und die ganze Zeit gelächelt hat und keinen einzigen von all den Preisen abgekriegt hat, die ihr eigentlich zustanden, wo es doch in Wirklichkeit ihr Jahr gewesen war? Madonna dagegen, die ist zäh. Die weiß, was sie will, und sie kriegt's auch.»

«Und du? Weißt du, was du willst?» Ich wollte das Gespräch in eine bestimmte Richtung lenken, auch wenn es für einen energischeren Anstoß wohl noch zu früh war.

«Meine Therapeutin sagt, ich will nichts weiter wie normal sein», sagte Verna. «Drum hatte ich diese Wut auf Pupsie, ich brauchte sie nur ansehen, und schon merkte ich, daß ich's nicht bin. Ich meine, all der Scheiß mit den Schwarzen, nur um meinen Vater zu ärgern, wahrscheinlich...»

«Was ist für dich ‹normal›?» Ich erinnerte mich an etwas, das sie selbst gesagt hatte: «Deinen Arsch durch die Cocktailparties von Shaker Heights schlenkern?»

«Das könnte ein Teil davon sein. Aber nur ein Teil. Ich möchte ein Ge*rüst*, Nunc.»

Der Barthianer in mir protestierte: Welches Recht haben wir gefallenen Kreaturen, aus unserem eigenen freien Willen ins Chaos verstoßen, für unser Leben ein Gerüst zu fordern? Wer soll die Gewähr übernehmen für all diese nur menschengeschaffene Ordnung? «Erzähl mir von deiner Therapeutin», sagte ich.

«Oh, sie ist toll. Ich liebe sie.»

Ich spürte einen Stich der Eifersucht. «Ist sie jung?»

«Alt. Sogar noch älter als du. Aber ich glaub nicht, daß ich viel davon erzählen sollte.» Sie senkte den Blick, hinunter ins geleerte Cocktailglas, in den Sockel mit zerstoßenem Eis, das in einer Silberschale schmolz. Der Ober kam und räumte ihr Gedeck ab; aber ich spürte, daß sie ohnehin verstummt wäre. Ihren eigenen Assoziationen folgend, griff sie ein neues Thema auf, oder eines, das neu erscheinen sollte. «Eine andere Sache, die Dale zusetzt», berichtete sie, «wo wir gerade von Arsch und Schlenkern reden, ist die, daß er eine Affäre mit einer älteren Frau hatte, verheiratet, und ein ziemlich heißes Ticket, wenn du mich fragst.»

«Aha?» sagte ich und fühlte, wie wir vorwärts ruckten.

«Yeah, das frißt ihn echt auf, einmal, weil er weiß, daß sie's nicht tun sollten und er tut's trotzdem, und zum andern, weil er nicht Schluß machen will, aber es ist Schluß.»

«Woher weiß er denn, daß Schluß ist?»

«Die Lady wird ihm schon ein Zeichen gegeben haben. Das ist auch noch ein Grund, warum er nach Ohio zurück will, um von ihr wegzukommen. An einem Abend kürzlich bei mir haben wir zusammen ein Sechserpack leergemacht – er sieht das nicht mehr so eng, mit Alkohol und allem andern – und er fing an, davon zu erzählen, was sie so alles getrieben haben, und ich muß ehrlich sagen, das klang so, als wäre sie total auf ihn abgefahren. Ich meine, in den Arsch rein und überhaupt alles. So, als wäre sie wirklich drauf aus gewesen, ihn wahnsinnig zu machen. Sie wohnt in einem von diesen großen, teuren Häusern, erzählt Dale. Irgendwo in deinem Viertel, hatte ich den Eindruck.»

«Das ist ein ziemlich großes Viertel», bemerkte ich. «Und wenn du erst einmal so alt bist wie diese Frau, dann hast du auch ein paar gute Gründe, um ‹total abzufahren›. In *deinem* Alter dagegen», ich konkurrierte mit einer unsichtbaren Rivalin, der Therapeutin, «solltest du dir etwas besser überlegen, wie du dich… an den Mann bringst.»

«Für wie alt hältst du mich eigentlich?»

«Neunzehn?»

«Ich hab eine Neuigkeit für dich, Nunc. Ich bin vorige Woche zwanzig geworden.» So, wie sie es aussprach, sollte mich die Neuigkeit demütigen. Statt dessen spürte ich, wie uns der Boden voranzog, mit einem leisen Ruck der Erleichterung. Sie schien mit dem zusätzlichen Lebensjahr eine geringere Last geworden zu sein, für mich, für uns alle.

«Herzlichen Glückwunsch, liebe Verna.»

Der Ober brachte mir mein Seezungenfilet und Verna ihr Lammkotelett. Er schien nicht überrascht zu sein, als ich eine Flasche Champagner bestellte. Sein Haarschnitt war kurz und ordentlich und von der Art, die alle trugen, als ich jung war. Heute deutet er ausschließlich auf Homosexuelle und – eine andere Randgruppe, die als potentielles Einfallstor des Unheils mit Mißtrauen betrachtet wird – Soldaten.

Der Blick aus dem Fenster, jetzt nach Westen, zeigte, wie die Stadt in den frühen Jahrzehnten des Jahrhunderts gewachsen war, als Baugrund noch wenig kostete. Sie hatte sich ihre städtischen Schmuckstücke zugelegt, die Bibliothek und das Kunstmuseum, beide im italienischen Stil, mit Atriumhöfen und roten Ziegeldächern; die unrunde, von einem doppellippigen Rand eingefaßte grüne Schüssel unseres Oberliga-Baseballstadions, umstellt von Flutlichtmasten wie riesigen Fliegenpatschen und innen ausgeschlagen mit einer Bestuhlung in zwei Farben, Kirschrot und Heidelbeerblau; und den langen, spiegelnden See und die Marzipankugel des Doms der Christlichen Wissenschaft (als ob es ein solches Unding, christliche Wissenschaft, geben könnte!). Viele der älteren Villen und schmiedeeisern umzäunten Gärten waren in den letzten Jahren Neubauten zum Opfer gefallen – Parkhochhäusern, deren Dachgeschosse mit einem verspielten Pfeilmuster dekoriert waren, und einem kombinierten Hotel und vertikalen Einkaufsparadies, dessen unregelmäßige, geometrische Formen, von oben gesehen, an Legosteine denken ließen. Die Fluchtlinien dieses brandneuen Bauwerks zogen den Blick hinunter zu Portalen, deren leuchtendblaue Baldachine nicht größer schienen als Karteireiter in einem Registraturschrank. Aus der Tiefe drang, durch die dicken Glasscheiben hindurch, als einzige Stimme der narkotisierten Stadt der drängende Schluckauf einer Polizeisirene zu uns.

Der Champagner wurde serviert, und ich leerte ein Glas voll säuerlichem Prickeln auf Vernas Wohl. «Wie ist dein Lamm?» erkundigte ich mich.

«Okay. Ich meine, prima. Es ist wirklich ein hübsches, teures Essen. Nunc?»

«Ja, Verna?»

«Tut es dir leid, daß wir gevögelt haben, ist es das, was du mir sagen willst?»

«Um Himmels willen, nein, mein Kind, nein. Ich bin so froh darüber, es war schön. Und wie du vorausgesehen hast, hat es eine Erleichterung gebracht. Es hat mir geholfen, mich mit dem Tod abzufinden.» Der Augenblick war gekommen; sie selbst hatte mich hingeführt. «Aber wir brauchen es wohl nicht zu wiederholen, und etwas, wofür ich dir *nicht* dankbar bin –»

«Ist Paula.»

«Nein, Paula ist kein großes Problem, jedenfalls nicht, sobald sie ihren Gips los ist und nicht überall das Parkett verschrammt. Wofür ich dir nicht dankbar bin, ist die Aufmerksamkeit, die mir das Jugendamt zuteil werden läßt; ist die Tatsache, daß mein Name in diesen elenden Akten auftaucht. In meiner Position an der theologischen Fakultät –»

«Mußt du dir deine Nase sauberhalten.»

«In gewissem Sinne sauber, oder besser gesagt: nicht auf eine Weise schmutzig, für die meine Kollegen kein Verständnis aufbringen können. Wir sind durchaus in der Lage, Schmutz zu tolerieren, ‹fehlbare menschliche Natur› nennen wir es, aber er muß bestimmte, traditionelle Formen annehmen. Diese Sache mit Paulas Verletzung und so weiter ist nicht nur mies, sie ist einfach *ungehörig*.»

«Dale möchte, daß ich mit ihm nach Cleveland zurückgehe», bot sie abrupt an. «Vielleicht habe ich es schon erwähnt.»

«Nein, ich glaube nicht. Wann war das, nach den sechs Flaschen Bier?»

«Du kriegst alles in den falschen Hals, was mit ihm und mir ist. Nein, er meint nur, daß ich endlich versuchen sollte, mit Mom ins reine zu kommen. Und er sagt, wenn ich nur meinen Abschluß hätte, dann gibt's da diese tollen Abendkurse an der Case Western.»

«Geh nicht zurück, Verna», sagte ich, gegen meine sämtlichen Interessen. «Die Menschen dort sind unerträglich.»

«Meine Therapeutin meint, die Menschen dort sind die einzigen, an denen mir wirklich was liegt.»

«Na ja, damit dürfte sie auf festem freudianischem Boden stehen», seufzte ich in dankbarer Ergebung. «Möchtest du, daß ich dir die Fahrkarte kaufe?»

«Hey, sicher, wenn du das tun willst, das wär super!» Ihre Augen, die oft wie tot in ihren leicht schräggestellten Umschlägen steckten, begannen zu leuchten: Vielleicht lag es am Champagner, oder an der Helligkeit hier oben, die selbst die feinsten Kratzer im Silber aufglühen ließ. Als sie lächelte, waren ihre Zähne so klein und rund wie Perlen. «Da war noch ein Gefallen, um den ich dich bitten wollte.»

«Ja, meine Liebe?» Ich versuchte, mir darüber klarzuwerden, warum ich die Kreuze an ihren Ohren so abstoßend fand: Wegen der barbarischen Religion der Blutsühne, die sie symbolisierten, oder hatte ich atavistische, abergläubische Skrupel, weil Verna sie so frivol zur Schau stellte? Dabei baumeln Kreuze seit Jahrhunderten in der schweißigen Kluft zwischen den Brüsten der Frauen. Und wer schuf den Körper der Frau? Gott, sollten wir nicht vergessen.

«Es wäre klasse, wenn du meine Mom anrufen und mal horchen könntest, was sie davon hält, wenn ich heimkomme. Ich habe einfach nicht den Mumm.»

«Ich auch nicht.»

«Warum nicht, Nunc? Sie ist deine Schwester. Deine Halbschwester. Oh. Ich kann mir's schon denken.» Ihr Grübchenlächeln. «Du hast Angst, daß sie es irgendwie an deiner Stimme merkt.»

Meine Seezunge war etwas trocken, schwer zu schlucken. Ich würgte meinen Bissen hinunter, in gelinder Eile, und es schmerzte. «Daß sie was merkt?»

«Daß du mich gevögelt hast», sagte sie vernehmlich, nach einem Räuspern.

Etliche wohlfrisierte, gefönte Häupter an umliegenden Tischen wandten sich uns zu.

«Schrei nicht!» flehte ich.

Ihre Augen, goldfunkelnder Bernstein im hellen Licht, verengten sich vor Vergnügen an einem nur vorgestellten Bild. «Deswegen willst du mich auch loswerden, du alter Schwanz. Ich bin ein lebender Belastungszeuge. Ich könnte dich erpressen und dir ganz schön in die Parade fahren, nicht nur bei deinem Job, sondern auch bei dieser rattenscharfen kleinen Frau, die du da hast. Sie ist doch die mit den Kohlen, oder, wenn's um all die hübschen Sachen in deinem Haus geht. Du kannst dir das von deinem Professorengehalt doch gar nicht leisten. Dale hat mir erzählt, ihr Vater ist irgendwo 'ne große Nummer.»

Ich erläuterte meiner Anklägerin wahrheitsgemäß und ruhig: «Esther ist ein Teil meines Lebens. Ich habe einmal sehr viel Ärger auf mich genommen, um sie dazu zu machen, und ich bin zu alt, um noch einmal etwas umzustoßen.»

Zum Nachtisch bestellte Verna *Baba au rhum* und Irish Coffee, während ich, vom Champagner gebläht, mit einer teerigen Tasse Espresso vorlieb nahm; in meinem Arbeitszimmer in der Fakultät wartete ein ganzer Stapel von häretischen Hausarbeiten auf meine Begutachtung.

Unser Blick ging nun nach Norden. Aus der Höhe wirkte der Fluß viel breiter – mächtiger, urtümlicher – als unten aus der Autoperspektive auf einer Brücke. Die Universität, die in meinem Denken und in meinem Leben eine so überragende Rolle spielte, schrumpfte in der Gesamtschau auf diesen Teil der großen Stadt fast zur Bedeutungslosigkeit. Die kuppelüberwölbten Gebäude der naturwissenschaftlichen Fakultäten, der Würfel und die an ihren Kapellenspitzen kenntlichen verschiedenen Campusteile mit den geisteswissenschaftlichen Instituten und den Studentenwohnheimen fielen weniger ins Auge als eine Reihe von Fabriken am Flußufer, die ich vorher nie bemerkt hatte, Tausende von Quadratmetern flacher Kiesdächer mit mahnend erhobenen Schornsteinfingern. Ein anhaftender Dunst, wie in der Dämmerung auf einem Teich, lag über dem Gesicht der Stadt und verschluckte das Kalksteingrau der Gebäude der theologischen Fakultät. Ich konnte nur die schnurgerade, vom Fluß zurückweichende Schneise des Sumner Boulevard erkennen und entdeckte schließlich das sprossende Grün, die frischbelaubten Buchen und Eichen meiner Wohngegend. Ich glaubte sogar, den grünlichen Flecken des Dorothea-Ellicott-Gedächtnisparks ausmachen zu können und das Dach meines Hauses, die Fenster des zweiten Stockwerks. Dort, in diesem trüben Schaumfleck auf dem dunstigen Teich, dort war mein Leben; hier oben hatte ich für dieses Leben gekämpft, erfolgreich. Verna aus der Stadt zu schaffen gab mir Bewegungsfreiheit und den Ereignissen im dunkeln eine Frist, in der sie verrauchen konnten. Und dennoch zerrte Depression an meinem Herzen, wenn ich mir ausmalte, wie sie in diesen sumpfigen Schoß der Heimat zurückkehrte, in die Umarmung von Körpergerüchen und schaler Frömmelei, von elterlichen Flüchen und selbstzufriedenem Mittelmaß. Ihr Leben, so frech und blühend vor mir in diesem Augenblick, schien vergeudet, so oder so: ob in Cleveland bei Edna und Paul, die wieder versuchen würden, sie an das verrottete Kreuz der alten Verbote zu fesseln, oder hier bei uns und unseren gottlosen Freiheiten, die durch täglichen Gebrauch so seltsam leer werden. Ich konnte nichts tun gegen diese Mutlosigkeit, die mich beschlich, als wäre ich derjenige gewesen, der dieses Kind zum Leben verdammt hatte. «Egal, was du tust», sagte ich, wieder flehend, «du mußt deinen High-School-Abschluß fertigmachen.»

«Das sagt sie mir auch, meine Therapeutin. Aber wozu? Damit ich so werden kann wie ihr übrigen Flaschen?»

Am Rand des Gesichtsfelds, weit im Norden, verloren sich die Stadt und ihre gezackte Dachlandschaft, abgesetzt in Teerpappe und Kupfer, in eine Art Wald, in immer spärlicher mit Mauerstein gefleckte Anhöhen, die sich in bläuliche Hügel fortsetzten, Kamm um Kamm, von Grün zu Blau zu einem Grau, das so körperlos war wie Nebel. So weit, so vielgestaltig erstreckte sich diese Stadt um uns und unter uns – es war mehr, als das Bewußtsein aufnehmen konnte, es überwältigte die Augen, aber war es alles? War es genug? Es sah nicht so aus.

Im Erdgeschoß, in der großen, mit Onyximitation ausgekleideten Lobby im modischen Art-deco-Stil, versuchten wir zu schätzen, wieviel eine einfache Fahrkarte kosten würde. «Und außerdem», sagte Verna listig, «habe ich auch unterwegs noch Auslagen.»

«Warum muß ich dich immer bestechen, damit du tust, was ohnehin am besten für dich ist?»

«Weil du mich für lecker hältst, weißt du's noch?»

Für die Abtreibung hatte ich ihr dreihundert bezahlt; dies hier war sicher weniger wert. Sie sah das anders, weil es, in gewissem Sinn, um eine längere Zeitspanne ging und weil es sie direkt betraf statt irgendein kleines, ungeborenes Ding von der Größe einer Sardine. Zum Glück für alle hatte meine Bank einen Geldautomaten in der Lobby des Wolkenkratzers installiert, und dessen maximale Barauszahlung betrug dreihundert Dollar. Wir einigten uns darauf. Die Maschine akzeptierte mit einem elektrischen Hm-hm und ein paar Klickgeräuschen meine Scheckkarte, erkannte mein Kennwort (AGNUS) und zählte mit rhythmischem Rumpeln der Eingeweide die benötigten Banknoten ab. BEABSICHTIGEN SIE NOCH WEITERE TRANSAKTIONEN? Ich drückte auf den NEIN-Knopf.

«Eines Tages», ermahnte ich Verna, als ich ihr das Geld aushändigte (so druckfrische Scheine, daß sie sich rauh anfühlten, wie sehr feines Sandpapier), «wirst du ohne einen netten Onkel auskommen müssen, der dir kleine Geschenke macht.»

Sie griff nach den Banknoten, und ich merkte, daß sie in ein Lachen ausbrechen wollte, so freudig fühlten sich die frischen, sauberen, von der Maschine ausgespuckten Scheine an – ein Manna, das bisher noch keines Menschen Hand berührt hatte. Aber sie riß sich zusammen, verkniff sich eine so elementare, so unreife Reaktion. «Du siehst deprimiert aus, Nunc. Was ist denn los? Läuft denn nicht alles ganz nach Plan für dich?» neckte sie.

«Versprich mir eins», platzte ich hilflos heraus: «Daß du nicht mit Dale schläfst.»

«Mit dem Kerlchen?» Diesmal erlaubte sie sich das Lachen. Die Onyxwände warfen es zurück, ihr breites Gesicht zwischen den Kreuzen leuchtete vor Übermut. «Du hast zu viele Phantasien», sagte sie zu mir. «Du weißt, was für Typen mich anmachen. Dale ist ein Untyp. Er ist noch nicht einmal böse, wie du.» In spontaner Erbarmung drückte sie mir einen Kuß auf die Wange; er fühlte sich an wie ein Regentropfen in der Wüste.

4

Fast vier Wochen lang bin ich in meinem Haus zur Begleitmusik von Paulas Gipsverband erwacht, der über unsere Böden polterte und schrammte, während sie unerschrocken ihrer Wege krabbelte. Viele Male, wenn ich in der Bibliothek saß und meine Gedanken in die Winkelzüge und selbstverliebten Schleifen der Theologie zu zwingen versuchte, klang unser kleiner Gast wie ein Wackerstein, der die Treppe hinabgeworfen wird, und nur ihr begleitendes Geplapper ließ erkennen, daß keine Katastrophe der, sozusagen, Fall war. Nun ist der Gips im Krankenhaus abgenommen worden – an meiner Seite die beherrschte und adrette Esther statt einer verzweifelten, anrüchigen Verna und auch beim Personal der Notaufnahme kein bekanntes Gesicht –, und das unschuldige Kind läuft herum und wimmert, weil es glaubt, einen Teil seiner selbst eingebüßt zu haben.

An diesem Morgen wimmerte sie neben mir im Bett, wo Esther sie wie ironisch, an Stelle ihres eigenen Körpers, abgelegt hatte. Mit ihren kleinen, feuchten Fingern und scharfen Miniaturfingernägeln inspizierte sie mein stoppelbärtiges Gesicht, die Iris ihrer Augen tintig und schimmernd, das Weiße mit einem deutlichen Stich ins Blau. «Da-Da?» Auf der perfekt konvexen Oberfläche aus Hornhaut spiegelte sich winzig und viereckig das Fenster neben meinem Bett, darüber das Oberlicht aus Buntglas. «Da-Da jetzt munter?»

Es war Sonntag. Das Sonntagmorgenlicht hat etwas Haßerfülltes, und das Fehlen des gewohnten Verkehrslärms läßt ein anklagendes Schweigen zurück. Aus den Bäumen hört man chiffrierte Vogelschreie. Kirchenglocken rufen klagend. «Da-Da aufstehen!» kommandierte Paula.

Ein süßliches Ziehen lag über den Stirnlappen meines Gehirns. Wir waren erst spät von einer kleinen Party nach Hause gekommen, mit der Ed Snea, in seiner neuen Junggesellenbleibe, die endlich errungene Einwilligung seiner Frau zur Scheidung gefeiert hatte. Das hüftenlose Mädchen mit Rapunzelhaar, das er zu unserer Party mitgebracht hatte, war auch anwesend, eine Art inoffizielle Verlobte. Wer würde die beiden verheiraten? Ich hatte zuviel getrunken und mich auf unerquickliche Streitgespräche eingelassen, mit Ed über die Entmythologisierung und mit einem theologischen Magisterkandidaten aus Nigeria über die Wirksamkeit von Boykottmaßnahmen gegen Südafrika. Alle Protestbewegungen in Amerika, hörte ich mich noch durch den chemischen Aufruhr des Alkohols in meinem Blutkreislauf brüllen, sind nichts als Vorwände für junge weiße Bürgerskinder, um beisammenzuhocken und Hasch zu rauchen und sich ihren Eltern moralisch überlegen zu fühlen. Wo mögen sie herstammen, diese rabiaten Ansichten von mir? Ich wirke völlig überzeugt, wenn ich sie ausspeie.

Paula verströmte einen zarten, pudrigen Duft, während sie das Bett neben mir erwärmte. Ich faßte nach dem Bein, so rührend biegsam und winzig, das nun in eine (rosa) fleischfarbene Bandage gehüllt war, und drückte es leicht zwischen den Fingern, um sie an den fehlenden Gips zu erinnern. Eine ängstliche Verkrampfung lief über ihr Gesicht, der Kiefer klappte herunter, die Unterlippe streckte sich vor und enthüllte ihre violette Innenseite. Wie gewünscht, begann sie zu wimmern. Ich stieg aus dem Bett; mein grauer Pyjama war vom unruhigen Schlaf dieser Nacht vollkommen zerknittert. Es war an der Zeit, die leichten Sommerdecken zu benutzen. Ich nahm das ängstliche Kind in meine Arme und trug es in den bisher ungenutzten Raum, früher ein Dienstmädchenzimmer, in dem wir es untergebracht hatten. Ich wechselte die Windel. Paulas Haut fühlte sich köstlich an, feinkörnig und makellos, wie Seide, aber ohne deren Faserstruktur. Noch nie hatte ich ein weibliches Geschlechtsteil in einem so neuen Zustand gesehen. Es war hübsch – ein leicht gebräuntes, eingekerbtes Frühstücksbrötchen, frisch und rund aus dem Ofen. Ich zog ihr einen Latzanzug aus Kordsamt an, mit einem aufgenähten Häschengesicht an der Brust. Esther hatte die Kartons mit Richies alten Kindersachen oben im zweiten Stock wiederentdeckt, hinter ihren aufgegebenen Bildern.

Wo steckte Esther? Ihre Unsichtbarkeit machte sie allgegenwärtig, eine elektrische Ladung aus Schweigen im Haus.

Hinter der Badezimmertür rauschte die Dusche. Ich ging hinunter und benutzte die Toilette neben der Treppe. Paula setzte ich in einer Ecke ab, wo sie versiert das ganze Toilettenpapier abrollte. Richie saß in der Küche und sah Comicfilme, sein abwesendes Gesicht im flackernden Widerschein das eines Schwachsinnigen. Ich gab ihm Paula auf den Schoß und drückte ihr einen halben Krapfen in die Hand; augenblicklich war die untere Hälfte ihres Gesichts weiß gepudert und der Kordsamt mit Zucker getränkt.

Richie akzeptierte sie ohne Widerspruch auf seinem Schoß. Seit ihrem Auftauchen ist er männlicher geworden, beschützend und belehrend; er ist nicht mehr das Baby im Haus. Die zwei Gesichter wandten sich dem Bildschirm zu wie Blumen der Sonne. Drei Gesichter, wenn man das auf dem Lätzchen mitzählte.

Durch das Küchenfenster sah ich die Kriegmans beim gemeinsamen Aerobic auf ihrer Sonnenterrasse aus Redwoodholz. Myron führte das Ritual an, augenscheinlich in Unterwäsche; Sue und die Töchter trugen Gymnastiktrikots und Beinwärmer in clowneskem Grellbunt. Sie vollführten Disco-Tanzschritte und Beckenschwünge im scheckigen Halbschatten der Frühlingssonne, begleitet von einer der flotteren Fugen von Bach. So sah sie also aus, die Kultur an Körper und Geist. Und dennoch wabbelten Kriegmans Bauch und seine Pseudobrüste unübersehbar. Er sah nicht gut aus. Ich glaube, er hat eine Rückgratverkrümmung, vom ständigen Beugen über das Mikroskop. Er merkte, daß ich ihn beobachtete, und winkte hastig herüber, nicht im Rhythmus.

Was mußte Esther empfunden haben, als sie die Babysachen aus dem Dachgeschoß holte? Wann hatten sie und Dale sich dort zum letztenmal geliebt, und was sagten sie sich zum Abschied? Sie würde es auf sich genommen haben, als die ältere, vertrautere mit letzten Malen, den Augenblick zu erleichtern, ihn aus der lähmenden Schwere der Niederlage wiederaufzurichten an Seele und Leib. Ihr nackter Körper schimmert, wo Knochen von innen gegen das Fleisch pressen; ihre Zunge und ihre Hände suchen die Leichtigkeit der Berührung in dem schrecklichen, beklemmenden Druck seiner verzweifelnden Umarmung. Er will nicht loslassen. Ihr Blick fällt auf ihre nackten Füße vor der dreckigen Matratze, auf ihre Adern, die sichtbarer sind, mehr blau und mehr gelb, als sie es bei den Kriegman-Mädchen wären (oder bei Amy Eubank); und sie kann den Gedanken an ihren Körper nicht mehr verdrängen, die reiche und zerbrechliche Verkleidung, die eines Tages unter Schmerzen abgeworfen werden wird, während sie zugleich den seinen liebkost, seine ungeschlachte Knochigkeit, seine wächserne Haut, den Pelz auf Arschbacken und Schenkeln, den Rücken, der so schutzlos ist wie der Bauch eines jungen Hundes, die rührende, sehnige Kapsel, wo sich Arme und Schultern verklammern und strecken, die Aknepusteln unter seinem Kinn wie halbverheilte Wunden, den Kopf, der sich auf seinem langen Hals herunterbeugt in Unterwerfung unter ihren Urteilsspruch. Sie streicht mit der rechten Hand über die lange, gerade Streckung dieses Halses und mit ihrer linken über die wunderbare, vergängliche Härte und Streckung weiter unten, während ihr Gesicht hinter dem dünnen Tränenvorhang lächelt, irgendein unmögliches Versprechen in das Lächeln einschließt. Ich konnte es mir nicht ausmalen, nicht ganz.

Der Versuch, es mir auszumalen, deprimierte mich.

Irgendwann in den nächsten Tagen muß Edna anrufen, um alles zu bereden. Ihr Kind, ihr Enkelkind. Ich habe Verna zu ihr gesandt als eine Botschaft, auf die sie reagieren muß. Ihre Stimme wird rauher geworden sein in all den Jahren, aber im Wesen nicht verändert: vulgär, selbstzufrieden, vordergründig, sexy. Angenehm prickelnd, wie der Geruch des eigenen Körpers. Von einem leeren, aber seltsam köstlichen Geschmack, wie die Mahlzeiten, die mir in unserer Einsamkeit von meiner Mutter serviert wurden, der liebesgeizigen Alma. Die Gewißheit dieses Kontakts, irgendwann zwischen heute und dem gewissen Tod, kam mir wie ein Guthaben auf der Bank vor, das sich verzinst. Edna mußte anrufen, und Paula würde uns verlassen. Es hatte sich wirklich alles nach Wunsch entwickelt. Irgend jemand hatte das kürzlich zu mir gesagt. Wer?

Ich schenkte mir einen zweiten Orangensaft ein und versuchte mich, vorausschauend, zu entscheiden zwischen den Multivitamincornflakes und einem Ei. Die Kriegmans zogen sich von ihrer Terrasse zurück, im Gänsemarsch, die Frauen in ihrer fleckigen Tracht leuchtend wie Papageien. In Esthers Garten waren die Azaleen zum größten Teil verblüht; ihre strahlend rosafarbenen Blütenblätter lagen im Gras und verrotteten, während die Irisblüte allmählich begann. Sie ist reizbar und abgelenkt gewesen in den letzten Tagen und ißt sehr spät am Abend und schläft länger als gewohnt. Und was am merkwürdigsten ist, sie achtet nicht mehr auf ihr Gewicht. Ich bin sicher, daß sie inzwischen mehr als hundert Pfund wiegt. Sie kam in die Küche in einem eleganten, schwarzen Kostüm mit einem Spitzenbesatz am Hals. Ihr Haar war hochfrisiert in einem Schwung, der triumphierend wirkte.

«Wo um alles in der Welt willst du hin?» fragte ich.

«Wie man sieht», entgegnete sie, «zur Kirche.»

«Warum solltest du etwas derart Lächerliches tun?»

«Ach ...» Abschätzend sah sie mich mit ihren fahlen, grünen Augen an. Welche Gefühle sie auch durchströmt hatten: es war ein amüsiertes Glitzern geblieben, ein Wink oder ein Keim. Mit ihrer prächtigen, vollen Frauenstimme sagte sie lächelnd: «Um dich zu ärgern.»

Der Autor dankt herzlich Michael L. Dertouzos,
Jerome Kanter und Richard Hawkes, die ihre
Computerkenntnisse großzügig mit ihm teilten,
sowie Jacob Neusner für dessen Hilfe
beim Hebräischen. Einige der Gedanken
dieses Romans stammen aus Büchern und
Aufsätzen von Paul Davies, Robert Jastrow,
George Gale, Ann Finkbeiner, Sir John Eccles,
Fred Hoyle, Chandra Wickramasinghe,
Martin Gardner, P. W. Atkins, James S. Trefil,
Alan H. Guth und Paul J. Steinhardt,
Gerald Feinberg und Robert Shapiro,
Alan MacRobert, Norman Macbeth,
A. G. Cairns-Smith, Francis Hitching und
Gordon Rattray Taylor.

Umschlag- und Einbandgestaltung Hans Hillmann
Foto des Autors von Howard Walker
Gesetzt aus der Baskerville auf Linotron 202
Gesamtherstellung Clausen & Bosse, Leck
Printed in Germany

John Updike

Erzählungen, Essays, Gedichte

Werben um die eigene Frau
Gesammelte Erzählungen
Deutsch von Maria Carlsson, Susanna Rademacher und Hermann Stiehl. 319 Seiten. Gebunden

Der weite Weg zu zweit
Szenen einer Liebe. Deutsch von Maria Carlsson, Inge Friederichs, Karin Polz, Susanna Rademacher und Hermann Stiehl. 240 Seiten. Gebunden und als rororo 5777

Henry Bech
Erzählungen
Deutsch von Hermann Stiehl und Karl Klewer. rororo 5448

Amerikaner und andere Menschen
Essays
Deutsch von Willi Winkler. rororo 5850

Gedichte
Deutsch von H. M. Ledig-Rowohlt
144 Seiten. Gebunden

Der verwaiste Swimmingpool
Erzählungen
Deutsch von Uwe Friesel, Monica Michieli, Hans Wollschläger und Dieter E. Zimmer
304 Seiten. Gebunden

John Updike

Romane

Hasenherz (Rabbit, Run)
Roman. Deutsch von Maria Carlsson
rororo 5398

Unter dem Astronautenmond (Rabbit Redux)
Roman. Deutsch von Kai Molvig
400 Seiten. Gebunden und als rororo 4151

Bessere Verhältnisse (Rabbit is Rich)
Roman. Deutsch von Barbara Henninges
539 Seiten. Gebunden

Das Fest am Abend
Roman. Deutsch von Maria Carlsson
230 Seiten. Gebunden und als rororo 1625

Der Zentaur
Roman. Deutsch von Maria Carlsson
324 Seiten. Gebunden

John Updike

Romane

Heirate mich!
Eine Romanze. Deutsch von Angela Praesent
300 Seiten. Gebunden und als rororo 4982

Der Coup
Roman. Deutsch von Jürgen Abel
320 Seiten. Gebunden und als rororo 5667

Die Hexen von Eastwick
Roman. Deutsch von Maria Carlsson,
Uwe Friesel und Monica Michieli.
352 Seiten. Gebunden und als rororo 12 366

Auf der Farm
Roman. Deutsch von Fritz L. Lorch
204 Seiten. Gebunden

Ehepaare
Roman. Deutsch von Maria Carlsson
490 Seiten. Gebunden und als rororo 1488

Der Sonntagsmonat
Roman. Deutsch von Kurt Heinrich Hansen
210 Seiten. Gebunden und als rororo 4676